ERSTES BUCH

DAS FELL DES BÄREN

ERSTES KAPITEL

Das Grundwasser

Die Ordonnanz Lebehde von Abteilung V, Ober-Ost, eine schildlose Mütze in die Stirn gedrückt, läuft durch die Nacht, stramm und soldatisch, Koppel überm Mantel, eine dünne Aktenmappe unterm Arm. Die Straßen der Stadt Kowno sind mäßig beleuchtet und ganz leer. Nach sieben Uhr bedarf es eines besonderen Erlaubnisscheins, wenn Bürger sich außerhalb des Hauses aufhalten wollen; man spielt Feindesland, und ein aufgeweckter Soldat wie der Gefreite Lebehde weiß das längst. Manche spielen mit, manche grinsen darüber oder zucken die Achseln; man spielt ja auch, denkt der laufende Mann, mit ihnen Heer im Kriege, während sie doch nur noch verhaftetes Zivil sind, beschlagnahmtes Volk, zu Kriegsdiensten gepreßt von den herrschenden Klassen, den Fürsten, Fabrikherren, Beamten, Berufsoffizieren, Junkern, Bankleuten, Oberlehrern, Pastoren, Zeitungsschreibern und ihren Weibern, ihrem Anhang. Die sitzen beisammen und sichern ihrer Kaste die Macht; die stänkern gegeneinander, aber im Ernstfall haben sie sich wechselseitig im Gleichgewicht wie eine Doppelmannschaft beim Tauziehen. Die nämlich zerrt auch hin und her, her und hin, aber sie kennt die Spielregeln, gibt nicht nach. Erst wenn die eine losläßt, fällt die andere auf den Hintern; das Tau wird frei, und vielleicht können dann Leute mit diesem Tau etwas Vernünftiges anfangen.

Die Nacht ist schneidend kalt. Nordwind bläst von der Ostsee her, aber dem Mann Lebehde ist warm unterm Mantel trotz seiner grimmigen Gedanken, wegen ihrer. Daß er den ollen Bertin entdeckte, als er nach dem Dienst das neueste Verordnungsblatt studierte, die Rubrik »Kommandiert und versetzt« – entdeckte, nicht in einem unbekannten Merwinsk, sondern hier in Kowno, um die Ecke, das ist in ihm hochgeschossen wie ein Springbrunnen und wieder hinuntergeflossen, als wäre der Springbrunnen aus Schnaps. Und darum hat er sich gleich gemeldet, als die Registratur noch jetzt, spät abends, eine »geheime Dienstanweisung« an die Presseabteilung schicken wollte. Sie haben viel miteinander durchgemacht, der Referendar Bertin und der Gastwirt Lebehde. Aber einmal getrennt, pflegen Mannschaften Briefe nicht zu wechseln. Ja, der Bertin. Wer weiß, wie der sich hier entwickelt hat. Vielleicht ist er wieder auf den Schwindel hereingefallen, die rauhe Wirklichkeit von Verdun und der Armierung vergessend; vielleicht war er, Karl Lebehde, einfach ein Idiot, mit seiner Dienstanweisung loszustürzen wie ein Bräutigam und auf eine Braut zu treffen, die ihm bloß eine kalte Schulter zeigen wird.

Im Erdgeschoß der Presseabteilung kennt er sich aus, der Ordonnanzdienst zwischen den beiden Häusern ist rege, der Aktenumlauf dicht. Lebehde wendet sich nicht links (Registratur), sondern geradeaus, nach der Milchglastür, hinter der noch Maschinen klappern. Die Nachrichtenstelle der Presseabteilung ist Tag und Nacht mobil. Nachts hat sie oft Hochbetrieb, da schwirren die Telefondrähte von all dem durchgegebenen Stoff; den Stenographen in den Aufnahmezellen werden die Ohren heiß unter den Metallbügeln mit den Schalldosen; diktierend schreiten Unteroffiziere zwischen Tischen hin und her, an denen andere Diensttuende, auch Gefreite und Gemeine, das empfangene Material in Wachsplatten schreiben. Noch in der Nacht läuft es durch die Walzen, frühmorgens hat der ganze Stab, hat auch die Kownoer Zeitung das Neueste aus aller Welt, soweit es deutschen Köpfen erreichbar ist oder für deutsche Herzen taugt...

Karl Lebehde öffnet die Tür, tritt ins grün überschattete Licht der Bürolampen, hält aber gleich inne, merkt eine befremdliche Erstarrung in dem sonst so geschäftigen Raum mit den längs und quer stehenden großen Tischen. Nur die Schreibmaschine des Wachsplattenschreibers Nentwich knattert dumpf, nur die diktierende Stimme des Unteroffiziers Haller spricht. Gleichmäßig verliest er aus dem Stenogramm, was vorhin sein gehaltenes, vernünftiges Gemüt aufnahm. Abgewandt, am äußersten Ende des Raumes steht einer im Mantel, der ihm offen von den Schultern hängt. Auch er hört zu, gestützt auf den Tisch und die Papiere, die er überfliegen wollte. Lebehde sieht nur seinen geschorenen Hinterkopf, leicht abstehende Ohren, seinen eckigen Rücken.

»Die Antwort der russischen Regierung auf die erneuten ultimativen Friedensbedingungen dürfte im Laufe der Nacht eintreffen. Nach privaten Meldungen aus Petersburg erscheint ihre Annahme gesichert, da sonst die bolschewistische Regierung ihren Halt unter den Massen verlöre. Verlöre«, wiederholte Haller auf einen fragenden Gesichtsausdruck des schreibenden Nentwich, dem man, er weiß es, manchmal nachhelfen muß. Die stillen Leute hier tragen über ihren Uniformen die Gesichter des deutschen Durchschnitts, mehr oder weniger zerdrückt und entstellt durch das Leben in abhängiger Lage und drei Jahre Krieg. Aber gerade darum vertreten sie, wie sie hier lauschen und um Verständnis ringen, das ganze deutsche Riesenheer, das Volk, ja die Männer und selbst die Frauen, die Kinder und die Ungeborenen aller europäischen Schichten und Klassen, die nicht mitbestimmen dürfen über ihr eigenes Geschick, sondern über die beschlossen und verkündet wird. So drängen sich mit ihnen und durch sie vertreten Millionen und Scharen von Millionen unsichtbar um den Unteroffizier Haller, gierig nach seinen Worten, die das Schicksal enthalten. Rußlands? Nicht nur Rußlands.

»Es versteht sich von selbst, daß die Annahme der erneuten und zu unserem Bedauern verschärften Bedingungen dem Rat der Volkskommissare nicht leicht fällt. Einsichtige russische Kreise geben aber zu, daß das Verhalten der Sowjetdelegation die Geduld unserer Unterhändler wie die der verbündeten Regierungen auf härteste Proben gestellt hat, und daß es nur den Manövern des Volkskommissars Trotzki zuzuschreiben ist, wenn der Friedensschluß nicht auf der milderen Basis der Anfangswochen und der guten Brest-Litowsker Beziehungen zustande kam. Die neuen Bedingungen lauten wie folgt. Erstens: Zurückziehung der roten Truppen aus Finnland, Lettland und Estland. Zweitens: Anerkennung dieser baltischen Provinzen wie auch Kurlands, Litauens, Polens und der Ukraine als losgelöst vom Russischen Reich auf Grund des Selbstbestimmungsrechts der Völker; keine Einmischung Rußlands in die Abmachungen der abgetrennten Gebiete mit dem Vierverband. Drittens: die Abtretung von Kars, Batum und Ardagan (Kaukasus) an die Türkei. Viertens: Vergütung der rückständigen Zinsen für russische Vorkriegsanleihen in deutschem und österreichischem Besitz durch Sicherstellung eines Goldschatzes von dreißig Millionen Rubel bei der Reichsbank in Berlin. Fünftens: Austausch der Gefangenen unter Schonung unserer wirtschaftlichen Belange. – Neue Zeile. – Die Erbitterung der Ententepresse über den Frieden im Osten, dem hoffentlich bald der rumänische Friede folgen wird, gereicht unseren Erfolgen und unserer Mäßigung zu besonderer Genugtuung.«

»›Folgen‹ und ›Erfolg‹ klingt schlecht«, sagt der Mann mit dem Mantel zu seinem Tisch. »Hat Berlin so durchgegeben, bedaure«, antwortet Haller, hebt die Stimme und diktiert weiter: »Französische Blätter unterstreichen gehässig, daß in diesem ›Frieden ohne Annexionen‹ das Russische Reich vier Prozent seines Bodens und sechsundzwanzig Prozent seiner Bevölkerung einbüße. Ebenso heftig greifen englische Stimmen die Passivität der eigenen und der verbündeten Regierungen gegenüber dieser deutsch-bolschewistischen Verschwörung an.«

»Allerhand«, murmelt der Gefreite Lebehde. Er läßt im unklaren, was und wen er damit meint, und die gleiche Wortlosigkeit hängt im Raume. Alle diese Männer fühlen sich durch einen Widerspruch dumpf auseinandergezerrt. Sie begrüßen den Frieden, weil er ein Anfang ist, das große Schlachten zu beenden. Aber alle haben ihn seit Wochen voll Angst werden sehen: falls man nämlich selbständige Staaten gründete und das Besatzungsheer brotlos machte, fliegen sie alle in den großen Wurstkessel der Musterungen und dann nach Westen. Ihr Selbsterhaltungstrieb wird jetzt durch die Art befriedigt, mit der die Sache in Brest-Litowsk gefingert worden ist. Alles Schein und Schwindel, Aufrechterhaltung der Verwaltung, der Besetzung, eines großen Ostheeres. Und dennoch spukt in den meisten ein Unbehagen, schlechtes Gewissen, Scham über den Mißbrauch, der hier getrieben wird. Die Presseabteilung ist nicht alldeutsch, wie ja das ganze Heer nicht alldeutsch ist. Aber sie ist deutsch, sie fügt sich der Macht, obwohl sie sie nicht für Recht hält, läßt fünfe grade sein, auch sieben oder neun, nimmt dazu keine Stellung.

Während Haller die Fortsetzung seiner Notizen im Block sucht, wendet sich der Gefreite Lebehde an den Nächstsitzenden, ob er wisse, ob im Quartier ein Landsturmmann Bertin läge, oder ob er noch im Hause arbeite, aus Zufall. »Telefoniert gerade mit Wilna«, sagt der Mann, der vor einiger Zeit aus dem

großen Vermittlungsraum herübergekommen ist, um zuzuhören. »Unsinn«, sagt sein Nachbar, »steht ja dort, studiert die Ablage.« Gekränkt blickt der erste hin: wirklich, der Redakteur Bertin – und vergißt alsbald den Zwischenfall.
Die ungeheure Angelegenheit, die hier in den nüchternen Sätzen des anständigen Haller, im Geklapper der Maschine des Gefreiten Nentwich Form erhält und der gesamten Bevölkerung des Ostens ihr Schicksal mitteilt, hat auch aus dem Gefreiten Lebehde die Absicht ausgetilgt, in der er herkam. Bertin? Wer ist Bertin? Die russischen Massen jenseits der Front sind etwas, sind da, verhungert, zerlumpt, zerfleischt, aufgefressen von der verrückten Politik fremder Kapitalisten und eigener Großfürsten, Rasputins und ähnlicher Schmarotzer – die russischen Genossen, die jetzt dabei sind, eine Notbrücke über den Blutsumpf zu legen – ohne Kleider, ohne Stiefel, ohne Mehl, Zucker, Fett, ohne Gewehre, ohne Pulver und ohne Eisenbahnwagen: Rußland kann nicht mehr, es will nicht mehr, es darf nicht mehr. Einer muß jetzt aufstehen und den Völkern zeigen, wie man Schluß macht. Der Gastwirt Lebehde sieht einen riesigen Bottich vor sich, in dem der russische Lehrtrank für die Völker gebraut wird – ein ungeheures Faß, in das dieser Bottich sich verwandelt, mit einem großen Zapfhahn; wünscht sich ein Bierseidel in die Hand, um zu dem Hahn zu stürzen und jedem Menschen rundum, jedem dieser schweigenden und zuhörenden Grauröcke ein solches Glas voll Wissen unter die Nase zu halten. Das ist ein großer Tag, dies leitet wirklich das Ende ein, ob die Jungens hier das wissen oder nicht. Was soll da der Gedanke an einen Mann namens Bertin, einen wohlwollenden Schwachkopf, der nur einmal aufbegehrt hat, im Lazarett von Dannevoux, es muß jetzt ein Jahr her sein?
Sonderbarerweise aber und zu seinem eigenen Erstaunen stößt ein Antrieb den Gefreiten Lebehde wie eine Billardkugel durch den Gang, hin ins Licht der Lampen, die über dem Ablagetisch besonders hell leuchten, und alle Menschen in diesem Raum gewahren ein vergnügtes Lächeln in den Grübchen seines angenehmen Gastwirtsgesichts.
»Na, Kamrad«, sagt er vertraulich, »kleiner Skat gefällig mit dem ollen Reinhold, dem gutmütigen Männchen?«
»Ist doch tot«, antwortet es aus Bertin, während er herumfährt und hoch. Landraub, Heuchelei und dennoch Frieden, hat er

soeben gedacht, das könnte wirklich das Grundwasser aufrühren, das schwarze, schweigsame, unter den Häusern, unter dem Pflaster, unter den Feldern, unter den sichtbaren Flüssen. Dann erst erkennt er den Mann, packt ihn mit beiden Fäusten an den Achselklappen. »Lebehde«, ruft er, »Mensch, Lebehde! Wie, um Gottes willen, kommst du in diese Bruchbude?« – »Wirst schon hören, Kam'rad.« Und sie schütteln sich die Hände, sekundenlang umschließen dicke Finger schmale. Die Zuschauer staunen, freuen sich mit.
Dann wendet sich Lebehde an Haller und überreicht ihm soldatisch die Aktenmappe. Der blonde Unteroffizier bestätigt den Empfang durch Unterschrift, entnimmt ihr den Briefumschlag mit dem aufgedruckten Vermerk »Geheime Dienstanweisung«, reißt ihn auf und liest: »An alle Zensurstellen und Redaktionen, durch die Nachrichtenstelle der Presseabteilung. Über die für morgen vormittag 10 Uhr 30 bei SKH, dem Herrn Oberbefehlshaber Ost, nach Krasny Dwor einberufene Besprechung darf weder an die reichsdeutsche noch an die Presse des besetzten Gebiets berichtet werden. Ihr Inhalt wird später bekanntgegeben. Kowno, 24. II. 1918. Gezeichnet: v. Ellendt.«
Unteroffizier Haller schüttelt bloß den Kopf. Als ob wir uns das nicht selber gesagt hätten, denkt er. Aber er weiß, daß im militärischen Obrigkeitsstaate immer derjenige dümmer ist oder dafür gilt, der das geringere Gehalt empfängt, und darum reicht er wortlos die leeren Aktendeckel dem Gefreiten Lebehde zurück, der sich inzwischen mit seinem Kameraden Bertin für eine spätere Gelegenheit verabredet hat und jetzt zurücktraben wird durch die sternlose Nacht, um im Kellergeschoß von Abteilung V Erdäpfel zu kochen. Heute abend gibt es Pellkartoffeln und Hering.

ZWEITES KAPITEL

Neue Kronen

»Um Litauen!« lächelt Oberst Mutius seinem Wirt zu, indem er ihm verbindlich das Glas entgegenhält. »Königliche Hoheit werden sich doch nicht um Litauen den Mittagsschlaf verderben!« Gebärde und Stimme des mageren Mannes mit dem dünnen Haar und der gebogenen Nase wirken zu gleicher Zeit devot und selbstzufrieden, also leicht reizend. Und der alte Prinz blinzt ihn auch ärgerlich aus den Winkeln seiner scharfen Äuglein an und brummt, während er seine hängende Unterlippe kaum bewegt. Natürlich, den Herren von der Obersten Heeresleitung bedeute Litauen nicht viel mehr als ein Emmentaler Käse; aber für Bayern wär' es halt doch ein schöner Bissen gewesen. Nun, wenn sein Bruder Ludwig und sein Neffe Ruprecht sich lieber mit Elsaß-Lothringen abspeisen ließen, durfte er nicht raunzen. Aber schade sei's doch. Und er saugt an seiner Zigarre, lehnt sich zurück, läßt für ein paar Sekunden die Lider fallen. Sogleich dämpft sich der Ton des Tischgesprächs, auch der Nachbar zur Rechten des greisen Feldmarschalls, der nicht minder greise Generaloberst von Lychow, fährt halblaut fort, sein Gegenüber auszufragen.
Sieben Herren in grauen Uniformen erfüllen den sechseckigen Raum, das Erdgeschoß des großen Eckturms von Schloß Krasny Dwor. Dumpf dringt Schneelicht durch die schmalen Fenster in den Riesenmauern, elektrische Lampen, an bronzenen Leuchtern befestigt, und einige Kerzen auf dem Tisch geben ihm Wärme und Farbe. (Im Dorfe Borky unten, das zu Krasny Dwor gehört, erzeugt die Maschine eines abgewrackten Lastwagens mittels eines kleinen Dynamos den elektrischen Strom.) Die Männer haben hier beraten und gefrühstückt, wie es sich für Herren schickt, denen das Wild des Feldes, die Milch der Rinder und die Früchte des Bodens untertan sind. Flaschen, dickbäuchige und schlanke, werden eben mit Kaffeetassen vertauscht; herb und vertraut mischt sich der Duft des schwarzen

Getränks in den leichten Tabakrauch. Man hört die Ordonnanzen nicht, ein dicker afghanischer Teppich, sechseckig, legt den Fußboden aus und ergänzt die bucharischen Wandbehänge, die, dunkelbunt wie Kirchenfenster und ebenso kunstvoll erfunden, mit ihrem verschränkten Schwarzblau und Rot die Mauern verhüllen. Die Grafen Tyschkiewicz, denen Schloß Krasny Dwor eigentlich gehört, sind ein reiches polnisches Geschlecht.
Lychows Gegenüber ist offenbar aufs beste unterrichtet über die Friedensverhandlungen mit den Russen, die in Brest-Litowsk mit endlosem Gewäsch geführt und gottlob schließlich krachend abgebrochen wurden – ein riesengroßer Mann, mit breiten Schultern, prallen Wangen, ohne eine Spur von Bart und, unter schrägen Augenbrauen, spottlustig wie ein Primaner durch den randlosen Kneifer blickend. Das ist Generalmajor Clauß, Stabschef des alten Herrn, den er gewöhnlich SKH. nennt, wie ja auch die Oberste Heeresleitung immer nur als OHL. zitiert wird – vertraute Worte, die nur dem Unkundigen wie aus einer weltfernen Sprache entnommen klingen: eskaha... oha'ell... Drei Kriegsjahre lang kannten Clauß nur die Eingeweihten; jetzt rollt und glänzt sein Name durch die Welt. Denn er hat den Russen endlich Bescheid gesagt. Den ganzen saudummen Agitatorenkram leicht und höhnisch mit dem Hinweis abgeblasen, daß hier doch schließlich jemand der Sieger sei. Diese Kleinigkeit war den Herren der roten Sintflut offenbar entfallen, als sie sich weigerten, den Friedensvertrag zu unterzeichnen und stürmisch, gekränkt heimfuhren, zu Mütterchen Rußland. Der Krieg hatte also wieder angefangen, allmählich hatten sie es gemerkt und wir inzwischen Zeit gefunden, neue Tatsachen zu schaffen, neue Grenzen. Und er schildert, über der Tischkante wuchtend, die komische Atmosphäre in Brest-Litowsk, wo man verhandelte, um sich eine völlig niedergebrannte Stadt und vor der Nase Partner, die sich das Recht ausbedungen hatten, ihre Berichte in die Welt funken zu lassen, auf dunklen Ätherwellen und zum Schaden der Disziplin in allen Heeren der Christenheit.
An den Schmalseiten des Tisches sitzen die beiden Adjutanten, sehen einander an, trinken einander zu. Der bayrische Major, dem Prinzen Leopold gleichsam als persönlicher Sekretär beigegeben, betrachtet den jungen preußischen Hauptmann

schwermütigen Herzens. Er gönnt ihm sehr, daß er sich noch des Lebens freut, da ihn sein Onkel Lychow rechtzeitig aus dem dreckigen Grabenkrieg beim sicheren Stabe geborgen hat. Vor ein paar Tagen hat er erfahren, daß wieder einer der Begabten und Seltenen vom Heldentod ereilt worden ist, und das tut weh. Dabei hätte der ganz leicht gerettet werden können. Aber er war der Neffe des bayrischen Kriegsministers, und der Hellingrath scheute aus begreiflichen Gründen, den Norbert aus der Front zu ziehen und sich den Landtagsabgeordneten ins Maulwerk zu liefern. Ja, da half nichts, da mußte der Bub eben hinwerden, wie schon Dutzende und Hunderte vorher, so wertvoll er auch war, ohne Furcht und Tadel. In seiner Briefmappe liegt das wütende Schreiben eines Münchener Philologieprofessors, der außer sich ist über diesen Verlust: »Dichtung und Wissenschaft trauern gleichmäßig um diesen edlen Geist...« Major von Krottmayr hat den Norbert immer gut begriffen, die Tragweite seiner Entdeckungen, wenn er mit neuentzifferten Gedichten des Friedrich Hölderlin ankam. Hätte der Hellingrath nicht ebensoviel unbekümmerten Schneid haben können wie der Lychow dort, der preußische Junker? Nur die Dreisten haben recht, die sich um Gewäsch nicht kümmern, mit der Faust auf den Tisch hauen und tun, was sie vor ihrem Gewissen verantworten können... Und er erstickt einen Seufzer und vertieft sich in seine Kaffeetasse, den geschwungenen Schnurrbart sorgfältig wegstreichend.
Blanken Auges sitzt Paul Winfried da, die russische Zigarette zwischen den Fingern, übermütig wie ein Schuljunge, der sich, man glaube es oder nicht, in den Rat der olympischen Götter geschmuggelt hat. Ja, er blickt verstohlen unter den Tisch, ob sich das Eisbärenfell, das die Füße des Prinzen wärmt, nicht manchmal in eine Wolke verwandele und diese hohe Tafelrunde am Ende drei- bis viertausend Meter über die demütigen Köpfe der Menschheit hebe. Was hat er nicht alles heute gehört! Der linke Flügel des Heeres zieht mit Schwung auf Dünaburg, Dorpat, Reval – ganz Estland, Lettland und Livland unter deutsche Befreiung und Herrschaft zu stellen. Von den baltischen Inseln aus – das Zusammenspiel mit den Marinefritzen ist gesichert – wird ein Vorstoß übers Eis geleitet werden, wie in sagenhaften Zeiten; später soll eine Heeresgruppe nordwärts nach Finnland durchstoßen und das Land von bolschewi-

stischen Banden säubern. Und wenn die Russen nicht schleunigst klein beigeben, wird man sie in ihrem eigenen Neste aufstöbern und die Petrograder Bürger jubelnd aus den Fenstern winken sehen. Der rechte Flügel aber rückt auf Kiew – auf Kiew, auf Odessa, Gott weiß, wie weit. Und wer befehligt ihn? Heeresgruppe Lychow wird er heißen, die Ukraine einnehmen und der armen Rada oder Regierung schon helfen, den Sonderfrieden zu erfüllen, den sie selbständig in Brest-Litowsk geschlossen hat – und Weizen, Petroleum, Zucker, Tabak und Mais ins blockierte Deutschland schicken. Zwar haben dort die Österreicher ihre Hände schon angelegt, und obwohl diese Hände Glacéhandschuhe tragen, vermögen sie doch ganz nett zuzugreifen. Aber jetzt marschiert der Generaloberst von Lychow ein, an der Spitze seiner Pommern und Westpreußen, thüringischer Landwehr und märkischen Landsturms, mit Kanonen und Flugzeugen, Kavallerie voran. Österreichische Glacéhandschuhe – was vermögen die gegen preußische Fäuste. Und Paul Winfried betrachtet die festen Hände seines Onkels Lychow, die er gegen die Tischkante stemmt, blaugeäderte, kräftige Finger, die breiten Nägel kurz geschnitten. Der General Clauß scheint ihn besonders gut zu unterhalten; seltsam, wie in ihrer beider Augen das gleiche spöttische Funkeln liegt. Jetzt wendet sich sogar der Nebenmann des Herrn Clauß mit halbem Ohre dem Gespräch zu, und auch in seine Augen tritt das gleiche Spottlicht. Dieser Hauptmann Freiherr von Ellendt scheint Winfried die merkwürdigste Gestalt dieses ungewöhnlichen Kreises.
Ein geistreiches Gesicht, denkt er, häßlich mit dem vorgewölbten Mund und den Gruben unter den Augen; aber etwas Zartfühlendes liegt, wenn man so sagen darf, über diesen mageren Backen, und das gescheitelte Haar, grau überpudert, gibt den breiten Schläfen dieses Schädels eindrucksvolle Deutlichkeit. Alles an ihm befremdet den Neuling: sein Name, der den jungen Mann an die »Gegend von Schierke und Elend« erinnert und also einen leisen Anflug von Goethes Faust heraufbringt; die Tatsache, daß dieser simple Hauptmann der Landwehr gleichberechtigt mitreden darf und sogar aufmerksamst angehört wird, wenn er seine schartigen Lippen auseinandertut unter dem braunblonden Barte. Aber auch seine Schweigsamkeit ist befremdend, und selbst die Art, wie er den langen Hals aus

dem Kragen reckt und sein behaartes Ohr fast anmutig zu Clauß hinneigt. Ein sonderbarer Mann, denkt Winfried, ein gescheiter Mann, ein verschollener Kopf aus alten Zeiten. Früher, als es noch zu meinem Geschäft gehörte, Stöße von Kunstbildern durchzusehen und nicht die Gefechtsbücher unserer Bataillone, hatte ich Umgang mit solchen Gesichtern; sie waren aus Holz geschnitzt, trugen Spuren von Bemalung und stammten aus dem deutschen Mittelalter. Hier aber verblüfft einen solch ein Kopf... Was ist der Herr? Leiter der Abteilung V Ober-Ost? Was besagt das? Ob viel oder wenig, wer will das wissen? Daß aber dieser Mann hier etwas zu melden hat, fühlt ein Blinder mit dem Stock. Jetzt winkt er mit den Augen meinem Onkel zu, dann dem Adjutanten des Prinzen: offenbar soll Lychow die Tafel aufheben und den alten Herrn ungestört sein Nickerchen machen lassen. Richtig, Lychow steht auf, sofort auch Baron Ellendt und die anderen; und sie verlassen lautlos die große Bienenwabe, in der goldene Helle auf blau und rot verschränkten Mustern schimmert. Jetzt löscht der Adjutant das elektrische Licht; zurückgelehnt in seinem Sessel, den grauen Bart in die Luft reckend, schläft der greise Generalfeldmarschall, gleichsam Wache haltend über Kerzen und Kaffeetassen, und seine hängende Unterlippe leiht seinem rötlichen Greisengesicht etwas Schmollendes, Kindliches. Wie klein seine geballte Rechte aus der Manschette des Hemdes, dem Ärmel des Waffenrocks hängt...

DRITTES KAPITEL

Sondierung

Unvermutet findet sich Winfried allein mit dem Freiherrn von Ellendt in der Bibliothek von Krasny Dwor, wo Bücher mit gepreßten und vergoldeten Rücken und bunten Namensschildern anderthalb Wände füllen, ein eichener Tisch auf Löwenfüßen, hochlehnige Holzsessel und ein Kamin aus blankem Stein Gemütlichkeit verbreiten. Vor ihm strahlt ein eiserner Ofen Wärme aus, sein Rohr verschwindet unter der Marmorplatte. Nützlich und häßlich wie ein schwarzer Melonenhut zwischen Vasen steht das kleine Ungeheuer auf einem riesigen Quartanten, einem Atlas aus dem 17. Jahrhundert mit kostbaren Stichen. Die beiden Offiziere sehen darüber weg; im Krieg hat das Nützliche dem Gesittungsgut gegenüber einigen Vorrang.

Kopfschüttelnd läßt Baron Ellendt, die Hände auf dem Rükken, seinen Blick über die Bücher gleiten, die einmal dem Grafen Tyschkiewicz gehört haben und ihm, so Gott und der König von Preußen es wollen, auch wieder gehören werden. Heute aber gehören sie in den Bereich der Etappenverwaltung Ober-Ost, die einen heillosen Wust von Gegenständen vorfand, als sie nach Abzug der Russen von Krasny Dwor Besitz ergriff. Sind aber Bücher erst einmal notdürftig in Schrankfächern untergebracht, so müssen Zeichen und Wunder geschehen, wenn sie eine wirklich ordnende Hand nochmals umstellen soll. Und wer findet Zeit zu solchen Späßen? Höchstens der Adjutant, dieser Major von Krottmayr, den aber nur antikes und deutsches Sprachgut fesselt. Und so sind die lateinischen und deutschen Bücher auch einigermaßen handgerecht und sinnvoll in einem der Mittelschränke vereinigt. Die Franzosen aber in ihren herrlichen Einbänden, die Engländer, die Russen und die Polen wurden einfach der Größe nach zusammengepfercht. So prangen vor Winfrieds Nase einträchtig die Gedichte von Adam Mickiewicz, der zweite Band einer

Lebensbeschreibung Napoleons, eine Anweisung zur Hasenjagd und Gogols »Tote Seelen«. In der Ecke drüben droht mit einem ungeheuren Trichter aus himmelblauem Blech, die Ränder goldgezackt, ein Holzkasten, braun, mit blanker Kurbel: eine Sprechmaschine, ein Grammophon.
Voll Neugier betrachtet Winfried den Baron Ellendt, der augenscheinlich etwas Bestimmtes in dieser Bibliothek sucht. Wie lang sein Hals aus dem Uniformkragen kriecht, jetzt, wo er den Kopf in den Nacken legt und sogar einen altmodischen goldgefaßten Kneifer mit schrägen Gläsern über den Nasenrücken hängt; wie stark sein Adamsapfel auf und ab steigt, offenbar in lautlosem Selbstgespräch. Winfried mit seinen guten Augen möchte ihm gern behilflich sein; bis zur Zimmerdecke hinauf reichen zwar die Schränke, aber nicht das Licht. Hätte er nur eine geeignete Anrede für diesen Mann, der im Rang nicht höher steht als er, gesellschaftlich aber und als Person soviel mehr wiegt.
Man sollte meinen, denkt er rasch, daß im Kriege die Formen gleichgültig wären, aber da bist du schön angeschmiert, mein Lieber. Nirgendwo herrschen strengere Formen als in Kasinos und unter Verwaltungsbeamten, für die ihre Rangklassen Lebensinhalte bedeuten. Und hier tobt schon lange kein Krieg mehr, das hast du wohl gemerkt. Hier ist Sieg und Eroberung und Scheidung von Machtbereichen vorgegangen, sie haben den Vormittag ausgefüllt, ihr Hin und Her ist mitstenographiert worden. Verglichen mit Esnes und Höhe 304, mit Pozières und der Sommeschlacht und all dem Dreck vorher war zwar auch Merwinsk tiefster Friede. Aber was ist dann das hier? Die Zone der Entscheidungen oberhalb des Irdischen, Gletscherhöhen und atemlose Stille. Schnell jedoch nimmt er sich zusammen und fragt den Baron, ob er ihm nicht behilflich sein könne, indem er den Titel durch eine besondere Liebenswürdigkeit in der Stimme ersetzt.
»Ich vertraue zwar stets Dienstfeldwebeln und Ordonnanzen, denn die wissen immer. Diesmal aber scheinen sie zu versagen. Hier soll sich eine Enzyklopädia Britannica finden. Sehen Sie was davon?
Hauptmann Winfried turnt bereits auf einen Sessel und gleich danach auf seine Armlehnen. Er holt eine elektrische Taschenlampe aus seiner Hose – oben wird es hell: »Hat ihn schon.

Schwarze Lederrücken mit Goldpressung. Konnte man nicht erwarten.«
Wohlgefällig mustert Ellendt die schlanke Gestalt, die sich geschickt im Gleichgewicht hält. »Man muß nur die Jugend zu Hilfe rufen. Ihr gehört, wie der Dichter so schön bemerkt, die Zukunft. Buchstabe U, wenn ich bitten darf.« Winfried bläst, als stiege er von der Leiter einer Universitätsbibliothek, den Staub von dem marmorierten Schnitt des Buches und legt es unter die Lampe. Dann zieht er seinen Waffenrock zurecht. »U«, wiederholt Ellendt, »Ukraine. Wenn er nützliche Angaben enthält, nehmen wir ihn mit.« Dabei liegt seine Hand, behaart und mit gespitzten Nägeln, besitzergreifend auf dem Band, den er im übrigen nicht öffnet. »Sie wissen, daß Sie zu uns übersiedeln sollen?« Winfried blickt erstaunt dem Sitzenden in die braunen Augen. »Ich?« fragt er ungläubig, »übersiedeln?« – »Lychow bat mich darum, und ich bin nicht abgeneigt. Die Frage, wie Sie sich einarbeiten werden, kann nur der Versuch beantworten. Das Ganze scheint Sie zu überraschen?« – »Mein Onkel hätte mich vorbereiten sollen«, sagt Winfried und setzt sich auch. Jetzt, wo es um ihn selbst geht, schickt er die Formzweifel zum Teufel: »Darf ich fragen, Baron, was, *uns* bedeutet? Doch nicht etwa den Stab Ober-Ost?« – »Allerdings«, erheitert sich der andere. »Scheint Ihnen das so entsetzlich? Glauben Sie mir nur, wir beißen nicht.« Winfried errötet; niemand läßt sich gern verspotten, am wenigsten von einem Bürohengst und Zimmersoldaten. »Es war ja klar wie Kloßbrühe«, entgegnet er mutwillig, »daß dieser Waffenstillstand alles durcheinanderquirlen würde. Aber daß ich, statt zur fechtenden Truppe, ins Labyrinth von Ober-Ost verschickt werden soll ...« Die Stimme versagt ihm. » ... will denn mein Onkel ohne mich nach Südrußland kutschieren?« »Das Labyrinth von Ober-Ost – gut gesagt. Eine Flucht unübersichtlicher Säle, geheimer Gänge und gläserner Treppen, spiegelndes Parkett, auf dem man hinstürzt und sich blamiert bis auf die Knochen: so stellten wir uns als Referendare den kaiserlichen Hof vor. Unbesorgt, junger Mann! Wir sind eine simple Verwaltung, die eines größeren Rittergutes, wenn Sie wollen«, schmunzelt er behaglich. »Es mag beiläufig die Größe von ganz Bayern mit der Pfalz, Baden und Württemberg haben, unser Rittergut Ober-Ost. Aber was besagen Dimensionen? Es

kommt auf die Sache an, nicht wahr? Und die ist so gerecht umschrieben.« Winfried läßt sich von der guten Laune des anderen anstecken, der jetzt seinen Kneifer an schwarzer Schnur um den großen Zeigefinger kreisen läßt, ihn immer näher heranwickelnd. »Und was betreut Abteilung V in dieser Gutsverwaltung? Schweinezucht und Futtermittel oder Buchführung und allerlei?« – »Allerlei«, lacht Hauptmann von Ellendt, »allerlei, das ist's. Sie werden ja sehen. Schweinezucht« – jetzt lacht er schallend – »Schweinezucht im übertragenen Sinne. Wir sind die Politische Abteilung, junger Mann. Und wenn es auch ehrenvoller gewesen wäre, ein Bataillon in Frankreich zu übernehmen...« – »Danke«, sagt Winfried herzhaft, »die Ehre hätten wir schon genossen. Wer den Segen kennt und sich nicht drückt...« – »Der ist verrückt«, ergänzt Hauptmann Ellendt ruhig. »Ehrlich währt am längsten. Nur Oberst Mutius darf das nicht hören.« – »Da Sie schon so freundlich sind, mich aufzuklären, verehrter Kamerad – wer ist Oberst Mutius? Ein Gesandter der OHL., gut und schön. Aber was betreibt er dort? Und warum darf er nicht hören, was er in jedem Schützengraben und Batteriestand hören müßte?« Der Hauptmann drückt schlau blinzelnd beide Zeigefinger in seine behaarten Ohren: »Weil er der Chef IIIb ist, der gute Mutius; unser Doktor Allwissend.« Winfried reißt die Augen auf. Ellendt betrachtet belustigt das Arbeiten der Gedanken in seinem offenen Gesicht. Unter III verbarg sich die Nachrichtenabteilung jedes größeren Stabes wie unter I seine Operationsabteilung. Aber was bedeutete das b? »Politische Nachrichten«, kam er ihm zu Hilfe, »Spionage und Gegenspionage und vor allem Kampf gegen die Zersetzung in Heer und Heimat. Zersetzung der Stimmung, des Siegeswillens. Ein gefährlicher Herr für Leute, die ihn zu fürchten haben.« Dabei sah er, immer ernster geworden, Winfried ganz kurz und forschend an. Aber nichts veränderte das Nachdenken auf dem Gesicht des jungen Mannes oder seine harmlose Stimme: »Wird ja wohl so sein müssen«, sagt er, »das ist also der Chef IIIb. Was aber will er hier, wo doch alles erledigt ist?« – »Oh«, antwortet Baron Ellendt, »einiges. Haben Sie es noch nicht gemerkt? Richtig. Sie mußten ja stenographieren. Er bringt ein paar Bitten der Obersten Heeresleitung, schlichte Anliegen ganz unpolitischer Art, denn Politik ist ja, wie Sie wissen, ein Reservat der Reichsregierung. Aber diese schüchternen Meinungsäußerungen haben unseren Prinzen gezwungen, auf Litauen zu verzichten, obwohl der Reichskanzler Graf Hertling ein Bayer ist. Und wenn einem alten Mann ein Traum von Macht und Herrschaft zusammenstürzt, darf er wohl so müde werden, daß er nach Tische einschläft. Eigentlich wunderte ich mich, daß er Ihnen nicht komisch vorkam, unser Prinz, bis mir einfiel, Sie seien von Ihrem Onkel her im Umgang mit alten Menschen geübt. Aber wäre er Ihnen komisch vorgekommen, so hätte ich trotz aller Verehrung für Exzellenz Lychow bedauern müssen, daß bei uns kein Platz frei sei. Denn das Menschliche kommt hierzulande immerfort zu kurz, und darum liegt mir einiges daran, und ich kultiviere es ein bißchen.« Eine Schärfe in seiner Stimme wunderte Winfried. Zugleich empfand er deutlich, sie sei nicht gegen ihn gerichtet. Durch die Mauern drängte sie wie ein unsichtbarer Degen gegen eine unbestimmte Macht an. Klar war nur, sie hing mit dem Obersten Mutius zusammen.

VIERTES KAPITEL

Oberst Mutius

Der kehrte gerade von einem Spaziergang zurück, er hatte den Generalmajor Clauß gebeten, ihm die Trümmer des Kirchleins zu zeigen, das die Russen im Rückzug 1915 gesprengt hatten. Denn Schloß Krasny Dwor versteckte sich hinter den Hügeln des Njemenufers, dicht an der Stelle, wo ein Nebenfluß sie durchbrach, die kleine Newiatza, fast im Vorgelände der Festung Kowno. Die Herren trugen beide dünne Schuhe, aber auf dem sorgfältig mit Asche bestreuten Wege brauchten sie Erkältungen nicht zu fürchten, als sie nebeneinander den winterlichen Park durchwanderten. Aus den kahlen Wipfeln alter Bäume schwangen sich Krähen in den blaßgrauen Himmel; unvergleichlich leuchtete das Rot an den Hosen der beiden Herren in diesem gedämpften Licht.
»Neuschnee«, sagte Clauß, die Stumpfnase hebend und die Luft einziehend wie ein witternder Hund. Und dann sprachen sie einige Sekunden über das Wetter, das den deutschen Plänen zu Hilfe kam und den hungernden Russen die Widerstandskraft endgültig zermürben würde. Beide waren über den Zustand in dem niedergebrochenen Reiche, wie sie meinten, genau unterrichtet. Der lächerliche Versuch analphabetischer Arbeiter und Bauern, sich des Staates zu bemächtigen, mußte in wenigen Monaten scheitern; denn die paar Juden, Polen und Tataren, die ihnen als Führer zur Verfügung standen, konnten natürlich nicht im mindesten den schwierigen Apparat einer modernen Gesellschaft in Bewegung setzen oder halten. Da ganz Rußland der Räuberregierung den Gehorsam verweigerte, alle Beamten in Petersburg streikten, von denen der Staatsbank bis zu den städtischen Telefonistinnen und den Eisenbahnern, reichten die Finger einer Hand aus, um die Monate dieser edlen Sowjetregierung zu bemessen.
Behaglich schienen die beiden Herren dahinzuschlendern, ihre pelzgefütterten Jacken streiften Schnee von den Zweigen der

Fliedersträucher, und ihre Stimmen klangen gemütlich in der Sonntagsstille. Aber nur General Clauß schlenderte; er schwenkte seine langen Beine. Da er seinen Kameraden um halbe Haupteslänge überragte und mühelos Staub von Mutius' Mützendeckel hätte blasen können, zwang er den anderen voll versteckten Spotts, zu hasten. Mutius merkte das nicht. Ernst und in sich gekehrt drängte er vorwärts, offenbar zu einem Ziel, das ihm naheging: einem beschneiten Trümmergeviert. Vom überhöhenden Ufer breitete sich ein weiter Blick aus, die Newiatza hinauf und hinab, ein Stück des Njementales mit dem eisern gefrorenen, kilometerbreiten Strome eindrucksvoll zur Linken. Die Russen hatten natürlich recht getan: die Kirche mit fast meterdicken Mauern beherrschte die beiden Flüsse, sie bot einen Stützpunkt erster Ordnung, um den Übergang über die Newiatza zu verhindern, und mußte gesprengt werden, wenn man je daran denken wollte, das Land wiederzuerobern. Und damals durfte der russische Generalstab getrost so denken. Die Herren vom Deutschen Orden verstanden sich ausgezeichnet auf die Vereinigung von Frömmigkeit und Taktik, Beten und Erobern. Bei der Zerstörung eines solchen heiligen Forts hätte natürlich nur ein gefühlvoller Narr auf Kunstschätze Rücksicht nehmen können: die Grabkapelle der Herren Tyschkiewicz, von italienischen Bildhauern mit hübschem Marmorwerk geschmückt, war dabei in die Binsen gegangen. Ein deutsches Aufräumungskommando hatte mit Sorgfalt die Reste dieses erlesenen Schmuckes zusammengetragen und im Schutze einer zufällig entstandenen Nische aufgehäuft. Achtlos nahm Clauß ein rundes Engelsköpfchen von diesem Haufen, drehte es ein paarmal zwischen seinen Fingern, fand es kalt und legte es sorgsam wieder in seine Schneedelle. Seit wann war Herr Mutius voller Empfindsamkeit für das Vergängliche am Gebild der Menschenhand? Der Chef IIIb stand, die Lippen zusammengekniffen, vor den Mauerbrocken, sandte einen fast umflorten Blick über sie hin, trat dann von einem Fuß auf den anderen und bedankte sich bei Herrn Clauß für den eindrucksvollen Anblick, bittend, kalter Füße wegen jetzt umzukehren. »Solch ein Schauplatz«, sagte er, »regte ganze Reihen von Gedanken in jedem vernünftigen Menschen an. Hier sah man zum Greifen vor sich die Rollen, die deutscher Geist und russischer im Osten spielten: dieser zerstörte, was

jener aufgebaut. Hier haben unsere Ahnen Gesittung hergebracht, Ordnung, Staatsrecht und Wohlergehen. An uns ist es, daraus Verpflichtungen zu folgern und nicht kleiner zu sein als sie.« – »Nun«, meinte Clauß, indem er seine Beine wie ein Schlittschuhläufer schwenkte, »sie haben vor allem keinen schlechten Rebbach gemacht, die Brüder vom Deutschen Orden, und an Selbstlosigkeit werden wir sie bestimmt erreichen.«
Mutius zog die Brauen zusammen. Wie unangenehm im Munde eines deutschen Generalstäblers dieses jüdische Wort für Gewinn oder Profit klang. Man sah, das Milieu steckte an. Es war Zeit, auch hiervor tatkräfig zu warnen. »Sie haben«, erklärte er fast streng, »den Lohn für ihre Mühen mit Recht eingezogen, dankbar gegen Gott, der sie an diese Stelle geführt hatte.« – »Natürlich«, antwortete Clauß harmlos, »Profit kommt immer von Gott, und ein Augsburger Panzerhemd wurde von christlichen Gebeten für die litauischen Heidenpfeile noch ein bißchen undurchdringlicher gemacht.« – »Lieber Clauß«, sagte Mutius tadelnd, »Ihre Art, die Dinge zu betrachten, stünde dem Hauptmann Winfried da drin eher an als dem Stabchef Seiner Königlichen Hoheit. Wann nehmen Sie eigentlich Vernunft an?« »Nie«, antwortete Clauß. »Da meine militärische Laufbahn beendet ist und ich es nie weiterbringen werde, wie Sie sehr gut wissen, leiste ich mir wenigstens das Vergnügen, die Dinge zu sagen, wie ich sie sehe.« Und er wollte fortfahren: Camouflage und holde Verbrämung überlasse ich euch, den Halbgöttern der OHL; aber er verschluckte den Satz, denn er war keineswegs der Leichtfuß, den er spielte, und sprach seine Wahrheiten nur dort aus, wo sie nutzten.
Oberst Mutius schwieg einen Augenblick. Sinnlos, einem Manne zu widersprechen, der so genau Bescheid wußte. Ja, die Claußsche Laufbahn war beendet, er würde niemals zum Generalleutnant aufrücken, den Titel Exzellenz erreichen. Armer Kerl, der Clauß: trotz seiner hohen Gaben saß er auf dem Sande. Er hatte sich zu weit vorgewagt.
Irgendwo fern peitschte ein Schuß: wahrscheinlich ging jemand von der Dorfbesatzung einem Hasen zu Leibe, der seinen Hunger an den Sträuchern und getauten Zweigspitzen des Ufers stillte. Der russische Winter, der vierte des Krieges, war kein Spaß auch für die Tiere des Feldes.
»Wie kamen Sie übrigens«, brach Clauß die Stille, »auf Ly-

chows jungen Mann, um mir meine Schnauze zu vergällen? Netter Kerl, nicht? Sein Onkel hält große Stücke auf ihn.« – »Ja«, sagte Mutius, den Blick verloren zwischen den Stämmen, »auch seinetwegen wollte ich Sie sprechen. Höchst ungern sehe ich ihn am Protokoll. Hätten Sie mich vorher gefragt, ich hätte unbedingt gewarnt.« – »Wäre Ihnen schlecht bekommen«, lachte Clauß, »das ist unser Ressort. Da lassen wir uns nicht hineinfunken.« Mutius blieb stehen. »Clauß«, rief er mit einem fast hysterischen Ausdruck von Besorgnis, »Clauß, um Gottes willen, nehmen Sie's ernst, hören Sie auf Warnungen, streichen Sie den Ressortfimmel, helfen Sie uns im Endspurt. Wir haben den Sieg in der Tasche, niemand kann ihn uns entreißen, wenn wir nur dem Wurm den Kopf zertreten, bevor er uns in die Ferse sticht, wie er den Russen in die Ferse gestochen hat. Halten Sie mich, bei allem Guten, halten Sie mich für sachverständig. Ich bin der Mann, auf dessen Rat die OHL den Lenin und sein Gesindel im plombierten Wagen durch Deutschland verfrachtete, ihn Rußland einzuspritzen wie eine tödliche Injektion. Wir haben, ich habe die Wirkung vorausgesagt, und siehe da, sie ist eingetroffen. Die größte Militärmacht der Erde, verbündet mit der ganzen Welt, lag wie ein verblutender Hirsch in Brest-Litowsk, und wir schneiden uns beliebige Portionen aus seinem Schenkel. Wenn wir nur selber gegen das Gift gefeit bleiben. Und darum ist mir dieser Hauptmann Winfried an diesem Verhandlungstisch geradezu ein Skandal.« General Clauß prüfte lange das Gesicht des erregten Menschen zu seiner Rechten, des Gastes, Gesandten der höchsten deutschen Macht und eines der mächtigsten Männer der Welt – war er verrückt geworden? Was für eine Sprache führte er und wegen welchen Anlasses? »Mein lieber Mutius«, entgegnete er kühl, »ich spaziere manchmal unter diesen Bäumen und suche in Gedanken diejenigen Äste und Wipfel, die ich durch das Aufhängen meiner ehrwürdigen Freunde, der Herren Bolschewiken, verschönern könnte. Wenn irgendwer, so bin ich zuständig für die sachgemäße Behandlung von Bolschewiken und ihrem Kram. Aber daß Sie mir aus Lychows jungem Mann solch eine Vogelscheuche machen wollen, das lehne ich vor dieser geehrten Versammlung ab«, und er rief mit umfassender Gebärde Bäume und Sträucher zu Zeugen auf. »Womit begründen Sie auch nur den Schatten eines Verdachts?« – »Ist

Ihnen entgangen«, entgegnete halblaut Oberst Mutius, »daß dieser Jüngling versucht hat, einen zum Tode verurteilten Russen aus dem Gefängnis zu befreien, und daß das Unternehmen lediglich an der Entschlossenheit eines wachthabenden Gefreiten scheiterte? Der fuhr auf Urlaub und wurde befördert, der Russe erschossen, wie es sich gehörte. Gegen den Offizier jedoch, der sich so unglaublich benahm, wurde nichts veranlaßt; allzu mächtige Männer deckten ihn. General Schieffenzahn, in seiner außerordentlichen Sachlichkeit, bestimmte sogar, daß sein Gegner von damals, dieser mächtige Herr, jetzt in die Ukraine einreiten soll, ein Pflästerchen, nobel und dienstgemäß, wie Sie zugeben werden. Daß er aber nun noch seinen Neffen an unser Protokoll setzen darf, nachdem er ihn zum Hauptmann gemacht hat, das überschreitet alle Grenzen. Ich bin ziemlich sicher, Exzellenz Schieffenzahn wird diesen Vorgang nicht verstehen, und noch weniger verstehe ich ihn. Ein Verfahren müßte man ihm anhängen, diesem Burschen«, zischte er plötzlich, »der die Disziplin wegen lumpiger Sentimentalitäten so in Scherben gehen ließ.« Blieb dieser Ausbruch auf Clauß ohne Wirkung? Immer mehr verfinsterte sich seine Miene, und schon rötete ein Schein von Hoffnung das Gesicht des Obersten. »Von wem ward Ihnen diese Wissenschaft?« fragte aber Clauß beiläufig, gleichsam als verfolge er die Anregung, den Hauptmann Winfried zur Verantwortung zu ziehen. »Ist er wenigstens zuverlässig, Ihr Zeuge?« – »Völlig«, erwiderte Mutius. »Wir erfuhren alles durch den Ortskommandanten von Merwinsk, den Rittmeister von Brettschneider, als wir mit seinem Vater wegen Tanks verhandelten. Der Sohn bekam Urlaub zu unserer Besprechung, wir streiften die Arbeiterfrage, das Wort Mannszucht fiel, und wir hörten, wie sie untergraben wird. Diese Angelegenheit Winfried ist mehr als ein Fall, sie ist ein Symptom.«

General Clauß trug in diesem Augenblick in seinem Kopfe, hinter seinem rosigen Gesicht, ein dichtes Gewebe hin und her schießender Gedanken durch die Landschaft, von Verantwortungen, von halbbewußten Überlegungen und Einfällen. Er hielt sehr darauf, daß man ihn »Herr General« ansprach, aber innerlich hatte er sich keineswegs weit von dem Major Clauß entfernt, der als junger, hochbefähigter Stabsoffizier als Leiter der Operationsabteilung der achten Armee die verzweifelte

Schlacht gewagt, entworfen und angelegt hatte, jene Rückzugsschlacht über die Weichsel zwischen Allenstein und Lötzen, die durch den Flankeneinbruch der russischen Narewarmee nötig geworden war. Jene Schlacht war ein überwältigender Sieg geworden und als Schlacht von Tannenberg in Geschichte und Legende eingegangen, ohne daß sein Name dabei fiel. Als preußischer Offizier überließ er dem damaligen Obersten Schieffenzahn die Leitung seines eigenen Gebildes, der wiederum hinter dem breiten Rücken des Generals von Hindenburg zurücktrat. Seither war viel Wasser die Weichsel hinabgeströmt, auch den Njemen, der dort drüben unter dem Eise ächzte. Ohne Unterbrechung hatte der Major Clauß den Krieg gegen die Russen geführt, zu dem er sich schon im Frieden ausgebildet, er war langsam, von Vorgesetzten beschattet und maßvoll gefördert, die militärische Rangleiter emporgestiegen, bis ihn jüngst ein Zusammenstoß mit General Schieffenzahn aufs tote Gleis geschoben hatte. Aber eine jungenhafte Freude an Wagnis und impulsiver Tat war ihm geblieben, und darum hatte er vergangenen Oktober die Haltung des Generals von Lychow und auch die seines Neffen in dem Fall jenes russischen Gefangenen gebilligt. Er suchte in seinem mächtigen Gedächtnis nach dem Namen, vielmehr den Namen, die damals eine Rolle spielten, und fand sie: ein gewisser Paprotkin, aus einem Gefangenenlager entkommen, hatte sich für einen gewissen Bjuschew ausgegeben, als er wieder eingefangen wurde, und behauptet, ein Überläufer zu sein, der, quer durch die Fronten, sein heimatliches Dorf im Wilnaer Kreis aufgesucht habe. Da sich herausstellte, daß ihn eine Verordnung von Ober-Ost als Spion zum Tode verurteilte wegen allzu langen Herumtreibens hinter der deutschen Front, hatte er vergeblich versucht, seine echte Identität wieder aufzunehmen: trotz ihres Nachweises und des Beistandes, den der Divisionär von Lychow ihm lieh, war er auf unmittelbare Anordnung des Generals Schieffenzahn und in Vollstreckung des rechtskräftigen Urteils erschossen worden. Die Wahrung der Disziplin unter den deutschen Soldaten, die Abschreckung vor Fahnenflucht und Meuterei hätte noch ganz andere Maßregeln gerechtfertigt; das Jahr siebzehn war das härteste des Krieges, es stellte alle Nerven auf die Zerreißungsprobe und zwang zum Beispiel die Franzosen zu umfangreichen Hinrichtungen meuternder Poilus. So weit,

so gut. Daß aber jetzt und hinterdrein, nachdem der Sieg des deutschen Heeres außer Frage stand, ein Offizier und erprobter Frontsoldat von den politischen Stänkerern und patentierten Etappenschweinen verfolgt werden sollte, das paßte dem ehemaligen Major Clauß keineswegs. Industrieller hin, Industrieller her: dieser Herr von Brettschneider hatte die Schnauze zu halten und Interna der Ostgebiete und des Dienstes nicht bei Hinz und Kunz herumzutragen. »Mein lieber Mutius«, sagte Clauß daher, und sein Gesicht hellte sich auf, mit dem Hauch eines bösen Grinsens, »ein Disziplinarverfahren ist wirklich am Platze. Aber nicht gegen den Hauptmann Winfried, sondern erst einmal gegen jenen Herrn von Brettschneider, der offenbar sein Mündchen zu halten in Mamachens Kinderstube nicht gelernt hat. Wollen mal gleich ein paar Worte mit dem Etappenchef sprechen, er wird uns gewiß nicht im Wege sein.«
Oberst Mutius stockte im Schritt. Was sagte Clauß da? Blitzschnell übersah er, daß er sich zu weit vorgewagt, den Rittmeister von Brettschneider bloßgestellt und offenbar einem Feinde in die Schußlinie geliefert hatte. Der Vater Brettschneider unterstützte leidenschaftlich alldeutsche Kriegsziele. Jetzt hieß es aber einlenken, die Streitaxt begraben, womöglich durch einen Bauerntausch das Feld für gewichtigere Fragen bereinigen. Diesen Herrn Winfried konnte man aus dem Hintergrund ruhig weiterbeobachten und gegebenenfalls in die Luft sprengen. »Sie halten also diesen Hauptmann Winfried nicht für einen heimlichen Bolschewiken?« fragte er wie bekümmert. »Soll ich Ihnen vertrauen?« Und unbeirrt durch ein grunzendes Gelächter: »Sie lachen. Ich wünschte, ich könnte es auch. Sie glauben nicht, um wieviel besser der Schlaf meiner Nächte wäre.«
Clauß hörte auf zu lachen, streifte mit Neugier das hagere Gesicht des Gastes, seine graue Haut, die Falten um Augen und Mund: tatsächlich, der Chef IIIb schlief schlecht, und es wäre für alle Beteiligten besser gewesen, wenn er etwas für seine Gesundheit getan und seine Nerven in Fett gebettet hätte. »Mutius«, sagte er beinahe herzlich, »Ihr müßt einem ja leid tun. Da hockt Ihr in Kreuznach, zwischen Rhein und Nahe, in weichem Klima, ohne viel Auslauf. Ihr reitet nicht, Ihr jagt nicht, Ihr treibt euch nicht im Felde herum – Ihr führt entschieden das ungesündeste Leben, das einem Soldaten Seiner Majestät nur zustoßen kann. Kommen Sie zu uns, Mann, machen

Sie unseren Ostkrieg mit, wie er sich jetzt entfaltet, frische Luft und Frost um die Nase, und ich versichere Ihnen, in drei Wochen erkennt Ihr eigener Bursche Sie nicht wieder. Blutumlauf, Mutius, das ist das ganze Geheimnis, wo brave Neffen anständiger Onkels Unüberlegtheiten begehen.«

»Ach«, seufzte Mutius, »wenn man Sie reden hört, Clauß, Sie haben so etwas Überzeugendes, Sie reißen einem den Verstand fort. Ja, das ließe man sich gefallen«, und er blieb stehen, blickte sich wie zum ersten Male und aus einem Traume erwachend in der Landschaft um, atmete tief ein, sah den hellen Himmel, fühlte die reine Schneeluft durch seine dünnen Nasenhäute ziehen, die gesunde Kälte vom Boden aufsteigen. »Wer so leben könnte! Unsereiner hat leider nichts als Sorgen: Streiks in Berlin und Wien, in Oberschlesien, im Ruhrrevier, und eine wachsende Drückebergerei, gegen die etwas unternommen werden muß. Da verliert man manchmal den Blick für Einzelheiten und setzt einen braven Kerl auf die schwarze Liste – wie nannten Sie ihn? Lychows jungen Mann? Das ist gut, das ist vorzüglich. Also nichts mehr über ihn und gegen ihn – aber auch nichts gegen den jungen Brettschneider, denn wir brauchen nun einmal die Industrie, sie muß mit beiden Händen gestreichelt werden. Abgemacht?« Er blickte treuherzig zu Clauß hinauf und hielt ihm die Hand hin, wie zum Einschlagen. »Topp«, sagte Clauß, »haust du meinen Juden nicht, hau ich deinen Juden auch nicht, so haben wir es schon als Jungens gehalten.«

»Clauß«, bat Mutius ärgerlich, »wenn es hierzulande auch von schwarzen Juden wimmelt, laßt sie doch beiseite; ihr macht unsereinen bloß nervös.« – »Wollen wir ja gerade«, lachte Clauß, »wer nervös wird, verliert, besonders im Endspurt. Und die Amerikaner machen euch keine Sorgen?« Statt aller Antwort schnippte Oberst Mutius mit den langen Fingern. »Drei Divisionen«, sagte er schließlich, »lumpige drei Divisionen in einem Jahr. Fünfundvierzigtausend Mann. ›Sie können nicht schwimmen, sie können nicht fliegen, sie werden nicht kommen‹ – wie's Herr Hergt im Landtag prägte.«

»Na, denn prost«, sagte Generalmajor Clauß breit und ließ dem Gast den Vortritt über die Schwelle von Krasny Dwor.

FÜNFTES KAPITEL

Ostpolitik

Punkt halb drei eröffnete der Prinz die Sitzung wieder. Wieder schrieben Major von Krottmayr und Hauptmann Winfried an der Schmalseite des Tisches, dessen braune Platte diesmal aber von grünen Löschblättern, weißen Foliobogen und rotbraunen Bleistiften gescheckt wurde. Rauchzeug in Kisten und Leuchter mit Kerzen schmückten die Mitte. Die kleine Versammlung hatte sich um zwei neue Köpfe vermehrt: einen kurzgeschorenen mit starken Augenknochen und wuchtiger Kinnlade, und einen gescheitelten, an welchem alles katzenhaft zierlich war und von freundlichem Ausdruck – Oberquartiermeister und Chef der Etappeninspektion, klärte Herr von Krottmayr seinen jungen Kollegen auf. Als jedermann saß, wurden die Türen geschlossen. Ordonnanzen hatten in Hörnähe dieser vertraulichen Unterhaltung nichts zu suchen. Die Herren, im Schmuck der Ordensschnallen und hohen Auszeichnungen, wußten, daß jetzt die litauische Thronfrage geklärt werden sollte, nachdem am Vormittag Kurland von dem riesigen Verwaltungsgebiet Ober-Ost abgeschnitten worden war wie ein siamesischer Zwilling vom anderen: schwierige Operation. Darum überraschte es sie, als der Prinz zunächst seinem »Chef« zu einem förmlichen Protest das Wort erteilte. Er sah frisch aus, der alte Herr, er hatte sich bei Lychow und Ellendt seines Einschlafens wegen entschuldigt, spaßend, nächstens werde er wohl einen Altleuteplatz beziehen und bloß noch eine Suppe aus dem Napf löffeln dürfen. Aber trotz seiner bayrischen Aussprache klang der Satz mit den Worten »förmlicher Protest« erstaunlich scharf. Clauß brachte ihn vor, im Sitzen, und indem er dabei seinen Bleistift wie eine Zigarette zwischen den Fingern schwenkte: leider habe sich die Oberste Heeresleitung nicht damit begnügt, das Ostheer um die sechsundvierzig besten Kampfdivisionen zu erleichtern, die seit Dezember nach Westen gerollt seien. Sie pickte sich vielmehr immer noch, wie

Rosinen aus dem Kuchen, einzelne Leute aus den gebliebenen Verbänden heraus, Offiziere und Mannschaften, besonders letztere. Und damit müsse Schluß gemacht werden. Was könne Ober-Ost den beschwerdeführenden Kommandeuren erwidern, denen einzelne Geschützführer oder Richtkanoniere weggenommen wurden? Was den Maschinengewehrkompanien, was den Schallmeßtrupps? Für all solche Einheiten galt ja dasselbe Gesetz wie für eine Fußballmannschaft oder einen Ruder-Achter: das Zusammenspiel war alles, dreiviertel der Leistung beruhte darauf. Jeder neue Kerl, den besten Willen vorausgesetzt, hemmte alle anderen, verlangsamte ihr Tempo und minderte die Schlagkraft, die das Restheer des Ostens, diese bejammernswerte Ruine, ebenso dringend brauchte wie Brot. Es müsse also von seiten des Herrn Oberbefehlshabers Ost auf die sofortige Abstellung dieses Brauches gedrungen werden, eines Brauches, davon der Bruch, um mit Schiller zu reden, mehr ehrte als die Befolgung. »Shakespeare«, verbesserte Ellendt ernst. »Sie berauben Hamlet um ein Zitat, lieber Clauß.« Und ebenso ernst entgegnete der Stabschef des Ostens, indem er mit der Hand salutierte: er danke gehorsamst, aber im Kriege mit England seien Zitate ein für allemal von Schiller. Als der Prinz herzlich lachte, lachten auch die anderen Herren, ihre Achselstücke schüttelnd oder eine rote Nackenfalte aufwölbend. Und Oberst Mutius benutzte die gelockerte Stimmung, um sich jede Antwort zu ersparen: er werde diese Verwahrung dem Herrn Generalfeldmarschall zur Kenntnis bringen und nehme nebenbei an, daß die Umgruppierung schon vollendet sei. Aber der Prinz ließ ihn nicht so leicht entschlüpfen: der Vormarsch, den man nächster Tage auf wichtige Landstriche ausdehnen werde, könne sehr wohl Schwierigkeiten antreffen; die Ententemissionen in Petersburg gaben sich gewiß die erdenklichste Mühe, den Ostkrieg fortzusetzen, und Revolutionsheere hatten schon manchmal Wunder getan. Zwar war das russische Volk wirklich kriegsmüde, satt der erfolglosen Schlächterei. Das wußten die pelzmützigen Abgesandten des Herrn Lenin.
Aber wenn sie bei den Völkern der Entente auch hinten abgerutscht waren mit ihrem Appell, sich dem Frieden anzuschließen, konnten sie bei ihren eigenen Leuten wohl auf mehr Erfolg rechnen, wenn jetzt der böse Deutsche die südlichen und

westlichen Gouvernements von Rußland abriß. Und darum müsse die Anforderung einzelner Mannschaften und kleiner Verbände gestoppt und zum Teil sogar rückgängig gemacht werden.
Oberst Mutius biß sich auf die Lippe. Was fiel diesem eigensinnigen alten Bayern ein? Wie konnte er sich unterstehen, so gegen diejenigen Stimmung zu machen, die heute die Last der Verantwortung für Deutschlands Gegenwart und Zukunft auf ihren Schultern trugen? Und siehe da, wie prompt das schlechte Beispiel wirkte; bat da nicht auch schon dieser Baron Ellendt um die Erlaubnis, vor Eintritt in die Tagesordnung noch rasch mal nach der OHL.-Meinung über die Lage im U-Boot-Krieg fragen zu dürfen? Der dauere jetzt in seiner unumschränkten Form ein Jahr. Er habe einen Monat vor dem Zusammenbruch der Zarenherrschaft die Vereinigten Staaten den Gegnern Deutschlands zugetrieben, nachdem es den Bemühungen der Deutsch-Amerikaner, der Juden und der katholischen Iren gelungen war, die Neutralitätspolitik Amerikas fast drei Jahre zu stützen. Erst in sechs Wochen, dann in sechs Monaten, so habe die Admiralität bindend versichert, werde England aus Mangel an Zufuhr auf den Knien liegen. Wie sonderbar, daß die Engländer immer noch, ja mit vermehrter Verbissenheit ihre Frontabschnitte hielten und sogar verbreiterten. Wäre nicht ohne die Amerikaner, mit dem Ausscheiden der Russen das Kriegsende jetzt da, der ungeheure Einsatz im Westen überflüssig gewesen?
Oberst Mutius setzte sich steif im Stuhle auf: »Bin ich hier in einer Kommission des Reichstags?« fragte er trocken. »Um Entschuldigung, daß ich das nicht wußte.«
Diesmal schmunzelte alles, auch Baron Ellendt. Die Ausschüsse des Reichstags galten als das unbehaglichste, aber auch als das ohnmächtigste Forum der deutschen Kriegspolitik, auf welchem einflußlose Abgeordnete unbequeme Fragen stellten. Manchmal fielen ihnen Zivilbeamte der Reichsleitung zum Opfer; zu ändern vermochten sie nichts. Denn die wirkliche Macht lag längst nicht mehr in der Griffnähe des Reichstags und der Reichsregierung. Da im Kriege zwischen modernen Staatswesen schlechterdings alles kriegswichtig war oder werden konnte, hatte die Oberste Heeresleitung überall dreinzureden; und das tat sie dann auch. Faktisch stand jede politische

Entscheidung bei ihr. Und jetzt, hier in diesem kümmerlichen Schloß Krasny Dwor, in einer Frage, die General Schieffenzahn mit einer Handbewegung verworfen hätte, traf sein Abgesandter auf den zähen Widerstand einer bösartigen Clique. Was für eine war das? Was bezweckten diese Leute? Der Clauß? Der Bayer? Hatte etwa der Abgeordnete Hemmerle seine verdammten Viehhändlerfinger bis hierhinauf zu strecken verstanden? Hitziges Rot färbte die Backen des Obersten Mutius. Er sah in der Runde umher, alle diese festen Herrengesichter, die unglaublichen Brauenknochen des Oberquartiermeisters von Kullmann, seine unerträglich starren Blicke, das barocke Gesicht des Barons Ellendt, die glatte Säuglingsschnauze des Clauß, die beiden übers Papier gebückten Scheitel der Adjutanten – und er sagte sich: Irgend etwas an der preußischen Lösung, die er durchsetzen wollte, paßte diesen Preußen nicht. Was, mußte er herausbekommen. Die Marinefrage war leicht abzubiegen – er werde dem Herrn Admiral von Holtzendorff die Bedenken von Abteilung V übermitteln und den Besuch eines Sachverständigen in Kowno anregen. Im übrigen beeinflußte das ja den wichtigen Punkt nicht, über den er heute Vortrag halten sollte, und er bitte darum, jetzt beginnen zu dürfen.

Die Bleistifte der Adjutanten liefen im Takte seiner Sätze heftig übers Papier. Jeder vollgekritzelte Bogen wurde einfach vom Tisch gefegt, um keine Silbe zu verlieren. Hauptmann Winfried schrieb in einer Art hellhörigem Traume mit. Ihm schien, er sei um unvordenkliche Jahre jünger geworden, zurückversetzt in Kolleg und Studententum, und notiere, was ein Prüfungsprofessor vom Katheder her orakelte wie ein Storch, der im Salat klappert. Dumpf drangen Inhalte durch die Schicht des Aufnehmens; zwischendurch beharrte eine ärgerliche Stimme: es sei ja gar nicht unvordenkliche Jahre, es seien vielmehr kaum vier Jahre vergangen, sieben Semester einschließlich der Ferien. Was verlangte der Herr Professor? Den litauischen Königsthron für einen Prinzen aus dem Hause Hohenzollern. Die OHL machte sich den Vorschlag zu eigen, den gleichen Weg zu beschreiten, den man in Kurland mit Erfolg gegangen: eine Bittschrift bei Bauern und Städtern umlaufen zu lassen, der König von Preußen möge so gnädig sein, die Krone ihres Landes der seinen hinzuzufügen und eine ewige und unteilbare Personalunion zwischen Litauen und Preußen zu stiften, die Stellvertretung aber einem seiner Söhne anzuvertrauen. Man wisse, daß in der Verwaltung Litauens eine Anzahl Herren diesen Gedanken unterstützten, zum Beispiel Seine Durchlaucht der Herzog von Landquardt. Verspreche man den Bauern Freiheit von Requisitionen – oder besser: Beitreibungen –, so habe man im Nu hunderttausend Unterschriften. Die Gründe aber für diese Personalunion waren vielfältig und reichhaltig, sie waren eingeteilt in a, b und c – politische, wirtschaftliche und militärische –, und die militärischen überwogen, klug versteckt hinter unverfänglichen Formeln wie Heeresunion, Grenzschutz, Vorgelände des Reichs und dergleichen. Der stenographierende Winfried erkannte in seinem vollbeanspruchten Schreibersinn, hier sprach der Generalstab, zukünftige Verwicklungen und Aufgaben bedenkend. Dieses Land Litauen mußte von Berlin aus regiert werden, genau wie Kurland oder Finnland, vielleicht noch unmittelbarer. Denn in Kurland gehörte der Grund und Boden Deutschen, den baltischen Baronen, bis nach Livland und Estland hinauf saßen sie, deutschen Einfluß verbreitend, so daß selbst die Zeitungen in den Landessprachen die deutsche Druckschrift benutzten von jeher. Ein Prinz aus dem Hause Hohenzollern, der in Kowno oder vielmehr in Wilna residierte, der König von Preußen aber jeweilig auch Großherzog von Litauen – und das Problem der Sicherheit war gelöst für das Reich und für Preußen. Daher bereite die OHL in pflichtgemäßer Erwägung aller dieser Umstände einen Antrag an seine Majestät vor – und so weiter.

Die Stimme schwieg. Der magere Herr Mutius war von seinem Stuhl aufgestanden, er hatte mit Überzeugung und eindringlich geredet, jetzt wartete er auf die Gegensprecher. Um sich zu beruhigen, wählte er eine Zigarette und zog eine Kerze an sich, sie zu entzünden; seine Hand zitterte erregt. Schon stieg blauer Rauch, vermischt mit grauem, an die Decke, die, zum Glück hoch über den Köpfen, ein sechsteiliges Gewölbe bildete mit einem Knauf in der Mitte, von dem ein alter radförmiger Leuchter herabhing, buntes Holz. Generaloberst von Lychow und Generalmajor Clauß rauchten Zigarren, der Prinz hatte eine dunkelbraune Jägerpfeife im Munde, Baron Ellendt nippte von einer gelblichen Papiros. »Litauen als preu-

ßische Kolonie«, flüsterte in biederem Bayrisch Major von Krottmayr seinem Schreiberkollegen zu.
Die hellblauen Äuglein des alten Prinzen blinzelten fast humorig aus ihren Falten und Säcken, seine Brauen schoben sich der Nase zu, er paffte. Das konnte den Herren in Berlin gar schmecken, das Land Litauen zu schlucken mit Stumpf und Stiel, Ahr und Halm. Nein, lieber Wilhelm, so einfach läuft der Hase nicht. Auch wenn Bayern seinen Anspruch beiseite läßt und gutwillig hier wieder herausgeht, weil das Elsaß und Lothringen mit den schönen Städten Straßburg und Metz auch nicht grad zu verachten sind, gelten doch die deutschen Fürsten und ihr Bundestag auch noch was im Reich – und kurzerhand: so geht's nicht. Soll Kurland geschluckt werden – nun schön, da haben die Preußen fix gearbeitet mit dem Landtag, der kurländischen Ritterschaft und ihrem Prinzen Eitel Friedrich – läßt sich nix mehr machen. Aber Finnland kriegt der Hesse, der Zarenschwager, und Litauen kriegt der Sachse, der Wettiner, und wenn's im Juli Schneemänner regnet. Zwar würde sich sein Vater, der Prinzregent Luitpold, der alte Jäger, im Grab herumdrehen, wenn einer seiner Söhne wie ein Bettler aus Litauen abzog, nachdem er seine Hand auf dem ganzen Land gehabt. Er, Leopold, wird auch nicht so dumm sein. Haben sich die Herren, die vor ihm Oberbefehlshaber Ost spielten, nicht jeder ein schönes großes Gut für ihre persönlichen Zwecke reserviert, damit es ihnen das dankbare Vaterland nach Friedensschluß schenke? Standen die beiden Domänen nicht als ›Reservatgüter‹ unter besonderer Rechnungsführung? Nun, wenn der zukünftige König von Litauen ein Herr aus dem Hause Wettin ist, wird er schon wissen, was sich gehört, und seinem Vetter Wittelsbach ein kleines Cadeau nicht schuldig bleiben – eine von den herrlichen Wildbahnen des Landes, ein Wald, der ihn nichts kostete. Vorher aber heißt's geschickt sein, den Preußen nur durch Preußen abwehren und die allgemeine Stimmung zugunsten einer sächsischen Lösung durch Clauß und Ellendt beeinflussen. Erst soll einmal der Clauß die militärischen Trümpfe stechen. Danach hat er im Hintergrund noch ein unfehlbares Argument, und das, er weiß es, wird der Ellendt schon vorbringen. Und er bittet den Chef seines Stabes, das Wort zu nehmen.
Alle Blicke ruhen auf dem prallen Knabengesicht mit den

selbstbewußten Augen und dem bissigen Munde. Was wird der Riese vorbringen? Wie sich halten?
Hauptmann Winfried schreibt, Student Winfried weiß, er schreibt weltgeschichtliches Kolleg mit. Der Mann, der nichts mehr zu verlieren hat, bittet als Einleitung, ohne Rückhalt reden und das schnurrige Gewächs mit der Wurzel herausziehen zu dürfen. Angefangen habe es, als man, er erinnere sich genau, am Sonntag, dem 5. November 1916, mit jenem Erlaß herausplatzte, der das Königreich Warschau stiftete. Das geschah, um ein ungeheures Heer von polnischen Freiwilligen in die Lücken zu schieben, die die Sommeschlacht und besonders, leider, die Eselei von Verdun den deutschen Kaders geschlagen hatten. Daß diese Blütenträume nicht reiften, wer wußte es jetzt nicht. Einige aber, zum Beispiel er, hätten sich erdreistet, das gleich zu befürchten und mit ihrer Skepsis nicht hinterm Berge zu halten. Man konnte sich an den Fingern abzählen, daß nach zwei Kriegsjahren die polnischen Jünglinge sich nicht die Hacken ablaufen würden, um für Berlin oder Wien zu sterben. Der Enderfolg sei denn auch gewesen, daß man den Brigadier Pilsudski auf Festung habe bringen müssen, nach Magdeburg, wo er heute noch sitze und fleißig Erinnerungen schreibe. Damals, in der Sonderausgabe der Kownoer Zeitung, mit der der überraschten Bevölkerung jener großmütige Akt der Mittelmächte beschert wurde, stand nun auch etwas über ein selbständiges Litauen zu lesen – seines Wissens der erste Schritt auch auf dem Wege, der sie heute hier so traut vereine. Warum, so frage er, war dieses Litauen nötig? Weil Preußen nur ein kleines Polen an seiner Flanke dulden konnte. Weil ein Polen mit einem Ausgang zum Meere, das Großpolen hitziger Träume, die deutsche Hegemonie im slawischen Osten bedroht und in der Ostsee eine neue Flagge gezeigt hätte, eine Flagge, mit gefährlichem Expansionsdrang geladen, solange noch ein polnisch sprechender Landkreis oder Industriebezirk in deutscher oder österreichischer Hand verblieb. Die Gründung Litauens war also eine Funktion der Gründung Polens, und diese beruhte auf einer falschen Berechnung – auf einer doppelt falschen, denn jene Novemberweisheit wirkte auf das Zarenrußland wie eine Kampferspritze; von rechts bis links standen die Parteien hinter dem Ministerpräsidenten Stürmer, als er diese ›Anmaßung‹ der Zentralmächte zurückwies, und die Offensi-

ven des Jahres siebzehn verdankten ihre Popularität unter anderem der vorschnellen Losreißung Polens vom russischen Staatskörper. Nun könne man sagen, Offensiven seien nie populär, und man überlasse sie am besten den Gegnern. Aber da jetzt deutscherseits die Jahreszeit für diese Art Pflanzen im Westen anbrechen solle, erinnere er sich, gerade vor dem Chef der Nachrichtenabteilung, daß der alte Moltke, der richtige Moltke, am Rhein immer nur für die Defensive gewesen sei und das Opfern von Blut und Leben den anderen zuschieben wollte.

Winfried wußte nicht, warum ihm von vornherein Oberst Mutius unsympathisch, der pralle General Clauß aber sympathisch gewesen. Jetzt wußte er es. Der magere Mutius gehörte zur Partei der Stubengeneräle, die nur in Ziffern und Einheiten dachten; ihr ausgeprägtester Typ, Schieffenzahn, hatte seinem Onkel das Ende des Jahres verdorben. Dieser Herr Clauß aber verkörperte den Offizier mit munterer Schnauze und unabhängigem Denken, der vor der Wirklichkeit nicht kniff. Bravo, Herr Clauß, dachte er, Lychow einen Blick zuwerfend, und er sah in den Augenwinkeln seines Onkels auch: bravo, Herr Clauß.

Der hatte einige flüsternde Reden mit Baron Ellendt getauscht und fuhr in seinen Darlegungen fort. (Herr Mutius machte sich Notizen.) Die Gründung eines selbständigen Litauen war ein politisch-militärischer Akt, nichts weiter, eine Form der Besitzergreifung, gekleidet in das holde Papiergewand, das augenblicklich Mode war, genannt Selbstbestimmungsrecht der Kleinen. Was die brauchten, bestimmten wir selbst, um aus unserem Geheimwörterbuch zu plaudern. Militärbündnis, also Heereseinheit, und Wirtschaftsbündnis, also Wirtschaftseinheit mit dem Deutschen Reich, waren errungen und sollten festgelegt werden für ewige Zeiten, sprich: für die nächsten dreißig Jahre. Unterm Schutz der Bajonette würde nach einem klugen Wahlsystem ein uns genehmes Ergebnis gesichert werden. Wir konnten machen, was wir wollten, denn in unserem Wörterbuch kam machen von Macht, und die hatten wir, und wer Macht hatte, hatte auch Recht, in gewissen Grenzen. Über diese Grenzen selber wollte er seinem verehrten Kameraden von Ellendt nicht vorgreifen. Er aber mußte sagen: dieses selbständige Litauen war ein Pfahl im Fleisch Rußlands, es entriß ihm ein wichtiges Stück gemeinsamer Grenze mit Deutschland und versperrte ihm Peters des Großen Weg nach Westen, errichtete einen Festungswall, den er gleichzeitig Petersburg entzog, und bildete ein beständiges Ausfallstor, eine beständige Drohung also, ins Innere Rußlands. Und wenn auch Rußland für ewige Zeiten, das heißt also für die nächsten fünfzig Jahre – man sehe, er lasse mit sich handeln, fügte er unsachlich und gut gelaunt ein – als Machtfaktor der europäischen Politik ausschied, dürfe man bei einer solchen Gründersitzung auch diesen Punkt nicht außer acht lassen. Zweitens aber sei dieses Litauen ein Pfahl im Fleische Kongreßpolens, wie er schon gezeigt habe, eine Barre auf dem Wege zum Meer. Und da niemand annehme, Preußen werde Polen die beliebige Benutzung der Weichsel und ihres Mündungshafens Danzig großzügig gestatten, und da andererseits Polen seine Ansprüche auf Wilna und das ganze Gebiet um die litauische Hauptstadt durch den Mund seines schweizerischen Komitees deutlich angemeldet, habe er diese peinlichen Erinnerungen vorgebracht, und er überlasse die Ernte seiner Saat jetzt dem Herrn Chef der Politischen Abteilung.

Der Prinz hatte behaglich in seinem großen Stuhle gelehnt und seinem Stabschef auf den Mund geblickt, der mit so schlecht verhohlener Freude der Obersten Heeresleitung ihre vorschnelle Gründung Polens ins Gedächtnis stieß wie einen Dolch, ihn darin hin und her wendend, wie es die Romanschriftsteller ausdrückten. Dabei war kein unsachliches Wort gefallen. Der Ellendt konnte, vornehmer Mann, der er war, jetzt mit der größten Verbindlichkeit einherfahren. Und das tat er nun. Die Ausführungen seines verehrten Vorgesetzten, sagte er, mit kleinen Gebärden seiner Rechten das Kommende unterstreichend oder abschwächend, erlaubten verschiedene Folgerungen. Ohne Zweifel konnte man versuchen, sie auch für die preußische Lösung zu verwenden. Er müsse aber, so leid es ihm tue, diese Meinung zerstören. Worauf wollte man sich in Litauen stützen, auf welche Macht einen dauernden Zustand gründen? Eines Tages, nach erfochtenem Sieg, also hoffentlich bald, mußte die deutsche Besatzungsarmee aus Litauen verschwinden. Sie konnte zu einem Teil getarnt werden, als Festungsbesatzung etwa, als Grenzschutz. Aber im wesentlichen mußte der litauische Staat aus eigenem Willen die Kraft aufbringen, seine Existenz und sein Bündnis mit dem Deutschen Reich zu verteidigen. Und dazu bedurfte man von seiten der Bevölkerung selbst Zustimmung, einen gewissen Geist, innerlich ergriffene Massen. Zwei Arten von Massen gab es in Litauen, eine große kompakte und einige kleinere, versplitterte. Von den letzteren, um von ihnen zuerst zu reden, konnte man die Juden vernachlässigen: trotz aller Maßnahmen des Heeres waren sie unter deutschem Schutz so viel besser daran als unter dem zaristischen Rußland, daß sie zu allem ja sagen würden, machtlos wie sie waren. Die wirkliche Masse der Litauer aber waren die Bauern, und ihr stärkstes Interesse jenseits der Wirtschaft ihre litauische Sprache und ihr katholischer Glaube. Zweifellos mußte die neue Herrschaft das Land einzudeutschen suchen, schon des Heeres wegen. Wollte man sich trotzdem die Bauern gefügig machen, so mußte man sich ihrer Pfarrer bedienen, also der Kirche, und ihnen einen katholischen Herrscher stellen. Das sächsische Königshaus war katholisch, ein Prinz aus dem Hause Wettin also geeignet, diese vernünftige litauische Forderung zu befriedigen. Dabei gewährleistete die enge Verbindung Berlin-Dresden dem Generalstab reibungsloses Zusammenarbeiten. »Wir ostpreußischen Junker«, und er fiel plötzlich in seinen breiten Heimatstonfall, »haben Erfahrung mit dem litauischen Marjellchen, wir sind ja auch die Dransten, wenn es mal hart auf hart geht, und werden schon verstehen, es zu umkuren, und den sächsischen Prinzen mit Königsberger Bier zu stärken. Aber einen protestantischen Fürsten auf den litauischen Thron zu setzen – davon rate ich ab.«

Major von Krottmayr flüsterte Winfried zu, es sei immer angenehm, die deutsche Sprache zur Verhüllung kluger Gedanken verwandt zu hören. Mit dieser Wendung nehme der Herr Baron dem Abgeordneten Hemmerle und seinen Litauern allen Wind aus den Segeln. Das war sein Hauptgrund, und den habe er völlig verschweigen können. Kannte Winfried den Abgeordneten Hemmerle? Dem Namen nach? Vom Zeitungslesen? Na schön. Er werde von ihm noch hören.

Der Oberst Mutius sah sich im Kreise um. Während der Rede des Generalmajors Clauß war ihm das Blut aus den Wangen gewichen, vor Erbitterung. Gegen diesen Menschen mußte etwas unternommen, daß er nichts war, ihm begreiflich gemacht

werden; doch das später. Die Rede des Barons Ellendt aber hatte ihm endlich die Erleuchtung gebracht, nach der er vorhin gesucht.
Die ostpreußischen Junker wollten nicht, daß das Haus Hohenzollern noch reicher, mächtiger und unabhängiger werde. Der Gegensatz zwischen den beiden siegreichen Feldherren des Ostens, jetzt die Oberste Heeresleitung, und dem Kaiserhause war nicht von gestern und den Eingeweihten wohlbekannt. Der Kaiser haßte die Erfolgreichen, und diese wieder duldeten seine Söhne nur in untergeordneten Stellungen, als Landräte von Bialystok etwa oder von Mitau. Jene Abneigung rächte sich jetzt. Ihre Nachfolger hielten daran fest, während sie selbst, militärische Staatsmänner geworden, diesen kindischen Gegensatz längst unter sich gelassen hatten. Katholische Kirche? Die Zunge juckte ihm im Munde, den klugen Herren voll Harmlosigkeit vorzuschlagen, dann doch die Herrscherwahl gleich den Bauern, der Taryba und dem Abgeordneten Hemmerle zu überlassen, der mit der deutschen Zentrumspartei nur auf seine Stunde wartete und ja schon einen Thronkandidaten parat hatte. Aber er unterdrückte diese spitzzüngige Anwandlung. Mit dem Abgeordneten Hemmerle wollte er nicht einmal rednerisch Arm in Arm erscheinen. Was Litauen brauchte, antwortete er schließlich auf eine einladende Geste des Prinzen, war ein Obrigkeitsstaat nach preußischem Muster. Nur ein solcher genügte den deutschen Forderungen nach Sicherheit und Landesprodukten, wobei die Bedürfnisse der Eingeborenen zurücktreten mußten. Ehe Deutschland auf allen Fronten so gesiegt habe wie hier und in Rumänien, vor Herbst 1919 also, könne die englische Blockade nicht zerstört werden. Noch ein Jahr danach werde Deutschland aus Litauen Holz, Butter, Wolle, Leder und dergleichen ziehen müssen. Das ging nicht ohne Zwang; ihn mußte der litauische Herrscher und sein Beamtenkörper durchzuführen die Nerven haben. Darum: Personalunion mit Preußen und ein preußischer Prinz. Denn leider bewies der OHL. die rote Entwicklung in Sachsen, seine verhetzte Arbeitermasse alles andere als solche Fähigkeiten im Hause Wettin. Obwohl die OHL jetzt mit der Vorbereitung der Offensive im Westen voll beschäftigt war, hoffte er, dem Herrn Ersten Generalquartiermeister bald Vortrag halten zu dürfen. Bis dahin, so bitte er, möge Ober-Ost dem Herrn

Reichskanzler mitteilen, daß die Kriegslage leider nicht gestatte, die Militärverwaltung Litauens noch weiter zivilistisch umzubauen. Die Thronfrage gar zu erörtern sei völlig verfrüht.

Ja Schmarrn, dachte Prinz Leopold von Bayern, während Oberst Mutius einen Zettel voll Notizen ans Licht hielt – wär' schön dumm, zu warten. Morgen wird er das mit dem Krottmayr durchsprechen und alsbald seinem königlichen Vetter Friedrich August ein vertrauliches Handschreiben nach Dresden schießen. Ihn einladen, die sächsischen Truppen an der Ostfront zu besichtigen und seine Prinzen mitzubringen, den Christian oder den Heinrich, auf daß die Herren hier mit seinem Baron Ellendt unauffällig Fühlung nehmen konnten. Wenn der Hemmerle, der zuwidre Schwab, sich mit dem Reichstag zusammentat, sollte er schon sehen, was er und der ausrichteten – einen Emmentaler Käse oder noch weniger.

Inzwischen begann Herr Mutius wieder. Zu seinem Unglück klang in seiner Stimme jene gewisse näselnde Schärfe mit, die man dem preußischen Gardeleutnant nachsagte: bei Bewertung demokratischer Verlockungen, führte er aus, müsse für Litauen die Entwicklung in Kurland maßgeblich erscheinen. Dort hätten die folgenden Phasen einander abgelöst: erst Jubel über die deutschen Befreier, dann lange Gesichter der Einquartierung und der Kriegswirtschaft wegen auch bei den Herren Baronen – Mißgriffe zugegeben; drittens die Februarrevolution: Abspaltung einer zarentreuen Minderheit, bei der Mehrheit aber deutliche Sehnsucht, den deutschen Stiefel mit einem bequemen russischen Filzschuh und demokratischen Pantoffel zu vertauschen. Die litauische Entwicklung hielt augenscheinlich hier. Oben aber war die Kurve bereits fortgeschritten: denn der Oktoberaufstand hatte die Bauern auch der Ostseeprovinzen nach dem Land der Gutsbesitzer gierig gestimmt. Überall troff ihnen das Wasser aus den Mundwinkeln. Deutsche Hilfe gegen den drohenden Bauernaufstand machte viertens die besitzenden Klassen hellhörig für die bescheidenen Reize preußischer Ordnung und Führung. Nur als Ergebnis solcher Einsicht ließ sich das Angebot der Personalunion richtig verstehen. Die Litauer dachten langsamer, aber auch bei ihnen konnte man mit Sicherheit den Augenblick erwarten, in dem der Bauer entdeckte, daß er zu wenig Land habe, Graf

Tyschkiewicz aber zu viel. Von diesem Augenblick ab brauchte niemand mehr mit katholischen Sympathien und der immer unbequemen Kirche zu rechnen.
An diesem Tische saß ein einziger Katholik, der Prinz. Selbst sein Adjutant gehörte protestantisch-bayrischen Kreisen an. Aber all diese Herren, längst zu einem kleinen Hof zusammengewachsen, zuckten innerlich auf und schauten bestürzt vor sich hin, weil solche Worte die sehr kirchentreue Wittelsbachische Familienhaltung kritisierten, taktlos berührten. Kriegt keine bayrische Auszeichnung, der Herr Mutius, notierte in Gedanken der Adjutant.
Der Prinz aber schmunzelte und half mit einer behaglichen Handbewegung dem Obersten aus seiner Verlegenheit: »Ist oft faktisch unbequem, unsere heilige Kirche«, sagte er, »weil sie einen ebenso harten Schädel hat wie wir und oft klüger ist als selbst ein Generalfeldmarschall.« Aber diese Frage habe ihm der Herr Hauptmann von Ellendt während der Brester Verhandlungen so schön auseinandergesetzt, daß der Herr Oberst den nur bitten solle. Draußen beim Tee ließ sich das aufs kommodeste erledigen; er danke den Herren.
Wirklich hatten sich alle bereits in Gedanken auf den heißen Tee und die belegten Brötchen gestürzt, die nebst einer Batterie von Schnapsflaschen der Küchenchef von Krasny Dwor im geheizten Vorsaal bereithielt; auch biß der Rauch selbst die Raucher mittlerweile in die Augen.
Die beiden Adjutanten, zurückgeblieben zwischen schiefstehenden Stühlen und einem dicken graublauen »Hecht« von Tabakrauch, suchten eifrig ihre zeichenbedeckten Blätter zusammen. Von Krottmayr, ein sehr ordentlicher Herr, hatte sie alle numeriert, von vornherein und auch für seinen Mitschreiber. Winfried kniete auf dem Boden. »Wie lange waren Sie an der Front, Herr Hauptmann?« fragte ihn der Bayer unvermittelt. Winfried hob sein überraschtes Gesicht: »... zig Monate, seit neunzehnhundertvierzehn. Mein Onkel entsann sich meiner erst, als Anfang neunzehnhundertsechzehn ein Lychow gefallen war. Gehörte sich ja auch so.« – »Da hätte Ihnen also auch auffallen dürfen, was mir vorhin durch mein Kalbshirn zog.« – »Und das wäre?« Winfried tauchte mit rotem Kopf aus der Unterwelt empor, seine Blätter ineinanderschiebend: »Warum haben wir eigentlich keine Blocks benützt?« fragte er

ärgerlich den Kameraden. Der aber, versonnen und seine Notizen durchmusternd: »Daß in dieser ganzen Besprechung nicht ein einziges Mal das Wort Volk vorgekommen ist. Weder das Wort Volk noch das Wort Mensch oder Menschheit habe ich heute stenographiert. Und dabei hätte sich mir die Abkürzung lk oder die Verschleifung nsch bestimmt eingeprägt. Ich schreibe nämlich als guter Bayer Gabelsberger. Und Sie?« Winfried, auf seine Blätter blickend, sagte nachdenklich: »Eigentümlich, Sie haben recht. Ich schreibe Stolze-Schrey, Debattenschrift, und da sind Volk und Mensch einfache Kürzungen, Striche mit Schwänzen. Nicht vorgekommen, wirklich.« – »Herbst 1919«, las Krottmayr indessen, »und noch ein weiteres Jahr Blockade, sagte Mutius von der OHL, die es ja wissen muß. Was, mein lieber Herr Hauptmann, täten wohl, Ihrer Erfahrung nach, die Männer in den wässrigen flandrischen Gräben mit dem Herrn Mutius, wenn er so zu ihnen spräche?« – »Totschlagen«, entfuhr es Winfried, und dann biß er sich auf die Lippe.
Gelbes Licht füllte von den Fenstern her den bunten und unordentlichen Raum: durch das trübende Wolkengewölbe breitet sich der Widerschein der sinkenden Sonne aus, unbestimmt und wie ein feinst verteiltes schwefelfarbenes Gas.

SECHSTES KAPITEL

Der Alte und der Junge

Am Ende dieses Tages saß Hauptmann Winfried in einem niederen Plüschsessel altmodischster Bauart und sah den Vorbereitungen zum Schlafengehen zu, denen sich sein Onkel umständlich hingab. Eben stand er in Schlafschuhen vor dem Spiegel, das Nachthemd in der Generalshose mit dem breiten Rotstreifen, und putzte seine Zähne, wozu er eine altgewohnte Zahnseife benutzte und nicht eine jener weißen oder rosa Pasten, die neuere Reklamekunst auf allen Anschlagsäulen durch ein Fräulein mit Perlgebiß aus appetitlichen Tuben quetschen ließ. »Verrückter Tag«, sagte Winfried, »gut, daß er endet.« Der Alte legte den Kopf zurück und gurgelte wie ein auftauchendes Walroß; so wenigstens, dachte der Neffe, stellt man sich das vor. Sonderbar, wie laut in der Stille dieses Gastzimmers das ausgespuckte Wasser in den Eimer klatschte. »Ich weiß noch gar nicht, Onkel Otto«, fuhr er fort, »ob ich dir dankbar bin.« – »Wofür?« Der alte Herr drehte sich ihm zu, er überdeckte eben seinen Schnurrbart mit einer Binde, die hinter den Ohren geschlossen wurde. »Dafür, daß du mich in diesen feudalen Teich geworfen hast, in dem ich nun schwimmen soll. Dieses Ober-Ost – nichts als Prinzen, Generäle und Barone und dazwischen dein Neffe Paul, ahnungslos wie ein Flamingo.« Eben zog sich der General die Hosen aus und saß in grauen Strümpfen, weißen Unterhosen auf dem Bettrand, das Gesicht durch die Binde seltsam entstellt. ›Nee‹, sprach er zu sich selbst und tat sie wieder ab, ›morgen früh muß auch noch Zeit sein‹, strich sich mit Kämmchen und Bürstchen den Bart glatt und zog dann, wie jeden Abend, seine goldene Taschenuhr auf, die ihn seit Jahrzehnten begleitete. »Du und Flamingo«, knurrte er dabei. »Lassen wir die Possen, Paul. Wer weiß, ob ich dich morgen ohne Zeugen spreche. Warum ich mich von dir trenne? Erstens, weil ich auf deinen Platz den Jürgen Jamlich rette, aus einer dreckigen Klemme. Das bin ich seinem Vater schuldig.

Auf seinen beiden Augen steht die Familie, alte Familie, und ihre Güter stoßen an die meinen. Zweitens, weil ich nicht in diese gottverlassene Ukraine schaukeln will, ohne einen zuverlässigen Menschen bei dem einzigen Mann zu wissen, der mich ehrlich informieren und unterstützen wird. Ich will dir nämlich gleich verraten: Mein Kommando verdanke ich nicht etwa dem Prinzen oder Clauß, sondern Schieffenzahn höchstselbst.« – »Ausgerechnet«, staunte Winfried. Der alte Herr zog sich inzwischen die Strümpfe aus, die Unterhosen, fröstelte einen Augenblick mit dünnen behaarten Beinen und verkroch sich dann eilig und seufzend unter ein dickes leichtes Federbett, das er bis zum Kinn heranzog. »Ausgerechnet, das sage ich auch. Es kann sein, er oder der Feldmarschall hatten im Sinne, mir eine Genugtuung zu geben, als sie mich wählten. Einfach wird das Geschäft da unten nicht, die Österreicher werden dafür schon sorgen, die Herren von der Rada, die Bolschewiken, tatü tata. Man wird sich gesagt haben, da unten sei jetzt weniger Feldherrnkunst als Menschenbehandlung vonnöten, Behandlung der Truppe, damit sie von der roten Krätze unangesteckt bleibe, Behandlung der Bauern, damit sie mit ihren Vorräten herausrücken. Meine Leute hängen an mir, das darf ich ohne Selbstlob konstatieren.« Winfried nickte. Beruhte die Wahl Lychows für diesen Posten auf solchen Erwägungen, so stimmte sie. Gleichwohl –. »Und Bauern sind in erster Linie Bauern, in Afrika wie am Nordkap.« Befriedigt schloß der alte Herr die Augen, rückte sich mit den Schultern das Kopfkissen zurecht, machte Schlafprobe. Dann, noch sehr wach, sah er seinen Neffen voll an und sagte: »Gleichwohl könnte der Wind auch anders wehen. Ich reite da mit meinen Männeken ins weite Rußland hinein. Unbekannte Gegend, unbesiegte Völkerschaften, Städte, die man bisher nur auf der Karte sah: Kiew, Odessa, Rostow am Don. Stell dir das mal vor. Rundum Kosaken und Rutbenen. Denn Ukrainer, das ist doch ein Name, den es vorher bei uns gar nicht gab. Und das soll ich nun erobern, pardon: besetzen. Einen Friedensschluß vollstrecken. Aber dort machen die Weißen und die Roten Krieg miteinander, und man kann zwischen ihnen häßlich in die Zwickmühle geraten. Beabsichtigt Schieffenzahn mit diesem Kommando mich weithin sichtbar zu blamieren, so kann es sich uffs scheenste ereignen, daß ich ihm den Gefallen tue. Die Sache

hat Häkchen und Haken.« Leicht seufzend dachte Winfried, dieses Schachspiel mit Wenn und Ob sollte eigentlich um halb zehn beendet sein. »Auf jeden Fall deckt dich doch der Prinz, und General Clauß ist auch nicht von schlechten Eltern.«
Lychow hob den rechten Arm unter der Decke hervor, streckte ihn mit gespreizten Fingern abwehrend von sich. »Lieber Junge«, sagte er, »weder der Prinz noch Clauß. Beide haben gar nichts mehr zu bestellen. Von weitem sieht man das nicht, aber wenn man so dichte bi ist wie wir heute, erfährt man es zum Staunen der Nachwelt. Hast du nicht vor dem Essen selber mitgeschrieben, wie liebenswürdig ihm die OHL Kurland unterm Sitz wegzog, um es ab dato durch einen eigenen Bevollmächtigten zu dirigieren? Die gleiche Entwicklung steht in Litauen bevor, und was General Clauß anlangt, den wir alle für den fähigsten Kopf rundum halten, so hat er mir nach dem Frühstück selber die Geschichte versetzt, wie es dazu kam, daß er in Brest-Litowsk auf den Verhandlungstisch schlug und den starken Mann spielte, während er doch eher der Kluge ist. Aber er hatte das Pech, vorigen Monat in Schloß Bellevue vom Kaiser empfangen zu werden.« Und Lychow erzählte, halb angegraust und halb voll Behagen die Geschichte, wie im Januar die OHL durch zwei Rücktrittsgesuche das Verschwinden des Generals Clauß verlangt hatte, weil der dem Kaiser eine andere Meinung in der polnischen Frage als die alldeutsche vorgetragen, und wie der kluge Staatssekretär des Äußeren dem bedrohten Generalmajor den rettenden Rat gegeben, zum Sieger von Brest-Litowsk zu avancieren: dadurch nahm er den Alldeutschen den Wind aus den Segeln und half dem Kaiser, ihn zu halten. Gesagt, getan. Wilhelm Clauß kam den Sowjets grob, die deutsche Öffentlichkeit begeisterte sich daran, und sein Bild wanderte in alle illustrierten Zeitungen. »Seither schikanieren sie ihn, aber sie können nicht an ihn ran. Mit der Neese«, kicherte der alte Mann; er hatte sich seit einer Minute im Bett aufgerichtet, weißhaarig, mager, und rieb sich vergnügt die Hände.
Dem Hauptmann Winfried wurde während dieses Berichts immer merkwürdiger zumute. Saß er in einem Schaukelstuhl? In einer Ballongondel? Mit weit offenen Augen hielt er das Bild des Zimmers fest, des Bettes, das vertraute seines Onkels: Von wem war hier die Rede? Von der Obersten Heeresleitung, von

den Generälen, denen das deutsche Volk acht Millionen Mann anvertraut hatte und sein ganzes Schicksals, in dem Endkampf gegen die Hälfte des bewohnten Erdballs, ja gegen den ganzen, wenn man Chinas und Südamerikas Kriegserklärungen einmal ernst nahm? Und diese mächtigen Männer kämpften gegeneinander mit den Mitteln wildgewordener Schauspielerinnen, auf dem Rücken eines Kaisers, der sich am liebsten mit einem Adlerhelm, aber immer nur in Kriegerpose hatte knipsen lassen. Dieser Kaiser tat ihm leid, in seinem schönen Schloß Bellevue, mitten in Berlin; aber war Mitleid mit dem Obersten Kriegsherrn ein Gefühl, das sich für einen jungen Infanteriehauptmann schickte? In was für eine Welt war er denn plötzlich geraten? Was für Zwielicht regierte hier, und was blühte ihm noch bei Ober-Ost? »Dolle Chose«, sagte er, weil Lychow auf eine Äußerung wartete. »Und wenn also weder der Prinz noch Clauß – wer in aller Welt soll dir den Rücken decken?« – »Dein neuer Chef«, antwortete sehr ruhig die Exzellenz und legte sich wieder nieder. Winfried beschloß, sich über nichts mehr zu wundern. »Ein Hauptmann der Landwehr«, stellte er sachlich fest, »ausgezeichnet. Nun mach ich mich doch wenigstens mit meiner Charge nicht lächerlich. Baron Ellendt – wer ist das?« – »Mein lieber Paul«, sagte der General, »das wirst du schon merken. Konrad Ellendt ist erstens der Sohn von Otto Franz von Ellendt, General der Infanterie, der ein gewisses Buch über den Feldzug von sechsundsechzig verfaßt hat, ein unbequemes Buch, ein klassisches Buch, sagen die, die es angeht. Er ist zweitens durch seine Frau ein unabhängiger Mann, der den Prinzen oder den Feldmarschall von Hindenburg auf seine Güter einladen kann und ihnen in seinem eigenen Walde einen kapitalen Hirsch zum Schießen vorsetzen – eine Ehrung, die der Feldmarschall gar nicht erwidern kann und der Prinz nur, wenn sein Bruder und die staatlich-bayrische Forstverwaltung nichts einzuwenden haben. Drittens aber und mehrschtens ist er selbst, ein Kopf, der jeden Augenblick preußischer Staatsminister oder deutscher Reichsminister sein könnte, wenn er der konservativen Fraktion nur den Gefallen täte und ja sagte. So, nun weißt du das. Weder der alldeutsche Verband noch die Vaterlandspartei, und wie die Bünde starker Männer alle heißen, die das Reich heute hin und her tanzen lassen, werden auch nur den Finger krümmen, wenn Ellendt auf seine höfliche Art

meint, ihm scheine geraten, ihn grade zu lassen. Links ziehen die Sozis und Katholiken mit Herrn Hemmerle, rechts ziehen die starken Männer, und da wundert man sich, daß das Reich im Zickzack steuert wie Herr Schulze, der im Witzblatt aus der Kneipe kommt. Auf so schwierigem Terrain passiert einem alten Manne leicht mal was, will ich dir sagen, und darum brauche ich Ellendt und dich bei ihm, um ehrenvoll zu bestehen und Alberten ein Schnippchen zu schlagen, falls er mich aufs Glatteis schickt.«
Winfried versicherte dem alten Herrn, der offenbar endlich müde wurde, daß er, wie seit Mitte sechzehn, sein getreuer Adjutant bleibe und seine Sache zu der eigenen mache, ob bei Ober-Ost oder im Armeeoberkommando Lychow. Aber der alte Mann schnippte mit dem Finger, dann hielt er sich die Hand vor und gähnte: »Pi pa po, das weiß ich, du Schnacker. Aber manchmal treten Umstände ein und ereignen sich Fakten. Und darum sollst du wissen, ich gehe auch deinetwegen in die Ukraine und hoffe, auch deinetwegen, zu reüssieren.« – »Wieso?« – »Denken, lieber Paul, hat noch keinem Vorgesetzten geschadet.« Ein schlauer Ausdruck trat in sein Gesicht, die Müdigkeit noch einmal überglänzend wie das Schlußlicht eines Zuges, der gleich um die unvermeidliche Kurve biegt: »Wir brauchen die Ukraine zum Schutz für unsere eigenen Güter. Nach diesem Kriege werden alle Leute Land haben wollen: erstens die es verteidigt haben, zweitens die dafür gefallen sind – was sage ich? Ihre Hinterbliebenen, Witwen und Waisen von anderthalb Millionen. Neuverteilung des Volksvermögens, sagen die Bolschewiken. Das Land aber haben wir, freien Boden gibt es in Deutschland nicht; erobern wir keinen, so geht es uns selbst an die Nieren. Also erobern wir welchen, dort, wo er gut und zu haben ist. Und, Dunnerlittchen und außerdem: Bin ich erst einmal kommandierender General in der Ukraine, so entsteht unter meinem Schutz eine deutsche Verwaltung mit Stellen und Posten, niederen, schlecht, bezahlten, und höheren, gut bezahlen. Schult sich mein Neffe inzwischen im Verwaltungsdienst von Ober-Ost, und hat er Lust und Spucke dafür, so steht ihm nach Friedensschluß ein angenehmes Amt da unten bereit, gute Arbeit mit nettem Gehalt und einer schönen Dienstwohnung. Tausende von Engländern leben so, und ich habe mir sagen lassen, nicht schlecht. Falls ihr aber lieber auf

dem Lande wohnen wollt, du und deine Bärbe – ein Gut kauf ich dort auf alle Fälle. Daß ich mit schönen Banknoten zugreife, wenn was Preiswertes winkt, das kann mir niemand verübeln. Angenehme Dinge, nett, daran zu denken, wenn ein scharfer Tag vorüber ist und das Ende des Weltkrieges in Sicht. Grüß mir den Baron Ellendt, sobald du ihn siehst, und jetzt gute Nacht, Paul. Mach ruhig dunkel.«
Durch das leicht geöffnete Fenster fiel frische Schneeluft ins Zimmer und ein mattes Licht des verhüllten hohen Mondes. Ein riesiger Kachelofen, vom Gang her geheizt, unterbrach die dicke Mauer, Lychow würde es die ganze Nacht angenehm warm haben. Behutsam zog Winfried die Tür zu. Eine Öllampe erhellte die Wendeltreppe, die er hinabstieg, kopfschüttelnd, reichlich erschöpft.

SIEBENTES KAPITEL

Nach des Tages Arbeit

Auf dem Wege in sein Zimmer fühlte sich Winfried wie zerschlagen. Ein unübersehbarer Trubel von Eindrücken kochte in ihm. Er suchte den Adjutanten des Prinzen, um sich für heute zu verabschieden. Eine Ordonnanz wies ihn in die Bibliothek. Winfried merkte, dies war das erste Mannschaftsgesicht seit seiner Ankunft, mit dem er sprach. Es sah wie zerquetscht aus, verglichen mit den straffen, wohlgenährten oder mageren Herrengesichtern.

Wirklich fand er Krottmayr in der halbhellen Bibliothek, Schnapsflaschen neben sich, beschäftigt, unter schwarzglänzenden Platten zu wählen, runden, mit Rillen bespielten, und bemüht, zu klein und obendrein mit Gold gedruckte Bezeichnungen zu entziffern. Er freute sich ehrlich des späten Besuchs, lobte ihn dieses guten Einfalls wegen, zwang ihn, sich auf dem Sofa auszustrecken, als er hörte, der Gast sei müde. Dann öffnete er eine Schublade, hantierte an dem braunen Kasten, setzte etwas in Schwung, ließ sich verlangenden, ja gierigen Ausdrucks in einen Sessel nieder. Zischendes Surren, und dann erblühten Töne aus dem albernen blaugoldenen Trichter, tiefe Bässe, voll umrundet und überschwebt von Bläsern und Streichern. Noch tiefer, bis auf den Grund der Musik sanken sie, und aufwuchs langsam aus ihrem Untergrunde die Schwermut einer sprechenden Melodie, eines Stückchens Klang, das unaufhaltsam ins Wort zu drängen schien und sich wiederholte, steigend wie auf zitternden Flügeln.

Winfried, fast schon im Einschlafen, riß die Augen auf, griff mechanisch nach einem grünen Likör, trank die brennende Süße beider, des Alkohols und der Musik: das war, bei Gott, Meistersingerklang, irgend etwas aus der Mitte, vielleicht das Vorspiel zum zweiten Akt oder zum dritten! Was denn, dachte er verwirrt, und ließ sich wieder fallen – gab es denn das hier? War das erlaubt, mitten im Kriege, in einem Hauptquartier,

nach einem Tag voll Eroberungen, politischer Entscheidungen, militärischer Zwistigkeiten? Hier lag er ja schon wie auf Urlaub, anpochte das Vergessene, der Frieden, der Glanz des Opernhauses am Abend; der Dirigent, undeutlich vom Platze des Studenten Winfried aus, hob beschwörend seinen Stab, jetzt malten die Flöten Verse: »... und da der Adam, wie ich seh / An Steinen dort sich stößt die Zeh...« Gleich würde der Sänger Hans Sachs seine schwermütige Rolle wieder aufnehmen, dort, wo er als Werbender nicht mehr in Betracht kam, neben dem sieghaften Tenor des jungen Stolzing... Noch ehe die Platte endete, stand der Major schon am Apparat, fing sie nach der letzten Schwingung, drehte sie um mit geübten Händen, versank wieder in seinen Polstern. Ja, das war der Frieden, glanzvoll und großartig, wie er 1914 gegipfelt, unmöglich zu steigern, so wenigstens erschien es dem Soldaten Winfried jetzt. Mensch, Mensch, ächzte es in ihm, wenn das nur wiederkommt, wenn das nur bald wiederkommt, daß man Herr seiner selbst ist, machen kann, was man will, schweifen, lesen, trödeln, mit Bärbe zusammensein, leben von irgendwas und irgendwie. Vor seinen geschlossenen Augen tanzten Bruchstücke der Gestalten, die heute an ihm vorübergezogen, Gesichter, halb belichtet, herausgehobene Einzelheiten: die Unterlippe des Prinzen, die Augenhöhlen des Oberquartiermeisters, Ellendts Zeigefinger, Lychows Mund und Kinn mit Bartbinde. Unaufhörlich beherrschte ihn das Fremde, drückten sich andere Leute in ihm ab; wann endlich kam man selbst an die Reihe, das Ich zu sich? Wie hoch in Bögen aus Silber sich die Geigen zu schwingen wußten, immer noch einmal vermochten sie anzusetzen, immer neue Einfälle zeitigten sie. Woher der Wagner das nur hatte, das unaufhörlich Wiederkehrende, den Brunnen, der stieg und fiel und sich immer wieder füllte! Mensch, Mensch, dachte Winfried wieder, wenn wir erst unsere alte Freiheit zurückgewonnen haben, was für ein Erwachen wird das geben, welch seliges Erwachen.
»Ja, Kamerad«, sagte Krottmayr, »die haben es in sich, die so Musik zu machen verstehen. Das war der Arthur Nikisch mit den Wiener Philharmonikern. Wer weiß, ob wir das je wieder hören werden.« Winfried fragte, wie er das meine. Als Antwort bot ihm der Major die Wahl zwischen einem Allasch und einem Kümmel an, beide des Trostes voll, wie er sagte. Seine

Augen, blau, groß, schwammen im Weiß des Gesichts, und ein goldenes Armband umschloß das schmale Handgelenk, als er sein Gläschen an das Winfrieds tippte; Sympathie mit ihm, seinem jungen frischen Wesen hatte ihn angeweht, während sie nebeneinander wie Schulbuben über ihre Blätter gebeugt geschuftet hatten. Schlimmstenfalls, wenn man sich täuschte, konnte man sich auf Übermüdung und Schnaps herausreden. Luft machen jedenfalls nach einem solchen Tage tat so not wie ein Bad. »Finis Austriae«, äußerte er heiser, »Österreich ist hin, das haben wir zu Tode gesiegt.«
Winfried lag bequem auf einem Sofa, dessengleichen er noch nie benutzt hatte: weichgrünes Leder mit Daunen gefüllt und auf einem leise federnden Gestell. Köstliche Trägheit kitzelte sein Herz. Jetzt war Zeit, an die süße Bärbe zu denken, die sich in einem Lazarett voll Darmkranker abrackerte, in Wilna. Kowno und Wilna – benachbarte Städte im Vergleich zu der Ukraine, in die hinabzuschwimmen er sich schon gefaßt gemacht! Dieser kleine diebische Gedanke hatte ihn den ganzen Tag immer wieder einmal durchfunkt und fast zum Lachen gebracht. Er hatte vielleicht Schwein. War Österreich hin, nun, so war es hin; aber außerdem war es gar nicht hin – was fabelte der Major? Die Österreicher hatten sich hervorragend geschlagen. Gut fünfundzwanzig deutsche Divisionen steckten zwischen ihnen, aber das war auch nötig bei einem Heer mit neun Kommandosprachen. Ein bißchen spät hatten die Deutschen das entdeckt; aber nicht zu spät, denn nun brach schließlich und endlich Friede an, im Osten und den Menschen ein Wohlgefallen, zum mindesten denen der Mittelmächte.
Der Major zog seinen Sessel näher ans Sofa. »Schon vorigen Herbst schien Österreich zu Ende. Wir kriegten eine Denkschrift des Grafen Czernin zwischen die Finger und einen Brief von Kaiser Karl: dürre Feststellungen. Die rumänischen Siege haben den Riß verkleistert, aber die Toten nicht wieder aufgeweckt und die Hungernden nicht gefüttert. Die Tschechen mögen Habsburg nicht mehr, die Kroaten, die bosnischen Serben. Die polnische Legion war von Anfang an in Aufruhr, für die österreichischen Deutschen fechten zu müssen. Und die Slowaken, die siebenbürgischen Rumänen, ihre magyarischen Herren – welch ein Gulasch! Und alle voll Stinkwut gegen uns, die ›Piefkes‹, wie sie uns schimpfen. Und wenn Sie sich der

Gesichter erinnern, so heute an uns vorüberzogen, der Reden, all der naiven Sicherheit – Hand aufs Herz, Kamerad, haben die Leute so ganz unrecht?«

Winfried schwamm abseits: das himmelblaue Kurbelding – eine große Erfindung. Wie stellt es der schlaue Mensch bloß an, Töne zu notieren. So, daß man hört: viele Geigen, und Flöte klingt anders als Horn. Krottmayr rückte noch näher, in der Stille des Raumes mit den Bücherwänden und der hohen Decke dämpfte er seine Stimme, seine Worte flüsterten bayrischer als je unter dem geschwungenen Schnurrbart hervor, und sein Blick haftete in der Luft über Winfrieds Gesicht. »Warnen Sie Ihren Onkel, Herr Kamerad«, sagte er, »da unten braut sich etwas zusammen. Es war sakrisch schlau, ihn da hineinzudrängen. Er war doch nie ein politischer General, und jetzt besorgt er die Geschäfte der Länderfresser, ob er will oder nicht. Was geht ihn die Ukraine an? Was, frag' ich Sie, geht sie uns an, Sie und mich? Ein offenes Wort über Belgien, Herausgabe, Wiederherstellung, Französisch-Lothringen mit Metz als Pflaster auf Frankreichs Wunden: und wir hätten alle Frieden gehabt, schon fünfzehn, dann wieder siebzehn, als der Papst zur Einkehr mahnte und Amerika sich gerade ankurbelte. Aber wir sind ein großes Volk, wir müssen uns ausdehnen«, parodierte er bitter irgendwen. »Treiben Schindluder mit dem Selbstbestimmungsrecht der kleinen Völker und blasen uns dabei auf, krachen in allen Nähten. Ja, lieber Herr, ich sehe schwarz wie in einen Kohlensack«, murmelte er trübe, stierte dabei auf seine Stiefelspitzen und das Glas, das er sich wieder füllte, zum wer weiß wievielten Male. »Ich gehöre zu denen, die unser Kaiser nicht duldet oder zerschmettert oder was sonst noch. Gott strafe England? Er tue es, und die umliegenden Provinzen. Wissen Sie, was er straft, immer und überall? Die Frechheit. Den Größenwahn. Hat noch stets geklappt. Nicht die Amerikaner machen mir bange – das Ganze. Die Hybris. ›Ich lehre euch den Übermenschen‹ – uns, die ohnehin nie genug kriegen. Das ist es. Jetzt sammeln sie im Westen ein Heer ein, wieder mal das größte der Welt, Deutschlands letztes. Leute, die zu gleicher Zeit Reichskanzler und Oberfeldherr sein möchten. Clauß – kennen Sie Clauß? – hat da Bedenken. Unserem Prinzen nicht verborgen. Strategen, die ihre Hände gleichzeitig überall haben, in Kurland, Polen, auf der See und an der Front. Befeh-

len, drohen, schikanieren. Wollen alles allein machen, wissen besser. Stänkern gegen jeden dritten – keine Ahnung, wieviel der Mensch bestenfalls erträgt. Jeder einzelne Repräsentant der Kaste, der Weltordnung. Jetzt sind diese Leute noch im Gewinn, da können sie großzügig sein, humoristisch. Aber lassen Sie sie erst einmal in Verlust geraten. Was für Zähne die dann plötzlich weisen werden. Gegen alle und jeden. Wer immer ihnen in den Weg tritt. Dann wird eben Deutschland besetztes Gebiet, und basta. – Ja, ja, ja«, er pustete, lallte, sank in sich zusammen, trocknete die Augen. »Groß ist die Diana der Epheser, hinter Wolken versackt die der Deutschen, und der kleine Hellingrath nun auch ein Plunder. Weidmanns Heil in Kowno, Kamerad.« Das Glas entfiel seiner Hand, blieb weich auf dem Teppich liegen. Sein Kinn auf den Kragen gepreßt, mit hängenden Armen, ging er in Dunkel ein, in undeutliche Bilder, in Schlummer.
Winfried schlief längst.

ZWEITES BUCH

STROM, GEGENSTROM

ERSTES KAPITEL

Eine Abteilung von Ober-Ost

Die Stadt Kowno stemmt sich demjenigen, der sie von Krasny Dwor her aufsucht, entgegen wie der Bug eines Schiffes. Sie wiederholt im Großen die Lage der gesprengten Kapelle an der Newiatza-Mündung, im Winkel zwischen den Flüssen Wilja und Njemen errichtet, und von denselben ritterlichen und habgierigen Gründern. Aber dieser älteste Kern hat seine Bedeutung längst an jüngere Teile abgegeben, nur noch eine Benediktinerabtei mit schöner Doppelturmkirche, kleine Gassen für die Ärmsten und eine riesige Turmruine füllen das Dreieck aus, das im Frühling allzu leicht überflutet und den ganzen Sommer über von Mücken heimgesucht wird. Erst wenn man einige Wochen in Kowno heimisch ist, versteht man die Anlage dieser wichtigen Festung und Holzhandelsstadt, die sich, zwischen Flüssen und Hügeln eingeengt, nur längs des Njemen ausdehnen kann. So entwickeln sich lange Straßenzüge und kurze Querstraßen, je weiter weg von den Flüssen, desto neuer, bis eine russische Kathedrale die Hauptstraße abschließt wie der Korb einen Degen. Weit weg im Lande liegt der Bahnhof, den eine Pferdebahn mit der Stadt verbindet. Durch die große Stille der beschneiten und blitzenden Landschaft schallt manchmal das Pfeifen der Lokomotiven, weht ihr schwarzer Rauch. Die Russen haben Kowno ausgeleert; als sie die Stadt räumten, nahmen sie an vierzigtausend Einwohner mit, ausnahmslos Juden; in die leergelassenen Häuser aber zogen andere Juden ein; die Dörfer und Städtchen rund um die Festung ergossen sich in sie. Trotzdem macht Kowno keinen allzu lebhaften Eindruck auf denjenigen, der über die Wiljabrücke und durch die Altstadt in einem grauen Automobil gefahren wird und sich überall neugierig umsieht, den Lebenskreis auszuschnuppern, der einen von jetzt an aufnehmen soll: Feldgraue, schwarze Juden, bleich, mit Schläfenlocken, Frauen in grauen oder roten Umschlagetüchern, viele Kinder. Es wird auszukundschaften geben, denkt er vergnügt, merkwürdige Baulichkeiten, kathedralenartige, dorfartige, kleinstadtartige, alles eng beieinander. Und nur die breite Kaiser-Wilhelm-Straße mit ihren Baumreihen und den niederen Häuserzeilen rechts und links macht einen großzügigeren Eindruck, als der Wagen vor der Offiziersunterkunft II bremst und der Fahrer von Ober-Ost dem Hauptmann vom AOK Lychow die Koffer ins Zimmer trägt. Nach Krasny Dwor wirkt dieses Hotelchen eigentlich dürftig.

»Wollen Sie sich mit diesem Pott auf dem Kopfe bei Baron Ellendt melden?« fragte Oberleutnant von Gorse-Wilding, als er den neuen Kameraden abholte. »Warum nicht?« staunte Winfried, »ich habe keinen anderen Helm.« Herr von Gorse lachte: »Werden sich einen kaufen. Geht hier schlecht ohne. Na, werden schon sehen.« Winfried dachte: Was sich die Leute nicht alles einbilden! Bei einer popligen Abteilung von Ober-Ost wird's, wenn nicht der Stahlhelm, doch die Mütze tun. Er betrachtete von der Seite seinen Begleiter, der sich ihm als Offizier vom Gästeempfang und der Diensteinführung vorgestellt hatte: ein langer Mann, gut gewachsen unter der Pelerine, mit frischfarbigem Gesicht, kleinem Bärtchen und blaßblauen Augen voll intelligenten Humors. Sie machten den Weg zusammen, den Winfried von nun an jeden Tag viermal als Dienstweg gehen sollte: ein Stück die Kaiser-Wilhelm-Straße hinauf, links in eine Nebengasse. Und dann standen sie vor einem weißen Hause. Einem Hause? Winfried riß die Augen auf. Ein ungeheurer Kasten, von der Länge einer Regimentskaserne und drei Stock hoch, füllte die eine Straßenseite. Seit der Münchener Universität hatte er ein Bauwerk von ähnlichem Ausmaß nicht mehr erblickt. »Da soll ich hinein? Was ist denn da alles drin?« Eine Art Platzangst bemächtigte sich seiner. Er hatte die letzten Jahre nur in Dörfern gehaust, in Unterständen, Kellern, Schulhäusern, mit Lychow in Schlößchen und Villen. »Was da drin ist?« antwortete der Oberleutnant, »ein gutes Stück von Abteilung V. Beileibe nicht die ganze.« Damit führte er Winfried an einem Pförtnerhäuschen vorüber, in dem Soldaten an einem großen Telefonschrank saßen, und über Treppen durch einen endlosen Gang im ersten Stock. »Mal erst zu mir«, erklärte er freundlich, »zum Aufwärmen und zum Eingewöhnen. Als wir hier einzogen, verschlug es uns zunächst auch die Puste. War mal die Festungsverwaltung der Russen. Ja, die Herren bauten nicht kleinlich. Waren auch, weiß Gott, nicht darauf angewiesen.« Und er lachte wieder sein sympathisches Baßlachen. Im Verlauf der Stunde auf seinem nüchternen Zimmer, ohne Gardinen und mit rotgrauem Läufer, begann Winfried sich von der Betäubung zu erholen, die der erste Eindruck und Herrn von Gorses Erklärungen ihm zugefügt. Abteilung V enthüllte sich nicht als Abteilung eines Stabes, sondern als eine Regierung. Freiherr von Ellendt, Hauptmann der Landwehr, war ein Regent. Zum Glück händigte von Gorse dem Neuen gleich gedruckte und getippte Blätter aus, sogenannte Verteilungspläne, und erläuterte sie ihm bei einem Glas Tee und vielen Zigaretten.

Da war zunächst die Hauptsektion P, Politik, mit ihren Untersektionen 1 bis 6. Sie kümmerten sich um alles, was in einem bevölkerten Lande vorkam: allgemeine politische Angelegenheiten, Verkehr mit der OHL und den Reichsbehörden, die Fremdenpolizei, die Auslandsdeutschen, die Unterstützungssachen. Alles das war Amtsbereich des Oberleutnants von Gorse-Wilding selbst, der sich später als rechte Hand des Freiherrn von Ellendt herausstellte, eine intelligente Hand, eine leichte Hand. Andere Herren in anderen Zimmern befaßten sich mit den speziellen politischen Problemen der Litauer, Polen, Weißruthenen, Juden, mit Landeskunde und Statistik, mit einem Verwaltungsarchiv, der Bücherei und Kartensammlung, dem Beschwerdewesen, mit Verfassungsfragen und all dem Ärger, den die Taryba machte, die litauische Volksvertretung.

Einen besonders breiten Raum nahm die Verkehrspolitische Abteilung ein, genannt Hauptsektion V VpA. Sie gestattete oder verbot den Menschen zu reisen, aus- und einzuwandern, sich aufzuhalten. Ihr unterstanden Meldewesen, Nachtverkehr und Flößerei, da Ströme auch Straßen sind. Mit ihren drei Unterabteilungen ergab dies schon neun Sektionen, alle durch einen geregelten Dienstbetrieb miteinander verknüpft, durch Fernsprecher, Ordonnanzenwege, Aktenumlauf. Und dann begann erst der eigentliche Innenbetrieb des Landes Litauen unter der Hauptsektion L, der Landesverwaltung (geleitet von Ellendts linker Hand, einem Rittmeister von Wreech). Ihr unterstand alles, was mit Polizei zusammenhing, Vereine und Versammlungen. Aufsicht über die Stadt- und Landkreise, das

Armenwesen und die Gendarmerie, das Bauwesen, die Arbeiterfragen, das Wirtschaftspolitische und schließlich sogar das Militärische, soweit es sich mit Verwaltungs- und Landesangelegenheiten kreuzte.
So ging es fort durch fünf Abteilungen, von denen die des Stabsveterinärs mit dem Hygienischen Institut zur Hauptsektion S überleitete, dem Sanitätswesen. Alles, was mit der Gesundheit des Landes zusammenhing, unterstand einem Stabsarzt, der zu gleicher Zeit Professor war, und der sich um die ansässigen Ärzte und Zahnärzte ebenso zu kümmern hatte wie um die Kurpfuscher und Dirnen, die Krankenhäuser, die Irrenanstalten, die Lepraheime – oh, es gab auch Lepra im Lande Ober-Ost –, die Feldschere und Zahntechniker. Ein Korpsstabsapotheker kümmerte sich um Apotheken und Drogen und um die Tauglichkeit der Nahrungsmittel. Die Leute neigten dazu, sie zu verfälschen und zu strecken am Ende des vierten Kriegsjahres.
Die Abteilung V U 1 und 2 und V K 1 und 2 leisteten die Aufgaben eines Unterrichts- und Kultusministeriums. Lehrerbildung, Volks- und Privatschulen, Fach- und Fortbildungsschulen – alles ward von Abteilung V bald besonnt und begossen, bald beschnitten oder ausgejätet. Für den Kultus diente Herrn von Ellendt ein Professorensohn, Leutnant von Bardeleben, als Referent: Kirchenhoheitsrechte für mehrere christliche Bekenntnisse und die Verwaltung ihres Vermögens, Verkehr mit der Geistlichkeit, einschließlich der katholischen Kirche und der jüdischen, kirchenrechtliche Streitfragen und, zu allerletzt, die Pflege von Kunst und Wissenschaft . . .
Hauptmann Winfried schwindelte der Kopf vor der Fülle der Gesichte und der Macht, der Namen, der Unterabteilungen und der Zimmer. Aber Herr von Gorse tröstete ihn: so sei es jedem gegangen, der nicht dem langsamen Ausbau dieses Riesenapparates unter dem Genie Schieffenzahn beigewohnt, und daran gewöhne man sich so schnell wie an Essen, Trinken und das Gegenteil. Ja, um den Eindruck von Abteilung V zu vollenden, müsse man eigentlich noch die Kownoer Zeitung mit hinzurechnen, das litauische Regierungsblatt Dabartis, die Druckerei Ober-Ost und, wolle man weitergehen, das Buchprüfungsamt und die Presseabteilung. Ähnliche Riesengebilde bearbeiteten Justiz und Finanz, Wirtschaft, Post, Eisenbahn und Forsten – oh, der Stab Ober-Ost hatte Arbeit genug und bewäl-

tigte sie mit einer Mindestzahl von Offizieren, Zivilbeamten, Unteroffizieren und Mannschaften. Bei dem Worte Presseabteilung stutzte Hauptmann Winfried: die wolle er bald besichtigen. »Und nun sagen Sie, Herr Kamerad, kann man väterlicher für die Litauer sorgen als wir? Müssen sie sich auch noch den Kopf zerbrechen, was für einen Landesvater sie kriegen? Sollten sie doch ruhig der Fürsorge von Abteilung V überlassen. Wir stellen ihnen die Ministerien, wir stellen ihnen den Fürsten – so gut wie ein Litauer möcht ich's auch mal haben.« Und er lachte schallend. Winfried mit ihm, so sehr, daß der benachbarte Herr die Tür aufriß und um seinen Teil an den neuen Weiberwitzen bat, die der Kamerad da offenbar mitgebracht.

Als Winfried gegen Ende dieser verwirrenden und bedeutenden Stunde im Zimmer des Herrn von Gorse fragte, wann er sich bei seinem neuen Chef melden dürfe, sah der Oberleutnant ihm nachdenklich ins Gesicht: »Eigentlich erst um sechs, nach dem Dienstplan, ich glaube aber, da Sie's sind, schon um zwölf.« In einem lustigen Hin und Her erklärte er dem Neuen, dieses ›Sie‹ bezöge sich nicht auf seine Person, sondern auf die Tatsache, daß er in Sektion P arbeiten, also zum engsten Kreis um Ellendt gehören werde und daher baldmöglichst unterzubringen sei. Winfried blickte an sich hinab. Er war so anständig und dienstgemäß gekleidet, wie es dem Adjutanten einer Frontdivision nur entsprach. Er hatte Helm und Handschuhe bei sich, seine Auszeichnungen angelegt, an seinem Aufzug fehlte nichts Notwendiges. Nur daß dieser Helm eben ein Stahlhelm war, seine Hosen in ledernen Gamaschen endeten, denen man ihre Kriegsjahre ansah, sein Offiziersdolch in einer graulackierten Blechscheide steckte, bestoßen an manchen Stellen, und seine Handschuhe abgetragen waren – so tüchtig abgetragen wie sein Waffenrock oder die Breeches. Und Winfried machte die Erfahrung, daß man in Merwinsk, dem Divisionsquartier, ein eleganter Adjutant unter lauter schiefgezogenen Frontröcken sein konnte – durch eine winzige geographische Veränderung aber in Kowno ein ruppiges Frontschwein unter lauter pikfeinen Etappenleuten. Selbst seine Achselstücke mit den zwei Sternen wirkten kahl neben den blitzend silbernen des Oberleutnants von Gorse, die nur einen aufwiesen. Aber alle Bedenken dieser Art warf er mit unmutigem Schnauben zum Krempel. War er, zum Donnerwetter, nach ein paar Stunden in dieser verwünschten Stadt schon solch ein Idiot, daß er sich Anzugsorgen machte? Baron von Ellendt wußte, wie er aussah; er hatte ihn nicht als Schneiderpuppe, sondern als Verbindungsmann zum Oberbefehlshaber der Ukraine in die Abteilung übernommen...

Zwölf Minuten vor zwölf hob Gorse den Telefonhörer ab und verlangte Hauptmann von Ellendt. Gleich danach bat er, zehn Minuten früher anklopfen und den Hauptmann Winfried zur Meldung mitbringen zu dürfen. Als er den Hörer wieder hinlegte: »Genehmigt«, sagte er. »Der Chef ist schlechter Laune. Wird manchem Mann den Kram verderben, denn Leutnant Palgraebe legt nach dem Essen die Urlauberlisten vor. Ellendt durchliest sie sehr genau; sein verdammtes Gedächtnis werden Sie noch kennenlernen. Wir haben zwei Leute eingeschmuggelt. Ist Ellendt gut aufgelegt, so übersieht er die außertourlichen Erscheinungen; im Gegenfalle streicht er sie. Heute wird er sie streichen, ich höre es am Ton. Armer Leutnant von Crewen, armer Herr Schmalstich, es hat nicht sollen sein.«

Winfried fand es im stillen nützlich für sich, gleich auf das Menschliche seines neuen Chefs gestoßen zu werden. Während jener Beratung hatte der Freiherr von Ellendt den Eindruck bei ihm hinterlassen, als sei er über Launen und Stimmungen längst weg. Der Alltag sah anders aus; gut, das zu wissen.

Zehn Minuten vor zwölf traten Winfried und von Gorse durch eine Tür, an der ein Schild befestigt war: Kein Eintritt, Meldung auf Zimmer siebzehn. Ellendt sah stirnrunzelnd auf, nickte kurz, legte einen Blaustift weg, erhob sich, ging Winfried entgegen. Er bat ihn, Platz zu nehmen, beklagte sich nach einigen einleitenden Sätzen über den Ärger, den dieses halsstarrige Land allen Wohlmeinenden bereite, und fragte dann ziemlich unvermittelt, wann er wohl das Protokoll der Besprechungen in Krasny Dwor werde sehen können. Er stelle ihm vom Nachmittag an eine Stenotypistin zur Verfügung. »Wann, Herr Hauptmann, glauben Sie fertig zu sein?« Geht ja forsch vor, dachte Oberleutnant von Gorse. Schön, da kriegt der Neue gleich einen Begriff von unserem Tempo. Aber der Neue entgegnete unverzagt: »Sofort«; knöpfte seinen Waffenrock auf und überreichte in einem Briefumschlag ein enggefaltetes und beschriebenes Protokoll. Der Hauptmann sah ihn groß an, lä-

chelte, während er die Blätter glättete, und fragte, wie das zustande gekommen sei. Winfried erklärte, Major von Krottmayr habe ihn gebeten, nach der Abfahrt von Exzellenz noch zwei Tage im Schloß zu bleiben und die gemeinsame Niederschrift gemeinsam zu bearbeiten; es hatte sich gut getroffen, daß sie beide keine Freunde der langen Bank waren. »Keine Freunde der langen Bank«, nahm Hauptmann von Ellendt Winfrieds Wort auf, »das wärmt einem den Magen. Sie leisten uns einen Dienst von Gewicht, Herr Hauptmann. Jetzt können wir sofort zu Maßregeln schreiten und die Litauer davon überzeugen, daß Meinungsverschiedenheiten zwischen deutschen Stellen nicht bestehen, daß es nur eine deutsche Politik gibt und die Unklarheit, die dem Lande so schadet, in Wahrheit eine Erfindung ihres Herrn Hemmerle ist. Infolgedessen verweigert die Vp. A dem Vorstand der Taryba, der nach Berlin fahren will, die Pässe mit vollem Recht, und der Herr Reichskanzler kann von diesem Empfang bei seiner Überlastung bestens dankend Abstand nehmen. Gönnen Sie mir einige Sekunden.« Er entnahm einem Stoß von Mappen eine blaue mit der Aufschrift Vp. A und schrieb mit eiligem Bleistift ein paar Zeilen an den Schluß einer Eingabe. (Später lernte Winfried die Abstufungen an Wichtigkeit begreifen, die Konrad von Ellendt durch Blei-, Blau- und Rotstift ausdrückte.)
Befriedigt lehnte Gorse an der Wand: der Neue hatte sich gut eingeführt, einen warmen Wind erzeugt und manches fast erfrorene Blümchen wieder gekräftigt. Winfried dachte, daß der Abgeordnete Hemmerle eigentlich stolz sein konnte auf die Gemütsbewegungen, die er hier auslöste. Die Arbeit am Bericht und Krottmayrs Erklärungen hatten ihn gelehrt, daß mit dem Namen Hemmerle etwas für Ober-Ost recht Hassenswertes verknüpft war; was, hatte sich nicht ergeben. Ob er Ellendt einfach fragte? Über diesen Punkt Bescheid zu wissen, gehörte vielleicht nicht zu seinem Dienst, aber keinesfalls konnte es schaden. Als Ellendt die Mappe schloß, fragte er also: »Darf man gehorsamst um Auskunft bitten, was es mit dem Herrn Hemmerle auf sich hat?« – »Natürlich dürfen Sie, alles und jedes, besonders da Einmütigkeit der Auffassungen unsere Pflicht, ja Voraussetzung ist. Der Name Hemmerle kann Ihnen nicht unbekannt sein.« Arglos bestätigte Winfried: sie hatten vorigen Sommer an der Front den Mann, der diesen Namen

trug, gepriesen und gesegnet, weil er den Reichstag zu einem Friedensschritt aufgerüttelt hatte. Seither sei es um ihn aber wieder still geworden. Überrascht hob Ellendt die Brauen: »Gepriesen und gesegnet? Die ganze Front?« Winfried merkte, aus seinen harmlosen Worten sei plötzlich etwas Gewichtiges geworden, auch ohne daß er den ängstlichen, fast entsetzten Zug sah, der über die Mienen des Herrn von Gorse huschte. »Gepriesen und gesegnet«, wiederholte er fest, »nach meiner bescheidenen Erfahrung die ganze Front. Wir hatten die Somme hinter uns und ein blutiges Stück Verdunfront links der Maas, ehe die Division wieder nach Osten schuckelte und den Sektor vorwärts Merwinsk übernahm, zwischen den Österreichern und der Wilnaer Gruppe. Die ganze Truppe hatte die Nase voll, kein Mann war bereit, wegen Belgien in den Dreck zu beißen. Denn von Gras war in unserer Reichweite nicht die Rede.« Atemlos wartete Herr von Gorse auf die Entgegnung des Chefs. »Es ist mir wertvoll, das zu hören«, meinte der nachdenklich. »Unsere Ostprobleme zeigten da ja erst ihren Umriß. Die Truppe sah nur: die Revolution war den Russen in die Knochen gefahren – Friede in Sicht. Ja, Juli neunzehnhundertsiebzehn durfte man so denken, mußte es sogar. Leider war die OHL. anderer Meinung und, behauptete sie, anders unterrichtet.« – »Falsch unterrichtet«, wiederholte Winfried kühn. »Das Heer, das wirkliche Heer, hatte den ganzen Zauber satt und wünschte sehnlichst Schluß mit Jubel.« Oberleutnant von Gorse dachte: Der Mann merkt nicht, daß er über den Bodensee reitet. Nachher einen Kognak für den Mann. Ellendt wiegte seinen großen Kopf hin und her, das mittelalterliche Gesicht im frischen Schein der Februarsonne. »Richtig«, gab er schließlich zu, »damals lief eine Krisis durch alle Fronten. Bei den Franzosen, erfuhren wir später, meuterten allerhand Korps, und die Engländer schauten in einen eisigen Keller. Derzeit blühte Herrn Hemmerles Weizen. Inzwischen mußte er leider erfahren, daß nicht jede Blüte reifte.« Auf dem Gang schlug eine Uhr zwölf; mehrere Herren traten ein, nacheinander, alle pünktlich. Winfried wurde vorgestellt, kurz und gedämpft, und das war ihm recht, denn er wünschte sehr, Ellendt möge sich nicht unterbrechen lassen und außerdem noch Zeit finden, ihn unterzubringen. Ellendt ließ sich nicht unterbrechen. Er lehrte weiter: »Jetzt jedenfalls hat sich

Herr Hemmerle als der schwarze Mann aufgetan und spielt ein Spiel gegen uns, von dem ich bloß gern wüßte, ob er es angezettelt hat oder ehrgeizige Herren der Taryba. Kurzum, pochend auf unsere Uneinigkeit in der Thronfolge, hat er sich veranlaßt gesehen, uns einen Gegenkandidaten aufzustellen, der den Wünschen der Litauer allein entspreche. Sein Falscher Waldemar ist natürlich ein Landsmann von ihm, ein Schwabe, hinter dessen Rücken Herr Hemmerle Litauen zu regieren wünscht. Und es ist jammerschade, aber es ist die Wahrheit: für jedes Thrönchen findet sich ein deutscher Fürst, bereit, darauf zu sitzen. Ich weiß nicht, ob ich die Herren langweile –« er sah in die Runde seiner Mitarbeiter. »Die Sache Teck ist schließlich für uns alle eine Lebensfrage«, unterstrich Rittmeister von Wreech die Bereitschaft seiner Kameraden, zu hören, wie der Chef auf Grund der neuesten Nachrichten die Entwicklung sah. Freiherr von Ellendt wies mit einer runden Geste auf das rotsamtene Sofa hinter einem Tisch voller Akten. Die Herren setzen sich. Sie hörten einiges, was sie schon wußten, der Neue aber nicht. Winfried hatte angesichts ihrer zunächst das Gefühl gehabt, als Fremdkörper in einer festen Masse zu stekken, gleichsam als Nagel in einem Brett; im Verlauf der nächsten Minuten spürte er zwischen dem Brett und dem Nagel Verbindungen: der Nagel wuchs ein, das Brett nahm ihm auf. Das lag, und er wußte es nicht, an gewissen Winken und Flüsterworten des Herrn von Gorse, während Ellendt unter geistreichen und behaglichen Redensarten einen Abriß der jüngsten litauischen Geschichte um die Person des Reichstagsabgeordneten Hemmerle gruppierte. Nach ihm entschied sich diese Geschichte paradoxerweise an der gemeinsamen Grenze, die seit Urzeiten das Herzogtum Schwaben von der freien Schweiz trennte: Auf beiden Seiten das gleiche unverständliche Hoch-Alemannisch und eine gewisse Geistesverwandtschaft von reisenden Geschaftlhubern und gästegierigen Hoteliers; auf unserer Seite aber Dürftigkeit im Essen und Trinken und der volle Krieg, auf der drübenschen Schlagsahne und Neutralität, beides gleich bekömmlich. Unter den östlichen Gästen der eidgenössischen Pensionen und Hotels habe sich vor Jahr und Tag, fuhr er fort, ein Litauischer Nationalrat gebildet, der aus seinen hohen Sphären all und jedes über Litauens Zukunft beschloß. Die dummen Deutschen oder popligen Preußen hatten das nur

noch auszuführen. Hierin bestärkte sie alsbald der Abgeordnete Hemmerle. Er nutzte die militärische Schwächung im Jahre siebzehn nicht ungeschickt aus. Zur Einführung eines parlamentarischen Systems im Reiche zettelte und wühlte er, nagte und redete, drohte und stimmte ab; unter dem Vorwand, die Kriegsregierung habe sich unfähig erwiesen, zum Frieden zu gelangen – jenem Frieden, den Volk und Reich aufs gebieterischste heischten. Freiherr von Ellendt stützte seinen Kopf in die Hand und blickte nachdenklich auf Winfrieds zweiten Rockknopf. »Ich bin kein Feind von Volksrechten – ich zu allerletzt. Aber sie müssen langsam verliehen werden, behutsam eingeträufelt gewissermaßen. Sie sind keine Gnade, wie gewisse Herren glauben – beileibe nicht. Ich nenne sie eher eine Medizin, geeignet, schwachen Staatskörpern Gesundheit zu verbürgen. Aber übertreibe ich, wenn ich sie eine giftige Medizin nenne, die nur in allmählichen Dosen einverleibt und verarbeitet werden kann, von wissenden Ärzten verordnet? Ich halte es hier mit unserem Schiller und seiner Glocke. In einem Krieg gegen die ganze Welt hat das deutsche Volk keine Gedanken frei für politische Experimente; sein gesunder Sinn lehnt sie schroffstens ab. Davon lasse ich mich nicht wegbringen. Was der Herr Hemmerle und seinesgleichen betreiben, diese überstürzte Demokratisierung, das Hineinreden und Hineinregieren, ist Demagogie, wo nicht Schlimmeres. Ich weiß, es sind auf ihre Art Patrioten. Die Massen, die sie vertreten, unser braves deutsches Volk, ich weiß es. Aber wenn die Herren glauben, Amt und Verstand reime sich, so unterschätzen sie unsere Sprache und ihr Sprichwort; denn es heißt: wem Gott ein Amt gibt, gibt er auch den Verstand, und nicht: wem Kreti und Pleti und der Stimmzettel ein Amt geben. Und ich halte es mit jener Art von Monarchie, die Josua begründete mit den Worten: ›Ich und mein Haus, wir wollen dem Herrn dienen.‹ Dem Herrn, sagte er, nicht dem Parlament und nicht der Wahlversammlung. Deutsch sein, heißt konservativ sein.«
Winfried fand sich leicht überrascht von dem schwärmerischen Ton, der die spöttisch unterkellerte Darlegung des Hauptmanns überfärbte und ganz verwandelte. Dieser Mann glaubte an Gott, ohne allen Zweifel. Ihm war die biblische Vorwelt ein schließender Schlüssel zur Gegenwart. Und jetzt begriff er weiter und besser die innere Verbindung zwischen diesem kon-

servativen Politiker im Waffenrock und dem militärischen, jede Politik anknurrenden Herzen Ottos von Lychow: Luthertum und Bibel. Bei Ellendt wirkte es ein wenig merkwürdiger – das war alles.

Ein Litauischer Nationalrat in der Schweiz also hatte sich mit Herrn Hemmerle geeinigt, und eine litauische Gruppe im Haag dieser Einigung die Weihe gegeben: ein katholischer Regent für das katholische Bauernvolk der Litauer. Einen solchen Fürsten hatte Herr Hemmerle zufällig in seinem geliebten Schwabenlande auf Vorrat: den Herzog Friedrich Ulrich von Teck, katholischer Nebenlinie der Württemberger, an den Umgang mit Bauern gewöhnt und jederzeit geneigt, nach Wilna überzusiedeln. Denn ein deutscher Fürst sollte es schließlich sein, um Litauens Dankbarkeit gegen die Befreier auszudrücken und ihm nebenbei eine nette kleine Rückendeckung an dem mächtigsten Militär- und Wirtschaftswesen des Kontinents zu sichern. Unglaubhafterweise hatte der Herzog ganz und gar den demokratischen Schwaben gespielt, ein Herz und eine Seele mit jenen merkwürdigen Schleichern und Erschleichern, die sich durch Herrn Hemmerle an ihn herandrängten. Und die Litauer im Lande selbst, die doch die deutschen Mühen und Anstrengungen aus nächster Nähe begutachten konnten? Zugestimmt hatten sie diesen ganzen Mächlereien und zweideutige Beschlüsse gefaßt, schwankend zwischen falscher Demut und echter Aufsässigkeit. Zum Glück gefiel das dem Herrn Reichskanzler, Grafen Hertling, gar nicht; bisher war es den litauischen Sendboten nicht gelungen, von ihm empfangen zu werden. Jetzt aber, da Brest-Litowsk die Trennung Litauens von Rußland förmlich aussprach und das Auswärtige Amt auf litauische Klärung drängte, zog es die Herren wieder nach Berlin, um von Ober-Ost schnellstens befreit zu werden und am allgemeinen Weltbrand das litauische Privatsüppchen gar zu kochen. Bislang hatte das schwierige Hin und Her zwischen OHL und Ober-Ost über eine geeignete Thronkandidatur die Reichsregierung gelähmt. Jetzt schied sowohl Bayern wie Preußen aus, die elsaß-lothringische Frage löste sich im bayrischen Sinne, ein sächsischer Prinz konnte vom Bundesrat für Litauen empfohlen, von Seiner Majestät bestätigt werden, dem König von Württemberg aber geraten, seinem Vetter Teck Raison zu predigen. Ein guter Tag war dies, jetzt konnte der Herr

Reichskanzler die litauische Bagatelle den bewährten Händen überlassen, die die östlichen Dinge bisher so erfreulich gesteuert. »Heute nachmittag spreche ich mit Berlin, heute abend, denke ich, schicken wir Herrn Leutnant von Crewen als Spezialkurier auf eine Dienstreise, um dieses Protokoll hier in der Reichskanzlei zu übergeben, dieses gesegnete Protokoll, das wir Ihnen, Herr Hauptmann, verdanken.«

Winfried begriff, dies sei ein ausgezeichneter Augenblick, sich zu empfehlen, wenn nicht gar ein Wink. Sicher war er überflüssig, wenn Herr von Ellendt mit seinen Mitarbeitern den täglichen Betrieb besprach. Er stand also auf, bat, sich verabschieden zu dürfen, erkundigte sich nach dem Weg zur Presseabteilung (den er nicht verfehlen konnte: die Seitenstraße zurück und schräg über die Hauptstraße das große weiße Haus) und traf mit Herrn von Gorse eine Verabredung, der ihn im Kasino einführen und das Mittagessen mit ihm teilen wollte. Dann nahm er auf preußische Art die Knochen zusammen, dankte dem Herrn Hauptmann für die Freundlichkeit, mit der er ihn empfangen, und ging. Schon auf der Schwelle fiel ihm ein, daß ihm ja doch weder ein Arbeitsplatz noch eine Tätigkeit zugewiesen worden war. Na, machte nichts, nach Tisch war auch noch Tag.

Als sich die gepolsterte Tür hinter Winfried geschlossen hatte, sagte von Ellendt zu seinen Herren: »Ein erfreulicher Zuwachs. Unsere Stubenhockerei verbildet die Begriffe, und solch ein frischer Fisch, halb von Lychow erzogen und halb von der Front, rückt sie uns wieder zurecht. Seltsam«, und er schüttelte den Kopf, »was für Legenden um solch einen jungen Mann gesponnen werden, wenn Leute nichts zu tun haben. Ich erwarte, daß mein Stab ihm die Eingewöhnung erleichtert.«

Na also, dachte Herr von Gorse mit humoristischem Seufzer, dies Kind wäre geschaukelt.

ZWEITES KAPITEL

Für Teck

Die geistigen Fähigkeiten des Landsturmmanns Bertin hatten ihren früheren Stand durchaus noch nicht wieder erreicht; dennoch ereignete sich in ihm vieles, während er ein paar Stufen emporstieg und einen Korridor von mäßiger Länge durchschritt, gerufen vom Telefon: auf seinem Zimmer warte Besuch. Das Mädchen Dawja war also mit Abteilung V nicht fertig geworden. Entweder hatte sie den Leutnant Perl, jüdische Sektion, in dem Riesenhaus nicht aufgetrieben, oder sie war von ihm nicht angehört worden, oder er war nicht da, oder sie hatte sich aus Schüchternheit gar nicht erst hineingetraut. Nun saß sie also wieder auf seinem Zimmer und verbiß ihre Verzweiflung. Sie war mit einer Empfehlung des Kriegsgerichtsrats Posnanski aus Merwinsk zu ihm gekommen, mit aufregenden Nachrichten, die sich für sie um die Person ihres Mannes ordneten, des Studenten Alexander Elkus. Nach dem Verschwinden des Armeeoberkommandos Lychow hatte es in der Judenstadt Merwinsk ein großes Aufatmen des Herrn Ortskommandanten gegeben und gleich danach eine Razzia auf erwachsene Männer zwischen Sechzehn und Fünfzig: Zwangsarbeitsbataillon Merwinsk wurde gegründet. Die Methoden der Rekrutierung waren nicht eben sanft gewesen, man hatte alle, die sich beschwerten, freundlich grinsend auf die schönen Zeiten vertröstet, die sie in den Holzverwertungslagern zubringen würden. Man wußte: in den Holzverwertungslagern wurden die Zivilarbeiter wie Gefangene gehalten, es gingen üble Gerüchte durchs Land, die Mißhandlungen betreffend, denen die Zivilisten dort ausgesetzt waren, wenn sie das ihnen zugemessene Teil Arbeit nicht schafften. Besonders berühmt war das Lager von Gainowka im Bialowieser Forst; aber auch überall sonst in den litauischen Wäldern sollten die Deutschen die erstaunlichsten technischen Anlagen eingeführt, ganze Dörfer aus Baracken errichtet haben. Die Gefangenen dort hungerten,

sie wurden geprügelt, mit Fußtritten und Kolben angetrieben; es sollte hundehüttenartige Haftzellen geben, in denen Strafeinsperrungen verbüßt wurden, in der Kälte des russischen Winters, in der Glut des Sommers. Juden, wegen schwerer Krankheit entlassen, hatten vor Rabbinergerichten Aussagen über ihre Erlebnisse in den Lagerhöhlen beeidet. In solche Lager hatte man die Einwohner von Merwinsk abgeschoben, den Studenten Alexander Elkus in das von Maljaty, zwischen Wilna und Nowoswenzjany, an der Bahnstrecke nach Dünaburg. Auf dem Stuhl in Bertins Fürstenzimmer mit seinen rotseidenen Tapeten und zwei ungeheuren Zarenbildern würde nun wieder die schmale abgezehrte Dawja Elkus sitzen und vor Empörung zittern, weil niemand gegen diese Unmenschlichkeit etwas unternahm. Weil die jüdischen Einwohner von Merwinsk keinen Anwalt in der Welt hatten, sie zu schützen. Weil die Deutschen zu allen anderen schändlichen Enttäuschungen, die sie dem Lande seit ihrem Einmarsch bereitet hatten, nun auch noch diese fügten. Und was sollte er dem Mädchen jetzt raten?
Vergebens suchte Bertin, die Tür öffnend, den Umriß der jungen Frau. Am Fenster lehnte, mit dem Rücken zum Zimmer, ein Offizier in Pelerine, der einen Stahlhelm und ein Paar braune Handschuhe auf den Schreibtisch gelegt hatte. Bertins Herz zuckte körperlich. Seltsamerweise durchfegte ihn in diesem Augenblick der Name eines Leutnants Kroysing, die Zeit heraufbringend, da er selbst einen solchen Stahlhelm über seiner Feldmütze auf dem Schädel gefühlt. Es war länger her als ein Jahr und eine Ewigkeit, im schauerlichen Herbst 1916, in der Gegend vor dem Douaumont, ein junger Mensch namens Süßmann hatte ihm an jenem Abend den Helm aufgestülpt, einen Artillerieleutnant namens von Roggstroh hatte er in eine zerschmetterte Batteriestellung geführt, um dort an dem hingestreckten Körper eines anderen Artilleristen namens Schanz hinzuknien, seine feinfädigen Haare zu fühlen, ihm die Augen zu schließen. Jetzt war er also tot; die Pistole in seiner starren Faust hielt er am Lauf umklammert... Ja, sie alle waren tot, deren Schemen ihn in diesem Moment durchblitzten, nur sein Herz war nicht mehr tot, es taute auf, erinnerte sich... Er trat zu seinem Schreibtisch, der Fremde am Fenster drehte sich um.
»Oberleutnant Winfried«, rief Bertin. Er traute seinen Augen nicht.

»Lassen Sie sich beschauen, Bertin«, sagte warm und erfreut der junge Offizier. »Sie haben sich nicht schlecht herausgefuttert. Übrigens bin ich Hauptmann geworden, wie Sie sehen«, und er tippte mit der Linken auf die beiden Sterne in seinen Achselstücken. »Anmerkung für Kurzsichtige«, schloß er; seine hellbraunen Augen lachten dazu. Sie schüttelten sich die Hände.
Sie hatten sich vor zwei Monaten getrennt mit der Aussicht, einander kaum mehr wiederzusehen, solange der Krieg dauerte. Ein schwer beherrschbares Zittern hatte im ganzen Osten Mannschaften und Offiziere bei dem Gedanken erfaßt, daß aus ihnen nun Helden für die Westfront gesiebt würden. Glücklich, wer unentbehrlich beim Stab einer fechtenden Truppe saß wie dieser Bertin, Schreiber beim Kriegsgericht der Division Lychow, früher einmal Referendar und Geschichtenerzähler. Nach einigen Zwiesprachen mit dem Adjutanten des Divisionärs hatte sein Vorgesetzter, Kriegsgerichtsrat Posnanski, ihn überrascht mit der Mitteilung: die Presseabteilung Ober-Ost fordere Schriftsteller an, er müsse sich melden und versetzen lassen. Sein Platz werde gebraucht für den Vater eines kleinen Kindes, seinen Vorgänger Adler. Oberleutnant Winfried, sich eines gewissen Gesprächs erinnernd in den Kellern der Mairie von Esnes, hatte Bertin gut zugeredet; die Anfrage der Presseabteilung Ober-Ost war vom Kriegsgericht zustimmend beantwortet worden – vier Tage vor Weihnachten hatte Bertin sich beim Hauptmann Traugott gemeldet, voller Unbehagen.
Winfried war mit seiner Musterung des Mannes vor ihm zufrieden; er war etwas blasser geworden, Bertin, aber er trug seinen Kopf freier als in Merwinsk, sicherer – vielleicht auch nur, weil er einen besser sitzenden Waffenrock anhatte und lange Hosen mit Stegen und dem Anflug einer Bügelfalte. Oder färbte die Pracht des Zimmers auf ihn ab? Diese roten Damasttapeten, die Goldrahmen um die beiden Zaren, aus denen der Künstler rosige Herrscher in Öl hergestellt hatte mit Federhüten, schön gemalten Stiefeln und Ordenssternen auf blauem Tuch? »Ihnen scheint's ja gut zu gehen«, sagte Winfried, »in dieser manierlichen Stadt.« – »Ja«, entgegnete Bertin, »mir geht es gut. Ich komme zum Nachdenken, zum Ordnen der letzten Jahre, und das bringt einen weiter. Vielleicht aber hebt einen auch nur die Verpflegung. Ober-Ost läßt vorzüglich für seine Mannschaften kochen, jeden Tag kostet ein

Offizier vom Dienst das Essen, mitten aus der Reihe, die Köche können keinen Schmu machen.« Winfried äußerte seine Befriedigung darüber. Der befreundete Mann sah ihm in die Augen und sagte: »Irgend jemand muß doch etwas davon haben, wenn ein ganzes Land langsam am Hunger vor die Hunde geht.« Winfried lachte: »Endlich erkenne ich Sie wieder, alter Schwarzseher.« – »Bah«, sagte Bertin, »beschauen Sie sich nur die Gesichter der Leute, die in den Läden stehen oder in der schönen Februarsonne promenieren, und Sie sehen genauso schwarz wie ich. Es ist furchtbar, und hoffnungslos dazu. Wenn jetzt die große Feldschlacht im Westen einsetzt, ja, wenn wir selbst bis nach Paris gelangen – möchten Sie in einer solchen Welt leben? Immer die Alldeutschen über sich und ihr Kommando? Und da hierfür sehr begründete Aussicht ist ...« er ließ seine Stimme hoffnungslos schweben. Winfried blickte auf ihn wie auf einen gestörten Geist: »Sie sind ja verrückt, Bertin, erstens, dergleichen zu denken, und zweitens, es auch noch zu sagen. Muß ich Sie nicht vors Kriegsgericht bringen?« Bertin trat hinter seinem Schreibtisch hervor, und Winfried erkannte, daß ihn Gram füllte bis zum Rande. »Zogen Sie in den Krieg, Hauptmann Winfried, um Belgien und das Erzbecken von Briey zu erobern oder die Ukraine friedlich zu durchdringen? Haben Sie gewußt, daß man das Selbstbestimmungsrecht der Völker drehen kann, bis es in gewisse Gedankengänge paßt, haargenau wie eine Schraube in ihre Mutter? Steht Ihnen der Sinn nach einem Pöstchen hier im Lande oder sonst irgendwo, und setzen Sie den Krieg darum fort bis zum Weißbluten – nämlich der anderen?« Winfried errötete, gewisser freundlicher Absichten und Traumbilder wegen, die ihm ein alter Mann im Bett unlängst vorgespiegelt hatte. Bertin hielt dieses Erröten für eine Scham, die der junge Offizier für jene Welt spürte, in der Patrioten sich austoben konnten, eine ganze Menschheit mißbrauchen, die deutsche Gesittung, die unauslöschlichen Leistungen eines großen Volkes, seine Technik, seine Tapferkeit, sein stummes Sichfügen und seinen guten Glauben. Er fuhr fort: »Sie wissen, mit welcher Überzeugung ich von der Front kam, und welche Meinungen wir in Merwinsk durchzusetzen hofften und versuchten. Wir dachten, der Fall des Sergeanten Paprotkin sei eine Ausnahme, und siegen werde die gerechte Sache – unsere Sache. Aber vier Wochen Ober-Ost, Herr Hauptmann, und Sie würden

wissen, daß vielleicht die gerechte Sache siegen wird, obwohl das unwahrscheinlich aussieht, aber daß sie nicht mehr auf unserer Seite ist, sondern anderswo – drüben oder im Himmel oder auf dem Sterne Sirius, der vor rund sechstausend Jahren den ägyptischen Kalender einleitete.«
Winfried wurde unbehaglich zumute. Dieser Mann war fast sein Freund, auf das überraschende Zusammentreffen mit ihm hatte er sich heimlich gefreut wie auf einen ausgelassenen Streich, und nun sagte er Dinge, die man durchaus nicht anhören durfte. »Wissen Sie was, Bertin«, damit holte er Atem und durchbrach die Stimmung der Minute ins Scherzhafte, »darüber werden wir uns noch mächtig zanken können, denn ich bleibe hier. In besonderer Mission zu euch kommandiert. Als Verbindungsmann zwischen Lychow und Abteilung V.« Bertin öffnete seine kleinen Augen weit: »Abteilung V?« wiederholte er ungläubig. »Wissen das unsere Wilnaer Freunde schon?« Winfried verneinte, das Ganze habe sich in den letzten Tagen herausgestellt, niemand sei mehr davon überrascht worden als er selber. Bertin blickte nachdenklich auf seine schwarzgewichsten Stiefelspitzen. »Für uns alle ist es einfach herrlich«, sagte er, »Sie in der Nähe zu haben. Nur für einen einzigen fühle ich Bedenken – für Sie selbst.« – »Nanu?« fragte Winfried belustigt den bekümmerten Mann und hob die Uhr am Handgelenk. »Für mich? Sehe ich so aus?« – »Nein«, sagte Bertin, und große Herzlichkeit verschönte sein mageres Gesicht, »so sehen Sie nicht aus. (Aber der Sergeant Paprotkin sah auch nicht so aus, dachte er, über seinen eigenen Einfall erstaunend, und doch hat man ihn zur Strecke gebracht, mühelos.) Aber ich fürchte Verwicklungen am Horizont aufsteigen. Denn Ober-Ost ist wild gegen die schwäbische Lösung, und unsere Wilnaer Freunde wild für den Herzog von Teck.« – »Und Sie?« fragte Winfried. Bertin hob hoffnungslos die Achseln, dann ließ er die Arme locker fallen: »Er wäre das kleinere Übel, vielleicht sogar eine handliche Lösung. Aber ich glaube nicht daran. Keine Durchschlagskraft dahinter – natürlich außer der von Schwester Bärbe, die allerdings beträchtlich ist ...«, und er lächelte schwach, zärtlich. Es war aber so, daß unter den Wilnaer Freunden die beiden Krankenschwestern Bärbe Osann und Sophie von Gorse verstanden waren, stillschweigend und ohne besondere Erklärungen. »Wie wissen Sie das?« fragte Winfried

überrascht. »Es gibt Briefe«, sagte Bertin, »und es gibt das Telefon. Wir unterhalten uns manchmal abends, die Verbindung mit Wilna klappt natürlich Ia.« Winfried faßte Bertin an den Arm: »Menschenskind, daran nicht gedacht zu haben! Da kann ich heute nacht gleich anrufen. Und jetzt muß ich fort. Ich werde zum Essen erwartet, Einführung ins Kasino, feierlicher Akt.« – »Bitte halten Sie mich für einen Esel«, sagte Bertin, »aber kommen Sie zu diesem Anruf hierher, lassen Sie ihn über unsere Vermittlungsstelle gehen. Wir sprechen jeden Abend zwischen fünf und sieben mit den Pressestellen drüben, mit der ›Wilnaer Zeitung‹, der ›Zeitung der X. Armee‹, mit der Zensur und ›Letzte Nais‹. Unser Unteroffizier Wendisch bringt spielend zwischendurch das Seuchenlazarett Antokol an die Strippe. Ehe Sie den großen Stall der P A genau kennen und Fühlung genommen haben mit ihren Telefonisten und Ordonnanzen, würde ich mit der Aufdeckung privater Beziehungen ungemein vorsichtig sein. Die Herren sind dort sehr klug, sehr entschlossen und geschult in der Beherrschung ihrer Mienen. Und seit der Herzog von Teck den Litauern zugestanden hat, daß er nicht mehr als fünf von hundert seiner Beamten aus Nichtlitauen wählen werde, und daß diese fünf innerhalb zweier Jahre die litauische Sprache beherrschen müssen, hat das gemütliche Wetter für seine Parteigänger drüben aufgehört.« – »Aber ich bin es nicht«, sagte Winfried erstaunt und betroffen von der nüchternen Erklärung über den Grund des Widerstands, der bei Herrn von Ellendt so tief und anders geklungen hatte. »Sie werden es werden«, sagte Bertin ohne allen Nachdruck und brachte den Freund zur Tür. Und während dieser wenigen Schritte begrüßte er die Fügung, daß er sich gerade heute, als Folge kürzlichen Wiederfindens, mit einer Ordonnanz von Abteilung V zu einem Glas Tee verabredet hatte – keiner gewöhnlichen Ordonnanz notabene, sie hieß Karl Lebehde, ein alter Verdun-Kamerad, länger bei Ober-Ost als er selbst. Niemand war geeigneter, als der Gastwirt Lebehde, ein wachsames Auge, eine schützende Hand für Winfried bereitzuhalten. Denn die unterirdischen Wege des Dienstes reichen weit und bewirken viel, und immer konnte Winfried ja doch nicht aus Bertins Zimmer telefonieren.

DRITTES KAPITEL

Gespräch nach Tisch

Das Kasino oder Gesellschaftshaus der Ober-Ost-Offiziere dient tagsüber vorzugsweise dem Betrieb des Essens und Trinkens. Zwischen halb eins und halb drei schwirrt ein ganzes Stockwerk von all den Umständlichkeiten, mit denen dreiviertelhundert Herren zu gleicher Zeit eine Mahlzeit aus mehreren Gängen einnehmen. Lückenlos soll alles klappen, die Bedienung abräumen und auftragen und wieder abräumen und auftragen, die Speisenausgabe gefüllte Teller und Schüsseln gebären. Die Küchenunteroffiziere müssen richtig eingeteilt, die Einkäufer reichlich eingekauft, das heißt angefordert haben, damit die Köche für den unverwöhnten Gaumen deutscher Esser ein schmackhaftes Mittagsmahl bereiten können – Suppe, Gemüse und Kartoffeln, große Stücke Fleisch von Kalb, Rind oder Schwein mit Beilagen und Mehlsoßen, und als Nachtisch ein Kompott, einen Flammeri oder einen Eierkuchen, frisch von der Pfanne. Dies alles ist Dienst – Soldatentum oder vaterländischer Hilfsdienst für Zivilisten, Pflichterfüllung und eine angenehme. Denn der Winter, der durchaus zögert, zu Ende zu gehen, ist der Kriegswinter siebzehn/achtzehn, in der Heimat ausgezeichnet durch getrocknete Kartoffelschnitzel, gastreibendes Kriegsbrot, Kohlrüben, Dörrgemüse, winzige Fleischrationen, ein System nett gedruckter Karten, auf die man nur leider weder die Eier, noch das Fett, noch die Zusatznahrung erhält, die sie anweisen, von Milch zu schweigen. Die Zeitungen trösten mit schönen Versprechungen: das Frühjahr wird zuverlässig Gemüse aus jungen Brennesseln bringen, Salat aus Sauerampfer und Löwenzahn, auch Kaffeeersatz aus Schilfwurzeln, und statt ausländischer Reisladungen die schlichten Körnchen der heimischen Melde aus der Gattung der Gänsefußgewächse, botanisch Atriplex genannt und leider bis zum Kriege als Unkraut verachtet. Aber die Wissenschaftler haben uns schon seit langem vorgeworfen, wir seien in jenen weichlichen Zeiten schwelgerisch ernährt worden, überfüttert beinahe, und jetzt erst entspreche die deutsche Kost den Bedürfnissen unserer Tüchtigkeit.

An den Hauptraum, den die Geräusche der Esser füllen – das Klirren ihrer Bestecke, das Rücken ihrer Stühle, ihr Kauen und Reden, ihr Prosten und Prusten, ihr »danke gehorsamst« und »ziehe mit«, wenn sie die Biergläser zücken – grenzen mehrere kleine: weiß gedeckte Tische überall, Mundtücher aus gutem Leinen, alles beschlagnahmt. Auch Seife gibt es reichlich im Lande für die besetzende Macht. Man bleibt ganz gern bei einer Tasse Kaffee und einer Zigarre sitzen, trotz des Speisendunstes, denn Wärme aus wohlgeheizten Öfen macht träge, kurbelt die Verdauung behaglich an. Weder Holz noch Kohle mangelt den Herren.

Das blaue Sonderzimmer, von welchem aus man den Hauptraum und die Vorhalle überblickt, ist älteren oder höheren Offizieren vorbehalten. Drei rote Gesichter auf drei kräftigen Hälsen qualmen aus drei Zigarren und beobachten die Weggehenden, darunter einen großen Oberleutnant und einen jungen Hauptmann im Stahlhelm.

»Wer, glauben Sie, zieht dort ab, von Gorse umschwebt und bemuttert?« fragt Kriegsgerichtsrat Wilhelmi – Justizabteilung – den Major Buchenegger – Forstabteilung –, einen bayrischen Herrn mit grauem Schnurrbart und gewölbten Augäpfeln. »Ich habe es mir sagen lassen, Lychows roter Jüngling ist das und kein anderer.«

»Na, hören Sie«, fährt Hauptmann Siewindt hoch – Polizei in Wilna – ein Sachse; »der ist vielleicht frech. Der traut sich hierher?«

Major Buchenegger kneift die Lider zusammen, stiert hinter Winfried her. »Solch ein g'scherter Rammel, ein affiger. Hat's grad nötig, im Stahlpott herumzulaufen, als gäb's keine Mützen im deutschen Heer.«

Kriegsgerichtsrat Wilhelmi zieht ein großstädtisches Gesicht: »Der Herr Hauptmann trägt den Helm nicht von ungefähr. Er hat sich bei seinem neuen Vorgesetzten gemeldet; dienstlicher Antrittsbesuch, also Helm.« Der Kriegsgerichtsrat brennt augenscheinlich darauf, gefragt zu werden, sein Wissen zu entladen, das Vertrauen hinzubreiten, das er an maßgebender Stelle Deutschlands genießt.

Der Major Buchenegger tut ihm den Gefallen nicht, schnauft nur kurz durch die dicke Nase. Er ist im bürgerlichen Leben ein hoher bayrischer Forstbeamter, hier aber einer der wichtigsten Männer der Besatzung, er kann warten. Aber Hauptmann Siewindt, Kleinstädter von Herkunft, springt um so lebhafter in die Bresche: »Sieh mal, sieh mal«, sagt er. »Hat ihm der olle Lychow also abgehalftert, den Herrn Neffen, natürlich zu Ober-Ost. Und an wen zediert?«

Der Kriegsgerichtsrat saugt an seiner Zigarre, sie heißt Kosestündchen und kostet achtzehn Pfennige: »Gar nicht abgehalftert. Befördert. Zu Ellendt kommandiert.«

»Ei der Daus! Solch ein verdächtiges Herrchen. Kann da allerlei Hörenswertes erfahren, der Junge. Ellendt sollte gewarnt werden.«

»Ist gewarnt«, wirft Wilhelmi hin. »Verläßt sich auf sich selbst. Meint, eine Gesellschaft wie unser Stab schmelze jeden innerhalb drei Monate ein.«

»Dabei kam schon mancher zu Schaden – bei allem Respekt für Ellendt«, der Forstrat spricht mit beinahe weicher Stimme, die zu seiner Erscheinung kaum paßt.

»Auch er kann hintergangen werden«, beharrt der Kriegsgerichtsrat.

»Werden gut tun, den Herrn im Auge zu behalten«, stößt Hauptmann Siewindt hervor. Er weiß nicht, was ihn in eine so erbitterte, fast gehässige Stimmung gegen einen Offizier bringt, mit dem er kaum einen Blick gewechselt hat, geschweige ein Wort. Alles an Winfried reizt ihn, vielleicht nur, weil der junge Mann von seinem Onkel offenbar mühelos, verdientere und ältere Anwärter überspringend, zum Hauptmann gemacht worden ist. Denn Hauptmann Siewindt bekleidet diesen Rang schon seit Kriegsbeginn, und seine Aussichten sind gering, vor Friedensschluß noch zu avancieren, will sagen, höhere Bezüge und ein reicheres Ruhegehalt zu erlangen. Ein Hauptmann bekommt fast sechshundert Mark, mit Zulagen sind es bei Ober-Ost über siebenhundert, aber ein Major kriegt eben mehr. Und im Sommer wird Friede, Siegfriede.

»Keine Sorge«, bemerkt Herr Wilhelmi leichthin, »wir haben verläßliche Leute bei Abteilung V, gebildete Leute, Unteroffizier Langermann zum Beispiel, die ganz erfüllt sind von Eifer für die vaterländischen Belange.«

»Der Oberlehrer, der die Denkschrift über das Cholmer Land eingereicht hat?«
»Derselbe, Herr Major. Ein verwendbarer Kopf und ein strebsamer dazu. Saß lange in kleinen Ortskommandanturen herum, bis es ihm endlich gelang. Die Denkschrift wird in den Alldeutschen Blättern gekürzt veröffentlicht werden.«
»Wird ihm bei Ellendt nicht viel nutzen.«
»Aber bei wichtigeren Männern, bei, gottlob, mächtigeren. Ich rieche von hier aus die Kämpfe, die sich heute und morgen in Berlin abspielen mit Leuten von der Sorte Clauß und Ellendt, die ihren eigenen Verstand zu hoch veranschlagen.«
»Verstand? Wenn's daran fehlte. Die Herren Clauß und Ellendt könnten so klug sein wie Petrus und die Apostel. Vermögen halt nicht, sich unterzuordnen. Die Gewohnheit, erste Geige zu spielen.« Der Major und Forstrat streicht seinen Bart beiseite, damit der Zigarrenstummel ihn nicht ansenge. »Ordonnanz, eine Spitze!«
»Zum Glück vergißt uns General Schieffenzahn nicht völlig. Ein ungeheurer Mann. Ein allgegenwärtiges Gehirn.«
»Ah«, gähnt der Major nachlässig, »mit Ihnen hat der Mutius also auch gesprochen? Daher kam Ihnen diese Weisheit über Lychows roten Jüngling.«
Kriegsgerichtsrat Wilhelmi lächelt geschmeichelt, bescheiden. »Ich stand auf seiner Liste. Und darum werde ich mir erlauben, Unteroffizier Langermann bald einmal zu mir zu bestellen. Wir haben eine alte Rechnung mit Herren zu begleichen, die vor keiner zersetzenden Maßregel zurückschrecken, wenn's ihnen beliebt, Mitleid zu empfinden. Wir haben kein Mitleid zu empfinden, wir haben an unser Volk zu denken, seine Größe und Herrlichkeit. Und der Weg, der dahin führt, ist ein guter Weg, der jeden harten Tritt rechtfertigt.«
Der Forstrat Buchenegger nickt beifällig. Hauptmann Siewindt blickt begeistert in Wilhelmis Kneifer. Glückt nämlich alles, und setzt deutscher Wille sich durch, so wird er doch noch einen reichlicheren Lebensabend genießen, hier oder in Wilna, als litauischer Landesrat und hoher Verwaltungsbeamter. Ob unter einem preußischen Prinzen oder einem seines sächsischen Herrscherhauses – ihm kann's gleich sein. »Wenn nur die OHL in der Thronfolge nicht nachgibt«, seufzt er unvermittelt.

»Keine Sorge«, beschwichtigt der wissende Wilhelmi. »Prinz August Wilhelm oder Prinz Oskar, da Prinz Eitel Friedrich in Kurland stellvertreten wird.«

»Und für den Schwaben nicht mal der Ellendt zu haben ist. Wann glauben Sie, werden wir die Berliner Beschlüsse hier haben?«

Jeder von den dreien weiß, worum es sich handelt: um die Folgerungen aus der faktischen Lösung Litauens vom alten Zarenreiche. Die Vertretung der Landeseinwohner in den befreiten Gebieten weigert sich, die preußischen Pillen zu schlucken. Sperren sie aber nicht den Mund auf: um so besser. Dann wird man reinen Tisch machen und sie abräumen. Leider wird das Auswärtige Amt mit den weichen Händen schon für ein faules und annehmbares Gemisch sorgen. Der Fehler, auf die Wilsonschen Beglückerphrasen überhaupt eingegangen zu sein, kann böse Früchte tragen, auch wenn der große Schlußtanz im Westen den Ostfrieden benötigte. Man konnte es anders machen. Man mußte es anders machen. Die bolschewistische Wühlerei, die Laschheit und Nachsicht der Berliner Zensur und gewisser Generäle haben wahrhaftig ins deutsche Heer Pestkeime eingeschleppt.

Die Herren lassen ihn gern bei der Gefährlichkeit verweilen, die dank der gespannten Ernährungslage von solchen Wühlereien ausgeht. Auch sie billigen dem einzelnen jetzt nur die Wichtigkeit eines Nagels in einer Schuhsohle zu. Den Winfried hat Major Buchenegger im Verdacht, für den Württemberger zu sein, er weiß nicht, warum. Zwar wird General Clauß, soviel ist richtig, den jungen Mann schon daran erinnern, daß die Zugehörigkeit zum Stabe eine Art Diensteid voraussetzt, ein Offizierswort, gesprochen oder nicht gesprochen, denn Clauß und der Oberquartiermeister tragen die Verantwortung für ihre Herren und nehmen es damit nicht leicht. Kann man dem Knaben nachweisen, daß er teckisch gesonnen ist, so spinnt sich etwas an. Aber wie kommt er bloß zu diesem Verdacht?

Am Nachmittag, am frühen Abend fällt ihm der Grund ein: er sitzt in einem Büro, unterläßt es noch eine Weile, Licht zu machen, schaut in den blauen Abend vor dem Fenster. Da geht ihm der Name, »Professor Osann« durch den Kopf, Theologe in Tübingen, seit einiger Zeit politisch rege im Sinne des Abgeordneten Hemmerle – Gott schlag ihn in den Boden hinein. Der Osann hat eine Tochter im Feldlazarett Merwinsk gehabt, und jeder wußte, wessen Gspusi die war, nämlich des Herrn Adjutanten seiner Exzellenz. Soll eine blitzsaubere Schwäbin sein. Wo mag sie wohl jetzt stecken? Aber wo sie auch immer steckt: Als Tochter ihres Vaters ist sie für den Vetter ihres Landesherrn, den windigen Württemberger, den Herzog von Teck. Und wie das Dirndl will, so will der Mann. Mit sich zufrieden, gut aufgeräumt zu sein in seinem Kopfe, vermerkt sich der Major Buchenegger in einem Fache seines Hirnkastens die Nachforschung, wo wohl die Schwester Osann abgeblieben sei. Für den Herrn der Forstabteilung Ober-Ost, der überall im Lande seine Dienststellen verteilt weiß – mehr als vierzig Forstinspektionen, Kurland eingerechnet – ist solch eine Ermittlung Kinderspiel.

Café Conrad

Frau Conrad, eine feine alte Deutschrussin, hatte die Erlaubnis bekommen, in einem Laden nebst Hinterräumen ein kleines Café aufzumachen, das sie mit Sohn und Schwiegertochter betrieb. Dort schmeckte der Kuchen besser als in anderen Gaststätten Kownos, denn was man den Juden selbstverständlich verbot, ward bei Frau Conrad übersehen: die mißbräuchliche Benutzung unvermischten Weizenmehls und echten Zuckers zur Herstellung von Backwaren – Kuchen und Teegebäck, wie man sie vom Njemen bis zur belgischen Grenze nur noch in Erinnerung hatte. Zwischen sechs und sieben ist das Hinterstübchen so gut wie leer – Soldaten sind dann mit ihrer Post beschäftigt, der Wiederherstellung ihrer Wäsche, der Bereitung von Abendbrot. Nur ein Liebespärchen sitzt mager und zärtlich bei einem Glas Tee – Student und Schülerin, wie sie überall auf der Welt, ob nun Krieg ist oder nicht, am Tisch einer Konditorei ineinander versinken.

Der Landsturmmann Bertin ist hier gut bekannt, besser als in den jüdischen Teestuben, das machen die Begriffe von deutscher Sauberkeit, die hier regieren, natürlich nur sie, nicht etwar eine Flucht vor unbequemen jüdischen Klagen und Leiden. Heute bringt er einen neuen Gast mit: Die Ordonnanz Lebehde von Abteilung V, die ihn vorige Woche im Nachrichtensaal aufgegabelt hat – das gab vielleicht eine Szene! »Alle Achtung«, sagt Karl Lebehde, »du hast dir ja nicht schlecht gemausert, Kam'rad«, womit er den Eindruck zusammenfaßt, den er seither von dem früheren Armierungssoldaten Bertin gewann. Bertin lächelt finster vor sich hin. Er gehört zu den Leuten, erklärt er Lebehde, die zu allem viel Zeit brauchen, dann aber von einer Sache nicht mehr abzubringen sind, Lederköpfe nennt er sie. Was er bis zur Trennung von Lebehde erfahren, was er nachher in Merwinsk mitgemacht hat, all das ist anscheinend spurlos von seinem Lederkopfe abgelaufen; innerlich aber zeigt er sich in Bewegung, es wirtschaftet in ihm herum wie in Brettern und Balken die ursprüngliche Natur des Holzes, antwortend auf Wärme, Feuchtigkeit, Bestrahlung: es dreht und windet sich, stemmt sich gegen das Gerüst seines Charakters, baut ihn um, es »arbeitet«, sagen die Holzhandwerker. Er berichtet Lebehde von dem Stoß, der all das ausgelöst zu haben scheint, während sie ihren Tee heiß und süß nippen oder schlürfen. Er war ziemlich neu in Kowno, da traf er auf der Straße eine Erscheinung, ein Gespenst, kurz vor neun Uhr morgens, an einem spiegelklaren Dezembertag. Er trabte gerade zum Dienst, da kommt ihm entgegen eine langgewachsene Gestalt im blauen Überrock, mit rotem hohem Kragen, schwarzen Hosen, blanken Schuhen, die steile Mütze mit der silbernen Kokarde geradezu erhaben, – ein Gardeoffizier in Friedensaufmachung. Der Rock von leuchtendem Rötlich-Blau endet überm Knie, und die Hände, die behandschuhten Hände – wo hält sie der Herr? In einem Muff, in einem Pelzmuff aus Marder oder Iltis, der ihm an einer Schnur um den Hals hängt wie einer Dame. Wenn Krethi und Plethi grinsen, wenn die Schulkinder einander anstoßen mit den spitzen Ellbogen, wenn die Geschäftsfrauen mit offenen Mündern zur Seite weichen, die Hände fest unter dem Umschlagetuch: der Gardeherr von Ober-Ost, mit rosigem Gesicht, die hellblaue, hellrote Erscheinung mit silbernen Achselstücken und schleifendem Degen bemerkt das nicht. Seine blassen Augen blicken schläfrig dankend über Bertins Gruß hinweg, und er verschwindet in den Frost- und Frühnebeln der Kaiser-Wilhelm-Straße, während der Schreiber Bertin schon an seinem Schreibtisch sitzt, voll von der Bemühung, was er gesehen hat, auch zu verstehen: jeder Zoll ein Sieger. »Siehst du, Lebehde, da gab es in meinem Kopfe einen Knacks. Dafür schufteten wir jetzt all die Jahre, hatten unsere Arbeit verlassen, unsere Zukunft, unsere Ausbildung, unser geistiges Leben und unsere Frauen, damit das hier so umherstolzieren konnte wie ein Storch in der Kleewiese. Dazu und zu nichts anderem haben so viele dagelegen, die wir doch neben uns hatten, als sie noch lebendige Leute waren. Mensch, das war ein Vormittag, eigentlich nur eine halbe Stunde, am 21. Dezember 1917, zwischen neun und halb zehn. Man konnte dazu sogar rauchen, im Zimmer umhergehen, aus dem Fenster gucken.«

»Weißt du noch«, fragte Lebehde bedächtig, »wie dir unser Kamerad August Bescheid gestoßen hat, in Romagne, bei der großen Kälte? Ich weiß es noch wie heute.« Bertin bat ihn aufzuhören. Etwas krümmte sich über seinem Magen. Aber unbarmherzig fuhr Lebehde fort, ihn zu erinnern, wie er damals den Ausbruch des unbeschränkten U-Boot-Krieges begrüßt hatte, weil nun das englische Beefsteak mürbe geklopft werden würde – er, ein Gebildeter! Und wie ihn da der Gasarbeiter Halezinsky mit seinen schrägen Augen fragte, wer dann wohl unseren Siegern die Macht übers ganze Volk wieder abkämpfen würde, wenn der Krieg so ausging, wie die Alldeutschen es sich dachten. »Er ist immer noch draußen bei der Truppe, der olle August«, setzte Lebehde hinzu. »Wenigstens war er es bis zu dem gescheiten Augenblick, als ich mir mit einem gespickten Hasen und fünf Mark Bargeld die Zuteilung zum Stab Ober-Ost erkaufte. Da war ich nämlich schon fünf Wochen beim Ersatzbataillon in Küstrin, machte mich nützlich und wickelte den Feldwebel Schickedanz in süße Redensarten und Gefälligkeiten. Ja, der August. Es war keiner zu schade, von dem einen Rüffel hinzunehmen.«
»Warum«, fragte Bertin, »brauchte unsereiner noch zehn Monate und ein leibhaftiges Gespenst, um ebenso klug zu werden wie ein Gasarbeiter?«
Die Ordonnanz Lebehde faltete ihre dicken Finger auf Madame Conrads weißem Tischtuch: »Zerbrich dir nicht den Kopf, Kamerad. Wenigstens und schließlich hast du doch was gelernt. Ja, unsere lieben Herren, die werden nicht freiwillig abtanzen.«
»Sie werden den ganzen Osten einstecken und Deutschland dazu«, sagte Bertin matt.
»Wenn wir's ihnen nicht versalzen«, spaßte Lebehde mit seinen freundlichsten Grübchen.
Bertin läßt seine Augen durch den schlecht beleuchteten Raum schweifen. Eine Petroleumlampe hängt von der Decke, ein Bildnis Lohengrins mit dem Schwan an der Wand, ein schräger Spiegel übereck; sie unterbrechen die muffigbraune Tapete. Das Liebespaar weiß nur von sich. Dennoch hat Karl Lebehde nichts gesagt, nichts vernommen. Wortfügungen solcher Art können sich nur im Innern eines ledernen Kopfes bilden, in

jenem Dreieck zwischen dem Zäpfchen des Rachens und den beiden Trommelfellen der Ohren, von innen gesehen. Außerhalb dieses geheimen Raumes schwirren nur Gerüchte umher, haltlose Redereien. Am besten wechselt man das Thema, Näherliegendes muß ohnehin beredet werden. Hier saß ein gewisser Lebehde, und von seinem breiten Gesicht ging Zuverlässigkeit aus. »Karl«, sagt Bertin, »bei uns notiert ein Unteroffizier Hauf allerlei Vorkommisse, um zu beweisen, daß sich alles doppelt und dreifach ereignet – und zwar kraft der Sterne. Heute morgen tritt ein Freund von mir seinen Dienst bei Ellendt an, ein Offizier aus der Merwinsker Zeit, hab' bitte nichts dagegen. Und just heute abend sind wir verabredet. Duplizität der Fälle nennt sich das. Welcher Abteilung unterstehst du besonders?«
»Der Litauischen«, kaut Karl Lebehde, »dem langen Wreech. Soll aus der Tamseler Gegend stammen, wo wir unsere ersten Turnübungen veranstalteten.«
Bertin denkt ungern an die Tamseler Gegend, Wilkersdorf und Drewitz, wie die Dörfer alle heißen. »Wie ist der?« fragt er. »Ganz brauchbar«, antwortet Lebehde, »hat viel bei Ellendt zu bestellen und liebt eine deftige Berliner Lippe...« – »Woran du es nicht fehlen läßt.« – »Immer bescheiden und nobel«, entgegnet Lebehde würdevoll. »Mein Hauptmann Winfried«, nimmt Bertin den Faden wieder auf, »kennt sich auf eurem Parkett so wenig aus wie unsereins, als wir herkamen. Das kann in den ersten Wochen zu Beinbrüchen führen. Da die Herren klatschen wie Marktweiber, hat sich bestimmt herumgeredet, was wir in Merwinsk anstellten, um einen gewissen Paprotkin zu retten. Erzähl' ich dir später. Wir müssen den kleinen Hauptmann in unsere Obhut nehmen. Er darf zum Beispiel nicht in den Verdacht kommen, für Teck zu sein.« – »Wer wird sich schon mit dem Teck blamieren«, antwortet Lebehde voll gehaltenen Spotts.
»Eben«, stimmt Bertin zu. »Aber wenn herauskommt, daß und mit wem Hauptmann Winfried sehr häufig telefonieren wird...«
»Woher weißt du?« fragt Lebehde erstaunt. »Bist du unter den Propheten?«
»Nee«, grinst Bertin. »Aber wer weeß, der weeß... – so kann's ihm in die Bude hageln, früher oder später. Nenn mir einen

zuverlässigen Unteroffizier von eurer Vermittlungsstelle, einen, der denkt wie du und ich, und mach aus, wann der Nachtdienst hat.«

»Grötschel«, sagt Lebehde nach kurzem Überlegen. »Ist zwar ein bißchen vertrauensselig, glaubt immer noch an den ›Vorwärts‹, der Mann, aber er hält dicht. Und hat eine solche Wut auf den Langermann...«

»Langermann?« besinnt sich Bertin, »kenne ich, schreibender Oberlehrer, liefert Beiträge für die Baltisch-Litauischen Mitteilungen. Der besorgt den Alldeutschen von Abteilung V den Grips?«

»Ist bei uns sehr beliebt«, spricht Lebehde zärtlich. »Hat mich heute mittag strammstehen lassen, als ich mit der Aktenmappe ins Zimmer kam und nicht laut genug geklopft hatte. In der Unterrichtsabteilung herrscht Strammheit und Subordination, hat er mich belehrt. Mich, einen alten Verdunmann. Und dem Kameraden Grötschel hat er mal zu zehn Minuten Strafexerzieren verholfen, mit gepacktem Affen und Knarre, weil der gelegentlich nach Zapfenstreich im Quartier einlief, als der Langermann Dienst hatte. Solche Leute lieben wir.«

»Also Grötschel«, wiederholt Bertin befriedigt. »Du setzt dich mit ihm ins Benehmen und dann mit Peter Possek, des Hauptmanns Burschen; denn zwischen mir und seinem Herrn ragen jetzt die Schranken des Dienstes, die zwar er überschreiten kann, aber nicht ich. Herr Hauptmann Winfried wird nicht mehr nötig haben, von meinem Zimmer aus zu telefonieren.«

»Zu denken«, flicht Lebehde versonnen ein, »daß ich gemeiner Mensch das mit dem Strammstehen und meinen dreizehn Verdunmonaten heute nachmittag dem Herrn Rittmeister von Wreech gesteckt habe, ohne Beschwerde, einfach als Erkundigung, wie es mit den Ehrenbezeigungen vor Unteroffizieren während des Dienstes zu halten sei.«

»Und Wreech?« fragt Bertin aufmerksam.

»Hat sehr geschmunzelt«, entgegnet Lebehde, ohne seinen weichen Ton zu verändern. »Hat sich dann besonnen, daß Herr Langermann einen dicken Schrieb zur Genehmigung eingereicht hat, über irgendwas Polnisches. Worauf er mit Hauptmann von Ellendt darüber telefonierte. Ergebnis:

die Veröffentlichung wird unterdrückt, da den Angehörigen des Herres und des Mannschaftsstandes im besonderen das Recht nicht zusteht, die Politik des Herrn Reichskanzlers zu kritisieren. Hierüber freut sich das unmenschliche Paar.«
Bertin lacht. Dies sind die Wege der Zensur. Das Schillerzitat aus dem »Eisenhammer«, das Lebehde ausgerutscht ist, bleibt unverbessert.
»Ich denke, wir gehen jetzt«, sagt Bertin zufrieden, »ich muß noch meinen Brief beenden.«
Dem Gefreiten Lebehde ist das sehr recht, er hat noch Taschentücher einzuweichen, falls nicht ein Quartierkamerad für ihn eingesprungen ist. Bertin zahlt am Ladentisch. Lebehde läßt es gern geschehen. Bertin verdient hier mehr als er. Dann stapfen zwei Soldaten in Mänteln und Mützen, die fast dunkle, fast leere Straße entlang, deren Breite rechts und links der beiden Baumreihen abenteuerlich wirkt im Verhältnis zu den paar Leuten, die sich auf ihr bewegen. »Ich will dir mal was sagen, Karl«, damit wendet sich Bertin an den Kameraden, weiß dampfende Luft von sich blasend, denn es ist sehr kalt. »Bald blüht uns die große Offensive. Die Herren glauben, jetzt sei für Frankreich Matthäi am letzten. Aber das haben sie vor Verdun auch gedacht. Vierhunderttausend Tote. Verläuft die neue Schlächterei genauso, dann kann, wenn das Fressen immer mieser wird, vielleicht der Augenblick kommen, wo die Deutschen im Reich sagen: nu hört endlich auf, nu laßt uns mal ran. Kann, nicht muß. Das Barometer aber, Karl, das haben wir hier. Kriegen die Litauer einen König nach ihrem eigenen Gusto, nämlich den Württemberger, den Herzog von Teck, so hat das deutsche Volk noch was zu bestellen. Bleibt es bei einem preußischen Prinzen oder einem sächsischen, so machen die Herrschenden das Rennen. Aber gut ist jedenfalls, daß wir uns hier gefunden haben, du und ich. Gute Nacht, Karl.« Und er biegt über die Straße, wird schmaler und kleiner und verschwindet in dem riesigen Schattenwall, den die Presseabteilung auftürmt.
Karl Lebehde sieht ihm nach und setzt sich dann fast in Laufschritt. Donnerwetter, denkt er, nichts als das. Aber es liegt eine Anerkennung für den ehemaligen Armierungssoldaten

Bertin darin, die diesen zum Rotwerden gebracht hätte. Und was die Litauer anlangt – bis heute hat Karl Lebehde ihnen nicht viel Kredit gegeben – so wird jetzt wichtig, was sie ausrichten. Am Hahn, auch wenn der man klein aussieht, merkt man, was im Fasse ist.

FÜNFTES KAPITEL

Herr und Diener

Als Hauptmann Winfried am übernächsten Tag sein Büro betrat, strahlte ihm das Gesicht seines Burschen Possek, jetzt Ordonnanz Possek (Ober-Ost O. Q. Ab. V) so hell entgegen, daß er beim Ablegen des Mantels schon fragen mußte, was ihm denn Gutes zugestoßen sei, er sehe ja aus, als habe er Gänseschmalz gefrühstückt.

»Nee«, sagte Possek und hängte Mantel und Koppel weg, »Gänseschmalz nich. Gänseschmalz ist gut, aber Frieden ist besser. Die Russen schicken Unterhändler, Herr Hauptmann. Die wollen Schluß machen« (und vernünftig sein – aber diese Fortsetzung verläuft in seiner Brust).

»Heil und Sieg«, freute sich Winfried, »die haben wir klein gekriegt. Friede auf Erden, hieß es ja zu Weihnachten, und den Deutschen ein Wohlgefallen. Und nun kommen die nächsten dran, und dann ist wirklich Schluß.«

»Herr Hauptmann haben 'ne neue Bibel«, grinste der Bursche Possek, während er seinem Herrn ein Glas Wasser auf den Schreibtisch stellte, neben den Stoß Zeitungen, den Hauptmann von Ellendt dem neuen Hilfsarbeiter gestern abend noch heraufgesandt. »Den Text hab ich in der Schule anders gelernt.«

»Ich auch«, bestätigte Winfried. »Und welcher gefällt dir besser?«

»Mir? Der alte«, entgegnete der Bursche Possek, »weil ich den schon jewohnt bin.«

»Mir auch«, sagte sein Vorgesetzter und entzündete sich eine Zigarette. »Möchtest du übrigens gern nach Wilna umziehen, Possek?«

Der Bursche zog ein komisch hilfloses Gesicht: »Wenn schon, dann lieber gleich. Denn sparen wir uns das Auspacken und die Wohnungssuche dieserorts. Ich hätt' aber ein schönes Quartier ausgemittelt für Herrn Hauptmann, so 'ne nette, stille Bleibe,

wie Herr Hauptmann sie lieben, mit schönem Vis-à-vis. Nämlich mit 'ner großen Kirche und 'nem Kirchhof. Dicht beim Paradeplatz und Rathaus. Es ist die feinste Gegend von Kowno«, setzte er tiefernst hinzu, so daß Winfried ihm lachend auf die Schulter schlug.
»Junge, du bist jeck. Was hast du da wieder hinter den Ohren?«
»Wenig«, sagte Possek, »der Herr Hauptmann soll es gut haben. Das ist alles. Nichts für Herrn Hauptmann, die Offiziersunterkunft II und das Kasino und hier der Dienst mit den vielen Herren. Dienst und Essen muß ja wohl so bleiben, aber wohnen soll der Mensch dann wenigstens für sich. Der alte Wodrich hat mich beiseite genommen und Exzellenz der Herr Onkel mir aufgetragen: Possek, du sorgst mir für den Herrn Hauptmann, daß er sich nicht zu sehr strapaziert. Der Krieg dauert noch eine Weile, und bei uns herrscht Führermangel.« (Bei uns Mannschaften nämlich auch – dachte der Bursche Possek den Satz still für sich zu Ende.)
»Der Krieg?« fragte Winfried gedankenvoll zurück; er hatte durchs Fenster die Gefangenen der Stadtverwaltung beobachtet, die auf den Bürgersteigen Asche streuten, damit niemand ausgleite, und dabei elend aussahen und froren. »Der Krieg, der dauert nicht mehr lange. Höchstens halb solange, wie er schon gedauert hat. Bis die Franzosen und Engländer es machen wie die Russen und auch Boten schicken. So ist die Meinung bei der OHL, und die weiß alles.«
Der Bursche Possek, ein Rheinländer polnischer Abstammung, hatte wasserblaue Augen und galt bei vielen für dumm. (Seit langem nämlich waren polnische Bergarbeiterfamilien in den Revieren von Ruhr und Rhein angesiedelt worden, um den großen Werken einen Stamm gefügiger Arbeitskräfte zu sichern. Und zur Gefügigkeit wurden ihre Kinder erzogen.) Gleichwohl hatte er es zustande gebracht, nun schon zum drittenmal durch alle Musterungen den Weg zu Winfried zurückzufinden. Jetzt hielt er den Augenblick für geeignet, einen Auftrag auszuführen, den ihm der Gefreite Lebehde, Ordonnanz gleich ihm, gestern übermittelt hatte, und es sprach für Peter Posseks bestrittene Intelligenz, daß er in dem Gefreiten Lebehde einen Mann witterte, dem man am besten, ohne viel zu fragen, folgte. »Vom Herrn Schreiber Bertin«, berichtete er

daher beiläufig, einen Blaustift mit scharfem Taschenmesser spitzend, »soll ich Herrn Hauptmann was ausrichten.« Er tat so, als sei der gemeinsame Aufenthalt in Merwinsk in keiner Weise unterbrochen worden und Bertin ihm eine tägliche Erscheinung geblieben.

»Na«, fragte Winfried, einen großen Atlas anblätternd, auf dessen braunem Umschlag »Völkerverteilung in Westrußland« zu lesen war und ›herausgegeben im Auftrag des Herrn Oberbefehlshabers Ost von der Presseabteilung Ober-Ost‹.

»Der Herr Hauptmann möchten für Verbindungen nach Wilna bloß den Unteroffizier Grötschel heranziehen, der weiß schon Bescheid und wird Herrn Hauptmann seine Dienststunden mit der Nachmittagsmappe heraufschicken.«

»Schönchen«, warf Winfried gleichmütigen Tones hin. Aber die Karte des Gouvernements Suwalki mit ihren vielen eingezeichneten Bevölkerungsziffern verblaßte vor seinen Blicken, weil sein Gefühl von durcheinanderlaufenden Inhalten überschwemmt wurde. Es vermischten sich Bemerkungen Bertins, die Warnungen gleichkamen, mit einer Anzahl vager Anspielungen des Majors von Krottmayr aus den letzten Tagen in Krasny Dwor, und Eindrücken, die er inzwischen gewonnen. Hatte sein erster Schreck vor dem Labyrinth Ober-Ost weniger getrogen, als Herr von Ellendt damals wahrhaben wollte? Spielten sich hier auf engstem Raume die Kämpfe noch einmal ab, die zwischen Berlin und der Heeresleitung behauptet wurden? In Kowno kreuzten sich verflucht viele Interessen... Solange man von alledem kaum Umrisse witterte, wäre es verrückt gewesen, solche Ratschläge abzuweisen, nur weil sie das empfindlichste Privatleben berührten. Also Unteroffizier Grötschel, merkte er sich. »Übrigens ist Leutnant Osann vor ein paar Tagen im Straßburger Krankenhaus seinen Wunden erlegen«, fuhr er unvermittelt fort, sicher, daß Possek ihn begriff. »Du kannst Schwester Bärbe ein paar Zeilen schreiben.«

»Ach nee«, rief der junge Mensch erschrocken, »den haben sie also nicht durchgekriegt!« – »Zu großer Blutverlust«, erklärte Winfried, »kam zu spät zum Verbinden.« Ersticktes Mitgefühl schwang hinter seinem Gleichmut.

»Da tät ich aber an Herrn Hauptmanns Stelle gleich nach Wilna abhauen. Ein Wort unter vier Augen, das heilt.«

Winfried sah ihn groß an: »Vierundzwanzig Stunden im Dienst, da wird's ja Zeit, auf Abwechslung zu sinnen – Dienstreise, oder...«
»Och«, erwiderte Possek treuherzig, »wo so viel Herren hin und her fahren, zwischen Kowno und Wilna und Berlin, kommt's doch auf einen mehr wirklich nicht an.« Peter Possek hatte sich nämlich schon während jener Tage in Kowno aufgehalten, die Winfried in Drasny Dwor verbrachte, und ausgeschnüffelt, was sich in der Welt der Ordonnanzen nur erfahren ließ. »Von Freitag mittag bis Montag früh türmt mancher Herr gewohnheitsmäßig nach Wilna, und Herr Hauptmann haben einen Trauerfall in der Familie, das zieht immer.«
Winfried schüttelte fassungslos den Kopf, im unklaren, ob hier die Naivität eines Schlingels oder die Dreistigkeit eines abgebrühten Soldaten sprach. Gleichzeitig durchfuhr ihn ein blitzendes ›Warum nicht?‹ Was konnte ihn hindern, bei Ellendt sein Glück zu versuchen? Außergewöhnliche Umstände verlangten ungewöhnliche Lösungen. Lychow hatte ihn mit diesem Kommando überrascht; in Wilna gab es große Depots, während sich in Kowno nicht einmal ein Extrahelm einkaufen ließ, geschweige ein gutsitzender Waffenrock und ein präsentabler Offiziersmantel, denn neu einpuppen mußte er sich, das begriff man am Ende des ersten Tages; übrigens hatte von Gorse es vorausgesagt. Und Bärbe hatte so an ihrem Bruder gehangen.
»Possek«, sagte er mit langem Blick, »du bist ein Karnickel. Dir darf man nicht über den Weg trauen. Aber wenn ich deiner Keßheit nachgebe und nach Wilna fahre, sollst du nicht ungestraft davonkommen. Du kriegst jedenfalls eine Dienstreise aufgepelzt, du schlängelst dich nach Merwinsk und holst meine Sachen.« Peter Possek grinste säuerlich. Es war zwar spaßig, aber anstrengend, in den überfüllten Zügen oder auf Lastautos durchs Land zu karren. »Nach Berlin wär's schöner gewesen, Herr Hauptmann«, entgegnete er und bewegte seine Ohren, was er sehr gut verstand. »Kommt später«, sagte Winfried amüsiert, »alles zu seiner Zeit. Du packst den ganzen Krempel ein, wie er im Schrank und Schreibtisch baumelt.« – »Auch den alten grünen Anzug, den sich Herr Hauptmann von zu Hause kommen ließen, zum Verschenken?« – »Auch den. Es werden sich schon hier oder in Wilna Leute finden, die ihn brauchen

können. Und dann hältst du mir die Augen offen, damit die Klamotten unterwegs nicht Beine kriegen und verschwinden. Es geschehen nach dieser Richtung allerlei Wunder.« Possek nickte zustimmend. Manches und vieles geschah ›nach dieser Richtung‹. Die Achtung vor dem Eigentum innerhalb des Heeres war recht schwach geworden; nicht umsonst sah der Soldat, wie seit mehr als drei Jahren mit dem Gut der Landeseinwohner umgesprungen wurde, hörte er von den ungeheuren Kriegsgewinnen, die einen kleinen Teil der Deutschen bereicherten, während die Massen litten, darbten und verarmten.
»Ja«, seufzte Winfried, »wer weiß, wie das noch werden soll.«
»Die Russen wissen«, sagte Possek. »Viel kann da nicht mehr passieren.«
»Stell dir das bloß nicht zu rosig vor, Junge«, wunderte sich Winfried, »die haben nichts zu lachen. Die sind besiegt, die kommen nie mehr hoch.« Und damit öffnete er eine der vielen Ausgaben der Frankfurter Zeitung, über welche Hauptmann von Ellendt ihm einen Sammelbericht aufgetragen, ukrainische Fragen betreffend.
Der Bursche Possek nahm an der Tür Haltung an und ging hinaus. Und während dieses Vorganges dachte er, daß es besser sei, nicht mehr hochzukommen, aber auf eigene Weise und auf eigene Rechnung zu leben; daß vielleicht auch einmal andere Leute um Frieden bitten würden, nicht gerade Engländer und Franzosen, und daß der Herr Hauptmann ihm gegebenen Fall wohl auf der richtigen Seite zu finden sein werde; dafür werde er, Possek, schon sorgen, zusammen mit Schwester Bärbe Osann, dem toten Leutnant und allem, was hier noch passieren würde. Vielleicht wäre es dafür sogar gar nicht schlecht, wenn der Stab wirklich nach Wilna übersiedelte. Die Ordonnanzen munkelten es, die Köche bei der Kaffeeausgabe und die Schreiber in der Registratur, und was die prophezeiten, das wurde gewöhnlich. Es dauerte seine Zeit, aber Zeit, die fehlte ja keinem und nirgend, bis zum Frieden.

SECHSTES KAPITEL

Botschaft aus Merwinsk

Ordonnanzen sehen meistens auf die praktischen Folgen und den Wirklichkeitsgehalt der Dinge. Dafür erfüllt das Hin und Her ihrer Gründe und Ursachen das geistige Leben der Oberschicht. Ob Abteilung V nach Wilna übersiedelt oder nicht, enthüllte sich auch für den ungeschulten Winfried bald als politischer Vorgang ersten Ranges innerhalb der kleinen Ober-Ost-Welt. Er hatte auszudrücken, ob der militärische Charakter der Besetzung unterstrichen werden sollte oder ihr Übergang in friedensmäßigere Aufmachung; ob sich das ungeheuerliche Zellengewebe des Stabes spalten sollte in einen großen Verwaltungsleib, der sich örtlich verlagerte, und einen kleinen soldatischen Befehlskörper, der in Kowno blieb, und der jenem nichts mehr dreinzureden hatte, während die Verbindungen von Wilna zur Reichskanzlei in Berlin sich vermehrten und festigten. Den jungen Winfried allerdings beschäftigte vor allem die Vereinigung mit Schwester Bärbe, und daß Freiherr von Ellendt ihn auf sein schüchternes Vorfühlen hin sogleich mit der Ermittlung betraut hatte, was für Gebäude in Wilna allenfalls für Abteilung V zur Verfügung ständen – leere oder noch benutzte, obgleich man vorläufig noch entschlossen war, zusammen und so militärisch wie möglich zu bleiben.

Daher schlenderte der junge Mann eine Woche später eine Treppe hinab, tief vergnügt und mit der Welt zufrieden. Seine Dienstreise war bewilligt, ein hübscher Betrag zu seiner Ausstattung vorgeschossen, morgen mittag fuhr er los. Eine großzügigere Welt als diese hier ließ sich kaum erfinden. Sie ähnelte der hellen weitläufigen Stadt, dem riesigen Gebäude, in dem er nun schon ganz zu Hause war. Sein kleines Arbeitszimmer lag hoch unterm Dach, war aber nur durch eine andere Stiege zu erreichen als die, welche den Hauptkorridor des ersten Stocks mit Ellendts Arbeitsräumen verband. Von dort kam

Winfried eben. Dieser Korridor, breit und mit einem Läufer belegt, diente dem Durchgangsverkehr mehrerer Sektionen von Abteilung V. Oft bevölkerten ihn Ordonnanzen und Besucher. Jetzt dehnte er sich ganz leer vor Winfried, als der die unterste Stufe hinter sich ließ und um die Ecke bog, bereit, die gegenüberliegende Seitentreppe wieder emporzusteigen.

Ganz leer? Vor einer Tür (»Jüdische Abteilung, Ltnt. d. Res. Perl«) weinte ein junges Mädchen im dürftigen, schwarzen Mantel, die Hände vors Gesicht gedrückt, lautlos, mit zuckenden Schultern. Winfried wußte, viel Elend war in dieser Zeit und folglich auch in Ober-Ost zu finden. Er hätte sich mit drei Schritten zu seinem Aufgang flüchten, die ersten Stufen emporsteigen, die zuckenden Schultern vergessen können, das ganze schmale Wesen, dessen Gesicht er nicht einmal sah. Aber das lag ihm nicht. Es ging ihm gut, morgen war er bei seiner Bärbe, nachts würde er mit ihr telefonieren – hier hatte niemand zu weinen, wenn er es verhindern konnte. Mit einem Schritt und einer Wendung, deren er sich später oft entsann, ging er leise den Korridor hinunter, nur seine Stiefel knarrten ein bißchen.

Erst als er ganz nah war, sah das vergrämte Mädchen auf. Es erschrak, errötete schwach, zog einen Schleier von seiner Pelzmütze in die Stirn, trocknete die Augen mit einem winzigen Tuch, verbarg die Hände wieder im Muff, wollte enteilen. Dann sandte es einen prüfenden Blick in Winfrieds Gesicht und verweilte auf ihm. Kannte es ihn?

Auch ihm schien, er habe dieses magere, kluge Halbprofil schon mehrmals erblickt, die schwarzen fragenden Augen. Freundlich besah er sie, breitbeinig wie ein Onkel vor einer kleinen Nichte, und fragte, ob er etwas für sie tun könne. Ohne Zweifel hätten sie sich schon getroffen. Aber wo?

»Das letztemal am Grabe des Soldaten Paprotkin, Herr Adjutant.«

Winfried hob die Brauen. »Sie kommen aus Merwinsk? Bitte, begleiten Sie mich in mein Zimmer. Es ist nur ein Mauseloch oder besser ein Starkasten, aber wir werden es wohl diesem zugigen Korridor vorziehen, beide.«

Merwinsk – das war seine Angelegenheit, hier hatte Otto von Lychow Wirkungen seiner Person ausgestreut, den deutschen

Namen befestigt, sein Neffe ihm nach Kräften beigestanden, seine Umgebung durchformend. Kamen jetzt weinende Leute von daher, so mußte man sie mindestens anhören.

Nicht ohne weiteres hatte sich Dawja Süßkind, jetzt Elkus, zu Leutnant Perl vorgewagt. Es hatte der Ermutigung durch den Schüler der Jeschiwah von Slobotka, Jossel Schutz, bedurft, an den sie von Verwandten des Tischlers Täwje empfohlen worden war. Dieser Tischler, ein gottesfürchtiger Mann, war ebenfalls bei jener Menschenjagd verhaftet und ins Lager abgeschleppt worden, das bald Kurschany, bald Maljaty genannt wurde – eine Schwierigkeit mehr für Nachforschungen.
An sich vermeidet es der Schüler einer Jeschiwah, eine Frau anzusehen, geschweige zu berühren. Das Studium des Talmud, das dort betrieben wird, bezieht sich auf das Weltganze, und das Weltganze als Ausstrahlung Gottes ist ein geistiges Reich, in das der fleischliche Trieb wie ein fremdes und gefährliches Einsprengsel Lücken reißt. Er nimmt verschiedene Gestalten an, in dieser Zeit ist die Lust an der Gewalttat verbreiteter als jede andere, die Lust am Morden, am Erobern, am Ansichreißen ganzer Staaten, an der Unterdrückung von Völkern. Für den einzelnen Mann jedoch bleibt die Verlockung durch das Weib zu sündigen Gedanken und Handlungen die immer bereite Arglist dieses bösen Triebes. Aber der Student Jossel Schutz und viele seinesgleichen haben durch den Krieg die Empörung gelernt. Wo war Gott, als die deutschen Granaten die Slobotkaer Synagoge durchfuhren und verbrannten? Hat er das Leben der Juden gerettet, seiner Juden? Die Schriftrollen seiner Thora? Weitläufige Gedankenzüge werden wie Vogelschwärme in dem jungen Menschen aufgewirbelt. Bis 1905 herrscht in dem dörflichen Örtchen Slobotka, dicht bei der Festung Kowno, das Mittelalter mit seinen Gebundenheiten, seiner Hinwendung zu einem äußerst deutlichen himmlischen Reich. Das Jahr 1905 mit dem ersten blutigen Zucken von Revolution und Gegenrevolution hat auch dort die neue Zeit eingeläutet, der Krieg und die Deutschen haben sie vollends befestigt. Nun sitzt sie breit und grinsend mit einem Hintern wie der Wolkenhimmel über dem ganzen Land, streckt ihre Füße von sich, erdrückt alles, stopft alles in ihre breite Schnauze und verrät nur dem Wissenden, daß auch sie bloß ein Durchgangstor zu Besserem und

Höherem ist – ein Tor? Vielleicht ein Gewölbe, ein Tunnel. Aber das Licht am anderen Ende in die hellere Zeit – wer sähe es nicht? Jossel Schutz sieht es, und er zeigt es Dawja, um sie zu trösten. Daß er dabei ihre Hand nehmen kann, ist ein Lohn für sich. Sie hat wundervolle Augen, denkt er, Augen wie die Sanfte von Dostojewski. (»Die Sanfte« heißt eine meisterhafte Erzählung des F. M. Dostojewski, eines harten Reaktionärs und Judenfeindes, der aber ein großer Erzähler war, und dessen Romane in der Jeschiwah gleichsam unter der Bank verschlungen wurden.)
Sie gehen dabei auf der Kaiser-Wilhelm-Straße spazieren, in blauer Dämmerung, die Lichter in den Geschäften sind schon angezündet, ärmliche Lichter. Jetzt verharren sie vor dem hellsten dieser Schaufenster, in welchem nichts als Bernsteinwaren ausliegen – Ketten, Armbänder, Broschen, ja Petschafte und Salzfässer aus dem köstlich goldenen Harz. Niemand kommt auf den Gedanken, daß Dawja Elkus gar nicht wahrnimmt, was sie sieht.
»Trauen Sie sich doch endlich in das große Haus, Dawja Abramowna, es sitzt ja kein zaristischer Gouverneur mehr drin.« (Er spricht russisch, weil Vorsicht niemals überflüssig und die jiddische Sprache den Deutschen nur allzu verständlich ist.) »Der Leutnant Perl ist eingesetzt, uns für die Deutschen zu gewinnen. Sie glauben ja alle, daß sie hierbleiben werden, und die deutschen Juden sind genauso dumm wie die Christen. Als ob sie nicht wie ein überfahrener Hund über die Grenze zurückkriechen werden, bevor das Jahr zu Ende geht. Im Sommer siegen die Engländer und die Amerikaner, und dann verhelfen sie den Russen wieder zu unseren Gouvernements – den richtigen Russen, denen von Miljukow bis Kerenski. Diese Bolschewiki sind ja bloß ein Zwischenspiel; nur ein General kann sich das nicht an den Fingern abzählen. Woher ich das weiß? Die Demokratie wird siegen. Es gibt gar keinen anderen Weg für die Entwicklung der Völker als diesen. Dieser Woodrow Wilson ist ein großer Mann, eine Hand der Vorsehung, hätten wir früher gesagt. Und der Fall Jerusalems hätte es uns bestätigt.« Er lächelte. In der Tat, die Eroberung Jerusalems Anfang Dezember vorigen Jahres durch den englischen General Allenby hat die gläubige Welt mit einem elektrischen Schlage durchzuckt, nicht nur die der Juden, sondern alle christlichen Kir-

chen bis zu den Kopten Ägyptens, ja auch die gläubigen Moslems von der Westspitze Afrikas bis zur Ostküste Indiens haben mit diesem Einzug der Engländer in die Bergfeste Judäas den ersten Schall der Endsieg-Fanfare vernommen.
»Bleib bei der Sache, Jossel«, bittet Dawja. Als Jiddischistin bedient sie sich zumeist ihrer Muttersprache, im Kampfe gegen das Russisch und Polnisch der Assimilanten wie gegen das Hebräisch der Zionisten. »Kann man Vertrauen haben zu diesem Leutnant Perl? Hat er schon etwas getan für die Juden, was ihm nicht befohlen wurde von den Wölfen?«
Jossel Schutz schüttelt ablehnend den Kopf und schnalzt bedauernd mit der Zunge. »Ihr habt gehört«, und jetzt spricht auch er Jiddisch, »wie die Amerikaner im vorigen Herbst dem Hilfswerk verboten haben, weiter Dollars zu unserer Ernährung zu schicken. Oi, hätten wir ausgesehen – Ihr versteht... Da hat der alte Prinz hundertfünfzigtausend Mark aus den Geldern des Landes für unsere Volksküchen bereitgestellt, damit wir nicht verhungern, und das hat der Leutnant Perl ausgerichtet.«
»Er soll bedankt sein«, wirft Dawja geringschätzig hin, »uns abgepreßtes Geld.«
»Ihr seid eine Strenge, Dawja, Ihr wißt nicht, wieviel Schweiß das gekostet hat.« Jossel Schutz aber weiß es. Dieser Leutnant Perl nämlich hat einen Mitarbeiter, einen Frankfurter Juden aus alter Familie, Friedrich Goldsticker, der mit Jossel Schutz viermal in der Woche das Gemara-Studium betreibt, oder, wie es auf Jüdisch einfach heißt, mit ihm »lernt«. So hört er manches über die Kämpfe mit den verschiedenen Abteilungen von Ober-Ost, der Wirtschaftsabteilung vor allem, aber auch der Polizei und der Forstabteilung, die mit kühlem Bedauern den Amerikanern gern eine Hungerepidemie unter den litauischen und polnischen Juden zu Lasten geschrieben hätten. Aber Leutnant Perl hat den Herrn von Ellendt und den Herrn Oberquartiermeister auf seiner Seite gehabt und durch sie den General Clauß und den alten Prinzen, und es ist mit dem Verhungern der kleinen Judenstädtchen nichts geworden, und »die fühlbare Erleichterung des Bevölkerungsproblems« ist nicht eingetreten. Ein ungewöhnlicher Mann, der Leutnant Perl. Und Jossel fährt fort, dieser Dawja von den beiden seltsamen deutschen Juden zu erzählen, die er, der Gemara sei Dank, nä-

her kennengelernt hat; die ihn ernähren und sich durch ihn weiterbilden – »denn meistens setzt sich auch der Perl für eine Seite zu uns. Komisch, wie sie beide beten, Käppchen tragen, koscher essen, am Sabbat nicht rauchen und doch ganz moderne Menschen sind. Sie verstehen gar nichts von Politik, die beiden, sie glauben an den deutschen Sieg und an den Kapitalismus, aber wenn alle so anständig wären wie sie, könnte man doch zu einer Verständigung kommen.« Damit ihm Dawja aber verspricht, nicht mehr so bedrückt zu sein, wird er noch heute abend zu dem Herrn Goldsticker ins Quartier gehen und ihr einen Besuch aushandeln. Und dann wird sie sehen, daß es deutsche Juden und Soldaten gibt, die ein wirkliches Herz für ihre gequälten Brüder haben, wenn auch keinen sehr großen Verstand.
Dawja lächelt warm, dankbar. Jossel Schutz findet, ihr Gesicht verschöne sich wie ein beregnetes Feld im März, wenn sich plötzlich ein Stück blauer Himmel in den Furchen und Geleisen spiegelt.

SIEBENTES KAPITEL

Leutnant Perl

Daß das Ergebnis dieser so gespannt erwarteten Audienz nur Tränen jenseits der Tür waren, mußte besondere Gründe haben, und Hauptmann Winfried fühlte sich wohl imstande, sie zu erforschen. Angerührt und dennoch voll Munterkeit nahm er bei Leutnant Perl Platz und wippte mit den Beinen. »Sie sind wohl Kummer gewohnt?« fragte er den Herrn mit dem Spitzbart, in dessen Zimmer er zum ersten Male gemütlich Platz nahm.

Leutnant Perl rauchte Pfeife, und daher wohl legte sich um seine Mundwinkel bei diesen Worten ein angestrengter Zug. Dann aber nahm er die scherzhafte Frage scherzhaft auf. »Und ob«, sagte er. »Wir empfangen ihn täglich als Ration wie früher Tabak.« Und seine Augen lächelten wissend und überlegen. Von dem Schreibpult dagegen, an dem sein Mitarbeiter stand, kam ein Seufzer, unwillkürlich und beredt. Ohne sich umzudrehen, sagte Leutnant Perl: »Beamtenstellvertreter Goldsticker, wollen Sie wohl Ihre Gefühle dienstgemäß beherrschen.«

Der Mann am Pult, einen keilförmigen schwarzen Bart unter einem assyrisch gelben Gesicht, zeigte seine auseinanderstehenden Zähne, indem er »Zu Befehl, Herr Leutnant?« grinste.

Die Freundschaft der beiden Männer, die hier zusammenarbeiteten, war dem ganzen Stabe bekannt und hielt ein Leben lang vor.

Leutnant Sigmund Perl lehnte sich zurück, gepflegt, alles an ihm gut geformt, besonders die starken Stirnknochen, die römisch ansetzende Nase mit den langen Flügeln. Er war ein Maler und Radierer von Ruf, aber davon wurde bei Ober-Ost kein Gebrauch gemacht. Vielmehr gründete sich sein hohes Ansehen auf drei Fakten: im Alltag mäßig, ja nüchtern, trank er im Notfall die stärksten Leute unter den Tisch und zechte selber unberührt lustig und berlinernd, bis zum frühen Morgen auf-

geräumte Künstleranekdoten erzählend; damit erzielte er beträchtliche diplomatische Erfolge. Zweitens imponierte den kleinen Herren im Waffenrock und auch den besseren der Schliff seiner Umgangsformen. Drittens aber wußte jeder, daß Leutnant Perl, trotz seines schmalen weißen Kragenrandes und einer fein gestärkten Manschette, ein orthodoxer Jude war, der sich auch an der Front – er verdankte sein EK gewissen Monaten am Tirulsumpf – unter Entbehrungen unerlaubter Nahrung enthalten hatte. Das war der Regent der Judenschaft des besetzten Gebiets, geboren zu Berlin in wohlhabender Kaufmannsfamilie, und bestallt von Ober-Ost, um die jüdischen Massen den deutschen Bedürfnissen anzugleichen. Er erfüllte seine Pflicht, indem er Härten milderte, Unmögliches verhinderte, die Rechtlosigkeit seiner Glaubensgenossen allmählich durch Gesetze und Vorschriften in eine gewisse Ordnung verwandelte. Eine ganze Anzahl oberöstlicher Ortsgötter und Beamten sah ihn deshalb sehr ungern dienstlich auftauchen. Major Buchenegger zum Beispiel, wie er jedermann erklärte, lauerte nur darauf, dem scheinheiligen Fetzen die Maske vom Gesicht zu reißen und nachzuweisen, daß er zum Schaden der deutschen Macht die feindlichen Landeseinwohner unterstützte. Leutnant Perl, wenn ihm solches hinterbracht wurde, dankte sarkastisch. Er besaß in Ober-Ost mehrere Pfeiler, die ihn stützten, seine Tätigkeit und Person jederzeit deckten.
Was für ein reizender Kerl, dachte Winfried, als er die ersten Male mit ihm zusammengetroffen war, nachmittags oder nach dem Abendessen im Kasino oder während des Dienstes bei Gorse und Wreech.
»Das Mädchen tut mir herzlich leid«, sagte Perl jetzt, »sie hat Pech. Ich mußte sie bitten, zu warten, bis ich zurückkomme. Ich verreise übermorgen für mehrere Wochen. Mehr konnte ich ihr nicht sagen, auch als sie schüchtern hoffte, diese Reise könnte verschoben werden. Ihnen darf ich andeuten: es ist uns endlich gelungen, diese Reise durchzusetzen. Ich gehe nach der Schweiz ...«
»Menschenskind«, rief Winfried aus, »Sie Glücklicher!«
Aber Leutnant Perl schüttelte abwehrend den Kopf: »... um zu versuchen«, fuhr er fort, »einen Delegierten des amerikanisch-jüdischen Hilfskomitees zu sprechen, des Joint, wie sie drüben sagen. Vor mehreren Monaten hat die Regierung der Vereinig-

ten Staaten endgültig verboten, Summen zu überweisen, die für die hiesigen Juden gesammelt wurden. Das Geld begünstige die deutsche Kriegführung, zeterte ein Teil der Wallstreetpresse. Ich muß durchsetzen, daß der Zaster wieder fließt.«
Dem Hauptmann Winfried schien diese Geldangelegenheit nicht so wichtig wie die Frage nach Zwangsarbeitern in ungesunden Lagern. Immer haben es diese Juden mit Geldern, dachte er, übrigens eher spöttisch als bösartig.
Als hätte er seine Gedanken erraten, setzte Leutnant Perl hinzu: »Ich weiß nicht, Herr Hauptmann, ob Ihnen die Ernährungsverhältnisse der Juden hier bekannt sind.« Winfried, leicht erstaunt, schüttelte den Kopf. »Sie haben in Merwinsk allerdings wenig darüber erfahren können.«
»Posnanski«, erinnerte sich Winfried, »klagte oft und manchmal, und wir stellten ihm eine Feldküche unter Aufsicht des Rabbinats.«
Leutnant Perl nahm seinen leichtesten Ton an: »Wissen Sie eigentlich, daß die zaristische Gesetzgebung in Ober-Ost unangetastet gilt?« Winfried wunderte sich. Auch das wußte er nicht. Perl zuckte die Achseln. »Völkerrecht«, sagte er; »es läßt sich nicht leugnen, daß manche seiner Verfügungen weniger streng beachtet werden. Diese wird. Die Juden sitzen also in den Städten aufeinander. Vor dem Kriege lagen Handel und Industrie in ihren Händen. Sie lebten erträglich, wiewohl mager. Seit dem Kriege – ich rede nicht von den russischen Maßnahmen vor unserem Einmarsch – haben wir die Bewirtschaftung aller Landesprodukte selbst übernommen und die Juden völlig ausgeschaltet. Es gibt keinen Handel mehr außer dem Kleinkram, den unsere Soldaten kaufen. Und es gibt keine Industrie mehr. Die eine Hälfte haben die Russen ins Innere verpflanzt, die andere haben wir zu einem Drittel in eigene Regie übernommen, zu zwei Dritteln zerstört – wir brauchten das Kupfer der Maschinen.«
Winfried sah betroffen auf den Maler, der ihn nicht aus dem Auge ließ. »Zum Donner«, rief er, »von irgend etwas müssen sie doch aber leben!«
»Gewiß«, erwiderte Perl verbindlich, »bis zu jenem Verbot aus den amerikanischen Hilfsgeldern. Jetzt aus der Kasse unseres Prinzen.«
»Und wenn das wegfällt?« fragte Winfried ungläubig.

Leutnant Perl schwieg zunächst. »Woher sollen Sie wohl wissen, lieber Herr Hauptmann«, überlegte er dann laut, »daß der Krieg im Osten zwischen Riga und dem Schwarzen Meer über zwei Millionen Juden ruiniert und mindestens vierhundert Millionen Rubel Schäden verursacht hat? Schätzung von 1916«, unterstrich er noch. »Zum Glück haben wir hier nur einen kleinen Teil dieser Opfer durchzufretten. Aber uns genügt's.«
Winfried sah ihn betreten an, fast törichten Ausdruck in seinem hübschen offenen Gesicht. »Das ist ja...« stotterte er, »da bleibt einem ja die Spucke weg.«
»Ich höre, Herr Hauptmann, entgegnete Perl darauf, »Sie sind mit einer Dienstreise nach Wilna beauftragt. Wenn Sie sich dort unserer kleinen Unterhaltung erinnern und wirklich über die Juden des besetzten Gebiets Auskunft wünschen, nicht nur so vor dem Mittagessen, gebe ich Ihnen die Adresse eines zuverlässigen Arztes, des Doktor Eliaschuw. Die Stadtverwaltung Wilna fragen Sie besser nach ihm nicht, sie hatte ihn nämlich voriges Jahr ein paar Monate eingesperrt seiner Ermittlungen wegen. Dort trinken Sie an der Quelle. Von dem Gelingen meiner Reise also, lieber Herr Hauptmann, hängt vielleicht das Schicksal Hunderttausender ab – keine Kleinigkeit trotz Krieg und Kriegsgeschrei. Wenn hinten weit in der Türkei...«
»...Die Völker aufeinanderschlagen«, ergänzte Winfried. »Dann allerdings muß die Kleine zurücktreten. Glauben Sie denn überhaupt, daß an ihrem Gerede was dran ist?«
Leutnant Perl hob die buschigen Brauen: »Das müßte ich Sie fragen«, wich er aus. »Kennen Sie den Rittmeister von Brettschneider?«
Winfried kniff ein Auge zu: »Wir kennen und lieben uns – zärtlich. Von ihm aus läßt sich so manches erwarten, vorausgesetzt, daß es jemals solche Maßregeln gab.«
Leutnant Perl verwies auf das Schrillen einer Glocke draußen, die Mittag ankündigte. »Sie werden zu spät zu Tisch kommen, lieber Hauptmann«, meinte er.
Winfried hatte das deutliche Gefühl, hier wolle einer nicht Rede stehen, blieb also sitzen: »Niemand läßt sich gern von Fleischbrühe die Zunge verbrennen. Wie steht's mit der Glaubwürdigkeit der Kleinen Ihrer Meinung nach?«
Leutnant Perl sog kurz an seiner Pfeife, dann nahm er sie wie-

der aus dem Mundwinkel. »Frauen«, sagte er, »junge sensitive Frauen. In Angst um einen geliebten Mann. Wer will da abwägen, was Übertreibung ist, was Wahrheit?«
»Übertreibung hin oder her«, beharrte Winfried ungeduldig. »Gibt es, ja oder nein, solche Zwangsarbeitsbataillone?«
Leutnant Perl richtete seine Augen gleichsam durch ihn hin, umflorte, scherzlose Augen jetzt, an denen man erkannte, daß dieser Mensch nicht nur im Alltag zu Haus sei. »Ich vermute, Herr Hauptmann, daß Sie ein Dutzend Jahre vor mir voraushaben, ungelebte nämlich, und daß Ihnen viel Weltkenntnis bisher erspart blieb.«
»Bloß ein bißchen Westfront«, entgegnete Winfried nicht ohne Spott.
Aber immer ernster erwiderte Perl: »Wird weder bestritten noch vergessen. Aber Krieg ist keine Dauereinrichtung der menschlichen Gesellschaft. Die Lage von Juden und anderen Eingeborenen aber, von ›natives‹, wie die Engländer sagen, erstreckt sich gleichmäßig durch rund achtzehn Jahrhunderte jetzt, und der Wille zur Leugnung unbequemer Tatsachen ist noch viel älter. Fragen Sie mich als Offizier, so muß ich antworten: Ober-Ost hat von den Zuständen in solchen Arbeitslagern amtlich keine Kenntnis; die Beschwerden der Landeseinwohner fallen wenig ins Gewicht, weil sie selbstverständlich übertreiben. Das Heer deckt zuallererst seine eigenen Angehörigen gegen solche Angriffe; bis zum Beweis des Gegenteils gelten sie als unbegründet. Nach meiner Rückkehr kann ich mich mit unserem Chef zum Vortrag beim Herrn Oberquartiermeister melden und beantragen, daß ich diesen Klagen und Gerüchten nachgehen dürfe. Wenn sie wahr sind, liegen solche Zustände ohne allen Zweifel weder im Willen der Verwaltung noch im deutschen Interesse. Aber bis dahin, lieber Herr Hauptmann«, er ließ seine Stimme im Rauch seiner Pfeife hängen.
Winfried sah, dieser Mann sprach nicht leichtfertig. Er wußte, daß im Kriege manches geleugnet wurde, die Menschen blickten gern und hartnäckig von unangenehmen Tatbeständen weg. Er erhob sich, zu Tisch zu gehen. »Wäre es nicht hübsch«, fragte er, »wenn ich dieser Dinge wegen mal bei Clauß und Ellendt anklopfte?«
Auch Leutnant Perl hatte sich erhoben, aus Höflichkeit. »Wäre großartig«, sagte er wieder weltmännisch. »Auf den Ausgang

wird mancher Mann lauern. Andernfalls finden Sie in Doktor Eiliaschuw einen Sachverständigen auch für diesen Punkt.«

»Bon«, nickte Winfried. »Dann beruhige ich die Kleine da oben: bis zu Ihrer Rückkehr übernehme ich die Nachforschung und die Sorge für ihren Mann. Es wird mir Spaß machen«, erklärte er noch. Und während er schon zur Tür ging, von Perl begleitet, erhob sich von seinem Schreibpult Herr Goldsticker und bat, einen Augenblick zu zögern. »Wäre es nicht gut«, fragte er, Perl ansehend, »wenn Herr Leutnant dem Herrn Hauptmann für Doktor Eliaschuw ein paar einführende Zeilen mitgäben?«

»Ausgezeichnet«, sagte Perl, »selbstverständlich. Wenn ich darf, sende ich sie Ihnen heute nachmittag auf Ihr Zimmer. Ich weiß nur nicht, Herr Hauptmann, ob ich Ihnen raten soll, an den Schleier des Bildes von Sais zu rühren.«

»Hu hu«, machte Winfried spaßend, als sie sich trennten.

Am Spätnachmittag, in der Dämmerung, saß Dawja Elkus bei Fräulein Dr. Aberkam, die sie beherbergte. Die junge Ärztin aus angesehener Kownoer Familie hatte eine graue Strähne in ihrem braunen Scheitel. Beide hielten ihre Hände an den großen Kachelofen. »Ich habe ungeheures Glück gehabt«, sagte Dawja. »Perl muß verreisen, aber es ist ein Stellvertreter da, ein richtiger Mann, ich kenne ihn von Merwinsk her, und mein Herz sagt mir, ich habe mich in ihm nicht getäuscht.« Sie sprach Russisch, und vielleicht kam es daher, daß ihre Stimme besonders weich klang.

DRITTES BUCH

DIE HALTBARKEIT DER WOLKEN

ERSTES KAPITEL

Fahrt nach innen

Junge Männer von der Art Winfrieds tummelten sich vor dem Kriege zu Hunderten auf den deutschen Hochschulen. Seit der Reichsgründung bereitete sich zwischen Rhein und Oder eine wirtschaftliche Blüte vor, die trotz Stockungen und Krisen im ersten Jahrzehnt des zwanzigsten Jahrhunderts mächtig ausschlug. Deutsche Waren, Techniker, Ingenieure, deutsche Ärzte, Erfinder und Denker, deutsche Musiker und Dichter hatten die europäische Gesittung befruchtet und gefördert, das Ansehen ihrer Heimat sehr gesteigert, sie den ältesten Kulturvölkern gleichgeordnet. Zwar galten gewisse Einschränkungen, wenn man vom Leben zwischen den Menschen sprach; eng voneinander abgeschlossen, in kleinen Kreisen, der Staatenvielheit entsprechend, gliederte sich die Bevölkerung des Reichs. Protestanten, Katholiken und Juden fanden zueinander nur lose Berührungen. Die Arbeiterschaften lebten für sich. Bauern und Adel nahmen an der neuen Zeit kaum anders als durch chemischen Dünger und Maschinen teil. Bayern und Preußen, Hessen und Westfalen, Schlesier und Märker beharrten in ihren heimatlichen Sitten. Aber in den vielen kleinen, mittleren und größeren Städten entwickelte sich ein Bürgertum, das, von den deutschen Klassikern erzogen, auf liberale und großzügige Art die neue Einheit der Nation mit Büchern, Gedanken, Kunstwerken und Weltanschauungen zu verwirklichen suchte. Und Jahr für Jahr zogen junge Männer und Mädchen in die Hauptstädte, um Formung ihrer Anlagen, höhere Bildung und eine Laufbahn zum Nutzen des Ganzen zu finden.

Unter solchen Studenten war der junge Winfried einer. Das Vaterhaus hatte ihm schon viel mitgegeben. Freiheitlich und ohne besondere Belastung war er neben einer älteren Schwester aufgewachsen – Sproß einer ungewöhnlich entstandenen Ehe. Der Arzt Dr. Heinrich Winfried entstammte einem thü-

ringischen Bürgergeschlecht, das seit den Napoleonischen Kriegen in Naumburg saß. Während einer Ausbildungszeit am Garnisonlazarett in Erfurt geschah es, daß die junge Schwester des Regimentskommandeurs von Lychow sich in den klugen Oberarzt verliebte, der ihr bei einem Sturz vom Pferd, gebrochenem Unterschenkel, die erste Hilfe brachte. Um ihre Heirat kämpften sie, besonders gegen Bruder Otto, zwei Jahre, jenen entscheidenden Zeitraum hindurch, der zwischen dem Tode Wilhelms I. und Bismarcks Entlassung ein neues Preußen ankündigte. Das Ärgernis dieser Verbindung schliff sich erst nach einem Dutzend Jahren ab, als sie dem Aufstieg Ottos von Lychow nichts schadete. Das preußische Offizierkorps, eine Welt für sich mit eigenen Gesetzen, lernte unter Wilhelm II. langsam über solche Mißverbindungen hinwegsehen.
So wurde schließlich der kleine Paul eingeladen, in Hohenlychow seine Ferien zu verbringen. Dort hob ihn, inmitten einer gemähten Wiese, ein blonder Soldat in Hemdsärmeln, namens Senfke aufs Pferd, schoß er zum erstenmal nach einer Scheibe. Lange noch entsann er sich der prüfenden Worte und Blicke, mit denen der Vater ihn nach der Heimkehr ausfragte, die sanften Augen hinter der Brille. Der Vater hatte die Stirn voller Gedanken, das sah man ihr an. Onkel Lychow war älter und forscher. Aber während die Mitschüler den Jungen Paul um diese Verwandtschaft heiß beneideten, erhielt er sich ein unabhängiges Urteil, auch über den Wert des Kommandierens, dank der Einwirkung dieses Vaters und der Überzeugungen, die er als selbstverständlich um sich streute.
Erst der Krieg änderte das. Dank und Bewunderung für die Leistungen des Heeres erhöhten plötzlich den Offiziersstand zum ersten im Staate. Auch Heinrich Winfried sah mit Stolz seinen Sohn als Verteidiger der Heimat, wußte ihn herzklopfend dem Tode ausgesetzt, nahm freudig wahr, wie Mut und Tüchtigkeit aus dem Einjährigenunteroffizier Paul schließlich den Leutnant machten. Als Otto von Lychow seinen Neffen zu sich holte, lief ein Schreiben voll Dank bei ihm ein, in welchem Schwester und Schwager gemeinsam zu ihm sprachen, herzlich, erlöst, warm. Seit der Verdunschlacht klangen die Briefe des Vaters trüber, warnte er den Sohn vor dem Geist, der im Offizierskorps spukte. Ärgerlich fragte sich Winfried dann, was der Alte eigentlich wolle. Sollte er unter seinen Kameraden

schwarzes Schaf spielen? Er war Offizier mit Leib und Seele, wie man wohl sagen durfte, und konnte sich wahrhaftig auf dieser Männererde nichts Besseres wünschen.

Es regnete Schnee, als er zum Bahnhof fuhr, das Herz voll Sehnsucht nach Bärbe Osann, heiter gewappnet gegen gewisse Bertinsche Prophezeiungen. Der Schnellzug kam aus Deutschland, fuhr weiter nach Osten. Aus den Wagen dritter Klasse schauten die übernächtigten Gesichter rückkehrender Urlauber, die Kinderköpfe Neueingezogener unter den schirmlosen Mützen, fröstelnd im Morgen; sie riefen nach Kaffee und bekamen ihn heiß, schwarz und nach nichts schmeckend. Winfried reichte dem Schaffner seine Fahrscheine, seinen Stabsausweis; der Beamte schlug die Hacken zusammen, ein Abteil erster Klasse war für den Herrn Hauptmann bereit. Sind wir fein geworden, dachte er. Als er die steilen Stufen emporkletterte, schliefen da im Gang zwei Gestalten, in ihre Mäntel gewickelt, Zeitungsblätter als Bettzeug unter sich, die Wange auf einem Luftkissen, einem Stück Decke. Feldwebelleutnant, Offiziersstellvertreter, sah Winfried an den Achselstücken, zur Front fahrend, neu eingekleidet. Scheußlich nur, daß der halbe Wagen aus verschlossenen Türen bestand, auf den Glasscheiben Klebezettel »Belegt. V. P. A. Ober-Ost.« (Die Formel »Nur für Offiziere« wurde seit einiger Zeit vermieden.) In seinem Abteil roch es heiß und staubig. Unten stand Possek. Er reichte seinem Herrn ein Köfferchen hinauf, eine dünne schwarze Mappe, einen Frühstückskasten mit Bast umkleidet. Auf seine verschlafene Art blickend, bat er den Herrn Hauptmann, die Bekannten in Wilna auch von ihm schön zu grüßen; und auf Winfrieds Rückfrage: jawohl, heute nachmittag werde er von einem leeren Lazarettzug nach Merwinsk mitgenommen. Winfried nickte, zog das Fenster hoch, brachte sich in einer Rückwärtsecke behaglich unter. Als der Zug anruckte und aus dem bretterverschalten Bahnhof fuhr, schmeckte ihm schon die Morgenzigarette. Der Unterbau der Gleise war in guter Verfassung, der Wagen erster Klasse noch nicht sehr abgebraucht: man konnte lesen, sogar schreiben. Er entnahm seinem Frühstückskorb die Kognakflasche, wärmte sich den Magen, leerte die Postmappe auf das Klapptischen und öffnete mit einem Taschenmesser einen Brief: großer Umschlag, große Schrift – Lychow. Draußen glitten schwarze Tannen vorüber, grau gefleckt vom Gestöber, und hochbeinigen Kiefern, den Fuß tief im schmutzigen Schnee. Drinnen las Winfried: »... unsere Leute schwitzen, die Obstbäume blühen wie daheim im Juni, Mandeln gibt's schon frische, und ein Grün allenthalben, ein Himmelblau! Junge, wenn der liebe Gott unsere Mark nicht durch den Menschenschlag ausgezeichnet hätte, den nur sie hervorbringt – in bezug auf Grünzeug und Getreide gehört sie ja doch zu den popligeren Landstrichen. – Nächstens fahre ich nach Jekaterinoslaw, meine württembergische Landwehr inspizieren. Tante Malchen habe ich versprochen, ein echtes Kosakenarmband vom Dnjepr mitzubringen. War der Kujon Bonaparte eigentlich hier unten? Wir finden es alle leider ein bißchen weit und vermissen die tägliche Flugverbindung mit euch, euren Schürzenzipfel gleichsam. Übrigens komme ich mir auch sonst sehr komisch vor, da die Anfragen der OHL bei mir wie die aussehen, die unser braver Kolonialwarenhändler Miericke bei seiner Engrosfirma stellen könnte. Nichts als: ›Die Aussichten der Tabakernte? Wie groß sind die Holzstapel in den einzelnen Gouvernements? Wieviel Weizen und Weizenprodukte glauben Sie in den nächsten Wochen bereitstellen zu können. Und wie hoch schätzen Sie den Feldertrag?‹ Kommandiert mir doch hierfür ein paar Fachleute von eurer Wirtschaftsabteilung ab...«

Aha, dachte Winfried, da rufe ich also von Wilna aus Ellendt an, das zeigt, ich bin auf dem Posten. Die Fliegerei allerdings will ich gleich beäugen und nachher bei Clauß anklopfen. Er setzte sich locker hin, schaute angeregt auf die Landschaft, die hinter ihm zurückblieb, breit beschneit, strichweise voll alten Grases, voll Tümpel, voll kärglichen Gebüschs. Er sah einen Hasen dahinhoppeln und in der Ferne die Strohdächer eines Dorfs. Gleichzeitig gewahrten seine Augen mit Unbehagen Poststempel und Schriftzüge eines anderen Briefes: Naumburg an der Saale, das Elternhaus, der Vater. Er entwickelte sich nicht schlecht, der alte Herr. Das mildeste von ihm zu sagen, war Querulant. Er hatte fast keinen Umgang mehr, klagte die Mutter, aber sie gab ihm recht; weibliche Schwäche. Warum dachte er nicht wie seine Standesgenossen?

Winfried seufzte, blickte lieber hinaus. Einschläfernd stampfte der Zug gerade zwischen den Wänden eines durchschnittenen

Hügels hin: am Südhang braune Erde, am Nordhang, durchs Gangfenster, grauer Schnee. Der Vater schrieb: »... obwohl Du in letzter Zeit gar sehr auf die Seite Deines Onkels gefallen bist. Aber lieber Paul, Du bist der einzige Mensch, zu dem ich frei reden kann, denn Briefe an eine Adresse wie die Deine werden nie durchschnüffelt. Drum sage ich Dir, Paul, erzähle es nur in Deinen Kreisen: wir sind am Ende unserer Kraft. Was jetzt noch eingezogen wird, ist Raubbau oder Abfall. Die Landwirtschaft, aus Mangel an Händen, kann das Saatgeschäft nicht bewältigen. Wie unsere Arbeiterfrauen über ihr Leben reden, denke Dir bitte. Ein Riß geht durchs Volk, der mich schlaflos macht. Immer wieder heißt es: wir wollen keine Weltmacht sein, wir wollen Frieden haben und uns noch einmal unserer Kinder freuen und ausruhen, ehe wir sterben. Und zwar behauptet man, der Kaiser sei besten Willens, aber er habe nichts mehr zu sagen. Ich sehe mit tiefer Beklommenheit, was sich im Westen vorbereitet und preise den Himmel, daß Du nicht dabei bist. Wir werden egoistisch, Paul, da wir so viel Egoismus um uns sehen; wir wollen Dich gesund wiederhaben und endlich Deine Braut kennenlernen, die uns so reizend schreibt. Deine Pakete sind das einzige Mittel, Mutters Widerstandskraft aufrechtzuerhalten; und doch wirst Du Dich wundern, wie wir aussehen. Wie mögen es nur die Leute machen, die gar nichts hintenherum erhalten ...?«
Winfried erhob sich im leise schütternden Abteil, zerriß den Briefumschlag in winzige Fetzen, öffnete das Fenster und streute sie in den Wind. Da sah man es. Dies verzapften gelehrte Doktoren. »Verbreite es nur in Deinen Kreisen! ... am Ende unserer Widerstandskraft ... !« Wer schätzte die richtiger ein: der Doktor Winfried in Naumburg oder der General Clauß von Ober-Ost? Und wer faßte so etwas in Worte, vertraute es der Post an? Briefe verirrten sich manchmal. Las ein Unberufener diesen Mist, so spuckte er aus, dann ging es dem Verfasser schlecht. Oder er schluckte das Zeug, dann stänkerte und hetzte wieder einer mehr, dem Volk, das sich wehrte, heimtückisch die Kniekehlen eindrückend. Was für Augen würde wohl Baron Ellendt machen, wenn er, Winfried, den väterlichen Rat ›befolgt‹? Er wußte es zufällig genau. Als er sich zum Antritt der Dienstreise bei ihm meldete, hatte er den Chef erregt gefunden von einem Ereignis, das diesem Vaterbrief wunderlich gleich

klang, und in das er Winfried zögernd einweihte. Die dänische Zeitung »Politiken« hatte den Inhalt einer Denkschrift veröffentlicht, als deren Verfasser sie den Fürsten Carl Max Lichnowsky bezeichnete, Herrenhausmitglied und bis zum Krieg Botschafter des Reichs in London. Berlin besaß nur den übersetzten Text. Der Verfasser wollte bloß ganz wenigen zuverlässigen Menschen Einblick in seine Niederschrift gewährt haben. Gleichwohl forderten eine Anzahl Standesgenossen seine Ausstoßung, alldeutsche Stimmen seine Verhaftung. Lichnowsky sollte auf unglaubhafte Weise den englischen Standpunkt in den Ereignissen stützen, die zum Kriege führten, die britische Macht maßlos überschätzen und nichts als Unheil vorhersagen. »Abwarten«, befahl sich Baron Ellendt, hin und her gehend, »nichts übereilen, keine falschen Empfindungen aufkommen lassen. Wir müssen heute nacht ebenso gut schlafen wie gestern oder vorgestern. Dieser Flankenschuß darf unsere politische Arbeit nicht unterbrechen. Und dennoch ...!« Er klingelte der Ordonnanz, verlangte ein Glas Wasser, trank ein paar kleine Schlucke. Schüchtern hatte Winfried es unternommen, diese Stimmung durch eine Frage zu unterbrechen, die am Ganzen gemessen unwichtig sei, die aber den verehrten Chef ablenken konnte, dem heilenden Kleinkram wieder zuführen. Ellendt war gern darauf eingegangen. »Was ist unsere Pflicht?« zitierte er. »Die Forderung des Tages.« Aber als er nun Winfrieds Anliegen hörte, runzelte er die Stirn, sann kurz nach und erklärte, es habe bis zum Jahre 1917 Beschwerden einiger Arbeitslager wegen gegeben. Sie seien wahrscheinlich abgestellt worden; seither jedenfalls waren sie nicht mehr aktuell. »Das, lieber Hauptmann, sind die kleinen Querelen der Landeseinwohner. Natürlich versuchen sie, sich zu drücken. Nimmt ihnen niemand übel. Nur: darauf eingehen können wir nicht. Wer nicht arbeitet, der soll auch nicht essen, steht in der Schrift. Wir geben ihnen zu essen und verlangen, daß sie gefälligst was dafür tun.«

Genauso hatte geklungen, was Gorse und Wreech dem Kameraden antworteten, jeder von seinem Arbeitsfeld her mit solchen Gerüchten oft genug beschäftigt.

Ach, und da schleppte man solch einen Vater mit sich herum, dessen Briefe man sorgfältig verstecken mußte, ins Innere des Waffenrocks knöpfen! Einen Mann, den man gernhatte, der einem aber das Herz auslaugte. Man gähnte wie ein Wilder, fühlte sich todmüde. Hinlegen, beschloß Winfried. Warum nicht? Es war gestern spät geworden, und dies Abteil gehörte ihm. Er stellte das Kopfpolster schräg, bereitete eine Zeitung unter seine Stiefel, deckte sich mit dem Mantel zu. Schon geschlafen? fragte er sich kurz danach. Ein sonderbares Gefühl füllte seine Brust. Saß da nicht eben einer, er, in einem Kahn und fuhr ein glattes, strömendes Wasser hinunter, die Saale? Kleine verräterische Wirbel äderten ihre Oberfläche, und das Schiffchen, unmerklich schneller und schneller glitt es dahin. Wo waren die Ruder? Sank das Boot nicht ein? Stieg die Wasserfläche nicht unheimlich bis zum Rand, ja über ihn empor, rechts und links aufgewölbt? Warum in aller Welt hatte er die Zimmer verlassen, die wie Bootshäuser mit hölzernen Landungsstegen offen vom Ufer herüberschauten? Wo in dem einen Ellendt lehrte, welch sicheren Posten in Deutschlands Zukunft Litauen bedeutete, in dem anderen der Mann Clauß auf und ab wanderte, der Hüne auf seinen breit gegrätschten Beinen, mit der Hand auf einer Landkarte die ganze Ukraine zudecken? »Ein großes Stück Welt im deutschen Griff«, lachte er dazu. Warum sah er eben das rötliche Gesicht des Majors Buchenegger in ein Schinkenbrot beißen, einen porigen Handrücken, der den Schnurrbart beiseite wischte? Finnland war lebensnotwendig, der kurländische Herzogshut sicher, Reval und Dorpat mußen wieder unser werden. Jetzt aber flatterte der verdammte Brief auf, die Stimme des Vaters klang übermenschlich angestrengt, man hörte in ihr, behauptete er, den Atem der Heimat röcheln, erwürgt von der Last der vier Jahre. Und dahinter auftauchend die Augen des verhärmten Judenmädchens aus Merwinsk. Was ist mit mir bloß los, dachte er, während er wieder einschlief... Der Zug, aus Königsberg kam er, abgesandt von Immanuel Kant. Er brummte und stampfte die erhabenen Worte: das Sittengesetz in Ihrer Brust – vorwärts, vorwärts, Hauptmann Winfried, und der gestirnte Himmel zu Ihrer Lust – vorwärts, vorwärts, Hauptmann Winfried. Ja, er war hoch gestiegen, seit er als kleiner Junge zu Weihnachten die erste Ulanenuniform gekriegt hatte, mattblau mit gelbem Einsatz, einen Säbel und einen Tschako, von dem ein Roßschweif wehte. Naumburger Ulanen, vielleicht ein neuer Truppenteil. Der ritt jetzt gen Ostland, Heinrich von Braunschweig an der Spitze. Und wer, wenn nicht Clauß, führte das Regiment...

Was verwandelte plötzlich die Traumwelt? Ein Stoß des Wagens, eine Biegung des Flußlaufs, jäher Schreck? Er hatte am Ufer jemanden ein Brett durchsägen sehen mit einer sogenannten Fuchsschwanzsäge, und dieser Jemand trug Gefangenenuniform. Wie sie beschaffen war, ob braun, grau oder gestreift – gleichgültig war das schon, während er sich besann, vom Flusse fortgerissen. Aber dieser Brettsäger wandte sich, zeigte sein gesenktes Gesicht, und es war das eines gewissen Paprotkin, Grischa mit Vornamen, unvergessenen Angedenkens, wie sich erwies. Ja, dieses Senfke-Gesicht, dieses slawische Männergesicht rief in ihm, dem Träumer, eine solche Beschämung hervor, daß er sich einer ähnlichen kaum erinnerte. Nein, seit den Schuljahren nicht mehr, da der Vater ihn bei Tisch demütigen konnte, einer schlechten Zensur in Latein oder ähnlichen Gequatsches wegen. Dieser Blick aber – welchen Vorwurf drückte er aus? »Nicht einmal zu meiner Beerdigung bist du mitgeritten, Paule«, sagte der Blick mit der Stimme des alten Lychow, »soviel Unkosten hättest du dir schon machen können.« Welche Schande!

Sie weckte ihn auf; der Traum zog sich voll wilden Widerstands in den Orkus zurück, aus dem er widerwillig nur hervorgestoßen war. Jäh wach fuhr er hoch: in seinem Abteil saßen zwei Männer.

Sein erster Antrieb hieß: ein Klingelknopf, eine Ordonnanz, ein Rausschmiß. Dann schämte er sich dieser Regung, sah nur mit hochgezogenen Brauen auf die Eindringlinge, die zwar nach den Anordnungen der hohen Stäbe wie Offiziere kämpfen und sterben, aber nicht sitzen und reisen durften. Sie standen denn auch auf, und der Ältere von ihnen, breitschulterig, die Linke wie künstlich und schwarz behandschuht, bat in berlinerischem Kehlton um Entschuldigung. Sie hätten die Nacht über ziemlich hart gelegen und müßten bei ihrer Ankunft in Wilna gleich auf dem Damm sein, – Feldwebelleutnant Kliem, Vizefeldwebel Wahl, von einem jener Infanterieregimenter, die an Ausbildung und Kampfwert der Garde glichen. Winfried ließ sie Platz nehmen. Woher sie kamen? Von der II. Armee, aus der Sommegegend. Der Herr Hauptmann kannte diese windige Ecke wohl kaum. Winfried, damit beschäftigt, die

Ähnlichkeit des Jüngeren mit etwas ihm Vertrautem zusammenzubringen, schnappte wie ein Riegel ins Schloß. Die Somme-Ecke! Ob er die kannte! Nach fünf Minuten war zwischen dem Hauptmann Winfried und den beiden Gleichsam-Offizieren eine Kameradschaft im Wachsen, die aus einer Vergangenheit von anderthalb Jahren die Gegenwart von eben schuf. Er öffnete seinen Frühstückskorb, die beiden frisch Eingekleideten machten weite Augen und dann weite Münder. Die Anmarschstraßen, die Quartiere, die Reservestellung, die Läuse, die Gräben, die Trichter, das Wasser, die Engländer, die Unterstände, die Granaten, die wie ein irrsinniger Regen auf die zitternde Deckung niedergingen, während man darunter saß und die Uhr betrachtete – lieber die letzte Stunde als das nochmal. Die beiden Westmänner erzählten auch, warum sie statt des wohlverdienten Heimaturlaubs die Reise nach Wilna machten. Sie sollten Pferde fassen. Sie hatten eine Empfehlung ihres neuen Brigadeführers an einen sehr hohen Herrn, den Chef der Militärverwaltung Litauen. Das mußte doch ziehen. Vielleicht auch konnte der Herr Hauptmann ihnen mit Rat und Anweisungen dienen, wenn er zu Ober-Ost gehörte, wie sie aus der Aufschrift am Abteil folgerten.

Draußen ging die Zugkontrolle vorüber, machte Miene, einzutreten. Winfried winkte ab, erleichtert verschwanden die beiden Feldpolizisten. Dann riet er seinen Gästen, sich ruhig auf ihre Empfehlung zu verlassen. Kam ihre Sache nicht vom Fleck, so konnten sie sich noch immer an ihn, Abteilung V, Ober-Ost, wenden. »Wohnt Ober-Ost jetzt in Wilna?« fragte der hübsche Vizefeldwebel. »Auch die Presseabteilung? Mir blüht daselbst ein Schwager – wie und wo erreich' ich den?« Jetzt blitzte es in Winfried. Wahl! Natürlich. »Daher kenne ich Ihr Gesicht. Wer das Bild Ihrer Frau Schwester auf einem gewissen Schreibtisch ein paarmal gesehen hat, vergißt's nicht wieder. Blicken Sie nicht so böse drein, junger Mann. Ihr Schwager und ich sind alte Bekannte. Wir waren beide Divisionsstab in Merwinsk, er beim Kriegsgericht und ich bei Lychow und hausen vorläufig in Kowno, das Sie verpennt haben.« »Im Schlaf des Gerechten, auf Holzpapier«, lachte Kliem; und Wahl: »Muß er eben warten bis zur Rückfahrt. Wir werden's aushalten.«

Winfried sah die beiden Männer vor sich sitzen und sprach zu ihnen. Aber dahinter und in ihm tauchten schattenhafte Gesichter auf, verwehte Zeiten, in denen ein Leutnant Winfried nicht gestattet hätte, daß Grabenkrieger vor verschlossenen Coupétüren lagen. »Koschedary«, rief der Schaffner draußen. Im vollgerauchten Abteil aber lachten drei Männer über die Witze des Dienstes und des Todes und fühlten sich wohl, drei gleiche, wie in alten vergessenen Frontzeiten, Anno sechzehn, Anno siebzehn.

Das Fahren des Menschen in Eisenbahnen, Autos, Flugzeugen, seine Leidenschaft für Schiffe hat etwas zu tun mit seinem tiefsten Wittern um sein Schicksal, den Sinn seiner Geburt. Etwas Hin- und Herschießendes ist in ihm verkörpert. Das Wimmeln von Wanderzellen, weißen Blutkörperchen, bleibt ihm eigen, ob er will oder nicht – ihm, zumindest ausgewählten Exemplaren. Und wie diese die Aufgabe haben, Fremdkörper zu beseitigen, schädliche Mikroben, so auch Menschen dieser Art. Dies dem ganzen Organismus Schädliche, gleichviel ob Giftstoffe oder überalterte Zellengruppen, kommt ihnen als Unwahrheit, Lüge, Niedertracht zu Bewußtsein, als Gewalt gegen Schwäche oder Verrat am Ganzen – moralisch auf alle Fälle. Und wenn sie in verzeihlichem Leichtsinn, jugendlicher Ungebundenheit, sich lieber gedankenlos treiben lassen oder gar ans Gefährliche Anschluß finden möchten, müssen sie es sich gefallen lassen, schmerzhaft zurechtgewiesen zu werden und auf ihrer Bahn vorwärtszuschnurren wie die Insassen eines Eisenbahnabteils zwischen Koschedary und Wilna.

ZWEITES KAPITEL

Liebe

Die Nacht verbrachte Winfried mit Bärbe auf einem breiten Lager. In den gewölbten Raum, dunkel, mit schmalen Fenstern, hatte die Freundin den Mann geschmuggelt, sonderbar lächelnd; erst später sich zu ihm gesellt. Ein Licht brannte in einem Glas, Öl schwimmend auf Wasser. Sie hatten lange gebraucht, bis sie wieder ganz und gar zusammengehörten, trotz des Herzklopfens, mit dem sie sich am Nachmittag kurz begrüßten. Die Wände strömten Kälte aus, um so enger krochen die Liebenden aneinander.

»Es ist so verrückt, Männle, wie wir leben, so verrückt...« Er schloß ihr den Mund mit dem seinen, glitt immer weiter zurück, hinein in sich selbst, wunderte sich, wie sie sich wunderte.

»Es wird vorübergehen, kleine Frau, es wird ganz bestimmt bald vorübergehen, und dann fängt unser Leben erst richtig an.« Sie trocknete ihre feuchten Augen: »Jetzt ist der Hermann auch weg, habe ich dir's geschrieben?« Er nahm ihre Wangen zwischen seine Hände: »Hast es mir geschrieben. Was soll man dazu sagen?«

Es blieb einen Augenblick still. Aus dem weiten Geviert nebenan scholl das Schreien eines Katers, tief und wild.

»Meine Kranken meinen, wenn wir Lothringen herausgäben und natürlich die besetzten Gebiete, wär längst Frieden. Der Hermann könnte heut noch leben, noch zehn und fünfzig Jahre. Mein Vater ist ganz außer sich.«

Winfried, um sie abzulenken, dachte laut: »Merkwürdige Briefe schicken sie uns jetzt, die Väter. Meiner auch.« – »Ich will gar nicht schlafen«, klagte Bärbe, »ich will immerfort wach sein, deine Haut fühlen; daß in der Uniform ein nackter Mensch steckt und ein gesunder. Dabei soll ich doch schlafen. Wir haben Flecktyphus und einfachen Typhus, und wir fürchten uns alle vor dem unreifen Obst in ein paar Monaten. Alles nach dem Westen, alles nach dem Westen.« Sie schwieg schlaftrunken, verschwamm, war ein paar Sekunden abwesend an seiner Schulter, ihre Zöpfe auf seiner Brust. Dann sprach sie weiter: »Wie soll das nur werden! Komm, leg deinen Arm hierherum. In Deutschland leiden die Leute, und hier leiden die Leute, lauter kaputtes Fleisch im Dienst, verdorbene Eingeweide. Manchmal sitzen wir und heulen alle, dann lachen wir wieder alle. Wir haben zu wenig Fett um die Nerven, sagt der Chef, und dabei ist das Schlimmste in Wilna schon vorüber, der Hungertyphus hat alles weggeräumt, was nicht niet- und nagelfest war.« Winfried, voller Erbarmen und auch voll Staunen: »Sprich doch nicht von soviel traurigen Sachen. Komm, gib mir einen Kuß.« – »Wenn es doch draußen rund um uns so grausig aussieht«, entschuldigte sie sich bittend. »Och«, sagte er, »laß es draußen sein wie es will, hier drin ist's doch nicht grausig, hier drin ist's doch heimlich. Sieh mal, wie das Licht an der Decke spielt. Wir fahren in einem kleinen Boot, einem ganz geschlossenen, das ist unsere Kajüte. Draußen mag die Sintflut steigen; sie trägt unsere Arche nur um so leichter in die Höhe.« Bärbe richtete sich auf, die Decken an sich pressend, dann schlüpfte sie wieder zurück ins Warme, das gleiche Lächeln wie vorhin um Mund und Augen. »Du weißt nicht, wo du hier bist, Paule«, wisperte sie. »Wir haben unsere Baracken bis an die Klosterkirche gestreckt und die Türe zu dieser Kapelle aufgebrochen, die früher ins Freie ging, in den Garten; jetzt bauen wir da Kohl und Mohrrüben und grüne Erbsen. Die Mönche sind fort, weißt du, es waren Russen. Sie lebten von den Wallfahrern, aber es kommen ja keine mehr. Das war mal ein Gebetsraum, das hier. Später unsere Totenkammer. Da stellen wir unsere Abgänge auf, wenn wir welche haben und die Erde zu fest ist, sie zu begraben. Hier übernachten unsere Freunde.« Winfried blickte sie bedenklich an. »Na hör mal, Kleine«, sagte er, »eine komische Kajüte.« »Nicht für uns«, sagte sie, »wir sind das doch gewohnt. Heute rot, morgen tot, übermorgen ersetzt, übers Jahr vergessen.« Wieder gellte, diesmal sehr nahe und zweistimmig, der Ruf der brünstigen Kater, halb wie Kinder, halb wie Bestien. Winfried fuhr zusammen; als wollte er nach einer Waffe greifen, ballte er die Fraust. Sie zog ihm den Arm herab: »Laß sie, Paul, laß sie. Sie fressen uns die Ratten weg und die Mäuse, sie schützen unseren Reis, unser bissel

Zeug, und sie haben recht. Sie schreien, weil sie leben. Wenn die Menschen nur so schrien, weil sie nicht krepieren wollen, vielleicht würde das was helfen. Mein Vater, wenn der so schreien dürfte. Die Anständigkeit erlaubt's ihm nicht. Aber jetzt ist er hundertfach für den Hammerle und für den Teck. Litauen soll schwäbisch werden. Unser Hermann soll nicht umsonst gefallen sein. Als ob das was miteinander zu tun hätte.« Sie redete dicht an seinem Mund, dann küßte sie ihn, er sie. »Ja, hab mich lieb«, seufzte sie noch. Einige Zeit später flüsterte sie: »Du, Männle, wenn ich diesmal was erwische, nehm ich's nicht wieder weg, nein und nein und nein. Wir wollen es haben und wollen es kriegen.« Er fragte beklommen, er dachte an die mächtigen Männer, seine Dienstherren: »Glaubst du, daß in neun Monaten schon Friede ist und wir heiraten können?« Sie zog mit Gewalt ihre Brauen und Lider hoch: »In neun Monaten?« staunte sie vorwurfsvoll, »da wollen wir doch längst alle zu Hause sein –« mit dem Ton eines Kindes, das fast weint. »In neun Monaten ist Weihnachten«, überlegte er. »Oh, du hast recht, in neun Monaten sind wir längst verheiratet. Wir wären es ja schon, wenn uns diese blöde Vorschrift nicht daran hinderte.« Beide verachteten einen Augenblick die niedere Schlauheit der Etappenordnung, die Ehegatten den gemeinsamen Aufenthalt im besetzten Gebiet untersagt. »Viele haben solche Ziegen zu Frauen«, gähnte Bärbe halb im Schlaf, »die sind froh darüber. Ich krieg's auf jeden Fall, das ganze Lazarett steht hinter mir.« Ihre schwarzen Flechten waren von seinem Halse gefallen, ein heftiges Gähnen öffnete seine Kiefer. Was die Frau will, will Gott, dachte er französisch. Würde sie mit ihm in Lychows fernem Osten bleiben oder hier in Litauen? Ach was, und er drehte sich zur Seite, der Wand zu, wie sie dem Zimmer zugekehrt schlief, und war schon von den Schatten eingeschlungen, während durch seinen Geist ein Feld voll rotem Mohn gespensterte, in Erinnerung an Lychows Brief, den blauen Himmel, die Juniwärme. Draußen brach, unterm Sprung einer Katze, klirrend ein Eiszapfen ab und zerschellte auf der steinernen Erde.

DRITTES KAPITEL

Die Auskunft

Ein Reisender, der im geschlossenen Auto, noch dazu bei Schneefall, durch eine fremde Stadt fährt, bemerkt von ihr gerade so viel, als seien die Häuser überm ersten Stockwerk abgeschnitten. Außerdem spritzt Schmutz rechts und links unter den Rädern hervor, trübes Licht macht die Welt unansehnlich. Die Straßen sind auffällig leer, auf allen Plätzen liegt dicker Schnee, schwarz getüpfelt. Und erhascht das Auge zufällig die tempelgleiche Vorderfront einer Kirche mit Säulen und Fries, so zieht ein flüchtiges Wundern durch den Sinn, nicht mehr. Stufen empor zu einer anderen Kirche, lange Mauern einer dritten; umfährt man aber ein großes Viereck, so erklärt der Fahrer auf Befragen, das sei schon wieder ein Kloster. Winfried nun, Protestant, bewahrt aus Schuljahren deutliche Abneigungen gegen das Katholische, und beim Militär, während des Friedensdienstjahres, hat sich das noch verstärkt. Die Katholiken sind unsichere Kunden, denn sie besitzen noch ein anderes Oberhaupt als den Kaiser, nämlich den Papst; erkennen noch andere Autoritäten an als den Staatsbeamten, nämlich ihre Priester, und lernen allerlei Kniffe und Vorbehalte, mit denen sie sich der schlichten Vormundschaft der Vorgesetzten entziehen. Viel verwandter war einem solchen Protestanten das alte Testament mit seinen Königen und Propheten. Und Winfried dachte an manchen Ausspruch Ellendts, der das bekräftigte, als er sich jetzt zu Dr. Eliaschuw fahren ließ, der Duma-Abgeordneter von 1905 sein sollte und beim Anmarsch der Deutschen in seinem Wahlkreis geblieben war, der allgemeinen Flucht trotzend.

Die Eiseskälte eines langen kohlenlosen Winters entströmte den Mauern, als Winfried im Wohnzimmer ein paar Minuten wartete, zwischen Biedermeiermöbeln aus gelber Birke, Kissen mit Perlstickereien und einigen durchaus europäischen Bildern und Schattenrissen. Wozu haben die Leute so schöne Kachelöfen, dachte er unmutig, bis ihm einfiel, daß die besten Öfen nichts nutzen, wenn einer weder Holz noch Kohlen erschwingen konnte.

Indes knöpfte sich im Nebenzimmer ein graubärtiger Mann mit starker Nase und stachligen Brauen unmutig eine Weste über die wollene Unterziehjacke. »Ich muß ihn hier hineinnehmen, Alte«, sagte er zu seiner Frau. »Gut«, erwiderte die, »derweil verkriech ich mich in die Küche. Vielleicht werden die Bohnen schneller weich durch die Gegenwart der Hausfrau. Sie sind fast so alt wie du und ich.« – »Schickte mir nicht gerade Perl den Mann... Wenigstens daheim sollten sie uns verschonen, diese Sieger.«

Der Besuch grüßte sehr artig, bat um Verzeihung, falls er störe.

»Macht nichts, macht nichts«, sagte der alte Arzt und lud den Gast in sein Sprechzimmer, das wenigstens lauwarm sei.

Niemals hatte Winfried etwas Ähnliches von Bücherwänden und -türmen erblickt. Schwärze und Staub ging von ihren Rücken, ihren Haufen aus. Man setzte sich, ein Messingkasten mit Zigaretten wurde aufgeklappt. Winfried erklärte sein Kommen. Jetzt vor diesem fremden bürgerlichen Mann erschien ihm sein Ansinnen etwas merkwürdig. Mußte nicht die Verwaltung über all und jedes besser Bescheid wissen als einer jener Untertanen, die sie ungefragt regierte? Würde Gorse nicht die Augenbrauen hochziehen? Ellendt ihn spöttisch anschauen? »Es wird mir schwer, Herr Doktor, Ihnen begreiflich zu machen, warum ich mich an Sie wende. Herr Leutnant Perl hätte das nicht nötig gehabt, er ist ein vorzüglicher Mann...« – »Ein ausgezeichneter Mann«, unterbrach ihn bestätigend der Doktor. »... und er kennt die Lage der Einwohner, besonders der jüdischen. Jetzt muß er aber ins Ausland reisen. Nun kam jüngst zu mir eine junge Frau aus Merwinsk mit Nachrichten, die mich verwunderten. Dort sollen Aushebungen zu Zwangsarbeit vorgekommen sein.«

Dr. Eliaschuw hockte mit hochgezogenen Schultern in seinem Gehrock wie ein grau und schwarzer Vogel und prüfte aus kleinen Augen hinter ovalen Brillengläsern diesen jungen Offizier. Ganz nett, dachte er, ganz annehmbar und bestimmt kein Spitzel. Aber langsam. Vorsicht. In welcher Eigenschaft der

Herr Hauptmann in Merwinsk gewesen sei, fragte er zurück. Winfried gab bereitwillig Auskunft, und der Alte wiegte den Kopf. »Lychows Adjutant«, sagte er achtungsvoll, »das freut mich zu hören. Die Taten des Herrn Hauptmanns sind uns nicht unbekannt geblieben. Gibt es keine geschriebene Zeitung, die des Lesens wert wäre, so gibt es eine gesprochene, und sie verbreitet sich mit den Menschen. Gewiß, in Merwinsk sind, wie berichtet wird, viele Juden verhaftet worden.« Winfried schaute auf: »Nennen Sie es Verhaftung? Ist es nicht eher eine Einziehung?« – »Wir sind nicht fähig, so feine Unterscheidungen zu machen«, sagte der Arzt trocken, »wir können nicht so gut Deutsch.« Winfried beteuerte, Dr. Eliaschuw spreche vorzüglich Deutsch. »In Rußland nannten wir so etwas Verhaftung. Halten Sie es meinen Jahren zugute, die starrsinnig machen.«

Winfried lächelte. Munter und hübsch saß er vor den wohlwollenden Blicken, den spöttischen Gedanken dessen, der viel mehr durchgemacht hatte, als er auch nur ahnte. Dr. Eliaschuw schnupfte aus einer zinnernen Dose. Aha, dachte Winfried, daher die schwarzen Nasenlöcher. »Es gibt«, sagte er, »eine große Organisation, ›Hilfe durch Arbeit‹, wenn ich nicht irre. Durch sie vermittelt Leutnant Perl Hunderten von Juden Arbeitsplätze im Reich, nicht bloß im besetzten Gebiet, denn in Deutschland fehlen Hände. Wodurch unterscheiden sich, Herr Doktor, diese Anwerbungen von jenen?«

Dr. Eliaschuw fragte sich im stillen, ob diese Naivität nicht doch gespielt und der Junge da trotz alledem bloß der durchtriebenste Spitzel sei. Dann entschloß er sich, Winfried lieber für naiv als für durchtrieben zu halten. »Die Anwerbungen sind freiwillig«, antwortete er kurz. »Das ist wahr«, gab Winfried bereitwillig zu. »Zwang ist zu mißbilligen. Wir sind daher auch nicht entzückt über diese Vorkommnisse. Die Ortskommandantur Merwinsk hat sich nach unserem Abrücken einen Übergriff erlaubt.« Ich habe zuviel gesagt, dachte Winfried, aber der Arzt, eine merkwürdig vertrocknete Hand im Barte, sagte nur: »Diese Übergriffe sind an der Tagesordnung, sie verwundern niemanden.« – »Nanu«, staunte Winfried, »in Ober-Ost?« und er dehnte eine Pause. »Der Himmel ist hoch, und der Zar ist weit, pflegten wir in Rußland zu sagen. Tatsächlich hat der Herr Rittmeister von Brettschneider starke Herren hin-

ter sich und weiß, daß er nichts wagt.« – »Wen bitte?« fragte Winfried, sich aufsetzend. »Lieber junger Mann«, antwortete der Arzt, »ich habe vier Monate in euren Gefängnissen verbracht und ich fürchte mich nicht. Vielleicht kann ich etwas bessern, wenn ich rede, vielleicht auch nicht. Aber man soll später nicht sagen können, alles sei verschwiegen worden, wenn man versuchen wird, abzuleugnen und uns Ankläger mattzusetzen. Hinter dem Herrn Rittmeister steht zunächst die ganze Polizei, ferner der Herr Herzog von Landquardt und seine Verwaltung und nicht zuletzt die Forstabteilung mit Ihrem Herrn Buchenegger an der Spitze.« Winfried dachte: au wei, da hab' ich mir etwas eingebrockt. Es wäre hübsch, wenn ich mich jetzt empfehlen könnte. Und um abzukürzen, fragte er: »Haben Sie, Herr Doktor, da Sie doch so gut unterrichtet sind, über diese Arbeitsbataillone Klagen gehört?« – »Klagen?« fragte der Arzt, »Klagen? Ob ich Klagen gehört habe? Es sind Todeslager, Herr, und Prügellager, wenn Sie's wissen wollen. Es sind Stätten des Fluches und Stätten der Verzweiflung, und es wird behauptet, daß sie die schlimmste sibirische Zwangsarbeit erreicht haben, Herr, oder überboten. Ob ich Klagen gehört habe«, wiederholte er zum vierten Male, sprang auf, ging durchs Zimmer. »Wissen Sie, Herr Hauptmann, um wieviel sich die Sterblichkeit der Juden in Wilna vermehrt hat unter Ihrer Herrschaft? Sie hat sich verzehnfacht, mit all Ihrer Hygiene starben zehnmal mehr Menschen als unter russischer Verwaltung. Hungertyphus, Herr, und Ruhr und Flecktyphus, und was Sie wollen. In den Lagern aber ist die Sterblichkeit viermal so groß als in diesem Wilna, denn die Entlassenen zähle ich dazu, und das sind Schwindsuchtsfälle und Selbstmorde. Sie nehmen die Leute von der Straße und setzen sie an Schwerarbeit, Chausseebau und Holzschleppen und Bäumefällen und Ausroden – Leute, die zu schwach waren zum Militärdienst schon vor dem Krieg, als drei Eier in Wilna eine Kopeke kosteten. Die Polen, Litauer, Weißrussen haben es gut, die sitzen auf dem Lande und machen Landarbeit, und wenn der Feldgendarm auch alles wegschleppt: etwas bleibt doch für den Arbeiter hängen, und geprügelt wird er nicht!«
Jetzt wurde Winfried der heftige Ausbruch des Alten doch zu bunt. Er knöpfte seinen Mantel zu: »Sie wollen behaupten, Herr Doktor, daß unter deutscher Herrschaft Gefangene oder

vielmehr Zwangsarbeiter geschlagen werden?« Die beiden Männer standen einander gegenüber, beide blaß vor Erregung, Winfried weiß, der Alte fast grünlich mit schwarzen Schatten unter den Augen. »Geprügelt, Herr Hauptmann, geknutet, mit Fußtritten, mit Kolbenhieben, wie in Belgien, Herr, schlimmer als in Belgien, denn in Belgien fürchtete man sich doch noch ein bißchen vor dem Ohr der Welt, es war nahe. Hier aber erlaubt man sich, was man will, denn man glaubt, diese Russen hier, diese Juden kennen es nicht besser, man beerbt den Zarismus, man übertrifft ihn, Herr Hauptmann. Denn, falls Sie es noch nicht wissen sollten, man erprügelt auch Geständnisse in den Polizeistuben. Oh, lesen Sie nur aufmerksam Ihre Akten! Und falls Sie dann die Floskel finden ›auf energisches Befragen gestand er‹, können Sie sich darunter Hiebe vorstellen mit Riemen, mit Stöcken oder mit dem stählernen Ladestock in euren Flinten.«

Winfried sah dem heftig atmenden Manne voller Verachtung in die Augen: »Sie sollten etwas für Ihre Gesundheit tun, Herr«, sagte er. »Seien Sie froh, daß Ihre Verrücktheit nur mich zum Zeugen hatte, denn ich halte dicht.« Er setzte seine Mütze auf, grüßte mit den Fingern, ging. Seine kleinen Sporen klirrten auf dem Weg über die alten Dielen. Empörung füllte ihn vom Herzen bis zur Stirn: er glaubte dem Arzte nicht eine Silbe.

Den ganzen Tag hindurch und noch den nächsten Vormittag wurde Winfried einen widrigen Geschmack nicht los, als habe er mit etwas Alaunartigem gegurgelt. Pfui Teufel, dachte er, solch ein Ziegenbock! Als Sohn eines Arztes war er geneigt gewesen, jedem anderen Arzte voller Respekt gegenüberzutreten; um so schärfer und erbitterter wirkte sich jede Enttäuschung aus, vor allem diese. Sie begleitete ihn als Unterton, während er seinen Aufträgen nachging, sie überfiel ihn als plötzliche Neigung, auszuspeien, wenn er sich in einer freien Viertelstunde irgendwohin setzte, eine Zigarette zu rauchen. Welches Glück, dachte er dann, daß ich gleich am Morgen meine Einkäufe besorgt, neue Ausrüstungsstücke gekauft habe. Jetzt hätte ich überhaupt keine Freude daran und wäre wahrscheinlich unfähig, zwischen gutem Sitz und schlechtem Sitz eines Waffenrocks oder Mantels zu unterscheiden. Ja, er

mußte achtgeben, während er mit den Herren der Stadtverwaltung Fühlung nahm und Beziehungen herstellte, daß seine innere Abgelenktheit nicht bemerkt wurde; was hätte man sich denken sollen?
Die Angelegenheit der Quartiersuche für Ellendts Ministerium ließ sich leicht, ja beinahe spaßig an.
Der Chef der Verwaltung, Seine Durchlaucht der Herr Herzog von Landquardt, war allbereits großzügig auf Osterurlaub gefahren; sein Vertreter, der geschmeidige und gescheitelte Hauptmann Siewindt, Winfried aus Besuchen im Ober-Ost-Kasino flüchtig bekannt, duftete nach Pomade und Erbötigkeit. Der Wind wehte nicht günstig für eine selbständige Militärverwaltung Litauen, das Land stand plötzlich im Brennpunkt alles Dreinredens, Abteilung V siedelte mit Sicherheit nach Wilna über, um dem Reichskanzler Grafen Hertling die Bändigung der Reichstagsmehrheit zu erleichtern. Nachgeben, nachgeben! Ging's hart auf hart, so siegte ja doch Ober-Ost und setzte einen sogar aus dem eigenen Gebäude heraus, in welchem man sich so schön und breit eingerichtet. So kreuzte Hauptmann Siewindt auf dem Wilnaer Stadtplan dem Kameraden eine Anzahl größerer Baulichkeiten an, aus der Russenzeit, zwischen denen er wählen, die er auch alle haben konnte. Dezentralisation der allzu vielfältigen Abteilung V würde Herrn von Ellendt sicher angenehm sein. Das stimmte. Konnte sich Konrad von Ellendt mit den engeren Mitarbeitern von der Hauptmasse des Stabes absondern, so tat er es. Winfried hatte sich Grundrisse, flüchtige Skizzen der in Betracht kommenden Häuser ausgebeten. Er trabte einen ganzen Tag über Treppen, durch lange Flure, trat vorsichtig in beschmutzte Höfe, blickte an hohen Hausmauern empor, Fensterfronten abschätzend, und prüfte die Umgebung, die Zufahrt, die Möglichkeit, leichter oder schwerer eine Menge Telefonleitungen anzubringen. Das Haus, in dem man arbeitet, wie der Rock, den man anhat, wird zu einem seelischen Bestandteil, durchtränkt von feinen Ausstrahlungen – aber nur, wenn es dem Inhaber entgegenkommt, wenn es paßt. Zwischendurch aber sagte eine unhörbare Stimme zu einem abwesenden Graukopf, einem häßlichen Vogel, nahe einem kalten Kachelofen: Scheren Sie sich zum Teufel, Sie Doktor Allwissend! Was für ein Idiot!
Auch der Flugplatz Wilna, Knotenpunkt des ganzen Gebiets,

und seine Fliegerschule wurden in solcher Stimmung aufgesucht. Man beflog schon regelmäßig ein weitmaschiges Netz zwischen Berlin und Riga, Brest-Litowsk und Warschau, und dehnte es auch mal bis Kiew aus, aber immer auf die Gefahr, beim geringsten Bruch das Ganze zu stören. Die Landeplätze boten dazu allerlei Anlaß – so wenigstens belehrte Winfried der Fliegermajor, der ihn führte, ein alter Pilot, durch zwei schwere Unfälle selber nicht mehr flugfähig. (Er hatte einst ein eigenes Luftschiff entworfen, in jenen Jahren, als der eigensinnige Holzhändler David Schwarz aus Agram das Modell des späteren Zeppelins mit Aluminiumhülle und Ballonettfüllung dem preußischen Generalstab vorführte.) Wollte man brauchbare Flughäfen schaffen, so lohnte das Anstrengungen und Kosten nur bei regelmäßiger Postfliegerei, wie Lychow sie wünschte, und man brauchte gut und gern ein halb Dutzend neue Maschinen. »Hätten wir schwere Bomber hier, statt unserer kümmerlichen Kisten, so wollte ich ganz allein den Wiedertäufern und Gleichteilern von Petersburg das Tanzen beibringen. Aber«, schloß er, aus seiner Pfeife paffend, »eine straffe Flugverbindung nach Odessa und weiter nach Tiflis und Baku besorgt dasselbe. Es dauert vielleicht länger, aber es fällt dafür niemandem auf außer den Eingeweihten.« – »Wieso?« wunderte sich Winfried. Der Major legte seinen geschienten Oberschenkel über den gesunden, schaukelte mit dem Fuß und strich vergnügt seinen Marinebart: »Ölsperre«, winkte er geheimnisvoll. »Ohne die Ukraine und das Öl von Baku können die Russen einpacken. Die Kohlen im Donezbecken, Sie verstehen, die riesigen Weizenreservoire und immer wieder und vor allem das Öl des Kaukasus. Glauben Sie vielleicht, man schickt Ihren verehrten Herrn Onkel zum Spaß mit soviel Truppen in jene schöne Gegend? Aber wem sage ich das«, lachte er tief, herzlich. »Ihr Herren von Abteilung V kapiert so etwas ja schneller als ein Spezialist wie ich. Ukraine ist der Drehpunkt des ganzen Ostens. Die Sowjets mit den roten Mützen vermögen den Friedensvertrag gar nicht zu erfüllen, Kiew laufen zu lassen, wohin es will. Das sind Stümper, Kaffeehaus-Stänkerer, keine Politiker, wie die richtigen Russen waren. Entweder brechen sie das Abkommen von Brest, oder sie krepieren am Rohstoffmangel. Den Strick, den die Engländer uns drehen, zur See, nicht

wahr, den drehen wir Moskau zu Lande. Und darum wird das Kämpfen dort andauernd und ein Flugwesen unerläßlich sein.«
Gott-ach-Gott, dachte Winfried, was treiben wir hier eigentlich – Indianerspiel oder Fuchskesseln? Da stehen einem ja die Haare zu Berge. Und ich hatte es dringend nötig, mich noch mit Zwangsquatsch und Doktortratsch abzugeben. Immerfort stößt mir der alte Kerl sauer auf. Ein Glück, daß ich zu Bärbe flüchten kann. Obgleich sie es nun wieder mit dem Teck und dem Hemmerle hat. Wir kribbeln wahrhaftig wie ein Ameisenhaufen umeinander hier im Lande Ober-Ost. Wüßte ich nur, bei wem Wahrheit ist: bei der kleinen Dawja oder bei Ellendt und meinem Gefühl.
Die Erleuchtung überkam ihn am Morgen seines letzten Wilnaer Tages.

VIERTES KAPITEL

Der Geist von Wilna

Sie saßen zu viert beim Frühstück, drei Schwestern und Winfried, in jenem Barackenteil, der an die Klosterkapelle grenzte – ein mäßig großes Zimmer, für drei erwachsene Frauen eigentlich zu klein. Aber die noch laublosen Apfelbäume vor den Fenstern im weichen Schnee versprachen, sie in den schönen Jahreszeiten durch Blätter und Blüten, Insekten und Vögel und nicht zuletzt durch Früchte zu entschädigen. Magerer Kaffee zierte den Tisch, eine Büchse Milch, stark gesüßt, etwas wirkliche Butter, Würfelzucker, eine Marmelade, in der nicht die Rüben vorschmeckten, sondern Brombeeren – eine Traummahlzeit für Kriegsbegriffe. Als Schwester Sophie dem jungen Mann ein Ei hinschob, widersprach der: er kriege in seiner Offiziersunterkunft jeden Morgen welche. Die freundliche Geberin sollte sich dieses gefälligst selbst schmecken lassen. Sie sah zart aus, ein schöner großer Mund unterstrich das schmale Gesicht, ihre grauen Augen blickten oft fragend. »Ich habe Grüße für Sie«, sagte Winfried herzlich. »Ich weiß«, entgegnete sie, »ich habe Post für Sie«, und sie reichte ihm einen gefalteten Zettel. Winfried berichtigte: seine Grüße stammten von Sophies langem Vetter. Sie dankte flüchtig: Achim sei ein netter Kerl, im Grunde aber lasse die Familie sie recht kühl. »Läuft er noch im blauen Überrock umher, mit rotem Kragen und Jägermuff?«

Winfried, eigentlich den ganzen Morgen schon in sich gekehrt, wußte nichts von solchem Schmuck. Er überlas die getippten Zeilen, sie stammten von Bertin, der seit Merwinsk mit Sophie von Gorse befreundet war, und lauteten: »Lieber Hauptmann, mein Schwager Wahl ist unterwegs, berichtet meine Frau, in Wilna Pferde zu stehlen. Helfen Sie ihm ein bißchen? Die kleine Dawja war nochmals bei mir, sehr getröstet. Haben Sie sich nicht zuviel vorgenommen? Kluge Leute hier beurteilen sie viel skeptischer als wir beide, besonders als Ihr...« Winfried stutzte. »Vergißt er immer die Unterschrift?« fragte er Sophie. Er reichte ihr das Blatt, die drei Mädchen beugten sich darüber, krislig leuchtete in der Morgensonne das rötliche Haar von Schwester Hilde (Kohn). Sie lachten, Ausrufe über den zerstreuten Menschen flogen hin und her.

Indessen zitterte Winfried nervös, es könnten durch Bertins verwünschtes Geschreibe Fragen nach dem Anliegen laut werden, auf das er anspielte. »Tolle Sache«, brummte er vor sich hin, als meine er die vergessene Unterschrift... Bärbe, aufblikkend, erinnerte sich an Dawja Süßkind und an ihren Freund, den mageren, schweigsamen Menschen in der russischen Studentenuniform. »Die war in dich verknallt, Herr Adjutant«, stellte sie fest. Winfried wartete gespannt: bot sich hier eine Gelegenheit, ins Harmlose auszuweichen? All die Tage hatte er ihr verheimlicht, was ihm mit Eliaschuw zugestoßen war – erst, weil sein Gefühl alles Unwichtigere überschwemmte, dann aus Bedenken gegen die Mitteilung des Erlebten. Nur keine Worte mehr darüber, nichts weitertragen, hatte ihn eine Stimme gewarnt. »Ja«, hakte er ein, »in dem Loch Merwinsk durfte man sich den Flirt nicht leisten, alle wußten alles.« – »War doch eine schöne Zeit, außer für den armen Grischa. Schade übrigens, daß ich vergaß, dich zu seinem Kind zu schikken«, glitt Bärbe in die Ablenkung ein. Er sah sie betroffen an: »Grischas Kind? Lebt das hier?« Sie legte ihren Kaffeelöffel aus der Hand: »Weißt du nichts mehr von der Frau, der du selber hierher verholfen hast?« Winfried lehnte sich zurück, entzündete eine Zigarette, trank grüblerisch den ersten Rauch. Er entschuldigte sich mit dem abgrundartigen Einschnitt, den in Hoffnung und Furcht der Brester Friede verursacht hatte, sein Auf und Ab, all die Schicksalsfragen, ob Westfront oder Osten. Vieles dämmerte ihm jetzt: diese alt aussehende junge Frau, Babka genannt, hatte ein Mädel geboren. Und als sie wieder bei Kräften war, für sich und ein paar Freunde Papiere erpreßt und Fahrterlaubnis nach Wilna und Kiew. »Erpreßt«, bestätigte er sich trocken. »Du und der fromme Posnanski, ihr bekreuztet euch ja bei dem Gedanken, unter unserer Flagge könne ein Heidenkind aufwachsen, ungetauft.« – »Posnanski bekreuzte sich besonders oft«, warf Bärbe ruhig ein. »Sollten wir vielleicht die Frau in ihrem unversöhnlichen Grimm lassen und auch das arme Wurm noch in diese Blutsache verwickeln? Denk über

Seelenheil wie du willst, ich freue mich, getauft zu sein, das Kreuz des Erlösers macht mich selig, und der Glaube an ihn wird mir noch die Sterbestunde erleichtern, wenn ich als Großmütterchen vom Lehnstuhl aus um die Ecke gehe. Und daß die Babka aus der Taufe einen Handel gemacht hat, um zu ihrem Mutterbruder hierherzugelangen – dem Herrn Sasnauskas – das hat mir imponiert.«

»Stimmt, stimmt«, vertiefte sich Winfried. Sasnauskas, so heißt man hier. Klar stand ihm wieder alles vor Augen, das Fort-Werk Bratna, außerhalb Merwinsks, wo er der Frau und einem Begleiter Ober-Ost-Pässe hatte ausstellen lassen, als seien sie ein Ehepaar, und die Fahrscheine nach Wilna mit allem Zubehör, die er während Lychows Abwesenheit unterstempelt, unterschrieben hatte – einer dabei für den Sohn des russischen Kaufmanns Weressejew, der in Kiew studieren, Geistlicher werden wollte. Dann die Taufe des Würmchens durch den Popen mit seinem Langhaar, seinem wirren Barte, der dafür Geld und Branntwein bekommen; all dies komisch und schauderhaft auf dem Hintergrunde eines frischen Grabes unter dickem Schnee. Das war vergangen, und man sollte es ruhen lassen. »Wirklich schade«, bedauerte er, »aber ich hatte genug zu tun, und manche Reize möchte ich mir für die Zeit aufheben, wo wir ständig hier sind. Such mir nur in deiner Nähe eine nette Bleibe.« Ruhig sagte Schwester Bärbe, ihren Mund abwischend: An leeren Häuschen hier im Walde sei wahrhaftig kein Mangel, wenn ihn der große Friedhof nicht störe. »Wüßtest du, wieviel Wohnraum in Wilna leersteht, und was alles geflüchtet ist, verschleppt.« Winfried sah auf die geliebte Frau, die Sonne legte einen braunen Goldrand um jede ihrer Pupillen. »Warum bist du bloß so traurig?« fragte er, plötzlich leichten Herzens, wie erlöst. »Immerfort spukt Friedhof und Großmutters Ende in deinen Reden, als wackelten wir schon beide mit zahnlosen Köpfen.« – »Ich bin gar nicht traurig«, verteidigte sie sich, »ich bin im Gegenteil von uns dreien die vergnügteste; stimmt's?« fragte sie die anderen. »Aber Glück macht mich ernst, immer, das müßtest du doch wissen. Und je besser es mir geht, um so weniger kann ich meine Augen vor unserem sonderbaren Alltag verschließen. Und jetzt mußt du uns entschuldigen, wir haben Dienst.«

Winfried, allein zurückgeblieben, saß zunächst in unveränder-

ter Haltung auf seinem hölzernen Stuhle, nachdenklich, den Zigarettenrest zwischen den Fingern. Sonderbar, wie es ihm hier ging – gut, besser als gut. Eine so bezaubernde Geliebte. Zwar wollte sie ihn zum Vater machen. Aber das schob man am besten weg. Es schwebte ja im Ungewissen, zum Glück hatte die Natur da auch ihr Wort mitzureden, und auch die Gesellschaft sprach das ihre, überpersönliche Mächte, nach denen sich der Mensch gefälligst zu richten hat. Es gab spaßige Verse über Vaterschaft, einer nach dem anderen zog durch sein Gedächtnis, machte ihn lächeln. Nein, er war jung, er hatte bisher unmenschliches Glück gehabt, es würde ihm auch diesmal nichts zustoßen. Ihm nicht und der Frau nicht. Und kriegte sie ein Kind, so kriegten sie es eben. Und es lag beinah eine Bürgschaft darin, daß zu Weihnachten Friede war. Jetzt mußte er zunächst zu Hauptmann Siewindt und für die Gebäude von Abteilung V feste Abrede treffen. Es blieb noch ein bißchen Zeit, der Wagen war zu halb neun bestellt, angenehm, allein zu sein bis dahin.
Ein leise kratzendes Geräusch machte, daß er sich zum Fenster wandte. Auf der Brüstung saß ein Kater; grau und weiß gefleckt, mit dunklen Streifen hockte er, alle Muskeln gerundet, zusammengedrängt auf dem schmalen Brett; wild und hungrig blickten seine Augen durch die Scheibe. Willkommen, mein Alter, dachte Winfried, auf dich hab ich nur gewartet. Du hast mir die Nächte mit Gesang gesegnet, dafür kriegst du Wasser in den Pelz. Und er streckte die Hand aus, um ein Glas vom Tisch zu nehmen. Da bemerkte er, daß der Blick des Tieres nicht auf den Frühstückstisch gerichtet war, sondern ins Zimmer nach unten. Vorsichtig suchte auch er mit den Augen: siehe da, eine Maus, ein Mäuschen, eines der zierlichen, von den Schwestern verwünschten Tierchen, die so reizend schnuppern und so gerne Krankheiten verbreiten. Sonderbare Lage, dachte der junge Mann. Wenn ich mich jetzt rühre und zum Beispiel das Fenster öffne, werdet ihr beide davonsausen, und keiner von uns dreien wird auf seine Rechnung kommen. Während er aber so dachte, hütete er sich wohl, seine Gedanken auszuführen. Er saß wie verzaubert, den Rücken an der Lehne, den Blick bald bei der Maus, bald bei dem Kater draußen, seinem wilden Gesicht. Und während er so blickte, verwandelte sich sein Gefühl. Es war jetzt in den beiden Tieren, außerdem in der Totenkammer

jenseits zweier Türen, in den vergangenen Tagen, in seinem Traum, auf der Herfahrt. Hier unten kauerte der Mann Paprotkin, grau, ahnungslos, draußen, oben, die Macht, die ihn fressen wollte, in der Mitte aber thronte ein junger törichter Mann, voll guten Willens, unter dem sich aber leider der Erdball wegwölbte, rechts und links, vorn und hinten, so daß er auf einen Glasberg gebannt war, wie Ellendt es übrigens passend angedeutet. Er war ihn bequem heraufgekommen. Aber jetzt sich oben halten? Lychow war zu weit weg. Ellendt aber ein zu beschäftigter Herr, dessen Leidenschaft in seinen Gedanken aufging, seinem politischen Planen. Nein, fühlte Winfried plötzlich, innerer Halt, ein schönes, festes Rückgrat fand sich nur bei Clauß. Wenn der auf seinen breiten Beinen durchs Zimmer wuchtete, dröhnend lachte, sein Säuglingsgesicht, seinen geschorenen Schädel zeigte, verschwanden alle Beängstigungen, Verwirrungen: man wußte aus und ein, rechts und links, gut und böse. Es war gar nicht leicht, den Stabschef des Prinzen zu sprechen. Man würde warten müssen, sich bei ihm zum Vortrag melden. Aber Lychows Brief gab Anlaß genug, er würde in einem Flugzeug nach Kowno zurückbrausen, wie der Fliegermajor ihm versprochen hatte, glücklichen Wind um die Nase.

Und der Zauber fiel von ihm, der ihn noch eben gehalten hatte. Der junge Mann, ohne Ahnung der Feindschaften, die ihn umlauerten, der Bindungen, die an ihm ziehen wollten, sprang mit beiden Beinen auf die Dielen und schlug knallend in die Hände. Im gleichen Nu sauste die Maus in eine Fuge der Barackenwand, verschwand der Kater vom Fensterbrett. Der entsetzt hereinstürzenden Schwester Hilde vom Zimmerdienst erklärte Winfried gelassen: dort drin sitze sie, die Maus nämlich, sie habe ihm persönlich ihre Aufwartung gemacht, fast auf dem Tisch ihren Schwanz vergessen. »Und darum solchen Krach?« sagte Schwester Hilde. »Mäuse im Schlafzimmer sind sehr belebend. Mit etwas Gips und ein paar Glasscherben werden wir ihr den Ausgang verpichen. Neugierig bin ich bloß, wo sie sich den neuen nagen wird.« Draußen meldete sich die Hupe des Wagens.

Als er schließlich am späten Nachmittag, den Abschied von Bärbe noch auf den Lippen, in den Armen, vom Flugplatz Wilna aus erst schräg vorwärts, dann in die Luft gerissen wurde, trat nach dem ersten Schreck ein solches Glück in ihn ein, ein solcher Übermut vor lauter Lebendigsein, daß der Pilot seinen Fahrgast durch das Brausen des Propellers, das Schießen des Motors singen hörte. Es war ein kleines Flugzeug, gebrechlich, aus Holz und Leinewand hergestellt, offen für Schnee und Regen; es brachte Post von Warschau und Brest-Litowsk nach Kowno und flog bei jedem Wetter. Winfried aber – in Kleidung eingemummt, die ihm nicht gehörte – die Finger in Handschuhen um die Brüstung gekrallt, sah im Dämmern das Land unten liegen, Wälder, die schmale Linie eines Flusses, die fadendünne der Eisenbahn. Und in das stürmische Brausen des Windes an seinen Ohren sang er Bruchstücke von Worten und Sätzen, Soldatenlieder, Marschmelodien, ungeheure Freude. Wie sein Körper hingerissen wurde durch die Luftschraube, so hingerissen war er selbst in der Schnelligkeit und Tollkühnheit dieses Flugabenteuers, das sich auf geringer Höhe abspielte und knapp vierzig Minuten dauerte. Er würde den General Clauß schon zu fassen bekommen, er würde überhaupt mit allem fertig werden, was man ihm auftrug oder was sich ihm unversehens auf die Schultern packte. Keine Sorge! Hier kam er angestürmt, knatternd und schallend, der Beauftragte Lychows, Mitarbeiter Ellendts, brauchbar in politischen Diensten wie einst an der Front. Nieder mit den Eliaschuws und all ihrem Kram. Ein Deutscher, der sein Land liebte und für sein Ansehen in der Welt, seine sauberen Absichten einstand, fand Bundesgenossen, wohin er blickte.

Am späten Abend dieses Tages unterhielten sich, während sie schlafen gingen, zwei junge Frauen über den Mann, der zu Besuch gekommen und wieder weggeflogen war, gleich einer Schwalbe, die sich ins Zimmer verirrt, aber noch keinen Sommer macht. Bärbe lag schon zu Bett, die Arme hinterm Kopf verschränkt, in altmodischer, mehr wärmender als kleidsamer Wäsche. Leinenspitzen Tübinger Herkunft umschlossen die Handgelenke. Schwester Sophie entkleidete sich zwischen ihren offenen Spindtüren; in dem unerleuchteten Zimmer standen die beiden Fenstervierecke halbhell, das eine geschmückt von dem hageren Schattenriß des Apfelbäumchens, das andere von der silbernen Sichel des werdenden Mondes. Schwester

Hilde, die dritte Schlafgenossin, machte die Abendrunde, verantwortlich für die geöffneten wie die geschlossenen Fenster und Läden zweier Säle und Korridore. Etwas vom Geiste eines Pensionats, ein Rückfall in jugendlichere Zustände, hatte sich alsbald all dieser Pflegerinnen bemächtigt, teils durch Zwang und Gehorsam, die das Elternhaus wieder heraufbrachten, teils durch die Versammlung einer Menge gleichaltriger weiblicher Wesen zu gemeinsamer Arbeit, einheitlicher Kleidung und Ernährung; einzelne Oberschwestern hatten dazu beigetragen, indem sie strenge Schulvorsteherinnen nachahmten mit Lieblingen und launischen Abneigungen. Zur Zeit war Schwester Hilde Liebling; ihr Geist weilte ganz bei der Arbeit und dem hohen Zweck der Vaterlandsverteidigung, auch besaß sie keinen Freund in Wilna und hielt sich eher scheu und spröde von den Späßen der Männer, den Anspielungen der Ärzte zurück.

»Lüfte mal«, sagte Bärbe, »ich rieche noch Zigaretten. Was für elendes Zeug sie wohl in die Dinger stopfen.« – »Und wer macht zu, da ich schon liege?« Sophie von Gorse hatte während dieser Frage den Fenstergriff umgedreht, die Flügel aufgerissen und sich noch vor Ende des Satzes in ihr Bett gestürzt, die Dekken bis an den Hals ziehend. »Bah«, sagte Bärbe, »unser braves Kleinchen. Ist doch ihr Dienst heute. Etwas Sauerstoff muß sein.« – »Wo Hildchen doch das Mauseloch zugegipst hat. Wieder eine Quelle der Beunruhigung weniger für die strenge Dame.« (So nannten sie unter sich die Oberschwester.) Bärbe streckte sich wohlig, spitzbübisch durchpulst von Glück und eigentlich voll Übermut der Doppelrolle wegen, die ihr seit Merwinsk so sehr gefehlt, bald dienstwillige Krankenschwester und bald erwachsene Geliebte, der es ein Bedürfnis ist, von ihrem Freund zu sprechen. »Hat Hildchen nicht etwa selbst entdeckt; hat Paul ihr gezeigt. Wie findest du ihn eigentlich, den Paul? Sehr verändert?« – »Erwartest du Komplimente oder willst du meine Meinung hören?« kam es bedächtig aus dem Nebenbett. »Komplimente! Was sonst?« erwiderte Bärbe trokken; »du weißt doch, ich ersterbe in Verehrung des männlichen Geschlechtes und bin blind für seine Schwächen, sobald nur von weitem eine Uniform blinkt.« – »Es blinkt ja nichts mehr«, lächelte Sophie, »aber, im Ernst, mir scheint der Paul nicht recht am Platze. Ober-Ost bekommt ihm nicht. Er hat so was

Obenhinsches gekriegt. Es muß ja auch wirklich schwer sein, im Umgang mit lauter Bürogöttern klaren Kopf zu behalten.«
»Ach«, machte Bärbe betroffen, »ist das dein Eindruck? Und ich fand ihn fast unverändert. Die Wirkung all der Aufregungen natürlich abgerechnet, die uns seit dem Waffenstillstand durchgeschüttelt haben. So viel Hoffnung und so viel Enttäuschung.«
»Merkst du ihm eigentlich Enttäuschung an?« fragte Sophie, fast etwas Schärfe im Ton. »Er schwimmt so munter im Ober-Ost-Wasser, unser Paul. Ich darf doch sagen, daß er mir dafür zu gut ist – ohne Eifersucht, Bärbe, ja?« Eine kurze Weile blieb alles still in dem kahlen Zimmer, ein schwaches Piepen unter den Dielen abgerechnet. Bärbe dachte nach. Sie hatte ihren Freund einfach an sich genommen, seine Gegenwart genossen, sein vertrautes und geliebtes Wesen. Jetzt prüfte sie seine Haltung in den kurzen Tagen des Besuchs. »Natürlich schäume ich vor Eifersucht über«, entgegnete sie langsam. »Er, der Herrlichste von allen, darf nicht kritisiert werden. Aber wenn du findest, daß ihm der Ober-Ost-Wind schadet, rufe ich Schwester Hilde und lasse das Ober-Ost-Fenster einfach schließen.«
Schwester Sophie schüttelte auf ihren harten Kissen lachend den Kopf: »Wenn das so einfach ginge. Es wimmelt dort von Achims und Gorses, bildlich gesprochen. Lauter spassige Leute, die einen anöden, sobald man sie zwei Wochen um sich hat. Er scheint aber sehr mit ihnen einverstanden.«
»Gott«, begütigte Bärbe, »er ist ja noch nicht lange da. Vorläufig kommen ihm ein paar seiner Chefs sehr interessant vor und alle Umstände neu und aufregend. Schließlich war er ja von Merwinsk her nicht verwöhnt. Und die weiten Horizonte, die vielen Menschen, das Büroleben . . . Onkel Otto in allen Ehren, aber Anregenderes als der Lychowsche Hausgeist ließ sich vorstellen.«
»Du sprühst ja heute, Bärbe. In so später Abendstunde allerhand. Wie wirst du bloß zum Schlafen kommen?« – »Keine Sorge«, sagte Bärbe vergnügt. (Wunderbar nämlich, soviel Platz für sich allein zu haben. Diese Empfindung jedoch blieb am besten innerhalb ihres Kopfes.) »Aber wirklich: Sollte

Ober-Ost dem Paul am Ende schaden, so steht das Heilmittel dagegen schon bereit. Übrigens herzlichen Dank für deine gute Meinung. Holt mich überraschenderweise doch noch der Flecktyphus, so vererbe ich dir den Paul. Aber vorläufig...« –

»Vorläufig«, entgegnete Schwester Sophie mit tiefer und strenger Stimme, »wollen wir so etwas nicht einmal im Spaße aussprechen«, und sie fühlte sich erröten vor Entrüstung, wie sie meinte. Aber Bärbe merkte gar nicht hin. In zärtlicher Träumerei fuhr sie fort: »Ober-Ost verlegt sich nämlich nach Wilna, und hab' ich ihn hier unter meinen Augen, dann bringe ich ihn auf den Trab. Der Geist von Wilna treibt ihm dann schon den Ober-Ost-Teufel aus.« Schwester Sophie jedoch schien auch damit noch nicht zufrieden: »Mit aller Vorsicht, Bärbe. Was dir und mir erlaubt ist, kann Menschen in Pauls Stellung Kopf und Kragen kosten. Die Leute, mit denen er umgeht, sind nämlich durchschnittlich und harmlos bloß, solange man pariert, nicht widerstrebt. Ich kenne sie doch, bin mit ihnen aufgewachsen. Sie haben eine harte Hand, die Herren, und sind seit Jahrhunderten gewöhnt, Zügel und Peitsche zu führen.« –

»Ja«, bestätigte Bärbe, »das mag alles sein, aber du vergißt, Paul ist fünfzig Prozent Lüchow, verbessert durch fünfzig Prozent bürgerlichen Winfried. Ich glaube nicht, daß wir uns fürchten müssen, er wird ihnen schon gewachsen sein, den Herren von Ahr und Halm.« Dann gähnte sie hinter ihrer hohlen Hand. Sophie sagte lange nichts; aus schmerzlicher Erfahrung geschult, übersann sie ernsthaft Bärbes Argumente und fand sie schließlich stichhaltig. Ihr war im ersten Kriegsjahr der Bräutigam entrissen worden, ein junger Maler, der an der Schwindsucht einging, weil man ihn, während der Ausbildung als Simulanten behandelte; sie hatte diesen Jammer nicht umsonst durchlitten. Abwägend entgegnete sie schließlich: »Dann kann's gut ausgehen. Und nun machen wir Schluß, nicht wahr?« Bärbe wollte gerade antworten, als Schwester Hilde eintrat, leise, weil sie das Zimmer schon dunkel fand und die Kameradinnen im Einschlafen wähnte. Darum fiel auch kein Wort mehr von den beiden anderen; sie wollten sich nicht noch einmal ermuntern, die junge Hilde umständlich einweihen. So entging ihnen (bis zum nächsten Morgen), was Schwester Hilde Aufregendes zugestoßen war; daß der angekündigte

»Schwager« am Nachmittag mir nichts dir nichts im Lazarett erschienen sei; ein Jugendbekannter und Klavierpartner, nach ihr fragend, als gäbe es keinen Dienst in der Welt. Und dabei kam er von der Sommefront, David Wahl, und er war ein Mann geworden, mit allem Zubehör, selbst dem EK I.

VIERTES BUCH

CLAUSS

ERSTES KAPITEL

General Clauß kondoliert

General Clauß reckte sich behaglich in seinem Sessel vor dem Schreibtisch und gähnte. Heute, Karfreitag, durfte er sich endlich mal einen faulen Tag machen. Der gestrige war überstopft gewesen von der frühesten Morgenstunde an. Krottmayr hatte recht behalten, es setzte einen kriegsstarken Arbeitstag, einen verdoppelten nämlich. Vierundzwanzig Stunden reichten eben manchmal nicht aus, wenn man seine Sache gründlich machen wollte.

Auf seiner Straßenfront lag die Sonne morgendlich und goldwarm; es troff von den Dächern. Er mußte gegen Mittag an den Njemen reiten und sehen, ob sich das Eis schon in Bewegung setzte. (Richtig, die Flößereiabteilung hat im gegebenen Augenblick die Decke des Njemen durch Pioniere sprengen zu lassen; es gab Spaß für Groß und Klein.) Er öffnete eine Schachtel mit fünfzig Zigaretten, seiner abgezählten Tagesration, beschloß, heute nur fünfunddreißig zu rauchen, zweifelte, ob er es einhalten werde. Er entzündete eine, schlenderte ans Fenster, steckte den kurzgeschorenen Schädel ins Freie und schnupperte. Es roch wirklich nach Frühling, der Himmel spiegelte sich in dem Dreck, den Lachen, den Wagengeleisen. Abwechselnd atmete er Rauch ein und Frühlingssonne; das gefiel ihm. Er hatte etwas Widerwärtiges vor und zugleich einen schönen leeren Tag; genauso vermischte sich der Duft von draußen und der Tabak hier. Denn das Rauchen schädigte sein Herz, er konnte es nur nicht lassen. Das Widerwärtige aber hieß: Brief der Teilnahme und des Beileids an Frau Generalin Schieffenzahn. Jetzt war ihr auch der zweite Sohn hops gegangen, ein Fliegerleutnant, abgeschossen. Zwei Söhne und eine Tochter aus erster Ehe hatte sie Schieffenzahn mitgebracht, als sie ihm zuliebe ihren ersten Gatten aufgab. Schieffenzahn, ein guter, etwas kühler Stiefvater, hatte den beiden Sprößlingen des Kaufmanns Mottard die Offizierslaufbahn eröffnet. Beide

Jungens hatten sich forsch gehalten, und beide waren jetzt tot. Einer befreundeten Dame zu kondolieren, bleibt Anstandspflicht. Auch wenn man mit ihrem Mann verkracht ist, wie die Studenten sagen, oder broiges, wie die Juden hier. Im Grunde aber eine scheußliche Aufgabe; obwohl kein Tag im Jahr sich dafür so schickte wie der Passionstag des Heilands – um dies seltsame Wort einmal zu brauchen. Schieben wir sie trotzdem noch ein bißchen weg. Er streckte sich auf sein Sofa, die Federn ächzten.

Also gestern. Adjutantenvorträge, Abteilungschefs. Schon vorher S. K. H. der Prinz. Zum Frühstück zwei Abgeordnete, die Herren Richthofen und von Stresemann oder Stresemann und von Richthofen – Hose wie Jacke. Am Nachmittag der Oberquartiermeister mit sieben Herren: schwierige Verwaltungsfragen. Vor Tisch trägt General der Infanterie Wiemeyer taktische und Personalwünsche vor, zum Essen sind all diese Herren hier Gäste des Stabes, das heißt seine Gäste, außerdem aber noch Prinz Georg von Sachsen (merkste was?) und der Abgott der Alldeutschen, General der Kavallerie von Gorse-Wilding – Vater des jungen – der nach außen eine Division besichtigt hat, im Herzen aber und also im Munde energisch das Verlangen trägt, von ihm, von Clauß, die Bestätigung zu hören, daß der Osten fest in unserer Hand bleibt, was der Westen auch wegfuttere. Schönchen, schönchen. Nach dem Essen ein Tête-à-tête mit den beiden Abgeordneten, die ja schließlich gute Patrioten und gescheite Männer sind. Sie kommen mit deutlichen Wünschen. Will man die Litauer von Unbesonnenheiten zurückhalten und dem Reichskanzler das Lavieren weiterhin ermöglichen, so sind einige Scheinkonzessionen unerläßlich. Soweit die Politik. In der Beratung mit dem Oku und Ellendt hat sich's möglich erwiesen, Abteilung V später mal zivil zu tarnen, als Zivilverwaltung aufzumachen. Wenn man z. B. den größeren Teil des Stabes nach Wilna verlegte, in die zukünftige Hauptstadt; sämtliche Abteilungsleiter zu litauischen Landesräten machte, die führenden Herren zu Landespräsidenten, die unteren Offiziere und selbständigen Feldwebel oder Mannschaften zu Landesobersekretären oder Oberlandessekretären. Sie alle in den grünen Rock der Spinatmajore steckte, ihnen dicke goldene Achselstücke auf die Schultern flocht und einen Degen in schwarzer Lederscheide durch die

Tasche piekte wie anderen deutschen Beamten. Dagegen ließ sich doch wenig vorbringen. So zauberte man einfach dem zukünftigen Staate Litauen eine eigene bürgerliche Verwaltung hin. Natürlich mußte er die Bezüge der deutschen Herren wesentlich erhöhen und aus eigenen Mitteln decken, außerdem aber ihr Übergehen in die Friedensverwaltung verbürgen, wenn sie darauf Wert legten. Als Gegenleistung konnte man sich verpflichten, innerhalb zwei Jahren Litauisch zu lernen (was Exzellenz Prinz Teck bereits eifrig betreiben soll. Könnte ihm so passen. Für ein bißchen Litauisch ein Königreich zu erben. Werden ihm in die Suppe spucken.) Dann aber Schluß mit den litauischen Ambitionen und eingeschwenkt in die Politik von Ober-Ost. Zur Belohnung für ihr Entzücken über dieses Entgegenkommen rollen die beiden Reichstagsherren nebst Exzellenz von Gorse heute im Salonwagen mit Ehrengeleit nach Bialowies, wo Major Buchenegger sie herumführen wird. Nach alledem, um Mitternacht, sieht man noch die Abendpost durch, die eingegangenen Nachrichten von Livland bis zur Ukraine, den Heeresbericht vom Westen, und dann geht Herr Clauß schlafen. Von sieben Uhr früh bis ein Uhr nachts ohne Pause mit Männern reden, die alle was wollen oder was sollen – dazu gehören Nerven, in Fett gelagert wie Sardinen in ihrem Öl, und aus gesündester Substanz. Nun, er kann sich nicht beklagen. Hätte er es noch nicht gewußt, sein Zahnarzt, Herr Sachse, hätte ihn darüber aufgeklärt: »Ihnen einen Nerv zu töten, Herr Oberstleutnant«, hat er kopfschüttelnd gesagt, »dazu brauche ich dreimal soviel Arsen und dreimal solange Zeit als bei allen anderen Herren.« Ja, wer lang hat, läßt lang hängen.
Unter den Meldungen der Abendpost hatte sich mit gewöhnlicher Schreibmaschine auch die vom Ableben des Fliegerleutnants Hans Mottard gefunden. War vermißt worden, mit einem Kameraden. Drei Tage später oder vier stießen beim Vorrücken Infanteristen auf ein frisches Grab, Holzkreuz mit englischer Inschrift: »Hier ruhen zwei deutsche Flieger.« Ausgebuddelt, festgestellt, die Trümmer eingesargt. Er konnte sich denken, wie Exzellenz Schieffenzahn an der Leiche des jungen Mannes gestanden hatte, vielleicht mit Monokel, vielleicht ohne. Ja, Offensiven kosten. Die neue hatte am 21. März eingesetzt, vor knapp zehn Tagen, und schon stockte sie...

Erregung trieb ihn vom Lager auf, mitten ins Zimmer. Da ragte er nun, die Zigarette zwischen den Lippen, das feiste Knabengesicht, das haarlose, gespannt, den Blick furchtlos in die Ferne gerichtet oder vielmehr in die Nähe, die nächste, auf sich selbst. Er scheute nicht vor Feststellungen zurück, auch wenn sie ihn selbst trafen. Der Tatbestand aber hieß, daß er Schieffenzahn mit sattem Haß betrachtete, wie er dort an der Grube verstummte, vor französischen Erdhaufen, und nun gar keinen Sohn mehr besaß – auch hierin seinem ersten Mitarbeiter nicht mehr überlegen, denn er, Clauß, hatte gleich mit null begonnen. Das Liebesleben von Leuten, die etwas leisten wollen, ist schwierig, die Frau eines Mannes mit Zukunft nicht zu beneiden. Man kann eben nicht von allem haben.
Es fiel ihm schwer, nichts zu tun. Auf dem Kalender wartete allerlei: Hauptmann Winfried zum Bericht, der russische General Schulprobst zu einer, wie er behauptete, entscheidenden Unterredung. Es wäre leicht gewesen, sich die Zeit zu vertreiben; angenehm zum Beispiel war dieser Hauptmann Winfried, jung und frisch und ein bißchen tollpatschig und geradezu, wie Clauß es liebte. Er wollte etwas für den ollen Lychow, Lychows junger Mann. Er hatte sich durchgesetzt bei Ober-Ost, schon früher eine Sorte Leute vor den Kopf gestoßen, sich anständig Feinde gemacht, aber ein paar besonders tüchtige Herren hochprozentig auf seiner Seite. Alles wäre angenehmer gewesen als der Schrieb dieses Briefes, Hauptmann Winfried sogar wesentlich angenehmer, weil die Beziehung zu ihm in den letzten Tagen ihres politischen Gewichts entleert und eher menschlich geworden war. Unter dem Vorwand, in der Ukraine seien wesentliche Transportprobleme zu lösen, hatte Diktator Schieffenzahn einen neuen Streich gegen Clauß inszeniert und Lychow einen anderen Stabschef vor die Nase gesetzt, den Schwaben Federle, Verkehrsfachmann und tüchtig. Durch ihn regierte er jetzt unmittelbar in Kiew und entlastete Ober-Ost von allem, was dort geschah – militärische Verbindungsfragen natürlich ausgenommen. Aber da es keinen Rückzug gab . . .
Generalmajor Clauß bediente sich eines glatten gelblichen Briefpapiers von besonderer Schwere und Größe, und einer Feder, mit der sich schräg und kräftig schreiben ließ. »Verehrte Frau Charlotte«, begann er, »heute komme ich zu Ihnen in der elenden und jammervollen Sache, die Ihnen ja schon versetzt

worden ist, mit meiner Trauer, meinem Mitgefühl. Sie hatten erst einen Ältesten, dann zum Trost einen Jüngeren. Jetzt haben Sie keinen mehr, und das soll unsereiner nun beschönigen. Ich weiß, meine Frau kann das viel besser als ich, sie hat auch sicher gestern bei Ihnen gesessen und mit Ihnen geweint, die Tränen einer Kinderlosen. Sie haben uns noch immer ein Mädel voraus, Frau Charlotte, Ihr liebes frisches Mädel.«
Vom Fenster her schimpften die Spatzen, plantschten Hufe und Räder, dröhnte ein Lastwagen. Der vertiefte Mann hörte es nicht; die Litewka halb geöffnet, lag er schräg über dem Blatt: »Unsereiner hat nicht das Talent, Frauen, wie Sie eine sind, das Herz leichter zu machen. Aber, Frau Charlotte, vielleicht werden Sie eines Tages dem General Schieffenzahn Trost und Hilfe bringen können, wenn Sie ihn daran erinnern, daß seine Märzoffensive ihn den Liebling gekostet hat, soweit bei einem Mann wie ihm von lieben die Rede sein kann. Diese Märzoffensive, ich sehe ihr mit Besorgnis zu. Sie stockte zu schnell, kann nicht gelingen. Nach Unterhaltungen, die ich in unserer guten Zeit mit dem General hatte, fürchte ich das, ohne es ändern zu können. Darf ich Sie an den Brief erinnern, den langen, einen Vormittag langen Brief, den ich Ihnen vor drei Monaten anhängen mußte? Sie baten mich, bei Ihrem Mann die Entfernung des Herrn Mutius durchzudrücken, in dem Sie, kraft Zusammenspiels mit anderen Halbgöttern, Schieffenzahns bösen Geist erblickten. Damals lautete mein Diktum: vor einem halben Jahr hätte ich das noch gekonnt. Wenn zwei Leute, die sich in der Arbeit kennen und achten, den ganzen Tag umeinander herumkriechen, können sie sich Keime einpflanzen, sie gleichsam begießen, vor Zugwind schützen, reifen machen. Als Sie bei mir antippten, thronte Schieffenzahn schon in der OHL, und brieflich, so sagte ich Ihnen damals, glaube ich, brieflich verbockt man einen eigensinnigen Herrn wie Ihren Gatten eher, als daß man ihn umstimmt. Täglicher Umgang ist das Geheimnis jeder Beeinflussung, siehe Ehe. Liebe Frau Charlotte, Ihre Bitte kam zu spät, und darum mußte Ihr Junge jetzt in den Altar des Vaterlandes beißen. Die Herren Mutius und Konsorten haben Ihren Mann eingewickelt, ein anständiger Frieden, ohne Belgien allerdings und ohne Polen unter Preisgabe Lothringens, hätte die Entente unbedingt an unseren Brester Tisch gezwungen. Albert Schieffenzahn brauchte mit

seiner Offensive nur zu drohen, nicht zu schlagen. Aber seit er unseren geheimen Reichskanzler mimt, unseren Diktator, der seiner Majestät über den Mund fährt, wie ich's selbst schamrot erleben mußte, und der hinter dem breiten Rücken unseres greisen Nationalhelden nur mit der Demission zu drohen braucht, um durchzusetzen, was ihm paßt – seit dieser Zeit regiert ihn der Teufel Politik, und zwar einer happigen, raffgierigen, alldeutschen, mutiusschen, und den Rest wissen Sie. Sie sind eine Mutter, Sie sehen nur Ihren Sohn, mit allerbestem Recht. Ich bin ein Soldat, wenn Sie wollen, ein Troupier. Ich sehe hunderttausend Mütter, Bräute, Ehefrauen, keine in ihrem Schmerz geringer als Sie. Sehe sie, ohne mit der Wimper zu zucken. Schließlich und endlich ist mein Anteil am Ostkrieg nicht geringer als der Ihres Gatten, auch wenn ich stets in der Versenkung arbeitete. Nun denn: Mein Anteil an den gefallenen Millionen – ich gestatte mir, die Russen und die Österreicher mit einzuschließen – wiegt ebenso schwer wie der seine. Und ich trage ihn, ohne zu mucksen. Seit Jahrtausenden bezahlen uns die Völker dafür, daß wir ihnen beim Abmurksen behilflich sind, mit Ehre, mit Macht, mit Gütern und mit Geld. Und wenn sie uns so hoch bezahlen, haben sie wohl ihr Vergnügen davon. Denn nur für Vergnügen ist der Mensch bereit, anständig zu zahlen. Und anständige Arbeit im Sinne der Völker haben wir hier im Osten geleistet und sind ja auch schließlich zu dem guten Ende gekommen, das Brest-Litowsk heißt.
Aber die Fortsetzung des Krieges im Westen, Frau Charlotte, die möchte ich nicht auf meinen Pelz nehmen. Ich fürchte mir vor jarnischt, sagte der alte Blücher mal. Aber davor hätte ich mich gefürchtet. Nach vier Kriegsjahren und allerhand Leistungen von Volk und Armee nochmals anzugreifen, drüben im Westen, wo weder wir noch die anderen bisher Weizen geerntet oder Flachs gesponnen haben... Ich wäre im Westen stehen geblieben mit meiner schönen Übermacht, hätte die anderen anrennen lassen, ihnen aber gleichzeitig vernünftige Bedingungen vorgeschlagen. Dann hätten wir jetzt Pourparlers und nicht neue dolle Leichenhaufen, und Ihr Junge wäre in guten Friedenszeiten zum Hauptmann und in den Generalstab avanciert, hätte geheiratet und Ihnen und meinem alten Freund und jetzigen Gegner Schieffenzahn Enkelchen aufs Knie gesetzt. Und wer weiß... Aber ist ja alles Blödsinn, wir

Menschen voller Bedingtheiten haben zwar Grips genug zu handeln und zu machen, aber nicht zu denken und unser Denken zu befolgen, und so läuft alles, wie es läuft, und es läuft in Gräber aus. Tröste Sie, wer mag, besser als Ihr tief ergebener, aufrichtig erschütterter Wilhelm Clauß.«
Aufatmend legte er die Feder hin. Der Brief füllte zehn engbedeckte Seiten. Um seine Erregung loszuwerden, lief er im Zimmer hin und her, eine neue Zigarette im Mundwinkel. Ja, seine Rechnung mit Schieffenzahn würde niemals aufgehen. Was nutzte es, der armen Frau dies anzutun; eingesperrt in sich selbst und voll wilden Hochmuts starrte der Mann, an den das ging, niemals würde er auch nur angerührt werden von Worten wie diesen, selbst wenn sie stimmten wie die zehn Gebote. Untreffbar, eingehüllt in die eigene Atmosphäre wie ein Planet im eisigen Raum, lief Schieffenzahn seine Bahn, würde immer recht haben, Unrecht, Übergriff und Schuld stets bei anderen sehen und so hinrollen bis zum Tode. Sinn hatte es, solche Episteln zu schreiben; keinen, sie abzusenden.
Er überlas seinen Brief und billigte ihn. Dann nahm er einen neuen Bogen, schrieb den ersten Absatz ab, fügte noch einen weiteren hinzu, voller Verbindlichkeit und Wärme und schloß mit den gleichen Worten wie vorhin. Das nahm knappe zwei Seiten ein. Er faltete es zusammen, steckte es in einen großen Umschlag, beleckte sorgfältig den Klebstoff mit seiner breiten roten Zunge. Dann ließ er sich von einer Ordonnanz eine brennende Kerze bringen und siegelte mit schwarzem Siegellack und seinem Wappenring, einem alten Karneol aus der Familie seiner Mutter. Diese du Passy hatten sich im Rheinland eingebürgert, als der alte Louis Quatorze das Edikt von Nantes kündigte und seine Hugenotten austrieb. Oft im geheimen rechnete General Clauß die Klarheit, die in seinem Kopfe herrschte, diesem französischen Erbteil an. Sein erstes Schreiben aber, kopfschüttelnd betrachtete er es, las einige Sätze, Stellen zum dritten Male, fand es vortrefflich und legte es in die rechte untere Schreibtischlade, die seine privaten Aufzeichnungen und die Briefe seiner Frau enthielt. Schließlich klingelte er nochmal, gab Befehl, die Kerze wegzunehmen, ihm Mantel und Mütze zu bringen, das Pferd Wittich vorzuführen. Dann fiel ihm etwas ein. Er ließ sich mit Abteilung V verbinden, einige Straßenzüge weit weg; trotz des Feiertags machten selbstver-

ständlich überall einige Herren Dienst für die zahlreichen Urlauber. Er verlangte Herrn Hauptmann Winfried und lud ihn ein, bei einem kleinen Ausritt mitzutun, ein Pferd sei da. Der Herr Hauptmann solle ruhig zu Fuß herüberstiefeln. Befriedigt vernahm er den ehrlichen Ton in Winfrieds begeisterter Zusage.

ZWEITES KAPITEL

Ausritt

Hauptmann Winfried wußte wohl, welche Auszeichnung es für ihn bedeutete, daß General Clauß ihn zu diesem Ausritt befahl. Während der letzten zehn Tage hatte ihn der Trubel des Dienstes munter vorwärtsgeschwemmt, weg jedenfalls von seinen Wilnaer Dringlichkeiten, die schnell verblaßten. »Gehe nie zu deinem Fürst, wenn du nicht gerufen wirst.« Aber jetzt wurde er gerufen. Da hielt schon vor dem Portal der Operationsabteilung der Bursche Krapp zwei Pferde, einen mächtigen Grauschimmel und eine zierliche Fuchsstute, goldbraun mit weißen Fesseln. Die war für ihn; er wechselte ein paar Worte mit dem Burschen und schwang sich auf. Niemand konnte ihm anmerken, stellte er glücklich fest, wieviel Zeit er letzthin auf Stühlen und in Autos verbracht hatte. Herrlich, endlich wieder solch lebendiges Geschöpf zwischen dem Schluß der Knie zu fühlen, den elektrischen Strom zu spüren, der es durchpulste. »Wie heißt sie?« fragte er Krapp. »Leda«, antwortete der Pferdepfleger, »ein komischer Name für ein Pferd. Herr General haben wir mal 'n Bild gezeigt, 'ne nackte Dame mit 'nem Gänserich. Soll ein Heiligenbild von den ollen Griechen gewesen sein, wie die Genoveva mit dem Reh bei den Katholischen. Nee, nee«, er schüttelte mißbilligend den Kopf. »Aber sie is ein anständiges Pferd. Bloß, wenn ich Herrn Hauptmann warnen darf, sie hat 'ne Wut auf Katzen. Wenn also eine übern Damm streicht – Zügel kurz nehmen. Dann weiß sie, sie ist durchschaut. Sonst hat sie schon manchen Herrn durch einen tückischen Sprung erschreckt.«
Winfried dankte fröhlich. Ob Mensch oder Tier, der Unterschied wog gering. Leda, dich kennen wir nun, schmunzelte er, klopfte ihr den Hals, zupfte sie ein bißchen an der Mähne. Eben wandte der Grauschimmel den Kopf, stellte die Ohren hoch, scharrte mit einem Vorderhuf, drängte zum Bürgersteig: aus der Tür trat Clauß. Vor dem mächtigen Rahmen der geschnitz-

ten Pfosten wirkte seine Gestalt noch riesiger als sonst. Sehr viele Offiziere von Ober-Ost hatten Fett angesetzt; keinem stand es so gut wie ihm, den die hohe Mütze noch verlängerte. Wohlgefällig betrachtete er den jungen Mann auf dem eleganten Pferd: »Laß das Flurfenster putzen, Krapp«, sagte er. »Ich habe euch schon eine Weile zugesehen, ohne daß ihr was merktet.« Dann begrüßte er Winfried, nahm seinen gehorsamsten Dank entgegen und stemmte sich ächzend in den Sattel. Der Wallach streckte seine festen Schenkel breitbeinig, bis der Reiter saß. »Wittich ist ein hochanständiges Tier«, lobte ihn Clauß, »und wenn der Hofmaler des Herrn Feldmarschalls die Schlacht bei Tannenberg wirklich getreu abkonterfeien wollte, müßte er Wittich zum mindesten die linke vordere Ecke einräumen.« Ein geheimes Lachen schüttelte ihn, er kniff ein Auge zu: »Auf dem Bilde, hat man mir berichtet, stehe ich ziemlich x-beinig und gucke durchs Scherenfernrohr. Während der ganzen Schlacht habe ich nichts anderes getan.« Er hielt Wittich mitten in der Straße an und lachte so laut, daß ein paar litauische Bäuerinnen im Sonntagsstaat zusammenzuckten und ihre Körbe niedersetzten. »Das Gemälde wird übrigens nicht fertig«, fügte er hinzu, »der Feldmarschall teilt die Kunstanschauung seiner Majestät, legt infolgedessen größten Wert auf richtige Uniformen – na, und wir waren damals alle etwas anders kostümiert, als der Dienst es verlangte. Außer dem Herrn Generalfeldmarschall natürlich.«
Winfried hatte inzwischen viele Geschichten über Wilhelm Clauß gehört, in einigen spielte die Schlacht bei Tannenberg eine Rolle. Seine engeren Kameraden, Gorse besonders, kannten und erzählten herrliche Aussprüche wie etwa: »Seit ich höre, daß Hindenburg die Schlacht bei Tannenberg gewonnen hat, glaube ich weder mehr an Hannibal noch an Caesar«, oder jene grausame Mitteilung, die der damalige Major Clauß vertrauenswürdigen Besuchern bei der Führung durch das Hauptquartier Marienburg machte: »In diesem Zimmer hat der Feldmarschall geschlafen, vor der Schlacht bei Tannenberg, nach der Schlacht bei Tannenberg und, unter uns, auch während der Schlacht bei Tannenberg.« Zum ersten Male war er jetzt selber Partner dieses Freimuts; er verfehlte seine Wirkung um so weniger, als dies alles gemütlich zwischen zwei Reitern ablief, deren Pferde miteinander Schritt hielten, sich gut kannten. Wis-

send, was sich schickte, fragte Winfried, wann er Herrn General den befohlenen Vortrag halten dürfe. »Drüben«, entschied Clauß, »sonst reiten wir noch jemanden in Trümmer.«
Sie ritten dem Strome zu, bogen jetzt in den großen Paradeplatz ein, dessen Mitte nach slawischer Städte Art das Rathaus zierte, weiß, betürmt, mit schönen Lauben, von Italienern um 1500 erbaut; schwarze und bunte Scharen von Kirchgängern säumten ihn. Blendend hell öffnete er sich, voll altem Schnee und spiegelnden Teichen. Von rechts her erschallten Befehlsrufe. Dort übten in Reihen und kleinen Gruppen Rekruten eines der Lager, die zu Kowno gehörten. Beim Auftauchen der Reiter verschärften sich die Stimmen.
»Bloß nicht hingucken«, sagte Clauß, »die kriegen sonst Krämpfe.« – »Dienst am Karfreitag?« wunderte sich Winfried. Er kannte aus bitterster Erfahrung den Feldkrieg in den Grenzschlachten, dann die Märsche und Kämpfe in Polen und Litauen, danach wieder Westen: die Somme, Verdun. Bewiesen war in seinen Augen: der siegte, der den geringeren Kadavergehorsam und die höhere Intelligenz der Mannschaften für sich hatte. »Strafexerzieren«, warf Clauß gelassen hin, »auch das muß sein.«
Heftig blendete jetzt, von Häusern nicht mehr eingefangen, all das Weiß, Blau und Gold des Flußtals und der jenseitigen Hügelhöhen. Vorsichtig traten die Pferde die schräge Böschung hinab, auf die Pontonbrücke, die Weite des Tales und den Wind einschnuppernd. Wittich warf den Kopf hoch, wieherte sehnsüchtig. Leda schnob, setzte ihre zierlichen Füße unruhig auf das Holz der Planken. Der gefrorene Strom mochte die Tiere an Galopp erinnern auf weiten Reitbahnen oder dem Gelände des Gestüts, in dem sie ihre Jugend verbracht, unbeschwert durch den Sklavendienst für die kleinen zweibeinigen Götter, die immer wieder schlauer waren, als ein Pferdeverstand erwartete. Sich fügen, das stand am Anfang der Erziehung und verschaffte einem schließlich eine neue Art von Stolz.
Die metallischen Augen des Generals Clauß spähten aus schmalen Lidern hinüber in den Schnee, den Himmel, das bebuschte Land, das Dorf Alexota. Auch er atmete tief ein unter dem geöffneten Mantel. Der Njemen mußte also gesprengt werden, sonst, bei Hochwasser, wehe den Brücken. Es war eine gute Zeit gewesen, als man, 1915, diesen kilometerbreiten

Strom zum ersten Male querte, von drüben her. Der General Litzmann war ein tüchtiger Truppenführer. Hielt er sich aber für den Eroberer Kownos, so irrte er. Der wahre Eroberer Kownos ritt hier, und in seinem wilden Herzen wallte der Durst nach etwas Unbestimmtem auf, etwas Heftigem, das einen Mann im Sattel hochriß, ihn die Fäuste ballen machte: Mehr! Mehr! Neue Schlachten, neue Siege! Aber sie hielten ihn ja hier gefangen zwischen Njemen und Düna, und andere Leute kommandierten seine Divisionen, seine besten einundvierzig Divisionen und schlugen Schlachten an westlichen Flüssen. Zur Linken übersprang auf geflickten Pfeilern die Eisenbahnbrücke das Strombett, von den Russen gesprengt, von den Pionieren längst wiederhergestellt. Aas! beschimpfte er sie in Gedanken; über sie waren, wochenlang dröhnend, die grauen Massen seiner Heere abgeflossen. Wehe dem, der nicht Erster war, aber ein Kraftfeld in seiner Brust trug, ein Kraftwerk im Herzen, bereit, Blitze auszusenden wie die Niagarafälle, die den Amerikanern dienen mußten.

Winfried hatte sich abwartend eine halbe Pferdelänge rückwärts gehalten, aufgepaßt, daß Leda ihren Schritt in die Intervalle von Wittichs Hufschlägen setzte. Clauß bemerkte es nicht. Er prüfte seine Beziehungen zu Schieffenzahn nach, wie sie sich ihm vorhin enthüllten, übersann den Brief in der Schublade, die Schonung, die er dem Feinde angedeihen ließ, wenn er ihn nicht absandte. Durfte man sich von einer Frau behindern lassen, die zufällig in der Schußlinie stand? Ach was, dachte er, Gelegenheiten kommen wieder, schlimmstenfalls schafft man sie. Aber eine Dame, noch dazu eine Mutter, wird nicht behelligt.

Am Ufer von Alexota drehte sich Clauß halb über die linke Schulter. »Hier laßt uns Hütten bauen«, sagte er, »ich meine Ihren Vortrag halten. Die Viecher finden den Weg jetzt allein. Was macht unser Alter? Gefällt er sich in Kiew? Hat er einen kleinen Frühlingsausflug nach Odessa unternommen, an die hitzige Riviera, die wir dort gepachtet haben?«

Die Armee Lychow hatte bei ihrem Vormarsch keinen Widerstand gefunden und den März hindurch das fruchtbare Flachland bis zum Schwarzen Meer hin eingenommen, vor etwa einer Woche den Bug überschritten, mit schwachen Truppen Cherson besetzt, »das taurische Chersones«, wie die Gebilde-

ten unter den Ostoffizieren irrtümlich bemerkten. All das wußte niemand besser als Clauß, der seinen rechten Flügel mit größter Aufmerksamkeit verfolgte, je weiter ihn die Operationen von Kowno entfernten. Winfried seinerseits war inzwischen von noch zwei Briefen des Generals unterrichtet worden: Lychows Stimmung war aufgeräumt, erzählte er, zuversichtlich. Seine Truppen, von der roten Propaganda ganz unberührt, schoben sich kräftig in den Raum, den der Friede mit der Rada ihnen anwies. Nur von Getreidevorräten hatte er bis jetzt nichts bemerkt, und was die neue Ernte liefern würde, konnte vor Ende Mai nicht abgeschätzt werden. (Zwei Herren der Wirtschaftsabteilung waren durch Vermittlung von Abteilung V schon vor einer Woche nach Kiew abgedampft.) Nun beschäftigte ihn die Frage, ob er und wie er in die Händel eingreifen sollte, die sich zwischen den Anhängern der Rada und denen der roten Sowjets in Zentralrußland ansponnen. Deutschland hatte Frieden mit Petersburg geschlossen, zog aber auch als Verbündeter der Rada in Kiew ein. Schlugen sich jetzt die Anhänger von Kiew mit denen von Petersburg die Köpfe blutig: Was durfte ein preußischer General unternehmen, wenn der eine seiner Friedenspartner ihn um Hilfe gegen den anderen ersuchte? Was würde Berlin sagen, wo der Reichstag beide Friedensschlüsse genehmigt hatte? Der Fall war offenbar in den Texten von Brest-Litowsk nicht vorgesehen, schloß Winfried ernst, mit lachenden Augen.
General Clauß freute sich über seinen Begleiter. Er liebte die Frechdachse, wenn sie etwas von einer Sache verstanden. »Hängen lassen und ableugnen«, entschied er, »kämpfen und ableugnen. Ein preußischer General hält sich strikt in seinen Grenzen. Werden seine Truppen aber von Räuberbanden angegriffen oder verlangen Bundesgenossen Hilfe gegen die rote Revolution, so läßt er schießen. Das Verhältnis zu Rußland bleibt dennoch korrekt.« Und auf die hohen Bäume deutend, zwischen denen rote Berberitzensträucher ihre zierlichen Beeren zittern ließen: »Wer unsere Mannszucht antastet, ist kein Mensch, steht außer dem Gesetz.«
Machtfülle ging von dem Manne da aus, seiner Stimme, seinen Augen, seinem herrenhaften Wesen. Die Wucht dieser Natur riß Winfried hin. Was tat es, wenn der da in Einzelheiten anders dachte, anders empfand als er? Nichts tat es, einen Dreck

tat es. Ach, es war einfach wunderbar, in seiner Gesellschaft zu sein, ihm zuzusehen, ihn gleichsam einzuatmen. Jetzt wußte er, was er seinem Onkel zu schreiben hatte. »Die zweite Frage, die ich Herrn General vorzutragen habe, ist mehr technischer Natur. Die Verbindung Kowno–Kiew–Odessa dauert zu lange und hat schwache Stellen. Wie wär's mit einer täglichen Fluglinie?«

Clauß hielt sein Pferd an, blickte starr in Winfrieds Augen. Es gehörte etwas dazu, diesen Blick ruhig zu ertragen. »Sie machen sich doch nicht über mich lustig?« sagte er halblaut. »Wissen Sie nicht mehr, wie viele Maschinen sie uns gelassen haben? Und was für welche?«

Winfried erinnerte sich: die ersten Reden, die er von Clauß vernommen, galten dem Privatkrieg, den die Oberste Heeresleitung auf der Basis militärischer Notwendigkeiten gegen den General des Ostens führte. Er besaß kaum noch modernes Kriegsgerät, das sich im Westen verwenden ließ. Allerdings mußte die Front dort mit sechzig Geschwadern gegen eine Übermacht streiten, die beständig wuchs. Niemand im Osten leugnete das. Winfried bat um Entschuldigung, falls er geschwatzt habe. Gleichwohl mußte B sagen, wer A sagte. Die Verbindung nach der Ukraine ließ sich ohne erweiterten Flugpark unmöglich halten, Zwischenfälle mit roten Truppen vorausgesetzt. Die Oberste Heeresleitung konnte sich diesen Ansprüchen und Einsichten nicht entziehen. »Wenn ich es ihr darlege«, knurrte Clauß, »steht das Nein unsichtbar auf dem Kanzleibogen, bevor er noch durch die Walzen der Maschine rutscht. Dabei finden sich in Adlershof oder Gotha bestimmt Kisten, die für den Westen zu alt sind. Soll man SKH zu einem unmittelbaren Brief an den Generalfeldmarschall veranlassen? Ungern«, dachte er laut weiter. Die Pferde rupften im Stehen Zweige und zermalmten sie, ihr bitterer Geschmack schien sie zu enttäuschen. Der Mittagsschuß hallte von jenseits des Njemen.

Jetzt zeigte sich, daß Winfried nicht umsonst in Wilna gewesen: »Wäre es nicht möglich«, begann er, »die Feldpostdirektion Ost um die Errichtung einer Flugpostlinie Wilna–Kiew–Odessa einkommen zu lassen?« Und ein Lachen in der Stimme, sonst aber beherrscht und sachlich, entwickelte er, was er von den Meinungen des alten Fliegers behalten hatte. Die Ölsperre

nebst Baku und Tiflis fehlten ebensowenig wie der Vorschlag, den ganzen Plan als Postsache aufzuziehen, so daß sie einen völlig anderen Dienstweg ging als den über den Stab von Ober-Ost.
General Clauß verzog im Zuhören seinen Mund zu einem breiten Grinsen, streckte seinen mächtigen Arm aus, senkte ihn auf Winfrieds Schulter, ließ die Hand wie segnend schweben. »In unseres Vaters Hause sind viele Wohnungen. Sie, junger Mann, beziehen von heute an eine bevorzugte.« Und indem er sein Pferd herumriß, das überrascht und verärgert stieg: »Galopp zum Frühstück«, rief er und preschte davon, daß der Schnee hinter Wittichs Hufen wegspritzte.

Winfried hielt die kleine Leda unmerklich zurück. Er traute sich zu, den galoppierenden Hünen auf seinem eisernen Gaul mit der Fuchsstute spielend zu überholen. Aber schon die bloße Absicht war verdammenswürdig. Großer Gott, dachte er, während er sich unter Ästen duckte und dahinsauste, die Luft frisch an Stirn und Nase, solch ein Kerl! Wie soll man dem – hoppla Leda! – mit Arbeitslagern und Zwangsaushebung kommen. Das geht nicht, unmöglich.
Er holte Clauß am Brückenkopf ein. Der große Mann betrachtete über den Hals des schnaubenden Pferdes hinweg vertieft ein Viereck, in die Eisdecke gehauen, wie es in fischreichen Gewässern üblich ist. Lautlos glitt das schwarze Wasser dahin, dampfend. »Schön«, ohne den Blick zu wenden, als Ledas Zaumzeug neben ihm klirrte, »wunderschön, dieses Milchgrün über dem blanken Schwarzen. Die Natur erfindet immer wieder Überraschungen. Und die Fische haben auch nichts zu lachen, wenn wir ihnen nicht helfen...«
»Die Leute hier verbreiten«, spaßte Winfried, »wir sähen sie nicht viel anders an.«
»Stimmt«, erwiderte Clauß gelassen, immer noch hinabstarrend. »Wenn wir ihnen nicht Luftlöcher ins Eis hauen – sie selber kriegen keine fertig.«
»Sie behaupten, wir redeten uns das ein.«
Clauß fuhr auf. »Quatschköpfe! Sind sie mit dem Zaren fertig geworden? Aber wir sind. Außerdem ist das alles unwichtig. Wichtig ist das Wasser da. Daß es Abfluß hat, sich nicht staut, nicht erst Kraft anwenden muß, um den Weg frei zu kriegen.

Wer es so weit kommen läßt, die Eisbarriere stützt, statt sie zu sprengen...« Er berührte Wittichs Flanken und riß sich los. »Die Leute hier tragen viele Kümmernisse spazieren. Da haben zum Beispiel in meinem alten Quartier Merwinsk Zwangsaushebungen stattgefunden. Der Ortskommandant von Brettschneider konnte sich nach unserem Abzug endlich breitmachen und unsere guten Merwinsker in ein Arbeitslager abtransportieren, ohne Ansehen der Person. Darob viel Kummer und Elend ausbrach, bemerkt der Chronist.«
Wer sprach das? Winfried? Winfried? Eine Welle von Sympathie und Zutrauen durchspülte ihn, schwemmte die Worte auf die Zunge. Nachträglich erschrak er. Leda merkte es am Zügel und warf den Kopf. Aber nun gab es keinen Halt mehr. »In Wilna erzählt man sich Schauergeschichten von diesen Lagern. Ich sprach mit einem Doktor Eliaschuw – geradezu Kongogreuel. Kam Herrn General jemals etwas davon zu Ohren?«
Clauß hielt jetzt Wittich mitten auf der Brücke an, klemmte ein Einglas ins Auge und starrte auf den Sprecher. »Och nee«, rief er mit halblauter Stimme, »dieser Brettschneider, so'n fixer Junge.« Er klapste Wittich fröhlich auf die Kruppe. »Den müssen Sie mir nachher mal beleuchten. Hat gewisse Verbindungen, der Herr... Laß mal denken.« Er ritt weiter, ein abwesendes Lächeln ums Gesicht. Er erblickte nicht den jungen Winfried, der entzückt war, seinen plötzlichen Ausbruch auf das militärische Geleise abgleiten zu sehen, statt auf das unangenehme bürgerliche der Landeseinwohner. Clauß sah ein Stück Weg, kahle Wipfel von Krasny Dwor, das magere Profil des Herrn Mutius, seine übersteigerte Aufregung: der kriegte, falls der Anlaß ausreichte – der kleine Winfried würde schon erzählen – eine Ladung, der Brettschneider, die noch für Mutius langte.
Der Wind blies hier stärker als an den Ufern; die Pferde schüttelten unwillig die Köpfe. Wie rot Mütze und Mantelaufschläge und die breiten Generalstabsstreifen von Clauß leuchteten über all dem Grau, Weiß, Holzbraun und dem zartblauen Himmel. Über ihnen öffnete sich jetzt die Straße, den Zug der Brücke fortsetzend; eine Kompanie Soldaten füllte sie grau, ohne Gewehre, die ledernen Helme unter Stoffüberzügen. Ein Feldwebelleutnant zu Pferd vorneweg. Offenbar kehrte sie vom Kirchgang in ihr Standquartier Alexota zurück.

»Halt«, sagte Clauß, »die lassen wir hier vorüber.« Auf einer Brücke darf nur mit ungleichmäßigem Tritt marschiert werden, weil die starken Schwingungen des Gleichschritts ihr gefährlich werden können.
Andererseits muß eine Marschkompanie Vorgesetzte, noch dazu einen so hohen, ›Tritt gefaßt, die Augen links‹ grüßen – dem führenden Offizier keine einfache Nuß. Winfried spähte besorgt voraus. Wie leicht hätten die beiden Pferde die zehn, zwölf Meter Brücke bis zur Böschung hinauf traben, dem armen Kerl die Verlegenheit ersparen, die Kompanie auf festem Grund erwarten können. Liebte Clauß die grausamen Späße?
Der Feldwebelleutnant auf seinem dürren Braunen mochte die beiden längst gesichtet haben. Winfried sah seinen Kopf rot anlaufen, aber er stockte keinen Augenblick. Er zog seinen langen Feldwebelpallasch, strich mit der Linken seinen Schnurrbart glatt, drehte sich zu seinen Leuten um, kommandierte mit tiefer, natürlicher Stimme »Kompanie Achtung, die Augen links, ohne Tritt marsch« und rückte, seinen Säbel ritterlich senkend, den Blick starr in dem des Generals, an Wilhelm Clauß vorüber, donnernd und polternd hinter ihm die Kompanie, ordentlich und doch unordentlich, wie der Dienst es befahl: Köpfe, Schultern, Arme untadelig gehalten, die Beine, die Stiefel in wildem Durcheinander. »Wilhelm Clauß«, lief es durch die Rotten.
Winfried bewunderte in diesem Augenblick die Erziehungsarbeit der preußischen Armee. Dieser einstige Feldwebel, jetzt auch nicht viel mehr als ein solcher, aber beladen mit der vollen Verantwortung, hatte die Nuß geknackt, kein Gardeleutnant hätte es besser gemacht, und die mageren abgetriebenen Leute, sicher in Dutzenden von Schützengräben zu Haus gewesen, hatten ihn so genau verstanden, als besäßen sie alle nur ein Hirn. Neugierig und die Hand an der Mütze prüfte Winfried das rosige haarlose Gesicht des Generals.
Beinahe erschrak er. War das der Mann der Späße und Schnoddrigkeiten? Seine Augen fraßen sich gleichsam in die Kompanie ein, seine Haltung auf dem riesigen Pferde machte ihn starr und straff, als bezeigte er einem vorüberreitenden Monarchen die schuldige Achtung. Seine Hand im braunen Handschuh wich nicht vom Mützenschirm und hatte jenen bis

ins letzte gereckten Ausdruck, der bei den Preußen als höchste Ehrerbietung gilt. Die Kompanie mochte hundertzehn, auch hundertzwanzig Mann betragen. Bis die Schlußrotte an Wilhelm Clauß vorüberzog, mit den Beinen gleichsam stolpernd, mit den Augen aber grüßend, hielt jener den Ellbogen nach außen gereckt, die Fingerkuppen über der Schläfe. Seine Bakkenknochen über den gestrafften Kaumuskeln verwandelten sein feistes Gesicht fast ins Eckige. Als er den Arm fallen ließ, blieb sein Blick abwesend übers Eis gewendet, den Strom hinunter. Grau lag er vor ihm wie ein ungeheurer Heerwurm und verschwand zwischen den Hügeln. Seine Armeen... »Das waren die Sieger von Tannenberg«, atmete er ein, »von Tannenberg und so weiter, ad infinitum – die grauen unbekannten Sieger. Reiten Sie ihnen nach, Hauptmann. Ich will den Truppenteil und den Namen des Leutnants.« Leda trabte ab, unwillig, denn es hatte nach Haus zu gehen, in den Stall und zur Krippe; um so schneller kam sie wieder. Winfried hielt einen kleinen Zettel aus seinem Taschenbuch zwischen den Fingern. Keiner der beiden sprach. Erst als sie sich dem Stabshause näherten, neugierig angestarrt von Schulkindern, die sich mit schmutzigen Schneeballen bewarfen und jiddisch jauchzten... »Wissen Sie, daß wir im Frieden zwanzig neue Armeekorps hätten aufstellen können? Leute waren da, und Geld war da. Der Reichstag? Faule Ausrede. Der wollte immer. Aber die Generäle wollten nicht, die Herren wollten nicht. Das Offizierskorps wäre demokratisiert worden, sagten sie, Leute wie der da hätten schon im Frieden Kompanien geführt und die Kasinos bevölkert, und das ging natürlich nicht. Es geht auch jetzt noch nicht. Von Einzelfällen sprech' ich nicht, die schafft man. Das Ganze? Werden ja sehen.« Und dann, mit verändertem Ton, leicht: »Haben heute einen drolligen Cursum durchschmarutzt, Herr Hauptmann.«

»Dankbarst bewußt«, entgegnete Winfried.

»Und jetzt wollen wir endlich frühstücken. Zusammen, natürlich. Uffjefordert und injeladen. Ich weiß von Ihnen so gut wie gar nichts. Und ich habe, mit Herrn Faust zu reden, in Ihrem Falle das Bedürfnis, viel, wenn nicht alles zu wissen, auch das Brettschneiderische.«

DRITTES KAPITEL

Die rote Lampe

Eine rote Lampe verblockt ab halb vier Uhr den Zugang zu General Clauß. Alles was sonst in dieser Zeit zu ihm drängt, wird von der Registratur abgefangen, vom Adjutanten, von den Abteilungschefs. Auch das Telefon wird nicht durchgestellt, es sei denn, Prinz Leopold rufe an oder die OHL. Aber die halten andere Tage und Zeiten inne. Leer hallen heute die Gänge.

Dabei sitzt General Clauß gegenüber eine in keiner Weise eindrucksvolle Erscheinung. Ein dicklicher Herr mit Backenbärten wie ein herrschaftlicher Kutscher und gekleidet wie ein solcher, falls er, etwa zu einer Beerdigung, mit veralteten Stücken aus seines Herrn Schrank ausgestattet worden wäre. Er ist jedoch kein herrschaftlicher Kutscher, er ist die Herrschaft selbst, nur daß er die ihm passenden Kleider ausgezogen hat, als er über die Grenze flüchtete zu den ehemaligen Feinden, den Deutschen. Und, siehe da, es erweist sich: zwischen Feindschaft und Feindschaft müssen Grade unterschieden werden. Die Gegnerschaft zwischen Militärs verschiedener Nation ist ein harmloses Spiel, verglichen mit dem Todhaß, der sich zwischen den Herren und dem gemeinen Mann aufgetan hat, drüben in Rußland. Nur ein einziger Wunsch durchlebte die ausgehungerten Massen: Brot und Frieden – Bestand aufnehmen, wer noch lebte, und wer tot war. Das verstanden die Gemeinen und viele Offiziere, die Arbeiter und Bauern in Uniform und ohne sie, viele vernünftige Bürger in den Städten und ihre Söhne und Töchter auf den Universitäten. Nicht verstanden es die Großgrundbesitzer, die Fabrikanten, ihre Abgeordneten, Scharen von Menschen, die von ihnen abhingen, auch im Kopfe. Sie hielten ihre Zeit durchaus nicht für abgelaufen. Ihre Zeit kam wieder, sie stand vor der Schwelle, brauchte nur eine Hand, die Klinke herunterzudrücken. Die verbrecherische Revolution hatte sich zu Tode gelaufen. Lenin hieß ihr letzter Akt, die ersten hatten Witte, Gapon, Miljukow, Kerenski geheißen. Und von diesem fünften Akt spielte man jetzt die letzte Szene. Dann fiel der Vorhang, hinter ihm wurde abgeschminkt und abgerechnet, und ein neues Stück konnte beginnen, wenn die Deutschen wollten.

General Schulprobst war ein Balte, einer von jenen Grundherren, gegen die pommersche Junker wie Sendboten einer neuen Zeit wirkten. Die Hände vor seinem Bauch gefaltet, betrachtete er mit schlauen Äuglein den riesigen Körper, den großartigen Schädel, kurzgeschoren, von Wilhelm Clauß, dem ungeschlagenen General der deutschen Heere, dem Mann, der keinen einzigen Fehler gemacht, keine einzige falsche, auf Unwirklichkeiten gegründete Unternehmung erdacht oder gebilligt hatte. So schätzten ihn seine Gegner ein, obwohl die russischen Generäle durchaus wußten, daß zum Beispiel Großfürst Nikolai Nikolajewitsch und sein »Chef«, General Alexejew, strategisch gelegentlich richtigere Einsichten hatten als die Deutschen und sie mit Geschick anschnitten. Leider hatte zum Schluß doch nur ein Millionenheer in erdbraunen Mänteln oder Litewken den Schnee oder den Sand Osteuropas bedeckt... Nun sandte eine hochgestellte Persönlichkeit (wie es in Memoiren zu lauten pflegt) den einstigen General Schulprobst, als Gutsbesitzer verkleidet, zu dem Haupt und Gehirn der Deutschen, zu Wilhelm Clauß. Sein Antrag war einfach: den eben geschlossenen Frieden mit den Bolschewiken zu kündigen, die deutschen Divisionen und Batterien nach Petersburg und Moskau zu führen, dort aufzuräumen, eine provisorische Großfürstenregierung einzusetzen. Um der Unternehmung den Glanz der Legalität zu verleihen, sollte behauptet werden, der Zarewitsch Alexej sei dem Gemetzel von Jekaterinoslaw entronnen und halte sich verborgen, bis die gute Sache gesiegt habe. Dann werde er hervortreten und dem heiligen Rußland wieder einen Zaren geben. (Ein Doppelgänger fand sich bis dahin.) General Schulprobst wußte, seine Stimme nahm, wenn er sich erregte, etwas ungünstig Quäkendes an. Er hielt sich daher sehr zurück. Obwohl von seiner Eindringlichkeit wahrscheinlich das Schicksal Rußlands und der Welt abhing, blieb er still, sein baltisches Deutsch, hart und musikalisch gefärbt, gleichmäßig; er überließ es dem Gegenüber, Stellung zu nehmen. Eines aber mußte General Clauß bedenken. Vor der ganzen Welt, nicht wegzuleugnen, belastete die deutsche Herrenklasse ein furchtbares Gewicht. Sie hatte den Lenin und seine Bande nach Rußland zurückgeführt. Der berühmte plombierte Wagen mit seinem ganzen Inhalt, seinen Tonnen von Stahl, wog federleicht, verglichen mit diesem Gewicht. Miljukow und Kerenski – Bagatellen. Demokratie für Rußland – eine Verrücktheit, nicht wahr, aber eine harmlose. Ein Volk von einhundertzwanzig Millionen konnte weder schreiben noch lesen, sollte sich aber selbst regieren – Advokatenblödsinn, doch nichts Schlimmeres. Der Lenin jedoch und seine Aasbande, das waren auf die Gesittung losgelassene Wölfe, Plünderer, Räuber, Massenmörder, denen es gleich galt, ob sie Letten oder Chinesen gegen den friedlichen russischen Besitzer bewaffneten. Ihre Theorien, ihr talmudisches Gewäsch, ihre nationalökonomischen Spitzfindigkeiten, ihr Gehetz und Gewühl hatte General Clauß selbst in Brest-Litowsk genossen. Mußte man da noch viele Worte machen? Der General Schulprobst hatte einmal als Stabschef eine prächtige Schützenbrigade befehligt, in Kurland wie im Kaukasus jahrelang mit ihr den Deutschen und den Türken die Stirn geboten, anständig, Soldat gegen Soldat, wie es sich gehörte. Nach dreiviertel Jahren dieses jüdischen Gekläffs waren ihm seine Bataillone durch die Finger gelaufen wie Sand, platsch, da hast du's, nun stehst du da. Jetzt schrieben wir Ende März, der liebe Frühling hub an. Laß diese Leute neun fernere Monate ihre Teufeleien betreiben, und keinem deutschen Brigadegeneral erging es anders, in keinem Teile der Welt. Aber dies nur nebenbei. (Der baltische Herr wußte genau, mit diesem Nebenbei stieß er einen Minengang in die Mitte der Claußschen Stellung vor.) Wovon sprachen wir doch? Von der Verantwortung fürs Einpflanzen des Herrn Uljanow und seiner Kumpane ins verwundete Rußland. Nun, die Entente arbeitete mit dem Fakt, daß deutsche Generalstäbler diesen irrsinnigen Plan ausgebrütet, ausgeführt hatten: Herr Mutius, Herr Schieffenzahn. Es würde dem General Clauß nicht schlecht anstehen, jetzt und späterhin, dieses welthistorische Unheil wiedergutgemacht zu haben, noch ehe es außer Rußland auch Polen, Preußen, die westlichen Staaten infizierte. Denn es bewies die Geschichte der Französischen Revolution, daß Jakobiner geköpft werden müssen – oder sie siegen. Welche Mühe hatte es die einsichtigen Zaren seit Alexander I. gekostet, sie an der Rheingrenze aufzuhalten! Waren Metter-

nich und Bismarck anderes als die klugen und großen Fortsetzer dieser heiligen russischen Idee? Jetzt war in Rußland selbst der Explosionsherd aufgebrochen. Man mußte ihn löschen und zuschütten, festtrampeln den Boden über ihm mit entschlossenen Stiefeln, oder man flog mit hoch. Marschierte ein deutsches Heer in Rußland ein, so traf es auf lumpige rote Räuberhorden und sonst nur noch auf Bundesgenossen – einschließlich der Militärmissionen, die die Entente, Amerika, Japan im unglücklichen Lande unterhielten. Und die tschechische Legion, die auf die Wolga zu marschierte – aber das verwies schon zu sehr ins einzelne.
Wilhelm Clauß fühlte sich klarköpfiger als je. Er wußte, dieser Mann sprach für ein Regime, das um sein Dasein kämpfte. Deutschland ging den einen Pfifferling an, und seine antijüdischen Gehässigkeiten verfehlten vollends auf Clauß den Eindruck. Aber der Mann brachte unantastbare Daten vor, und was aus einem Lande wurde, in dem ein Teil des Volkes den anderen entmachtete, hatte der Brester Friede schwarz auf weiß bewiesen. Wozu gab es Soldaten und Bauern in der Welt? Wozu wohnten Unternehmer und Arbeiter im gleichen Lebensraum, den gleichen Städten, wozu sprachen sie dieselbe Sprache, aßen sie die gleichen Speisen? Es war eine Schweinerei, das Wort Klassenkampf so ernst zu nehmen. Niemals hatten es die deutschen Arbeiter so aufgefaßt, zu ihrer Ehre durfte man das nicht verschweigen, und weder Bebel noch der alte Liebknecht hätten einem Kerl die Hand gegeben, der in der Stunde der Gefahr mehr an das Klasseninteresse dachte als an das des ganzen Volkes. Programme waren schön und gut, und niemand verlangte, daß ein Arbeiter dachte oder handelte wie die Herren Pidderit, Schilles oder von Krupp. Im Frieden, wohlverstanden. Riß aber der Krieg die Daseinsfrage für alle auf... Unter den Waffen schwiegen nicht nur die Musen und die Gesetze, sondern vor allem auch die Klassenspiele. Alle Arbeiter aller Länder verstanden das, alle Menschen also. Nur diese Irrsinnigen nicht. Clauß hatte sie in Brest-Litowsk studiert, sie wirkten wie Menschen, benahmen sich wie solche, aber ihre Gedanken liefen anders als bei Menschen. Sie liefen gegen den Strich. Sie erregten Übelkeit mit ihrer Mischung von krasser Kinderei und zerlegendem Hochmut. Allen Ernstes waren sie überzeugt, das Glück und die Zukunft der

Menschheit zu bewirken, während sie gleichzeitig Rußland um seine wertvollsten, Europa zugekehrten Gouvernements plündern ließen und ihre Massen am Land der Gutsbesitzer schadlos hielten, von dem diese Doktrinäre gar nichts verstanden. Man mußte sie hängen um ihrer selbst willen. Hätten sie die Fähigkeit gehabt, sich zu beurteilen, sie hätten bitten müssen: befreit uns von uns, denn wir sind Abfall und Abschaum, ein Greuel uns selber und eine Last. Aber diese Fähigkeit fehlte ihnen eben.

Seltsame Lücken hat die menschliche Seele, und merkwürdig geschickt vermag der Daseinskampf auf ihnen zu spielen. Der General Wilhelm Clauß, von blendender Klugheit überall dort, wo er in der Richtung solcher Selbsterhaltung und Verteidigung dachte – dem intelligenten Herrn Schulprobst gegenüber setzte seine Skepsis einfach aus. Weggewischt waren alle Nachrichten über den Millionenanhang der Bolschewiken unter den Soldaten, Fabrikarbeitern, Frauen, der Massenaufstand gegen den General Kornilow. Nachrichten über unangenehme Vorgänge in Nachbarländern lösen besonders leicht Entschlüsse und Taten aus, wenn ein Gruppenwillen darauf wartet, bedient zu werden, breite Schichten ihre Daseinsbürgschaften bedroht fühlen.

Die Herren saßen zusammen, sie sprachen halblaut, angelegentlich, nicht übertrieben deutlich. Beider Köpfe röteten sich. Es gab keine Versprechungen, keine Abmachung. Aber als General Schulprobst von General Clauß bis ans Ende des Ganges gebracht wurde, hielt er sich, und mit Recht, für einen erfolgreichen Gesandten. Clauß hatte alles auf später vertagt. Die Schlacht in Frankreich, der Fortgang der Operationen – noch zu früh, mein Lieber. Er war weder Herr seiner Männer noch seiner Entschlüsse, dafür sorgten Berlin und Spa. Aber man blieb in Verbindung und war sich einig, zum Heil der Gesittung, der Kultur, aller lebenswerten Güter.

Und als Wilhelm Clauß dann in sein durchdämmertes Arbeitszimmer trat, die Tür hinter sich geschlossen hatte, da fraßen sich seine Blicke durch die riesige Karte der Ostfront hinein ins heilige Rußland, das er rasend liebte, wie ein Mann, der ein Weib zerdrischt, weil er eine solche Liebeswut, Haßwut im Leibe hat, für es oder gegen es, einerlei. Er würde auf Moskau marschieren, es einnehmen. Sein ganzes Leben lang hatte er diese breite russische Wildnis mit seiner herrischen Leidenschaft umworben, Russisch gelernt, sich für den Osten spezialisiert, sich 1904 nach der Mandschurei schicken lassen, studiert, erwittert, in alle Poren eingesogen, was zwischen Njemen und Wladiwostok Rußland hieß. Jetzt schlug seine Stunde. Linker Flügel vorgerückt über Livland, Reval, Dorpat; rechter Flügel vorgerückt bis nach Cherson: nun konnte der Durchbruch einsetzen, der wüste grade Stoß durch die feindliche Mitte und der Marsch ins Herz der einst mächtigsten Kriegsmonarchie der Erde. Mochte Herr Schieffenzahn seine Lorbeeren im Westen suchen: der Name Wilhelm Clauß würde mit ewigen Lettern in den Sternenhimmel der Erdgeschichte eingeschrieben sein als Zerstörer der Anarchie, als Sieger über die geile Unordnung, als Wiedergutmacher Schieffenzahnscher, Mutiusscher Verbrechen oder Fehler. Er brach stöhnend in seinen Stuhl, preßte den schweren Kopf auf die Ärmel, das glattrauhe Tuch der Uniform an seine Backen spürend. Kurzes Schluchzen schüttelte ihn, und nasse Flecke blieben zurück, wo seine Augen gelegen hatten, vor Glück. Er mußte bald ein paar Leute einweihen in seine neue große Lebensaussicht, den guten Winfried darunter, vag natürlich, falsche Ziele vorschiebend, kleinere. Später die Operationsabteilung, den Prinzen, den ganzen militärischen Stab. Wilhelm Clauß macht einen Zaren, das klang größenwahnsinnig. Aber wohin verschwand daneben all der lumpige Betrieb, mit dem er sich seit Brest abgegeben, vom Herzog von Teck bis herunter zum Brettschneider! Wenn sich im Westen feste Umrisse zeigten, im Mai, im Juni, da würde einer zur Stelle sein, vorbereitet, fertig. Er zitterte an allen Gliedern. Es mochte von dem verdammt starken Kaffee nach dem Essen kommen. Einerlei. Kurz leben, aber leben. Hundert Leben in vierzig, fünfzig Jahre pressen.

VIERTES KAPITEL

Leda erschrickt

Das Osterfest verbringt, wer darf, in Gesellschaft von Angehörigen oder Freunden. Zwar können viele Soldaten diesmal nicht auf Urlaub fahren, besonders nicht jene Myriaden, die, Mannschaften und Offiziere, der neuen Offensive des Generals Schieffenzahn das Opfer ihres Lebens gebracht haben; an der Westfront wird blutige Ostern gefeiert. Aber im Osten geht's anders zu. Seine Königliche Hoheit, der prinzliche Generalfeldmarschall, ist mit seiner greisen Gattin auf Schloß Leutstetten zu Gaste, bei seinem Bruder, dem König, und sie besprechen allerlei, wenn sie aus der Kirche gekommen sind, wo sie andächtig den Erlöser angebetet haben. Baron von Ellendt ist nach Königsberg geeilt, wo ihn Frau und Töchter empfangen – fünf Töchter blühen ihm und kein Sohn, und die zu Spott und Spaß aufgelegten Herren seiner Abteilung haben ihnen Namen gegeben, die dem Alphabet entlehnt sind: Ala, Bella, Cella, Della und Ella: »beim Buchstaben F hat er es aufgegeben«. General Clauß feiert Ostern in Brest-Litowsk auf der Zitadelle, wo ihm niemand zuschaut; einen kleinen backenbärtigen Herrn hat er, durch einen deutschen Offiziersmantel verschönt, in seinem Wagen mitgenommen. Hauptmann Winfried macht am ersten Feiertag Dienst (jemand muß dasein); den zweiten aber verbringt er auf Schloß Krasny Dwor, eingeladen von Herrn von Krottmayr, der sich schon lange vorgenommen hat, mit ihm einmal einen Tag zu verplaudern. Denn der Adjutant eines so hohen Herrn sieht manches und vieles, und besitzt er nachdenkliche Augen und ein wissendes Herz, so gelüstet es ihn vielleicht, dort Warnungen auszustreuen, wo sie nutzen können.

Die Krottmayrs sind eine alte bayrische Familie, die sich zu Zeiten der Augsburger Konfession in zwei Häuser gespalten hat, von denen das katholische das reichere ist. Aber auch das protestantische hat dem bayrischen Staate nicht aufgehört,

Diener zu stellen, Soldaten und Diplomaten, und wo die bayrische Geschichte dramatisch wird, findet der Forscher unter den Spielern und Opfern auch ihre Söhne. Carl Theodor von Krottmayr gilt als ein bißchen aus der Art geschlagen, zu sehr eingenommen von Büchern und Noten, von Gemälden, älteren und neuen; wenn er im Frieden in der Nähe von Schleißheim zu tun hatte, verschwand er sicher in der Bildergalerie, die das Herrscherhaus dort ziemlich unbeachtet hängen läßt, und in der sich die wichtigsten Werke eines recht abseitigen Künstlers befinden, des Hans von Marées: griechische Jünglinge und Jungfrauen, hochgereckt nach den goldenen Äpfeln greifend oder richterlich dasitzend in antiker Strenge. Kinderlos lebt er in seiner bequemen Münchener Wohnung. Der Offiziersberuf paßt zu seinen Neigungen wie ein fester Rahmen, der sie zusammenhält, seine Fähigkeit, sich einzufühlen, macht ihn zum geborenen Adjutanten, und seine Stellung beim Prinzen Leopold gilt als politische Verbeugung vor den bayrischen Protestanten, die im Staatswesen eine wichtige Rolle spielen, nicht sehr sichtbar nach außen hin, aber einflußreich wie die Oraniens in Goethes Egmont.

Fröhlich, voll Unternehmungslust, ist Winfried nach Krasny Dwor geritten, auf dem Wege, der die Wilja überbrückt und für die Stabsautomobile immer in gutem Stande gehalten wird – frühmorgens, während noch dünnes Eis vom Nachtfrost in den Furchen der Felder spiegelt. Zurück geht's am Spätnachmittag, sehr nachdenklich, er läßt Leda laufen, wie sie will. Und da sie auch in Krasny Dwors Ställen zu Hause ist, hat sie es nicht besonders eilig, bleibt sogar manchmal stehen, wendet den schönen Hals und wiehert leise. Dann muß Winfried ihre Flanken kitzeln und sie ermahnen, an Kowno zu denken und ihren Boxgefährten Wittich. Jenseits des Njemen verglüht ein trübes Abendrot und verkündet Regen.

Es war ein schöner Ferientag. Krottmayr mit seinem Zwicker, seinem hängenden Schnurrbart, seinen Hausschuhen aus Lackleder, ein angenehmer Wirt, und der Tisch mit Speisen und Weinen bestens bestellt. Eine Vase füllen sogar Kätzchen von Weiden und Erlen, wie es sich für Ostern schickt. Krottmayr hat sich mehrmals während dieser acht Stunden beschuldigt, kein aufmerksamer Wirt zu sein und bestimmt kein lustiger. Und falls man dem ersten widersprechen muß, stimmt das

zweite. Zur Erklärung holt er einen großen Ausstellungskatalog der Münchener Künstlervereinigung Blauer Reiter herbei und weist dem Gast eine Anzahl Bilder, unbedingt neuartig und von streng geschlossener Form, unter denen der Name Franz Mark steht. Und dieser Mark ist jüngst gefallen, erst vorgestern erfuhr es Krottmayr – weiß der Teufel, wie es ihm bisher entging. Die neue Malerei ist in Deutschland wichtig, ein großartiger Durchbruch und Anfang, wichtiger als die Literatur, in der es die Deutschen schon immer zu etwas gebracht hatten. Und während ein paar preußische Kameraden mehrere moderne Maler nach Ober-Ost gerettet haben, wo sie als Ordonnanzen oder Bürosoldaten untergeordnete Dienste tun, hat sich um den Franz Mark niemand gekümmert, keiner ihm den falschen Idealismus ausgeredet, der ihn vielleicht im Graben festhielt. Und so haben die Bayern gestattet, daß der stärkste Keil ihrer jungen Malerei irgendwo in Frankreich begraben wird und nur noch ein paar Russen und ein Tscheche in München europäische Bilder ausstellen werden.
Er geht dabei in der Bibliothek von Krasny Dwor auf und ab, während Winfried sich wieder auf dem gleichen Sofa von seinem Ritt ausruht, das ihm schon einmal tiefen Schlaf geschenkt. Heute schläft er nicht. Äußerst wach fühlt er sich vielmehr und voller Staunen. Sie haben beide Uniformen an, Krottmayr sogar den moosgrünen Friedensrock mit dem weinroten Einsatz der bayrischen »Schwallangschehr« (cheveaux legers), der leichten Reiter. Aber mit großen Augen empfindet er, zum erstenmal seit wer weiß wann, diesen Rock als bloßes Kleidungsstück, Verkleidungsstück. Der ihn trägt, offen hängen läßt, eine schwarzseidene Weste zeigt mit guten Knöpfen, enthüllt sich als Mann aus dem gebildeten Deutschland, ein ungewöhnlicher sogar, voll Sinn für die großen Güter der deutschen Vergangenheit und Gegenwart; und was er sagt, und wie er's sagt, benimmt Winfried den Atem, ohne Grund, nur weil es so ganz und gar unabhängig ist von diesem Rock. Der Rock ist bei Ober-Ost ein Gott oder genauer – das Symbol Gottes, wie der Leibrock des Priesters vor der Bundeslade. Für Krottmayr ist er nichts – besser gesagt der Ausdruck für eine Gefahr, für die deutsche Gefahr, den Preußengeist. Und die Selbstverständlichkeit, mit der er dieselbe Haltung bei Winfried voraussetzt, die vertrauliche Kameradschaft, die er ihm auch auf die-

sem Gebiete zuweist, läßt Winfried geradezu kleinlaut werden und jeden Widerspruch lächerlich erscheinen. Man muß sich einfach schämen, jemals anders gedacht zu haben als dieser Krottmayr mit den blaßblauen Augen, dem gescheitelten Haar, dem gelichteten Wirbel – wenigstens solange man mit ihm zusammen ist.

Aber jetzt ist Winfried nicht mehr mit ihm zusammen, jetzt reitet er in der Dämmerung durch eine schweigende neblige Landschaft, zur Rechten den Njemen – man sieht ihn nicht – und das Abendrot hinter seinen Uferhöhen, zur Linken das litauische Land, flach gewellt, geheimnisvoll, verschwindend im werdenden Frühling, der aufsteigenden Nacht. Noch immer verträgt man die pelzgefütterte Jacke, den aufgestellten Kragen. Aus ihm, unter der Mütze, blickt das Gesicht des jungen Reiters wie aus geschlossenem Ritterhelm, gehobenem Visier. So reitet, von Nachdenken befallen, der junge Erek oder Iwein, Held des frühen Mittelalters, durch die Zauberlandschaft, in der sich sonderbare und gefährliche Abenteuer vorbereiten, und aus denen er gerettet wird nur mit Hilfe kluger Zwerge, hilfreicher Genien.

Ja, es ist richtig, Goethe war wichtiger als Kant, zumal wenn man Kant nur als Aushängeschild benutzte, um den Geist des Kasernenhofes dahinter zu verstecken. Ja, der Krieg wurde nicht um seiner selbst willen geführt, sondern damit wieder Frieden wurde – ein Frieden, in dem die großen geistigen Güter Deutschlands, vor zaristischem Ungeist gerettet, um so heller leuchten konnten. Ja, Deutschland verdankte dem Westen und Europa, verdankte vor allem dem römischen Reich und seinem fünfhundertjährigen Frieden alles Gute und Große, auf dem es weiterbaute, und hatte sehr spät angefangen, sich selbst tragend und fördernd in den Gesittungsbau einzugliedern. Jawohl, alles Gute und Große des deutschen Wesens, jede Förderung und Befreiung war dem Junkergeist abgetrotzt worden, und die Bayern hatten mit Recht unter Napoleon gefochten gegen die Kaserne, die der große Friedrich in Preußen aufgerichtet hatte, und seinen deppischen Neffen, den dritten Friedrich Wilhelm mit seinem abgehackten Gardegeschwätz: »Schon gut, Freiwillige rufen, aber keine kommen!« Womit er die Leute abtat, die eine deutsche Erhebung von ihm ausgelöst wissen wollten. Nein, der Gegensatz hieß überhaupt nicht

Kant und Goethe, er hieß Yorck und Goethe, nach jenem Junker, der sich auf eigene Faust bei Tauroggen mit dem Zarengeneral verständigt hatte. Sie sagten Napoleon, aber sie meinten die moderne Gesellschaft, den bürgerlichen Geist.
Krottmayr hatte recht, dreimal recht. Er war ein bürgerlicher junger Mann, und seine Aufgaben wuchsen in Deutschland und nicht hier. Mit der ganzen deutschen Jugend hatte er sich der Kriegerkaste zur Verfügung gestellt, um das Vaterland und seine Gesittung zu verteidigen. Aber diese Kaste hatte ihn und die ganze deutsche Jugend verschlungen, denn sie verstand nichts Besseres. Zehntausenden von Freiwilligen war dieser entsetzliche Irrtum schon während der Ausbildungszeit in die Knochen gefahren, aber die meisten konnten ihren Schreck nicht äußern, denn sie fielen im Schlamm und Wasser der Yserschlachten. Die Geduldigen, die Winfrieds, gewöhnten sich ein, warteten auf bessere Tage, auf den Frieden, die Wiederherstellung des Lebens. Eine Anzahl der Überlebenden und viele später Eingezogene schrien freudig ja zu ihrem eigenen Verspeistwerden: aus Bürgern rückten sie auf zu Herren. Er, Winfried, niemals geneigt, den Herrn zu spielen, hatte heute nachmittag feststellen müssen, wie tief er sich bereits in den Zaubergärten und Glasbergen dieses Ostens verloren hatte – östlich der Elbe, wo es so süß war, gestiefelt und gespornt als Herr und Ritter übers Flachland zu reiten.
»Was geht Sie dieser ganze Spinat eigentlich an?« hatte Krottmayr gefragt, »der Ellendt mit seiner sächsischen Lösung und die Mutius-Leute mit ihrer preußischen. Wer heißt diese Herren eigentlich Politik treiben? Sie laufen dem Reichskanzler zwischen die Beine und machen sich über den Reichstag lustig, der sie doch ernährt, bekleidet und besoldet und ihnen ermöglicht, hübsches Gehalt zusammenzusparen, indes das deutsche Volk hungert. Schön, die Abgeordneten sind Patrioten, bewilligen immer von neuem dieselben Milliarden. Aber das ermächtigt doch niemanden, die geborgte Macht für eigene zu halten. Finden Sie es nicht unanständig, wie diese Herren mit ihrem Brotgeber Schindluder treiben, bloß weil der Deutsche eine solche Schafsgeduld beweist? Leute wie Sie und ich, auf alle Fälle, haben dabei nichts verloren. Uns wird erst wieder wohl, wenn wir diese Tröpfe mit den Ordensschnallen und Rotweingesichtern nicht mehr um uns haben werden – Sie auf der

Universität, ich bei meinem alten Prinzen und in meiner Wohnung, Königinstraße neun, zweiter Stock – rechts vor den Fenstern den Schloßkomplex und just vor ihnen die grünen Bäume des englischen Gartens. Wenn Sie erst den Rock ausgezogen haben, kommen Sie gleich zu mir nach München, zum Wölfflin, zum Hildebrandt, zu allen guten Geistern.« Fast schüchtern hatte Winfried eingewendet, ihm sei doch eine gute Laufbahn als Offizier eröffnet; er habe in letzter Zeit oft erwogen, in Litauen zu bleiben, oder in der Ukraine und den Rock eben nicht auszuziehen. Aber da war Krottmayr geradezu in die Höhe gefahren. Das sei vielleicht gefehlt, hatte er gerufen, »das denken nicht Sie, das denkt Ihr Großvater mütterlicherseits, der alte Lychow, mit dessen Bücherschrank Sie ebensowenig anfangen können wie er mit dem Ihren.« Viel Gelächter hatte es gegeben, als Winfried den Irrtum berichtigt, Lychows Onkelehre wiederhergestellt hatte. Aber Krottmayr hatte nicht nachgegeben. Ob Winfried denn wisse, wie ein preußischer Hauptmann leben werde, nach geschlossenem Frieden? Daß er in die ödeste Garnisonsfuchserei verschmettert werde, dazu verdammt, seine Kompanie zu führen, in Wilkowischki oder Markgrabowa, bestenfalls in Allenstein oder Thorn. Wenn er Glück habe, Kriegsakademie und ein paar Zwischenzeiten beim großen Generalstab, dann als Major ein Bataillon und graue Haare, bevor er schließlich Oberstleutnant werde. »Sie haben Protektion? Gut und schön. Dann setzt Sie Ihr Onkel vielleicht auf ein kleines Gut, und dort bauen Sie Ihren Kohl und genießen die Gesellschaft des Herrn Pfarrers, des Herrn Lehrers und Ihrer Nachbarn von Stramm und von Holzkopf, die gnädig darüber wegsehen, daß Sie doch ein Bürgerlicher sind. Und da ihre Damen jederzeit nach Freiern für ihre Töchter ausschauen...« Hier fuhr nun wieder Winfried hoch, streckte die Hände aus, erklärte sich dankend als versehen, und sie lachten in den Rauch ihrer Zigaretten. Aber zurück blieb unleugbar ein Nachhall in Winfrieds Brust. Das hatte er nicht bedacht. Nein und nein – nie. Daß nach dem Kriege überall die Friedenswerte aufblühen würden, nur nicht im Soldatenstand, der ja seinen Aufschwung im Kriege hatte, seine große Zeit. Selbst, wenn er nicht aufhören würde, auch nachher Deutschlands besten Mann zu spielen.

Ja, das waren bedenkenswerte Gespräche, während Leda in

langsamem Trott dahinzog, Kinnkette und Steigbügel klirrten, manchmal ein Eisblatt unter ihren Hufen barst. Winfried saß vertieft im Sattel, leicht vorgeneigt, locker, die Augen auf der Straße mit ihren Wagenspuren, Schottersteinen. Auf diesem Heimweg erinnerte er sich, daß nach den Osterzensuren und der Versetzung sich der Schüler Winfried während der Feiertage in seiner Stube einzuschließen pflegte, um das abgelaufene Schuljahr zu überdenken und Rechenschaft abzulegen vor einem strengen Teil seiner selbst, der sie forderte – meist am Ostermontag, den späten Nachmittagsstunden, während die Eltern schliefen. Teufel, Teufel! Genauso tat es heute not. Er hatte sich toll hineinquirlen lassen in den ober-östlichen Betrieb. Das Studium der Ukraine, wo Lychow sich über die Rada erboste, mit General Federle leidlich auskam und die Österreicher ihm überall dazwischenredeten. Ellendt mit seinen Sorgen, die sich zuletzt mit einem Briefe Kaiser Karls an seinen Schwager Sixtus von Parma beschäftigt hatten, diensttuend im belgischen Heere. Da war Bertin, ihm eigentlich am nächsten verwandt, aber am seltensten gesehen. Diese Dawja Elkus, deren Angelegenheit er bis zu Clauß gebracht hatte, wo sie mit fürstlicher Handbewegung beiseite gefegt wurde – gleichgültig, unwichtig, gar nichts. Und schließlich Bärbe, diese kleine Geliebte mit dem tapfersten Herzen, die nun mal für den Herzog von Teck zu schwärmen schien, indes der Dienst ihn zum Parteigänger des sächsischen Rivalen machte. Du lieber Gott, wie sollte man sich mit einem mittelmäßigen Verstande durch diese Wildnis finden, ohne anderen Wegweiser als ein durchschnittliches, einigermaßen grades Gefühl! Mußte man da nicht dem erfahrenen Clauß rechtgeben, wenn er einen warnte? »Sie sollten sich konzentrieren und nicht zersplittern. Lassen Sie Ihre Finger von allem, was nicht unmittelbar Ihres Dienstes ist«, hatte er ihn ermahnt, »seien Sie nach solchem Gefabel gar nicht erst neugierig, junger Mann. Für berechtigte Klagen gibt es zuständige Stellen, und für den Herrn Brettschneider interessiere ich mich selbst.« Einen besseren Rat konnte ihm niemand geben. Wie lange würde Herr Leutnant Perl in der Schweiz herumgeistern? Noch zwei Wochen, höchstens drei. So lange, sollte man meinen, hielt sich die Angelegenheit frisch, auch ohne daß sich jemand darum kümmerte. Und dann nahm Perl sie in bewährte Hände, und

das Bild von Sais blieb unenthüllt, durch Winfried wenigstens.
Und mit dem Hauptmann war es auch nichts, Krottmayr hatte völlig recht. Kam er glücklich wieder nach Hause, so bezog er eine Pension für diese Jahre und vermochte zu Ende zu studieren, ohne seinen Vater zu belasten. Verheiratet oder nicht: erst mußte er noch lernen. Mitten aus seiner Bildung hatte ihn der Krieg gerissen, und Bärbe würde begreifen, daß mit so halbem Wissen, gestückelter Schulung nirgendwo Staat zu machen war. Oh, er hatte es viel besser als neun Zehntel aller Kameraden, was Lebensaussichten anlangte. Allenthalben würden ihm sich Türen öffnen, wenn er als gelernter Mann anklopfte, nachdem er sich im Kriege einigermaßen gehalten. Aber jetzt, halb gar und weder Fleisch noch Fisch...
Links lagen einzelne Lichter, ein Dorf vielleicht oder das Lager einer Schipperkompanie vom Straßenbau. Eine Eule flog über Winfrieds Kopf, er merkte es nicht. Es roch nach Rauch, ein Erfahrener hätte feststellen können, der Ostwind brachte den Duft von Kartoffeln, die in der Asche rösteten. Leda bemerkte das alles, ohne daß sie es benennen konnte, und schnob neugierig. Winfried, der Reiter, zog seines Weges, und statt der gefrorenen Schnüre Straßenkots glitten unter seinem geistigen Auge weg die Inhalte des Tages, an welchem so vieles angerührt wurde, ins Treiben gebracht durch Herrn von Krottmayrs unabhängiges Gehaben.
Auch vor Clauß hatte er ihn gewarnt: »Der Mann ist eine Gefahr. Selbst mich bezaubert er, wenn ich mit ihm zu tun habe. Er macht einem so gar nichts vor. Er erzählt selbst die schönsten Geschichten aus seiner Leutnantszeit, wie er einmal um die Wette Würste gefressen oder ein anderes Mal als Hauptmann eine Mappe mit Dokumenten vergessen hatte, mit dem er seinen Lehrer Schlieffen nach Warschau begleiten sollte; er merkte es erst auf dem Bahnhof. Wissen Sie, was er tat? Er fuhr zurück zum Königsplatz, ließ den Grafen allein fahren, bestellte telefonisch einen Extrazug nach Warschau, überholte den Grafen noch und empfing ihn auf dem Bahnhof, die Mappe unterm Arm. Schlieffen nun seinerseits entzückt, gab ihm einen Rüffel und übernahm die Kosten des Zuges auf Amtskonto. So etwas bezwingt natürlich. Aber schon, wenn ich sein Haus verlassen habe, kommen mir Bedenken, und beim

Aussteigen weiß ich, Clauß macht einen besoffen; man hört auf, man selber zu sein. Und doch gilt in diesen verrückten Zeiten nur eine einzige Richtschnur: sich treu zu bleiben, zum eigenen Wesen zu stehen, wie die Forelle zu ihrer Gräte. Betrachte ich aber unseren Chef mit solchen Forellenaugen, so stellt er sich auch als Länderfresser heraus. Schieffenzahn will viel annektieren, auch im Westen, Clauß will weniger annektieren, nur den Osten, das ist der ganze Unterschied.«

Ei, ei, dachte der reitende Winfried, sich verlieren und sich treu bleiben – wie war das im Zuge nach Wilna? Wie stehe ich überhaupt zu mir selbst? Geht von einem Rock, von einer Kaste, von Macht, von liebenswürdigen Umgangsformen solch ein Zauber aus? Wie war das mit dem gestirnten Himmel und dem Sittengesetz in meiner Brust, dem Satz, den der Zug rumpelte? Will ich mir treu bleiben – aber wer bin ich eigentlich? Wohin gelange ich, wenn ich mir selber folge? Sollte ich dann etwa meinem Vater ähnlicher reagieren, als ich wahrhaben wollte? Gut, dachte er, und atmete tief die Nachtluft ein, die feucht und klar aus den Flußtälern aufstieg, wo tagsüber Schnee verdunstete und Eis taute. Und warum nicht? Darf jemand den Mann meiner Mutter einen schlechten Mann nennen? Besteht nur eine erlaubte Art, die Dinge zu sehen – die deutschen und die anderen? Und wer verbürgt mir, daß sie sich bei meinen Kameraden findet und bei meinem Onkel, dem »Großvater« – er lächelte – und nicht bei Vater? Und wie liegt's dann mit seinen Briefen, he? Ach was, wischte er gequält diese Gedanken weg. Viel schöner ist es doch, leichtsinnig zu sein und diesen Kram auf sich beruhen zu lassen; irgendwie kommen wir schon durch den Krieg. Und ist er erst zu Ende, so findet sich alles. Bis dahin führe ich ein angenehmes Leben, in Übereinstimmung mit Clauß und Ellendt, Gorse und Wreech, tue meine Pflicht, wie Dienst und Eid sie mir vorschreiben, lasse den lieben Gott einen guten Mann sein und meinen Onkel meinen Großvater. Schließlich rollt ja auch Lychowsches Blut in meinen Adern, sogar halb und halb, wenn solche Rechnungen überhaupt stimmen. Man muß nicht alles so schwernehmen, so grundsätzlich und krottmayrisch. Man muß auch mal was vom Zaune brechen, aus dem Stegreif leben können. Laß uns mal erst in Wilna und mich bei Bärbe sein...

In diesem Augenblicke flog er aus dem Sattel, kopfüber, halsbrecherisch.
Er hätte gegenwärtig sein und sehen müssen, daß Leda, die Ohren zurückgelegt, nach einem grauen Schatten schielte, der von links her schräg auf die Straße zuschlich, vom Hunger aus den Häusern und in der Hoffnung auf einen Fisch zu dem Wasserloch getrieben, das nicht allzufern im Eis der Wilja klaffte, dort, wo der fast noch volle Mond, inzwischen aufgegangen, den Schnee blaßgolden aufschimmern ließ. Wie eine Rakete schoß die Katze in den nächsten Baum, tödlich erschreckt, wie die Stute es gewollt. Sie stand befriedigt, warf den Hals und peitschte mit dem schön geschnittenen Schweif ihre Schenkel.
Viele Dinge bekommt ein Feldsoldat ins Blut, unter anderem die Kunst, sich hinzuschmeißen, das Genick einzuziehen, den Buckel locker zu wölben, Arme und Beine instinktiv zu schützen. Winfried, die Hände auf dem kalten Straßenbelag, saß da, begriff allmählich, raffte sich auf: »Du Satansvieh«, schrie er das Pferd an, »du Hündin, miserable. Hätt' ich nur was da, um dir das Fell zu zerdreschen!« Und er hob die Faust. Und dann umfaßte sein Blick das schöne Geschöpf, wie es voller Verstellung und Unschuld vor ihm stand. Er klopfte sich ab, hatte sich nichts Ernstes getan, die Schulterblätter ein bißchen verstaucht – und so schüttelte er seine Arme und lachte. Noch ein Glück, dachte er, daß sie mich nicht gegen das Brückengeländer geschmissen hat, das da vor mir aufragt, gewölbte Eisenträger, an denen die Wiljabrücke hing. »Komm, alte Ziege«, sagte er, zog Leda hinter sich her, blieb mitten überm Flusse stehen und umfaßte mit weiten Augen die gefleckten Hügel, das bleiche Eis, den großen gelben Mond über einer Dunstbank. Füllest wieder Busch und Tal... dachte er; auch Pferd und Katze können einen Menschen in die Wirklichkeit zurückführen – auf ihre Art. Einen Menschen, zum Donnerwetter, keinen Offizier und Rockanbeter. Und ist diese Wirklichkeit nicht schön genug, um sie sich zu verdienen, den Krieg mal abgestrichen? Aber da liegt der Hase im Pfeffer: streich ihn mal erst ab, Sohn deiner Väter. Bleib dir man treu bis in den Tod, wie der schöne Vers lautet, und laß dir die Krone des Lebens dafür auf die Stirn drücken – komischer, abgeschmissener Pferdereiter. Er schwang sich in den Sattel, nicht ohne einiges Weh, nahm Leda fest zwischen

die Knie, rief »pascholl«, ließ die Brücke unter ihren Hufen dröhnen. Drüben lag Kowno, dunkel vorgeschoben wie der Bug eines unerleuchteten Schiffes. Die Russen feierten ihr Ostern erst in elf Tagen, und die Juden hatten ihr Passah längst hinter sich. Trotz all dieser Feste ließ sich nicht leugnen, daß das Elend der Menschen groß war, daß der Krieg es verschlimmerte, nicht abstreiten; daß die Deutschen es hier vermehrten, nicht ändern. Oder doch?

Die Straßen Kownos sehen einen Reiter vorüberziehen, der etwas schmerzlich im Sattel hängt. Possek würde ihn mit Franzbranntwein abreiben müssen – ein Ostervergnügen für einen Burschen.

FÜNFTES KAPITEL

Buchenegger

Auszeichnungen verleihen Glanz. Der beliebteste Gesprächsstoff bleibt auch unter rauhen Kriegern die engere Umgebung, die gleichförmige Reihe der Alltage, die für die meisten Menschen Leben heißt. Daß Lychows junger Mann mit General Clauß ausgeritten war, ja, daß der Chef des Stabes ihm eines der eigenen Pferde überlassen hatte, und nicht nur für einmal, das erhöhte den Hauptmann Winfried über die große Schar der Ober-Ost-Offiziere. Es wog schwerer als seine ganze Gefechtsliste und seine Orden. Auf Ledas Rücken, schmal neben dem Hünen Clauß, hatten ihn Hunderte von Augenpaaren erblickt, und nun war er jemand. Selbstverständlich mischten sich Mißgunst, Neid und gelangweilter Ärger in die Gefühle, mit denen man ihm von jetzt an Platz machte, wenn er ins Kasino kam, sich nach ihm umdrehte, von ihm redete in den vielen, vielen kubischen Zellen der aufgeblähten Verwaltung. Vier Fünftel aller Offiziere, Beamtenstellvertreter, Offizierdiensttuer, Hunderte von gescheitelten Gesichtern mit nichtssagenden Augen und flachen Hinterköpfen fanden Streberei von einem Adjutanten unablösbar, dem jungen Menschen, bei Lychow in eine gute Schule gegangen, das Ohr der Mächtigen für Süßigkeiten nur zu empfänglich. Worauf sie ihre Aufmerksamkeit wieder auf die nächste Gehaltszahlung sammelten, Friedensaussichten, ein Geschäft in Eiern oder Erbsen, die sie der Schwiegermutter zum Weiterverkauf an gute Bekannte sandten. Das letzte Fünftel teilte sich ungleich: eine Anzahl Herren freute sich ehrlich für ihn und für den Chef des Stabes; denn unter den Eingeweihten ging die Redensart, zum Beispiel zwischen Rittmeister von Wreech und Oberleutnant von Gorse, das wahre Talent der Mutiusschen Nachrichtenabteilung liege im Manövrieren unter der Oberfläche und gegen hochverdiente Kameraden. Der Rest sprühte Gift, weil dieser Winfried sich nun auch bei Clauß einnistete.

Major Buchenegger kam Mitte des Monats für einige Tage nach Kowno, saß hier und da, hatte lange Besprechungen mit den Abteilungen für Finanzwesen (Zölle, Steuern, Monopole), für Handel und für Landwirtschaft, die alle Partner sehr befriedigten. Er war der größte Industrielle des Landes. Auf der Grundlage wissenschaftlicher Holznutzung hatte er Millionen Ober-Ost-Gelder in arbeitende Anlagen gesteckt. Von der Schießbaumwolle bis zum Holzessig erzeugte man Güter aus dem unendlichen Waldreichtum. Tausende von Beamten und Arbeitern unterstanden dem Major; man durfte getrost warten, bis im kommenden Frieden Bucheneggers Gründungen hohen Zins abwerfen würden. Sie dienten dem Endsiege ebensosehr wie die Zwangswirtschaft der Lebensmittel und der Zuwachs an politischer Macht. Das Datum seiner Ankunft allerdings bestimmte diesmal ein ganz unpolitischer Anlaß. Der Major wünschte den Eisgang zu sehen, dabei zu sein, wenn der gewaltige Njemen seine Decke los wurde, die Schollen sich in Bewegung setzten, wenn sie splitterten und barsten, aneinander knirschten, sich überkletterten und schließlich gepackte Massen grünen Eises stromab trieben im schwarzen Wasser. Er liebte die Natur, dürstete nach großen Eindrücken, war im Gewalthaften seines Wesens ihr verwandt. Es hatte stark zu tauen begonnen. In den südlichen Quellgebieten waren unendliche Regen gefallen, das Land in Dreck ertränkend. Von den 830 Kilometern des Stromlaufes waren neun Zehntel schiffbar; aber diese tiefe Rinne wurde im Norden verbarrt: in Kurland taute es noch nicht. Telefonisches Hin und Her, höfliches Spiel der Instanzen. In Fällen wie diesem einigte man sich schnell: Zu einer bestimmten Stunde würden die Pioniere im Flußbett Sprengungen machen, ungeachtet der Rivalitäten zwischen OHL. und Ober-Ost, der kurländischen Verwaltung und der litauischen. Mit der Uhr in der Hand ließ sich berechnen, wann die Eismassen bei Kowno in Bewegung geraten würden, aufbrechen im wahren Sinne des Wortes. Breite Rinnen waren ohnehin schon ausgewaschen und getaut, die Pontons der Brücke freigehackt; der Nachtfrost leistete gerade noch dünne Ränder. Aber an der Landspitze, der Wiljamündung, stauten sich die Eisfelder, drohte Überschwemmung; dorthin fuhr Buchenegger, um mit brennenden Augen zuzusehen. Menschenmassen säumten die Ufer. In diesem Jahre besonders spät, schien der Eisgang den wintermüden Städtern ein Schauspiel voller Bedeutung. Mit geheimen Gedanken, verborgener Sehnsucht, starrten sie auf das blaßgraue Packeis, seinen überharschten Schnee. Auch der längste Winter ging einmal zu Ende.

Voll Begeisterung, gelockert und sprühend von guter Laune, traf Major Buchenegger beim Chef des Stabes ein, zwei Minuten später als verabredet. General Clauß mochte Herrn Buchenegger gern. Trotz seiner abgemessenen Zeit, überstopft wie die eines pflichttreuen Regenten, entschuldigte er wortlos die Verspätung. Das Geheimnis, das er in sich trug, diese Eroberung Rußlands, heizte ihn mit wohliger Wärme. Gott, würden die Alldeutschen die Augen aufreißen! Um so fröhlicher gab er sich der jeweiligen Gegenwart hin und genoß etwa den Dank, den der dicke Mann aus überströmender Brust vor ihn hinschüttete. Welch ein Schauspiel: Wie sich die Elemente miteinander verbanden, das Feuer Sprenggase erzeugte und diese das Wasser in die Luft warfen, das zu Gestein geworden war, mit dumpfen Schüssen; wie sich dann langsam der graue Lindwurm vorwärtsschob, blind, witternd, Schollen auf dem Rükken, uralt – so alt wie die Schöpfung. »Das war Wagnersche Musik, Clauß, besser als im Hoftheater, großartiger. Und jetzt hier ein heißer Kaffee und ein Gespräch mit Ihnen ...!« Es dauerte seine Zeit, bis der Alltag wieder zu seinem Rechte kam und die Natur zurücktrat vor dem menschlichen Leben.

»Ich nehme an, Sie sind nicht hergekommen, um mir das vorzuschwärmen«, sagte Clauß gemütlich. »Zwischen uns wär' ja noch manches unerledigt, oder?« Buchenegger, sehr wendig, auch darin ganz Sohn seiner heimischen Berge, ließ das Schwelgen im Gefühl sogleich fallen und fand den inneren Anschluß an das, was ihn veranlaßt hatte, diese Unterredung nachzusuchen. »Sie haben mehr Recht als ich Verstand«, äußerte er treuherzig. »Was halten Herr General von der Lage?« »Sehen Sie, Buchenegger«, sagte Clauß darauf, »wir laufen in der letzten Phase des Rennens; alles geht glatt, die Kräfte scheinen unerschöpflich. Aber es darf kein Hindernis kommen, kein unerwartetes, meine ich.« Buchenegger sog an seiner Zigarre: »Die Franzosen sind Bruch und erledigt«, überlegte er. »Die kommen schon jetzt nicht mehr auf die Hinterbeine. Von den Belgiern und Portugiesen rede ich nicht erst.

die Schweizer, Holländer, Dänen und Skandinavier, unsere Blutsverwandten, gliedern sich uns später sicher an. So scheint mir ein größeres Deutschland auf dem europäischen Kontinent recht im Werden. Bleiben die Angelsachsen. Mit denen werden wir fertig. Schließlich haben wir acht Millionen Mann unter Waffen und im Osten und Süden keinen ernsthaften Gegner mehr. Nein«, sagte er breit und behaglich, »von außen molestiert uns bald keiner nimmer. Z'wegen dem Inneren komm' ich ja grad'. Möcht' Ihnen unseren Frieden anbieten, lieber Clauß.«
Clauß wußte, worum es sich handelte. Aus seinem Skatpartner Buchenegger sprachen die Alldeutschen, die satten Sieger. Sie schickten nicht mehr Herrn Mutius vor, der nur reizte. Funkelnd vor Vergnügen machte er eine einladende Handbewegung – das Armband in der weichen Manschette klirrte leise, und er sagte feierlich: »Ave Kaesar...«
»Machen Sie sich nicht über uns lustig«, knurrte Buchenegger unverdrossen, »wir spielen beide das Spiel der Starken. Unsere Macht steht nicht auf dem Papier. Daß es zu diesem Siege gekommen ist, verdankt man uns. Wenn der Deutsche seinen Fuß jetzt auf gebeugte Nacken setzt wie zu Zeiten der Völkerwanderung...« – »Ist nie passiert«, rügte Clauß freundlich. – »... so brachten wir, wir allein, das widerstrebende Fleisch zum Durchhalten. Wir sind aber keine Narren. Haben uns nicht für die geplackt, die uns den Sieg vier Jahre lang immer wieder aus den Händen geschlagen hätten, wenn's nur gegangen wäre. Sehen wir erst den Frieden unter Dach und das Heer daheim, so rechnen wir ab. Wir haben Geduld gehabt, wir haben auch weiter Geduld. Warum sind wir stärker als die Spintisierer? Wir bedenken das erste zuerst und das zweite zuzweit. Wir tun auch das erste zuerst und das zweite zuzweit. Die Kopfprotzen« – immer bayrischer fielen die Worte von seinen bequemen Lippen – »fangen mit dem Schwanzspitzerl an, das enträtseln sie zuerst, und ehe sie zur Schnauze kommen, hat der Kater sie schon in den Krallen und frißt sie lebendig. Ich hör' sie quieken, und es tut meinem Herzen wohl.«
Clauß, frisch rasiert und sehr sorgfältig angezogen, betrachtete den Bayern. Er wußte nicht, daß er in diesem Augenblick seine Zigarre und sich selbst aristokratischer hielt als je. Seine Lippen, genußsüchtig geschwungen, zuckten zartrot im Rosigen. »Ihre Bedingungen also, mein Sieger?« fragte er.

Major Buchenegger besaß einen Bruder, den berühmten Entomologen Anton Buchenegger, Professor an der Münchener Universität. Voller Abneigung gegen den Krieg, lehrte er da über Ameisen und Thermiten, denen er auf langen Reisen in Nordafrika und Ceylon nachgegangen war. Vielleicht hatte der Jüngere das Forstwesen als Beruf gewählt in Abhängigkeit von des bewunderten und gehaßten Bruders Insektenforscherei. Genauso, zwischen Demut und Überheblichkeit, pendelte sein Selbstgefühl vor Clauß, der den Bruder seines Königs beriet, also beherrschte. »Wir hätten Sie gern auf unserer Seite, General Clauß, das ist alles.« – »Schade«, klagte Clauß, »ich bin vergeben. Kein wilder Linker, wie Sie wissen, aber auch nicht so rechts wie ihr Herren. Ich bin ein Nationalliberaler, oder ich wäre es, zöge ich meinen Rock aus. Als Militär bin ich ein Bismarckscher Monarchist mit dem Ton auf dem Bismarckischen. Nieder mit der Diktatur«, spottete er. Buchenegger fuhr zurück: »Warum nicht gar! Wir müssen die Reichstagsmehrheit zum Teufel jagen.« – »Getraut ihr euch nicht, Endsieg in der Tasche, den neugewählten Reichstag so umzumodeln, daß euch seine Zusammensetzung paßt, dann seid ihr Stümper, und ich lasse euch verhaften.« – »Kurzen Prozeß brauchen wir und ein Zuchthaus für die Bande, die verräterische«, knurrte Buchenegger wild. »Genügt euch das Reichsgericht nicht, so bleibt ihr eben Stümper, und ich lasse euch nochmal verhaften. Schließlich haben unsere Massen diese vier Jahre hinter sich gebracht ...« – »Belagerungszustand und Ausnahmegesetz im Rücken«, rief Buchenegger dazwischen. »Schön«, gab Clauß zu, »aber sie haben sich doch drein gefügt. Ohne ihr gutwilliges Mitgehen ... Euch tragen acht Millionen deutsche Gewehre. Sie brauchen nur zu sinken und ihr seid Spinnweben, alte verstaubte Spinnweben vom vorigen Winter. Das hört ihr nicht gern? Dann muß man es euch jeden Tag sagen. Treibt's nicht zu weit, Herrschaften.« Buchenegger plusterte seine Lippen auf, pustete, drehte seinen Kopf hin und her – angenehm schubberte der Kragen seinen feisten Nacken. Er dachte geschwind. Mit Clauß war nicht zu spaßen. Er hatte das Ohr des Kaisers. Nach einer halben Minute: »Na?« fragte Clauß munter. »Verehrter Herr General«, sagte Buchenegger voll jener bayrischen Geschmeidigkeit, die den Biedermann hervorkehrte, »›vertragt euch mit Clauß‹ – damit reiste Exzellenz von Gorse nach

Hause. Wir bieten also loyalsten Burgfrieden, Aussöhnung mit Exzellenz Schieffenzahn und später das Amt des Armeeinspekteurs für den Osten. Ist das was?« lauerte er. »Das ist was«, atmete Clauß, »wenn ihr euch daran haltet... Und was verlangt ihr?« – »Sofort an eine Anzahl Verwaltungsknoten zuverlässige Herren statt weniger zuverlässiger. Im Zusammenhang damit müßten Presseabteilung und Buchprüfungsamt dem militärischen Stab in Kowno angegliedert bleiben, wenn jetzt Abteilung V nach Wilna verlegt wird. Was hoffentlich dazu dienen soll, den Litauern die Rosinen über ihre Selbständigkeit zu nehmen.« – »D'accord«, sagte Clauß überzeugt. »Die sächsische Lösung.« (Die Schieffenzahnsche, dachte Herr Buchenegger dagegen, die preußische, die des Generalstabs; aber er war zu klug, um es auszusprechen.) »Immer wieder vergessen diese Kinder, was sie uns verdanken«, fuhr Clauß inzwischen fort. »Und schließlich bitten wir, lieber Clauß...« – »Oh«, machte der, gleichsam überhäuft von Gnade und hob beschwörend die Hand mit der Zigarre. »... daß Sie Ihre Aufmerksamkeit dem vaterländischen Unterricht der Mannschaften zuwenden. Wird vielfach nicht ernst genug genommen.« – »Leute«, sagte Clauß gemütlich, »tut des Guten nur nicht zuviel. Die Deutschen freuen sich ihrer Herren, aber es müssen wohlwollende sein, umgängliche, keine besessenen Triezer. Nun, man könnte in einem Runderlaß den Zimt etwas auffrischen – am Ende des vierten Kriegsjahres.« Buchenegger schnaufte zufrieden, räusperte sich. Jetzt kam das Schwerste. Aber er nahm es am elegantesten. »Wenn nur unser Offizierskorps homogen bleibt«, sagte er. »Daß kein Herr falschen Ideen verfällt, sentimentalen Bedenken.« Clauß blickte erstaunt. »Der Offiziersstand ist ein Magen, er verdaut, oder er scheidet aus.« – »Sie haben da einen jungen Mann in Ihre Nähe gezogen...« – »Lychows jungen Mann?« fragte Clauß zurück. »Er hat nachgewiesenermaßen in Wilna einen übel beleumundeten Juden aufgesucht, der vier Monate gesessen hat, den Dr. Eliaschuw.« »Vermerkt und gebilligt.« – »Bewiesenermaßen hat er sich in einen Gerichtsgang gemischt, mit einem Russen fraternisiert.«– »Kinder«, begütigte Clauß, »macht euch doch nicht lächerlich. Der Junge hat aus gutem Herzen einen Unschuldigen befreien wollen. Ich als Leutnant hätt's genauso versucht. Bloß, daß es mir gelungen wäre.« Buchenegger blickte beschwörend, von unten, wie ein Bulldogg Clauß in die Augen. »Sie nehmen es leicht – zu leicht, General. Sie haben an dem Mann einen Narren gefressen. Es wäre noch zu beweisen, daß er ungefährlich ist.« Clauß stand auf, steckte die Hände in die Taschen. »Bitte Platz zu behalten«, sagte er. Dann schritt er einmal hin und her, die Dielen knarrten und die Sporen klirrten. »Der junge Mann hat sich für eure Arbeitsbataillone interessiert«, sagte er langsam, die Worte wägend. »Ist euch das so unangenehm?« – »Ich wußte gar nichts davon«, meinte Buchenegger ehrlich. »Für uns hat der Mann einen schwarzen Fleck in der Liste. Und dafür sitzt er zu dicht an der Buchführung.« Clauß dachte, schritt: »Wie ist das eigentlich, Buchenegger, haut ihr eure Arbeiter?« Noch gleichgültiger erwiderte Buchenegger: »Das Arbeitspensum muß geschafft werden. Gegen Faulheit und Renitenz helfen meist Anschnauzer, ein paar Ellbogenstöße, ein Schubs mit dem Kolben. Wenn nicht – Rädelsführer muß man verhauen. Wir sehen da nicht hin. Wie wollten Sie mit den Wilden hier, diesen Juden und Kaffern, anders fertigwerden?« – »Hm«, machte Clauß, »warum sollen die Leute auch nicht geschliffen werden. Sind wir nicht geschliffen worden? Wurde bei der Garde nicht geprügelt? Bei der ganzen Kavallerie? Eine kleine Abreibung wie auf der Schule schadet niemandem: Es muß natürlich unter uns bleiben. Türen zu, Licht aus, Messer raus – wie ihr Bayern den Ruf habt.« Buchenegger antwortete nicht. Dieser Punkt schien ihm zu belanglos. »Würde es Sie kränken, General«, fragte er, »wenn ein älterer Mann und königlich bayrischer Beamter Sie bäte, den jungen Herrn auf die Probe zu stellen, wie er es mit der Zivilbevölkerung hält, bevor Sie ihn ganz und endgültig in die Verwaltung übernehmen?« Clauß fand dieses Verlangen billig. »Der Hauptmann Winfried«, überlegte er laut, »ist vorläufig bloß zu uns kommandiert. Wir wissen noch gar nicht, ob wir ihn behalten oder seinem Onkel zurückschicken. Was für eine Probe schlügen Sie vor? Er geht Ellendt sehr zur Hand, der Junge, das ukrainische Geschäft spielt sich zur Zeit als unser regstes auf.« – »Wie kann ich wissen«, entgegnete Buchenegger, »auf welche Probe Sie ihn stellen sollen? So etwas ergibt sich doch in Augenblicken. Er muß halt beweisen, das Sonntagskind aus Thüringen, daß er den Russen gegenüber kein unsicherer Kantonist ist; daß man sich auf ihn verlassen kann.« –

»Kein unbilliges Verlangen«, wiederholte Clauß laut seine Empfindung. »Wenn sich die Gelegenheit ergibt...« – »Wird sich schon ergeben«, meinte Major Buchenegger erfreut und erhob sich. »Es ist nur ein Glück, daß man sich mit Ihnen so gut verständigen kann, Herr General.« – »Bin ich denn ein Menschenfresser?« meinte Clauß in seinem alten Ton. »Heiß' ich Schieffenzahn?«

SECHSTES KAPITEL

Erste Probe

Das Telefon suchte den »Dezernenten Ukraine« in mehreren Zimmern von Abteilung V. Obwohl General Clauß es war, der nach dem Hauptmann Winfried verlangte, stöpselte die Ordonnanz Lebehde, seit zwei Wochen Ersatzmann für einen gewissen Hans Rothert, in großer Ruhe die einzelnen Zimmer durch. (Hans Rothert, an ein Infanterietelefon in der Kemmelgegend verschmettert, lag seit mehreren Tagen tot und halb unter Wasser in einem Trichter dieser schauerlichen Flandernlandschaft. Aber das wußte im Osten noch niemand.) In der Jüdischen Abteilung war er nicht, bei Rittmeister von Wreech nicht, bei Oberleutnant von Bardeleben nicht. Schließlich fand ihn Lebehde bei dem kleinen Leutnant von Crewen, der über seinen ordnungsgemäßen Urlaub berichtete, halb entzückt und halb verdrossen. Ein komisches Deutschland fand man jetzt vor. Die Leute schwammen förmlich weg vor Siegesgefühl und hatten doch nichts zu knabbern. Aber Leutnant von Crewen war zu seiner Braut gefahren, und auf Schloß Daberkow brauchte man wahrscheinlich nicht zu hungern. Auf seinem Tisch stand das Bildchen einer besonders hübschen jungen Dame mit flach geschwungenen Augenbrauen und großen lachenden Augen. Abteilung V packte. Der Transport würde nur ein paar Stunden dauern, aber eine Million Mark kosten und siebzig Waggons mehrere Tage lang mit Beschlag belegen. Machte nichts. Befehle sind dazu da, gegeben zu werden, und irgendwelche Gründe haben sie immer.

»Guten Morgen, mein Lieber«, sagte Clauß. »Ich erwarte zwei Herren in Zivil. Sie sprechen doch Russisch; wieso eigentlich?« Winfried erzählte von dem sonderbaren Oberlehrer Bruck, der ihnen am Gymnasium in Naumburg Latein und Griechisch beibrachte, Hauptmann der Reserve nebenbei und Pionier. Der gab geeigneten Jungen freiwillig Russisch, aus Leidenschaft oder um sie frühzeitig in der Sprache eines zukünftigen Gegners zu unterrichten. In drei Jahren lernte man allerlei, und auf der Universität half einem manch hübsche Russin, Puschkins Sprache aufzufrischen. »Bruck«, rief Clauß erfreut, »mit dem übermenschlichen Vollbart bis zum Koppelschloß und den Nietzsche-Brauen! Aber der stand doch in Oberschlesien, Brieg oder Gleiwitz oder sonstwo!« – »Er kam von uns weg«, bestätigte Winfried verwundert. Clauß, mit überlegenem Gesicht, verschränkte die Hände hinterm Kopf, seine Manschettenknöpfe bestanden aus schwarzen sibirischen Opalen, in denen ein zerstäubter Regenbogen flimmerte: »Wir kennen unsere Pappenheimer... Um Sie ins Bild zu setzen«, fuhr er fort, »die beiden Zivilisten sind verkleidete Generäle, russische natürlich. Kleben Sie mit einer Arbeit im Empfangszimmer, und berichten Sie mir ihr Geplauder. Mit beiden haben wir was vor, mit dem einen sogar offiziell: General der Kavallerie Skoropadski.« Winfried schnalzte mit den Fingern und rief: »Aha.« – »Ja, aha. Er ist ein schöner Mann, nicht so schön wie Sie, aber viel schöner als ich (Winfried lachte), und er ist das beste Pferd, das wir für die Ukraine im Stall haben. Schön stehen wir da mit unserem Palmenzweige. Der andere ist meine Privatsache, in die ich Sie hineinziehen werde. Was wollen Sie sich vornehmen?« Winfried erwog, halb vor sich hin: »Im Empfangszimmer hängt die große Ostkarte...« – »Ausgezeichnet«, begriff Clauß. »Holen Sie sich drüben das Standortsverzeichnis aller Stäbe vom Bataillon aufwärts im Sektor Brest, und streichen Sie, was nach dem Westen abgegangen ist. Vor der Karte wird es besonders dringlich aussehen. Im übrigen lernen Sie dabei vielleicht die Gegend zwischen, sagen wir, Kiew und Minsk im Zusammenhang kennen.« Der junge Mann schlug die Hacken zusammen und verschwand. Clauß dachte voll Behagen: wenn der nicht goldecht ist... Aber Vorsicht bleibt die Mutter der Porzellankiste.

»Ich bin sehr froh, Sie noch zu treffen«, sagte der dickliche Herr, welcher aussah wie ein feiertäglicher Kutscher in den Kleidern seiner Herrschaft, zu dem schlanken mit geschwungenem Schnurrbart, der seinerseits wirkte wie ein Filmgroßfürst in Kleinstadtträumen. »Gehen Sie wirklich nach Kiew, um dort für die Deutschen den Hetmann zu machen?« Der elegante Herr in seinem offenen Pelz erschrak in den Augen: »Schulprobst«, flüsterte er nur, mit der Schulter nach dem jungen Offizier deutend, der ihnen den Rücken zuwandte (sich vorher übrigens auf Deutsch artig entschuldigt hatte) und mit Papieren und zwei Buntstiften eifrig anstrich und nachsah. Schulprobst schüttelte den Kopf: »Keine Sorge, alles was Russich kann, schnüffelt an den Fronten, von Reval rundherum bis – der große Gott weiß, wo sie jetzt halten, ob in Rostow, Jekaterinoslaw, Tiflis oder Baku. Haben Sie mal gesehen, wie sich die Hunde in Samarkand auf ein gefallenes Kamel stürzen, kaum daß es den Fangschuß bekommen hat? Ich habe es gesehen. Nun, so stürzen sich unsere Freunde jetzt auf Mütterchen Rußland. Ganze Kinnladen voll Fleisch herauszureißen, hinunterzuwürgen, möglichst schnell wieder neu zuzufassen.« Er lehnte sich in den grünen Plüschsessel zurück, legte die Hand vor die Augen. Er hörte seine Zähne knirschen, das Geräusch, dachte er, müßte das Zimmer erfüllen. Der andere erwiderte eitel: ja, mit Rußland sei es aus, neue Staaten entstünden, man müßte zur Stelle sein. Narr, dachte General Schulprobst, Kavalleriedummkopf. Laut sagte er: »Mit Rußland ist es überhaupt nie aus. Die Karte da, an der jener junge Mensch herumzappelt: er denkt, das sei Rußland, dabei kratzt er auf der Schwelle, und das russische Haus – muß ich Ihnen sagen, wo es beginnt, und wie weit es reicht? Ich wollte Sie nur warnen, General Skoropadski. Legen Sie sich auf die Deutschen fest, so ist Ihre Zukunft vertan. Und es wäre schade, um einen so fähigen Reiterführer.« Der schlanke Herr blickte erstaunt auf den dicklichen: »Ich werde Hetmann der Ukraine«, sagte er selbstbewußt, »und baue meinem Staat eine glückliche Zukunft.« »Dann müssen Sie sich beeilen«, beharrte der Dickliche, seine kleinen Augen fest in denen des anderen. Dieser wickelte eine goldene Uhrkette um den Finger: »Wir sollten endlich die großen russischen Seifenblasen lassen. Wir sind nun einmal geschlagen und die Deutschen Sieger.« Der herrschaftliche Kutscher nickte: »Mai«, zählte er an den Fingern her, »Juni, Juli, August, September – das sind fünf, Oktober, das macht sechs. So viele Monate gebe ich ihnen noch.« – »Menschenskind«, rief mitleidig der ukrainische General, »ich bin durch meine Frau unterrichtet, sie ist eine Pidderit aus der Stahlwerksfamilie. Die Visitenkarte meines Schwiegervaters, an allen Börsen

der Welt begrüßt man sie mit Verbeugungen. Der deutsche Sieg ist erfochten, Brüderchen.« General Schulprobst nickte wieder: »Ich bin durch meine Augen unterrichtet, Kameradchen. Du weißt, ich habe unter dem Großfürsten im Kaukasus gearbeitet, wir haben Armenien erobert, Erzerum, und was du sonst willst. Diese Front...« Der zukünftige Hetman unterbrach: »Der Sieg wird im Westen erfochten«, wiederholte er, »und die Deutschen haben ihn schon.« – »Ausgezeichnet«, zischte Schulprobst ungeduldig, »ich gebe für diesen Sieg nicht ein Glas mit Gurken.« Skoropadski schüttelte seine hohe Stirn: »Ihr klammert euch an den amerikanischen Strohhalm«, klagte er; »es ist natürlich hart, einzuräumen, daß wir mit all unseren Bundesgenossen pleite sind, aber schließlich wechselt das Wetter nicht, wenn Anjuschka die Decke über den Kopf zieht und sich einredet, im Bett sei Sommer.« General Schulprobst zog seine schwere Uhr: »Wir werden in zwei Minuten geholt, unterbrich mich nicht«, verlangte er dürr. »Die Amerikaner, ihr Gefechtswert muß sich erst erweisen. Geschlagen sind sie jedenfalls noch nicht, und ihre Schiffe landen immerfort Bataillone. Aber die Bundesgenossen der Deutschen sind erledigt. Die Türken werden Damaskus verlieren, wie sie in Jerusalem verloren haben, und die Bulgaren, ich weiß es genau – schließlich haben wir unsere Nachrichten –, halten die mazedonische Front mit ihren letzten Divisionen. Ein Stoß, und sie laufen nach Hause. In Albanien braut sich etwas zusammen, die Österreicher dort haben Franzosen, Engländer und Italiener gegen sich, und was die Österreicher wert sind, jetzt, das braucht niemand zu beschreiben. In Saloniki bereitet sich eine große Entente-Armee zum Angriff vor. Es muß einkrachen, mein Lieber. Außerdem werden jetzt anderthalb Millionen kriegsgefangene Österreicher nach Hause geschafft: lauter Bolschewiki. Malst du es dir aus?«
Der General Skoropadski besah sich den kleinen dicken Generalstäbler, kindliches Erstaunen in den Blicken. Was denn, wie denn, was denn, dachte er; dieser mischte die Amerikaner, die Bulgaren, die Türken, Österreicher und Bolschewiki wie die Karten im Whist oder Poker, plötzlich hatte er die Hand voller Trümpfe. »Aber«, stotterte er, »aber die deutsche Heeresleitung...« – »Ich meine es gut mit dir. Der Grundfehler der Deutschen ist Schieffenzahns strategische Schwäche. Wir

wollten es ihnen schon fünfzehn zeigen, über die Karpatenpässe nach Ungarn stoßen, sie zwischen Budapest und Preßburg packen und über Wien nach München marschieren. Richtig gedacht, aber es scheiterte an der deutschen Infanterie. Statt ihre linke Flanke nun zu verkürzen, haben sie sie noch überdehnt, nichts als Eroberungen im Kopf: Konstantinopel, Bagdad, den Suezkanal. Völlig unmöglich zu halten, mein Lieber, wenn man England zum Gegner hat, und darum Vorsicht, Brüderchen, Vorsicht! Der Laden wird erst am Abend geschlossen.« – »Aber du läßt dich doch selbst mit ihnen ein, Kamerad. Wie paßt das zu deinen Warnungen?« Hilflos starrte der gepflegte Herr auf den unscheinbaren. Dem riß fast die Geduld, dann behielt Mitleid die Oberhand: »Aber mein Braver«, stöhnte er, »darum sollen sie mir doch noch schnell die roten Schufte aus Moskau jagen, die sie uns freundlich eingeschmuggelt haben. So schnell als möglich marschieren, ich will ihnen selbst beim Aufmarsch helfen! Habe doch vierzehn und fünfzehn hier gearbeitet und kenne jede Straße, jede Bahn, jeden lumpigen Kreuzungspunkt aus Friedenszeiten. Nein«, schloß er, indem er seine Weste zurechtzog, die sich hochgeschoben hatte, »wir schlagen die Bolschewiken. Du setzt dich in der Ukraine fest. Aber im Herbst, Skoropadski, nichts Endgültiges vor dem Herbst, verstanden, mein Held?«
Eine hohe weiße Flügeltür öffnete sich, der Adjutant bat die beiden Herren zu General Clauß. Draußen schlug die Uhr halb elf. Der junge Offizier, der an der Karte gearbeitet hatte, drehte sich auch jetzt nicht um.

General Clauß hatte kaum die ersten verbindlichen und begrüßenden Sätze mit den beiden Russen gewechselt, da rasselte auch schon das Telefon. »Oh«, bedauerte er, »Entschuldigung. Ich vergaß, abzusperren. Sie wissen doch, wozu nach unserer Meinung Fehler da sind?« – »Um daraus zu lernen?« fragte General Schulprobst. »Bewahre«, grinste Clauß, »kennen Sie Leute, die das tun? Ein schöner Traum, Lafontainesche Fabel. Nee, lediglich, um gemacht zu werden – dazu sind Fehler da.« General Schulprobst lachte breit. Dann horchte Clauß ins Telefon: »Sie frühstücken mit mir. – Das geht nicht. – Melden Sie der Registratur: bis halb zwölf bin ich weg.«

Winfried schoß los, kaum daß sie einander gegenübersaßen. Er hatte die Russen nur lückenhaft verstanden, ihre schnelle und verschleifende Aussprache, ihre fremdartige Satzmelodie. Aber das Wesentliche trug er Clauß doch vor, der seine Suppe löffelte, in Winfrieds erregtem Gesicht umherspähend. Der Junge ist hundertprozentig echt, dachte er, wüßt ich nur, wie ich Bucheneggers Wut beruhige. Dann ließ er sich den Verlauf erklären, bedauerte, nicht dabeigewesen zu sein, spaßte über Winfrieds Besorgnisse. Der hingegen beharrte erregt: »Ich weiß nicht – vielleicht darf ich gar nicht wissen, was Herr General mit dem dicken Schurken vorhaben. Sicher ist nur, dieser Mann nutzt uns aus, ›knapp vor Toresschluß‹, kühl und freundlich für irgendwelche echt russischen Zwecke.« Clauß, der große rosige Mann, schnaufte behaglich, umspannte mit seiner Riesenhand die Schädelwölbung, das ganz kurz gehaltene grau und blonde Haar. »Kühl und freundlich«, schmunzelte er. »Genau wie wir. Die Russen und wir spielen seit vierzehn das gleiche Spiel, nur können wir es besser. Darum haben wir sie auch immerfort geschlagen. Und ich denke, wir hören damit noch nicht auf. – Diese Hammelkoteletts hat unsere Küche raus. Wenn wir erst die Weide verbessern, kriegen wir in etwa zehn Jahren noch viel delikateres Fleisch von den litauischen Hammeln.« Winfried blickte ihn verdutzt an. Clauß freute sich: »Lassen wir uns das Essen nicht verderben. Ich muß Ihnen reinen Wein einschenken, und da fangen wir am besten mit diesem Mosel an. Die OHL in Kreuznach kriegt keinen besseren. Und außerdem verfügen die Herren dort nicht über so verwöhnte Zungen wie Ihr ergebener Endesunterfertigter. Ich bin ein Spezialist«, fuhr er fort, nachdem sie beide getrunken hatten, »gezüchtet zur Lieferung von Kriegführung wie die französischen Schafe zu der von delikaten chops. Aber ein bißchen Lebensgenuß und Verfeinerung mische ich von mir aus in die Bowle, die ich bin, und sie wird dadurch nicht fader – genau wie besagte Schafe auch Wolle geben, wenn man sie schert. Unser Freund Schieffenzahn besitzt diesen Sinn nicht, und das ist schade. Es würde ihn genießbarer machen und seine Qualitätsarbeit nicht schlechter. Und nun zur Sache« (soweit du sie verträgst, mein Junge. Die Wahrheit darf ohnehin nur wie Kaviar auf kleinen Schnittchen genossen werden). Winfried hörte entgeistert die Fabel, mit der Clauß von nun an seine wirklichen Ziele verschleierte, und die in den nächsten Monaten den militärischen Teil von Ober-Ost aufregte und beschäftigte, besonders die Offiziere: Vorverlegung der Ostfront, eine grade Linie vom Peipussee bis nach Odessa, geräumte Zonen zwischen den Bolschewiken und dem deutschen Heer, den neuen Staaten. Marschieren? dachte er fassungslos, immer weiter ostwärts, noch mehr Land zwischen die Beine nehmen? Und der Westen? Die Heimat? »Treibt das nicht«, fragte er vorsichtig, »wieder tausend Familien von Haus und Hof, wenn ich recht verstehe? Ein unbesiedelter Gürtel von dieser ungeheuerlichen Länge, zwanzig Kilometer breit...« er verstummte. »Natürlich«, stimmte Clauß zu. »Härten – unvermeidliche Mitbringsel der Kriegsgöttin. Aber denken Sie mal, mein Lieber, wieviel Hunderttausende schon hin und her geschoben wurden zwischen Riga und Czernowitz: geflüchtetes Zivil, Evakuierte, Zurückgeführte, Wiedermitgenommene, das kribbelt und wirbelt durcheinander, und in ein paar Jahren, zur Ruhe gekommen, behagt es sich bei seinen Erlebnissen und schwelgt in Erinnerungen an die Leiden des Krieges.« – »Und wer unterwegs gestorben ist, hat Pech gehabt«, warf Winfried ein. Clauß erriet nicht, ob er spaßte. »Richtig«, bestätigte er trocken, »das Sterben gehört zum Menschenberuf, wir bringen es alle mit zur Welt. Mögen die Sowjets den Ausgesiedelten neues Land geben. Um uns das Odium zu ersparen, das an der Sache hängt, benutzen wir den Herrn Schulprobst und seine Freunde in Paris, London und Petersburg. Sie werden schon sehen, wie wir dieses Kind schaukeln. Was aber seine liebenswürdigen Warnungen anlangt, so bitte ich Sie, als Nachtisch einen Brief von mir ins Stenogramm zu nehmen und ihn Leutnant von Crewen zu diktieren; mir zur Unterschrift heute nachmittag mit dem Fünfer-Umlauf. Da kommt ja auch unser Kaffee, Hebamme aller geistigen Geburten.« Winfried wechselte mit der Ordonnanz ein paar Worte, während Clauß sich die Zigarre anzündete. Dann entwarf er: »›Lieber S., wir haben lange nichts mehr voneinander gehört, mea culpa. Meine Tätigkeit hier, wie Sie sich vorstellen, ward durch den Brester Frieden nicht kleiner, und wenn ich dies hier nicht einem Kameraden bei Tisch ansagen könnte, bliebe mein Bild für Sie noch weiterhin im Zeichen der stummen Fische, vielleicht sogar des rückwärts rutschenden Krebses. Ich habe aber heute einen bestimmten Grund, Sie, dessen Sachverständnis ich hoch einschätze, wie Sie wissen, um einen Gefallen zu bitten. Die Entwicklung in Rußland nötigt uns gewisse Operationen ab. Um aber störungsfrei planen zu können, bitte ich Sie, streng vertraulich und nur für mich allein, um einen Bericht über die Stimmungen, Zustände, Kräfte und Aussichten des verehrten Bundesgenossen, bei dem Sie jetzt schon so lange tätig sind. Mir ist eine unangenehme Wahrheit ungleich willkommener als ein hübsch geschminkter Schwindel. Ich habe die Schwierigkeiten nie unterschätzt, mit denen unsere Freunde zu rechnen haben, da die Dinge bei ihnen nun einmal liegen, wie sie liegen. Aber ich muß wissen, wie sie liegen. Ich werde Ihnen für die vollste Offenheit nur um so dankbarer sein. Zu Gegendiensten gern bereit, Ihr stets getreuer ...‹ So, das wird dreimal geschrieben, an drei getrennte Überschriften, und zwar die folgenden«, und er nannte Winfried die Namen und Titel dreier hoher Stabsoffiziere bei der österreichischen Südostarmee, im bulgarischen Hauptquartier und an der Palästinafront. »Bis ich die Antwort habe, wird sich mein backenbärtiger Schulprobst freundlichst gedulden.« Winfried überlas nochmals den Text des Schreibens, voll Bewunderung, weil es wirklich an drei verschiedene Stellen ohne eine veränderte Silbe abgehen konnte. »Einen Durchschlag, einen einzigen, für Ihre Handakten, Herr General?« fragte er. Clauß nickte ihm zu. Brauchbare Menschen waren wie ein warmes Bad, in das man sich wohlig hineinlegte. Wenn es das Bild erlaubte, spottete er insgeheim, müßte man es fortsetzen, wie folgt: In dieses Bad will ich mich noch oft hineinlegen, es wird mich nie im Stich lassen. So geht es mit den Bildern, dachte er. Die Schriftsteller haben es schwer, ich wußte gar nicht, wie sehr. »Fast schade, mein Lieber, daß Sie mit Abteilung V nach Wilna ziehen, ich könnte Sie hier gut brauchen. Es war eigentlich unerlaubt, daß Lychow sich mit Ellendt einigte, bevor ich gefragt wurde. Sie gehören in meinen Stall, nicht in die Politische Abteilung.« Winfried erschrak. Immer in der Nähe dieses Zauberers? Das bräche seinem zaghaften Umschauen nach Selbständigkeit sofort das Genick. Ohnehin fühlte er dumpf zu gleicher Zeit den Drang, Clauß von seinem Vorhaben abzubringen, und die Einsicht, das sei zunächst unmöglich, wenigstens für ihn. Zum Glück enthob ihn Clauß der Antwort. »Kommen Sie«,

schlug er vor, »gehen wir ein Stück. Die Lenzessonne trügt zwar oft, die drei gestrengen Herren sind noch nicht vorüber, aber da Kowno Frühling spielt – wissen Sie was, spielen wir mit. Gearbeitet haben wir ja schon.« – »Darf ich offen sein?« fragte Winfried. »Ich möchte nicht gern wieder umgesteckt werden, in ein anderes Schächtelchen. Ich stehe auch in Wilna stets zu Ihrer Verfügung. Die Entfernung ist ja man klein, für unsere Begriffe.« – »Ja«, sagte Clauß, »wir denken wirklich im Maßstab eins zu hunderttausend, verglichen mit unseren Vätern. Aber ich will Sie auch gar nicht umstecken. Brauch' ich Sie, so hol' ich Sie; und vorläufig, fürchte ich, brauche ich Sie in Wilna. Es bereitet sich dort ein polnisches Theater vor, verrät mir der Kaffeesatz früh, mittags und abends. Die Herren Polen wühlen zur Zeit in Rom, sie mucken in Warschau auf – da sitzen sie in Litauen auch nicht still. Es könnte also sein, daß ich für einen zuverlässigen Herrn wie Sie im Handumdrehen dort Verwendung habe.«
Dann lassen ihn meine alldeutschen Freunde hoffentlich ein für allemal in Ruhe.

Ja, der Mai, der alt-junge Zauberer hat seine Herrschaft angetreten, er ist gekommen, wie das deutsche Volkslied sagt, worauf die Bäume ausschlagen müssen und nur wer Lust hat, zu Hause bleibt. Auch der deutsche Reichsbaum schlägt aus, die Ruhmeseiche, die Sieges- und Eroberungseiche, über und über prangt sie in frischgrünem Blattwerk. Kein Volk der Erde, strahlen die deutschen Zeitungen, habe jemals in solchem Siegerkranz gestanden. Im Westen ein ganzer Ast voller Triumphe: der Kemmel erobert, Soissons gefallen, bei Château-Thierry die Marne erreicht. Ratlos kraulen sich die Ententemächte hinter den Ohren und erwägen, ob man nicht doch einem französischen General den gemeinsamen Oberbefehl übertragen solle. Aber während sie erwägen, handeln die Deutschen. Im Norden besetzen sie Finnland, bis nach Helsingfors, und befreien den finnischen Bürger von dem »roten Schrekken«. Von jetzt an spaziert das schwedische Erz nach Deutschland, ohne daß englische U-Boote seinen Weg gefährden. Die gleiche Befreiung erlöst Lettland und Estland: Deutsche Geschütze und Maschinengewehre zwingen russische Panzerzüge zum Rückwärtsdampfen, überall liegen Rotgardisten tot auf dem Boden – zerlumpte Kerle, Hungerleider. Ganz so fallen sie in der Ukraine. Der Herr Hetman Skoropadski, von den Großgrundbesitzern gewählt, hat mit Hilfe deutscher Bajonette und seiner eigenen Garden die schwache Rada auseinandergejagt – sie war zu rot und hatte überdies ihren Sinn erfüllt, mit den Deutschen und Österreichern Frieden zu schließen. Selbst im Kaukasus grünen die Eichenreiser, das russische Heer läuft auseinander, und die Türken können sich jetzt mit den Deutschen um Baku und Tiflis streiten, wobei sie bestimmt den kürzeren ziehen werden. Und in Palästina, wo Liman von Sanders endlich den Oberbefehl erhalten, zwingen seine Truppen die Briten, Australier, Inder und Juden in zwei Jordanschlachten zum Rückzug. In Deutschostafrika aber weht noch immer die schwarzweißrote Flagge: vierzehntausend Askari sind für sie bereits gefallen, und noch schützt das Kilimandscharo-Gebiet die kleine Streitmacht, der im Vorjahre ein Luftschiff Waffen, Munition und Heilmittel gebracht hat. Das deutsche Bürgertum, der deutsche Arbeiter – ungewiß mag sein, was er noch im März empfand und dachte. Im Mai jedenfalls, vor Pfingsten, nach Pfingsten, erfährt der alldeutsche Triumph in der Öffentlichkeit keinen Widerspruch. Nur dürfen die Deutschen nicht daheim bleiben, wie das Lied es ihnen freistellt: sie werden eingezogen, sie müssen marschieren, an der Drehbank stehen, Kohle verladen, das Land bebauen, Männer und Frauen, Schulbuben und Mädel. Das ganze Volk ist eingespannt und von einer einzigen Überzeugung erfüllt, die von innen aufsteigt, wie sie ihm von außen befohlen wurde: der letzte Stoß, die letzte Anstrengung, die letzte Kriegsanleihe – im Sommer fällt die reife Frucht des Sieges als Lohn vierjährigen Gehorsams, vierjähriger Entsagung in unsere Hände. Da schlüpfen unter den Meeren U-Boote nach Amerika, Rohstoffe zu holen, und bis ins Mittelmeer, Menschen und Tiere zu ersäufen, da brausen durch die Lüfte Zeppeline voller Bomben und große Flugzeuge, und der Unwillen der Politiker erstickt vor der ungeheuren Sicherheit der Gernalstäbler. Landgewinn vor Amiens, am Kemmel, an der Marne – ist das schon der Zusammenbruch der Westmächte? Und die Amerikaner – sind sie wirklich außerstande, ein Schlachtheer in Frankreich aufzustellen, gegen erschöpfte Divisionen ihre frischen Kampfmittel ins Treffen zu führen? Die Oberste Heeresleitung sagt, daß es so sei, und wer

an ihr zweifelt, hat Schutzhaft zu gewärtigen, ein deutscher Politiker setzt sich ihrem Zorn nicht aus...
In den überfüllten Transporten aber, die Amerikas Ostküste verlassen und an Europas Westküsten ausgeladen werden, Menschen und Maschinen unerschöpflich über die Quais schicken, in diesen u-bootsicher geleiteten Schiffszügen kommen nicht nur Jack und Jim, Bob und Bill, aus Texas, aus Frisco, aus Chicago und aus Seattle, aus Boston, Philadelphia und dem Menschenkessel New York. Es schleicht sich auch, unheimlich und unsichtbar, ein winziges Wesen in Billionen Zahl und mit unheimlichen Kräften ein. Es sitzt in den Kleidern, in den Haaren, in den Schleimhäuten, es macht die Leute niesen, husten, ein bißchen fiebern – tut nichts, solche Menschenanhäufungen waren von jeher Herde für Epidemien, und zum Krieg gehört nun einmal die Pest. Diesmal heißt sie – Grippe. Vielleicht zeigt in dem neuen Klima der Bazillus eine ungeahnte Heftigkeit, wenn er in die Organe der Europäer eindringt, die an ihn nicht gewöhnt sind; so war es bei der Syphilis, sagen die Gelehrten. Vielleicht auch erwirbt er selber in dem neuen Klima neue Eigenschaften. Wie dem auch sei, von den Häfen aus verbreitet sich unaufhaltsam eine Krankheitswelle über die Erde. Über die ganze Erde, mit Ausnahme vielleicht gewisser Inseln oder sehr ferner Weltteile. Sonst überall springt die Grippe die Truppen an, die Unterstände, die Urlauberzüge, die Städte, das flache Land. Im Mai 1918 befällt eine Seuche die kriegführenden Länder und die neutralen, und da man sie zunächst für eine harmlose Erkältungskrankheit hält und mit früheren Schnupfenwellen verwechselt, kann sie sich gehörig einfressen; die Todesziffer steigt sehr schnell zu unwahrscheinlichen Höhen. Es sterben vor allem die jungen Menschen, Mädchen zwischen fünfzehn und fünfundzwanzig, und unter den jungen Frauen die werdenden Mütter.
Die Menschen lebten damals in einer merkwürdigen Haltung. Nervös wartend auf das, was kommen wird, verbringen sie die Tage, den schönen, bald kalten, bald warmen Frühling. Die Ereignisse ziehen sie, als sei der Fluß der Zeit in ein heftigeres Strömen geraten, einem Meere zu, diessen Spiegel tief liegt, und das ihn ansaugt. Alle beschwören, das wirkliche Leben werde wieder anheben, wenn nur erst das Morden beendet sei. Alle glauben, die Gesittungsgüter dort wieder aufheben zu

können, wo man sie im Sommer vierzehn liegen ließ. Eine angstvolle moralische Spannung erfüllt die Welt. Die Deutschen scheinen zu siegen. Siegen sie aber, belohnt sie ihr Angriffsgeist wieder, wie Friedrich II. am Ende des Siebenjährigen Krieges, so bricht eine allgemeine Krise der geistigen Werte ein, die Grundlagen Europas stürzen und machen neue notwendig, solche, in denen Machtgefühl das Rechtsgefühl verdrängt und rücksichtslose Ausnutzung alle Chancen die Bereitwilligkeit, auch Schwächeren einen Spielraum zu gewähren auf dieser blühenden, maiengrünen Erde.

FÜNFTES BUCH

DIE FRÜCHTE DES SIEGES

ERSTES KAPITEL

Fronleichnam

Der Monat Mai ist in der katholischen Welt der Jungfrau Maria geweiht, die nicht nur hierin die Liebesgöttinnen der Heidenzeit würdig und reizend abgelöst hat. Jeden Morgen schmükken junge Mädchen ihren Altar mit Feldblumen und Maiengrün; in den Marienkirchen bejubelt langes Geläut die Herrin des Himmels, und des Sonntags fiedeln und blasen die Musiker Kantaten zu ihrer Ehre. Wilna besitzt in einem Tor ein Weihtum, quer über die Straße spannt sich sein Bogen: an der »Ostra-Brama« blinkt im Schein ungezählter Kerzen, mit Gold- und Silberblech überzogen, ein wundertätiges Madonnenbild. Unterschiedslos gilt sein Erbarmen der ruthenischen Bäuerin, dem russischen Mönch, dem litauischen Flößer. Mit besonderer Inbrunst aber verbindet sich das polnische Volk der Mutter Gottes, der Gekrönten auf der Mondsichel, zu deren Füßen sich die Satansschlange ohnmächtig ringelt. Jeder weiß: Diese holde erhabene Frau trägt auf den Armen nicht nur das Jesuskind, sondern auch das Kindlein Polen, das die drei großen Verbrecher Rußland, Österreich und Preußen um sein Erbe brachten. Heute nun verleiht jede Bäuerin, jeder Kleinkaufmann, jeder polnische Stadtwachmann in Wilna dem geflügelten Dämon mit seinem schmutzigen Grün und seinen roten Augen nicht mehr die Züge des Zarismus und seiner Ochrana, denn die sind hin; jetzt sieht das polnische Kind in dem Teufel einen anderen Bedrücker, einen viel gefährlicheren, der mit süßen Worten eingerückt ist, um Polen wiederherzustellen, der aber die kleinen Gaben seiner linken Hand mit frechen Raubgriffen seiner rechten ausgleicht und zum Beispiel das Land Cholm der Ukraine zuschiebt und das heilige Wilna mit dem ganzen Gebiet von Grodno den Tölpeln, den Litauern. Als ob die fünfhundert Jahre lang etwas anderes gewesen wären, als die Bewohner der nördlichen polnischen Provinzen.

Der Bischof von Wilna hält sich zur Zeit in Rom auf, wo das

Weltpolentum mit der Kurie über das neue Vaterland unterhandelt. Sein Stellvertreter oder Vikar Michalkiewicz blickt aus entschlossenen Augen. Es wird Zeit, die Unabhängigkeit der Kirche und ihre Herrschaft über die Gemüter sichtbar vorzuführen, feierlich auf Wilnas Straßen für das ewige und irdische Heil der Stadt aufzutreten. Die Polen sind keine Juden, die den Mund halten müssen; ja, das Fronleichnamsfest soll denen winken, die zu sehen und zu hören verstehen, die Seelen stärken, die Hoffnungen wachhalten.

Die Fronleichnamsprozession gilt dem verwandelten Leibe Christi, seiner Gegenwart im Sakrament von Brot und Wein – jener Verklärung der irdischen Hülle, deren sich der Erlöser bediente, um sich der Erde zu bequemen, geboren zu werden, zu leiden und zu sterben. Ihm zu Ehren errichtet man in den Straßen Altäre, schmückt sie mit Pflanzenpracht und Heiligenbildern. Da liegen Teppiche auf dem durchlöcherten Holzpflaster der Wilnaer Bürgersteige und selbst im Staub der Fahrbahn. Sand wird gestreut, weißer Wiljasand, um dem Priester einen reinlichen Stand zu bieten, wenn er das Tabernakel hochhebt und das Volk in die Knie sinkt, das silberne Meßglöckchen erklingt und das uralte Geheimnis der Verwandlung aus Hostie und Kelch den wirklichen Leib, das wirkliche Blut Christi erschafft. In den Sand vor dem Hochaltar an der Stanislas-Kathedrale zeichnen unbekannte Finger einen großen polnischen Adler. Der Vikar Michalkiewicz sieht es und läßt es geschehen. So behauptet man später.

Trompeten und Geigen, Oboen und Klarinetten! Die Kapelle der Stadtwache führt den Zug, tadellos blinkt ihr Lederzeug, unterstreichen ihre Harmonien und Rhythmen den Schritt der Prozession. Wie aus blauem Glas geblasen hebt sich der Himmel makellos über Wilnas grünen Bäumen, blendenden Kirchen. Überall blüht der Flieder, seine Sternchendolden, weiß, blau und rosa, duften in ärmlichen Glasvasen, baumeln festgebündelt zu beiden Seiten der Eintagsaltäre zwischen heruntergelassenen Rolläden der polnischen Geschäfte. Sauber gebürstete Teppiche zieren die Fensterbrüstungen, über die sich Frauen und Männer in Festkleidern lehnen. Da kommen sie! Weißgekleidete Schulmädchen voran, Schüler in ihren besten Anzügen, blaßrote Schleifen schmücken sie, blaßrote Papierstreifen umgürten die weißen Kleidchen. Rot und weiß sind die

Farben Polens. Die Kirchenfahnen, purpurn, weißgelb und weißviolett, hängen schwer von polierten Stangen herab mit goldenen Quasten. Kräftige Männer tragen sie vor den Geistlichen, die in vollem Ornat daherschreiten. Sieh die kostbaren Brokate der Meßgewänder, ihre herrlich Gold in Gold gewebten Stoffe, das bleiche Silber, das verblichene Scharlach! Sieh, wie rote und weiße Bänder von der großen Standarte wallen, die den Gekreuzigten darstellt! Auch sie nur Papier, denn wer hat noch soviel Seide in Wilna. Aber auch sie flattern fröhlich und lang hin, bewegt vom Wind der letzten Maitage. Dafür quillt der Weihrauch aus echten köstlichen Arbeiten der Silberschmiede, blinkt das Tabernakel golden auf seinem Traggestühl, das vier bevorzugten Bürgern auf den Schultern ruht. Unter dem Baldachin des Kirchenfürsten schreitet für den abwesenden Bischof Vikar Michalkiewicz, gefolgt von zahllosen Priestern, Mönchen in Kutten und Kapuzen, Nonnen in weiten Kleidern, Hauben, Schleiern, Wilnas himmlischer Besatzung. Und daran schließen sich Bäuerinnen der Umgegend und Damen der Stadt, Männer und Jünglinge, und wieder schmettern Musiken im Zuge. Und alle singen: Lieder, in denen die Erlösung gepriesen wird, Psalmen der Befreiung, Anrufungen der göttlichen Gnade und des Heilands, das unschuldige Volk zu erretten, die Bedrückung Ägyptens zu beseitigen. Das »Herr, erlöse uns« klingt wie das »Herr, mach uns frei« der Protestanten von Bergen op Zoom. So wallt der Zug durch die Innenstadt von einer Hauptkirche zur anderen und läßt die Straßen widerhallen vom Gesang aus inbrünstigen Herzen – unermüdlich, trotz des Staubes, den die Füße aufwirbeln. Verschlossen schauen die Juden auf die Heiligenbilder, verschlossen oder scheu; nicht viele säumen den Weg der Prozession, über die der eherne Donner der Glocken hinrollt wie ein zweites metallisches Himmelblau und Sonnenfunkeln. Alle Kirchen senden einander heute ihre bronzenen Klänge, Sankt Bernhard und Sankta Anna, die Gotischen, hinüber zu Sankt Michael und Sankta Theresien, den Barocken. Sie lassen sich den Wind über die Dächer gleiten, zielen mit steilen Fingern nach den Wolken, halten Sonnenlicht und -schatten auf den langen, gelben Mauern fest, mit denen sie sich umgürten. Neugierig verweilen protestantische Beamte am Straßenrande, winden sich weiter, für sie ist heute kein Feiertag. Die Feldgrauen freilich nehmen sich mehr Zeit, sie beäugen den fremdartigen Prunk, schütteln die Köpfe über die seltsamen Kirchengesänge, ihre alten Tonarten, unverständlichen Texte. Wütend horchen die Litauer hin: sie verstehen, was da gesungen wird... Nur die Kinder, gleichgültig welchen Volkes, schnuppern sehnsüchtig: denn der aufgewirbelte Staub, mit Spuren von Weihrauch gemischt, riecht nach Schokolade – nach schlechter, aber nach jener Schokolade, die man schon lange kaum mehr kennt.

Ja, polnisch ist der Katholizismus Wilnas, seit die großen Grundbesitzer, die Sapieha und Ledochowski, die Olszewski und Tyschkiewicz, die Radziwill und Sluscka hier ihre Residenzen errichteten, kleine Könige an der Seite der großen, denen ihr Veto jeden Regierungsakt sperren konnte. Sie ermöglichten und ernährten einen polnischen Mittelstand von Handwerkern, Kaufleuten, Rechtsanwälten, Ärzten, auch als Beamtenschaft und Heer immer ausschließlicher russisch wurden. Zwar ist die Zahl der Wilnaer Polen geringer als die der anderen Stämme – ihr Einfluß drückt sich dadurch in keiner Weise aus. Litauisch mag das Land rundum sein, polnisch ist das Gesicht der Stadt Wilna. Jüdisch ist nur das Ghetto.

Abteilung V bekommt das bald anschaulich vor Augen geführt, während sie sich einrichtet, die Ordonnanzen Aktenkisten in die Zimmer schleppen, die Offiziere ihre Wohnungen beziehen, das Kasino neu untergebracht wird, der Weg zum Mittagessen ausgeknobelt, die fremden Kameraden in der Stadt begrüßt werden. Aufgeregt drängen sich die Vertreter der zukünftigen Landesbeherrscher, der Litauer, heran: die Polen haben die Fronleichnamsprozession zu einer großen Kundgebung benutzt, zu einem Akt der Besitzergreifung, der mit der Religion und dem Kirchenfest nichts zu tun hat. Die Deutschen haben den Litauern viel genommen, sie nehmen ihnen jeden Tag etwas weg, bald die letzte Kuh, bald das Saatgetreide oder das letzte Pferd. Sie erlauben ihnen auch nicht, bei der Gründung ihres Staates mitzureden. Sie lassen ihre Abgeordneten nicht reisen, versperren ihnen den Weg zum Reichskanzler, öffnen ihre Briefe, hoffen, hinter die Zwischenträger zu leuchten, die immer noch die Kandidatur des schwäbischen Herzogs von Teck für den litauischen Königsthron aufrechterhalten. Aber sie haben als Entgelt für all diese Härten ihnen das herrliche Wilna als Königsstadt versprochen. Und an diesem deut-

schen Wort darf nicht gerüttelt werden. Voll innerer Ablehnung vernehmen es die deutschen Herren. Baron Ellendt liebt Angeberei nicht, der Rittmeister von Wreech, der Oberleutnant von Bardeleben, all die Hauptleute, Doktoren, Beamten. Laßt doch die Polen machen, was sie wollen, brummt man, sie haben ja doch nischt zu bestellen.
Aber wer fährt hoch bei solchen Nachrichten? Die Oberste Heeresleitung. Sie ist zwar voll mit ihrer vierten Offensive beschäftigt, oder sollte es sein. General Schieffenzahn aber hat Zeit und Kopf für alles: Arbeiterlöhne, Wahlrechtsfragen, Friedensverhandlungen mit Rumänien, katholische Polen. Im Hauptquartier von Avesnes wird um die Junimitte beschlossen, der Kurie und den Polen zu zeigen, wer im Osten Hausherrenrechte ausübt; den Vikar Michalkiewicz alsbald zu verhaften und zu internieren; aber wo? Einen Priester muß man dort einsperren, wo die Welt ans Einsperren von Priestern gewöhnt ist, also ins Kloster. Auch Klöster gehören neuerdings in den Bereich der Obersten Heeresleitung... Man erkundigt sich in Kreuznach bei katholischen Patrioten und beschließt, der Prälat Michalkiewicz sei nach Maria Laach, in die traurige Eifel zu verbringen. Das telefoniert man wem? Natürlich dem militärischen Stab von Ober-Ost.
Dort sitzt die breite Gestalt des Generals Clauß, gewohnt, wenn auch nicht einwandlos, solche Befehle zu übernehmen.
Diesmal widerspricht er nicht. Er zöge zwar leisere Methoden vor; welch ein Geschrei wird sich erheben! Da aber in Litauen Ruhe braucht, wer in Rußland operieren will, und da General Schieffenzahn die Verantwortung trägt... »Gib mir mal Wilna, mein Sohn, Politische Abteilung.«
So erfuhr Baron Ellendt, wie anders das Hauptquartier die Lage beurteilt als er in Wilna, und welcher Auftrag eingelaufen sei. Am Ende der gar nicht kurzen Unterhaltung bedauerte er, daß sie sich nun nur so mittelbar sprächen. Auge in Auge sei doch ein ganz anderes Arbeiten gewesen. Clauß nickte zustimmend, was Ellendt ja entging: der eine war eben in Wilna unentbehrlich, der andere in Kowno. »Politik und Krieg trennen sich diesmal geographisch«, scherzte er. »Sie haben es mit den Polen und Litauern zu tun, ich mit den Russen und dem Militär.« – »Ich habe Ihnen meine Ängste nicht verhehlt, Herr Clauß«,

sagte Ellendt, »qui mange du Pape, en meurt, meinen die Franzosen, und die müssen es ja wissen.« Und dann fragte seine zögernde Stimme, was General Clauß sich praktisch denke. Winfried, dachte der, und er sagte es auch, mit ein paar zwingenden Gründen, die er sich aus den Fingern holte. Ellendt leuchteten sie ein. »Sie werden also Lychows jungen Mann beauftragen?« Jetzt nickte wieder Ellendt, bedächtig, während sich seine magere Wange in die feste Fläche der aufgestellten Hand preßte. »Glauben Sie mir, lieber Ellendt«, schloß Clauß, »keine unserer Maßregeln hier im Lande wird so viel reinste Freude auslösen. Die Litauer werden strahlen, daß die Polen eins abkriegen, die Protestanten, daß es einen Pfaffen trifft, die Juden, daß Michalkiewicz nicht Rabbiner ist, und alle zusammen, daß wir es sind, die sich so unpopulär machen. Aber Gott hat dafür gesorgt, daß einen breiten Buckel hat, wer viel tragen soll. Und das sollen wir ja wohl.« Und dann verabredete er mit Ellendt, daß sie bald einmal gemütlich bei dem Prinzen speisen müßten, und hängte ein.

Bärbe

Ohne Ahnung, daß die Augen seiner Gönner auf ihm ruhten, trieb sich Winfried seit der Übersiedlung in dem schönen breiten Strome von Daseinslust umher, der für ihn durch das sommerliche Wilna flutete. Dies war eine neue Stadt; betrat er sie überhaupt zum zweiten Male? Was für Wunder, dachte er immer wieder, wenn er den Hof der Universität entdeckte, den Napoleonsplatz, noch einen klassizistischen Kirchenvorbau mit Säulen und Giebeln. »Unser Hauptmann macht Kugelaugen«, neckte ihn von Gorse, wenn Winfried so über malerische Winkel schwärmte. Obwohl dienstlich viel zu tun war, halb der Neueinrichtung wegen und halb aus Gründen der Entwicklung zwischen Kiew und dem Schwarzen Meer, blühte er ordentlich auf. Er war nach Italien verschlagen, ohne allen Zweifel. Dieser Frühsommer mit dem sattblauen Himmel machte die gelben und die weißen Mauern üppig leuchten, im Mond zart schimmern. Wilna, am Rande des riesigen Kontinents, der bis nach China reicht, schickte sich an, die Kälte seines vergangenen Winters durch die Hitze eines verfrühten Sommers auszugleichen. Schon trat man in die hohen Kirchenschiffe wie in ein kühles Bad. Was für Wölbungen, welche Überfülle von Gestalten an den Pfeilern, auf den Stuckdecken: wieviel Farbe, Gold und jauchzende Schnörkel. Das Innere der St.-Bernhard-Kirche war wohlgestaltet und vom Beicht- und Chorgestühl braungetönt wie eine Geige; die Stirnseite von St. Anna mit ihren Bögen und Fensterteilungen wirkte wie eine kleine Harfe, über die der Wind wie ein Finger fährt, und Türmchen und Kreuzblumen glichen ihren Spannwirbeln. Oh, diese Überraschungen hätten auch einen geschulteren Kopf umwerfen müssen. Da breitete sich die große Stadt aus, zwischen zwei Flüssen, Wilja und Wileika, überragt von bebuschten Hügeln, auf denen die älteste Burg gestanden, und verriet mit ihren Baulichkeiten die Schichten ihres Wachstums. In die wilde Wirrnis der

Gassen und Plätze, leerer Baugrundstücke und einst abgebrannter Stadtviertel brach die natürliche Ordnung von Bäumen und Büschen ein, in großen, versteckten Adelshöfen, den Anlagen an den Flüssen bis hin zu den Wäldern, die bedächtig, Baum vor Baum setzend, in die Flußlandschaft hinabstiegen.
Es wäre Winfried lieber gewesen, hätte ihn Schwester Bärbe öfter begleiten können, in ihrer würdigen Tracht, mit Häubchen und kurzem Umhang. Allein, sonderbarerweise füllte sich das Hilfslazarett Antokol mit Kranken, mit Erkältungskranken; und so auch die anderen Hospitäler der Stadt. Die Sachverständigen wunderten sich, aber sie zeigten es nicht. Erkältungen in solcher Zahl, bei so heißem Wetter? Es handelte sich natürlich um Infektionen. Und, zweite Merkwürdigkeit, man schleppte sie aus dem Westen ein, aus Deutschland, aus der Heimat. Die Leute niesten, husteten, spuckten aus, und niemand achtete darauf. Dann stellte sich Fieber ein, jäh ansteigendes, Besorgnis erregendes; in den Zeitungen, die die Feldbuchhandlungen verkauften, oder die die Feldpost brachte, begannen Todesanzeigen wieder reichlicher zu werden, ohne das vertraute Eiserne Kreuz... Zwar fehlte es dem Pflegepersonal nicht an Wasserstoffsuperoxyd zum Gurgeln und an Waschseife, litauischem Landeserzeugnis; aber... »Besser als schwarze Pocken«, sagten die Ärzte. Als die ersten Todesfälle eintraten, sagten sie es nicht mehr. Ein so rapider Kräfteverfall mit tödlichem Ausgang... Herzschlag, wenn sich einer aufsetzte, um abgehorcht zu werden...
Am Sonntagnachmittag hatte Schwester Bärbe dennoch frei. »Gut auslüften ist besser als desinfizieren«, riet Dr. Lachmann, der Chefarzt, ein alter Stabsarzt aus Merseburg, der sich so schnell wie jeder Deutsche in einen Vorgesetzten verwandeln konnte, in Zeiten der Bedrängnis aber seine innere Hilflosigkeit eingestand. »Machen Sie einen großen Spaziergang, Schwester, und vermeiden Sie Menschenansammlungen«, seine Augen blinzelten listig.
Bärbe schritt neben Winfried die lange baumbeschattete Straße hinab, die Antokol mit Wilna verbindet, zunächst noch ganz im Beruf. Niemand wisse, was da los sei, sagte sie, von unten dem Freund ins Gesicht blickend. Aber wenn in die Judenstadt eine Epidemie fahre, dann sterbe sie aus. Unvorstellbar in ihrer Armut hausten die Menschen dort aufeinander, Leute von beson-

derem Wert darunter, Gauner dagegen hatten es meist schon zu Gelde gebracht und eine Datsche bezogen, ein Holzhaus im Grünen. Viele der Schwestern rund um Bärbe hielten innerlich zu den Juden, schon der Sprache wegen; vor allem bezauberten sie die Kinder in den altmodischen Chederschulen wie in den neuen der Regierung. Ihr Hunger, ihre durchscheinenden Gesichter, fragenden Augen, erschienen manchem als das Schrecklichste in dieser übertünchten Stadt. Man hatte die Selbstverwaltung Wilnas nach dem Einmarsch ganz den Polen überlassen, sie bei den Steuern sehr begünstigt, die Judenschaft scharf herangenommen; das rächte sich jetzt, trotz einiger Suppenküchen, mehrerer Arbeitsstuben, eines großen jüdischen Selbsthilfewerks: überall fehlten die Mittel. Über das Elend Wilnas hatten amerikanische wie holländische Zeitungen sehr störende Berichte gebracht. Obwohl sich jüdische Kreise fanden, die Deutschen zu decken, waren auch von dieser Seite her die Namen des Polizeihauptmanns Siewindt, des Herrn Herzogs von Landquardt mit leisem Tadel erwähnt worden.

Bärbe ging bekümmerten Gemütes an den Zäunen vorüber, hinter denen Kirschbäume blühten und schon abschneiten ins hohe Sommergras. Tausend solcher Landquardts, sagte sie, gab es im Kleinen, und alle trugen jetzt die Nasen hoch und schnatterten alldeutsch. Ihr drehte es das Herz um, wenn sie in der Zeitung der Zehnten Armee die Biederkeit der Annexionisten fand, die sich in Leitartikeln und in allen anderen Beiträgen austobten. Gerade, weil sie die Leute hier liebte und ihr Land, Deutschland, noch viel mehr, fand sie die Methoden unerträglich dumm, mit denen man diese beiden Elemente zusammenzuschmelzen suchte. »Die Leute wollen alle zu uns«, rief sie, schwäbische Musik in der Stimme, mit blanken schwarzen Augen. »Wir aber, um sie darin zu bestärken, hauen sie immerfort auf die Nase. Und das nennen wir eindeutschen.« Winfried lachte, preßte verstohlen ihre Hand. »Lach nicht«, fuhr sie ihn an, »ihr versteht einen Dreck, ihr von Ober-Ost. Ihr sitzt in euren Zimmern und regiert und ahnt nicht, wie man euch einschätzt, und daß euch keiner ernst nimmt.« Gekränkt verwahrte sich Winfried gegen solche Angriffe. Der Sieger sei stets unbequem, aber man gewöhne sich an ihn. Bärbe jedoch, unerbittlich, sehr scharf, zitierte das Wort von dem, der am besten lache. Alles habe seine Zeit, begütigte Winfried, auch das Friedenschließen komme mal an die Reihe. Inzwischen seien sechzig Kilometer Vormarsch, fünfzigtausend Gefangene, sechshundert erbeutete Geschütze als Ertrag der dritten Offensive doch mitzunehmen. – Was mit Noyon sei, fragte Bärbe zurück, der vierten Offensive? »Wir siegen uns zu Tode, sagen die Mannschaften; seit Verdun sagen sie es, und immer weiter hinausgeschoben wird die ernsthafte Verkündung von ernsthaften Friedenszielen. Wir werden zum Narren gehalten, wir alle, du mit, bloß du merkst es nicht mehr, seitdem du mit nichts als Generälen und Baronen umgehst.« Winfried blieb mitten auf dem Weg stehen, nahm Bärbe bei der Schulter, blickte ihr ins Gesicht. »Mädel«, sagte er, »was hast du bloß? Willst du ins Gefängnis fliegen? Was fällt dir eigentlich ein?« Bärbe, sich losmachend, mit dem Munde lächelnd, mit den Augen weinend: »Ein Kind hab' ich vielleicht, wenn du's wissen willst, du Narr. Und in eine Welt soll ich's gebären, in der man für ein wahres Wort ins Loch fliegt?« Schweigend gingen sie ein paar Schritte, weit auseinander; dann war Winfried dicht bei ihr, legte den Arm um ihre Hüfte – hoffnungsvoll sah es ein jüdischer Kutscher, der seine abgeschabte Droschke von einem mageren Pferde neben ihnen herziehen ließ: dieses Liebespaar würde ihn gleich mieten, damit es schneller ins Bett käme ... Entzückt hörte sie, daß er verwirrte Brocken stotterte, durchaus nicht entschlossene Glücksgefaßtheit vorspiegelte, und sich natürlich benahm, vor etwas ganz Neuem verdutzt und verdattert. »Ich bin erst Fünfundzwanzig, Bärbe«, sagte er, »was tu ich so früh mit einem Kind?« Da aber trocknete sie ihre Tränen, schnob empört ins Taschentuch und rief: »Na, Männle, wenn du reif genug bist zum Totgeschossenwerden ... Wirst eben dein Kind besser verstehen. Und jetzt besuchen wir Babka.« Damit winkte sie dem Kutscher, rief ihm den Straßennamen zu, ordnete würdig ihren Umhang. »Recht so«, bemerkte er zärtlich, »immer sittsam, wir sind bald in der Stadt.« Hastig zündete er eine Zigarette an, lehnte sich in das alte Verdeck zurück, wollte über den neuen Lebensabschnitt nachdenken. Sich treu bleiben – sehr schön. Aber wie machte man das nun? Während der nächsten Sekunden schleppte das alte Pferd eine schweigende Droschke durch die Fahrgeleise seiner Vorgänger, den braunen Boden. Warum in aller Welt jedoch, schloß Winfried innerlich, sollte er sich nicht freuen? Wie diese beiden Geleise hier zogen sich ihre Schicksale, unlöslich verbunden, in die Zukunft. Er nahm Bärbes Hand, begann zu sprechen, immer lebhafter. Sie horchte aufmerksam. Nach Südrußland ging sie nicht, sagte sie, das war ihr viel zu weit weg. Aber mit dem Herzog von Teck würde sie hierbleiben. War Winfried für den Herzog von Teck oder etwa für den König von Sachsen, der sich schon mit zwei Kronen im Spiegel sah? Winfried sagte: »Ich bin für dich, von oben bis unten und von hinten bis vorn. Dein Wille geschehe, wie im Himmel also auch auf Erden.« – »Ist das dein Ernst«, funkelte sie ihn an. »Bei deinem Schnurrbärtchen«, beteuerte er. Hierauf beschimpfte sie ihn ausgiebig. Zur Sühne mußte er geloben, ihren Freunden behilflich zu sein, und ihre Hand grub sich in seinen Ärmel. »Eure verdammte Verkehrsabteilung läßt die Litauer nicht zum Herzog reisen und nicht zu Hemmerle. Du kannst einen Maulwurfsgang unterm Stacheldraht wühlen, ohne daß sie's merken.« Winfried sah ernsthaft vor sich hin, Possek hatte seine Stiefespitzen wunderbar zum Glänzen gebracht, braun wie Kastanien; jetzt standen sie bemehlt auf dem abgeschabten Teppich der Wilnaer Droschke. »Mädle«, sagte er, ihre Sprache nachahmend, »ich höre lieber schwäbeln als sächseln, obwohl ich dabei manches riskiere. Aber Deutsch bleibt Deutsch und hilft sich selbst.« – »Nichts riskierst du«, rief Bärbe streitbar, »denn ihn wollen die Leute, und euren Sachsen wollen sie nicht. Ausdrücklich nicht. Keine sächsische Personalunion wollen sie, sondern einen behäbigen Schwaben, der im Lande sitzt und sein Thrönchen wärmt und Litauisch lernt und hier zu wesen gedenkt mit Kind und Kindeskind.« Woher sie das wisse, fragte Winfried zweiflerisch. Aber triumphierend verweigerte sie ihm jede Auskunft, er werde schon sehen.

Unterm Vesperläuten einer Glocke, das aus dem Himmel zu kommen schien, zottelte die Droschke zwischen Mauern eine Art Sandweg hinauf, mitten in der Stadt. »Wohin fährst du mich?« wunderte sich Winfried. Die Gegend mit ihren verwahrlosten Fassaden, palastartig aneinander gereiht, erinnerte ihn an den Besuch bei jenem unangenehmen Arzt – wie hieß er doch gleich? Und mit den dringend schwarzen Augen der Dawja Süßkind trat auch ihr Anliegen wieder in seine Seele. Aber er schob es trotzig beiseite. Die Leute hatten kein Recht, ihn mit ihren Übertreibungen zu bombardieren. Er fuhr in einer Droschke, und sie gingen zu Fuß. Also hatte er mehr Überblick, entschied, was war, und was nicht war, und durfte ablehnen, sich mit ihnen zu vermischen, wenn ihm ihr Theater zu bunt wurde. Er schmunzelte, weil er eben Ober-Ost mit einer guten alten Droschke verglich, während es doch eigentlich ein recht reisiger Kampfwagen war, ein Tank, wie der neue Ausdruck lautete. Schade, daß sie zu seiner Zeit noch nicht herumtobten, diese Tanks, er hätte gerne mitgeredet, wenn man im Kasino über ihren Wert als Kriegsmittel stritt.

Eben fuhren sie durch ein Tor, die Räder rollten auf den Kopfsteinen. Ein verfallener Adelshof, aber ein Adelshof umgab sie: abgeblätterter Putz, schief hängende Fensterläden, ein Regenrohr, das in Mannshöhe abgehackt und gestohlen worden war, entweder seines Bleis wegen oder zur Aufstellung eines Ofens. Aber in schöner Ordnung verbanden niedrige Dienerhäuser die Hinterfront eines Wohnflügels mit einem großen Rückgebäude, und grüne Bäume türmten sich hinter den schräg abfallenden Ziegeldächern. Bärbe entlohnte den Kutscher, drohte ihm mit dem Finger, weil er noch immer keine Preistafel an seinem Wagen habe eigentlich müsse sie ihn der nächsten Polizeiwache übergeben. Der Mann schwor bei den Gräbern seiner Vorfahren, sie sei ihm von Konkurrenten gestern nacht gestohlen worden; am Sabbat habe der Wagen natürlich vor dem Stalle gestanden. Gramvoll betrachtete er den Markschein, den Bärbe ihm gegeben. Der Hafer kostete viel mehr, und es sei seine zweite Fahrt heute, sagte er. Bärbe schüttelte den Kopf, sie verdiene auch nicht mehr als eine andere Schwester vom Roten Kreuz, und der Preis sei amtlich festgesetzt, fünfzig Pfennig pro Viertelstunde. »Der Hafer wird beschlagnahmt und der Fahrpreis gesenkt«, murmelte der Kutscher. »Was aus Menschen und Tieren in dieser Quetsche wird – wer fragt danach?« Winfried verstand das Jiddisch, das er in Merwinsk gelernt hatte, aber nicht hoch einschätzte. Er gab dem Kutscher einen Rubelschein Ober-Ost-Geld statt Bärbes Mark und unterbrach den Dank des Graubarts: »Fahr los!« Der habe nur spionieren wollen, was sie hier täten oder suchten, entschied er forsch.

Sie klopften an eine Tür, warteten. Inzwischen erspähte Winfried auf dem Dachfirst des Gartenhauses eine Katze, wie gezogen hinschleichend zu einem schwarzen Klumpen, der an einem Schornstein baumelte. Als sie sich danach aufrichtete, fiel aus dem Garten ein schwacher Schuß. »Tesching«, sagte Winfried, »Braten«, erwiderte eine tiefe Stimme.

DRITTES KAPITEL

Babka

Unter dem Rundbogen des Eingangs im Dunkel verschwamm der Umriß einer Frau; nur das Gesicht entlud sich gleichsam aus einem grauen Umschlagtuch, das ihre Gestalt verbarg: zwei starke graue Augen und eine Nase, breitgequetscht zwischen ihnen. Winfried erkannte das Gesicht, und Beklemmung stieß gegen sein fröhliches Herz.

Dämmrige Kühle umgab sie gleich; aus einer Küche traten sie in ein Zimmerchen, sehr niedrig, mit kleinen Fenstern. Die ist aber dick geworden, dachte er. Alsbald jedoch fesselte ihn der verwilderte grüne Garten, der hinunterstrich bis in die Nähe einer Brücke. Floß die Wileika unten? Gab es in dieser verzauberten Stadt nicht überall Wege, Verbindungen und Durchbrüche, die niemand ahnte? Ein Laut der Überraschung machte, daß er sich ins Zimmer kehrte. Die Frau hatte ihr Tuch fallen lassen, beide Arme streckte sie abwehrend von sich und gegen ihn. »Der Herr Leutnant«, sagte sie schwach und setzte sich auf eine Truhe, schwer atmend. »Ja, Babka«, sagte Bärbe, »ich habe ihn endlich hergebracht.« Die Frau, starr blickend, preßte die Arme vor ihre mächtigen Brüste unter der hängenden Jackenbluse einer Bäuerin. »Das sollte nicht sein«, sagte sie, »daß die Lebenden auferstehen und die Toten tot bleiben.« Winfried fühlte sich unbehaglich, im Zweifel, was er der Frau antworten sollte, der man nach langem Kampfe von Recht und Unrecht den Mann erschossen hatte, wie das Gesetz es befahl. »Es bleibt uns nichts anderes übrig, Babka«, sagte er, »als jeden Tag unseren Dienst zu machen. Unseren alten Grischa behalten wir trotzdem fest im Gedächtnis, diesen eigensinnigen Burschen.« Gleichzeitig aber streckte er ihr die Zigarettendose hin, um dem Augenblick etwas Leichtes und Alltägliches zu verleihen. Ihr Gesicht erhellte sich, sie nahm gern, entzündete ein Streichholz, atmete zärtlich den grauen Rauch ein. »Es liegen so viele Tote in der Erde«, sagte sie ausatmend, »daß sich der einzelne verwischt. So gehen meine Gedanken. In den Wäldern denkt man an einen, zwischen den Häusern werden viele draus und immer mehr.« – »Zeig uns doch mal das Kleine«, bat Bärbe dringlich. »Kommt«, nickte Babka und ging voraus in den Garten, eine Tür vom Wohnzimmer in den mit Ziegeln gepflasterten Flur öffnend.

»Die hat aber zugenommen«, flüsterte Winfried Bärbe ins Ohr. »Sie nährt«, antwortete die erstaunt, »und das ist ihr Glück. Wie soll sie wohl das Wurm sonst durchbringen.« Winfried verstand gar nichts von Kindern. Grischas Töchterchen mußte jetzt wohl acht Monate alt sein.

Ein Korb aus Weiden geflochten, ruhte auf einem Stuhlgerüst, von Henkel zu Henkel spannte sich ein gebogener Ast, hingen als Vorhänge notdürftig zusammengenähte Windeln zur Abwehr der Fliegen und Mücken. Babka lüftete einen Zipfel, offenäugig, ganz still lag das Kind, erkannte die Mutter, streckte die Arme aus, lachte. Babkas Blicke verklärten sich. »Schätzchen«, sagte sie zu ihm, »kleines Täubchen, wirst du wohl nicht wegfliegen? Bleib liegen, bleib liegen, du bist noch nicht dran«, mahnte sie, lachte aber selbst über ihren deutschen Sinn, wie sie sagte, und nahm es auf den Arm. »Naß bist du wieder, du kleiner Schmutzfink, wie ein Brunnen läufst du ja über. Wüßtest du, was für ein Glück du bist, du würdest dir für jede Stunde einen Rubel bezahlen lassen, die du schon lebst.« Sie begann das Kind auf ihren Knien auszuwickeln. Es war ein starkes, gedrungenes Mädchen, und betroffen erkannte Winfried das Gesicht des Sergeanten Paprotkin in winziger und verjüngter Nachformung unter den feinen blonden Härchen. »Hast du noch alles, was du brauchst, Babka?« fragte Bärbe. »Ich bringe dir ein Paket Zellstoff mit«, und sie zog es aus ihrem Umhang, wo sie es die ganze Zeit unter dem Arm versteckt gehalten. »Es ist gestohlen«, rühmte sie fröhlich. »Besser als gekauft«, strahlte Babka, nahm es dankbar, reinigte und trocknete das Kind mit dem weichen Papiergewebe. »Hier wächst es gut auf«, sagte sie, »hier ist Sommer. Wollen wir kochen, so brechen wir einen Zaun ab. Brauchen wir Grütze, so findet Kolja seinen Weg in den Weinkeller des Herrn Grafen, und wir tauschen mit dem Unteroffizier der großen Marketenderei. So bekommen die Armen alle etwas weniger zu essen, aber ich gebe Milch für Lisaweta, ich bin ihre Kuh. Und natürlich lebt man immer auf

Kosten der Armen, so will es der Herr der Welt, wie die Juden sagen.« Bärbe hielt das Kind auf ihrem Schoße, während Babka die feuchten Windeln in eine Wasserbütte tauchte, eifrig rieb, auswrang und zum Trocknen über eine gespannte Schnur hängte. Aus der Tiefe des verwilderten Gartens kam ein Mann, der eine tote Katze am Nackenfell hielt. »Hoffentlich der Kater«, rief ihm Babka drohend entgegen. Kolja blieb stehen, die Hand über den Augen spähte er nach dem Offizier, der in der Nachmittagssonne behaglich saß und rauchte. Dann lief er heran. »Der Herr Oberleutnant, der Herr Adjutant! Das ist Freude am Sonntag und reicht für die ganze Woche.« Winfried besann sich: dieser Mann mochte ein oder zweimal in Merwinsk sein Blickfeld gekreuzt haben. Sonderbare Fäden wehten aus der Vergangenheit heran. Offenbar hatten diese Menschen oft von ihm gesprochen, er war ihnen vertraut geworden, er lebte in ihren Vorstellungen als jemand, der einst so und so gewesen war, dies und das für einen Freund von ihnen getan hatte und für sie. Daß er sich inzwischen verwandelt, sie vergessen haben konnte, lag außerhalb ihres Denkens. Lang hin ziehen sich die Schatten unserer Taten, dachte er, und wenn man uns noch in Weimar vermutet, so sind wir schon in Erfurt. Bärbe aber hatte mit der Beständigkeit einer Frau die Brücke zwischen damals und jetzt gangbar gehalten. Was alles an Aufregungen und vergeblicher Bemühung sich im Gefängnis von Merwinsk abgespielt, in einer Nacht, da ein Drahtbruch Finsternis verbreitete, eine Flucht und Entführung gelingen sollte, konnte und nicht gelang! Herbststürme und strenger Frost waren vergessen, und der Zusammenbruch des Zarenreiches, überraschend für alle, die so wenig wie er von den Vorgängen außerhalb der Soldatenwelt wußten, hatte vieles verschüttet, was damals wichtig gewesen. Jetzt ging es um große Einheiten, um Völker und Klassen, Hunderttausende und Millionen verbundener Menschen, ihre Körper wurden unbedeutend, ihre Leben; Gewicht behielt nur ihre Summe, die Masse, zusammengehalten von Abstammung, Erdboden, Sitte und Macht. Damals regte ihn ein Gefangener auf, der zufällig schuldlos getötet wurde, heute vermochte nicht einmal mehr ein ganzes Lager voll Gefangener seine Aufmerksamkeit lange zu fesseln. Wirtschaft, Horatio, Wirtschaft, gingen ihm Hamlet-Worte durch den Kopf. Vorhin hatte er sich mit Weimar und Erfurt eines Satzes des jungen Goethe bedient. Bärbe kriegte ein Kind, der Krieg ging zu Ende, Krottmayr ward bestätigt, der Mensch stand wieder auf, er hatte überlebt, was in ihm als Ecken voll Kehricht und Gerümpel die letzten Jahre hinterlassen hatten.

»Sieh selbst, daß es der Kater ist«, forderte der russische Mann mit dem schmutzig-blonden Bartkranz die Frau auf. »Sie will nicht mehr«, erklärte er den beiden Deutschen, »daß eine Katzenmutter stirbt, um eine Menschenmutter zu füttern.« Babka nickte vor sich hin, ihr Kleines ansehend, das mit runzligen Händchen die Luft über sich griff. Eine große Weichheit gegen alles Mütterliche durchströmte sie, alle verlassenen Kindsgeschöpfe der Welt war sie an ihre Brüste zu drücken bereit, kleine Katzen, kleine stachlige Kastanien – einerlei. »Hat es nicht eine seltsame Welt zu verdauen von seinem Körbchen aus?« fragte sie Bärbe. »Merkwürdiges und Komisches ist mir eingefallen. Es hat mich schon etwas gelehrt, worüber ich mir manchmal den Kopf zerbrochen: wie der Glaube an Engel in unsere Gedanken kommen konnte. Sind wir nicht Bestien gegeneinander und gegen die Tiere? Ist es den Menschen vielleicht sehr gut gegangen, rückwärts und rückwärts zu Iwan dem Schrecklichen und allen solchen Iwans? Und doch glaubt die ganze Welt an Engel, die durch die Luft heranschweben und gut sind und keinen Bauch haben und nicht Mann und Frau sind, aber sich über die Kinder neigen, sie zu behüten. Nun, Krankenschwester, geh mal auf meine kleine Lisa zu, bis an ihr Körbchen. Schau, wie du lächelst, wenn du dich über sie beugst. Was weiß sie von dir? Daß du ein Gesicht hast und Arme und ihr freundlich bist und durch die Luft heranschwebst, denn sie sieht ja deine Füße nicht, und was weiß sie überhaupt von Füßen? Ihre eigenen steckt sie in den Mund, und steckst du deine in den Mund vor ihren Augen? Wir haben nur Oberteile«, lachte sie bäurisch und sanft, »und zwischen Kolja und dir – wie soll sie einen Unterschied gewahren? Engel sind wir, alle miteinander Engel. Gott schütze uns, wenn er nichts weiter zu tun hat.« Und damit nahm sie die Kleine aus dem Korb, entblößte ihre Brust, legte sie an. Zutraulich, selig drückte sich ein Kinderhändchen an die schwere mütterliche Drüse.

Während das Kind trank, erfuhr Winfried, daß sie unter der

Woche die Köchin und Haushälterin ihres Onkels war, ihres Mutterbruders, des Herrn Rechtsanwalts Sasnauskas, der im vorderen Haustrakt Kanzlei und Wohnung innehatte; daß sie sich hier auf dem Besitz der Frau Lidawska befanden, einer harten polnischen Dame, voll Verachtung für Litauer, Russen und Juden; daß im Nachbarhaus ein polnischer Edelmann wohnte, dem der Kater gehörte, und der fast nie ausging, weil ihm die Deutschen und die Russen sein Gut Peljuschko mit ihren Schützengräben und Kanonaden schön zugerichtet hatten. Lanzow Peljuschkowski hieß er denn auch und war ein Graf und so arm wie ein jüdischer Kutscher oder wie er, Kolja selbst. Das ganze Haus versah ihm sein Diener Jan, seit Leutnantstagen, ja, seit Kindesbeinen bei ihm, erst Spielkamerad, dann Bursche, jetzt alles in allem. Dabei hatte er die Zimmer, sagte man, voll Geigen, Brummbässen, Blasflöten und anderem Musikzeug, konnte aber den ganzen Winter nur eine Stube heizen, aß Grütze wie sie alle und wärmte sich im Café Modern, wo die Musikanten auf seinen Geigen fidelten und er dafür umsonst sitzen und Kaffee trinken durfte. Kopfschüttelnd berichtete Nikolaj von dem seltsamen Patron, der Stücke haben sollte, soviel wert wie der ganze Palast Lidawska, und sich von keinem einzigen trennte. Ja, Herr Sasnauskas habe bestätigt, daß der Bursche Jan nicht aufschneide, wenn er sagte, manche von des Grafen Geigen seien in der ganzen Welt bekannt und brächten fünfzigtausend Rubel, wenn der Herr Graf geruhen wollte, sich von einer zu trennen. Früher hatte er selber gespielt wie in einem Kino oder einem Café, aber feiner versteht ihr, in einem Saal.

»Ja, der Herr Graf war ein bedeutender Virtuose, als wir alle noch an unserer Mutter tranken wie die da an Anjuschka«, bestätigte eine behäbige Stimme.

VIERTES KAPITEL

Herr Sasnauskas

Im Fenster der Wohnstube hing ein Bauch und darüber ein Gesicht mit Spitzbärtchen, schweren Wangen, kleinen umfältelten Augen. »Onkel«, sagte die Babka, jetzt Anjuschka genannt, ohne sich umzudrehen. »Ihr findet das heiße Wasser auf dem Herd, gleich komme ich und mache Tee.« – »Warum nicht im Samowar?« fragte Herr Sasnauskas mit verborgener Strenge. »Wenn Ihr keine Holzkohlen besorgt...« gab die Frau zurück. Herr Sasnauskas griff mit einer fetten Hand an die Stirn und entschuldigte sich. Holzkohlen mußten sein. Gleich morgen würde er dafür sorgen. Nun sollten der Herr Leutnant – der Herr Hauptmann, verbesserte er sich – und die freundliche gute Schwester Bärbe mit ihm Tee trinken und Plätzchen essen, bescheidene Plätzchen, elende Plätzchen aus scheußlichem Mehl, aber mit Mohn bestreut und mit Zucker hergestellt, nicht mit Sacharin.
Winfried fragte sich, wo er den Namen des Rechtsanwalts Sasnauskas schon gehört oder gelesen. Der Herr machte einen unklaren Eindruck auf ihn, sicherlich war er ein gewitzter Landeseinwohner, nicht ohne weiteres vertrauenswürdig, angenehmer aber als jener verhungerte Dr. Eliaschuw auf alle Fälle. Dann stellte Kolja zwei kleine Tische unter den großen Baum am Hause, einen Nußbaum; würzig duftete das edle Laubwerk. Tee floß heiß und goldrot in Gläser, der Kuchen krachte süß zwischen den Zähnen. Im Garten wirkte Herr Sasnauskas kleiner als innerhalb des Fensters. Er beklagte sich über seinen Körperumfang, der ihn in schrecklichen Verdacht brachte und ihm sogar politisch schadete. »Seht, wie er sich von den Deutschen füttern läßt«, behaupteten Leute, die ihm übelwollten. »Sie wissen nicht, was die Ärzte sagen – daß es die Säfte sind, einfach unschuldige Säfte. Anjuschka weiß, wie wenig ich esse und noch dicker werde zum Verzweifeln.« – »Sind es die Säfte«, brummte Nikolai, »so richten Tränke manches aus«,

und er erzählte von einem Knaben in seinem Heimatorte, der immer dicker geworden sei, obwohl dort nicht erst der Krieg die Kunst des Hungerns eingeführt. Bei der Erwähnung politischer Gegnerschaften sprang in Winfried ein Funke über: Herr Sasnauskas war Mitglied der Taryba, des litauischen Landesrates; in dessen Liste hatte er den Namen flüchtig wahrgenommen. Darum wunderte er sich auch nicht, als im Verlauf des Gesprächs der dicke Mann fragte, ob er wohl offen reden dürfe. Bärbe riß sich vom Anblick der friedlich schlafenden kleinen Lisa los, des Däumchens besonders, an dem sie sog. Der Herr Hauptmann, erklärte sie, sei ihr Bräutigam und, obwohl jetzt bei Ober-Ost, so erprobt, wie Babka wisse. »Wäre es nach ihm gegangen«, bezeugte die Angeredete, »er hätte Grischa gerettet«, damit wandte sie sich ab, um die Schande der Tränen zu verbergen. Hierauf wurde Herr Sasnauskas sehr lebendig: Er sei der aufrichtigste Freund und Bewunderer des deutschen Volkes, und Winfried hörte seine Aufrichtigkeit. Seit seinem Studium in Königsberg und in München brauchte ihm niemand zu sagen, was und wie Deutschland war. Gut, daß Litauen die Spurweite seiner Eisenbahn auf immer der deutschen angeglichen hatte. Aber die Herren der Verwaltung taten alles, um zwischen den beiden Völkern Spaltung und Mißtrauen aufzureißen. In ihr saßen zuviel Junker mit ihren Großgrundbesitzerbegriffen, und seit wann liebt solch einer seinen Nachbarn, den Bauern? Die Herren unterschätzten allzu sehr, wie tief der Groll gegen sie sich einfraß, wenn sie Vertreter des Volkes erst ernannten und dann wie Spielpuppen behandelten. Die Litauer wollten einen deutschen Fürsten zum König. War das nichts? Es war eine ganze Revolution. Und anstatt das zu begreifen, statt zu fühlen, wie starke Unterströmungen Litauen nach Rußland zogen, nach Polen drängten, anstatt also den deutschfreundlichen Gruppen in jeder Weise entgegenzukommen, machte man sie lächerlich und zerschnitt ihnen alle Verbindungen zur Gegenwart und zur Zukunft. Winfried bestritt, daß in Litauen irgend jemand nach Rußland strebte. Und Herr Sasnauskas, die dicken Finger in der Luft, bewies ihm sofort das Gegenteil: erstens die Juden, zählte er auf, denn wer regierte heute in Rußland? Zur guten Hälfte ihre Leute, und von jeher wirkten sie als russifizierendes Element. »Sie verstehen es nicht? Aber es ist so. Die Juden hofften immer, der Zar

werde vorübergehen, aber Rußland ewig sein wie sie und außerdem lag ihnen an der weltweiten Größe des russischen Marktes. Und die russische Literatur entschädigte sie für den russischen Polizisten.« Zweitens gab es eine Masse litauischer und weißrussischer Kleinbauern und Landarbeiter, die sich gierig auf jeden Fetzen Nachricht aus Rußland stürzten, wie sie sich gierig auf das Land der größeren Besitzer gestürzt hätten, wenn nicht der deutsche Soldat davorstünde. Drittens: die sozialistischen Arbeiter in den Städten. Und viertens strömten jetzt zurück Scharen und Scharen Heimkehrender, den Kopf voll von den Ereignissen der russischen Revolution. »Die könnten doch nur abschrecken«, bemerkte Winfried. Und Herr Sasnauskas: »Wer weiß, Herr Hauptmann? Es ist ein Akt von welthistorischen Maßen, ein Riesenvolk steht auf gegen ein vermodertes System, das hundert Jahre lang seine Besten gehängt und verschickt hat. Was wollen wir wetten, daß Sie ein begeisterter Narodnik wären, wenn Sie 1914 zufällig russische Uniform angezogen hätten?« Winfried blickte betroffen ins Blaue, auf die goldenen Kreuze, hohen Giebel und Türme, die zwischen Blättern und Luft schimmerten wie Feenwesen. Er hatte das Glück gehabt, in einem freien Lande aufzuwachsen, das Deutschland hieß. Ein Jahr, zwei Jahre vielleicht hätte er auch einem Zaren gedient, wie er jetzt dem Kaiser diente, um von der Heimat den Einfall der Feinde abzuhalten. Dann aber... Was war ein Narodnik? Schien Herr Sasnauskas nicht klüger als er? Stand er nicht im Lager von Ober-Ost, weil Männer wie Clauß und Ellendt die deutsche Zukunft verbürgten? Wie aber würde es aussehen, wenn erst Friede war und der Kampf der Parteien um den Neubau des deutschen Hauses losbrach wie ein gestauter Strom? Ließ sich dann ein Mensch wie er auch von Clauß und Ellendt vertreten? Ein Blick auf Bärbe, und er sah ihre Augen lachen. »Ich bin ein junger Mann, Herr Sasnauskas, meine Stärke liegt jetzt im Gehorsam. Aber ich habe vielleicht zu lange versäumt, selbst zu denken.«
Herr Sasnauskas beteuerte, das glaube er nicht. Der Herr Hauptmann habe sicher wenig gedacht, aber immer die richtige Partei ergriffen, und recht handeln war das Wichtigste – damit deutete er auf das schlafende Kind. Er lasse sich seinen feisten Bauch aufschneiden, wenn nach dem fürchterlichen Blutvergießen und nach einem Übermaß von Entbehrungen und Lei-

den nicht ein mächtiger Ruck nach links das Deutsche Reich in eine süddeutsche Demokratie verwandelte. Kamen die acht Millionen deutscher Soldaten als Sieger nach Haus, so war der lächerliche Streit um das preußische Wahlrecht durch ihren bloßen Anblick beendet. Denn Heer und Volk waren längst kriegsmüde, friedensreif. Dann konnte das demokratische Litauen auf diese Besetzungszeit zurückblicken wie auf notwendige schmerzliche Geburtswehen. Gebären, das wußten die Frauen, wenn er so frei sein durfte, unzart zu reden, war kein Zuckerlecken. Aber diese Besetzungszeit hier, auch sie war keins. Davon konnte jedermann ein Lied singen, und den besten Dienst leistete den beiden Ländern, wer schon jetzt mit dieser Zukunft als Gewißheit rechnete.

Herr Sasnauskas stand auf, trippelte hin und her. Sein altmodischer blauer Anzug, sein steifer Kragen, der schwarz und blaue Schlips, in der Form eines Herings gebunden, wirkten nicht mehr lächerlich. So verkleidet sah Winfried die Macht des Bürgertums vor sich, des denkenden Bürgertums, das sicher war, die Entwicklung zu beherrschen, die Zukunft zu sein. »Danach hätte also«, fragte er zögernd, »der Reichstag in seinem Streite mit den Militärs Recht und bessere Einsicht auf seiner Seite?« – »Dämmert's endlich, Männle?« fragte Schwester Bärbe. »Glaubst du vielleicht, wenn unsere Soldaten wieder wählen dürfen, sie werden deinen Ellendt in den Reichstag schicken? Nichts als den Scheidemann und den Hemmerle wählen sie.«

Donnerwetter, dachte Winfried, das war ja richtig. Unabsehbare Reihen Soldaten sah er vor sich, alle die aufmerksamen Gesichter den Vorgesetzten zugekehrt. Was aber dahinter vorging, das hatte der Adjutant Winfried von dem Einjährigen-Unteroffizier Winfried, dem Vizefeldwebel Winfried, dem Kompanieführer Leutnant Winfried getreu übermittelt bekommen; der Hauptmann Winfried, Ober-Ost, hatte sich davon wegdrängen lassen...

»Wir wählen den Herzog von Teck zu unserem König«, beteuerte Herr Sasnauskas, »und erkennen keinen anderen Herrn an, auch wenn General Clauß und Baron Ellendt uns ins Gefängnis schicken. Schreibt man aber einmal die Geschichte dieser letzten Jahre, so werden nicht wir die unwürdigere Rolle zu vertreten haben im Streite von Recht und Macht, obwohl es

jetzt so scheint.« Und er bedauerte nur, daß auch der alte Graf Hertling leider die Zeichen der Zeit ebensowenig lesen konnte wie die anderen Adligen, die Deutschland noch immer regierten. Wer also dazu verhalf, die Verbindung zwischen den deutschen Volksvertretern und den litauischen herzustellen, der tat Gutes. Denn die Litauer waren nicht wie die Polen im Grunde genommen deutschfeindlich und von lächerlichem Ehrgeiz besessen. Diese Polen hatten erst jüngst ihre wahre Gesinnung bei der Fronleichnamsprozession offenbart, und wer gewisse deutsche Zeitungen zu lesen verstand, wußte, es werde ihnen schlecht bekommen. Herr Sasnauskas setzte sich hin, den Bauch gewölbt, die kurzen feisten Oberschenkel auseinander. Bleich vor Erregung verkündete er, die Litauer stünden unverbrüchlich zu Deutschland – nicht zu Preußen, nicht zu Sachsen, nicht zu den Junkern noch zu den Militärs, wohl aber zum tüchtigen deutschen Volke. Und wenn der Herr Hauptmann ihnen helfen wollte, sich mit ihren katholischen Brüdern drüben zu verständigen, so würde sein Name niemals in der litauischen Geschichte segensvoller auftauchen als der vieler hochmögender Herren des Augenblicks.
Winfried erhob sich betäubt: das mußte er verdauen, bedenken und beschlafen. Durch Schwester Bärbe aber würde er ja zu erreichen sein und Herrn Sasnauskas seine Meinung wissen lassen. Was man denn von ihm verlange? »Aber Männle«, rief Schwester Bärbe, »nichts oder so gut wie nichts. Daß du mal einen Brief beförderst, der durch deinen Abteilungsstempel geheiligt und der Zensur unerreichbar wird; oder Ähnliches. Komm«, damit stand auch sie auf, »bring mich heim.«
Sie verabschiedeten sich, das Licht wurde goldener, der Weg nicht kürzer. Winfried mußte noch einen Sprung ins Amt hinauf, Nachrichten ansehen, die vielleicht auf seinem Schreibtisch lagen.
Auf seinem Schreibtisch lag ein Vermerk des Telefonisten Lebehde, Herr Hauptmann möge sogleich Herrn Hauptmann von Ellendt anrufen, der in seiner Wohnung erreicht werde. Als er den Hörer wieder in die Gabel legte, starrte er Bärbe blaß und erschrocken an: er habe den Auftrag, morgen früh den obersten Geistlichen von Wilna zu verhaften und vierundzwanzig Stunden später ins Kloster Maria-Laach zu verbringen; bis dahin Hausarrest. Bärbe klatschte in die Hände. Großartig, rief

sie, jetzt könne er nicht bloß einen Brief mitnehmen, sondern auch den Abgeordneten Hemmerle in Berlin aufsuchen, den Herzog Ulrich und ihren Vater in Tübingen, dem er doch längst seine Vorstellung schuldig sei und eine Werbung um seine unmündige Tochter. »Bist du unmündig?« fragte er und umfaßte zärtlich ihre Schulter. »Im Sinne des Gesetzes vielleicht nicht«, antwortete sie ernsthaft, »einem Vater gegenüber leider immer.«

FÜNFTES KAPITEL

Der Auftrag

Niemals fährt es sich schöner durch Norddeutschland als auf der Höhe des Juni. Die Luft streicht lind durch die geöffneten Scheiben, weiße Wolken verzieren den Himmel, der Schnellzug wiegt sich auf den lang hingestreckten Gleisen. Von Eydtkuhnen an besorgen Schaffnerinnen den Dienst, in mausgraues Tuch gekleidet, die Haare unter der Mütze stramm geknotet. Auch ihre Gesichter sind fest zusammengenommen, das Leben scheint ihnen keine Freude zu machen. Unterwegs, in den grünen Saaten, arbeiten Bäuerinnen, Kinder schauen dem Zug nach, wenn er durch die kleinen Stationen donnert. Es hängen schwarzweißrote Fahnen an den Gebäuden, man hat vorgestern wieder gesiegt, aber nicht einmal die Kinder rufen mehr hurra. Siebenundvierzig Monate rollen jetzt die Truppenzüge zwischen Eydtkuhnen und Aachen hin und her, da verlernt sich das Winken. Auch die russischen Kriegsgefangenen, die zwischen den Furchen Unkraut ausrupfen, heben kaum mehr die Köpfe.
Ein Doppelabteil zweiter Klasse beherbergt seit gestern abend den Vikar des Bischofs von Wilna, den Hauptmann Winfried und, jenseits der Scheidewand, zwei Unteroffiziere; wenn der Prälat die Toilette zu besuchen wünscht, begleitet ihn einer von den beiden hin und zurück. Gewehre mit Bajonetten lehnen in der Ecke. Winfried hat Befehl, jede Unterhaltung des Priesters mit anderen Reisenden zu verhindern und erst am Ziel den Wagen zugleich mit ihm zu verlassen. Denn dieser Mann ist ein Häftling der OHL und verdankt es nur politischen Erwägungen, wenn er statt der Magdeburger Kasematten jene berühmte Benediktiner-Abtei zugewiesen erhält, die heuer ihre achthundertfünfundzwanzig Jahre steht. Seit er weiß, wohin die Reise geht, ist dem Vikar leichter zumute. Der junge Herr, der ihn geleitet und bewacht, hat, seit er den Helm abnahm, ein frisches und aufgeräumtes Gesicht. Wer so viel Beichte hört,

versteht sich auf Menschen. Am folgenden Vormittag vertieft sich der Priester nur von Zeit zu Zeit in den lateinischen Psalter Davids, den er, winzig gedruckt und in Leder gebunden, aus seiner Reisetasche nimmt, oder in die tröstenden Schriften Tertullians, (»An die Märtyrer«, »An die Heiden«, »Über die Schauspiele«), die er schon lange zu lesen beabsichtigte. Unbekümmert um das Leben im Gang und auf den Stationen, lassen sie sich nach Westen tragen. Sie werden ernährt wie von den Raben des Elias, weil nämlich die Unteroffiziere Proviant bei sich haben und mit dem mageren Speisewagen beständige Verbindung unterhalten; Reichsfleischkarten für die Dauer der Reise haben sie in Eydtkuhnen empfangen. Außerdem kaufen sie auf den Bahnhöfen Kirschen, erst gelbrote, dann bordeauxfarbene, teuer, wie sie sagen.
Die Unterhaltung zwischen dem Priester und dem Soldaten hat jenseits Berlins einen Grad von Aufrichtigkeit erreicht, der nicht nur den Major Buchenegger entsetzt hätte. Denn der Hauptmann Winfried, nach seiner Begegnung mit dem feisten Herrn Sasnauskas und dem finsteren Dr. Eliaschuw, benutzt gern in dem blonden Polen die Gelegenheit, sich auch über die polnische Seite der Dinge zu unterrichten. Lohnt es der Mühe? Es scheint beinahe. Die Teilung Polens zum Beispiel hat er nie so recht durchdacht: wie da ein Staat zerrissen, seine Bevölkerung unter drei fremde Monarchien aufgeteilt wurde... Infolgedessen müssen sich heute die Söhne polnischer Mütter gegenseitig töten, weil die einen im russischen Rock stecken, die anderen im österreichischen oder preußischen. Wenn dieser Krieg ein solches Unrecht nicht wenigstens teilweise wiedergutmachte, bliebe er ohne Sinn; denn hat die Zerreißung Polens ihresgleichen? fragt der Priester. Aber gewiß hat sie das, vergleiche nur die Zerstreuung der Juden unter so viele Nationen. Nein, wehrt der Prälat ab, dies sei nicht in einem Atem zu nennen, die Juden, als sie Christum kreuzigten, waren Schmiede ihres eigenen bösen Schicksals, die Polen aber unschuldige Opfer fremder Willkür. Hier nun versteift sich der Hauptmann von Ober-Ost: Unschuldige Opfer findet er besonders unleidlich, wenn sie ihrerseits das Verfolgen und Unterdrücken anderer so gut gelernt haben wie die Polen, ohne Anwesende zu kränken. Der Priester dagegen ist nicht geneigt, den Juden mildernde Umstände zuzubilligen. Spielten sie nicht

überall den Störenfried und Internationalisten unter Völkern, die sich einen wollten? Übte nicht, fragt der Hauptmann eifrig zurück, auch die Kirche einen stolzen Internationalismus aus? Gewiß, und gerade darum war ein zweiter überflüssig, wenn nicht schädlich. Worauf unvermeidlich die soziale Frage berührt wurde, das Schicksal der arbeitenden Menschen und Massen unterm Kapitalismus, und unser Kirchenmann stolz auf Papst Leo XIII. verwies, der mit seiner Enzyklika rerum novarum schon vor dem Krieg voll heiligem Ernst dies Problem berührt habe. »Schon vor dem Krieg«, wiederholt spottend der Offizier. »Haben wir nicht bereits in der Schule vernommen, wie armenfreundlich Propheten und Apostel gepredigt haben?« Und so reisen und streiten sie, schweigen, lesen, dösen, und sind verdutzt, sogenannte Feinde, einer jung, einer in mittleren Jahren, fast befreundet zu sein, als sie sich trennen müssen, am Ende einer Autofahrt und inmitten eines schwermütigen Eifeltales, den breiten See zur Rechten und den Riesenbau der Abtei mit Türmen, großartig bemessenen Mauern, Rundbögen und hundertäugigen Fensterreihen vor sich. Über Wilna hatten sie nicht gesprochen, das Schicksal Litauens nicht gestreift; aber über die Dauer der Haft sich beide geeinigt: Eine Amnestie nach dem Endsieg werde den Herrn Vicarius bald seiner heimischen Diözese wiedergeben und Gott alles zum Besten lenken. »Fast so schön wie Wilna! Grüßen Sie es und meine Mutter«, sagt der Priester mit staunenden Blicken, bevor er sich abschiednehmend verneigt, den Händedruck vermeidend, damit der Bruder Pförtner nicht etwa Anstoß nehme. Einige Tage später wußte der Vikar, daß nach vier Jahren Krieg und all dem Jammer in dem weit angelegten Genesungsheim des Klosters die Gesinnungen der Mönche und ihre Gebete bedingungslos auf ein rasches Ende des Schlachtens gerichtet waren, Abbau des Hasses und Versöhnung der Verfeindeten.

Winfried hatte in Berlin einen dicken Brief (mit einer Beilage von Herrn Sasnauskas für den Herzog) an Professor Osann, Tübingen, einschreiben lassen und fuhr getrosten Mutes nach einer wundervoll durchschlafenen Nacht, mit üppigen Fahrscheinen und Verpflegungskarten ausgerüstet, gen Süden. Das Rheintal lachte, die Menschen in den überfüllten Zügen sahen hoffnungsvoll drein: der Friede konnte nicht länger ausbleiben. Die Zeitungen, in die sie sich vertieften, meldeten mit dicken Überschriften: Der Staatssekretär des Äußeren im Reichstag gab zu, der Krieg werde durch militärische Mittel allein nicht entschieden werden. Im übrigen versuchten die Menschen, einander nicht anzuhauchen und schluckten keimtötende Tabletten oder rauchten in Deutschland gewachsene Tabake.

Winfried sah bewegten Herzens wieder: Deutschland. Grün und golden lag es da, im tiefsten Frieden. Graue Leichenhaufen zu Hunderttausenden hatte eine Mauer um dieses Reich gebildet, Bürger, Bauern und Arbeiter ohne Unterschied von Wohlstand, Glauben und Abstammung sich geopfert, damit hier die Obstbäume noch blühten, die Mauern der Städte ragten, die Dächer unverletzt einen Abglanz von Himmelblau spiegelten, die Wälder, unvergast, von Singvögeln widerhallten und die geplagten Dörfer Nahrung für den nächsten Winter einbrachten. Zwischen Frankfurt und Stuttgart dehnte sich Süddeutschlands Wohlstand, seine Gesittung, ausstrahlend von Klöstern und Kaiserpfalzen, und ermöglicht durch ein halbes Jahrtausend römischer Herrschaft. Man fuhr wie durch einen Park und durch weite Fruchtebenen, das gesegnete Tal des Rheins öffnete sich, da Main und Neckar in ihn mündeten, und der Wein stieg die Berghänge herab, gepflegt und gezüchtet von Geschlechtern und Geschlechtern. Die Städte erzählten durch ihre Namen allein und mit dem Anblick ihrer Dächerscharen und spitzen Münstertürme die Geschichte des alten deutschen Glanzes und deutscher Wissenschaft. Köln, Bonn, Frankfurt, Heidelberg, Heilbronn, Stuttgart. Die Künste hatten sie geadelt, Dichter in ihnen gelebt und die Schauer der Jugend durchlitten. Paul Winfried sah glücklich aus dem Fenster seines Abteils, das sich füllte und leerte, er hielt sich zurück, sprach nur gelegentlich mit Damen und Kindern, allgemein nahm man ihn für einen Offizier, den ein wichtiger Auftrag von der Westfront in die Heimat führte, und der verpflichtet war, zu schweigen.

Die Universitätsstadt Tübingen, zu beiden Seiten des Neckars hingeschmiegt, verbarg sich hinter Hügeln voller Obstblüte und strotzenden Wiesen. Hier sprach eine schon südlichere Natur, ein wärmeres Licht, Hitze lagerte über ihren alten edlen Giebeln. Verwundete Soldaten bevölkerten ihre Straßen und weißgekleidete Frauen, schwarze Schleifen der Trauer schmal angesteckt. Professor Osann wohnte nahe der Universität; beklommen erstieg Winfried die enge Treppe eines muffigen Hauses. Er hatte sich kein Bild gemacht von den Menschen, die seine Schwiegereltern werden sollten, aber er hätte ihnen eine hellere und freundlichere Wohnung gewünscht, weniger biedermeierlichen Hausrat. Das Ganze wirkte merkwürdig auf ihn, verschollen, während er in der Wohnstube wartete, die Lehnsessel, verglasten Eckschränke, der Pflanzentisch zwischen den Fenstern, das kleine Harmonium in gutem Licht an der Wand mit dem weißen Kachelofen. Ein wenig gemahnte ihn alles an die Wohnung des gewissen Dr. Eliaschuw, nur zeigten die Bücherrücken wärmeres Braun und mehr Goldpressung. Winfried wußte, daß er bei Osanns wohnen würde, im Zimmer des armen Hermann, der im Lazarett gestorben war. Nur der Gedanke rührte ihn, daß die kleine Bärbe zwischen diesen Möbeln erwachsen war, diese Blattpflanzen andächtig begossen hatte. Von ihr brachte er reiche Gaben mit: geräucherten Schinken, Mehl und Zucker, vierundzwanzig Eier, in zehnfaches Zeitungspapier gewickelt ein Kilo Butter.

Später erschienen ihm diese Tage wie ein Traum, erschütternd, skurril und märchenhaft zusammengezogen: Frau Professor Osann, voll schwäbischer Herzlichkeit, schwarzäugig wie ihre Tochter, das Leid um den verschwundenen Sohn neu aufgerührt durch die Gegenwart des jungen Mannes, der sein Schulkamerad hätte sein können; Professor Osann, mager und verfallen, zu groß in der niedrigen Stube, die Haut grau vom Zimmerdasein und dem weggepreßten Jammer um das sinnlos abgerissene Leben Hermanns. Sein mächtiger Bart, in zwei Zipfeln zur Brust fallend, wirkte mehr grau als blond. Seine Stimme kam wie aus einem Keller, und seine Augen hinter der Brille hatten rote Ränder. Sie blickten lange kühl. Er erkundigte sich ausführlich nach der Art, wie Winfried mit dem Generalobersten von Lychow verwandt war, von dessen Siegeszug in der Ukraine die Blätter berichteten, und dessen Auftreten Professor Osann nicht billigte. Das schwäbische Bürgertum, bemerkte er, habe zu den ostelbischen Junkern wenig Vertrauen, ihr Eigennutz habe Deutschland mehr und mehr gekostet und würde ihm noch zu schaffen machen. »Wir haben Jahrhunderte Mongolen im Lande gehabt, Sie sehen ihre

Spuren in den Backenknochen, Augen und Haaren der Leute auf dem Lande, zum Beispiel bei meiner Frau.« – »Oh, Wilhelm«, protestierte die stille Hausfrau, sehr schwäbelnd, »warum gleich mongolisch? Ich hab' lieber römische Haare und Augen.« – »Aber sie kamen uns weniger teuer als die Sippen Ihres Onkels, und die sind uns im Grunde ebenso fremd.« Winfried versöhnte ihn mit dem Hinweis auf die thüringische Familie seines Vaters, die Beamte, Pastoren und Ärzte seit vielen Generationen hervorgebracht. Ja, das befriedigte Osann. »Wir brauchen«, verlangte er, »immer mehr Familien, in denen die geistige Grundlage so vererbt wird wie bei den Juden und nicht stets gekreuzt von Bauernblut. Aber wieviel der Krieg da noch übriglassen wird, werden wir mit Grausen zusammenzählen. Die Zukunft wird schwere Arbeit bringen, damit die Dreistigkeit der Preußen nicht wieder alles wie nach 1870 verderbe.« Und er empörte sich mit Leidenschaft über die schamlose Einmischung der Obersten Heeresleitung ins deutsche Leben und das Bemessen der Kriegsziele, nämlich des Friedens, wie ihnen in vertraulicher Sitzung der Vizekanzler von Payer jüngst geschildert – er selbst ein Tübinger Kind und als Sohn des Universitätspedells der Hochschule eng verbunden.
Drei Tage weilte Winfried im Elternhause seiner Braut und merkte wieder, was er fast vergessen hatte: es gab ein unabhängiges deutsches Bürgertum, stolz auf sein städtisches Gesittungsgut und voll verhaltener Wut über die Gefährdung des bißchens politischer Freiheit, welches die Nation sich bewahrt oder ertrotzt hatte gegen die Schläue und Brutalität der herrschenden preußischen Kreise. Professor Osann schlug mit der Faust auf den Tisch: Die Tübinger Juristen hatten sich gewehrt gegen das Unrecht an dem Juden Süß, der für die Verschwendung des Fürsten und des Adels hängen mußte. Denn das Böse, das er tat, wurde weit übertroffen von dem, das er litt, und das Schwaben vergiftete, bis es verschwand in dem See von Plagen unter der Regierung Karl Eugens. Drüben in Ludwigsburg war ein junger Mann namens Schiller, von einem Regimentsfeldscher gezeugt, dressiert worden wie jetzt preußische Kadetten, aber er war ausgerissen, er hatte seinem Herzog den Kram vor die Füße geworfen; und im Tübinger Stift, grollte es aus seiner Brust, hatten junge Leute studiert, und sie hießen Hölderlin und Mörike und Hegel und Schelling. In diesem Hause lernte

Winfried, daß er, wie durch einen Zauber, keine Uniform anhatte. Die starren Augen Professor Osanns sahen ihm den Rock weg – Krottmayr! dachte Winfried – und es blieb ein junger Mann vor ihm sitzen, Mitte zwanzig, der noch alles erfahren sollte, was im Menschenleben wichtig war, weil der Soldat eine »ephemere Erscheinung« sei, der Bürger aber, der Bauer und der Arbeiter diejenigen Stände, die ewig dauerten, und auf deren Fleiß und Kunst alles ruhte, auch das Futter für die Herren Soldaten. »Bei jeder Kriegsanleihe wissen sie es, aber dann vergessen sie es schleunigst«, dröhnte der Professor. Nur von seinen Kollegen, ihren beflissenen Kriegsreden, sprach er noch unvorsichtiger als von den derzeitigen Herren. Über den Abgeordneten Hemmerle dagegen redete er mit gemessener Achtung. Er und seine Partei blieben ihm zwar Katholiken, und in Tübingen herrschte für immer der Geist der Reformation. Aber dieser Landsmann und das Zentrum, weil sie mit Energie den Alldeutschen auf die Finger schlugen und die Friedensresolution durchgedrückt hatten, besaßen Sympathie und Gefolgschaft bei allen vernünftigen Bürgern und standen dem Professor der Theologie Osann aus tiefstem Herzen näher als seine Fakultätskollegen in Norddeutschland, denen der Generalspurpur alles Denken und jede Selbständigkeit weggeblendet hatte. Deutschland brauchte Kübel demokratischen Öls, trumpfte er, nicht bloß Tropfen, und damit spielte er auf seinen Landsmann Ludwig Uhland an, der auch das Tübinger Stift geziert.

Den Besuch bei Herzog Ulrich erledigte Winfried am Tage nach seiner Ankunft. Der schwäbische Prinz gebrauchte damals Heilquellen, die einem kleinen Badeort Niedernau bei Tübingen während des Krieges Zulauf brachten. Die geduckten grauen Häuser gefielen Winfried, die weiten Anlagen, schon die kleine Bahn hatte ihm gefallen. Freilich bestand fast der ganze Ort aus Anstalten für die Wiederherstellung zu Krüppeln geschossener Menschen. In mehreren Stufen der Unbrauchbarkeit gesondert, unterlagen auch die Zerstörten noch der militärischen Disziplin und hatten zu grüßen, als Winfried in einer herzoglichen Kutsche abgeholt wurde; sie taten es widerwillig, manche nur mit den Augen, weil sie lagen, und die blickten erbittert.

Der Herzog Ulrich von Teck, General der Kavallerie, Exzellenz und Durchlaucht, war ein Mann in mittleren Jahren mit hoher kahler Stirn. Winfried hatte sich den Besuch bei ihm ausgemalt wie die Vorstellungsvisite eines Offiziers beim Kommandeur des Truppenteils, zu dem er neu versetzt worden ist. Mit heiterer Beklommenheit hatte er von der fürstlichen Kutsche Kenntnis genommen. Nach den ersten Minuten schon empfand er, daß er hier keineswegs als schlichter Adjutant und Hauptmann galt, sondern feierlich und formell als Abgesandter einer Macht, hinter dem ein Volk von mehreren Millionen Menschen wartete. Herzog Ulrich beklagte sich bitter über den schlimmen Eigennutz der preußischen und sächsischen Parteigänger. Vorwurfsvoll sahen seine grauen Augen hinweg über Winfrieds Schulter ins grüne Gewirr der Pflanzen jenseits der Fenster. Wer die Menschen nicht kannte und keinen Zugang zu ihnen hatte, durfte nicht in einer so hohen Kommandostelle sitzen wie gewisse Herren in Kreuznach und Kowno, tadelte er. Das ganze deutsche Volk stand treu zum monarchischen Gedanken. Aber der Mißbrauch mit der Macht in den alldeutschen Gehirnen unterwühlte diese Treue, wie er der befreiten und dankbaren Ostvölker nicht achtete. Und in aufwallender Bitterkeit äußerte er: Wenn erst die Friedensglocken ausgeläutet hätten, werde über diese Volksverderber Gericht gehalten werden müssen. »Die Rede des Herrn Staatssekretärs war ausgezeichnet. Was andere Leute seit Jahren wissen, wurde hier endlich laut gesagt oder mißverstanden: daß nämlich dieselben Männer, die Siege einbrachten, ihre Früchte durch politische Ahnungslosigkeit zerstörten. Nur sollte sich der Redner klar sein, daß er diese Überzeugung von jetzt an verteidigen muß oder fallen wird.« Der Herzog gefiel Winfried, seine ruhige schwäbische Sprache, der stille Blick seiner Augen unter dem spitzen Schädel. Die Litauer hatten keinen schlechten Geschmack oder Glück, weil sie an Hemmerle geraten waren. Und er drückte diese Meinung, oder einen Teil von ihr, mit gesetzten Worten aus. Der Herzog lächelte. »Wir sind uns klar, nicht wahr«, sagte er, »ein Mann in meinem Alter, der den Namen Mindaugas II. annimmt, weil vor fünfhundert Jahren ein litauischer Großfürst Mindaugas I. geheißen hat, wirkt leicht etwas komisch. Aber wenn Paris eine Messe wert war, so Litauen einen Namen und eine schwierige Grammatik. Und Deutschland erwirbt dort ein Glacis gegen den roten Osten, das

wir nur halten können, wenn das Volk innerlich zu uns steht und nicht gegen uns. Einfacher kann nichts sein.« Schließlich, während draußen ein Flieger vom Übungsplatz aufstieg und sich brummend hochschraubte: »Übermitteln Sie dem Herrn Abgeordneten Hemmerle, Herr Hauptmann, daß ich mit den litauischen Vertretern in der Schweiz grundsätzlich einig geworden bin. Wenn mich die Herren also kurzerhand wählen und in Wilna proklamieren, wie sie mir in ihrem Briefe vorschlagen, so bin ich einverstanden und mache mich auf die Folgen gefaßt. Wir Schwaben haben harte Schädel und so viel Landeskinder geopfert, daß ich mich schäme, davon zu sprechen.« Und dann, beim Abschiednehmen, bevor er Winfried die Hand reichte: »Ich höre, Herr Hauptmann, von Professor Osann, Sie wurden unserer Sache durch persönliche Bande gewonnen, standen eigentlich durch Verwandtschaft im anderen Lager. Sie werden den Übergang nicht bereuen. Wir machen uns alle auf einen argen Tanz gefaßt, es wird stark stauben die nächsten Wochen. Hoffentlich haben Sie persönlich keine Unannehmlichkeiten von diesem Botschafterdienst, Herr Hauptmann. Und wenn ich Ihnen einen Rat geben darf, so lernen Sie Litauisch: aš valgiŭ dŭonas, ich esse das Brot, tŭ valgik dŭonas ...«
Was für närrisches Zeug hat die Taryba vor? dachte Winfried belustigt. Ist ja alles Bluff und Schwindel. Immerhin ein freundlicher Regimentskommandeur. Man hätte ihn fragen sollen, nach welcher Grammatik es sich am besten arbeitet. Ich muß Bärbe irgendein Kinkerlitz kaufen mit der Aufschrift »Andenken an Niedernau«. Und er erstand in einem Laden einen hölzernen Storch, schwarz, weiß und rot angemalt und mit der verlangten Formel; Besseres gab es nicht.
Auf dem Bahnhof Stuttgart verlangte und erhielt er, dank seiner Fahrscheine und Ausweise, einen Schlafwagenplatz, während mehrere Damen, wohlgekleidet und dringlich einen fordernd, schlicht und grob abgewiesen wurden. Scharfe Worte über die Bevorzugung des Militärs und der Männer, und der Beamte drohte mit der Bahnpolizei. Winfried stand beschämt daneben, aber erstens durfte man einen Militärplatz niemandem anderen abtreten, und zweitens war es doch sehr angenehm, von Stuttgart nach Naumburg sanf schlafend zu schaukeln. Unmöglich konnte er an seinem Elternhaus vorüberfahren; soviel Zeit mußte ihm die »Dienstreise« schon lassen.

SECHSTES KAPITEL

Hemmerle

Der Abgeordnete Kilian Hemmerle empfing den Hauptmann Winfried am Sonntagnachmittag in seiner Berliner Wohnung, Ecke der Sächsischen und der Düsseldorfer Straße, hoch oben im dritten Stockwerk. Alle Fenster, aufgerissen, erlaubten dem spröden und süßen Lichte der späten Junitage freien Zutritt, und der flache Himmel der Mark Brandenburg wehte wie ein ungeheures Segel im Spiel der Vorhänge. Riesenhaft dehnte sich eine unbebaute Fläche von der einen Seite der Straße bis nach dem fernen Schmargendorf. Winfried schaute auf lauter kleine Gärtchen, als ihn der Hausherr selber ins Zimmer holte. »Das Mädchen hat Ausgang«, sagte er mit seiner breiten Stimme. »Hier sehen Sie unsere Berliner die englische Blokkade bekämpfen.« Zwischen den vielen Zäunchen arbeiteten Ehepaare, Greise und Kinder, sie jäteten, gruben, fuhren Dünger in kleinen Schubkarren, häufelten und schnitten. Jede Handbreit Erde war ausgenutzt, künstlich verbessert, Nelken wuchsen zwischen den Zaunlatten, Sonnenblumen erhoben mannshohe Stengel, Bohnen kletterten rotglühend ins Lattenwerk der Lauben. Schwarzweißrote Fähnchen, vergilbt und nicht erneuert, hingen noch da und dort. Es hatte mittags stark geregnet, die Siedler brauchten nicht zu gießen, noch jetzt lagerte erdiger Geruch über der sommergrünen Fläche. »Unsere Reichshauptstadt, Herr Hauptmann«, plauderte behaglich der Abgeordnete, »war immer eine Kolonialsiedlung inmitten von Äckern, eine märkische Landstadt übergroßen Formats; da haben Sie noch einen Rest davon. Nie eine Festung, vielmehr ins Land auslaufend, Häuser grad in den Kartoffelacker gestellt. Und am Sonntagnachmittag sogar still, zwei Minuten vom Kurfürstendamm.

Es war heiß in der Wohnung, der Abgeordnete trug ein leichtes dunkelgraues Jackett und ein Hemd mit weichem Kragen, Winfried aber den festgeschlossenen Waffenrock, und er wünschte diesen Besuch nach Möglichkeit abzukürzen. Hatte er Glück, so war es dem Portier vom Coburger Hof gelungen, ihm ein Bett im Nachtschnellzug nach Wilna zu beschaffen, und dann wollte er noch heute weiter, zurück, heim. Hier kannte er keinen Menschen, an Abenteuern lag ihm nichts, Zeitungen, die er durchgesehen, erfüllten ihn mit Besorgnis ukrainischer Unruhen wegen. Zwar hatte er seinen Stellvertreter, Leutnant von Crewen, gebeten, Briefe seines Onkels unmittelbar an Baron Ellendt weiterzuleiten. Aber dennoch drückte ihn seine Abwesenheit wie eine Schuld. Er begann daher sehr schnell den Auftrag auszurichten, den der Herzog von Teck ihm mitgegeben, das Einvernehmen zwischen dem Fürsten und dem litauischen Ausschuß in Genf zu skizzieren, die Absichten der Taryba, unabhängig, aus eigenem Recht zur Königswahl zu schreiten. Aufmerksam, den fleischigen Kopf ihm zugeneigt, hörte der Abgeordnete Hemmerle den Bericht an. Seine dicken Backen bedrängten beinahe seine Augen, aber sein Blick aus engen Lidern funkelte eindringlich, und sein wuchtiger Bauernschädel, voll blonder Haare, nickte unmerklich zu dem Vorgetragenen. »Je schneller die Litauer handeln, desto besser. In dieser Welt gelten nur vollzogene Tatsachen. Wir nähern uns dem fünften Akt, jedermann muß die beste Stellung beziehen und so stark als möglich sein. Im letzten Monat des vierten Kriegsjahres steht die Entscheidungsschlacht bevor, und Litauen ist ein wichtiger Abschnitt.« – »Entscheidungsschlacht?« fragte Winfried zurück, »im Westen?« Was hatte Litauen damit zu schaffen? Hemmerle lächelte breit: »Ich drücke mich irreführend aus«, entschuldigte er sich. »In der Heimat natürlich, in Berlin, zwischen Volk und Vaterländischen. Die Entscheidungsschlachten, Herr Hauptmann, werden schon lange hier gefochten, im Reichstag und in den Ausschüssen. Hier entscheidet sich der Krieg. Gelingt es uns, vernünftige Friedensziele durchzudrücken, mit Wilson schnell zur Verständigung zu kommen, so haben wir noch immer gewonnen. Siegen die Verrückten, ich meine die Alldeutschen, so treiben wir sehenden Auges ins Verderben. Was nicht in der Zeitung steht, aber um so unwiderleglicher ist. Leider«, fügte er bekümmert hinzu, und seine gewichtige Faust fiel dumpf auf den Tisch.

Winfried sah sich den Mann an, den die Herren in seinem La-

ger haßten und fürchteten. Er hatte sich den ehemaligen Häuslersohn spießiger vorgestellt, gewöhnlich und komisch, und daher nie verstanden, welche Macht er ausübte, um die Kreise der Militärs so sehr zu stören. Hier begriff er: Ähnlich Herrn Sasnauskas vertrat Hemmerle den gescheitesten Teil jener ländlichen Masse, die allmählich in die Städte gedrängt wurde, des Bodens beraubt, und ihre Arbeitskraft den Fabriken verkaufte oder schwer und zäh um geistige Berufe rang. Dieser kleine Volksschullehrer aus einer schwäbischen Bauernstadt hatte schon im Frieden als jüngster Abgeordneter im Reiche das Kriegsministerium nervös gemacht durch seine gründliche Kenntnis des Etats. Er hatte Rechenschaft für die verausgabten Gelder des Volkes gefordert, vor der Herrenkaste keine Furcht gezeigt, die preußischen adligen Generäle mit unbequemen Fragen bedrängt. Seine berühmte Broschüre über den Krieg gegen die Hereros in Südwestafrika vollendete sein Bild; als Katholik und Christ kennzeichnete er bitter die Gemeinheit, mit der man die eingeborenen Besitzer des Landes in die wasserlose Omaheke-Wüste gedrängt und dort bis zum Verdursten blockiert hatte. »Ich will nicht hoffen, daß sich diese Blokkade einmal an unserem irregeleiteten Volk selbst rächen wird«, das hatte er damals drucken lassen. Seither war der Mann als Volksverräter verfemt, still bei den Offizieren, laut bei den Schreibern ihrer Presse. Während des Krieges war er in enge Berührung mit Päpsten, Kaisern, Ministerpräsidenten, Gesandten und Generälen getreten, hatte zunächst ein klotziges Annexionsprogramm entwickelt, bald danach aber ebenso energisch die Front gewechselt und seine Arbeit auf einen erträglichen Frieden gerichtet. Wer ihn bekehrt hatte, stand dahin; seither galt er als Gschaftlhuber und hatte gleichsam von neuem anzufangen. Heute wußte jedes Kind, daß er die Treppen wieder erklettert hatte.
»Sie müssen sich darauf gefaßt machen, Herr Hauptmann«, sagte er spaßhaft, »in Kowno oder Wilna nach mir befragt zu werden. Man überwacht mich, und Ihr Besuch dürfte Herrn Mutius nicht entgehen. Von dem läuft dann ein Draht wahrscheinlich zu General Clauß. Ein fähiger Mann, ich verdanke ihm viel. Er und kein anderer hat mir bei einem Besuch im Osten die Augen geöffnet und die wahren militärischen Kräfte enthüllt. Damals sah ich, was heute alle Welt sieht: von der

Niederlage trennte uns stets nur eine Bretterwand. Die Alldeutschen sind verrückt, ich wiederhole es unaufhörlich, sie können die Wirklichkeit nicht wahrnehmen. Hätte ich Gelegenheit, mich mit Clauß zu unterhalten, ich würde ihn zum Dank davon überzeugen, daß das parlamentarische Regime in Deutschland unwiderstehlich kommt, und daß der Reichstag auf ihn zählen wird, wenn es ihm gelingt, den Faustschlag von Brest-Litowsk auszulöschen.«

Winfried hatte vergessen, daß es heiß war. Solch eine Gelegenheit kam nie wieder. Er entzündete die gebotene Zigarre. Natürlich war es unbehaglich, die kalten Augen des Obersten Mutius über Tausende von Kilometern weg auf sich ruhen zu fühlen. Aber da dieser Schade geschehen war: »Wie sehen Sie denn die Lage, Herr Abgeordneter, und worauf gründen sich Ihre Überzeugungen? Der Sieg im Westen kann doch alles zum Guten wenden.« Hemmerle umfaßte mit der Linken seinen dicht beschopften Hinterkopf und hielt die Rechte locker in der Luft. »Erstens«, rechnete er und streckte den Daumen aus, »überstehen wir den nächsten Winter unmöglich ohne Einfuhr von Fett und Getreide. Die Krankenhäuser melden Entsetzliches über Schwindsucht und Grippe, das geheim gehalten wird. Unseren großen Getreidetransport aus der Ukraine aber« – und er hob den Zeigefinger – »hat Fürst Windischgrätz in Wien ausladen lassen, weil Österreich schon jetzt vor dem Kollaps steht und Ungarn einfach nicht daran denkt, den Hunderttausenden von Flüchtlingen aus den Kriegsgebieten beizustehen. In der Türkei kostet Fleisch das Kilo etwa dreihundert Mark, Kohlen zum Heizen, Öl zum Beleuchten das Entsprechende. Die besten türkischen Divisionen sind seit 1911 mobil, die besten bulgarischen seit 1912. So sieht es bei unseren Bundesgenossen aus. Auf der anderen Seite« – der dritte Finger – »rollt Amerika Woche für Woche Züge voll Weizen, Speck, Petroleum, Stahl, Kohle und Soldaten in die Häfen und nach Frankreich hinüber. Der U-Boot-Krieg, viertens, hat sich als der freche Bluff erwiesen, den man von Tirpitz erwarten konnte. Unsere Menschenverluste« – und er bewegte den fünften Finger – »betragen nach der Auskunft im Hauptausschuß – vertraulich – zweihunderttausend Mann monatlich. Wieviel können wir davon ersetzen? Nehmen Sie dazu« – und er hob wiederum den Daumen –, »daß unser Volk zwar Bezugscheine für Schuhe,

Hemden und Wintermäntel bekommt, die Waren aber nicht, so frage ich Sie: Wer ist der Verrückte? Herr Clemenceau, der sich vor, in und hinter Paris schlagen wird, oder Herr Hindenburg, der, von der Ukraine zu schweigen, ohne die flandrische Küste, Belgien, das lothringische Erz und den polnischen Industriebezirk Deutschlands Untergang vor Augen sieht?«
Winfried saß mit offenem Munde, erschrockenen Augen, die Hand abwehrend ausgestreckt. Etwas in ihm horchte auf: der Vater! Unerquickliche Stunden in Naumburg: Schuldgefühle gegen die Mutter, weil er ihr bloß ein Päckchen Tee mitgebracht; Zugeknöpftheit des Vaters, offenbar um den Frieden mit dem Sohn zu sichern. Dennoch gewitterte es, als er von seiner Praxis berichtete, einen trockenen Satz: »Außer der Grippe nichts als Schwindsucht und Lues. Lues bei den Urlaubern, Schwindsucht bei den Schwerarbeitern.« – »Du willst doch nicht sagen, daß unsere Leute Geschlechtskrankheiten aus dem Felde mitbringen?« – »Wer spricht vom Felde«, entgegnete der Vater ruhig, »aus den Riesen-Etappen bringen sie sie mit, wo wir sie gründlich ausgesät haben. Die Tuberkulose... aber wozu dies alles beim Abendbrot...?« Jetzt schlug Hemmerle in die gleiche Kerbe. Seine trockene Aufzählung nahm einem den Atem. Stimmte sie, und der dicke Mann sah danach aus, so tanzte der ganze Stab von Ober-Ost auf einer dünnen Eiskruste. Mein Gott, dachte er, sie kann unmöglich stimmen. Da wären wir ja verloren. Dann sagte er das in zitterndem Knabenton. »Da wären ja auch«, fügte er hinzu, »all die Hunderttausende umsonst gefallen und jeder einzelne Mann sinnlos geopfert, der noch ins Feuer ging?« – »Junger Mann« grollte der Abgeordnete, »was reden Sie da für Mist zusammen! Sie kommen aus Schwaben, Sie sind durch Deutschland gefahren. Sie haben das Land friedlich blühen sehen. Daheim pflücken sie Kirschen und sammeln Eier. Vier Jahre lang habt ihr das ermöglicht gegen die besten Heere der Welt. Heißt das umsonst gefochten? Und ferner: trotz aller Fehler, die gemacht worden sind, auch von mir, schwören die Schwaben unverrückbar zu Berlin, ebenso die Bayern, die Oldenburger, die Sachsen. Das Reich hält zusammen, trotz der Junkerherrschaft und all des Kummers, den sie über die Menschen gebracht hat. Gilt das nichts? Gar nichts?« Winfried mußte die Augen niederschlagen vor dem wilden Blick des fei-

sten Mannes, der breitbeinig aufragte hinter seinem Schreibtisch und, die Faust geballt, wie ein Boxer den Unterarm stoßbereit anpreßte. »Daß der Krieg weitergeht, ist ein Verbrechen an unserem Volk. Die Verbrecher werden wir uns schon noch vorknöpfen. Aber sie haben uns so geschickt in der Zange, daß wir weiterkämpfen müssen, bis sich ein anständiger Friede greifen läßt. Bricht nämlich im Westen die Front, was Gott verhüten möge, so kriegen bei den anderen, die ja auch keine Engel sind, die dortigen ›Alldeutschen‹ Oberwasser und drükken wiederum ihre Friedensfreunde an die Wand. Daher muß, mag uns auch das Herz bluten, der Widerstand fortgesetzt werden. – Der Widerstand, nicht die irrsinnigen Offensiven, von denen die Herrschaften jetzt die fünfte vorbereiten«, rief er wütend. »Jetzt werden sie aber ganz bestimmt bis nach Paris durchbrechen. Sagen sie. Als ob das deutsche Volk nicht schon genug Schaden zu bezahlen haben wird!« – »Bezahlen?« fragte Winfried betäubt, »sollen wir denn bezahlen? Was denn? Und wovon denn?«

Voller Mitleid schaute der Abgeordnete Hemmerle auf den jungen Hauptmann. Der hier saß, gehörte offenbar zu den intelligenteren Deutschen, hatte sich tapfer fürs Vaterland geschlagen, eine gute Bildung auf guten Schulen genossen und staunte eben zum erstenmal die wirtschaftliche Seite des Weltkriegs an. Wir Linken, dachte er, haben miserabel gearbeitet. Wir haben diese Leute auf dem Gewissen. Nicht die Alldeutschen – wir hätten sie vaterländisch aufklären, das Volk mit Broschüren und Zeitungen behämmern müssen. Hoffentlich ist es noch nicht zu spät. Dann entschuldigte er sich, daß er dem Gast noch keine Tasse Kaffee angeboten habe, Brühe aus Eicheln und geröstetem Korn natürlich. Aber er verfalle immer der Materie und vergesse, sich wie ein Mensch zu benehmen. »Bezahlen?« wiederholte er. »Wer verliert, bezahlt. Wer hoch verliert, zahlt hoch. Das ist die Regel. Beim Spiel und im Krieg. Wir haben vom deutschen Volke über neunzigtausend Millionen Mark Goldwert geborgt. Die nächste Kriegsanleihe wird gegen die Sozialdemokratie durchgedrückt werden müssen. Rechnen die Feinde auf alldeutsche Art, dann bezahlen wir nicht bloß das zerstörte Belgien, Nordfrankreich, Serbien und Polen, sondern auch noch Englands Tonnage – auf Konto U-Boot-Krieg zu buchen – und die Kriegskosten der gesamten

Entente. Keine schlechte Summe«, und er atmete schwer. »Aber wir behalten Deutschland unversehrt, vielleicht ohne Elsaß-Lothringen, vielleicht auch nur ohne Lothringen, und dann kann, nach der Abschüttelung seiner Verderber, das deutsche Volk in friedlicher Arbeit die Kosten von vier Siegesjahren allmählich abtragen. Hier kommt der Kaffee.« Ein junges Mädchen, die Augen niedergeschlagen, setzte ein Tablett mit Tassen und Kanne auf den Tisch, goß das dunkle Getränk ein und verließ das Zimmer wieder. Winfried bemerkte es kaum. In ihm taumelten alle Begriffe vom Krieg und Frieden, Sieg und Niederlage. Wie auf eine kreiselnde Scheibe gemalt von schwarzen und roten Feldern schwangen sie um eine Achse, die auf seinem Herzen ruhte, und als bleiche Kugel tanzte sein ratloses Denken drüber hin. Endlich faßte er sich zu einer Frage. Mußte er diesem Politiker nicht sagen, welchen Auftrag er ausgeführt hatte, der Wirkungen wegen, die er nicht, vielleicht aber Herr Hemmerle übersah? Auf unheimliche Weise verändert hatte sich das Bild der Welt, seit er sich hier im Innern des Reiches am Widerstand der Tatsachen die Haut wundrieb. Und während Hemmerle Kuchen zerbrach und zwischen die Lippen steckte, berichtete Winfried, mit Hemmungen kämpfend, welche Dienstreise ihn nach Westdeutschland geführt.

Jetzt war es an Hemmerle, mit offenem Munde dazusitzen. »Einen katholischen Priester«, murmelte er tonlos, »eingesperrt wie einen Sträfling. Den Vikar von Wilna.« Er hörte auf zu essen, atmete erregt. »Dazu die Weltarbeit unter den Katholiken, zwei Kongresse, die unendliche Mühe mit der Kurie.« Er schaute umher, Winfried fühlte förmlich, wie seine Hoffnungen sich entblätterten. »Dann verlieren wir Polen«, stotterte er. »Die Juden der Entente zugetrieben, und jetzt dem Klerus ins Gesicht... Wenn es dort zur Abstimmung kommt über Staatsform und Bündnisse – und dazu kommt es... Das selbständige Polen kommt. Ist die Kirche gegen uns, so greift es nach Posen, nach Westpreußen –« er verstummte, schnappte nach Luft, trocknete sich die Stirn. »Heiß hier, nicht? Selbstverständlich schweige ich, Herr Hauptmann«, nahm er sich zusammen. »Vielleicht aber gibt Ihre Mitteilung jemandem eine Waffe in die Hand, der für Deutschlands Zukunft ziemlich exponiert ficht. Und nun entschuldigen Sie mich bitte. Heute nacht berät die Fraktion, und ich habe noch kaum mit meiner

Frau gesprochen und eine kleine Naht vorgeschlafen. Hoffen wir, daß wir uns in kommenden Zeiten fröhlicher wiedersehen. Den Herren der Taryba unsere besten Wünsche, sie mögen unserer sicher sein.« Im Gang aber, und ein lustiges Licht kam in seine Augen, flüsterte er dem Hauptmann zu: »Fragt man Sie bei Ober-Ost gelegentlich, was Sie am Sonntag nachmittag in diesem Hause suchten, so wohnt im zweiten Stock eine reizende Schauspielerin, mit der Tee getrunken zu haben keinem schmucken Offizier zur Schande gereicht. Das dritte Stockwerk ging Sie nichts an.«

SIEBENTES KAPITEL

Im Mitternachtslicht

Auf den Höhen über Kowno warten in verwilderten Gärten leere Holzhäuser. Ihre Besitzer, vor den Deutschen geflohen oder verschickt, liegen vielleicht irgendwo mitten in Rußland auf einem Bett und denken sehnsüchtig an die wundersame Kühlung, die jetzt vom Njemen und der Wilja heraufweht. Auf ihren Betten liegen nämlich auch die augenblicklichen Bewohner eines dieser Sommerhäuser, drei Mannschaften der Presseabteilung, Unteroffiziere Hirte und Hauff und Landsturmmann Bertin, außerdem ein Gast. Der Gast hat zwei Flaschen Rotwein aus dem Kasino mitgebracht, ist auf der Durchreise, kommt aus Deutschland, hoffte, als er seinen Zug verließ, morgen früh beim Chef des Stabes zum Vortrag zu erscheinen. Wird mittags nach Wilna weiterfahren, heißt Winfried. Für ihn steht ein Lager leer, Unteroffizier Verdy ist auf Urlaub.
Man hat die leichten Feldbetten auf die große Terrasse gezogen, wie flüsternde Ballen aus Luft und Schwärze quellen die Wipfel um sie. Der Mücken wegen ohne Licht, liegen sie und rauchen. Unendlich zart schwebt die Sichel des ganz jungen Mondes vor ihnen, wie aus Geisterglas ergänzt sie sich zur schwach beleuchteten vollen Scheibe. Den Nordhimmel aber erfüllt ein unendliches Hellblau für nachtgewohnte Augen. Wie goldene Nägel haften die Sterne darin, nur die allergrößten. »Ich möchte einmal nach Finnland fahren, hoch hinauf, nur um die Sommernacht dort zu verwachen«, sagt Bertin. In seiner Stimme ist ein erregter Klang. Sein Schwager David hat ihm aus Wilna geschrieben, er könne ihn noch immer nicht besuchen, sein Freund Kliem sei krank, und die Verhandlungen der Pferde wegen nähmen absonderlichste Formen an. Dieser Anstoß durch David aber hat in Bertins zwiespältigem Herzen Sehnsucht nach zwei Frauen erweckt, beide schlank und reizvoll, die eine in Wilna, die andere in Dahlem (bei Berlin). Zu denken, daß dieser Winfried gestern noch die Möglichkeit

hatte, sich frei in jener Gegend zu bewegen, kein Sklave an langer Kette wie der gemeine Mann Bertin. »Was hindert Sie«, fragt Unteroffizier Hirte trocken zurück, »nach Helsingfors zu fahren statt nach Pleskau?« – »Sollen Sie nach Pleskau fahren?« fragt Hauptmann Winfried verträumt. »Journalistische Dienstreise? Nehmen Sie mich mit, ich möchte auch gern Bolschewiken sehen.« – »Abgemacht«, sagt Bertin, »wenn es soweit ist, bekommen Herr Hauptmann Bescheid.« – »Machen Sie keinen Unsinn, Bertin«, wehrt Winfried die Betitelung ab, »trinken Sie lieber. Prost, auf baldigen Frieden!« – »Oder auf Pleskau«, sagt Bertin, und sie stoßen an. Die drei Presseleute blicken einander über die Gläser zu, in ihren Brillen spiegelt sich das Blau. Ein Geheimnis schwingt zwischen ihnen. Heute haben sie den Dienststempel ihrer Abteilung in die Hände bekommen, weil ihr Chef, Hauptmann Blaubert, nach Brüssel versetzt worden ist und sein alldeutscher Nachfolger noch nicht eingetroffen. Der Schlüssel steckte im Schube. Es droht aber eine neue Untersuchung; trotz scharfen Widerstands von General Clauß soll der Stab noch einmal »ausgekämmt« werden. Für diesen Fall sind einige Männer gewillt, keinerlei Frontschicksale mehr auf sich zu nehmen. Sie haben davon die Nase voll, und der Anblick des Etappenlebens, der Einblick in die politischen Untergründe der Kriegsfortsetzung tilgt jede Entsagung aus. Daher haben sie auf leere Papiere verschiedenen Formats den allmächtigen Dienststempel von Ober-Ost gedrückt und werden im Bedarfsfall einen frei gewählten Text zur Dienstreise nach Pleskau darauf tippen und von einem beliebigen Offizier unterschreiben lassen. Pleskau, russisch Pskow, ist die Grenzstation, dort berührt sich jetzt die deutsche Macht mit der bolschewistischen. Kein Arm der Welt ist stark genug, einen deutschen Soldaten aus Pleskau zurückzuholen, der ein solches Ausweispapier bei sich trägt und nicht freiwillig heimfahren will. Wunderbar ruhig in ihrer Seele fühlen sich jetzt die Unteroffiziere Hirte und Hauff und der Landsturmmann Bertin. Für den Kameraden Verdy haben sie, das bedarf keiner Worte, genug Vorrat aufgehoben. Aber das braucht ein Hauptmann nicht zu erfahren, auch wenn er anständig und verläßlich ist und gegen viele Mahnungen der Obersten Heeresleitung handelt, weil er sich hier mit Leuten aus dem Mannschaftsstande gemein macht.

Hauptmann Winfried dagegen fühlt sich wohl und gehoben aus einem anderen Grund. Seine deutsche Reise hat einen bestimmten Vorgang in ihm zur Reife und Vollendung gebracht, eine Klärung, Sicherstellung. Gottlob, daß er dem Einfall folgte, schon in Kowno auszusteigen – nach heißer Tagesfahrt, weil der Portier des Coburger Hofes doch keinen Schlafwagen mehr herzauberte. Er weiß jetzt, wohin er gehört. Nicht zu den Berufssoldaten jedenfalls, sondern zu denen, die helfen wollen, die entsetzlichen Wunden und Verluste der Kriegsjahre zu heilen. An passender Stelle, mit bequemem Auskommen für sich und seine Frau und zum Wohle des Vaterlandes, aber sonst gleichgültig, wo. Braucht ihn der Herzog in Litauen, so ist es recht. Ist in Deutschland Not am Mann und sucht man ihn, so wird er sich nicht lange zieren. Ihn verläßt der Gedanke an die Eröffnungen nicht, die der schwere Herr Hemmerle in ihn gepreßt. Überhaupt wäre ihm leichter, wenn er von seiner Reise hier erzählen, seine Eindrücke dem Urteil des zurückhaltenden Herrn Hirte unterbreiten könnte oder dem guten Bertin. Aber er ahnt wohl, daß er's nicht darf. Vieles und manches bleibt zu erwägen. Angenehm jedenfalls, daß er den Riesen Clauß nicht antrifft, sein Herz vor ihm nicht ausschütten kann. Nach Mitau und Riga gefahren, berichtet die Registratur am Telefon, Rückkehr noch ganz unbestimmt. Hm, hat Winfried gedacht, hängt das mit seinem russischen Fimmel zusammen?
Die hellen Nächte von Petersburg, fährt Bertin inzwischen fort, laut zu denken. Was haben die russischen Erzähler daraus gemacht. Welch eine Literatur überhaupt, die russische, welch ein Strom von Männlichkeit und Können! Das Genie des Aufruhrs blitzt und wetterleuchtet durch all diese Seiten, keinen ausgenommen. Wenn er dagegen unsere Literatur überprüft, die eigene eingeschlossen, wird ihm grün und gelb zumute. Er mag nicht von anderen Schriftstellern reden, er hat nicht in ihrer Haut gesteckt. Aber in seiner eigenen Haut steckt er und in der mit ihm ein im Grunde unverständliches Wesen.
Unteroffizier Hauff nimmt von seinem Vorfahren her, dem schwäbischen Dichter Wilhelm Hauff, ehrlich Anteil an solchen Rätseln. Er hat etwas Spätes in seinem Wesen. Lebenskraft auf dem Abstieg. Sie genügte aber noch, aus ihm einen verschlossenen und umsichtigen Mann zu machen, der sich seinen Platz im Leben, einem kleinen Verlag, schon vor dem

Kriege schuf. Er hat 1913 Bertin in München kennengelernt, sie haben die Pädagogische Abteilung der Freien Studentenschaft mitgegründet und unter den fünfzehn, zwanzig jungen Männern und Frauen einander wenig bemerkt, aber in Erinnerung behalten. Darum veranlaßt Hauff jetzt den jungen Schriftsteller, weiterzureden. Was sei ihm so fragwürdig an sich selbst?

Das süße durchsichtige Blaugrün schafft Brücken zwischen den Menschen, stimmt vertraulich. Bertin spricht also von sich. Während seiner ganzen Militärzeit hat er diese Neigung aus guten Gründen unterdrückt. Heute läßt er sie laufen. Warum nicht? Scham und Anstand gehören für den gemeinen Soldaten zu den weggeworfenen Zivilsachen. Wer sich immerfort nackt ausziehen, alle zehn Tage sein Geschlechtsteil von einem blöden Sanitäter untersuchen lassen muß, verkriecht sich um so tiefer, gibt aber bei Gelegenheit dem aufgestauten Drängen nach. Bertin trinkt guten Rotwein, raucht eine mäßige Zigarre, breitet sein Problem aus. Er hat dreizehn Monate vor Verdun allerlei erlebt. Vorher in Lilles Umgebung geschanzt, in Südungarn und durch ganz Serbien Straßen gebaut. Eigentlich ist kein Tag vergangen, an dem er nicht eine Beleidigung des Menschen durch den Menschen mitangesehen hätte. Eine ganze Menge ist ihm auch selber zugestoßen. Darüber hinaus sind ihm inmitten aufregender Monate und im Verlaufe der letzten beiden Jahre gut und gern ein Dutzend Bekannte umgebracht worden. Und schließlich hat er vorigen Sommer aus größter Nähe diese Geschichte mit dem Sergeanten Paprotkin angesehen, dem armen Grischa, der in aller Unschuld sich selbst die Schlinge um den Hals gelegt und zugezogen. Gegen alle diese Dinge hat er sich durchaus nicht versperrt. Aber sie scheinen in ihm spurlos verschwunden zu sein. Nach dem Dienst schreibt er Verse, im Dienst schreibt er Aufsätze, beides sorgfältig gearbeitet. Er macht ein Stück »Charis oder Charmides«; Anlaß dazu hat ihm dies und jenes Aktuelle gegeben, aber wenn er sich das Zeug vorliest, das auf schönes russisches Bütten geschrieben ist, so bricht manchmal durch sein Wohlgefallen eine leise freundliche Mahnung, doch lieber diesetwegen zu kotzen. Er versteht nicht, daß er eine solche Arbeit fünf Akte lang durchgehalten hat, sich darauf freut, sie seiner Frau zu schikken, glücklich ist, sie heute nachmittag beendet zu haben. Ja, heute hat er die letzten Verse des fünften Akts geschrieben, und nun liegt er da, hohl wie eine Frau, die geboren hat und fürchtet, ihr Bauch sei voll Wind gewesen, denn er ist jetzt leer. Drin aber in der Schublade brüsten sich achtzig Seiten voll Poesie, alle tatam tatam tatam – tatam tatam, fünffüßige Jamben.

»Zunächst gratulieren wir«, meint Unteroffizier Hauff warm, und alle trinken. Bertin stößt mit ihnen an und schüttelt dabei den Kopf. Winfried beobachtet ihn neugierig wie einen Fremden und überzeugt sich: keine Spur von Eitelkeit, dafür aber pure Belastung, Selbstquälerei! Anstatt froh zu sein, daß er was Hübsches seinem blödsinnigen Dienst abgeluchst hat, prüft er sein Herz und philosophiert – eine verrückte Blase. Nein, äußert Bertin, Glückwünsche – gut und schön. Noch sind sie nicht am Platze. Was er gemacht hat, begeistert ihn, aber es mißfällt ihm ganz genauso. »Stellen Sie sich vor, daß ich daran arbeitete, während man in Brest-Litowsk um den Frieden kämpfte, aus dem viele einen Betrug machen wollten. Und daß ich nicht jeden Tag vor Wut und Spannung meine Nägel zerbiß, sondern Blankverse skandierte. Die grausigste Ungerechtigkeit der letzten Jahrzehnte wurde begangen, und ich dichtete ein Stück um einen hübschen Fratz und unter Verbeugungen für den römischen General Cnejus Pompejus Magnus. Ich, der ich gesehen habe, wie von Flugzeugen aus Ballonbeobachter mit MG's durchlöchert wurden, während sie wehrlos am Fallschirm herunterschwebten – es muß jetzt zwei Jahre her sein. Ich kann Ihnen diese Szene vor Verdun mit allen Einzelheiten beschreiben. Aber ich tue das nicht. Ich beschreibe vielmehr den anmutigen Marktplatz einer spanischen Hafenstadt, den ich nie gesehen habe, und zwar etwa fünfundsechzig vor Christus. Muß einen das nicht wundern?« – »Sie werden es später beschreiben«, sagt Unteroffizier Hirte trocken, »wenn Sie Abstand haben. Ohne solchen geht es doch nun mal nicht – bei euch.« Bertin sieht ihm in die mattblauen Brillengläser. »Bei uns, sagen Sie, und meinen: bei den Dichtern. Nicht ohne Tadel, wenn ich recht errate. Denn genau das ist mein Gefühl. Es kommt nicht auf später und Dichtung an, sondern auf das Eingreifen heute. Sie bestätigen meinen Vorwurf gegen das Dichten und den Abstand. Es gibt Zeiten, in denen man schreien und um sich schlagen muß. Hören Sie, was heute geschah.

Einer unserer Herren kommt ziemlich fassungslos in mein Zimmer: am siebenundzwanzigsten Juli soll der neue Vormarsch gegen Rußland beginnen! Ziel: eine verkürzte Frontlinie vom Peipussee bis nach Odessa und ein Sperrgürtel, eine ausgeleerte Zone zwischen uns und den Bolschewiken. Mag sein, daß mein Gewährsmann auch nicht gerade glücklich war, vielleicht wieder zur Truppe zu müssen – einerlei. Wer jedenfalls hätte vor Empörung die Fensterscheiben zerschlagen sollen, auf die Straße laufen, ›Schurken! Feuer!‹ schreien? Statt dessen durchdachte und erledigte ich die Sache während des Mittagessens, und dann vergaß ich sie. Ich wollte mich unbedingt für meinen letzten Akt bereithalten, die drei Schlußszenen sollten heute kommen, und sie kamen. Am siebenundzwanzigsten Juli soll die Russische Revolution den Gnadenstoß kriegen, unsere einzige Hoffnung, der Preis so ungeheurer Leiden. Brauche ich noch etwas hinzuzufügen?« – »Ach!« sagt Winfried, unvermutet kommt der Laut aus Verdys Bett. Beinah hätte man glauben können, er schliefe. Aber er schlief nicht, o nein. Da war vorhin ein Wort gefallen, dem man hätte nachlaufen müssen, um es zu fangen und gründlich zu betrachten, es aufzuessen, es sich einzuverleiben. Wie hieß es? Die Männer sprachen so schnell in der blauen Nacht. Dabei redeten sie eigentlich langsam, aber Ihre Übung im Wort war zu groß für jemanden, dessen Beruf anderswohin ging. Also hatte man alle Hände voll zu tun, das vom Gespräche aufzunehmen, was einen selbst betraf. General Clauß ließ nun seinen Plan steigen. Die Warnung vor dem herrschaftlichen Kutscher mit den Hängebacken hatte nicht gewirkt. Dagegen verbreiteten sich schon die ersten Gerüchte. Aber durfte ein Winfried, der mit dem Abgeordneten Hemmerle innerlich einig war, hier überhaupt noch bewundern? Bereitete sich nicht wieder ein Betrug vor – ein Bruch von Verträgen, die man selbst diktiert hatte? Ein Mann wie Clauß, fast ein Genie, mußte der in eine solche Lumpenrolle gleiten?

Der Unteroffizier Hirte hat sich inzwischen aufgesetzt, stützt seinen Kopf an einen Pfosten, läßt seinen Bart in die Luft hängen. Diese Luft macht mitteilsam. Außerdem flutet ein ungeheurer Strom von Denken durch die Atmosphäre. An Tausenden von Punkten diskutieren jetzt Hunderttausende von Männern und Frauen. Es ist genug gehandelt worden, blöd,

tapfer und opfervoll, der Menschengeist empört sich gegen das Übermaß von falsch geleiteter Aktivität. So lüftet denn Unteroffizier Hirte einige von den streng verschlossenen Kammern seiner Überlegung. Er ist der einzige geschulte Kopf weit und breit, wahrscheinlich ist seine politische Bildung sogar der des Barons Ellendt überlegen, der ebenfalls Staatswissenschaften studiert hat, aber Beamter wurde. Und der Journalist hat vor dem Beamten dreierlei voraus: Weite, Beweglichkeit, Mangel an Vorurteilen. Kurt Hirte, genannt der saure Kurt, erlaubt den Kameraden gern, ihn zu verspotten. Denn verspottet werden läßt harmlos erscheinen. Er wäre aber gar nicht harmlos für die herrschende Schicht, wenn er nur wollte. Aber er will nicht. »Schreien und auf die Straße laufen«, äußert er zur Balkendecke hinauf, »sind die zweckvollsten und sinnigsten Verhaltensweisen, um eine Offensive und einen Paktbruch abzuwenden. Desgleichen das Zerbrechen von Fensterscheiben. Nicht etwa hat man die Aufgabe, Erfahrungen zu sammeln, sie reifen zu lassen, die Umstände abzuschätzen, die Kräfteverhältnisse und sein Wissen in der richtigen Richtung zu verwerten, wenn Stoßkraft dahintersteht. Sondern man muß sich auffällig benehmen, als vereinzelte Schießscheibe aufpflanzen, den beunruhigten Macht Gelegenheit zum Auspuffen zu geben. Ein Mann wie Sie befindet sich selbstverständlich in Einzelhaft wohler als in der Presseabteilung des schönen Lands Kompost.«
Alle schweigen und lächeln. Der gleichmütige lehrerhafte Ton des Herrn Hirte tut seine Schuldigkeit. Bertin atmet auch gleich auf: »Wenn Sie mich freisprechen, saurer Kurt! Ich habe mich auch schlechter gemacht, als ich bin«, fährt er eifrig fort. »Mein Stück ist durchaus unharmlos. Es könnte heute nirgendwo auf Erden gespielt werden. Soll ich Ihnen die Handlung erzählen?« Und er entwirft in halben Sätzen den Aufbau seiner Fabel: wie im besetzten Gebiet, dem spanischen Valencia, der greise General Metellus, mächtig betrunken, mit seinem Adjutanten in tiefer Nacht durch die Hauptstraße wandert, heim, ins Zelt und Bett, und wie da plötzlich ein Soldat ohne Urlaubsschein, von der Ronde gejagt, zwischen den beiden Herren durchbricht, Exzellenz in die Gosse wirft, im Dunkeln verschwindet. Wie aber jetzt der ganze Krieg abgeblasen wird und ein Riesenapparat aufgewendet, um den inneren

Feind herauszukriegen, und was sich daraufhin alles entwikkelte. »Mensch«, ruft der Unteroffizier Hauff ungewohnt lebhaft, »Sie haben ja die Geschichte mit dem ›Greis am Stabe‹...« – »...in die spanische Etappe des Jahres fünfundsechzig vor Christus verlegt«, strahlt Bertin, »und mit einer Liebesgeschichte verkoppelt, ja, das habe ich.«
Aber während nun die drei Mitglieder der Presseabteilung sich mit Leidenschaft und Gelächter in die Erinnerung an ein Ereignis vertiefen, das ein paar Monate vor Bertins Übernahme das Militär der Stadt Kowno in Aufregung versetzt hat, gleitet Winfried weit von ihnen weg, dem Satze nach, der ihn vorhin so eigentümlich angerührt hat. Was kümmerte ihn der Privatkram dieser guten Leute? Da war was gesagt worden, und das ging ihn wirklich an. ›... des Menschen durch den Menschen‹ – da hatte er es beim Zipfel, Mißachtung oder Beleidigung des Menschen durch den Menschen. War das erlaubt? Im bürgerlichen Leben war es nicht erlaubt. Beim Militär aber kam es vor – nicht nur vor, sondern zu Ehren. Es spielte eine Hauptrolle daselbst und gar erst im Kriege...! War nicht das ganze Volk Soldat? Und mußte es sich nicht daran gewöhnen, beleidigt zu werden und andere beleidigen zu dürfen, Untergebene? Die Lust des Kränkens, Benachteiligens, Strammstehenlassens: ja, welche Lust, Soldat zu sein! Jeder Mensch hatte sich daran gewöhnt, auch er, denn er konnte dabei immer höher steigen, von immer weniger Leuten sich was sagen lassen. Aber wenn man sich überlegte, wieviel Roheit, Dummheit und Machtgier jeden Tag auf diejenigen ausgeschüttet wurde, die ihrerseits mit diesem Betrieb nur um der Landesverteidigung willen einverstanden waren: War es nicht ein Wunder, daß es so lange hielt? Hatte er nicht in Berlin gehört, mit eigenen Ohren, als er durch die Straßen ging, von Hemmerle kam, wie ein kleines blasses Mädel ein anderes fragte: ›Wenn ihr Hunger habt, sagt dann eure Mutti auch, geh in die Küche, da stehn noch kalte Kartoffeln?‹ Siedend heiß wurde ihm, er mußte sich den Rock aufhaken, aufknöpfen, das Eisenwerk des Bettes fest anfassen, schnell noch eine tüchtige Tasse des lauwarmen Rotweins herunterschütten – ihm war zum Trinken nicht Unteroffizier Verdys Mundspülglas angeboten worden, sondern seine große wohlgewaschene Kaffeetasse. Mit Hemmerles Mitteilungen, Professor Osanns graugrollendem Gesicht, den Leuten in den

Straßen Tübingens, den Verwundeten von Niedernau, ergab das alles ein Gefühl von hohler Kruste, Unwahrscheinlichkeit des Haltens, Ruf nach der Feuerwehr. Hatte Hemmerle nicht von einem Weiterkämpfen geredet, um des erträglichen Friedens willen? Winfried, wie er hier lag, in der glashellen Nacht, von ferner Mitternachtssonne über die Krümmung der Erdkugel weg angeleuchtet, kam sich vor wie selbst nicht mehr wirklich. Alles geisterhaft, dachte er, alles unwahrscheinlich, gegen die Natur. Es hält – aber warum eigentlich? Liebt das Fleisch des Menschen die Demütigung und den Gehorsam, den seine Intelligenz verwirft? Muß da nicht was platzen? Was dagegen half, Sicherheit bot: der Anschluß. Die Rückverbindung. Die innerste Vereinigung des Menschen mit dem Menschen. Das Bündnis, Bärbe. Es konnte gar nichts einstürzen, ernstlich passieren, solange diese schwarzen Augen für ihn blickten, dieses geliebte Herz für ihn empfand, dieser weibliche Mensch mit allem, was er hatte und war, zu ihm stand. Er war seinen Weg völlig richtig gegangen. Nur wer einsam war, durfte, konnte verzweifeln. Wer zu zweit war, vermochte im Notfall die ganze Menschheit wieder aufzubauen, nach der Sintflut. Und er wußte jetzt, worauf er wartete, seitdem er mit dem Vikar in den Zug gestiegen: auf das Wiederaussteigen aus dem Zug, das erste Wiedersehn, den ersten Kuß, das erste Hindrängen zu ihr, die erste Umarmung. Denn dann tritt das Wirkliche wieder in sein Recht. Ja, da diese Leute lachen. Da sie sich so herzlich amüsieren, wird es wohl nicht so schlimm sein, und ich übertreibe. Fraglos hat mich diese Reise überreizt und angestrengt. Morgen werde ich mich gründlich ausschlafen, zweimal der Länge nach und einmal der Quere.

ACHTES KAPITEL

Stromfahrt

Die Herren von der Flößerei und die der Forstverwaltung waren schon in russischen Zeiten aufeinander angewiesen wie Lieferant und Verfrachter. Der mächtige Njemen mit seinen Nebenflüssen hatte von jeher das Holz aus den litauischen Wäldern abgeschleppt. Major Buchenegger galt auch bei der Wasserpolizei und in der Flößerei-Abteilung als ein großer Herr. Wünschte er, zu Wasser zu reisen, so stand ihm, je nach Wahl, ein offenes Motorboot oder ein größeres, gedecktes, namens Wassernixe, unter Polizeiflagge zur Verfügung. Der Sommer ließ sich heiß an; in den Bahnwagen schwitzte man, auf den Landstraßen wurde man gelb vor Staub und so durstig, daß man beinah bereit war, typhusverdächtiges Zeug zu trinken.

Immer wieder entzückte den Major die Freude des Wasserfahrens. Nichts machte ihn so froh wie Landschaft, grün dahingleitende Hügelufer, ein Blitzen überm Strom, der zarte Dunst der Ferne, unerreichbar dem Bug des Schiffchens, das sich ihm gleichwohl unermüdlich entgegendrängte. Die riesige Wassermasse des Njemen, gelb mit blauen Lichtern oder grün zwischen den Wäldern, ihre unwiderstehliche Kraft, ihre lautlose und wiederum musikalische Art, wenn sie ans Metall des Schiffes klatschte; die Kühle – all das weitete ihm die Brust, machte ihn wunschlos glücklich. Er war kein Parasit, er Buchenegger! Zu dem Sieg, der jetzt errungen war, zur neuen Größe des Vaterlandes hatte er sein Teil beigetragen. Er durfte sich im Liegestuhl aalen, eine schöne Zigarre rauchen, die weiße Litewka aus Drillichleinen aufgeknöpft, die Beine übereinandergeschlagen. Er kam aus Bialowies, einem seiner Hauptgebiete, und war in Grodno mit seinem Wilnaer Vertrauensmann zusammengetroffen, dem Polizeihauptmann Siewindt. Nach stundenlanger Beratung hatte sich ergeben: Buchenegger müsse nach Kowno fahren und General Clauß nach Wilna holen. Der und kein

anderer vermochte unmißverständlich und ohne Aufsehen den Herrn Herzog von Landquardt zum Rücktritt zu zwingen. Obwohl der Reichstag diese Beseitigung verlangte, die Taryba, das ganze Land Litauen, mußte er dennoch weg. Er hatte sich bisher tüchtig »gesund gemacht«, der Herr Herzog, war als schwer verschuldeter Rittmeister des Regiments Gardedukorps in Wilna eingeritten und durfte jetzt als wohlhabend gelten. Dem Chef der Militärverwaltung unterstand auch die Eisenbahndirektion mit ihrem Frachtraum. Von ihr führten Stränge der Verständigung zu den preußischen Eisenbahndirektionen der Grenzgebiete, vor allem Ostpreußens, etwa Königsbergs. Schickte also jemand Nahrungsmittel oder Rohstoffe zum heimlichen Verkauf nach Königsberg oder Danzig, und half ihm die MED Wilna durch Wagenstellung und Plombierung, so konnte er hübsches Geld verdienen, vorausgesetzt, daß es nicht ruchbar ward. Ruchbar aber wurde es nicht, wenn man vaterländisch empfand und die Angliederung Litauens an das preußische Verwaltungssystem betrieb, auch in der Zeitung. Der Herr Herzog hatte bisher den Anstand gewahrt, einen Juden Bedelmann vorgeschoben, einen unter den Tausenden, die in Wilna hungrig umherliefen, und ihn von seinen Abfällen gesättigt. (Herr Bedelmann war berühmt, weil er zur Bestechung der Verwaltungs- und Polizeileute pelzgefütterte Westen verwandte, die manchmal, aber selten, in ihren Taschen auch Banknoten bargen.) Jetzt aber hatte der Herr Herzog einen groben Schnitzer begangen, einem jüdischen Vizefeldwebel gegenüber, der zufällig aus einem Potsdamer Bankhause stammte. Der junge Mann von der Westfront, der wegen vierzig Pferden unterhandelte, gab nur ein kurzes Gastspiel in der östlichen Etappe, deren Sitten er nicht verstand, geriet außer sich, wollte Stunk machen, irgendeine große Glocke in Bewegung setzen. Solchen Zwischenfällen mußte ein für allemal vorgebeugt werden. Am besten durch Clauß und durch Landquardts Rücktritt. Da das Regiment Gardedukorps jetzt in der Ukraine spazierte, konnte es den Herrn Rittmeister dienstlich anfordern und wieder an die Spitze einer Schwadron stellen. Ja, das Regiment Gardedukorps ... eine tolle Sache!
Der Major Buchenegger war ein bayrischer Forstrat, persönlich uneigennützig, von untadeligem Ruf. Er ging durch dick und dünn mit seinem König Ludwig und dem Hause Wittelsbach.

Dennoch oder gerade deshalb schmeckte ihm das Theater nicht, welches Wilhelm II. an die Stelle sachlicher Regierung gesetzt hatte. Daß ihm seine Feldherren schon lange nicht mehr sagten, wo die Truppen für ihn verbluteten, mochte noch hingehen. Ein Kaiser brauchte kein Feldherr zu sein, wenn er nur die Sachverständigen machen ließ. Daß er aber den ganzen Krieg hindurch für seinen pomphaften Siegeseinzug durchs Brandenburger Tor zwei Eliteregimenter in Bereitschaft hielt, sie vor jeder Abnutzung durch Kampfhandlungen schützte, war und blieb dem Monarchisten Buchenegger ein Greuel – um so mehr, als es jene beiden Regimenter waren, in denen Hochadel diente, Gardedukorps und die Breslauer Jäger zu Pferd. Die Jäger hatte man wenigstens als Feldpolizei in den weiten Etappen verteilt, sie fielen nicht auf, obgleich ihre Kürassierhelme und blanken Brustschilder mit dem Gendarmeriedienst schlecht harmonierten. Die Gardedukorps aber zogen seit 1914 als geschlossene Masse im Hintergrund herum, in Kurland, Litauen, Polen, und erregten Ärgernis bei denen, die davon wußten. (Sie hätten mit Leichtigkeit Pferde abgeben können, um die schweren Maschinengewehre der lausigen Westschweine wieder zu bespannen. Die näheren Umstände dieses Geschäftes aber verursachten dem Major Sodbrennen.) Und daß diese ganze hochadelige Gesellschaft die Affenschande mitmachte, Untertanen bluten ließ und selbst nur ein paar freiwillige Offiziere an Kampftruppenteile entließ, Wilhelm II. aber sich schämte, vor durchschnittlichen grauen Feldsoldaten einherzureiten, das schändete in den Augen des Bayern Buchenegger diesen Einzug selber und den ganzen Kaiserklimbim. Ließen sich die Preußen das gefallen: bittschön. König Ludwig, Prinz Leopold, Kronprinz Rupprecht jedenfalls würden ihre Bayern nehmen, wo sie sie fanden, um sie durchs Siegestor zu führen, und die ganze Leopoldstraße und die Ludwigstraße dahinter würden gefüllt sein vom bayrischen Volk, das seine Männer und Buben drangegeben hatte, aber dafür auch nicht zu schäbig war, die heilige Stunde der Ernte mit seinem Herrscherhaus auf gleich und gleich zu feiern. Zum Glück gab es eine Menge Preußen, die empfanden wie er, auch märkischer Adel, ostpreußische Junker. Hier, auf dem Deck der »Wassernixe«, mochte er daran nicht mehr denken, und so vergrub er sich wieder in sein Afrikabuch, träumte von seinen Kindern, von

dem toten Vater, dem er leider nicht mehr zeigen konnte, wie weit er es gebracht, von seinen eigenen Reisen nach Dschibuti, nach Abessinien, sogar nach Ceylon. Wozu hatte man zur Schwägerin die Tochter eines bremischen Reeders? (Ohnehin spaßte man in der Familie, der Anton habe die Helene nur geheiratet, um auf den Schiffen des Schwiegervaters sich und seine Kisten billig zu verfrachten.)
Noch schwammen schmale Triften Langholzes flußabwärts; die rotbraunen Stämme glänzten im Nachmittag. Hastig wichen die Flößer dem Schiffchen aus, das vorsichtig die tiefsten Stellen des Bettes benutzte, sie überholte. Juni war vorüber; Juli hob an, schon sank der Wasserspiegel; beeilen mußte sich, wer in Kowno noch den Anschluß an die riesigen Flöße finden wollte, die »Plieten«, die dort zusammengestellt wurden. Mit wohliger Befriedigung betrachtete Major Buchenegger die Holzausfuhr. Millionenwerte zog die deutsche Industrie aus den litauischen Wäldern. Im Frieden mußte man sie bezahlen; jetzt kriegte man sie geschenkt. Dort schwamm Bauholz, in gemischten Ladungen auch Eisenbahnschwellen, in Lagen von Stangenholz Zellstoff. Daraus machten die Fabriken nicht bloß Papier, bewahre, hauptsächlich vielmehr Sprengstoff, Schießbedarf. Manche Leute allerdings erzielten Sprengwirkungen, ohne mehr als ein Blatt Papier dafür zu benötigen, groß genug, um ein Rücktrittsgesuch darauf zu schreiben. Sie mußten aber Schieffenzahn heißen. Mitten aus dem verblüfften Reichstag, unter den Augen des zitternden Kanzlers wird der in Kürze den Herrn Staatssekretär des Äußeren in die Luft sprengen, den Redenschwinger, die Friedenstaube. Flieg, Täubchen, fliege, dein Vater siegt im Kriege. Ohne Prophetengabe und ohne Wunder konnte man dergleichen vorauswissen, wenn man die richtigen Verbindungen besaß. Dies war die Welt, die einem Buchenegger paßte und er in sie.

Erlöst von Tag und Hitze stieg gegen Sonnenuntergang General Clauß an Bord der »Wassernixe«, die alsbald ihren Rückweg um die Landspitze und wiljaaufwärts suchte. Er war in Begleitung der Herren von Krottmayr und von Wreech; letzteren hatte ihm Baron Ellendt gestern mit Akten hinübergeschickt.
Eine anstrengende Zeit lag hinter ihm, voll Ärger über die Un-

gunst der Umstände, mit denen man sich so herumschlug. Im Norden hatte er erreicht, daß die Besatzungsarmee seinen Plänen günstige Grenzscharmützel ausführen würde. Unterwegs aber wollte das AOK Dünaburg eine ziemlich verzweigte Verschwörung bolschewistischer Herkunft enthüllt und etwa sechzig Personen verhaftet haben; geplanter Bauernaufstand, beabsichtigte Ermordung von Gutsbesitzern und deutschen Offizieren... Und im Süden verkehrte die OHL nach wie vor unmittelbar mit Kiew und unterließ es beharrlich, Ober-Ost, das heißt den General Clauß und Abteilung V, rechtzeitig zu unterrichten. So war sie verantwortlich für Befehle zur Feldbestellung unter militärischem Zwang und aufreizende Streifen zur Erfassung von Getreidevorräten, die ganze Dörfer und Landstriche gegen die Deutschen aufwiegelten. Mit solcher Seitendeckung wollte er, Clauß, den großen Stoß gegen Moskau führen, dessen Aufmarschplan so gut wie fertig war – dank der wunderbaren Kenntnisse und Fähigkeiten des backenbärtigen Herrn Schulprobst. Am siebenundzwanzigsten dieses Monats sollte es losgehen. Erst in den letzten Tagen vor diesem Datum würden die auserlesenen Einheiten – bisher überall verteilt zwischen der kurländischen und der polnischen Grenze – zusammengefaßt, vorgeschoben werden...
Froh, seinen Zwickmühlen mal zu entrinnen, setzte sich Clauß zum Essen nieder. Die eindringliche Unterhaltung mit Buchenegger bald nach der Abfahrt, nebeneinander über den Bug gelehnt, als bespräche man Fragen der Fische oder Krebszucht, hatte volle Übereinstimmung ergeben. Clauß hatte den Herrn Herzog immer unmöglich gefunden, aber die Familie Landquardt besaß Güter in Hessen, und Clauß war in Hessen geboren, als Sohn eines höheren Gerichtsbeamten. Das zwang zu Rücksichten. Der Vizefeldwebel von der Westfront war durch Glück und Zufall daran gehindert worden, größere Dummheiten zu machen, der Herr Herzog dagegen verschwand, am besten in den Kaukasus. Dort konnte er Naphtha verschieben, wenn's die Türken ihm erlaubten.
Weißblitzende Tafel auf dem Verdeck, ein Hechtessen zu vieren, Fische lieferten die litauischen Flüsse! Man hatte den schönsten Rheinwein mitgenommen, auch Eis und Karten: die Nachtfahrt konnte sich lohnen! Windlichter in gläsernen Kelchen; Lautlosigkeit des Landes umher, die bergigen Ufer der

Wilja verdämmernd, die Gespräche der Männer voller Übermut, die Taschen voller Banknoten, weil man ja sein Gehalt ausgezahlt bekommen hatte und recht wenig davon brauchte. Und diese ganze muffige Amtsluft weggeblasen, und nichts als eitel Fröhlichkeit in Augen und Brust. Man spielte Whist, Krottmayr mit Claus gegen Wreech und Buchenegger, und Schweigsamkeit wechselte mit Lachsalven. Der Hochsommer hatte eben erst begonnen, Wetterleuchten flammte am Horizont auf, aber Gewitter bereiteten sich nicht schweigsam vor, zeigten sich durch Schwüle an, nicht durch aufregendes Prikkeln...

Der lange Rittmeister von Wreech wußte natürlich, weswegen Herr Buchenegger den Chef des Stabes nach Wilna entführte, ebenso der Adjutant von Krottmayr. Brauchte es überhaupt noch eine gesonderte Militärverwaltung Litauen, jetzt, da Abteilung V in Wilna residierte? Wäre der Herzog von Landquardt nicht Katholik gewesen, so hätte sich für ihn vielleicht diese oder jene hohe Patronanz geregt; so aber – nichts davon. Gleichwohl spielten viele Erwägungen in dieser Frage mit, im Grunde genommen, nach einem Ausspruch des Barons Ellendt, die ganze deutsche Politik, Krieg und Frieden, Geld und Herkunft, Gott und die Welt. Mit dem litauischen Bischof von Kowno andererseits war Herr von Wreech auch noch nicht zu Rande gekommen. Denn kirchenpolitisch, so erklärte jener, neigte Wilna leider eher zu Warschau, und er fürchtete Einspruch der Kurie und neuen Zwist, wenn er sich vom deutschen Heer in Wilna als Vertreter bestallen ließ.

Rheinwein, im Hochsommer, auf einem Fluß, den Geschmack edlen Fisches mit Petersiliensauce noch im Munde, leises Gleiten zum Tschuk, tschuk, tschuk des Motors, still brennende Kerzen und die fröhlichen Gesichter herrenhafter Kameraden: gab es etwas Besseres? Fand sich etwas Schöneres in der Welt? Mochte rundum der Krieg brodeln – hier war eine Höhenkuppe der Erdkugel, auf der nichts regierte als Machtgefühl und Genuß der Macht. Man frotzelte einander, spielte hoch und vergnügt, zwanglos flogen die Späße mit den Stichen. »Herr von Wreech wird im Ivestiturstreit zwischen Kowno und Wilna Weltgeschichte machen«, behauptete Herr von Krottmayr, »und in die Schulbücher eingehen. Darauf ein volles Glas, prost!« – »Sie sind doch schon längst drin, Krottmayr«, erwi-

derte Major Buchenegger, als sie getrunken hatten. »Als Zeremonienmeister von Krasny Dwor. Wir Bayern haben auch was zu bestellen, gelt? Aufs Wohl unseres alten Prinzen gleich nochmal prost!« – »Und wer gibt Karten?« fragte Clauß drohend. »Wen verbanne ich in die Ukraine, zu den wilden Saporogern, weil er das Spiel aufhält?« – »Natürlich Wreech. Der fürchtet sich nicht vor der Ukraine, seit dort Zar Lychow I. regiert. Immer Junker zu Junker.« – »Und Bayer zu Bayer. Ruhe, Herren, das Spiel beginnt.« – »Die Eiszeit scheint vorbei«, bemerkte Clauß nach einiger Weile, auf den Weinkühler deutend. »Wreech, Sie sind der Jüngste.« Der Rittmeister stand auf, verließ das Deck. Man wünschte keine Ordonnanzen auf diesem Ausflug. Kaum daß er verschwunden war: »Wissen Sie übrigens«, schoß Buchenegger los, »wen Lychows junger Mann in Deutschland besucht hat? Den Herzog von Teck.«
General Clauß blitzte nur einen prüfenden Blick über seine Karten auf den Major, er konnte nicht verhindern, daß ihm das Blut zu Kopfe stieg, aber jede Bewegung bemeisternd, sogar seine Stimme: »In meinem Auftrag«, warf er hin. (Schade, daß dieser Winfried nicht hier war. Er hätte den Lauselümmel ins Wasser schmeißen mögen, damit er eine Lektion empfing für sein Leben. Na warte, mein Junge. Unter vier Augen gibt es morgen eine kleine Unterhaltung.)
»Hm«, grinste Buchenegger, »dann war er wohl auch, mit Verlaub in Ihrem Auftrag bei unserem Freunde Hemmerle? Schön besteht er Ihre Proben, der forsche Reitersmann.«
Das Gesicht des Generals Clauß, ganz bartlos und eiförmig, nahm einen Ausdruck an, den man selten bei ihm bemerkte: den einer Bulldogge, die sich anschickt, vorzustoßen. Seine Stirn senkte sich, seine Augen schielten durch die Brauen. »Ihr habt gute Spione«, sagte er leise. »Oberst Mutius«, gab Buchenegger ebenso zurück. »Warum beobachtet er den Jungen?« Buchenegger hob die Schultern: »Tut er gar nicht. Vieles Zufall, oder was weiß ich. Beobachtet wurde Hemmerle, gewisse Nachrichten über Teck sammeln Gesinnungsfreunde freiwillig. In Tübingen ist der Professor Osann Wortführer des schwäbischen Freisinns und wild für Teck. Die Mitteilungen ließen sich leicht verknüpfen. Der junge Herr spielte den Kurier zwischen Teck und Hemmerle, vielleicht auch zwischen Hemmerle und Wilna. Das kriegen wir noch heraus.« – »Wer

ist ›wir‹?« fragte Clauß drohend. »Zum Beispiel Hauptmann Siewindt, ein zuverlässiger Mann. Die Polizei hat ein Recht auf Nachrichten, meine ich.« – »Solch ein Borstenvieh«, sagte Clauß bewundernd. »Macht sich ja gut, Lychows junger Mann.« – »Ist verlobt mit Fräulein Osann; daher der Einfluß.« – »Gott sei Dank«, atmete Clauß auf. »Wenn Weiber, dann harmlos. Es hätte schlimmer kommen können.« – »Harmlos hin und her«, rückte Buchenegger vor, »der Junge muß einen Denkzettel haben.« – »Ohne Zweifel«, billigte Clauß, »soll seine Nase, verdammt nochmal, den ukrainischen Winden zudrehen.« – »Lassen Sie uns freie Hand, gegebenenfalls?« – »Gehet mir säuberlich um mit dem Knaben, dem Absalom«, zitierte Clauß, indem er nickt. »Selbstverständlich. Dann bitte Stillschweigen, auch gegen Wreech. Die sind befreundet, und sonst mißlingt der Spaß.« – »Aber ein Spaß muß es bleiben«, knurrte Clauß, »aufpassen also.« Er war so wütend auf Winfried, daß er am liebsten sein Weinglas nach ihm geworfen hätte, der drüben weit weg in Wilna vielleicht mit seinem Mädel schlief. Sollte es doch tun, zum Donnerwetter, aber sich nicht mißbrauchen lassen zu Techtelmechteln mit den politischen Schweinehunden. »Also einig zu dritt«, meinte Buchenegger leichthin, während Wreech mit neuem Eis und neuem Wein aus der Dunkelheit wieder vorkam. »Wo steckten Sie so lange?«

»Wollt ihr sehen, wie die Fische hinter uns herspringen? Das Licht macht sie toll. Hoffentlich seid ihr nicht verdurstet. Und außerdem liegen hinten die Toiletten.« – »An die Gewehre«, kommandierte Clauß. »Je ein Bayer und ein Preuße gegen einen Preußen und einen Bayern, alles im Lot; Sie spielen aus. Auf Pläne und Ziele, prost!«

Das Schiff gleitet auf schwarzem Wasser in Schwärze hinein, dachte Major von Krottmayr, dessen Augen hinter dem Zwikker im Kerzenlicht blinzelten. Bösartige Späße muß gewärtigen, wer mit einem Buchenegger anbindet. Er stammt aus der Oberpfalz, ist in Weiden geboren. Berühmt wegen ihrer Roheit ist die Gegend, das Regensburger Gericht kann davon ein Lied singen. Selbstverständlich wird er, wenn er Näheres ermittelt hat, dem Kameraden Winfried einen Wink geben, sich vor dem B. in acht zu nehmen. Noch besser wäre es, wenn er zur gegebenen Zeit mit Clauß selbst spräche. Der kennt die Bayern nicht und ihre Späße. Aber von Krottmayr kennt sie, und daß er mit von der Partie ist, bekommt seinen Grund. Ja, das Musikalische, das Verlockende der Nachtfahrt auf einem litauischen Flusse, das ihn veranlaßt hat, den General zu begleiten, ist wohl gerechtfertigt worden, und er lächelt leise. Immer wieder schlägt das Kunsthafte ins Sittliche um, das Ästhetische ins Ethische. Es geht nicht immer sinnlos zu in der Welt.

SECHSTES BUCH

SELBSTBESTIMMUNG

ERSTES KAPITEL

Drei Feldwebel

Ende Juli sollte sich das vierte Kriegsjahr runden, das letzte beginnen. Bis zum Frühjahr hatten die europäischen Männer das Geschäft des Mordens aneinander voll erbitterter Verdrossenheit betrieben, in verzweifelter Öde der Herzen, und doch pflichtgemäß, mit zusammengebissenen Zähnen. Sie erschossen sich durch Ritzen, stachen sich Messer in den Leib, erschlugen sich mit geschärften Spaten; von oben warfen sie Handgranaten in die Gräben, in denen Ratten und Läuse regierten, von unten sprengten sie sich mit Minen in die Luft, bespritzten sich mit brennendem Öl und hatten dabei Mitleid miteinander, oft Kameradschaft und Anerkennung, seit Jahren nicht mehr Haß. Seit den Märzangriffen aber war in dieses Geschäft neuer Schwung gekommen; an der einen Front winkte die amerikanische Hilfe, an der anderen ein Regen von Versprechungen: diese letzten Anstrengungen würden endlich Schluß und Frieden bringen und der Feind reichlich für alle Entbehrungen zahlen müssen. Denn dieser Feind war die wohlhabende Welt jenseits der Grenzen, die den Block der Mittelmächte von der übrigen Erde ausschloß. In Deutschland entflammten Ausschüsse »für deutschen Frieden« die hungernden Schichten der Beamten, der Lehrer, Techniker, Werkmeister, Hausfrauen; Großadmiral von Tirpitz verbürgte ihnen immer wieder den Niederbruch Englands. Die Welt der Kaufleute dagegen ächzte wie die der Käufer unter hundert Verordnungen, mit denen mangelnde Rohstoffe gestreckt oder ersetzt werden sollten, nicht nur die Lebensmittel. Kirchenglocken wurden eingeschmolzen, Obstkerne und Bucheckern, Leinsamen und alte Knochen in Fett verwandelt, Kinder sammelten von Haus zu Haus Silberpapier, Flaschenkapseln, leergepreßte Tuben von Zahnpasten, unbrauchbare Lumpen, Altpapier. Wer irgend konnte und »gute Verbindungen« hatte, verschwand in dem Riesenheer der Heimkrieger, drückte von rückwärts gegen die Fronten. Sie hielten, ja sie rückten vor in Palästina und Mazedonien, mit den Tauchbooten auf dem Mittelmeer und der Nordsee, mit den Österreichern in Oberitalien, im Kleinkrieg mit ukrainischen und finnischen Bauernscharen auf dem Riesenleibe des gefallenen Rußland, und mit den Westheeren gegen die Hauptstadt Frankreichs.

Unvermeidlich mußte Feldwebelleutnant Kliem eine Grippe erwischen. Unterirdisch verärgert durch den Moder, in dem er dank dieser Pferdebeschaffung watete – als alter Soldat sagte er »Remonte« –, voll Neugier aber gleichzeitig nach diesem Wilna, hatte sich der einhändige Bademeister aus Potsdam überall dort herumgetrieben, wo Soldaten in Haufen saßen. Die vielen Urlauber aus Deutschland brachten eben Bakterien mit, eine Masse Husten und Schnupfen, und nicht alle von ihnen vermochte der Tabaksqualm zu töten. Es bedurfte aber noch einer Schicksalshand, um den Frontmann Kliem auf den Rücken zu werfen: eines Kalenderfaktums, des Sonntags nämlich. An diesem heiligen Tage öffnete das kirchentreue Regime von Wilna die Marketendereien und amtlichen Verkaufsstellen nur für zwei Stunden, so daß es Kliem nicht gelang, sich am Nachmittag eine Flasche Wodka zu verschaffen. (In den Kantinen durfte nur dünnes Kriegsbier ausgeschenkt werden; den Juden aber war von Obrigkeits wegen verboten, ihren Kram am Sonntag zu öffnen, so daß sie auf wohltätige Weise durch zwei Feiertage in der Woche geschädigt wurden – denn daß sie ihren Schabbes hielten, dafür konnte ja weder die deutsche Herrschaft noch die polnische Stadtverwaltung, von den Litauern zu schweigen.) So bekam die Grippe Macht über ihn, durchschüttelte ihn mit Fieber und zwang ihn, sich krank zu melden. Und wenn sein Freund David nicht gewesen wäre, hätte er sich vielleicht noch tagelang in irgendeinem »Revier« herumgeschleppt, worunter Leichtkrankenstuben zu verstehen sind, und wäre mit großer Wahrscheinlichkeit gestorben. Der Vizefeldwebel David Wahl aber fuhr ihn hinaus aus der Stadt, und der Kutscher Chaim Sonnblum wußte genau, wo in Antokol er zu halten hatte, wenn Kranke dem Dr. Lachmann zur Behandlung überwiesen werden sollten. Hatte er nicht die Schwestern des Hilfslazaretts soundsooft gefahren? Zum Beispiel eine schwarzäugige Christin mit einem schönen Offizier an einem

warmen Sonntagnachmittag? Und sie war würdig, eine Tochter Israels zu sein, und ihr Herr hatte ihm ausreichendes Futtergeld gezahlt, und Glück und Segen sollte über ihnen schweben. Aber David Wahls Bekannte in Antokol hieß nicht Bärbe Osann, sie hieß Hilde Kohn, dieselbe Hilde, mit der er Beethovenkonzerte vierhändig gespielt, in einer bestimmten Nacht aber das Schumannkonzert in a-moll, worauf er erfolglos mit ihr unter seinen Flügel rollte. Das war aber verdammt lange her und Hilde Kohn inzwischen von einem dicken rothaarigen Mädchen zu einem schlanken, sehr reizvollen herangemagert, von vieler Arbeit, wenig Schlaf und kraftlosem Essen. Nun, Hilde Kohn, Schwester Hilde vielmehr, bildete eine höchst wertvolle Beziehung und ohne Beziehung ist der Soldat verratzt.
Jetzt lag Kliem schon im Klosterkreuzgang neben dem Lazarett und versuchte, sich zu erholen. Kein Fieber mehr, wenig Husten und Auswurf – aber eine Schwäche, nicht vorstellbar. Neigung zu Selbstanklagen und -vorwürfen begleitete sie, verständlicherweise, erleichterte aber nicht den Umgang mit ihm und noch weniger seine Genesung. Als Trost lagen viele Kranke wie er in blaugestreiften Kitteln herum, viel Schlaf und Gähnen war unter den steinernen Bögen, in deren Halbrund der stumpfblaue Himmel stand und weit weg die Welt zu schließen schien. Kliems Vorwürfe zerpflückten sein ganzes Leben, besonders verweilten sie bei der Tatsache, daß er die Truppe gerade jetzt im Stiche ließ, in den schweren Wochen während und vor neuen Offensiven. Unruhig blickten seine Augen den Fliegen nach und hinüber zu den Wipfeln kleiner Kirschbäume, in denen rote Sommerkirschen winkten, sorglich behütet, ja gezählt von Oberin Therese, wie Schwester Bärbe kühn behauptete. Er, Kliem, hatte einen Sohn besessen, unehelich, den Matrosen Klaus Fischer, und vor dem Skagerrak wa er hinabgegangen mit achttausend anderen, und Kliems Samen hatte die Fische der Nordsee gefüttert. War das Leben der Menschen weise, wenn es in Rattenfutter mündete oder in Krähenfutter oder in Rabenfutter oder in Fraß für die Schakale, über die gestern der Unteroffizier von der Palästinafront gefabelt? Gestern? Teufel, Teufel! Kliems Kopf arbeitete schwächer als der Wind in einer durchlöcherten Ziehharmonika. Zum Glück hatte er den David noch. Der Junge war was geworden

unter seiner Hand. Er hatte ihn Schwimmen gelehrt als Bademeister in Potsdam und kämpfen als Sergeant bei den Preußen. Und eine schöne Schwester hatte der Junge, im Badeanzug war was los mit ihr. Nein, der David durfte als schneidiger Soldat gelten; nur mit der Schnauze zu weit vorn und übrigens immer bereit, seine Reden mit seiner ganzen Länge zu decken, gleichzeitig aber einen Kniff zu finden und unbeschädigt zu entwischen. Das mit dem Herrn Herzog von Landquardt und jetzt mit dem General Clauß... Mensch, hör auf! Hier schlief Kliem ein. Das hätte er längst tun sollen, dazu trug er eine weiße Binde um die Stirn, die eigentlich über die Augen gehörte: Mittagsruhe von halb zwei bis drei.

Auch David und Schwester Hilde ruhen, aber beieinander, in jenem verschlossenen, hochgewölbten Kirchenräumchen, das schon andere Paare beherbergt hat. »Hilde, Mädel, bist du schön geworden«, bewundert David Wahl, seine langen Hände um den Leib der Jugendgenossin schließend. Von jenseits der Mauer und des Straßengrabens pocht das regelmäßige Stampfen und Klicken einer Arbeiterkolonne, die den Bürgersteig ausbessert. David Wahl, ein Draufgänger, hat Hildes Widerstand einfach überrannt, aber es war auch nicht viel zu überrennen, denn zwischen ihnen beiden bestanden Gemeinsamkeiten, und in Zeiten, da man alles andere entbehrt, führen sie schnell zu Liebkosungen. Außerdem beglückt sie seine Begeisterung. Zwar erklärt er ihr, während sie ruhen und ihre leichte Gestalt halb über ihm liegt, daß Soldaten die Frauen nicht sehr entbehrten, die sollten sich das ja nicht einbilden. Der Krieg sammelte alle Seelenkräfte angespannt auf Selbstrettung und Tötung anderer – nichts von Liebe, mein Kind, höchstens mal eine Zote mit dem Maul. Man mußte erst ganz umgeschaltet haben und in einem solchen mistigen Etappenpfuhl herumrudern, um sich wieder darauf zu besinnen, daß es Männlein und Weiblein gab, und was für göttliche Erfindungen die Frauen waren. Hierauf zitierte er einige Verse des Dichters Heinrich Heine, die er übrigens ziemlich banal fand, gut genug, um anständig vertont zu werden, was er denn auch vorhatte. Aber von ihnen führte ein Weg zu neuen Zärtlichkeiten.
Während sie sich ankleideten, meinte er leichthin: »Denk mal nach, Hilde. Wer so miteinander liebt und vierhändig gespielt

hat, der könnte sich auch heiraten. Lassen wir das beiseite, keiner von uns weiß, wie er aus der Scheiße in den Frieden hinüberwechseln wird.« – »Ich an deiner Stelle würde erst brausen«, sagte sie trocken, ihn anschauend, wie er mit langen Beinen den Steinfußboden überquerte, seine Wickelgamaschen zu holen, die neben dem Koppel mit der schweren Pistole auf einem Wandbrett lagen.

»Red keinen Unsinn; kommt später. Jetzt muß ich mein Herz erleichtern dürfen. Besieh dir diese Pfote«, und er spreizte seine Jungenshand, mit der er mühelos Oktavengänge gehämmert. »Sie war schon hundertmal dreckig und hat schon gestunken – phantastisch! In den aufgerissenen Bauch eines Kameraden hat sie reingefaßt, aus Versehen natürlich, beim Hinschmeißen zwischen Stahlfetzen und Erdfontänen; Därme, Dreck, Blut und Kot überdeckten sie, ich mußte später den halben Ärmel abschneiden, so stank er vorne. Ich kriegte bald einen neuen Rock: ein Kamerad tat mir den Gefallen abzukratzen. Aber das war eine saubere Sache, verglichen mit dem Geschäft, das der Herzog mir antrug.« – »Ein Geschäft?« fragte Schwester Hilde. Sie stand da, völlig als Pflegerin, das Gesicht mit den Sommersprossen rosig unter den roten Haaren, die gelbbraunen Augen voll Staunen auf ihm. Er setzte sich aufs Bett, nahm ihre Hände, zog die schmale Gestalt zwischen seine Knie, fühlte die ihren, leicht geformt. »Du weißt, Mädel«, sagte er, »was ich vorstelle: zu Hause einen Lausejungen und Bummelanten, für uns beide 'nen verhinderten Pianisten und für Deutschland einen Soldaten, und einen abgestempelten.« Und er schlug an das Eiserne Kreuz I. Klasse auf den linken Rippen, fing aber gleich wieder ihre Gelenke. »Nun, für den Herrn Herzog bin ich ein Handelsjud', dem man ein schmieriges Geldgeschäft vorschlägt, um ein Pferdegeschäft damit zu verkuppeln. Denn wozu stamme ich aus einem Potsdamer Bankhaus, dessen Ruf groß ist bei den ersten Regimentern der Christenheit und also auch bei den Gardedukorps? Und der Herr Herzog meint jetzt, unserem Haus einen Dienst zu leisten für Gefälligkeiten, die ihm mein Großvater einst erwies. Er begreift gar nicht, daß er mich damit trifft bis aufs Blut; und dennoch muß ich dem Befehl von General Clauß folgen, gegen jedermann meine Schnauze halten und nur meinen Großvater einweihen. Denn das Geschäft, ließ Clauß mir sagen, diene zweifellos zum Wohle der Reichsfinanzen, obwohl weder du noch ich einen Hauch davon verstehen werden. Wenn ich aber gewußt hätte, daß dieser Herr Winfried nicht dichthalten werde, als ich in meiner Aufregung zu ihm stürzte...« Er ächzte. »Dabei war auch das gut gemeint. Ich wäre ohne Zweifel in Teufels Küche geschliddert. Ein Esel in der Fremde läuft erst mal zur Polizei, stutzt vor sauren Gesichtern und besinnt sich dann auf seine Bekannten.«

Schwester Hilde drückte seinen mageren Jungenskopf gegen ihre Brust, setzte sich ihm auf die Knie und verlangte: »Vielleicht erklärst du mir.«

Es lag aber so, daß der Verwaltungschef den Vizefeldwebel Wahl, als er ihn das drittemal zu sich befahl, von der Möglichkeit unterrichtete, vierzig ukrainische Pferde aufzutreiben; der Abtransport zum Stammbataillon konnte in etwa zehn, vierzehn Tagen stattfinden, die Tiere mußten in Kiew empfangen werden. Der blondhäutige Mann mit den Hängebacken, den schläfrigen Augen, den blassen Lippen, hatte dann davon angefangen, in Kiew würden, wie übrigens früher auch in Wilna, englische Pfunde noch gegen Zarenrubel gehandelt, zu einem sehr günstigen Kurs – folgten für David Wahl unverständliche Zahlen. Wer dort hinreichend Rubel verkaufte, konnte einen hübschen Packen Pfund Sterling aus dem Markte locken. Pfunde, die trotz Englands Niederlagen ihren Wert hielten, während der Zarenrubel – na, über den brauchte sich niemand Gedanken zu machen. Verlangte es die ukrainische Kaufmannschaft nach Katarinkas und Petruschkas: bitte sehr! Und der hohe Herr entnahm einer Schublade große Banknoten, blaßblau, grüngrau, rosa, mit den Bildern Peters des Großen und der Großen Katharina, wunderschön in Stahl gestochen. Während er mit den riesigen Scheinen knitterte und spielte, und bald Katharinas grübchenvolles Gesicht, bald aber den erbleichenden Vizefeldwebel Wahl anschaute, machte er ihm den Vorschlag, einen Prokuristen des Hauses Wahl nach Kiew zu schicken und mit Rubeln, die die Verwaltung ihm liefern würde, die Pfunde aus der Bevölkerung zu ziehen. Daß dieses Geld aus Steuern und Eintreibungen der Zivilbevölkerung stammte, verstand sich von selbst, ebenso, daß nur ein reichsdeutsches Haus das Recht hatte, mit ihnen zu handeln. Ein Kommissionär, Herr Bedelmann, würde als Lieferant der

Rubel bei dem Geschäft auftreten, dessen Ertrag nach einem später zu bestimmenden Schlüssel verteilt werden sollte. Den Löwenanteil natürlich zugunsten der Reichskasse. Nun wußte aber der Wilnaer Klatsch über die anrüchige Verbindung des Herrn Herzogs von Landquardt mit dem »Schieber« Bedelmann genau Bescheid... »Sie halten uns allesamt für Händler und Zigeuner«, stöhnte David Wahl. »Verstehst du das? Haben sie denn keine Augen, keine Ahnung, mit wem sie umgehen?«

Hilde Kohn glitt von seinen Knien, besah ihn mit hochgezogenen Brauen, dünnlächelnden Lippen. »Was liegt daran?« fragte sie. »Wenn wir es nur nicht sind. Im übrigen scheint mir ein Händler besser als ein Schlächter. Und die Leute, auf die es ankommt, wissen, mit wem sie es zu tun haben. Denk an Bärbe, an Winfried, an Kliem, an Sophie von Gorse... Wie geht es übrigens deiner Schwester? Ach, es schlägt drei, meine Zeit ist um.«

»Rätst du mir wirklich zu der Schweinerei?« Er hielt sie am Rocke fest. »Schreib an deine Leute«, damit machte sie seine Finger vorsichtig und entschieden von dem dünnen Stoffe los. »Na, denn man tau«, seufzte er. »Wenn du nur nicht immer türmen wolltest.« – »Ich hab doch Dienst« schimpfte sie, aufrichtig empört. »Jetzt bist du länger bei den Preußen als ich« – er spuckte auf seinen kleinen Finger, drehte an ihm, dabei immer ihre rechte Hand festhaltend – »und hast noch nicht gelernt, daß man stets früh genug zu spät kommt. – Dann werd' ich also dem General Clauß Ordre parieren und das Ganze nehmen wie einen Appell mit gewaschenen Füßen. Schön: Nun können wir Kliem versprechen, in vierzehn Tagen hauen wir ab. – Endlich ist er runter«, rief er befriedigt, einen dünnen Ring vom kleinen Finger drehend. »Komm, Mädel, bis ich was Besseres hab.« Er schob ihr den schmalen Schmuck, den ein hellblauer Türkis zierte, auf den Ringfinger und ließ sie los. Sie schoß davon, blieb an der Tür stehen, drehte sich um, betrachtete den Ring, dann den Mann. »Ist dir's ernst?« fragte sie: »mir auch!« Und dann riß sie an der Klinke und war weg.

Vizefeldwebel Wahl überlegte, daß er eigentlich noch minderjährig sei, und daß die Familie Kohn für seine Mutter eine Mesalliance bedeute. Ihm war warm ums Herz, er zündete eine Zigarette an, lachte vor sich hin, griff mit der Rechten auf einem unsichtbaren Klavier die energischen Anfangstakte des a-moll-Konzerts. Verlobung in a-moll, dachte er, paßt für Mitte achtzehn. Eigentlich muß ich mich bei dem Hauptmann Winfried bedanken, der mich an größerem Lärm verhindert hat. Arme Familie Wahl, eure entarteten Kinder! Erst ein Schriftsteller unbekannter Zukunft zum Schwiegersohn und jetzt eine rothaarige Schwiegertochter, noch dazu aus der Nähe des Kurfürstendamms. Ja, blinzelte er befriedigt, es ist eine umfassende Kunst, den Eltern das Leben zu vergällen, und man muß früh anfangen, wenn man es darin zu was bringen will.

Hauptmann Winfried seinerseits dachte kaum noch an den jungen Mann, Bertins Schwager, der ihm, ohne daß er es wußte, einen entscheidenden Dienst geleistet hatte: die Sache Teck in den Hintergrund zu drängen, das Wiedersehen mit Clauß, den Rechenschaftsbericht aufs leichthändigste zu gestalten. Zwar hatte er bald nach seiner Rückkunft Herrn Sasnauskas aufgesucht, die Zustimmung des Herzogs Teck überbracht. Allerdings sollten drei Tage bei Ober-Ost genügen, ja eigentlich schon der stramme Betrieb auf dem Wilnaer Bahnhof, um die Absichten der Litauer zu entwesentlichen, Auflehnung gegen den preußischen Willen als phantastisch und sinnlos zu entlarven. So freute er sich der ablenkenden Heftigkeit, mit der sich der junge Mensch Wahl auf ihn gestürzt hatte.
Jetzt, diesen Mittag, schritt er mit verschlossener Miene und eifrig zuhörend die Parkwege auf und ab, die die Höhe des Schloßbergs über Wilna zierten – einen anderen Feldwebel neben sich. Den untersetzten Mann, gebräunt das Gesicht, aus dem Zuverlässigkeit und ruhige Klugheit redeten, hatte er im Stabswagen vom Bahnhof abgeholt und bis zum Fuße des Schloßbergs gefahren, denn Laurenz Pont verlangte es nach frischer Luft und ein bißchen Wind – eine lange Fahrt im Urlauberzug von Kiew her stimmte hungrig nach Sauerstoff. Wer einen halbwegs bequemen Platz in einem Zuge nach Deutschland aufgab, um einer Unterhaltung und Berichterstattung willen, verdiente Berücksichtigung in allen Stücken und Möglichkeiten, zum Beispiel einen Schlafwagenplatz aus den Vorräten der Vp. A. zur Weiterfahrt und frischen Ankunft in Berlin-Zehlendorf. Und Hauptmann Winfried hatte noch auf dem Bahnhof telefonisch um diese Vergünstigung gebeten. »Bittet,

so wird euch gegeben«, schmunzelte Lychows Stabsfeldwebel, eigentlich Baumeister Pont, »klopfet an, so wird euch aufgetan.« Und dann fragte er behutsam den einstigen Adjutanten seiner Exzellenz nach den Lebensumständen aus, deren er sich jetzt erfreute. Die beiden Männer hatten sich seit Ende Januar nicht mehr gesehen, vorher aber jahrelang aufs engste zusammen gesorgt und gearbeitet; sie verstanden und vertrauten einander. »Pont«, sagte Winfried, während sie am Turmstumpf der Schloßruine Gedymins vorüberschlenderten, »ich bin nicht wichtig. Mir geht es prima, und damit Schluß. Exzellenz ist wichtig, seine Briefe bedrücken mich, und dabei kommt jedesmal etwas dazwischen, wenn ich meinen Chef zu seinen Gunsten anbohren will. Erst eine Dienstreise in schwieriger Mission und jetzt dieser scheußliche Moskauer Mord.« Laurenz Pont nickte. Auch in Kiew hatte man die Wirkungen dieses Schusses stark verspürt. Anfang Juli war der deutsche Botschafter Graf Mirbach von einem Sozialrevolutionär erschossen worden. Beide Männer waren mit den russischen Verhältnissen schon so vertraut, daß sie abschätzen konnten, um wieviel mehr sich diese Schreckenstat gegen die russische Regierung richtete als gegen die deutsche. Gleichwohl glaubte Pont aufs Wort den Klagen seines einstigen Vorgesetzten über die stürmische Beanspruchung der Politischen Abteilung von Ober-Ost durch diesen Vorfall. Blitzartig beleuchtete er die unheilvoll schwierigen Verhältnisse, entstanden durch das Zusammenspiel von Niederlage, Friedensdiktat, Revolution und zum Schein hergestellten »guten Beziehungen«. Und während die beiden Männer zwischen Bäumen und Gebüschen hinschritten, sommerlich umhaucht vom Nordwestwind, den die See in die Mittagshitze des Festlands sandte, und auf die Stadt zu ihren Füßen blickten, den Dunst, aus dem sich Dutzende von goldenen Kreuzen und Kuppeln hoben und die weißen Riesenklötze hingepatzter Verwaltungskästen der Zarenzeit, gestanden sie sich, daß Schlachten gewinnen leicht sei, Kriege gewinnen aber keineswegs damit gleichbedeutend. »Ich verstehe schon«, sagte Feldwebel Pont, »wenn Herr Hauptmann mir diese Bemerkung gestatten, daß Pferdestehlen auch in Wilna eine leichtere Kunst sein mag als Verwaltung spielen; bei uns in Kiew aber, wo der russische Orient noch viel dicker aus Klöstern und Kathedralen schillert – ich glaube nicht, daß

Herr Hauptmann sich vorstellen können, welche Teufelsküche sich so langsam um unsere Exzellenz zusammengebraut hat.«
Und dann fragte er ziemlich plötzlich, ob die Bretterbude vielleicht eine Bedürfnisanstalt sei, die dort so einladend durch die Büsche schimmerte; und er bat, ihn ein paar Minuten zu entschuldigen.
Winfried, auf einer Bank sitzend, überkam die Müdigkeit des Mittags und die Verdrießlichkeit des Lebens. Um munter zu werden, zündete er sich eine Zigarette an und sah dem Rauch nach, der sich zum blauen Himmel hinaufschlängelte. Ihm gleich, unwiderstehlich, ohne sein Zutun strömten ihm die Gedanken von diesem Gegenstand weg zu erquicklicheren. Die Presseabteilung zum Beispiel, Bertin also, übersiedelte endlich auch nach Wilna, hörte aber nicht auf, als Abteilung III dem militärischen Stabe anzugehören; nicht also ward sie von Abteilung V geschluckt – keine Aussicht für Bertin und seine Kameraden, später als litauische Landessekretäre im Hauptmannsrang und mit neunhundert Mark monatlichen Bezügen aufzuwachen. Schade für den guten Kerl, der ihm so früh sein Einstehen für Teck vorausgesagt hatte. – Ach ja, Krottmayr wollte angeläutet werden, hatte aber, als die Zentrale die Verbindung nach Krasny Dwor erlangte, den Prinzen zu einem Jagdausflug an den Peipus-See begleiten müssen; Enten oder Bolschewiki? fragte sich Winfried, als er einhängte. Am Siebenundzwanzigsten sollte es losgehen, daher auch war General Clauß, nichts als die antirussische Offensive im Kopfe, nach der Rückkehr aus Deutschland nicht zu sprechen gewesen. Erst hier in Wilna hatte er ihn befohlen, ein paar Minuten Zeit für ihn gehabt, ihn für den Eingriff in Sachen des beleidigten Vizefeldwebels aus Potsdam belobt. Sich merkwürdig unterrichtet gezeigt über den kleinen Seitensprung nach Württemberg. Ein Hin und Her von kurzen Sätzen hatte sich in Winfrieds Gedächtnis eingezeichnet.
»Wer eigentlich schickt einen Offizier von Ober-Ost ins Hoflager des Gegners?« – »Der Einfluß eines Schwiegervaters. Und wenn ein General der Kavallerie einen Besuch befiehlt, um über Exzellenz von Lychow unterrichtet zu werden.« – »Und wie führt solch ein Weg weiter zum Abgeordneten Hemmerle?« – »Wenn ein liebenswürdiger Prinz und Herr die Bitte unterbreitet, dem Manne Aktenmaterial zu überbringen?« –

»Passen Sie nur auf, junger Herr«, hatte Clauß abschließend gefunkelt, »daß Sie sich nicht mit ihrem Pöchen in einen Scherbenberg setzen.«

Hier kam Pont zurück (sehr entzückt, wie er sagte, von der Umsicht, mit der die Stadtverwaltung eine Parkanlage mit dem Lebensnotwendigen ausgestattet hatte) und damit wieder – und Winfried seufzte vor sich hin – der Alpdruck, der von Lychows Wirrnissen ausging.

In Kiew, wußte Winfried, sollten der General von Lychow, sein Stabschef Federle als Vertreter der OHL, ein Delegierter der Reichsregierung (Herr aus Industrieadel), ein Abgesandter des österreichischen Außenamts und die Regierung des Hetmanns Skoropadski zusammen arbeiten – viele Köpfe, viele Sinne. Letzten Endes wollten alle das gleiche: den Sieg über Rußland zur Grundlage einträglicher Geschäfte machen. Was sich wirklich abspielte jedoch ward jetzt eindringlich dargestellt von Laurenz Ponts humoriger Schilderung. Er sprach unterhaltlich, keineswegs aus der Perspektive eines Feldwebels, mit niederrheinischen Späßen durchwürzt und wohl auch unterkellert von der gewissen Bitterkeit des gebildeten Mannes in untergeordneten militärischen Verhältnissen. »Die Wiener Bundesbrüder mußten Getreide haben; schon im April waren ihre Speicher zum Ausfegen, und die ungarischen Vettern – die Schadenfreude, Herr Hauptmann, können Sie sich nur bei engsten Verwandten ausmalen. Vielleicht war der Herr Hetmann anfangs auch gewillt, sie und uns in jeder Weise zu bedienen, obgleich seine Bauern nicht wollten. Sie hatten sich schon auf das Land der Gutsbesitzer gestürzt oder verspitzt, und jetzt gab es statt fröhlicher Landverteilung bösartige Recherchen nach Getreidekellern und unterirdischen Mieten. Daß wir den Feldbestellungsstreik, der darauf folgte, mit einem etwas komischen Erlaß zum Pflügezwang beantworteten und Mannschaft mit aufgepflanztem Bajonett neben die Äcker stellten, um den Bauern Trab zu machen, ist Herrn Hauptmann ja bekannt.«

Es war Winfried nicht bekannt. Er erblich sogar, als er sich diese beiläufige Mitteilung sinnlich vorstellte. Aber er brauchte Pont ja nicht darüber aufzuklären, daß sein Abteilungschef ihn von solch unwesentlichen Kenntnissen fernhielt.

»Nun sehen Herr Hauptmann vielleicht schon: Woche für Woche liebte uns das Ländchen weniger. Andererseits erweiterte sich unser Gebiet ebenfalls von Woche zu Woche, ohne daß uns Truppennachschub stützte. Im Gegenteil: nichts als Anforderungen, ob wir nicht endlich Kontingente für die Westfront abgeben könnten. Exzellenz wurden unruhig. Sein Blick hing täglich mehr an den militärischen Vorgängen und Verantwortungen. Unsere vorgeschobensten Truppen griffen ja bis in den Kaukasus hinüber. Die Getreidefrage konnte ihn nur nebenher beschäftigen. Wozu hatte ihm die OHL den Herrn Federle gesandt? Weil er ein Verkehrsfachmann war. Der Marsch nach Kiew würde Deutschland die Einführung der Brotkarte ersparen, sollte ja wohl einmal ein Doktor Allwissend gesprüchelt haben. Nun, die Brotkarte war uns längst eine liebe Freundin; aber jetzt sollten die armen Leute daheim wenigstens ihr volles Quantum ohne Angst essen können. Dafür saß General Lychow in Kiew und plackte sich seinen Kopf ab mit täglichen Mesquinitäten. Plötzlich vorige Woche ging der Krug in Scherben. Seit einem halben Jahr haben wir Exzellenz nicht mehr so schreien gehört.«

Sie waren im Schlendern an eine der berühmtesten Aussichtsbänke der ganzen Anlage gekommen; sie setzen sich beide nieder. Vertieft und ohne etwas zu sehen, fragte Winfried, was es denn gegeben habe. Er kannte die Ausbrüche seines Onkels, den sonst Beherrschung auszeichnete, hatte selbst mehrere miterlebt, bei denen Gegenstände dran glauben mußten. Pont erzählte, Spott in den Fältchen seiner Augen trotz des Ernstes, den er im ganzen seiner Mitteilung widmete: Es war Bericht eingelaufen, daß der wichtigste Getreidetransportzug Deutschland keineswegs erreicht habe. Der Statthalter von Wien, Fürst Windischgrätz, hatte ihn auf eigene Verantwortung angehalten, ausladen lassen, die hungernde Hauptstadt damit gefüttert. Dazu also, hatte General von Lychow getobt, lasse er sich hier vom ukrainischen Dreck seine saubere Montur anspritzen! Dazu habe ihm Hindenburg den Herrn Federle gesandt, damit der Verkehrsfachmann die Waggons den unverschämten Austriaken in die Fressen leite und die Wiener Krethi und Plethi mit den Körnern füttere, um derentwillen er sich zum Schwarzen Mann machen lasse! Das sei zum Verrücktwerden, er haue den Kram hin, noch heute drahte er an Majestät, ihn von diesem säuischen Kommando zu entbinden. Er wolle in

Frieden in die Grube fahren, das Wappen blank, den Schild sauber, und er habe es satt, den Auf oder Schuhu vor der Krähenhütte zu machen. Wonach ein Stuhl von der Tischlerei geleimt werden mußte und Exzellenz einen Tag das Zimmer hütete, am nächsten ziemlich matt wieder erschien, so niedergeschlagen, daß der ganze Stab nur auf Zehenspitzen herumschlich. Das war es, was Feldwebel Pont Herrn Oberleutnant zu bedenken geben wollte. Im übrigen sei die Aussicht wirklich einzigartig; wenn Herr Oberleutnant gestatte, sich in sie zu vertiefen.

Weder Winfried noch Pont bemerkten die falsche Anrede. Der eine trat bis an den Rand des Bergrückens vor, um entzückt hinabzuschauen, auf das schöne Stadtwesen, durchzogen von seinen Flüssen und eingefaßt von seinen Hügeln, während der andere mit den Fingern durchs Haar fuhr, den Scheitel zerstörend, Mütze und Handschuhe neben sich, tief denkend. Nur weil soviel Unerhörtes aus Herrn Hemmerles Munde auf ihn eingedrungen war, hatte Winfried bei jener Aufzählung das Wiener Ereignis überhören können. Armer alter Lychow! Minutenlang schwang lautlose Stille um die beiden befreundeten Männer. Dann trat Pont wieder zur Bank, wartete breitbeinig vor Winfried, betrachtete ihn. »Pont«, damit schaute Winfried auf, »was haben Sie nachmittags vor?« – »Schlafen und schwimmen«, antwortete dieser, »reichlich futtern und um sieben den Schlafwagen zu kriegen, den mir Herr Hauptmann gütigst versprachen.« – »Gut«, sagte Winfried, »es muß etwas geschehen. Ich gebe Ihnen einen verschlossenen Briefumschlag mit, mit unserem Zensurstempel geheiligt. Keine Kontrolle wird Sie behelligen. In Berlin adressieren Sie ihn: Herrn Kilian Hemmerle, Hochwohlgeboren, MdR., W 15, Sächsische Straße 47.« Pont pfiff durch die Zähne: Den Brief besorge er persönlich und in Zivil; es habe ihn schon lange gejuckt, dem Abgeordneten Hemmerle schöne Grüße des Soldatenstandes zu überbringen. »Wenn der Hauptausschuß des Reichstages meinem Onkel Dank und Unterstützung ausspricht, kriegen wir ihn über diese Krise weg. Das kann Hemmerle machen, das wird er machen« – als Entgelt für gewisse Mitteilungen, fügte Winfried im stillen hinzu. Er mußte ihm ausführlich schreiben. Da es aber unhöflich gewesen wäre, im Brief nur Wünsche vorzutragen und nicht auch jene Fragen zu erwähnen, die dem Abgeordneten besonders am Herzen lagen, wollte er am Nachmittag kurz bei Herrn Sasnauskas vorsprechen, zu hören, was der für Hemmerle etwa mitzugeben habe. Als guter Freund der Teckschen Sache hatte Winfried allen Grund, vor übereilten Schritten zu warnen. Zehn und eine halbe Milliarde Mark hatte das deutsche Volk als neunte Kriegsanleihe gezeichnet und seinen Siegeswillen damit wie mit dem Blute seiner Kinder bekräftigt. Die Akte »Selbstbestimmungsrecht der Völker« war dadurch dünn und durchscheinend geworden wie Seidenpapier – nicht gut, darauf Häuser zu bauen. Der Staatssekretär aber, der in Brest-Litowsk mit diesen und ähnlichen Blättern so munter jongliert – siehe da, er wackelte. Unbesonnenheiten der Litauer in diesem Augenblick konnten gefährlich werden. – Für jeden Beteiligten wie für die Sache. Was Herr Sasnauskas daraufhin beschloß und Herrn Hemmerle vorschlug, blieb ihm überlassen; geschrieben mußte es werden. Dann konnte Pont vergnügt in Urlaub fahren. Einen sichereren Boten vermochte sich niemand zu erdenken. Denn wenn die Baumeister aufhörten, soliden Grund darzustellen: auf wen war dann noch Verlaß?

ZWEITES KAPITEL

Es wird ernst

»Daß ihr etwas wagt, das glaube ich nicht«, lachte Babka Herrn Sasnauskas aus. So hieß vor der Rückkunft Winfrieds ihr Kehrreim und nachher noch mehr. Herr Sasnauskas zuckte würdevoll die Achseln, zog seinen Bauch ein und sprach gelassen: »Wirst ja sehen, Schäfchen, wirst's ja erleben.«
Es lebte sich jetzt angenehmer in den kühlen Zimmern als im Garten, obwohl gegen Abend Winde vom Flusse her wehten und Babkas Kleines mit winzigen Fingerchen nach dem starken Aste langte, an welchem die litauische Wiege mit buntgewirkten Bändern aufgehängt war. Nun, es würde noch einige Zeit dauern, bis es begriff, um wieviel zu hoch für seine kleinen Arme dieser zuverlässige Ast ragte. Genauso hilflos kam Babka die Absicht des Herrn Sasnauskas und seiner Freunde vor, sich endlich vom Wiegenband der deutschen Verwaltung zu lösen, vollendete Tatsachen zu schaffen und sich mit kräftigem Schwunge auf den Ast zu setzen, der ihre Wiege trug und Selbstbestimmungsrecht der Völker hieß, Friedensvertrag von Brest-Litowsk. Obwohl sie ein neues Herz in der Brust trug, eines, das gelitten hatte um den Mann und sich süß anfühlte in der Nähe des Kindes, behielt sie doch ihren zusammengefaßten Verstand unter den greisen Haaren. »Und wenn ihr es schon wagt«, fragte sie Herrn Sasnauskas, und ihre Augen spähten dabei nach den Kirchtürmen und golden funkelnden Kreuzen, »wenn ihr euch schon auf eure Beinchen stellt: Was wird euch stützen? Wo ist der Schaft, bei dem ihr die Flinte fassen könnt?«
»Das verstehst du nicht«, bemerkte dann Herr Sasnauskas. »Hinter uns steht der Reichstag mit seinen stärksten Parteien, also die Deutschen selbst.«
»Oh, wieviel ich hier davon merke«, rief Babka bewundernd aus. »Nichts als einen Reichstag merke ich hier. Und die Leute mit den grauen Röcken und den grünen tun genau das, was

dieser Reichstag will. Wenn er zum Beispiel will, wie ihr immer beteuert, daß dieser Ausräuber Landquardt verschwindet, so bleibt Herr Landquardt ganz ruhig in Wilna und räubert weiter aus mit seinem Juden Bedelmann. Und wenn ihr verlangt, samt eurem Reichstag, daß die Verwaltung endlich litauisch werde, verhöhnen auch die Herren und bitten euch betrübt, noch zu warten, damit nicht euer liebes Röckchen von den schwarzen Requisitionen befleckt werde, die das Militär immer weiter vornehmen läßt. Und eure Bauern kommen weinend gelaufen, weil der Feldgendarm ihnen die letzte Kuh aus dem Stalle reißt und sie jetzt das Weib zum Pflügen vorspannen können und Wasser trinken statt Magermilch. Dann füllt euch ein Bauch voll Zorn, und ihr lauft in die großen Steinhäuser und kommt zurück, wehmütig, und murmelt den Bauern Versprechungen hin. Ach geht, ihr seid Därme ohne Wurst.«
Seit Hauptmann Winfried aber das Einverständnis des Herrn Herzogs und die Ermutigung des Abgeordneten Hemmerle nach Wilna mitgebracht hatte... »Wenn du nicht das Blut meiner Schwester in den Adern trügest, würde ich dich schlagen, Anna«, sagte Herr Sasnauskas an jenem Nachmittag. »Du gackerst vorlaut wie eine Henne, die wirklich einmal ein Ei gelegt hat. Seit einigen Tagen hat das Schreiben des Herrn Herzogs die Runde bei allen litauischen Taryba-Mitgliedern gemacht. Morgen kommen wir hier zusammen, vollziehen die Königswahl, und ich bin ein großer Mann. Wobei ich nicht vergesse, daß ja du mir die Bekanntschaft dieser teuren Schwester Bärbe verschafft hast. Ich gehe jetzt in den Garten, um zu denken.«
Babka zuckte die Achseln, antwortete nicht. Denken schadete keinesfalls. Freilich wußte sie aus ihrem Waldleben und aus Merwinsk, daß denken eigentlich nur derjenige sollte, der auch die Kraft hatte, nach seinen Gedanken zu handeln. Gedacht hatten sie alle, aber getan werden konnte schließlich nichts. Hier in Wilna hätte freilich gedacht und getan werden können, denn es drückten höchstens sechzehntausend Soldaten auf neunzigtausend Bürger, die Frauen abgerechnet. Aber da war niemand, die Bürger zu einigen und in eine Macht zu verwandeln. Gegeneinander standen sie, Litauer und Weißrussen, Polen und Juden. Nicht einmal die Miliz würde der Taryba gehorchen, denn vorzugsweise polnisch war sie. Vom Reichstag aber

und seinen Parteien hielt sie gar nichts, weil sie noch nie Wirkungen gesehen hatte, die von ihm ausgingen. Nun, das scherte sie nichts, wichtig war vielmehr, woher sie für morgen Milch bekam und das Mittagessen.
Herr Sasnauskas indessen erging sich im Garten, bewegten und freudigen Gemüts. Erst legte er seinen Rock ab, und die grauen Hosenträger kreuzten sich über seinem Rücken, dem weiß und braun gestreiften Oberhemd. Dann aber störten auch sie ihn, man schwitzte unter ihnen; und er machte sie los, und damit sie nicht wie ein Schwanz hinter ihm herwedelten, tat er sie rechts und links in die Hosentaschen und ließ auch gleich die Hände drin. So spazierte er einher, über den Rasen und neben ihm, vermied Maulwurfshaufen, stieß manchmal mit der Fußspitze in ein Mauseloch und empfand den Tag als denkwürdig. Ein deutscher Fürst, ein Prinz aus alter Familie und ruhmreicher Vergangenheit, ein Herr mit vielen Söhnen übernahm die litauische Krone, und er, bescheidenes Kind kleiner Wilnaer Leute, hatte dank persönlicher Verbindungen den Schlußstein in dieses Gewölbe gefügt. Andere Mitglieder der Taryba hatten bisher die Führung innegehabt, nicht zu leugnen. Er war der letzte, ihr Verdienst zu schmälern. Jetzt aber mußte man auch das seine anerkennen, so gehörte es sich.
Es würde dieses Jahr viel Nüsse geben; gut konnte man sie brauchen, wenn nicht bald Frieden wurde. Nun, in den Zeitungen stand sehr vieles, aber man glaubte ihnen nur mit Vorbehalt, denn sie waren zensiert und schrieben, was sie mußten. Wahr zum Beispiel mußte sein, was unbequem zu verarbeiten blieb, dem prüfenden Verstand aber dennoch einleuchtete: der Sturz des Herrn Staatssekretärs des Äußeren in Berlin, sein schlichter Rücktritt, sein Verschwinden. Denn seit Brest-Litowsk stützten ihn die Sozialdemokraten nicht mehr, und da er seine Meinung in Dingen des Friedens von einem auf den anderen Tag nach dem Willen der Heeresleitung geändert hatte, hielt ihn keiner unterm Arm, als jetzt der Wind heftig aus der alldeutschen Ecke gegen ihn blies. Gerade dieser Sturz bewies die Macht dieses Parlaments, das die Offiziere so haßten. Hätte der Staatssekretär von Brest-Litowsk sein Vertrauen besessen – niemand hätte ihn scheel angeblickt. Denn die Zeichner der Milliarden Mark – sie in Wirklichkeit lieferten dem Staat und

dem Krieg das Rückgrat, niemand hätte gewagt, sie und ihre Vertreter zu ärgern. Nein, die Besorgnisse und Warnungen des guten Freundes Winfried waren fehl am Ort, so wohl er es auch meinte. Sicher blieb: die Deutschen siegten, wie früher im Osten, nun auch gegen die Franzosen, der Friede würde ihr Friede sein. Die Politiker unter den Juden behaupteten, beim Friedensschluß würden die englische Blockade und die amerikanische Armee energisch mitzureden haben, und allerdings marschierte rund um Innerrußland die Entente recht lebhaft auf. Ja, dachte Herr Sasnauskas, während er sich den Schweiß von seiner roten Stirn trocknete, früher wäre wichtig gewesen, bei der Frage nach Litauens Zukunft die Meinung Sankt Petersburgs nicht zu vergessen. Aber jetzt war es aus; die Ermordung des deutschen Gesandten hatte nur noch gefehlt, um den Bolschewiken den Hals umzudrehen. Was nutzte es ihnen, wenn einsichtige Leute wußen, sie hätten mit dem Attentat nichts zu schaffen, nur Schwierigkeiten bereite es ihnen und keinerlei Vorteil? Gar nichts nutzte es ihnen. Die Leute auf der Straße würden »Nieder mit den bolschewistischen Mördern« schreien, und die Ententetruppen würden Rußland in eine Kolonie verwandeln, vorausgesetzt, daß die Deutschen sich mit ihnen in den Raub teilten. Nein, Herr Sasnauskas und seine Freunde hatten völlig recht gehandelt, ein deutscher Fürst mußte es sein, und ein schwacher Fürst ohne eigene Hausmacht, dessen Heimat tausend Kilometer abseits lag, und der sich außerdem durch seine Thronannahme mit den mächtigen Preußen verzankt hatte. Er würde nur regieren, aber nicht herrschen. Herrschen würde die Taryba, die Gewählten des litauischen Volkes. Das Land würde sich entwickeln, Handel und Wandel steigen, ein reges Leben sah Herr Sasnauskas in dem großen Gebiet zwischen Memel und der Südgrenze des Wilnaer Kreises... Alles, was früher nach Petersburg gegangen war, alles, was die Russen an Staats- und Rechtswesen gekapert hatten, die Verwaltung, die Eisenbahn, die Armee, alles würde den Litauern offenstehen, noch dazu aber der Hof... Ja, ein Hof bereitete sich vor, ein königlicher Hof, litauisch von oben bis unten. Denn: Da der Herzog die Bedingung unterschrieben hatte, seine Beamten, zehn Prozent ausgenommen, nur aus solchen Familien zu nehmen, die auch daheim Litauisch sprachen und ihre Kinder in dieser Sprache erzogen, fielen nicht nur die Deutschen unter diesen Punkt, die er etwa mitbrachte, sondern auch viele Polen und Juden, die zu stolz waren, ihre Muttersprache im Familienkreise aufzugeben. Was also hinderte Herrn Sasnauskas, ein hohes Amt anzustreben? Wollte er Hofmarschall werden? Justizminister? Gesandter? Alles wartete seiner.

Er wandelte jetzt den abschüssigen Weg zum Zaun hinunter, in die Nähe des Wassers. Ein glückliches Lächeln verklärte seine Lippen, während seine Augen sinnend den Boden streiften, den einstigen, von Grasbüscheln durchsetzten Fußpfad. Wo sollte er Gesandter werden? In St. Petersburg, in London oder, um Gottes willen, in Paris? Verstand Herr Sasnauskas genug Französisch? Pah, dachte er, wenn unser Herzog Litauisch lernt, was soll mich hindern, Französisch zu lernen? Bin ich ein Greis? Ist die schönste Stadt der Welt mit den reizendsten Frauen, dem köstlichsten Essen, für den litauischen Gesandten nicht ein wenig Kopfarbeit wert? Es gab hier Polinnen und Jüdinnen, die französischen Unterricht erteilten. Schon morgen sollte eine Anzeige im »Dziennik Wilenski« und in »Letzte Nais« nach ihnen forschen. Dem Hauptmann Winfried aber mußte irgendein Geschenk die Dankbarkeit des litauischen Landes ausdrücken und Versprechungen für später. Vielleicht eine goldene Zigarettendose in einer Schachtel aus Birkenholz, hergestellt in den Wilnaer Werkstätten, oder eine Sammlung litauischer Ostereier, Museumsstücke, bemalt, wie kein anderes Volk der Erde es verstand? Übrigens hieß es, der Herr Hauptmann habe schon zweimal in Zivil (was verboten war) die Teestube des Hersch Kantorowicz aufgesucht. Kolja wußte das, denn alles brachte er heraus, was in diesem Viertel vorging. Der Musik wegen saß er da, die des Nachts gedämpft dort spielte, der Lieder wegen, die ein neu zugereister Mensch nach der Polizeistunde sang, ein Unbekannter; nicht einmal sicher war, welcher Nation er angehörte, ob Jude, Russe oder Pole. Herr Sasnauskas mußte selber bald einmal hingehen und den Mann hören, obwohl es gefährlich war für durchschnittliche Leute. Ach was, die Taryba würde einfach die Polizeistunde verlängern. Ganz energisch hatte sich die Verwaltung ja auf die Seite der Litauer gestellt, als sie den polnischen Vikar wegschaffen ließ, einfach: Väterchen, hoppla! Die Mädchen bei Hersch Kantorowicz würden bald heraushaben, womit man dem Herrn Hauptmann Winfried eine Freude machen konnte. Auch seine Braut mußte bedacht werden, diese teure Bärbe. Und schlimmstenfalls gab es einen Weg in die Seele des Herrn – die Meinung des Burschen. Vergnügt lächelte Herr Sasnauskas seinen Nüssen zu: ein kluger Mann wußte viele Straßen nach Rom.

DRITTES KAPITEL

Ein Höhepunkt

Gerät ein Mensch zu seiner Umwelt in verschwiegenen Widerspruch, so drückt sich der ebenso stillschweigend in der Wahl seiner Lebensgewohnheiten aus. Da ein zu Ober-Ost kommandierter Offizier, Verwandter eines heerführenden Generals, nun ziemlich wenige verbotene Dinge tun kann, Winfried aber von der vielköpfigen Herrenschicht im wesentlichen innerlich abfiel, begann er zu bummeln. Nicht das Herumsitzen in Kasinos war damit gemeint, denn das gehörte zu seinen Pflichten; sondern ein still-trotziges Beiseitegehen, Verschwinden im Namenlosen. Du ziehst dir einen uralten grünen Lodenanzug an, der nachgemachte Hirschhornknöpfe, pludrige Kniehosen und viele Taschen besitzt, stülpst einen flachgedrückten Jägerhut aufs Haar und bist weg, bist niemand, tust, was du willst, mit einer Kellnerin oder einer Wodkaflasche. Vor üblen Folgen schützt dich ein unscheinbarer Zettel in der rechten Rocktasche, beginnend mit den Worten »Ausweis der Polit. Abt. Ober-Ost« und geschmückt mit einem großen grünen Dienstsiegel – ein Schein, dessen graue Rückseite aus Leinwand besteht.

Nur verstohlen macht man sich so von den Fesseln der Kaste frei. Zwei Abende der Woche frißt die Gesellschaft, der man nun einmal einverleibt ist. Denn die jüngeren Offiziere, aber auch ältere und alte halten in ihren Kasinos auf lange Sitzungen, bei denen man zecht und zotet, über Rangliste und Beförderung, Urlaub und Geldbezüge militärisch streitet, auf denen auch Strategie und Taktik gedroschen wird, man wenig politisiert, gar nicht über Bücher oder Musik, Theater oder Architektur redet. Diesen Betrieb hielt Winfried aber mit guter Miene nur aus, sofern er sich im Garten abspielte, im großen Garten des Offiziersheims A, in der Nähe der Grünen Brücke, zwischen Georgstraße und der Wilja. Da konnte man das Schwirren der Falter um die Windlichter beschauen, Ziehen der Rauchschwaden, Funkeln der Sterne durchs Laub. Das Quarren der Frösche in ihren heftigen Chören übertönte dann die Rede der Menschen und ließ ihre Stimmen sonderbar erscheinen – bellend, knurrend, hackig und zackig, keckernd und meckernd. Ziemlich tief untergegangen hinter der Krümmung der Weltkugel war jene Zeit, in der ihm ähnliche Stimmen großartig und männlich vorgekommen waren, auf Schloß Krasny Dwor, im Rate der Männer. ›Bist entschieden älter geworden‹, sagte er sich, ›die Reise nach Deutschland, die große Stadt Wilna, die Wiedervereinigung mit Bärbe, all das kratzt und putzt an dir...‹ Schon, daß er unähnlich vielen Kameraden weder im Hotel Katharina noch in einem anderen der Puffs ein- und ausging, die die Verwaltung teils »Nur für Offiziere« eingerichtet hatte, teils duldete und kontrollierte, stempelte ihn zum Eigenbrötler – ein gefährlicher Stempel, hätten manche Herren einander nicht zugeraunt, Lychows junger Mann sei in festen Händen, und zwar in energischen. Außerdem mangelte es in Wilna nicht an jungen Frauen und Mädchen, die frühere Sittenbegriffe beiseite geworfen hatten, ganz einfach, weil eigener Hunger wehtat und der von Eltern, Kindern, Geschwistern noch mehr. »Zuckerpuschkes« nannte man diese freundlichen Wesen, – ein doppelsinniger Name, weil »Zuckerbüchse« wohl auf die Süßigkeit der Büchse deuten konnte, aber auch auf die des Entgelts, des Zuckers, ein nicht nur im Osten unentbehrliches Genußmittel: Tee ohne Zucker, russische Winterkälte ohne Zucker oder Fett... In den unteren Schichten der Bevölkerung und des Heeres leistete ein halbes Kommißbrot den gleichen beglückenden Dienst. Alle Heeresleitungen gaben längst stillschweigend zu, daß Venus nicht ausschließen kann, wer die Tempel des Mars offen hält...

Dem Hauptmann Winfried kam, als er eigene Wege ging, der Geist von Abteilung V zu Hilfe. Da Konrad von Ellendt Bücher und Studien schätzte und von seinen Herren die Beherrschung bestimmter Wissensstoffe verlangte, durften diese dem allgemeinen Kasinoleben der Ober-Ost-Kreise an vielen Abenden fernbleiben. Bald galt es, über die Beziehungen zwischen Litauen und Polen im Verlauf der letzten siebenhundert Jahre unterrichtet zu sein, bald über die Dialekte des Jiddischen wenigstens soviel zu wissen, daß man die Übersetzungskünste der Dolmetscher nicht blind hinnehmen mußte. Winfried hatte sich zum Nutzen von Lychows politischen Beratern ein Bild der Parteiungen im russischen Staate zu machen, was nicht nur bei Russen sehr schwer war, sondern bei jedem Volke, mit Ausnahme der Engländer. Nun begriff von den gegenwärtigen Zuständen, wie sich bald ergab, nur der etwas, der in die Geschichte ihres Werdens hinabstieg, ihrer Kämpfe und Ziele, Programme und Spaltungen. Und so entdeckte Winfried mit Staunen die Russische Revolution als eine Macht, die eigentlich so alt war wie der moderne Zarismus selbst. Zwar wußte jeder Gebildete, daß in Rußland Revolutionäre wühlten, nicht erst seit jener Rede des Reichskanzlers Fürsten Bülow, der sie ein paar Jahre vor dem Kriege verächtlich als »Silberfarb und Mandelstam«, als Schnorrer und Verschwörer abgetan. Aber das Bild hatte sich geändert: Die Schnorrer und Verschwörer residierten im Kreml, und mancher Leser deutscher Blätter nickte kennerisch zu der Behauptung, der rätselhafte Herr Uljanow Lenin sei niemand anderes als eben jener Mandelstam. Wie dem auch war: Ein politischer Offizier von Ober-Ost durfte auf diesem schwierigen Gebiete keine groben Fehler machen, nicht behaupten, Herr Martow sei ein führender Bolschewik; er mußte Troduwiki von Norodniki, die polnische Sozialdemokratie (PPS.) vom litauisch-jüdischen »Bund« wohl unterscheiden lernen.

Winfried saß nachts bei seiner Lampe, hinter den Seiten seiner Bücher tauchten Scharen sonderbarer Menschen auf, alle verschieden, viele etwas anderes wollend als andere, einig alle im Kampfe gegen die Autokratie. Junge Männer voran, Offiziere der Garde, hoher Adel. In ihnen arbeiteten noch die Gedanken der Großen Französischen Revolution und die Manifeste Alexanders I. aus der Zeit, da man gerade Frieden geschlossen hatte, erschöpft vom ungeheuren Ringen gegen das tapferste Heer und den größten Feldherrn, genannt das Korsische Ungeheuer. Ungeheurer klangen ihnen die Lügen der Heiligen Allianz, die Knechtung Rußlands unter Gewinngier und Aberglauben. Aber der Plan des Aufstandes wird verraten, die Führer büßen ihn: Pestel und Rylejew, ihr Galgentod verewigt den Dezemberschnee; ihre Kameraden eröffnen den düsteren Zug nach Sibirien, der von nun an nicht mehr abreißen wird. Dreißig Jahre lang beherrscht danach der Schrecken die Oberfläche, während unter ihr die französischen Ideen Saint-Simons und

Fouriers weiterwirken; und der nächtliche Leser, verwundernd den Kopf schüttelnd, merkt sie sich an, um im Wörterbuch der Staatswissenschaften nach ihnen zu suchen. Dann tritt ein Herr mit Vollbart auf, Alexander Herzen, und seine Zeitung heißt »Die Glocke«. Mit ihr verlagert sich der Hebepunkt der Anstrengungen von Petersburg nach London, und es beginnt der Kreislauf der Unterströme, die nicht aufhören, die Selbstherrschaft der Zaren zu unterspülen, »weil der Niveau-Unterschied zwischen dem freiheitlichen Europa und dem barbarischen Vaterland den Druck der Naturgesetze in den Dienst der Freiheitskämpfer stellt.« Auf Alexander Herzen folgt der Name Bakunin, den Winfried schon einmal gehört hat als eines europäischen Unruhestifters und Aufwieglers Namen. Das sind die Früchte jenes Professors Hegel, den der Schwiegervater in Tübingen so stolz mit seinem Stift verband, und auf den sich seltsamerweise auch das preußische konservative Staatsrecht gründet. Tschernyschewski und Dobroljubow, leere schwierige Schälle; geheime Gesellschaften unter den Studenten, Literarkritik und Romanschriftstellerei als Grund zu Zuchthausurteilen. Diese Leute tragen altväterische Kleidung, lange Röcke, Vatermörder, seltsam enge oder weite Hosen, aber schon kündigt sich der Schnitt unserer Bürgertracht an. Teufel, Teufel, denkt Winfried stolz, in jener Zeit haben wir in Preußen den Grafen Bismarck und den Traum von deutscher Einheit und Freiheit, während die Russen, fünfzig Jahre hinter uns her, noch immer an der Bauernbefreiung aus Leibeigenschaft und Sklavenarbeit knabbern, die bei uns schon der Reichsfreiherr vom Stein durchgesetzt hat. Aufklärung, Naturwissenschaft, moderne Ideen und Gesellschaftsformen, wie befremdend das alles nachklappt und hinterherhinkt, als haperte es bei einem schlechten Rekruten noch immer mit den Gewehrgriffen, während die Kompanie schon längst auf den Schießstand möchte. Aber die Russen, scheint es, gehen zuerst auf den Schießstand: Düstere Gestalten, schauerliche Schicksale tauchen auf, Studenten, deren Interesse für soziale Fragen bereits ein Verbrechen ist. Aufgedeckt, prozessiert, verurteilt, mit verbundenen Augen zur Erschießung geführt: da – schon stehen die Schützen, Gewehr an der Backe – erschallt das Wort »Gnade« für die Unglücklichen – Auspeitschung, Zwangsarbeit, Sibirien. Einer von ihnen aber heißt F. M. Dostojewski.

Eine wilde und blödsinnige Aufmachung für das 19. Jahrhundert, denkt Winfried. Untersuchungshaft, verurteilt, sieben Jahre Zuchthaus, erschossen, gehängt... Aber die Antwort bleibt nicht aus, die Sozialrevolutionäre geben sie, die Narodniki. Alexander II. fliegt in die Luft, Attentate rechts und links. Winfried findet Attentate scheußlich (der arme Graf Mirbach!), aber er kann nicht umhin, die Männer und Frauen achtenswert und mutig zu nennen und ihre Verzweiflung echt und gerecht. Drang und Qual, Blut und Zuchthaus haben den Terrorismus heraufbeschworen, er ist physikalisch gerechtfertigt – ja, denkt Winfried, es gibt eine politische Physik, und hier beuge ich mich über ihren Experimentiertisch, der »Rußland im 19. Jahrhundert« heißt.

Er lehnt sich zurück, atmet die Nachtluft ein, den Rauch seiner Zigarette, betrachtet seine Notizen, denkt an Bärbe, die nach ihrem entnervenden Dienstmädchentag sicher schon schläft, erschöpft von der Hitze dieses Wilnaer Sommers – und er findet sich glücklich und beneidenswert. Die neueste Zeit, die mit Herrn Dr. Karl Marx aus Trier beginnt, läßt er für die nächsten Abende, all diese schwierigen Unterscheidungen von Mehrheitsblock und Minderheitengruppe innerhalb der russischen Sozialdemokratie. Er wäscht sich noch einmal, löscht die Lampe, geht zu Bett, freut sich, daß der Mond an einem wolkenlosen Himmel hinspaziert, und faßt immer wieder den Entschluß, nun wirklich bald ein Häuschen außerhalb der Stadt zu beziehen, eine hölzerne Datsche, möglichst dicht beim Lazarett von Antokol, wo man tiefer und bekömmlicher schläft im Duft der Nadelhölzer. Selbstverständlich nur deshalb und gerade dort, nicht im Sakretwalde am anderen Ende der Stadt. Ist noch Krieg? Wer weiß es. Ja, gut, schön, meinetwegen, es ist noch Krieg...

An einem dieser Morgen ging Winfried von seinem möblierten Zimmer bei Madame Bohuslawska vergnügt ins Amt, den Kopf voller Erwägungen, die halb von der deutlichsten Gegenwart, halb aber vom Lern- und Lesestoff der Frühstunden erfüllt waren. Die Gegenwart hatte einen Zettel übersandt: Schwester Hilde habe Grippe erwischt, die Schreiberin werde nun noch weniger Freizeit haben und bitte, schleunigst hinauszuziehen. Der Lern- und Lesestoff jedoch war, als Einleitung zum nächsten Kapitel, in weitem Bogen zurückgesprungen und zeigte zunächst die Kämpfe um Land und Bauerntum seit den achtziger Jahren auf, vom altrussischen Gemeineigentum an Grund und Boden, dem »Mir«, und verflocht damit das Werden von Heimarbeit und Kleingewerbe aus dem Genossenschaftswesen des flachen Landes, das »Artel«. Vielleicht war Privatbesitz nur an denjenigen Gegenständen möglich, die man machte, nicht aber an Land und Erde, Kohle und Erz? Da andererseits niemand allein zu arbeiten vermochte, war vielleicht in der Arbeit selbst ein Element enthalten, das Gemeinschaft stiftete und auf Tod und Leben verband? Solche Rätsel füllten ihn aus, während er die Georgstraße hinunterging. Er suchte in seinem mangelhaft gebildeten Geiste Ähnlichkeiten aus dem deutschen Mittelalter, Hufen und Allmenden tauchten empor – und Hinweise auf wilde Stämme, bei denen noch ungebrochene Urverhältnisse herrschten. Er merkte also nichts von einer gewissen Aufregung: radfahrende Polizisten, Menschen vor Anschlagbrettern, unterdrückte Rufe, lebhafte Gebärden. Ihm schien Wilna, soweit es überhaupt in seinen Gesichtskreis drang, dem Wilna jedes Freitagmorgens zu gleichen, an dem sich eine Stadt mit überstarker jüdischer Bevölkerung auf den Sabbat vorbereitet.

Er freute sich auf seine Arbeit. Seit dem guten Einfall, die Beruhigung Lychows Herrn Hemmerle zu überlassen, bedrückte ihn die Furcht vor unangenehmer Post aus Kiew nicht mehr, wenn er das Portal der neuen Abteilung V durchschritt. Er hatte sich aus dem Archiv Material zur Geschichte des Zarismus bestellt, weil er ein gründlicher Mensch war und zur Gerechtigkeit neigte. Auf irgendeine Weise mußte die Tyrannei der Zaren, der ungeheure Druck, den sie über das Riesenreich legten, mit der politischen Macht des Großgrundbesitzes verbunden sein. Aber es war schwer, unter den ausgeschnittenen Zeitungsartikeln etwas Rechtes zu finden. An seinem Schreibtisch eingerichtet, prüfte er kopfschüttelnd, was da war, unterhaltende Sachen, viel Kuriositäten, Grausamkeiten, Ausschweifungen. Er bewohnte jetzt ein schönes Dienstzimmer im Erdgeschoß, nach der Straße, in einem kühlen Hause, und hatte gerade nach einer Ordonnanz geklingelt, um das Fenster schließen zu lassen (Kaiserin Elisabeth, las er indes, eroberte gerade Pommern, als sie den Folgen ihres wilden Lebenswandels erlag und damit Friedrich II. vor der sicheren Niederlage rettete), als jemand an die Tür schlug und gleich darauf von Gorse hereinstürzte, außer sich vor Lachen, ein Extrablatt schwenkend: ob Winfried schon wisse? Nun, diese verrückten Kerle, die Taryba, hatten sich gestern einen Hauptspaß geleistet und, ohne einen Erwachsenen zu fragen, den Herzog von Teck zum König von Litauen gewählt: es lebe Mindaugas II.! Und der junge Offizier fiel, sich auf die Schenkel schlagend, in einen Sessel und wedelte mit dem Flugblatt, das, in Antiqualettern würdevoll bedruckt, die sehr verwendbare Ordonnanz Franz Rost vom Anschlagbrett entfernt und zum Gebrauch der Abteilung heraufgebracht hatte. Die Ereignisse bei den Zivilisten nahmen Stromschnellen-Charakter an. Kaum war dem einen Parlament der Staatssekretär des Äußeren weggeschnippt, gebar ein anderes Parlament gleich einen König, noch dazu einen schwäbischen. Was der Kamerad bloß dazu sage!

Winfried blickte ihm wach, aufmerksam ins Gesicht. Was er dazu sagen durfte, stand klar und eindeutig fest: das Gegenteil nämlich dessen, was er dachte. Herr Sasnauskas und seine Freunde hatten also gehandelt. War es wirklich so unbeschreiblich naiv, die Versprechen des Deutschen Reiches wörtlich zu nehmen? Mußte es unbedingt und ausschließlich schallenden Hohn wecken, wenn ein Bauernvolk nach fünfhundertjähriger Verdummung durch polnische und russische Methoden sich von deutschen Militärs hineinlegen ließ, glaubend, bei den Deutschen heiße weiß weiß und schwarz schwarz, Selbstbestimmungsrecht also bedeute das Recht, über sich selbst zu bestimmen? Er stellte sich zunächst ungläubig, studierte das Flugblatt, während Herr von Gorse nach dem Telefon griff, sich mit der Wohnung des Chefs verbinden ließ und Baron Ellendt das unglaubliche Ereignis brühwarm zurief.

Konrad von Ellendts Bestürzung dämpfte Gorses Lustigkeit offenbar und erleichterte Winfried den Übergang zu einem trokkenen »Solche Idioten!« und der Frage, was denn die Polizei dazu gesagt habe. (Komisch, dachte er, als echter Deutscher rufe ich zunächst nach der Polizei.) Das eben blieb ja der Skandal, dröhnte Gorse. Die Polizei war völlig überrascht worden. Kein Mensch in Wilna hatte auch nur geträumt, was sich diese Taryba leisten wollte, als sie gestern nachmittag zusammentrat. Jetzt freilich stürzte ganz Wilna aus dem Häuschen. Die-

ses Flugblatt hier war das einzige bis jetzt geborgene Exemplar, man suchte fieberhaft nach anderen. »Und wissen Sie, was die Folge sein wird?« fragte von Gorse, vertraulich zwinkernd, während er aufbrach, um Hauptmann von Ellendt abzuholen und im Vorbeigehen bei Leutnant Perl anzuklopfen. »Jetzt können wir Reichstag und Taryba daran verhindern, aus Landquardts Heimgang Seide zu spinnen. Auf solch einen Ausgleich hat Wilhelm Clauß nur gelauert.«
Und er verschwand in voller Länge.
Winfried betrachtete unzufrieden die Zigarettenwolke, die Gorse hinterlassen hatte. Seine Mißstimmung, gestand er sich ein, richtete sich am wenigsten gegen den munteren Kameraden. Gorse war Herr von Gorse auf Wilding, sobald sein Vater starb – ein Rittergutsbesitzer, der so dachte, wie er denken mußte. Hier aber saß ein bürgerlicher Mensch namens Winfried, Sohn eines freiheitlich gestimmten Arztes, bald verschwägert mit dem demokratischen Professor Osann, und verbarg seine wahre Meinung. Wurde er gezwungen, für seine Beteiligung an diesem Zwischenfall einzustehen, so würde er um Gründe und Schliche nicht verlegen sein. Aber im Gesellschaftlichen, im Freundesverkehr, galt er lieber als einer der Ihren, Diener der Politik, die die Oberen machten. Wie falsch unsere Meinungen von den Russen waren – damit lenkten seine Gedanken wieder zur Arbeit zurück. Um wieviel unabhängiger ihre Beamtenschaft dachte als zum Beispiel ich, wenn sie unter Alexander II. immer nihilistischer wurde, bis schließlich nach dem geglückten Attentat auf diesen Zaren nur der Mangel eines deutlichen Plans und Willens zum Regieren die Narodniki hinderte, die Herrschaft selbst zu übernehmen. Ziemlich albern jedenfalls erschienen ihm seine Papierchen mit den dunklen Morden, Palastverschwörungen und Bombenzirkeln, wie sie die Träger der russischen Revolution darstellten, als letzte dieser üblen Sorte die Bolschewiken anprangernd. Wieviel Gewalt war nötig und wieviel Idee, um unter den friedlichen Menschen des Reiches eine solche immer wachsende Gegengewalt hervorzurufen...
Schließlich rief er sich zur Ordnung. Er würde in den nächsten Tagen noch reichen Anlaß haben, sich mit dieser Königswahl und ihren Folgen zu beschäftigen. Jetzt klingelte er seinem Burschen und fragte ihn, ob er, vielleicht mit Hilfe von Kame-

raden, morgen nachmittag das Holzhäuschen drüben, das sie zusammen besichtigt hatten, einzugsfertig machen könnte. »Jetzt wird Revolution, Herr Hauptmann«, grinste Possek, »da läßt sich allerlei anstellen.« Winfried fragte stirnrunzelnd, wie er das meine: Revolution? »Na«, erläuterte Possek in seiner rheinländischen Aussprache, »dat Völkchen wird doch ihr neue König gegen uns verteidigen, et jitt janz jroß Theater«, und er lachte freudig. »Ach, halt die Schnauze«, unterbrach ihn Winfried ärgerlich, an Gefühlen schuldhafter Verkettung elektrisch berührt, »morgen abend ziehe ich raus.« Possek fuhr zusammen, errötete, stand stramm, sagte: »Jawohl, Herr Hauptmann«, und trat ab.

Winfrieds Anpfiff war ungerecht: es gab ganz großes Theater die nächsten Tage. Zwischen Gelächter der Wut und gelangweilter Verblüffung spielten in Ober-Ost alle Register der vielpfeifigen Obrigkeitsorgel. Tiefe Verletztheit Baron Ellendts, Wutausbrüche Major Bucheneggers, entsetztes Verlegenheitsgestammel des Hauptmanns Siewindt, hochgezogene Brauen über hilflosen Bulldoggaugen des Herrn Herzogs von Landquardt, dröhnendes Gelächter und schneidende Schärfe in den telefonischen Äußerungen des Generals Clauß – sie mischten sich mit den verwunderten Anfragen Seiner Königlichen Hoheit des Prinzen Leopold, der Empörung des sächsisch gesonnenen Herrn Oberquartiermeisters, der hellen Aufregung des Generals beim Stabe. Dies alles, noch bevor sich Berlin hatte äußern können. Und dann ging es los: das Auswärtige Amt, der sächsische Bevollmächtigte beim Bundesrat, Seine Majestät König Friedrich August, mehrere preußische Prinzen von Geblüt, seine Majestät der Kaiser, und schließlich die tiefe und verwunderte Wisentstimme des Herrn Generalfeldmarschalls, des Hauptes der OHL.

Als das Knäuel so weit gerollt war, in der Nacht vom Sonnabend zum Sonntag, hielt Paul Winfried seine sehr reizende und rührend müde kleine Frau in den Armen, in seinem eigenen Bett, und flüsterte ihr ins Ohr, sehr sächsisch redend – denn in Naumburg, wenn man will, spricht man schon fast so seltsam deutsch wie in Leipzig oder Dresden. »Und weeste, Gleene, wär den ganzen Glumbatsch angerichtet hat? Mir.«

Männer unter sich

Sonnabend nachmittag, gleich nach dem Essen, hatten die Ordonnanzen Rost, Lebehde und Possek die Übersiedlung des Hauptmanns Winfried in das leerstehende Holzhäuschen »befummelt«, während zweier Stunden geruhsamer und überlegter Tätigkeit. Es war Franz Rost gelungen, da er endlich einmal wieder kutschieren wollte, Wagen und Pferde von der Wirtschaftsabteilung zu entleihen ohne einen verantwortlichen Mann; was das heißen will (»Franz, dir vertrau ich sie an, dir und keinem anderen«), begreift nur ein gedienter Mann, gleichgültig aus welchem Heere der zivilisierten Welt. Zur Erklärung hatte Rost, die Blicke zwischen den Ohren der Pferde auf der zerfahrenen und staubenden Chaussee, nur bemerkt, der Unteroffizier kenne ihn, sie seien zusammen in Brest-Litowsk gewesen. »Während der Verhandlungen?« fragte Karl Lebehde, die rötlichen Brauen und die sommersprossige Stirnhaut hochziehend. »Eben damals«, erwiderte Rost, mit einem leichten »Hüh« den Wagen aus der tief eingedrückten Fahrspur zur Seite lenkend, wo ein Waldweg in den Nadelboden schnitt. »Hm«, antwortete Karl Lebehde. Und das hieß nach seinem Wörterbuch: »Wirst uns bei der Arbeit was davon erzählen, Franz.« Denn dem gesunden Sinn der Ordonnanzen erschienen jene längst vergangenen Wochen bedeutsamer und denkwürdiger als die augenblickliche Aufregung um die Taryba und ihre vergebliche Königswahl. Hinter den Russen damals standen immer noch Millionen Verzweifelter mit Bajonetten. Hinter dieser Taryba aber nichts und niemand, der sich mit Ober-Ost hätte messen können.

Abladen, während der dritte Mann die kleine gedeckte Veranda gründlich auskehrt; Wasserholen von einem Brunnen, etwa siebzig Schritt waldein; gründliches Scheuern des Fußbodens, Abfegen der Wände und der Decke, unter Verjagung von Asseln, Tausendfüßlern und Spinnen; Einsetzen von Gazefenstern, die rechtzeitig bestellt und – o militärische Segnung – auch abgeliefert wurden; Aufstellen eines Kleiderschranks, eines Bücherbords, eines Bettes, mehrerer Stühle und Schemel und eines kleinen Diwans in den zwei Räumen des Häuschens, kritische Prüfung und Scheuerung der Latrine an der Hinterwand, die übrigens ein neues Vorlegeschloß erhält und neue Haspen dafür; Aufhängen dreier Bilder nach sorgfältiger Wahl unter den schon vorhandenen Nägeln: darunter einer vortrefflichen Wiedergabe von Dürers »Ritter, Tod und Teufel«. (»Diese Ziegenböcke müssen immer über dem Schreibtisch hängen«, bemerkt Peter Possek mürrisch, ohne sich darüber zu äußern, ob seine ablehnende Kennzeichnung dem Teufel, dem Tod oder des letzteren Pferd gilt. Das Wort »Schnauze« läßt sich niemand gern versetzen, der ehrliebend und leicht kränkbar geboren ist, besonders aber ein Rheinländer am Ende des vierten Kriegsjahrs.) All das geht drei aufeinander eingespielten Männern gut von der Hand. Das Langweiligste kommt ja doch erst, wenn die eben eingepackten Koffer wieder ausgekramt, die verschiedenen Besitztümer des Herrn Hauptmanns gebrauchsgerecht untergebracht werden müssen. Dabei läßt sich gut zuhören.

Franz Rost hat seine Pferde getränkt und gefüttert, auch ausgespannt hat er sie und abgeschirrt, damit sie ein wenig umherstrolchen können zwischen den locker gesäten Häusern und den baumbestandenen Bodenwellen, Grünes suchend, Unkraut, das überall den Menschen begleitet. Ohnehin grenzt ein mürber Zaun die geräumte Siedlung gegen den Wald ab.

»Setz dir, Franz«, spricht Karl Lebehde den Zurückkommenden verführerisch an, »steck dir eins zwischen die Zähne und verzähl mal, wie das damals war.« Voll gegenwärtig ist ihm jener Abend, an dem er im Nachrichtenraum der Presseabteilung dem Diktat des Unteroffiziers Haller beigewohnt hat und den Bertin wiedergefunden. Ja, der gelbe Julimittag, seine trockene Hitze, der Waldgeruch und Holzduft weichen zurück, grelle Lampen leuchten über quergestellte Tische, die Maschine des Schreibers Nentwich schallt dumpf. Worte voll satten Hohns gegen die Besiegten festhaltend. Fast so erregt wie damals fragt er jetzt: »Hast du die Russen selber gesehen?« – »Allemal«, bestätigt Rost und wischt sich den Schweiß ab. »Auch gesprochen?« – »Wie denn nich?«

»Unsere alten Genossen? Mensch, leg doch los!« drängt Peter Possek, während er die Schlüssel ausprobiert, mit denen die Schreibtischschubladen geöffnet werden, den Inhalt zu ordnen.
»Was ist da groß loszulegen«, wehrt Franz Rost ab, während er gebückt stehenbleibt und sorgfältig Kleider und Wäsche des Hauptmanns aus dem großen Koffer nimmt, diese auf einen Sessel türmend, jene über den leinenen Liegestuhl breitend – denn die Einordnung in den Schrank ist des jungen Posseks Sache. »Was bist du? Eine Ordonnanz bist du und siehst bloß, was eine Ordonnanz sieht, wenn sie Akten hin und her trägt; für die grobe Arbeit hatten wir ja Russen. Die Kameraden von der Küche kriegten beim Servieren beinah mehr zu hören und zu sehen als wir. Brest-Litowsk war doch ein Gefängnis, versteht ihr? Nichts als die Zitadelle, immer wieder. Und doch« – damit bricht ein neuer Ton in seine Stimme, er setzt sich jäh auf die Bücherkiste nieder, die schräg ins Zimmer steht – »was das war, wie uns das tat – man wagt gar nicht darüber zu sprechen. Da kamen plötzlich Zivilisten, Mensch, und die brachten den Frieden, Sozialisten und Demokraten, richtige Genossen von der Internationale. Und unsere Offiziere gingen mit ihnen um, ein Herz und eine Seele, und der Krieg hier im Osten sollte aus sein. Und mit den Zivilisten kamen Leute so wie du und ich, einfache Russen, Vertreter des Volkes: ein Matrose, ein Gemeiner, ein alter Bauer und sogar ein Weib. Menschenskind, es war wie im Märchen, es war gar nicht zu verstehen, und die ersten Tage liefen wir herum, schüttelten in einem weg die Köppe und lachten bloß. Die Offiziere lachten auch, die Leute um Clauß, aber unser Lachen war anders, du begreifst schon. Und wir sahen, was so ein Moskowiter für ein guter Mann war. Mit meinen eigenen Ohren habe ich gehört, wie einer den Berliner Pinkeln auseinandersetzte, wie leicht es jetzt sein wird, die Menschen glücklich zu machen. Für den Herrn war das, man sah es ihm an, so, als wenn du meinem kleenen Willi erzählst, morgen bringt der Storch dir 'n Brüderchen und 'ne Tüte Bonbons. Und dabei weiß unsereiner doch, und es steht in unserem Programm, wie wenig dazu fehlt, und das geht wirklich.«
Keiner der drei Soldaten erhob eine Widerrede, zwischen den Balkenwänden des Hauses summte einen Augenblick die unge-

heuerlichste Hoffnung. Dann sprach der Gastwirt Lebehde: »Wenig, ja, aber doch noch 'n bißken was.«

»Na gewiß doch«, sagte Possek, ohne sich umzudrehen, »aus nischt wird nischt, und geschenkt kriegen is nich.« – »Aber«, ergänzte Rost, »verglichen mit dem, was hinter uns liegt – uns als Klasse...« – »Na eben«, unterstrich Lebehde, »red bloß weiter, Franz.«

Aber in Rost stiegen jetzt Bedenken auf. Er wisse nicht, zögerte er, ob er sich überhaupt richtig erinnere, nicht die Verhandlungen für den Waffenstillstand mit denen zum Frieden zusammenwerfe, sein Gedächtnis sei man bloß so so. Zum Beispiel hätten die Verhandlungen gar nicht in der Zitadelle stattgefunden, sondern unten im Theater, in einem Theater für Ratten und Katzen, mitten in einer verbrannten, menschenleeren Stadt.

Aber Lebehde beruhigte ihn. Wollten sie was von Theater oder Baracken hören? Von den Sowjets wollten sie hören: wie das Wunder zustande gekommen war, wollten sie hören, daß die russischen Arbeiter früher zur Selbstregierung gekommen seien als die deutschen.

»Na«, sagte Rost, »da kann ich gleich aufhören, denn davon weiß ich soviel wie du. Aber wenn ich mir das so in meinem Gemüt überlege, mein' ich fast: es liegt daran, daß auf uns die übrigen Klassen bloß mit einem breiten Menschenhintern gesessen haben, und daß der Zarenhintern aus Eisen gewesen ist. Und ein eiserner Hintern muß es ja wohl immer sein, bevor unsereins die Geduld ausgeht und er aufhört zu kuschen.«

»Ist wahr«, bestätigte Peter Possek die harte Selbstkritik des Kameraden Rost unbeleidigt, weil Wahrheit unter Gleichen eben nicht beleidigen kann. Und Karl Lebehde nickte kurz dazu. Er hatte sich der Bücherkiste bemächtigt, ihren Deckel kraft eines Stemmeisens mit seinen Nägeln aus dem weichen Holz gehoben und packte aus, bald ein Buch abstaubend, bald eines aufblätternd; vorsichtig und wie befreundet glitten seine dicken Finger über den Rücken und durch die Seiten.

»Ja, Kameraden«, nahm Rost den Faden wieder auf, mit versonnener Stimme, während er sich eine Pfeife stopfte. »Mein Kopf ist schwach. Manche sagen, wir hätten zuwenig Phosphor im Gehirn, weil wir schon vier Jahre Kriegsfutter essen,

und die Arbeiter und Bürger daheim hätten noch weniger davon, und daher dauere der Krieg so lange. Es ist ja so schade, daß unsereiner nichts aufgeschrieben hat, all die Tage lang, die Wochen. Aber bring das mal zustande: aufschreiben. Und was gesprochen wird, das wußten wir ja nicht, und wir hörten's auch nicht, aber die Funkstationen in der Welt hörten es, und die Stenographen, die Dolmetscher. Da ist kein Wort verlorengegangen, glaubt's mir, auch wenn's nicht in unseren Brägen eindrang. Auf der einen Seite saßen unsere und die Österreicher, die Bulgaren und die Türken, ja, und auch die Ukrainer. Auf der anderen Seite standen Lenins Delegierte, die Brennesseln. Immer, wenn sie sie anfaßten, kriegten sie Blasen an die Finger.« Und Rost lachte kurz.
»Mag sein«, warf Karl Lebehde ein, »aber die Macht ist noch bei den Fingern.« Eine Zeitlang hörte man nur das Rauschen großer Papierseiten. Lebehde sah eine jener illustrierten Zeitschriften an, die von siegeswilligen Verlegern der deutschen Familie dargebracht wurden – Bilder der regierenden Volkskommissare, von Vorsitzenden und Mitgliedern des Rates der Arbeiter, Bauern und Soldaten. Nicht aber als Regenten und Machthaber marschierten sie auf, sondern als Insassen von Gefängnissen oder als Verbannte; ihre tapfere Vergangenheit unter dem Zaren wurde benutzt, sie in den Augen der deutschen Leser herabzusetzen, eine abschreckende Wirkung zu erzielen. Auf Karl Lebehde wirkten sie offenbar anders. »Guckt mal her«, sagte er, »so werden Brennesseln gezüchtet. ›Drei Jahre Zuchthaus‹. ›Dreimal nach Sibirien verbannt‹. ›Dreimal geflüchtet‹. ›Von 1905 bis 1912 im Ausland‹. ›Ging unter falschem Namen über die Grenze‹. ›Lebte sieben Monate verborgen in St. Petersburg‹. Und so weiter. Und wieviel hatten sie zum Knabbern? Auch noch ein Kapitel für sich.«
Die drei Soldaten sahen die ungünstig photographierten Gesichter: Brillen, schwarze Bärte, kurzgeschorene Haare; einer der Männer trug auf der Brust eine Tafel, mit Kreide seinen Namen in Spiegelschrift aufzeigend. Franz Rost kraute sich überm Ohr. »Dann könnten wir lange warten«, seufzte er.
»Nanu?« fragte Lebehde vorwurfsvoll. »Soll nicht genügen, die in Schutzhaft? Und die im Frauengefängnis Barnimstraße? Und der Armierer Liebknecht in seiner Zuchthauszelle? Und wir alle bei den Preußen, vier Jahre Krieg?«

Franz Rost atmete auf. »Wo einer Recht hat, hat er recht. Da wär also Hoffnung.«
»Sofern wir mitmachen und hinterhermarschieren, die Knarre auf'm Buckel«, sagte Peter Posseks helle Stimme. Er hatte Wäsche und Schuhe seines Herrn in die Fächer des Kleiderschranks geordnet, befestigte jetzt Hosenpaare in Spannern, hängte Waffenröcke, die pelzgefütterte Joppe, einen schweren Tuchmantel über gebogene Bügel und in den Schrank mit den weit offenen Türen. Die drei Mannschaften betrachteten das anständig geschnittene Schneiderwerk: das feine Tuch, den guten Sitz der Taille, die elegant fallenden Ärmel. Vielleicht verglichen sie das alles mit ihrer eignen Montur, die ihnen plump und zu weit um die Glieder schlotterte.
»Da hängt dein Hauptmann«, sagte Lebehde und stellte zwei Stiefel unter die Hosenbeine. »Besieh ihn dir nur. Viel mehr ist an ihm nicht dran.«
Peter Possek wiegte den Kopf hin und her. Seine dumm aussehenden Augen nahmen ein Blinzeln an, einen schiefen und fast strengen Blick: »Alle Hochachtung vor dir, Kam'rad. Aber hier könntste dir vielleicht irren.« Und er hob die letzten Kleidungsstücke vom Liegestuhl, fand Flecken darauf, begann sie zu bürsten. Was denn das für eine grüne Kluft sei, wunderte sich Lebehde. »Damit geht mein Hauptmann manchmal nachts beiseite. In irgendeine Teestube, zu Kantorowicz.« Die drei Männer stießen einander voll Heiterkeit an. »Das sieht aus!« grinsten sie. »Von seinem Vater«, erwiderte Possek ebenso. »War schon fast verschenkt. Aber dann mußte ich ihn aus Merwinsk wieder abholen mit dem anderen Umzugsgut. Und ich durfte ihn nich aus' Fenster schmeißen.« Aber Franz Rost wehrte ab. »Was denn«, murrte er, »wär nicht manch einer froh, wenn er daheim solch soliden Lumpen auf dem Leibe hätte statt des Schwindels mit den Bezugsscheinen? Und kein Stoff ist nicht zu haben.«
»Und ob das wahr ist«, bekräftigte Peter Possek; und während sie sich in die schweren Prüfungen vertieften, die der unbeugsame Kriegswille einer regierenden Minderheit über ihre Angehörigen verhängte, räumte er abwesend die Taschen des Anzugs aus, bevor er sie umdrehte und reinigte. Zutage kam ein Zettel, nach Art eines Briefchens gefaltet, und ein mit Schreibmaschine geschriebener Ausweis, ziemlich abgegriffen, auf

Leinwand gezogen, der dem Inhaber (vom Stabe Ober-Ost) gestattete, die Polizeistunde und den Zapfenstreich zu überschreiten. »Ist schön«, sagte Peter Possek, »könnte manch einer brauchen.«
»Was nutzt dir das« lehnte Rost ab. »Kriegst ja doch Abendausgang, so oft du willst. Verführt bloß zum Geldausgeben.«
»Richtig«, unterstrich Karl Lebehde. »Zu Hause, wo ich Gastwirt bin, würdest du zwar gegen mein Interesse reden. Aber hier, bei *der* Sorte Bier ...« Und in seiner Stimme schwang Verachtung. »Und nu häng Noahs Anzug in die Arche, und mach los, daß wir zu unserem Kaffee kommen.«
Schweigend und zerstreut versenkte Possek beide Papierchen in seine eigene Litewkentasche, gehorchte und schloß den Schrank.
»Sieht wirklich tipptopp aus«, lobte Franz Rost ihr Werk, die Bücherrücken musternd, die Lebehde der Größe nach aufgestellt. »Eine nette, gemütliche Bude.«
»Fehlen bloß noch Blumen und ein Schild ›Herzlich Willkommen‹.«
»Als ob da nicht Schwester Bärbe für sorgen würde. Ohnehin soll ich den Schlüssel beim Lazarettpförtner abgeben. Junge, da ist vielleicht Grippe!« – »Wird auch abnehmen, jetzt, wo Sommer ist«, begütigte Rost. Und Lebehde murmelte etwas von Leuten in Kantinen, die ihre Bierseidel besser spülen sollten.
Die drei Männer schickten sich zum Gehen an. »Was machen wir mit der leeren Kiste?« fragte Peter Possek, die Augen am Boden. »Ziert als Bank die Veranda. So was braucht man immer. Und jetzt helft mir wieder zu meine Pferden.« Damit verließ Franz Rost das Zimmer, nach ihm Lebehde. Peter Possek tat zwei Schritte zur Tür, hörte draußen seinen Namen rufen: »Peter, wo bleibst mit deine jungen Beine?«, schlug sich vor die Stirn, öffnete schnell noch einmal den Schrank, griff in seine Tasche, dann in die des Lodenrocks, drehte den Schlüssel und lief hinaus.
Als sie anschirrten, aufsaßen, gemütlich durch den tannenduftenden Wald fuhren, besann sichFranz Rost: »Von Brest-Litowsk hab ich euch nu doch so gut wie nischt erzählt. Nicht, wie die Russen hören mußten, daß unsere Leute sie reingelegt hatten und die Wegnahme von ganz Westrußland ›keine Annexionen‹ nannten – was sie da für Augen bekamen, und wie sie es

gar nicht glauben wollten! Und nicht, wie der Ukrainer sich gegen die Sowjets ausschleimte und sein Land an unsere Herren verkauft hatte und stolz darauf war, wie uns Ordonnanzen da der kalte Schweiß auf die Stirn trat und unser Dolmetscher sich für den Hanswurst schämte, der da unseren Herren nach dem Maule redete und vor Stolz mit dem Steiß wedelte.«
»So was soll vorkommen«, sagte Karl Lebehde, »sogar bei Tarifverhandlungen. Aber wie ist mir denn, da hätten wir doch noch gute zwanzig Minuten Fahrerei vor uns. Dabei soll schon mal ein vernünftiges Wort geschnackt worden sein.«
»Nicht auf Bock«, wehrte sich Rost. »Das merken die Zossen und machen, was sie wollen.«
Aber Karl Lebehde schmeichelte ihm: »Wenn du die Leine in der Hand hast, Franz. Und auf der Antokoler Landstraße. Was können die da groß bestellen?«
Bevor sie aber ernstlich in Fahrt geraten, steigt Peter Possek noch einmal ab und klopft am Pförtnerfenster des Lazaretts. Er als einziger ist mit Hauptmann Winfrieds neuer Wohnung unzufrieden. Wird er nicht von jetzt an schon früh um sieben hier antreten müssen, um Stiefel zu putzen und Frühstück zu bereiten? Kann der verfluchte Dienst nicht zeitig genug beginnen? Im Schlafe ist selbst der militärisch geknechtete Mensch frei, daher unter anderm lieben die Soldaten den Schlaf. Und Peter Possek wird zum Ausgleich dafür nur freundliche Augen und Reden von Schwester Bärbe ernten, woraus er sich im Augenblick nicht viel macht. Brummig spricht er zum Wärter in die stickige Bude: »Da wär' ein Schlüssel abzugeben. Von Hauptmann Winfried.«
Der Soldat im Tordienst hat nur einen Arm, und zwar seit fast vier Jahren. Er betrachtet den Schlüssel, einen ganz gewöhnlichen groben Türschlüssel, von denen zwölf aufs Dutzend gehen, und fragt zurück, wie er den wohl von seinen anderen unterscheiden solle: »Bind einen Zettel dran, Kam'rad, mach ein W drauf. Hätte sich wohl von Anfang an so gehört.« Peter Possek schämt sich, nickt. Ein Mann hat manches und vieles in der Tasche, um sich notfalls zu helfen. Er zieht ein Messerchen, ein ordentlich aufgewickeltes Stück Bindfaden, ein zusammengelegtes graues Papier – es kann auch weicher Pappkarton sein, so sieht es aus – bohrt ein Loch hinein, fädelt Schnur durch, knotet es ein, damit es nicht rutsche, und bindet dieses Schild

an den Kopf des Schlüssels. Mit einem Bleistiftende malt er ein großes W auf das Papier oder den Karton und überreicht es linkisch dem Pförtner. »So«, sagt der, »jetzt kann er nicht mehr verwechselt werden.«
Tief befriedigt, merkwürdig gebesserter Laune setzt sich Peter Possek wieder auf den Leiterwagen und baumelt mit den Beinen.

FÜNFTES KAPITEL

Heiße Nächte

Manchmal irren selbst Ordonnanzen. Vernünftigerweise müßten Erkältungskrankheiten im Sommer wirklich abnehmen. Diese Grippe aber kümmert sich nicht um das Seinsollende und um den Philosophen Hegel. Als dummes empirisches Frauenzimmer nimmt sie selbst im Juli zu. Die Sonne schleudert ihre ungeheuren Energien auf Gerechte und Ungerechte; sie tötet Keime, die sie unmittelbar trifft. Feuchte Wärme jedoch der heißen Tage und Nächte bringt selbst auf dem europäischen Festland das Leben wild ins Gären und Schäumen. Und es regnet viel in diesen Sommernächten, aber auch des Nachmittags rollen Gewitter über Wilna, entladen Güsse und Spannungen, lassen die Menschen nachher leichter atmen.
Diesen Wochen mangelt es an Schwüle wahrhaftig nicht. Von überall her stapeln sich lastende Kräfte, die auf die Nerven drücken. Eingeweihte wissen, daß in diesen Tagen die letzte, die fünfte, die endgültige Offensive losbrechen wird, der Sprung nach Paris – Ungewißheit und Hoffnung; ganz wenig Eingeweihte, weil zum Beispiel schon General Clauß von dem, was im Westen vorgeht, durchaus nicht benachrichtigt wird. In Rußland schlagen sich hungernde Soldaten, Arbeiter und Bauern mit Tod und Teufel herum, an der Wolga mit den Tschechoslowaken, in der Ukraine mit uns und den Bundesbrüdern, im Norden mit den Engländern. Falls am siebenundzwanzigsten eine neue Offensive auf sie niederfährt, stürzt ihr kümmerliches Bretterdach, diese neue Sowjetföderation, dann ein? Diese Preisfrage beschäftigt die Militärs von Ober-Ost, den Kreis um Clauß. Aber fährt sie nieder? Genehmigen uns Berlin und OHL. endlich unseren Plan? Der neue Staatssekretär des Äußeren, vorher Gesandter in Norwegen, ein Admiral und ein politischer macht Ausflüchte: der Anhang der Bolschewiki im russischen Volke, hat er telegrafiert, ist so viel stärker als ihre

Gegner, »daß Friedensbruch Sturmwellen von Verzweiflung und revolutionäre Energie aufwühlen muß. Bitte dringend Aufschub.« General Clauß lacht wütend, zuckt die Achseln. Er schwört, und General Schulprobst hilft ihm eifrig, daß diese ganze Revolution nur der Wühlarbeit des englischen Gesandten in Petersburg zu verdanken sei. Aber wenn die Hennen in der Wilhelmstraße klüger sein wollen als er: bitte schön. Der Feldzug nach Moskau wird drei Wochen brauchen oder auch fünf. Also kann man warten, die Truppen schleifen. Munition ansammeln.

Die Lage im Lande selbst verursacht ebenfalls heiße Köpfe in diesen heißen Nächten. Die Spitzen des Stabes sitzen mit Baron Ellendt endlos beieinander, erörtern, ratschlagen, beschließen. Sie haben die unbotmäßige Taryba schlankweg aufgelöst, möchten sie am liebsten ganz aus der Welt schaffen. Schmeißen wir das Selbstbestimmungsrecht des Herrn Wilson, wenn wir Brest-Litowsk kündigen, einfach mit über Bord! Den erbötigen Herrn Teck hat, auf Wunsch der Obersten Heeresleitung und nach entsetzten Telegrammen des Sachsenkönigs, Kaiser Wilhelm zur Audienz befohlen, um ihm den Kopf zu waschen und den Rücktritt von seinen litauischen Anwartschaften abzunötigen. Aber der Herzog besitzt einen schwäbischen Dickschädel: aus Schloß Babenhausen, wo er sich mit seinem Vetter Württemberg berät, schallt zähe Ablehnung. Außerdem funkt und sprüht es drohend aus dem Reichstag, wetterleuchtet es in der Politischen Abteilung. Einige Herren werfen die Frage auf, ob man etwa den Versuch machen sollte, sich auf die Juden zu stützen, nachdem sich Polen und Litauer gleicherweise unwürdig erwiesen haben. Davon ist mancher sehr angetan, zum Beispiel Leutnant Perl. Hauptmann Winfried wird gebeten, seine russischen Studien auch auf die Weißruthenen des besetzten Gebietes auszudehnen oder besser zu verengen. Juden und Ruthenen zusammen, das wäre eine mögliche Gruppierung. Andere Mitarbeiter von Baron Ellendt stellen Statistiken auf, verarbeiten die Volkszählung von siebenundneunzig, schlagen Steuerlisten nach – Ermittlungen, von denen aber die Objekte nichts spüren dürfen, damit sie als Gegenleistung nicht zuviel fordern. Niemand hat sich bis jetzt ernsthaft um die Juden gekümmert oder bemüht, aber in der Not stützt sich das Militär sogar auf sie ... Sie wiederum gehen

mit fröhlichen Gesichtern über den Bärten umher. Der Herr Herzog von Landquardt ist geflogen, die Beschwerden der Menschen beim Reichstag haben also Erfolg gehabt. Dieser Blutsauger wird uns nicht mehr Mehl, Eier oder Hülsenfrüchte vom Munde weg nach Deutschland verschieben, weder er noch sein Leibjude Bedelmann. Heute treten die Rabbiner von Wilna zusammen und beschließen, den Großen Bann über alle Bedelmanns, die die Hungersnot verschärfen und ihren wilden Eigennutz mit Hilfe der Deutschen an schmutzigen Geschäften sättigen... Befriedigt hören es alle anständigen Menschen, so etwa Baron Ellendt, obwohl er dabei zerstreut aussieht. Er muß nach all den neuen Ereignissen noch vor Ende des Monats nach Berlin fahren, Parteifreunde für Ober-Ost einzuspannen, etwa den neuen Unterstaatssekretär für Ostfragen, und daran seinen Urlaub schließen, drei, vier Wochen an der Ostsee, in Kranz oder Rauschen, wo sie am schönsten ist.
Inzwischen hat sich die Aufregung über den ersten Grippefall unter den Pflegerinnen im Hilfslazarett Antokol einigermaßen in Gewöhnung verwandelt. Für weibliche Kranke ist dort eigentlich kein Raum; aber die Schwestern weigern sich, die Kollegin Hilde wegzugeben. Die sanfte Schwester Sophie hat gedroht, es könnten sich im Laufe dieser Epidemie unter ihnen noch Grippefälle genug einstellen, und Schwester Bärbe hat aus eigener Machtvollkommenheit das kleine Schlafzimmer in eine weibliche Abteilung verwandelt. Von Schuldgefühl erdrückt, sitzt David Wahl am Bett seiner fiebernden Freundin. Ihm ist nicht rätselhaft, wie sie sich trotz aller Vorsicht anstekken konnte. Er kennt den Zwischenträger, der, ohne selbst befallen zu werden, die bösartigen Keime von Kliem auf sie überpflanzte... Da viel zuwenig Hände verfügbar sind, duldet man stillschweigend, daß er Schwester Hilde mit neuen Kompressen versieht, bald die vorgeschriebenen Dosen Aspirin einflößt oder Limonade bereitet aus Zucker und steinharten Zitronen, die er in der Altstadt aufgetrieben hat, Stück für Stück mit Rubelnoten bezahlend. Er reicht ihr das Thermometer, liest es nach zehn Minuten ab, kann sich weder am Anblick ihrer Brust freuen noch ihre glänzenden Augen schön finden, ihre weiße Haut: 39,1, 39,3, am Abend 39,8; beklemmende Zahlen. Und während das Mädchen schwach atmet und schläft, dieses Wesen, von ihm immer mehr als der einzige, wild geliebte Besitz

auf Erden betrachtet, diese rotgoldenen Zöpfe da auf dem Kopfkissen, diese schweißbeperlte Stirn, schleicht er hinaus in den Garten, wo Kliem im blauweißen Kittel ein paar verbotene Züge aus einer Zigarette tut. Der erholt sich langsam, seitdem er reichlich rohe Eier mit Rotwein gequirlt zu trinken bekommt. Von Wahls in Potsdam sind nämlich Geldmittel angefordert worden: braune Zwanzigmarkscheine, nagelneu, in stattlicher Anzahl hat das Feldpostamt Wilna I dem Sohn des Hauses ausgehändigt. Wann werden sie endlich aus dieser Grippestadt türmen können? Alle Aspekte haben sich plötzlich verändert. Weder kann David Hilde im Stich lassen, noch in absehbarer Zeit die Pferde fassen, die schon greifbar dastanden: der Herr Herzog ist unvermutet »auf Urlaub gefahren«, und wer wird nun sein Versprechen einlösen? Wat dem eenen sin Uhl, is dem annern sin Nachtigall, verspottet er sich selbst. Außerdem aber knistert in seiner Tasche ein Brief, den sein Kompanieführer und Freund, der kleine Leutnant von Moon, ihm und Kliem mit Kopierstift gekritzelt hat – ein halsbrecherisches Schreiben. Halblaut liest David vor, was niemand hören darf: »Im Felde, nach dem 10. Juli, 18. Lieber Wahl, genau weiß ich nicht, den wievielten wir haben, aber meine Mannschaft ist gelöhnt worden, so muß der zehnte vorüber sein. Ich schreibe Ihnen und Kliem, um euch den Fimmel auszutreiben, daß ihr hier was versäumet. Bleibt um Gottes willen, wo ihr seid. Wir werden Leute wie euch im Herbst nötiger brauchen als Generäle. Wir sind zur Zeit nämlich dem Ballonzug unserer Gruppe zugeteilt, wehren mit dem MG. die verfluchten Flieger von der gelben Leberwurscht ab, die unser Auge und Verstand ist, und wissen daher mehr, als ihr euch vorstellen könnt und uns freut. Wir hier sehen alle schwarz, Wahl, das sage ich Ihnen, und nach dem nächsten Schlamassel fängt der Krieg erst richtig an, und Sie und Kliem kommen noch reichlich genug zum dicken Ende. Vorgestern nacht haben wir im Kasino der Ballonjungens gewettet, wo wohl der französische Durchbruch versucht werden wird. An den glaubt man höheren Orts aber nicht, und unsere Wette bleibt für die Katz. Die OHL hat uns nämlich einen Herrn hergeschickt, der uns belehrt hat, wie es drüben wirklich aussieht, und daß im Walde von Villers-Cotterets keine Reservearmee mehr stecke. Während die Ballonfritzen an den Staubsäulen auf den Landstraßen morgens und abends so viel Bewegung feststellen, daß sie Armeekorps dort für todsicher halten. Sie haben den Herrn von der OHL beschworen, neue Angriffe zu unterlassen, weil das Kräfteverhältnis sich längst zu unseren Ungunsten verschoben habe. ›Wir führen denKrieg des kleinen Mannes‹, hat der Rittmeister von P.heim fast weinend erklärt; Flugzeuge, Tanks, Amerikaner. Aber die OHL. weiß es besser, Wahl, weil nämlich schon die Regimentsstäbe unwillkommene Nachrichten seit Mai nicht mehr weitergeben oder frisieren. Wie kann das ausgehen? So, Wahl, jetzt habe ich mir mein Herz erleichtert und lila auf weiß niedergelegt, was wir hier wissen. Und wenn ich nicht davonkomme und Kliem meine Kompanie kriegt oder vielleicht auch Sie: Der Gefreite Schneider muß befördert werden. Unteroffizier Ohrmaschel des EK. I kriegen. Die besten Leute in drei Meilen Umgebung, und vernachlässigt worden, weil sie Sozis sein sollen. Aber das sind wir ja wohl jetzt alle. Wiedersehn, Wahl. Ihr stets getreuer v. Moon. PS. Paßt auf die Gegend zwischen Epernay und Reims auf. Komme ich davon, kriegt ihr Postkarte.«

Die beiden Freunde sahen einander an, den saftiggrünen Krautgarten voller Beeren und flockigen Pusteblumen, den blauen Himmel, von einer Wolkenbahn überweht, dann murmelte Kliem: »Hättste mir nich versetzen dürfen. Wo mich doch jetzt jeder Dreck aufregt. Das klingt zu besch...eiden, wie'n Testament.«

»Nee«, sagte David Wahl, »so was täuscht meist. Macht einer sein Testament, dann lebt er fast immer noch seine vierzig, fünfzig Jährchen.« – »Wenn's nur wahr wär«, bekümmerte sich Kliem. »Todsicher«, bekräftigte Wahl. »Daß wir den kleinen Moon noch vorfinden, darauf kannst du deine Latschen mit Essig und Öl verzehren.« Und während dieser Worte zerriß er das Papier in kleine Stücke.

»Jetzt wird wirklich Frieden werden«, damit schloß Kliem die Augen.

Schwester Bärbe übernimmt sich ohne Zweifel. Das Lazarett, noch im Mai voll gemächlichen Lebens, hat inzwischen den drohenden und verzweifelten Charakter eines Seuchenkrankenhauses auf der Höhe einer Epidemie bekommen. Endlich gesteht man sich, was es mit dieser Grippe auf sich hat: eine Lungenpest. Die Leute werden benommen eingeliefert, ihr

Husten bellt durch die Säle und Baracken, die Fieberkurven steigen zackig an, die Totengräber wühlen die schwere braune Erde auf, russische Walderde. Denn der Antokoler Friedhof frißt sich in den Wald hinein. Das alles bedeutet unerschöpfliche Arbeit für die Pflegerinnen, all diese Mädchen aus guten oder Durchschnittsfamilien, die sich vielleicht ihren neuen Beruf anfangs ganz anders dachten, aber die Enttäuschung tapfer heruntergewürgt haben und jetzt längst eingefahren sind: wo es nicht nach Karbol oder Lysol riecht, sind sie nicht zu Hause. Ja, daß es jetzt meist ohne Verbände und all das Schauderhafte der Verwundungen abgeht, hilft ihnen augenscheinlich, die neue Überanstrengung leichter zu ertragen, die zu gleicher Zeit langweilt und aufregt. Die Hinfälligkeit der Kranken treibt die Pfleger oft zur Wut, solange sie sich und anderen vorreden, dies sei doch bloß eine blödsinnige Erkältung; immer wieder muß man sich zusammennehmen. Außer Schwester Hilde liegen bereits zwei andere; Ersatz aus Deutschland ist schwer zu beschaffen. Gleichwohl aber macht Schwester Bärbe jeden Abend mit Schwester Sophie den anbefohlenen Spaziergang in den Wald, von dem nur Sophie pünktlich zurückkehrt, wenn Bärbe nicht gerade Nachtdienst hat. Ein immer heftigeres Verlangen treibt sie zu ihrem Freund. Die Beziehungen der Menschen in dieser Zeit sind unwichtig, der Geist des Untergangs, des Übergangs wühlt unter der Alltagsschicht eines fast gewonnenen Krieges, der seine vier Jahre dauert. In Deutschland wird getanzt, in der Welt schneiden sich die Frauen die Haare ab und kürzen ihre Röcke, um schön gewachsene Beine ins Feld zu führen; der Genius der Gattung treibt zur Liebeswahl, zum Ersatz des vielen faulenden Fleisches auf den Schlachtfeldern. Und da der Geschmack der Männer sich allerorten mehr auf Knaben richtet, wie stets in großen Kriegen, nehmen die Frauen unterm Diktat unerkannter Ströme und Wellen Knabengestalt an und überlisten mit der List der Natur den wiedererstandenen Geist der Männerbünde. Winfried macht ihr manchmal zärtliche Vorwürfe, weil sie ihren Schlaf brauche, ihre Kräfte überspanne. Aber Bärbe schüttelt den Kopf, stumm an seinem Halse; sie antwortet etwas schwer Verständliches: »Es will zu dir«, sagt sie. »Es will zu seinem Vater.« »Es« nennt sie das keimende Wesen in ihrem Innern, dieses spannenlange Zwerglein in seiner Hülle, das ihren Verstand überrannt hat und auf unvernünftige Weise ins Leben drängt, seit drei, vier Monaten. Bärbe aber fühlt, daß sie sich alles leisten darf: »Es« gibt ihr Kraft, »Es« kommt mit drei, vier Stunden Schlaf aus, »Es« freut sich, wenn sie schwarzen Kaffee trinkt und ihre freundlichen und besonnenen Augen lieber mittags schließt, in der kühlen, ehemaligen Sakristei der Wallfahrtskirche neben dem Lazarett. Viel zu schade zum Schlafen sind die heißen, duftenden Nächte, in denen jetzt Johanniskäfer fliegen, vom Schloßberg her Nachtigallen jauchzen und Stille um eine kleine hölzerne Datsche webt, fern vom Husten der Kranken, von den Schritten des Nachtdiensts... Und dies ist nur ein einziges von all den Krankenhäusern, deren sich die Grippe bemächtigt hat, oder die für sich neu eingerichtet werden. Von Riga und Mitau, von Schaulen und Suwalki bis ins Südende des Gebietes, den Städten Grodno und Bialystock, holt sie sich die Scharen ihrer Opfer. Auch in Kowno legen sich Offiziere zu Bett, fiebern, keuchen, stöhnen, delirieren. Besonders schlimm packt es den Major von Krottmayr – so schlimm, daß man ihn aus Krasny Dwor nicht wegschaffen kann. Er behauptet, sich auf einer Flußfahrt erkältet zu haben. Oberarzt Dr. Aschkenasi, der jeden Tag hinauskommt, nach ihm zu sehen, meint in seinem skeptischen Herzen eher, der neue Sachsenprinz, den General Clauß in seine Nachrichtenabteilung übernommen hat, dieser junge Herr mit seinem unbekümmerten Niesen habe die Keime in Krasny Dwor eingeschleppt. Aber das darf er dem Major nicht sagen, der es übrigens auch nicht aufnehmen würde. Er schwatzt viel und dunkles Zeug, der gute Major. Fische, die ins Licht springen aus Meistersingerflut, um einen Hauptmann Winfried zu benachrichtigen, nach dem geangelt wird; das Ästhetische schlägt ins Ethische um, die Familie Buchenegger stammt aus der Oberpfalz, und das Amtsgericht Regensburg weiß Bescheid mit den Fischen, die ins Licht springen, und wo Leute über die Donau fahren, allda ein Strudel lauert. Und nun stimmt der Major mit heiserem Baß ein altes Studentenlied an vom großen Nix oder Nöck, der ein Fräulein Kunigund' in der Mitte des Stromes aus dem Kahn holt und mit ihr auf den Grund fährt:

> Schwäbische, bayrische Mädel, jucheiserassa,
> Muß der, muß der Fährmann fahren.

Die heißesten Köpfe in diesen Wochen haben aber nur scheinbar die Fiebernden. In Wahrheit gehören diese heißesten Köpfe der Polizei. »Sie werden doch wohl imstande sein, uns von dem Wisch ein paar Exemplare zu verschaffen«, hat es durchs Telefon an Hauptmann Siewindts Ohr gesäuselt, und in einem Ton... In Wahrheit ist Hauptmann Siewindt dazu nicht imstande, seine Feldwebelleutnants nicht, seine Unteroffiziere, seine Mannschaften, die ganze M. P. Das Flugblatt, welches der Herzog von Teck zum König Mindaugas II. ausruft, ist vom Erdboden verschwunden. Von jenem einzigen Stück abgesehen, das dem Chef der Politischen Abteilung von dem Gefreiten Rost besorgt wurde, ist nicht mehr eines aufzufinden. Hatten die Einwohner Wilnas soviel Sinn für das Einmalige dieser gebrechlichen Proklamation? Verbergen sich unter den Mannschaften Wilnas findige Sammler, oder stürzten sich die Polen empört auf das Stückchen Papier, das ihren völkischen Wünschen so wenig paßt – einerlei, keins dieser Extrablätter ist mehr zu finden. Die Druckerei, welche sie gutgläubig in altmodischem Handsatz anfertigte, hat die ganze Auflage dem Besteller abgeliefert, Herrn Rechtsanwalt Sasnauskas, dem Sekretär der Taryba. Die Militärpolizei durchforscht das Gewölbe des Druckers, hält Haussuchung bei Herrn Sasnauskas, prüft bei dieser Gelegenheit auch die Pässe der Personen, die ihm den Haushalt besorgen, dreht in seinem Büro jeden Schlüssel zu jeder Schublade um, hat selbstverständlich die Räume der Taryba längst durchstöbert. Das Blatt ist verdunstet, entschwebt, futsch. Weder der Herr Unterstaatssekretär in Berlin, noch der Herr General beim Stabe werden es in ihre Akten heften. Der Herr Oberquartiermeister nicht, der Herr Chef der Etappeninspektion auch nicht. Einzig General Clauß wird es vorgelegt werden, und zwar durch Baron Ellendt selbst, und der greise Prinz-Feldmarschall wird flüchtige Sekunden seine gescheiten Äuglein darauf ruhen lassen, kopfschüttelnd, weil ein deutscher Prinz sich wirklich und wahrhaft mit der Bagasch' eingelassen hat, dem Hemmerle und diesen litauischen Pfarrern und Rechtsanwälten. »Wissen S'« sagt er zu seinem Stabschef, »mit solchene Leit' tät i mi net einlassen, woher san denn die? Die san net emol aus Passau – die san aus Straubing oder aus Landshut, wo die Bauern ihre Wägen zwischen

zwoa Kirchen ausspannen.« Und damit ist die Sache für ihn erledigt.
So geht der Juli hin. Nachts, wenn die Menschen schlafen, leuchtet Feuer am Firmament, rollen die Donner, waschen Regengüsse die Häuser: tags strahlt dann die Sonne; unzählige Mücken und Fliegen trotzen der Vertilgung durch die eifrigen Fledermäuse und Schwalben. Die Menschen laufen in ihren Straßen umher, etwas gegen den Hunger zu tun, da Gerüchte allein nicht sättigen. In der Tat, solche verbreiten sich immerfort, die Welt dürstet nach Hoffnungen, nach Erlösung. Jetzt nun wird geflüstert, die Deutschen hätten eine entscheidende Niederlage erlitten, im Westen, vor Paris, wieder an der Marne. Amerikanische Divisionen hätten eingegriffen, zwölftausend Gefangene, Rückzug aus dem Marnebogen, Zusammenbruch auch der letzten Offensive in einem französischen Gegenstoß, dem Anfang des großen Angriffs. Das ist natürlich lächerlich. Wenn die Leute nach vier Kriegsjahren noch immer auf solchen Schwindel reinfallen, bitte sehr. Schlappen kommen überall mal vor, werden dann nicht geleugnet, sondern wiedergutgemacht und basta. Allerdings, so wird zugegeben, wurden Rückwärtsbewegungen eingeleitet. Die Truppe ist zu leichtsinnig gewesen, schreibt zum Beispiel General Clauß an seine Frau; trotz der Warnung durch die OHL, die den Gegenstoß voraussah, hat sie sich überraschen lassen. »Militärisch halte ich die Lage für völlig unbedenklich; innenpolitisch, liebes Kind, ist's ein anderes Lied und kann uns Kopfzerbrechen machen.« Nur daß unter den tuschelnden Bewohnern Wilnas solche Darstellungen auf Zweifel stoßen. Ihre Meldungen kommen aus Christiania oder Stockholm über Helsingfors, aus St. Petersburg über Pskow oder Minsk, nachdem die Funkstation der Sowjets Eiffelturmmeldungen aufgenommen hat. Sie bedient sich freilich eines eigenen Wörterbuchs: diesmal hätten die Ententebriganten den Sieg über die deutschen Räuber davongetragen. Die neue Schlacht im Westen leite das Ende der Herrlichkeit Wilhelms und des Generals Hindenburg ein. Als Folge davon ziehen russische Rubel in der Straßenbörse von Wilna im Kurs an, Ober-Ost-Rubel aber und deutsche Banknoten werden reichlich angeboten und sinken. Verändern sich die Blicke schon, mit denen die Deutschen betrachtet werden? Enthält die Ablehnung noch Scheu oder schon offenen Haß?

Genug Spitzel aus der Bevölkerung ernähren sich kümmerlich vom Weitertragen solcher Stimmungen. Aber sie erzielen damit wenig Wirkung – weder bei Ober-Ost oder der Verwaltung noch bei Hauptmann Siewindt, der Polizei. Sie ist eingespannt wie ein Pferd, das, Scheuklappen rechts und links, einen Karren Steine auf holpriger Straße bergan zieht. Es raucht jetzt vor Dienst in Wilna. Jede Drucksache wird verboten, die auch nur den litauischen Namen der Stadt, Vilnius, als Druckort erwähnt. Alle Maßnahmen, mit denen man die Bevölkerung drangsaliert, werden scharf angezogen. Polizeistreifen des Nachts durch die Straßen: wehe dem, der ohne Ausweis betroffen wird. Plötzliche Razzien nach Teestuben, die ohne Erlaubnis oder über die gestattete Abendzeit hinaus offengehalten werden. Die dumpfe Wut der Oberen, die geduckte Angst der Unteren macht die Polizei in diesen Wochen besonders gefährlich. Alle alten Steckbriefe werden aufgefrischt, jede neue Meldung veranlaßt gereizten Betrieb. Als aus Dünaburg im Zusammenhang mit der »bolschewistischen Verschwörung« das Verschwinden eines Spions gemeldet wird, eines Doppelspions, wie sich herausstellt, der sowohl Leonid Dobrowolski als auch Georg Lekeitis heißt, wird sein Bild und seine Beschreibung voll heftiger Hinweise verbreitet. »Schlank, blond, Haar links gescheitelt, kleiner Schnurrbart, braune Augen, beim Lachen zwei Grübchen, 1,72 groß, Alter 23, besondere Kennzeichen: keine.« Ein gefährlicher Bursche, weiß viel, besitzt wahrscheinlich Geldmittel, spricht drei Muttersprachen: Russisch, Lettisch, Deutsch. Gelänge es der Polizei, so erklärt Hauptmann Siewindt bei der Befehlsausgabe, diesen Kerl zu schnappen, der die Nachrichtenabteilung des Stabes und den Vertreter der OHL. hinters Licht geführt hat, so könnte daran gedacht werden, daß gewisse Schlappheiten und unbegreifliche Nachlässigkeiten in Vergessenheit gerieten...

Sonnabend vor Monatsende haben die Wilnaer Glocken den Sonntag eingeläutet, feierliche Ballspiele mit Tönen über die Dächer werfend, an die Hügel. Sehr ärgerlich ist es, gerade in solcher Nacht allein zu bleiben, von der Freundin ohne Erklärung versetzt zu werden, im Stich gelassen, weil da drüben offenbar plötzlich die Nachtwache umgruppiert werden mußte. Wenn jemand eine Stunde lang gewartet hat, im Liegestuhl rauchend auf der kleinen Veranda, übermannt ihn schließlich doch eine gelinde Wut. Und niemand kann ihm verargen, wenn sich der Betreffende in einen altmodischen Anzug wirft, einen flachen Jagdhut aufstülpt und mit scharfen Schritten in die Stadt läuft, um sich an Musik und wahlloser Gesellschaft schadlos zu halten, im Dunkeln verschwindend. Der Kern von Wilna hat den Grundriß einer mittelalterlichen Stadt bewahrt, trotz aller Brände. Mit der Zähigkeit eines geselligen Tieres haben die Menschen immer wieder nach dem gleichen Plan aufgebaut, was das Element ihnen zerstörte. Daher läßt sich die Teestube des Hersch Kantorowicz von mehreren Seiten erreichen: ein System von Durchgängen lockert die Rückwände der Häuser auf, der Unkundige würde den schmalen Passagen, die sich nach Straßen und Höfen öffnen, keinerlei Aufmerksamkeit schenken. Zwischen der Dominikanerstraße, der Wilnaer und der Judenstraße ragen innerhalb der Häuserviertel Kirchen mit hohen Dächern auf, die steile Schlagschatten werfen, und die Alte Synagoge ist überhaupt nur in ihren riesengroßen Maßen zu erkennen, wenn man sich ihr nicht von der Hauptfront nähert, sondern von einer oder der anderen Rückseite.

SECHSTES KAPITEL

Auf der Weiche

Der Bahnhof Berlin-Friedrichstraße hängt wie ein schmales Brett über mehreren Häuserschluchten, dicht am Flusse Spree. Zwei Ferngeleise, zwei Stadtbahngeleise, ein Dach darüber – rundum wetterleuchtet es von Lichtreklamen: Zigarettenfirmen, Varietés, verschiedene Hotels. Der Schlafwagenzug Köln–Warschau verweilt auf Bahnhof Friedrichstraße genau zwei Minuten. Man pflegt ihn in Charlottenburg zu besteigen oder auf dem Schlesischen Bahnhof.

Dennoch wartet bei seinem Einfahren dort ein Offizier mit EK. I., ein Hauptmann, wie es scheint; den Mantel umgehängt, stützt er sich auf einen Stock. Zwei kleine Lederkoffer nehmen wenig Platz von dem Bahnsteig weg, der hell und ziemlich leer unter einem gewittrigen Himmel sich ausdehnt wie ein Lineal. Die Schaffnerin sucht in ihrem Gedächtnis und ihrem Buche, welcher Hauptmann einen Platz in ihrem Wagen belegt haben könnte: Hauptmann Baron von Ellendt, erster Klasse nach Warschau. Wenig Gepäckträger gibt es jetzt; bringt sie dem Herrn die beiden Stücke ins Abteil, so fällt ihr Trinkgeld höher aus – etwas mehr schlesische Hamsterbutter oder polnisches Schieberfleisch, gute Beute für die Kinder. Aber klappen muß es, die Zeit ist bemessen.

Konrad von Ellendt hat der Schaffnerin Ausweis und Fahrschein überlassen, die Tür geschlossen, den Mantel an einen Haken gehängt, die Mütze ordentlich darüber. Jetzt aber ist seine Kraft zu Ende. Mit einem unhörbaren Stöhnen stößt er die Luft aus seiner Lunge und liegt leblos, wie zerbröckelnd, auf dem Bett, die staubigen Stiefel außerhalb der Decken. Das Abteil ist winzig, der Wagen hat den ganzen Tag Sonne aufs Dach gekriegt – einerlei. Jetzt schlafen, nichts als schlafen. Dieser Tag war ein Großkampftag und der einer geheimen Niederlage. Ein sonderbares Wesen ist die Seele, denkt Ellendt, während er den Rock aufknöpft und die Schuhe auszieht, welche zum

Glück an den Seiten nur vom Gummistoff zusammengehalten werden. Dieselbe Anstrengung, dieselben Erörterungen und Wege, die gleichen Mahlzeiten im Gespräch mit Leuten: und wenn die Inhalte dieser Gespräche erfreulich waren, die Bedeutung der benutzten Worte voll positiven Inhalts, ergibt sich freudige Müdigkeit, wohliges Nachlassen, das Gefühl, man hat schön geschafft. Heute aber – und er schüttelt den Kopf, indem er das kurzhaarige Hinterhaupt auf dem enthaltsamen Kissen des Reisebettes hin und her dreht. Seiner Meinung nach liegt er hier schon lange. Aber der Zug hat sich noch nicht in Bewegung gesetzt, also kann noch keine Minute vergangen sein. Da jedoch in ihm etwas eingestürzt ist, da eigentlich seit Mittag sein Herz auf diesen Augenblick der Stille gewartet hat, um dem Poltern und Krachen des Einsturzes nachzuhängen, Staubsäulen fliegen und sinken zu sehen, an deren Stelle früher die Tore deutscher Zukunft gestanden hatten, gibt er zu, daß sein Zeitgefühl sich verwirrt hat. Und er ertappt sich dabei, wie ein innerer Mund als Begleitung zur Musik des Herzschlags immerfort eine Silbe wiederholt, eine dumme Silbe: aus.

Der Chef der Politischen Abteilung von Ober-Ost fährt nicht gern nach Berlin. Die Herren im Auswärtigen Amt haben Begriffe und Gesichtskreise, die von den seinen oft abweichen, und es ist sehr ermüdend, festzustellen, wo man differiert, und aussichtslos zu entscheiden, wer recht hat. Er fährt lieber nach Königsberg zu seiner Frau und seinen Kindern und noch lieber aufs Gut, wo er den langen Hals zwanglos aus der Jägerjoppe hängen lassen kann. Aber der Schwierigkeiten waren zu viele, geschaffen durch die Taryba und ihre läppische Königswahl, durch die Abhalfterung des Herzogs von Landquardt, den Sturz des Staatsskretärs: Man mußte sich wochenlange Schreiberei durch Gespräche an Vormittagen ersparen. Es war auch alles glattgegangen, eine gewisse Unsicherheit abgerechnet, die man bei den Herren in der Wilhelmstraße feststellen konnte. Gut, hat Ellendt gedacht, das kann nicht anders sein, wenn der verantwortliche Beamte, der Reichskanzler, nur zum Schein regiert, die Spitze des Imperiums, der Kaiser, in vergoldeten Nebeln lebt, die Massenparteien des Reichstags unwillig an einer Politik zerren, die sie nicht verstehen, und nur die Oberste Heeresleitung fern in Belgien weiß, was sie will. Sollte man wünschen, Majestät hätte den General Schieffenzahn zum Reichskanzler ernannt, Einheitlichkeit schaffend? Die Alldeutschen hatten recht. Aber die Alldeutschen hatten nicht recht, die Massenparteien des Reichstags wären gegen diesen Kanzler noch störrischer aufgetreten, und daher mußte man Nebendinge schweben lassen, brauchten die Beamten also nicht ganz genau zu wissen, ob man im Osten grob auftrumpfen, höflich vortäuschen oder geschmeidig nachgeben sollte. Höflich vortäuschen, fiel schließlich die Entscheidung, in der Sache unnachgiebig bleiben. Die Militärverwaltung Litauen zivil tarnen, aber jeden abgehenden Rittmeister, jeden scheidenden General durch einen neuen ersetzen. Keinen Zivilisten hereinlassen, hieß das; in der Frage des preußischen Wahlrechts nicht weichen. Das wichtigste an einer Berliner Reise waren die vielen kleinen Informationen, die man wie Luft einatmete, die lustigen Anekdoten, die wie Blitzlichter Zusammenhänge erhellten, Verständigungen, die man erzielte, und die niemals auf einen Briefbogen hätten getippt werden dürfen. Alles verlief ausgezeichnet, bis zu dem kleinen Mittagessen, das Ellendt mit einem Mann von der Presse einnahm.

Der Doktor Kürtchen gehörte zu den dicksten Männern seines Berufes und seiner Partei und auch zu den gescheitesten. Fraglos war sein Blatt konservativ, den Interessen des Großgrundbesitzes treu ergeben. Aber Dr. Kürtchen hielt sich fern von dem dumpfen Starrsinn und der Langweile des offiziellen Sprachrohrs der Partei, der Neuen Preußischen (Kreuz-)Zeitung, und der hysterischen Wildheit, mit der andere Parteiorgane alldeutsche Methoden und Programme als einziges Heilmittel der Welt tagaus tagein über die Dächer Berlins zu schreien versuchten. Dr. Kürtchen kannte Menschen, Länder und Probleme, aber auch Weine, die Mürbheit eines Rehrükkens, das schöne Bein einer Tänzerin. Er spaßte am Büfett des Reichstags mit den katholischen und jüdischen Kollegen der Massenzeitungen. Aber mit blinzelnden Augen und festen Händen saß er auch bei Krebsessen ungezwungen den Geheimräten vom Auswärtigen Amt gegenüber und erfuhr von ihnen mehr, als sie wollten. Zu ihm kamen Exzellenzen »sich ausweinen« und magere Offiziere mit halblauten Mitteilungen. Dr. Kürtchens Zeitung fehlten die fetten Rapsfelder der Inserate, sie wurde nicht von vielen Zehntausend Beziehern gelesen;

aber diese besetzten die Nervenknoten Preußens. Sie war ein Organ jener junkerlichen Kreise, an denen schon Bismarck gelegentlich scheiterte. Ihre Abonnenten besaßen das Land, die großen, mittleren, kleinen Güter. Sie füllten als Vettern, Brüder, Söhne jene altpreußischen Regimenter, die zwischen Malplaquet und Gravelotte Geschichte geschrieben hatten mit dem Blute ihrer Untertanen, aber auch dem eigenen. Ihre Frauen, Muhmen, Tanten und Basen bildeten das Wurzelgeflecht und Rankenwerk, das unter- und oberirdisch diese Familien, etwa dreitausend, zu einer einzigen lebenden Hecke verflocht, die Macht in Preußen wie ein Dornröschenschloß in ihren Bezirk fassend. Ihrem gesunden Menschenverstand entsprechend, schrieb Dr. Kürtchen sein Blatt, sachlich, sarkastisch, mit trokkenem Humor, mit kräftigen kurzen Stößen feindliche Ansichten und feindliche Welt abwehrend. Und wenn seine Leser, wie er vertraulich zugab, über die Grenzen ihrer Güter nicht hinauszusehen verstanden, so bildeten diese Güter zusammengefaßt doch das Kern- und Stammland der Monarchie, und das wollte was besagen.
An diesem Sonntagnachmittag nun aß Dr. Kürtchen im Hinterzimmer von Hillers Restaurant Unter den Linden ohne Appetit, saß lasch in seiner Sofaecke, spaßte nicht, trank roten Burgunder. »Etwa Grippe erwischt?« hatte sich Ellendt besorgt erkundigt. Aber Dr. Kürtchen hatte sich nur den Magen erkältet und bat den Hauptmann, sich um ihn nicht zu kümmern, später werde er schon wieder mithalten. Er rauchte auch nicht nach Tisch, nahm keinen Mokka, drehte schläfrig eine kalte Zigarre zwischen den Fingern, hielt sie manchmal an die Lippen. Ellendt langte tüchtig zu, man aß bei Hiller immer noch recht anständig. Und dann, als nach türkischem Kaffee und Kognak an einer vortrefflichen Mahlzeit nichts mehr zu verderben war, gestand Dr. Kürtchen, was ihm die Eingeweide durcheinandergewirbelt hatte. Der Sieg im Westen war verloren, der Krieg als Ganzes verspielt und vertan. Mit seiner behäbigen Stimme, seinen feisten Wangen, seinen weinfrohen Äuglein schien er so gar nicht zum Unglückspropheten vorherbestimmt, daß Ellendt ihn abweisend betrachtete und schwieg. Aber dann redete Dr. Kürtchen los wie ein Mann, der eine Woche lang gewartet hat, sieben mal vierundzwanzig Stunden den Mund gehalten, und aus dem es jetzt brach wie ein giftiges

Essen, dessen sich ein noch gesunder Leib erwehrt: zerstückt, zerkaut, gemischt mit Speichel und Galle, Magensaft und schauerlichem Geruch.
Die beiden Männer kannten einander lange. In den Jahren, da Ellendt als vertrauter Mitarbeiter unmittelbaren Zugang zu Schieffenzahn besessen, hatte er des öfteren Kürtchens Einfälle weitergegeben – erst Ober-Ost, dann der OHL. So etwa war, als es sich um einen neuen Kanzler handelte, dem Generalquartiermeister der Name des Geheimrats Michaelis eingeflößt worden, eines ergebenen, stramm protestantischen Mannes mit ausgesprochenem Sinn für das Zusammenspiel von Militär und Industrie. Dies geschah im Sommer siebzehn. Jetzt, ein Jahr später, kamen andere Gäste zu Dr. Kürtchen, mit anderen gräßlicheren Geheimnissen. Unwiderleglich hatte sie ihm einer der jüngeren Offiziere der OHL gestanden, zugeflüstert, anvertraut, wie man wollte – ein Mann, der wie ein Mitschuldiger zu ihm floh, zu Dr. Kürtchen, der seit dreißig Jahren Preußens Familien mit Wort und Schrift beraten. Fünf Offensiven hatten die Kraft des besten Heeres der Welt zerfetzt und zersplittert. Man wußte jetzt: wäre die erste, im März, mit der vollen Kraft geführt worden, die damals bereitstand – niemand konnte ausdenken, was sich ereignet hätte. Eine englische Armee war ins Nichts gefegt worden, der Weg offen nach Paris und ans Meer. Aber der Erste Generalquartiermeister hatte einen anderen, einen eigenen Begriff von diesem Westkrieg gehegt: die Front nach brüchigen Stellen abzutasten, wie er es nannte, anstatt diese brüchige Stelle zu schaffen durch den Stoß des besten Heeres der Welt. Als die Truppen vor Amiens am Ende ihrer Kraft waren, sammelte er schon Riesenheere in Flandern und vor Verdun, im Elsaß, wo man wollte: nur im Sommegebiet und hinter ihm fehlten sie. Jetzt, genau vier Monate später, waren diese Heere durch Schlachten abgenutzt und zusammengeschmolzen, von der Grippe dezimiert, von der Enttäuschung nach so großen Versprechungen gelähmt. Und nun marschierten die Amerikaner auf. Neun Divisionen bisher, strotzend von Kraft und Saft, und eingepuppt wie in Lackleder. Morgen waren es neunzehn. Übermorgen dreißig. Tankgeschwader und Fliegerstaffeln, um Erde und Himmel zu schraffieren. Aus Kurzsichtigkeit und Raffgier hatte man den Krieg bis an sein fünftes Jahr kommen lassen und dann die

gesammelte Zukunft und Kraft Deutschlands, straff in den Händen der preußischen Offizierskaste, verpulvert und vertan.
Das Zimmer, in welchem dies gesprochen wurde, schmückten braune Ledertapeten, goldgepreßt, und verblichener grüner Samt als Polster, außerdem brannte selbst am Mittag das elektrische Licht auf einen Stahlstich hernieder, der die drei Monarchen Rußlands, Preußens und Österreichs auf einem runden Hügelchen darstellte, während am Horizont schamhaft ein Haus rauchte.
Konrad von Ellendt hatte einen einzigen blitzartigen Einfall als Antwort: den Namen Clauß. General Clauß hatte bei manchen Gelegenheiten erwähnt, eigentlich auseinandergekommen sei er mit seinem ehemaligen Vorgesetzten bei Gesprächen über den zukünftigen Angriff auf der Westfront, wo seine Meinungen als unmaßgeblich abfielen. Lange zurück lag das, voriges Jahr schon hatte der General in vertrautestem Kreise und nach manchem Kognak davon geraunt. Wußte Kürtchen, daß er Worte wiederholte, die von Wilhelm Clauß stammten? Einerlei, einerlei. Der Boden schwankte Konrad Ellendt unter den Füßen, mit einem Krach zerbrach die Zukunft...
Er fuhr hoch. Rückte er die Welt mit seinen Gedanken vom Ort? Krachen um ihn und Gleiten. Und da saß er nicht mehr im Hinterzimmer Unter den Linden, sondern in einem Abteil, auf einem Bett, das fuhr. Die innere Zeit raste, indes die äußere fast stand. Lichter glitten vorüber, Lichter Berlins. Er ließ sich wieder sinken, hörte den Rädern zu, hatte noch so viele Stunden vor sich, niemand konnte ihn stören, niemand hier eindringen, alles, was sich abspielte, geschah draußen.
Dr. Kürtchen hatte sich gefaßt und sogar Lust bekommen, etwas kalt Gewordenes zu essen. Wer solche Nachrichten los wird, gesundet an der Erleichterung. Nur war ihm in jenen Tagen einiges klar geworden, und er konnte mit Konrad von Ellendt schon erwägen, wie man sich verhalten mußte.
Während der Zug langsam auf seinem hohen Damm dahinbalancierte, überprüfte Ellendt den neuen Zustand, seine Folgerungen, das Ergebnis des Nachmittags. Das Fürchterlichste war die Verschwendung mit Menschen und Menschenglück, die getrieben worden war, und mit dem Wohlstand der Nation; deswegen durfte man da gar nicht hinsehen. »Wir sind ja keine

Revolutionäre«, hatte Dr. Kürtchen gesagt, »wir sind Realisten, unter uns werden wir die Herren schon mal vorknöpfen. Aber wenn wir, um mit Goethe zu reden, die Wahl zwischen einer Ungerechtigkeit und einer Unordnung haben, ziehen wir als Deutsche mit ihm die Ungerechtigkeit vor.« Und dann drückte er auf eine Klingel, der Kellner erschien. Er stand bescheiden und ohne falsche Ergebenheit am Tisch, sein Frack hatte einen fremdartigen Schnitt, seine Bartstreifen vor den Ohren gaben ihm etwas Österreichisches. »Mahnke«, sagte Dr. Kürtchen,»euer Pommard hat mich wiederhergestellt. Ich muß nachessen, so leid's mir tut. Der Braten schmeckt kalt ebensogut; aber eine heiße Bouillon, heißes Gemüse und ein paar Salzkartoffeln, nicht wahr?« – Das Wichtigste blieb, so hatte Herr Kürtchen weitergedacht, unser Volk nichts merken zu lassen. Der Krieg mußte fortgesetzt werden, nicht um Eroberungen zu sichern wie bisher, sondern wegen eines anständigen Friedens. Ein solcher brauchte nicht notwendig die Reichsgrenzen zu respektieren. Lothringen mit Metz würde draufgehen, – fort mit Schaden. Weg schwamm die flandrische Küste; Antwerpen, die auf Englands Herz gerichtete Pistole, hatte der amerikanische Vetter dem deutschen aus den Fingern geschlagen. Weg schwamm das Erzbecken von Longwy und Briey, die Angliederung Belgiens an das Reich. Wahrscheinlich auch Deutsch-Südwestafrika, da es nun mal von der Union erobert war. Aber um die anderen Kolonien zurückzutauschen, mußte auf der einen Seite weitergefochten, auf der anderen so schnell als möglich mit Verhandlungen begonnen werden – ohne Nervosität und ohne Verschleppung. Hier waren die Speisen gebracht worden, und Konrad von Ellenstedt erinnerte sich des kleinen Zwischenakts, des Spiels von Frage und Antwort, das sich daran knüpfte. »Mahnke«, sagte Dr. Kürtchen, während ihm Mohrrüben und Schoten serviert wurden, »Sie waren doch ›drüben‹ bis sie Ende sechzehn merkten, wie der Hase lief. Was halten Sie von den Amerikanern – militärisch? Werden sie der preußischen Garde Herr werden?« Herr Mahnke hatte eine wegwerfende Bewegung gemacht und das Entsprechende geantwortet. Aber da hatte Dr. Kürtchen, während der Kellner ihm Fleisch vorschnitt, mit seiner behäbigen Stimme weitergeredet: Mahnke solle keine Faxen machen, die seien gut für andere Gäste, er aber und Baron Ellendt wollten seine wahre und unverfälschte Meinung über den amerikanischen Mann hören, seine Schlagkraft, seine Zähigkeit, Entschlossenheit zu siegen. Da hatte sich das Gesicht des Kellners verzerrt zu einer Grimasse äußersten Hasses, er hatte sich aufgerichtet, breitbeinig, die Ellenbogen leicht angedrückt wie ein Boxer, nur daß er Serviette und Gabel nicht aus den Händen legte. »Es sind die härtesten Hunde der Welt«, hatte er gesagt, »die unbarmherzigsten, Herr Doktor, die schlimmste Pest auf Erden. Und was sie sich vorgenommen, das machen sie auch. Sie haben sich vorgenommen, uns ihre Demokratie zu bringen, die ganze verrottete Müllgrube. Und wir werden noch was erleben. Jeder Mensch weiß drüben, daß Wall Street den Franzosen eine Milliarde Dollars geborgt hat. Wenn ich was zu sagen hätte: nischt wie Frieden, Herr Doktor!« Und indem er sich noch einmal entschuldigte, vor dem fremden Herrn so offen gesprochen zu haben, verschwand der Kellner Mahnke. Ellendt fand in seinem Gedächtnis sogar noch Spuren der Erläuterungen, die Dr. Kürtchen, während er voller Appetit schmauste, über diesen Kellner zum Besten gegeben: daß er in Potsdam verheiratet war, wo seine Frau im Hause des Bankiers Wahl kochte, daß er sie 1912 sitzengelassen hatte, um vorwärtszukommen, und daß sie heute noch nichts von seiner Rückkehr ahnte – »das stört nur«, hatte er bemerkt. Dr. Kürtchen hatte von ihm gelernt, auch den Botschafter günstiger zu beurteilen, diesen Grafen Bernstorff, und seine Bemühungen, die Vereinigten Staaten »draußen« zu halten – Bemühungen, die von den Alldeutschen und ihrer mangelnden Weltkenntnis glücklich vereitelt worden waren. Was Bernstorff längst wußte, dämmerte jetzt auch der Obersten Heeresleitung. Man mußte ihr Zeit lassen, die neue Lage zu verdauen. Je weniger Zungen davon schwatzten, desto unbefangener konnte Heer und Volk gehandhabt werden. Wenn nur ein einziges Ziel unverrückt blieb: freie Hand im Osten. Dort lag Preußens wahre Zukunft, wie die Konservativen nie vergessen hatten. Den Osten reinzuhalten von Entente-Einmischung – dafür mußten die Voraussetzungen geschaffen werden, während die Heere der Westmächte vielleicht langsam Boden gewannen und der Verhandlungstisch gerüstet wurde, in Stockholm, in Bern, im Haag – gleichgültig wo. Nach einer Sitzung, die bis fünf dauerte, waren sie übereingekommen, von den Herren des Ostens nur General Clauß ins Vertrauen zu ziehen und den Verbindungsoffizier der Obersten Heeresleitung, der noch immer in Brest-Litowsk saß, weil Clauß ihn in Kowno nicht wünschte. Wie gut, daß man im Auswärtigen Amt für nötig gehalten hatte, Ellendts Rückkehr über Warschau zu leiten, um Übereinstimmung mit dem Generalgouverneur herzustellen. Jetzt lag Brest-Litowsk am Wege nach Wilna.

Es ruckte, Bremsen kreischten: Alexanderplatz. Ellendt beschloß, diesen Aufenthalt auszunutzen, sich für die Nacht herzurichten. Er wusch sich gründlich den Ruß Berlins aus dem Gesicht, den Schweiß des schweren Julitages. Vor vier Jahren hatte sich um diese Zeit das Schicksal des Reiches vorbereitet, die Mobilmachung; hatte die Welt in dumpfer Spannung vor den Entschlüssen gesessen, die in drei, vier Zimmern gefaßt wurden. Ellendt war damals in Königsberg Verwaltungsbeamter. Die Russen, ein paar Kilometer weit weg, marschierten auf... Eau de Cologne verbreitete seine Frische. Drei Generationen schon hatten die Ellendts das EK I auf Preußens Schlachtfeldern erworben, an ihm war es jetzt, dieser Kette von Ehrenzeichen ein neues Glied hinzuzufügen. Er war ein Mann Mitte der Dreißig, gesund, voller Ehrgeiz und sittlicher Kraft, bereit, sich einzusetzen, tiefer wissend als andere, was er seiner Stellung im Staate schuldig war. Wie lange lag das erst zurück? Tiefe Falten hatten sich in seine Stirn gegraben, tiefere in sein Herz... Gut, die heiße Kleidung vom Körper zu ziehen, diese grotesken Hosen und Unterhosen, die dummen Strümpfe, mit den Sockenhaltern. Als der Zug endlich weiterrollte, lag er schon, im Pyjama, halb zugedeckt, wach und entschlossen, noch eine kleine Zigarre zu rauchen und zu denken. Daheim liebte er mehr, Nachthemden zu tragen. Würde es in den nächsten Stunden kühler werden? Die Lüftungsfrage mußte er mit der Schaffnerin besprechen, man erkältete sich sommers allzuleicht in den fahrenden Zügen.

Alles war dumpfe Wolke und dunkel um ihn; nur eines dämmerte: bestanden die Litauer auf ihrem Teck, so mußten sie ihn kriegen. Jetzt bekamen diejenigen Oberwasser, die sich gütliche Vereinbarungen wünschten zwischen den Völkern des besetzten Gebiets und dem deutschen. Nichteinmischung des Westens setzte voraus, daß Polen und Litauen sie ablehnten, wie die Kurländer und Finnländer es schon getan hatten und die

Ukrainer, als sie den Hetman Skoropadski an ihre Spitze stellten. Auf den Schlachtfeldern Frankreichs, im geräumten Marnebogen war dem Herzog von Teck eine Krone, der Taryba Einfluß zugefallen, der Anblick geändert worden, den noch vor einer Woche die Kraftgruppen zwischen Memel und Weichsel boten. Das mußten die Herren begreifen lernen, welche sich bisher um die preußische oder sächsische Lösung gestritten hatten. Konrad von Ellendt traute sich zu, ihnen das beizubringen, ohne das schwere Geschütz zu brauchen, das in der furchtbaren Neuigkeit verborgen war. Heute mittag! Noch nicht sechs Stunden lastete sie auf ihm, und schon war sie ganz in den Grund seiner Seele gesunken und bestimmte alles, färbte alles.

Solch einen Frieden hätten wir schon 1917 haben können, schon 1915.

Dieses Wort war ein Sprengstoff. Es zerriß alle Grundlagen der Gesellschaftsordnung. Es enthielt die Revolution, wenn man ihm gestattete, in den Köpfen und Herzen der deutschen Massen sich auszubreiten, wie es sich jetzt gefahrlos in Konrad von Ellendt ausbreiten durfte. Gefahrlos, weil er es einordnen konnte in den Lauf der Welt. Und das vermochte er, weil so das Vorrecht seiner Kaste, seines Staates am besten bewahrt wurde. Außerdem hatte er keine Söhne verloren. Er gab sich mit großer Klarheit diesen grausamen Wahrheiten hin. Furchtbare Fehler waren gemacht worden. Über den Köpfen der Massen hatten die leitenden Schichten Preußen-Deutschlands getan, was ihnen richtig dünkte. Ihnen waren die dumpfen Gebilde gefolgt, die Völker und Klassen, die sich aneinander abrieben wie große Eisschollen auf einem langsamen Strome. Jetzt durften sie nicht ins Stutzen geraten, sich bäumen, auf eine Barre treffen, an den Herrschenden zweifeln, nachdenken über den Lauf der letzten Jahre, das Vergangene bedauern, langsam Wut über die unmenschliche Vergeudung aufsteigen lassen. Gott hatte Preußen und Deutschland Geschichte und Ordnung verliehen. Vor ihm allein hatten sich die regierenden Familien zu verantworten. Dem Volk mußten Personen und Gruppen als Sündenböcke dargebracht werden – man würde schon sehen, welche. Man durfte Reichskanzler und Beamte nicht schonen, auch nicht einzelne Offiziere, wenn sich bewahrheitete, was Clauß angedeutet. Was aber – Konrad

von Ellendt ließ die Beine aus dem Bett fahren und setzte sich hoch – falls das russische Beispiel nach Deutschland übersprang?
Alle Voraussetzungen fehlten dafür, Ellendt wußte es. Fünfzig Jahre lang hatte die russische Revolution im Volke gegärt, ehe ihr die unnennbaren Leiden und Niederlagen des japanischen und des deutschen Krieges den Schwung der Verzweiflung liehen. Aber was geschah, wenn die nächsten Monate Erkenntnis zu Zündstoff verdichteten? Der Frieden mußte sofort eingeleitet werden. Alles stand auf dem Spiele. Ellendt mußte mit Clauß sprechen. Er durfte gar nicht über Warschau fahren. Jede Stunde konnte Verhängnis bedeuten. Wie langsam dieser Zug rutschte! Gleich stand er schon wieder. Kreischend und knirschend keuchte er in den Schlesischen Bahnhof ein, um jetzt erst einmal richtig zu trödeln und zu warten.
Elektrische Helle schimmerte durch die Ritzen, die der steife Ledervorhang im Fensterrahmen ließ. Diesmal liefen wirklich Reisende, schallten Stimmen, schlugen Türen, wurden die Abteile besetzt, Getränke verlangt und ausgerufen. Konrad von Ellendt liebte die riesige Halle dieses Bahnhofs nicht, diese Falle, in welcher die Stadt Berlin ein »monstre universel«, die ahnungslosen Ankömmlinge aus dem Osten fing, um sich an ihrer Lebenskraft zu mästen. Seiner betrachtsamen Natur genügte die Stadt Königsberg völlig, um Geist, Handel und Industrie auszudrücken und zu beherbergen. Er hatte das Licht in seinem Abteil gelöscht, als schamhafter Mann mochte er nicht im Nachtkleid betrachtet werden durch irgendwelche Zufälle. So saß er auf seinem Bett, die Beine übergeschlagen, rauchte vor sich hin, ließ sich durch die rötlichen Lichtstrahlen und -bündel ablenken, die mit dem Tabaksdunst spielten, hörte einen Zeitungsausrufer sich nähern. Was kannst du schon bringen? dachte er. Alles Wißbare ist übertroffen durch mein Geheimnis, das dein Leben, fremder Mann, auf neue Geleise stellen wird, deines und deiner fernsten Enkel. Gleichwohl fand er auf seine gehemmte Art, Zeitungen müsse man kaufen, nahm also Geld aus der Tasche und wollte der Schaffnerin klingeln, als er vor seinem Lederfenster ausrufen hörte: »Die ›Welt am Montag‹, die Welt, General von Lychow in Kiew ermordet. Der Täter gefangen.«
Konrad von Ellendt traf ein körperlicher Schlag, unterhalb sei-

ner Rippen, mitten auf den Leib. Sein Vorhang sauste hoch, ein Herr im Schlafanzug beugte sich vor, den Verkäufer aufzuhalten. »Bitte«, sagte er heiser, gab Geld hin, empfing ein schlecht riechendes Blatt, ziemlich dick, und las im krassen Lichte des Bahnsteigs etwas ausführlicher, was er eben lakonisch gehört hatte. Lychow war auf der Hauptstraße Kiews, dem Kreschtschatik, im Wagen fahrend, getötet worden, mit ihm sein Begleiter von Jamlich, der neue Adjutant. Ob der Täter den ukrainischen Nationalisten oder den Sozialrevolutionären angehörte, stand bei Redaktionsschluß noch nicht fest, schloß die kurze Notiz. Es war ein Blatt der Kritik und Opposition, das die Tatsache der Sonntagsruhe ausnutzte. Es erschien als einzige Zeitung Berlins am Sonntag abend. Mit Bitterkeit dachte Ellendt an den entarteten Junker, der sein Leitartikler war, ein gewisser von Gerlach, alter preußischer Beamtenadel. Später würde er also lesen, was dieser Renegat zum Ende des vierten Kriegsjahres zu sagen hatte.

Er steht im Ausschnitt seines Fensters, weiß und schwarz gestreift, schüttelt den Kopf, blickt auf den Zementboden des Bahnsteigs schräg unter sich. Lychow denkt er, Lychow. Sein Entsetzen kommt ihm zunächst nur als äußerste Bestürzung ins Bewußtsein. Um ihn zu ehren, schickte man ihn in den Tod. Welcher Teufel regierte denn hier? Nein, nein, wehrte sich etwas in ihm, das muß alles verschwinden, zurückgestellt werden, es darf uns nicht aufhalten. Lychow, mein Nachbar Lychow, der anständigste Mann, der je ein Korps befehligte. Diese Schweine! Und er sah sich um, den Eindruck der Trauer und Erregung nicht zu versäumen, den dieser furchtbare Mord hervorbringen mußte.

Da sah er, daß auf dem ganzen Bahnsteig nicht ein einziger Mensch sich darum kümmerte. Weder standen die Leute beisammen, noch umdrängten sie den Zeitungsverkäufer, noch auch riefen sie einander Worte der Empörung zu. Sie kauften das Blatt und stiegen in den Zug. Offiziere sahen sich stumm die Überschrift an, wiesen das Blatt aber mit ablehnender Handbewegung zurück. Früher hätte sich Ellendt über diesen Geist gefreut... Erst Graf Mirbach und jetzt von Lychow: teuer zahlte der deutsche Adel seinen Dienst am Osten. Gerade kam der Verkäufer wieder an seinem Fenster vorüber.

Ein Eisenbahnzug ragt meterhoch über den Bahnsteig, die rie-

sigen Räder der Wagen verbergen sich zwischen den Einschnitten der Schienenpaare. Vor der Abfahrt werden Räder und Achsen gründlich untersucht, kriechen Bahnarbeiter gebückt an den Wagenwänden entlang und klopfen die Bremsen ab. Hoch über ihnen schauen dann die Reisenden aus den Fenstern. Ruß und Öl beschmiert die Arbeitsanzüge der Männer und ihre Gesichter. Ein solcher traf unter Ellendts Abteil auf den Zeitungshändler, holte ein Beutelchen hervor, einen Groschen daraus, verbarg das Blatt unter seinem Kittel (soll nicht schmutzig werden, dachte Ellendt), sagte halblaut »endlich einer«, klopfte an den Radkranz, richtete sich auf, ließ die schwarz umrahmten weißen Augen kühl über den Herrn im Schlafanzug streifen, bückte sich zu seinem Dienst, prüfte die Bremsbacken, kroch weiter. Und der Blick des Verkäufers – Ellendt sah es genau – höhnisch und schadenfroh glitt er hin und her zwischen seinem Gesicht und der großen römischen Eins unter seinem Fenster.
Ellendt trat zurück, fand das Ganze widerwärtig und unpassend, regelte die Lüftung für die Nacht, eine Handbreit Spielraum lassend zwischen der hochgeschobenen Fensterscheibe und ihrem Rahmen, zogen den Vorhang herunter.
So sah es also da unten aus, im Volke. Ellendt empfand eine Art Übelkeit als Folge der Überanstrengungen dieses Tages, dieser besessenen Stein- und Schluchtenwüste, mit ihren erbitterten böswilligen Millionen. Der Boden zitterte unter den Füßen derer, die Preußen bedeuteten.
In diesem Augenblick riß mit Krachen die Maschine, überanstrengt und ausgedient auch sie, an der Wagenschlange. Ellendt taumelte, stürzte fast aufs Bett, landete aber geschickt, erst sitzend, dann liegend. Ruhe und Entschlossenheit breiteten sich in ihm aus. Jetzt ging es ums Ganze. Von nun an gab es nur noch eine Spielregel: unter jeder Bedingung oben bleiben. Kein Blöße, keine Schwäche, keine Ungeschicklichkeit, kein falsches Mitleid. Niemand, überhaupt niemand durfte etwas von der Nachricht erfahren, die Dr. Kürtchen ihm vor einem Jahrhundert zugetragen. Niemand durfte in seiner Handlungsfreude geschwächt werden durch das Wissen, das sich mit der Wirklichkeit beschäftigte. Jeder einzelne, auch Clauß, mußte in guter Laune erhalten werden und bei lockeren Handgelenken im Kampf um die Macht über die östlichen Staaten und

Länder wie über die beherrschten Klassen in Preußen und im Reich. Je unerschütterlicher man aussah und wirkte, um so unerschütterlicher war man – bis zum letzten Augenblick, den hinauszuschieben, vorzubereiten, abzubiegen, umzudeuten, wenn nötig zu fälschen und wegzulügen, man Schlauheit und Unbedenklichkeit brauchen und haben würde. O nein, meine Herren, dachte Ellendt, und fühlte den Zug über die Weichen von Stralau-Rummelsburg poltern, irren Sie sich nicht! Mit uns sind die sittlichen Mächte, der preußische Gott und der kategorische Imperativ. Einen Lychow schießen Sie ab, fünf andere treten an seine Stelle, weniger nette, weniger humorige. Ein alter Kavalier liegt in Kiew auf dem Katafalk; sein Nachfolger wird jünger sein und schärfer. Beschämt, weil erst so spät, dachte er an den Neffen, den der Alte ihm anvertraut hatte, seinen prächtigen kleinen Winfried. Dieser Auftrag hatte dem Jungen das Leben gerettet; ohne Zweifel saß Hauptmann von Jamlich auf Winfrieds Platz, links von der Exzellenz, als die Schüsse fielen oder die Bombe. Und Ellendt nahm sich vor, nun erst recht Winfrieds Beschützer zu sein, ihn zu übernehmen, seine Laufbahn zu sichern. Komisch, komisch, dachte Ellendt, während er einschlief – einduselte, nannte er es vor sich selbst –, solch ein Tag beginnt mit der Predigt im Dom und endet mit Aufruhr und Winfried.

Die Lokomotive warf ihre kegelförmige Brust der Finsternis entgegen und riß funkensprühend und stampfend den vielgliedrigen Zug nach Osten und in verhängte Wochen.

SIEBENTES BUCH

DER WIND SCHLÄGT UM

ERSTES KAPITEL

Lebehdes leise Hand

Am Sonntagmorgen gegen acht schiebt Peter Possek sein Fahrrad vor die Hütte, in der sein Herr schläft. Auch magere Menschen mit durchscheinenden Ohren, dünnen Nasenflügeln und rot umränderten Augen schwitzen nach Radausflügen trotz ihres trockenen Naturells; obwohl am 31. Juli kaum eine gesündere Zeit dafür gefunden werden kann als jene, in der er die Antokoler Landstraße hinabflitzte. Der einarmige Pförtner hat ihm den Schlüssel, den er gestern, wie nach jedem Aufräumen, bei ihm abgab, mit der Bemerkung überreicht: »Hättst ihn wahrhaftig in der Tasche behalten können.« Zwar besitzt Hauptmann Winfried einen eigenen, Possek jedoch benutzt diesen hier, damit er niemanden wecke, falls man ›drinnen‹ noch schläft. Und wirklich regt sich nichts, während er Feuer macht, Wasser aufsetzt. Kaffee mahlt – nichts als die Finken, Stieglitze und Meisen, die das Waldrevier bevölkern. Ihren entzückenden Rufen und Antworten mit schief gehaltenem Kopfe lauschend hantiert der junge Mann auf der Veranda und in der Küche, immer in Versuchung, ihre Stimmen nachzuahmen, was er bis zur Vollendung vermag. Als die Eier gar sind und der Kaffee unter einer dicken Papierhaube hervorduftet, sieht sich Possek nach bestaubtem Schuhwerk um und findet keines. Für den Fall, daß es etwa im Wohnzimmer stehenblieb, öffnet er leise, die Bürste in der Hand, und überzeugt sich mit einem Blick, da auch die Schlafzimmertür offen steht, daß die Datsche in dieser Nacht unbewohnt war, zum mindesten von Menschen.
Peter Possek hat den Anschnauzer längst verwunden, den ihm Winfried vor Wochen zuteil werden ließ. Manchmal wundert ihn das, er kennt sich als nachtragend; aber wenn man so lange beisammen ist... Nichts dürfte sicherer sein, als daß der Hauptmann mit seiner Braut einen Ausflug gemacht, irgendwo draußen übernachtet hat. Es gibt da einen Ort namens Troki mit einem schönen See, eine seltsame Stadt, in der jüdische Tataren

wohnen und eine große Schloßruine zu besichtigen ist; die Fahrt dahin war längst fällig. Und da morgen Ober-Ost sicherlich den Beginn des fünften Kriegsjahres beim gemeinsamen Herrenessen feiern wird, ist tausend gegen eins zu wetten, daß der Hauptmann wenigstens heute den ganzen Tag wegbleibt, den freien Mann spielt. Also wird Peter Possek im Rahmen dieser Datsche das gleiche tun. Allerdings nur bis zwölf. Denn das Mittagessen der Mannschaftsküche Ober-Ost wird heute aus Linsensuppe, Rindfleisch mit Meerrettichtunke, Quetschkartoffeln und Pflaumenkompott bestehen – daß du dir die Finger danach leckst. Um so wohliger soll der Vormittag hier verbaronisiert werden, in Gesellschaft eines Buches voll gepfefferter Geschichten, das der Herr in der Feldbuchhandlung gekauft hat. Von einem Italiener stammt es, von Zeit zu Zeit hat Possek darin geschmökert und manchmal laut gelacht – abgesehen von anderen erregenden Wirkungen, die er verspürte. Das wird ein großartiger Sonntag, juchhe. Er zieht Rock und Stiefel aus (für die Arbeit hat er Pantoffeln hier), frühstückt zunächst mit Genuß und Liebe, streut den Vögeln Brotkrumen hin, und dann im Liegestuhl mit einer Zigarre, verschwindet er im Zaubergarten Boccaccios, dessen Meisterwerk gerade ein geschäftstüchtiger Verlag, unter Weglassung aller anmutigen Zwischenreden, für breite Leserkreise gedruckt hat. Um die Mittagsstunde muß sich Peter Possek, roten Kopfes, erst wieder in der Gegenwart zurechtfinden, abkommandierter Diener eines soldatischen Herrn zu sein und noch schnell abzuwaschen und aufzuräumen. Es ist heiß, der Wald riecht nach trockenem Holz, wenig Wind durchweht die stumpfgrünen Wipfel, den mattblauen Himmel. Nachmittags wird er schwimmen gehen und sich am frühen Abend mit einem Mädel treffen, das bei Kantorowicz bedient. Aber das tut sie erst nachts, und heute ist Sonntag. Das Leben muß verbraucht werden, wie es jetzt nun einmal fällt, und verglichen mit Millionen hat Peter Possek ja doch das Große Los gezogen.
Am Abend, im Verlaufe der langen Dämmerung, die die Straßen blau erfüllt, kehren die Ordonnanzen in ihr Quartier zurück, mehr oder weniger befriedigt vom Tage. Sie wohnen in einem Seitenflügel des großen russischen Verwaltungsgebäudes, das Abteilung V für sich gewählt hat – jener Ausschnitt von Abteilung V, der unmittelbar mit Politik zu tun hat. Denn wirklich

endete der Umzug nach Wilna mit einer Auflockerung des Riesengebildes, mehrere Gebäude in verschiedenen Teilen der Stadt stellen ebensoviele Keime selbständiger Ministerien dar. Die Ordonnanzen Possek, Lebehde und Rost hausen zusammen. Ein mäßig großer Raum im Erdgeschoß beherbergt sie, im Sommer ist er kühl, im Winter gut zu heizen, und dabei mit Schränken, Betten, Tischen und Stühlen aus Ober-Ost-Werkstätten preußisch nüchtern und preußisch sauber ausgestattet. Sinn für Schmuck haben die drei freilich nicht, und so dient als Lampenschirm eine braune Tüte mit weggeschnittener Spitze.
Zweimal im Monat liefert die Wäscherei des Stabes den Mannschaften von Ober-Ost frische Laken und Bezüge für Decken und Kopfkissen, Handtücher und jene Stücke an Leibwäsche und Drillichanzügen, die man ihr das vorige Mal schmutzig überantwortete. Diese reiche Ausstattung entstammt natürlich beschlagnahmtem Gut der Landeseinwohner, wobei den Offizieren die feineren Qualitäten zugewiesen werden, den Leuten meist russisches Heeresgut. Aber auch das, von eingeborenen Frauen sachgemäß behandelt, erquickt den Schläfer, und morgen fängt der Dienst wieder früh an.
Peter Possek also legt sich gegen halb neun ins Bett. Das Mädel ist aus einem unerfindlichen Grunde nicht erschienen, war auch trotz längeren Herumsuchens an gewohnten Orten nicht aufzutreiben, und jetzt ist Peter Possek müde, noch nicht schlafreif, aber liegefaul. Alle Poren geöffnet von Wasser und Sonne, läßt man sich den Geruch von Rasenbleiche wohlgefallen, der aus den Fasern des groben Leinens steigt. Die Kameraden werden Neues mitbringen, und bis dahin hält einen die Frage wach, in was für Erwägungen die zu Hause wohl den heutigen Tag verlebt haben. O Maria und Josef, vier volle Jahre währt er schon heute, der Krieg. Staunend überdenkt Possek die Länge dieser Zeit. Ihm fällt ein Stückchen Melodie auf die Zunge, und er summt es vor sich hin: Haltet aus, so geht der Schlußreim, haltet aus im Sturmgebraus! Ein recht erhebendes Lied mit »Banner wehen«, und »treu zusammenstehen« – nichts als Schwindel. Aber das brauchen die Herren, und da singt man's eben.
Um neun Uhr ist Zapfenstreich, will sagen, es endet für Mannschaften ohne Nachturlaub das Recht, sich außerhalb des Quartiers zu zeigen. (Wer Nachtdienst hat, bekommt einen Schein.) Fünf Minuten vor Ladenschluß trifft der Gefreite Rost

von seinem Ausgang ein. Er gehört zu jenen Sozialdemokraten, deren Ehrgeiz es ist, sich weder Rechte schmälern zu lassen, noch Übertretungen zu leisten. Diese Menschen sind bei den Preußen gefürchtet; als geschulte Streiter hat ihre Organisation sie entlassen, und Franz Rost, einst Lederarbeiter in einer Fabrik für Wagensitze, gehört einer besonders energischen Gewerkschaft an. Aus ihr nämlich ist seinerzeit der Genosse Fritz Ebert hervorgegangen, heute Vorsitzender der Reichstagsfraktion und erprobt unter den Augen keines Geringeren als August Bebels selbst, und wie jener trägt sich Franz Rost auch ein bißchen, nämlich mit einem dunklen Knebelbart und schweren Schultern, einem bescheidenen Bauch. So kehrt er aus der Kantine der Wirtschaftsabteilung heim, wo er mit alten Bekannten Erinnerungen aufgefrischt hat und Neuigkeiten erfahren, die ein Unteroffizier aus Hauptmann Siewindts Polizeizentrale beisteuerte. Während er sich auszieht und das Metallgestänge des Bettes ächzen macht unter seinem breiten Dasitzen, erzählt er gemütlich, vom Dünnbier ganz leicht angeheitert. Da war also gestern nacht endlich die Razzia auf Teestuben, die verbotenerweise über die Polizeistunde hinaus offen haben. Groß angelegt und durchgeführt. Keine wurde übergangen, niemand durfte sich beklagen. Bei Kantorowicz haben sie einen besonders fetten Fisch gefangen, nämlich den Doppelspion Lekeitis, der sich aus Kurland dünnemachte, nachdem er denen in Dünaburg durch die Lappen ging. Ein Junge mit Geld und Verbindungen. In diesem Lande kommt offenbar alles zwei- bis dreimal vor, bemerkt er jetzt philosophisch, indem er sich zu Possek halb umdreht, denn dieser Lekeitis hat einen grünen Anzug angehabt, »so ein altmodisches Ding, mit Knöpfen und Taschen, wie bei deinem Hauptmann.« Ja, dieser Lekeitis war überschlau, wollte den Polizeisoldaten einreden, er sei von Ober-Ost, hatte aber keinen Ausweis bei sich und mußte natürlich mit. Nun, der ganze Schub wurde noch nachts auf dem Bahnhof versammelt und ins Lager Maljaty abgefahren. Dort können sich die Herrschaften mal erst betätigen und die Zeit der Ermittlungen und Untersuchungen nutzbringend anwenden. Meinte der Unteroffizier, von dem Franz Rost es hatte. Und während er seine Hosen sorgfältig zusammengefaltet und glatt unters Laken breitet, um auf ihnen zu schlafen und sie so zu bügeln, ergeht er sich in

Betrachtungen über die Unvernunft der Hiesigen, die nun einmal durchaus gegen den Stachel löcken wollen und den Preußen Handhaben bieten, als wäre der Krieg ein Kegelschieben.
Sommers um neun Uhr unterläßt man es in Wilna noch, Licht zu machen. Daher entgeht dem Gefreiten Rost eine kleine Veränderung in Peter Posseks Gesicht. Er hat aber eine Offenbarung erlitten, Peter, wie seit Schultagen nicht mehr, wird sie auch sein Lebtag nicht vergessen. Erst hat er sich bei Rosts Geplapper nur gedacht, daß also das Mädel mit gutem Grunde verschwunden sei, entweder verhaftet oder verschreckt. Dann aber ist ihm ein elektrischer Stoß durch die Herzgrube gefahren, ein so füchterlicher Schreck, daß er gelähmt, fast zusammenschrumpfend und schneeweiß, auf seinen Kissen liegt, unfähig, sich zu rühren. Der Mann, den sie als Doppelspion Lekeitis verhaftet haben, ist sein Hauptmann, und kein anderer. Woher er das weiß? Er weiß es eben. Das Ausbleiben heute morgen, der grüne Anzug, bei Kantorowicz Razzia – und ohne Ausweis. Denn den Ausweis, das ist so sicher wie das Amen in der Kirche, hat Peter Possek als Kennmarke an den Schlüssel gebunden, zusammengefaltet und durchbohrt. Er sieht förmlich die graue leinenartige Rückseite, auf die er das W gemalt hat. Wo er seine Sinne gehabt hat, als er das tat, wie er den Fetzen für ein Stück Pappdeckel hat halten können, mag ihm ein anderer erklären. Er weiß, was er getan hat – und jetzt fliegt er ins Verderben. Sie halten Winfried zwar für den Spion Lekeitis. Aber einmal werden sie die Wahrheit ja feststellen und den Herrn Hauptmann unter tausend Entschuldigungen entlassen. Dann fegen vielleicht Donnerwetter und Rüffel durch die Gebeine der Polizeileute. Er aber, Peter Possek, wird entweder in die zweite Klasse des Soldatenstandes verschmettert oder an die Front oder beides. Kann man noch irgendwas gutmachen? Sofort auf, raus. Jemandem beichten, Rat einholen, zu Winfrieds Befreiung beitragen. Dann verzeiht man ihm vielleicht. Dann teilt man ihn aus Gnade einem Wegebaukommando zu oder sonst einer Schipperkompanie. Dann legt Schwester Bärbe für ihn ein gutes Wort ein, bestätigt Hauptmann Winfried selber vielleicht, daß der Bursche Possek sich bis auf diese geistesabwesende Schweinerei nichts hat zuschulden kommen lassen. Auf alle Fälle reißt es ihn aus dem Bett, auf die Latrine.
Als er zurückkommt, steht der Gefreite Lebehde im Zimmer

und nimmt aus seinem Spind ein Paket Tabak. Er hat dazu Licht gemacht. – Franz Rost kann innerhalb dreier Atemzüge einschlafen – und das Aussehen Posseks fällt ihm auf. Er prüft ihn aus zusammengekniffenen Lidern, forscht halblaut nach seinem Essen und Trinken heute, ob er Kopfweh habe oder dergleichen. Die Grippe spukt in vielerlei Formen, sie schlägt auch auf den Darm, man muß sich verdammt vorsehen. Lebehde hat Nachtdienst von zehn Uhr an. Er kann sich also noch ein paar Minuten mit dem Jungen beschäftigen.
Peter Possek kriecht wieder ins Bett: nein, das ist es nicht. Bis vor einer Viertelstunde war er kerngesund, aber da ist der Rost mit Parolen aus der Stadt gekommen, mit Parolen ... Jetzt geht es ihm Possek, und seinem Hauptmann an die Nieren. Und er erzählt, stoßweise. Er vermengt unordentlich das, was er denkt und vermutet, mit den Berichten Rosts; Lebehde muß ihn mehrmals kräftig ausfragen. Aber dann sieht er mit seinem gesetzten Verstande, was den Kleinen umgeschmissen hat. Dem ist inzwischen wohler geworden, schüchtern leuchtet ein Hoffnungsschimmer auf. »Bring mir einen Nachtausweis, Kamerad«, bittet er Lebehde, »dann mache ich auf der Stelle nach der Datsche, sehen, ob mein Hauptmann zu Hause ist, und was an dem Schlüssel baumelt. Zwei Zettel, erinnerst du dich? zog ich damals aus den Taschen. Wenn's mit mir gnädig abgehen soll, war's der zweite, ein Billettchen ohne Unterschrift, und mich täuscht mein Gedächtnis mit der grauen Rückseite.«
Karl Lebehde hockt am Bettrand, scheuert den Rücken des behaarten Zeigefingers an seiner Unterlippe und denkt: »Es kann dir gar nichts schaden«, überlegt er laut, »wenn du mal tüchtig reinfliegst, mein Sohn. Und deinem Hauptmann noch weniger. Wird ja nicht gleich aus den Pantinen kippen, wenn er mal am eigenen Leibe erfährt, wie Menschen leben unter unserer glorreichen Fuchtel. Sofern er das in früheren Jahren noch nicht kapiert hat.« Sein Urteil über Winfried ist nicht sehr günstig, und er könnte es Possek noch ausführlich zu verstehen geben. Aber da sich diese kritischen Bemerkungen an einen Hinfälligen richten, der Trost nötig hat, wechselt Lebehde den Ton. »Wirf den kleinen Betriebsunfall für heute unters Bett«, ermahnt er den jungen Mann; »schlaf, Kindchen, schlaf, dein Vater ist kein Graf. Im Ernst, mein Sohn, mach dich nicht verrückt. Mittlerweile will ich alter Mann mich mit deinem

Kram befassen und sehen, wie man dich reinwäscht. Und heut nacht kannst du ihm ja doch nicht mehr zu Hilfe kommen, deinem Prinzen. Wenn ich aber und vermag etwas in dieser Sache, so zahlst du eine Lage Schnäpse, wie sie noch kein Ober-Ostler heruntergekippt hat. Licht aus!« Und damit streckt sich Lebehde auf sein Bett, um noch eine Viertelstunde zu ruhen.
Peter Possek fühlt sich von Lebehde wie beschützt. Etwas Warmes, Kameradschaftliches geht von diesem Berliner Gastwirt aus, von seinen Sommersprossen, seinen kurzgeschorenen Haaren, seinem breiten, rasierten Gesicht. Wer ihm vorhergesagt hätte, daß ihm, dem überlegenen Rheinländer, noch einmal so ein Berliner Zuspruch und Hoffnung spenden würde? Alle deutschen Stämme beim Militär halten wenig voneinander, jeder behauptet, ihm werde im Felde die schwerste Arbeit aufgepelzt, Fehler der anderen wiedergutzumachen; und die rheinischen Regimenter leisten viel bei der Herabsetzung der altpreußischen Provinzen. Aber dieser Lebehde ersetzt einem förmlich Vater und Mutter. Und Peter Possek verspinnt sich in Bilder, die sich um dieses Thema ranken, und schläft wahrhaftig ein. Er hört nicht einmal mehr, wie Karl Lebehde aufsteht, umschnallt und leise weggeht, und doch geschieht das schon fünf vor zehn.
Während er nun so durch den Hof des großen Gebäudes stiefelt, zum Himmel emporspäht und in den kühlen Fluren verweilt, den Seitentreppen, merkt er, wie in der Beurteilung des Hauptmanns Winfried eine kleine Änderung zum Günstigen sich einstellt. Schließlich ist das doch der Mann, von dem ihm der olle Bertin gesprochen in Kowno – war es nicht im Café Conrad oder bei einer späteren Gelegenheit? Daß er sich wakker für einen Gefangenen eingesetzt habe, sich kräftig für ihn herumgeschlagen, die Feindschaft mancher Leute, und sehr mächtiger, nicht gescheut. Natürlich, er hatte es leicht, Lychows Neffe kann sich das leisten. Und ist er jetzt aus Versehen nach Maljaty abgeschoben worden, so dauert das nur darum länger als vierundzwanzig Stunden, weil heute Sonntag ist. Immerhin, man kann sich in den Drähten einmal umtun, die Zentrale Ober-Ost schwatzt gern und oftmals mit anderen Zentralen – warum nicht auch mit der der Polizei. Hauptmann Siewindt ist ein scharfer Annexionist und lieb Kind bei den Alldeutschen. Auch Mitglied der Vaterlandspartei und ein Ver-

trauensmann von Landquardt selig und Buchenegger, nicht selig, sondern sehr aktiv. Zwar besitzt Winfried einen Onkel. Aber dieser Onkel thront in Kiew und kann ihm erst spät und hintendrein zu Hilfe kommen.

Dann, im stickigen Dienstraum, entledigt er sich des Rockes, lockert die Halsbinde und tippt dem Kameraden auf die Schulter, den er ablösen soll. Der schüttelt ungeduldig den Arm und horcht: streift schließlich den Bügel vom Ohr und macht Lebehde Platz. Und während der die schwarzen runden Hartgummidosen abtrocknet, sagt der Abgelöste, neben ihm stehend: »Ich glaube, in Kiew geht es los. Die Nachrichtenstelle hat durchgegeben, gestern nachmittag hätten sie Lychow und seinen Adjutanten ermordet, mit Bombe um die Ecke gebracht. Ein gewisser Weressejew, rechtgläubig, sogenannter Student. Aber wenn sie den auch an die Kirchenkuppel hängen – macht das den ollen Lychow wieder lebendig? Belagerungszustand, Kriegsrecht – wirst ja hören. Langeweile jedenfalls heute Nacht nicht zu befürchten.«

Karl Lebehde sitzt vor seinem Klappenschrank und stöpselt. Man merkt, daß die Nachricht in Wilna trotz der Sonntagsruhe die Runde gemacht hat; sehr viel Anrufe in die Wohnungen der Herren von Abteilung V. Baron von Ellendt ist in Berlin. Rittmeister von Wreech spricht, Oberleutnant von Gorse, der Herr Chef der Etappeninspektion, der Herr General beim Stabe. Hauptmann Winfried? Hat in seiner Wohnung kein Telefon. Im Amtszimmer? Bedaure, Herr Hauptmann war heute noch nicht zu erreichen.

Der Gefreite Lebehde hat Stoff, zu denken. Wenn man als Telefonist auf seinem Stuhl sitzt und nur verbindet und trennt, bleibt viel Raum für die Spiele der Vorstellung und die Waage der Überlegungen. Und was er denkt, verdichtet sich ihm zu einem Entschluß. Er wird auf gut Glück, wenn der Betrieb nach Kowno erst schwächer geworden ist, einen Fühler nach dem ollen Bertin ausstrecken. Es ist unwahrscheinlich, aber möglich, daß er ihn heute nacht schon antrifft. Lebehde kennt den Dienst der Presseabteilung nicht und am wenigsten den der selbständigen Redakteure. Aber wenn es mißlingt, wird jemand notieren, daß und wann Landsturmmann Bertin den Gefreiten Lebehde anrufen soll. Lychow ist tot und sein Neffe verschwunden. Da muß man entschieden hinterhaken.

ZWEITES KAPITEL

Im Anhauch des Geistes

Das Haus der Presseabteilung Ober-Ost, weißlich in der Dunkelheit, flankiert einen kleinen Platz, der von der Hauptstraße Kownos ein wenig zurücktritt. In einer der riesigen Linden, die ihn zieren, nisten Lichtflecke, aus dem Erdgeschoß (der Nachrichtenstelle) und dem zweiten Stock fallend. Dort sitzt an einer Lampe, über den Schreibtisch gebeugt, der Soldat Bertin und liest. Durchs offene Fenster schwirren Nachtfalter, den Wipfel des Baumes durchwühlen Windstöße von den Uferhöhen her. Er aber hört und merkt nichts. Er beißt auf die ausgerauchte Pfeife, und hinter den Brillengläsern wandern die Augen unablässig von links nach rechts über die schwarzen Zeilen. So lebt er seit gestern früh. Zwischendurch hat er gegessen und getrunken, ist er sogar ein Stück spazierengegangen. Morgen müssen die Bücher abgegeben werden; es ist verboten, sie aus den Diensträumen zu entfernen. Ja, ungeklärt bleibt, ob sie den Intellektuellen, die als Unteroffiziere und Mannschaften in der Abteilung dienen, mit Wissen und Willen der Chefs zugänglich gemacht worden sind. Auf alle Fälle hat Leutnant Gall gewußt, was er tat, als er sie bei ihnen in Umlauf brachte, bevor er auf jenen Urlaub fuhr, von dem er ins Zivil zurückkehren wird. Leutnant Gall, eigentlich Redakteur einer katholischen Zeitung Berlins, lebt, dank der Kunst des Arztes, mit einem tiefen Loch in der Stirn, das notdürftig zugewachsen ist von Fleisch und Haut. Die Narbe sieht furchtbar aus, aber er trägt sie nicht umsonst – Beweis? Er hat diesen Lesestoff den Herren Hirte, Hauff, Verdi und Bertin überlassen. Es sind dies aber Bücher, von Leutnant Perl im Auftrag des Herrn von Ellendt aus der Schweiz mitgebracht – Bücher, Zeitschriften und Broschüren.

Das deutsche Druckwesen wird scharf überwacht. Im Reich wie in Österreich-Ungarn erscheint kein Wort, das nicht von der Militärzensur genehmigt wurde; neun Zehntel, nein neunzehn Zwanzigstel aller Schreiberei erfolgt ohnehin aus freien Stücken in ihrem Geiste. Der Rest wird geduldet, um ein freies Schrifttum vorzutäuschen: leise Kritik an Nebensachen, verbrämt mit Angriffen auf die Feinde, und aller Unmut, soweit er sich melden darf, ihnen zur Last gelegt oder unter geschichtlichen Verhüllungen dem Erraten dargeboten. Schärfer äußern dürfen sich lediglich Angriffe aus der Richtung der Alldeutschen auf die Schwäche und Lauheit der Zivilregierung, gegen die Überorganisation der Getreidestellen und das unmäßige Anwachsen der Ämter aller Art, die den handelsgewohnten, mit Rohstoffen und Wirtschaft vertrauten jüdischen jungen Herren gestatten, sich vom Dienst mit dem Spaten zu drücken. In Leipzig begutachtet eine Zentrale jedes im Gebiet der Mittelmächte hergestellte Buch und läßt einen kleinen Stempel anbringen, der die Zustimmung des jeweiligen Armeekorps bedeutet. Nur die Schweiz hat sich dieser Anordnung entzogen. Sie beruft sich auf die Pflichten ihrer Neutralität und hat so einigen deutschen Schriftstellern und Übersetzern Gelegenheit gegeben, Dinge drucken zu lassen, Dinge...! Drei Jahre lang haben die Leute des Obersten Mutius das Zeug mit Gelassenheit verachtet. Seit Mitte 1917 macht es sie nervös. Ihre Abwehr leidet unter der Verpflichtung, diese Schandschriften vor deutschen Ohren nicht zu erwähnen. Der Verkehr nach der Schweiz ist fast gedrosselt, dennoch werden Bücher eingeschleppt. Abteilung V, Baron Ellendt, hat sich durch Augenschein von der Art und Gefährlichkeit dieser feindlichen Propaganda überzeugen wollen, (die selbstverständlich von der Entente bezahlt wird). So kommt dieser Sprengstoff nach Ober-Ost.

Wie lernt ein Mensch sehen? Indem ein Erwachsener ihm die Eindrücke deutet, die seine Augen wahrnehmen. Das Wahrnehmen allein nützt gar nichts. Unberaten und unbelehrt häuft das menschliche Bewußtsein Beobachtungen, jede Sekunde reiht es eine an die andere, stutzt manchmal, möchte verweilen, sich zurückwenden, verarbeiten. Aber das immer wache Auffassen überschüttet es mit neuen Erlebnissen; zugleich mit dem gestauten Drängen nach Ausdruck wächst die Dumpfheit, der qualvolle Kampf mit der Hemmung, dem stummen Nichtwissen, dem Unvermögen, zu ordnen und zu begreifen. Erst wenn dem Kind jemand zu Hilfe kommt, der Namen an die

Dinge heranbringt, die große Tastatur der Worte beherrscht, und benennt, was nur Eindruck war, verknüpft, was anscheinend wirr nebeneinander stand, ordnet sich die Welt, es wird Licht, Tag, Verständnis flammt auf, und in einer Explosion greller Helligkeit entlarvt sich das bisher Verworrene, entlädt sich das Stammeln, schlägt die Hemmung in den Schrei um. Dieser Schrei gellt seit zwei Tagen durch die Brust Bertins, wie er vorher die Brust seiner Kameraden durchgellt hat. Diese aber haben nicht soviel mitgemacht wie er, noch waren sie so blind zugeschüttet von gutem Willen und der Bejahung des Daseins. Er hat den Krieg seit über drei Jahren ununterbrochen ausgehalten, aber unter der fälschenden Kategorie der Naturgewalt, gleichsam als moralisches Erdbeben, als gesellschaftlichen Vulkanausbruch. So haben es ihm seine Lehrer dargestellt, ohne Ausnahme, die besten Köpfe der deutschen Hochschulen. So gründlich durchgebraten und gargekocht aus der Bildungsküche der bürgerlichen Gesellschaft sind Millionen ins Feld gegangen, auch er. So hat er über tausend Tage Eindruck an Eindruck gereiht, furchtbare Dinge, Erlebnisse, denen Sinn zu geben er sich mühte, die der Sinnlosigkeit zu entreißen ihm eine hohe Aufgabe schien. Jede Zeitschrift nun, jede Zeitung, die er seither aufschlug, jede Strophe, jedes Buch der deutschen Literatur hat den Kriegsgeist gestärkt. Die Dichter, deren Werk er vor dem Kriege liebte, denen er sein Ich unterordnete, ihrer Kunstauffassung, ihrem Sprachklang, diese besten und unabhängigsten der Deutschen vermehren jetzt die Wirrnis. Keiner hat vor dem Krieg den Kaiser geschont, die Fürsten, die Kriegskaste, das Hochgefühl der Höheren, keiner beschönigte die Bedrückung der unteren Klassen. Das ganze Schrifttum, soweit es etwas war, Roman, Drama, Essay und Gedicht, stand im Widerspruch zur politischen Öffentlichkeit und dem Betrieb der Städte. Private Theater spielten neue Stücke, private Verleger und kleine tapfere Zeitschriften, nicht aber die großen Zeitungen, druckten neue Prosa. Erst kurz vor dem Krieg hatte das Nichtachten einer leichten gemütlichen Verwunderung Platz gemacht, einem Geltenlassen hie und da: Der deutsche Kronprinz saß in der Loge bei der Aufführung eines jener Dramen, die vor fünfundzwanzig Jahren Revolution bedeutet hatten. Aber selbst dieses ganze Schrifttum war seit Kriegsbeginn eingeschwenkt wie eine Kompanie, mit der

Ausnahme eines einzigen Mannes, der seither verstummte. Selbst der strengste abseitige Lyriker hatte gerade vier Seiten erscheinen lassen, in denen er auf erhabene Weise den Ruhm und den Schlachtentod als Ausweg pries aus der hündischen Gemeinheit des Alltags.

Ein Schlosser lernt nur von Schlossern, eine Hausfrau am besten von Hausfrauen. Zu einem jungen Schriftsteller muß das Wort von Schriftstellern kommen, um zu deuten, was sein Unterbewußtes längst weiß, um durch die Kanäle des Wortes das Entsetzen ins Bewußtsein zu heben. In Bertin dreht sich seit zwei Tagen eine schwarze blanke Wand des Schreckens über das, was er erlebt hat – erlebt und nicht verstanden –, wie ein Trichter aus rasenden Wassern. Der Strudel des Mahlstroms ist in ihm aufgerissen worden, aus dem abstürzt, was er gedacht hat, in den einbraust, was von nun an sein Bewußtsein erfüllen wird: die Benennung des Krieges, des ganzen und seiner Einzelheiten. Hier ward ja erst der Anfang dessen geschrieben, was man wissen konnte. Selbst in der freien Schweiz hat man nach allen Seiten Rücksicht zu nehmen – droht, schmeichelt und erpreßt der Gesandtschaftsapparat kriegführender Staaten, zwingt die Vorsicht, die Angst vor Anstoß, die bürgerliche Gesinnung selbst zu Mäßigung, Abschwächung, zum Verschweigen. Aber eine Anzahl Aufzeichnungen sind erschienen, tagebuchartige und andere, die das Entstehen und die Dauer des Krieges begleiten und den Mittelmächten zur Last legen. Und einige Dichtungen, vor allem ein Roman und mehrere Novellenbände, in denen das Grauenhafte eingefangen wird – ohne Vergottung zum Naturgesetz und Heldenschritt, sondern mit der unerbittlichen Verpflichtung, der Wahrheit zu dienen. Das Gewissen zu reinigen. Den furchtbaren Schwindel zu entlarven, den die Militärs treiben dürfen, weil die Kirchen und die Geistigen sie decken.

Ach diese Schriftsteller! Bertin sitzt vor ihnen und sieht zu ihnen auf wie ein Mensch in einer finsteren Kirche, wenn es draußen beginnt, hell zu werden und Licht durch die bunten Fenster fällt, erst Verworrenes zeigend, dann immer Helleres, den klaren Umriß, Figurenspiel aus Glanz und Farbe. Zeit seines Lebens wird er diese Stunden nicht vergessen; werden ihm diese Männer Symbole sein, Sinnbilder der Freiheit, die sich in die Verbannung gerettet hat. Ruhm und Größe mehrerer Literaturen und europäischer Sprachen bewahren sie vor dem wüsten Getümmel, dem Schachergeschäft, das aus der Notzeit der Millionen den Tanz um den Abgrund macht, in den der andere stürzen soll: noch eine Kriegsanleihe, noch eine Offensive, noch ein vereitelter Frieden, noch ein halbes Jahr! Vielleicht, daß der da drüben doch um eine Minute eher den Atem verliert und kopfüber hineinsaust in den Zusammenbruch, so daß der als Sieger hervorgeht, der sein Volk, seine Jugend, sich selbst um ein paar Stunden länger ins Opfern hineinhetzt. Da niemand weiß, mit welchen Karten der andere spielt: opfern wir, wagen wir, feuern wir an, heizen wir ein! Wenn es schlecht ausgeht, sind ja doch die Toten tot und wir unschuldig, da wir ja immer nur das Beste gewollt haben im Cancan der Vaterländer. Kameraden, denkt Bertin leidenschaftlich, ihr dürft es sagen. Ich danke euch, daß ihr euch an einen Ort geflüchtet habt, wo das laut werden darf, was ihr erlebtet – im Dasein draußen oder in euren Herzen. Die Größe der französischen, der deutschen, der österreichischen Literatur, bei euch ist sie in guten Händen. Ihr wart tapferer als ich, denn ihr vermochtet zu fliehen; gegen den Strom zu denken und zu handeln ist zuzeiten schwieriger, fordert mehr Einsamkeit und Mut als der tägliche Weg im Morgengrauen von Ville vorwärts ins Douaumontgelände oder durch die Trümmer von Gremilly zur Ornesschlucht. Und die Pein eures unbestätigten Kämpfens und Wartens ist sicher ebenso schlimm wie das eisige Graben mit den Händen im Dreck der ungarischen Landstraße, um Steine zum Wegebau herauszufischen, und als das Monate währende, Jahre währende, nie abreißende Alltagsleben des lausigen, verdummten und versklavten Schippers, der ich gewesen bin, heimisch bei Wambrechies und Fort Carnot, in Paracin und Vranje, zwischen Pfefferrücken und Chambrettes-Ferme, bei Höhe 311 oder 347 ... Ihr seid zuerst gekommen – Glück und Segen über den, der zuerst kommt! Ihr habt der Welt die Zunge gelöst – Heil dem, der der Welt die Zunge löst! Da sie euch nicht hören wollen, daheim, in den Vaterländern: Wohl dem, der in die Verbannung geht! Denn die Verbannung ist manchmal der einzige Weg, der Welt das höchste Gut zu retten, Freiheit des Gewissens. Und wenn der Geist auf der Flucht nach Ägypten ist, weil die Henker auf ihn lauern, dann ist es noch besser, der Esel zu sein, auf dem der Nährvater reitet, oder gar die Jungfrau, die

ihn geboren hat, als der Herodes im Purpur und der Krone. Was aber sind wir hier? Landsknechte des Herodes, Sklaven, die seine Schleppe tragen, Schriftgelehrte, damit beauftragt, seine Annalen zu führen und seine Taten der Nachwelt hinzufälschen.
So leidenschaftlich und aufgewühlt empfindet Bertin in jenen Stunden. Er hat die Novellenbände »Menschen im Krieg« gelesen und »Der Mensch ist gut«, dazwischen die Hefte der »Weißen Blätter« durchhastet, die der beste Mann des Elsaß in Zürich herausgibt, gleich angesehen wegen seines Mutes, seiner Unabhängigkeit, seiner Kunst, deutsch zu dichten. Zur Zeit irrt Bertin wie leibhaft durch die Lauf- und Schützengräben jenes Romans »Das Feuer«, der die Schicksale einer Korporalschaft erzählt, im flachen Felde Nordfrankreichs, das er von der anderen Seite her kennt – zwischen den Erdwänden, die er selber ausschachten half, und die bröckelig im Sommer und unerträglich lehmig im Winter das Blickfeld seiner kurzsichtigen Augen umstellten. Es riecht wieder so wie damals, fühlt sich wieder so an, es pfeift wieder so, kracht, knattert, die Flieger werfen Pfeile ab, vor den Schrapnells, die nach ihnen geschossen werden, nimmt man Deckung, sie hageln. Von der Nachbarkompanie hat sich ein Mensch erhängt, weil er keinen Urlaub bekam und nicht mehr mitmachen wollte – niemand weiß seinen Namen. Geschah das drüben oder hier? Bei Barbusse oder bei Bondues? Welches Wort bezeichnet einen Verfasser und welches ein Stück Erde, eingegraben, ausgemauert, mit Beton überwölbt, mit Ziegeln abgedeckt und Rasen? Beides ist zu gleicher Zeit unsterblich und anonym. Eben treten die Sturmwellen in den blauen Stahlhelmen an, schwarze Gesichter drunter, Männer vom Senegal. Das sind Helden, denkt der Erzähler, seine Mittelspersonen und der Leser Bertin. Das Bajonett im Arm erwarten sie ihre Minute, unbeweglich übers sausende Blachfeld spähen sie. Gibt es hier noch Hautfarben, Parteien, Vaterländer? Es gibt die menschliche Gemeinschaft, gerissen in den Dreck und die Gemeinheit dieses Krieges; es gibt die gemeinsame Aufgabe, den Ausweg zu suchen aus diesem Schlachthaus, der geordnete Gesellschaft heißt, sinnvolles Zusammenleben, Brüderlichkeit. Ein Feuer strömt aus den Seiten des Buches und füllt den Leser Bertin: nie wieder! heißt es, und: In eine bessere Zeit! Und er spürt in dieser nächtlichen

Stunde, daß Millionen und aber Millionen Menschen rund um die Erdkugel diesen Impuls gemeinsam tragen, eingehämmert mit dem Blutschlag: Nie wieder! und: In eine bessere Zeit! Und während er Worte liest, in denen der Dichter dies unverhüllt und unzweideutig ausdrückt, rasselt das Telefon.
Bertin streckt seine Hand aus, nimmt mechanisch den Hörer auf. »Meldet sich nicht«, hört er den Telefonisten unten sagen. »Doch!« spricht er ruhig, »was gibt's?« Das Ganze spielt sich ab in einer Zone seines Wesens, die mit dem gar nichts zu tun hat, was ihn eben wirklich bewegt. Der Mensch gleicht einer Zwiebel mit vielen Schichten, der Schwerpunkt des Herrn Bertin zittert eben in einer der innersten. Unbekümmert vermag er dabei zu leisten, was die äußeren angeht. »Laß man, Kamerad, wir sprechen schon«, hört er eine saubere und gelassene Stimme an sein Ohr dringen, er kennt sie, vermag sie im Augenblick nicht zu benennen. Aber sie gehört nicht zu den äußerlichsten Häuten. Es ist etwas gelebt worden mit dieser Stimme: eine Nacht, eine Fliegerbombe, Bertin auf Wache, ein verschwundener Kamerad.
Gemütlich und voller Umschweife begrüßt ihn Lebehde. Daß er mal wieder Schwein gehabt habe. Daß Bertin entschieden übertreibe, noch im Amt zu sitzen. Daß Nachtdienst allerdings eine gute Sache sei, weil man am anderen Tage frei habe und zum Schlafen ja immer noch zurechtkomme. Bertin hört zu, während seine Augen in den übersetzten Zeilen des Barbusseschen Buches weiterlesen. Was er denn dazu sage, fragt Lebehde weiter, daß sie nun den ollen Lychow hingemacht hätten? Bertin habe ihn doch gekannt.
In Bertin horcht etwas auf, als säße in ihm ein flinkäugiges, waches Tier, das stutzt und diesen neuen Gegenstand erspäht. Alsbald umfängt ihn die spartanisch eingerichtete Schreibstube seines Gönners Posnanski in Merwinsk, das Zittern frischt sich auf, der Schrecken, mit dem der Eintritt eines Generals unlösbar verbunden ist. »Ein anständiger Mann«, echot es durch Bertins innere Räume, »ein Mensch, gerecht und wohlwollend.« – Und dieser Ruf ist ein Nachruf? Schon hinweg und hinüber? »Nicht möglich«, hört Bertin seine Stimme sagen, »Lychow ermordet? Es hätte keinen besseren treffen können.« Keinen Besseren, wiederholt das Echo in ihm, während es schon mehrere Resonanzräume anschlägt, in denen die ver-

schiedenartigsten Schälle widerhallen. Auch ein General ist nur ein Toter, sagt der eine. Auch ein toter General bleibt ein General – der andere. Wie schade, daß es diesen traf, der erste; daß es einen von ihnen traf, der zweite. Aus einer der mittelsten Zonen aber, dicht schon beim Aufenthalt des wirklichen Bertin, wirft eine Stimme die Frage auf, die einem befreundeten Menschen gilt, ohne daß sein Name noch vernommen wird.
Aber er erklingt schon, der harmlos behagliche Lebehde nennt ihn:
»Da war doch auch ein Neffe, nicht? Und du standst doch ganz gut mit ihm, nicht? Und hast mir im Café Conrad manches erzählt von dem, nicht? Denk dir, wie merkwürdig. Alles kommt immer doppelt und dreifach, behauptet Franz Rost. Na, und eben der ist jetzt verschwunden.«
»Verschwunden?« fragt Bertin zurück. Und während Lippe und Zunge dieses Wort bilden und der lebendige Atem es durchströmt, fließt, ohne mehr Zeit zu brauchen als für neun Laute notwendig ist, seine Seele voll in die Gegenwart ein, entleeren sich alle Kammern seines Herzens, und gesammelt, auf einen Punkt zusammengedrängt, horcht und spricht er ins Telefon, ganz da. Was ist los mit Winfried? Zugleich enthüllt sich ihm auch die Geschwätzigkeit Lebehdes als Maske, ein Telefon, selbst in der Nacht, kann belauscht werden. Noch immer arbeitet in dem fast dreißigjährigen Bertin die Neigung, Sachlagen harmloser und wohlwollender zu deuten, als sie nun einmal beschaffen sind. Ist Lychow tot und Winfried verschwunden, so wird er wohl nach Kiew gestürmt sein, um seinen Onkel noch einmal zu sehen, bevor man den Sarg zuschraubt. Aber auf diesen warmherzigen Einfall antwortet Lebehde zögernd und gewunden; redet von Razzien, von dem Spion Lekeitis im grünen Anzug, von dem Zufall, bei Winfried ein ähnliches Gewand gesehen zu haben, von einem Ausweis in dessen Tasche und von den Skrupeln Peter Posseks, das Schildchen betreffend, das er am Schlüssel befestigt hat. Da Andeutungen stärker wirken als grobes Geschütz und der indirekte Weg gleich einem Hebel mit langem Arm nachhaltiger eingreift als der gerade zustoßende, erreicht es Lebehde, Bertins Hoffnung zu erschüttern. Und die Erwähnung des Lagers Maljaty gibt seiner Gutgläubigkeit den Rest. Seine Phantasie bringt ihm Le-

behdes Gesicht vor den inneren Blick, dieses fleischige Antlitz mit der breiten Nase, den Sommersprossen, rötlichen Brauen und Wimpern, seine goldgesprenkelten braunen Augen voll behutsamer Klugheit. Wenn dieser Mann jetzt Unheil wittert, hat er seine Gründe. Was ist da zu tun? »Laß mich mal nachdenken, Lebehde«, bittet er und verfällt in Sinnen. Viel zieht an ihm vorüber, während sein Atem ein paarmal hin und her geht; daß sie das Anliegen Dawja Süßkinds sträflich vernachlässigt haben, er wie Winfried; daß die Zeit mit ihren Aufregungen und gehäuften Windungen und Wendungen auch den bestwilligen Kopf immerfort abdrängt und beansprucht, daß einzelne nichts mehr bedeuten, auch ein Winfried nicht, daß aber ein Freund unersetzlich ist und mit Recht den Hilfswillen aufrührt; daß schließlich einem Offizier von Ober-Ost nichts allzu Schlimmes begegnen wird und daß man doch Demütigung und Hilflosigkeit von ihm abwenden muß und die Frechheit derer, die ihn zu entführen wußten, oder besser, die Blöße auszunutzen verstanden, die er sich gab. Und aus diesem Zuge der Gedanken taucht immer deutlicher Kopf und Gesicht des Leutnants Perl auf.

»Hör zu, Lebehde«, sagt er, »ihr habt da in Wilna einen Herrn, der für jeden Hinweis auf das Lager Maljaty dankbar sein dürfte, den Leutnant Perl. Ja, er ist zufällig da, nicht auf Dienstreise oder Urlaub wegen jüdischer Feiertage.« Und die beiden Mannschaften lachen. Es ist schwer, als Untergebener in die Belange der Herren einzugreifen. Und seit Leutnant Gall weg ist, hat Bertin in Kowno überhaupt niemanden mehr, eine Sache nach oben zu tragen, in den Bereich jenes Generals Clauß, bei dem Winfried einen Stein im Brette hatte, wie man zu sagen pflegt. In Wilna dagegen kann sich Lebehde auf Bertin berufen und Leutnant Perl ansprechen. Das setzt Bertin seinem zögernden Verdunkameraden eindringlich auseinander. – Lebehde muß kapieren und er kapiert. Angenehm ist es ihm nicht, den fremden Offizier aufzusuchen. Aber wer A sagt und Charakter hat, muß auch B sagen und gelegentlich sogar auch C und D. Ehe es aber dazu kommt, will er jedenfalls abwarten, ob nicht Winfried morgen zum Dienst erscheint oder statt seiner eine Meldung einläuft, wo er sich befindet. Soviel Spielraum muß man dem Möglichen schon lassen. Und ehe dieses eigentlich kurze Gespräch schließt und Bertin sich wieder zu seinem Buche wendet, überkommt ihn das dankbare Gefühl, daß Lebehde hier für ihn gedacht und gehandelt habe. (Er hätte ihn zwar auf Schwester Bärbe verweisen können, aber irgendwo muß doch selbst beim Militär Raum bleiben für Privatleben und Diskretion.) »Weißt du, Karl«, sagt er, »das war wirklich anständig von dir, dich zu erinnern und mich anzurufen.« Dies muß für alle wärmeren Ausdrücke stehen, und Lebehdes Antwort verläuft in der gleichen unterkellerten Oberflächlichkeit: »Na, Mensch«, wundert er sich, »wenn sich schon mal einer um unsereinen gekümmert hat –« und die Leitung wird getrennt. Die Pause hat Bertins Augen wohlgetan. Er hat noch etwa zwei Dutzend Seiten zu lesen und morgen früh bis gegen acht Gelegenheit, einzelne Beiträge aus den Heften zu verschlingen, den Aufsatz über Zola beispielsweise. Dann müssen sie abgegeben werden, diese schicksalsvollen Schriften, in die gepflegten Hände ihrer Feinde, die sie durchschnüffeln, um sie zu bekämpfen. Aber es ist eine unheimliche Sache um den Geist: läßt du dich mit ihm ein, so bist du geschlagen – oder erhoben. Und wo er auf seinesgleichen trifft, verändert er auf immer den Blick und schafft eine neue Geburt.

DRITTES KAPITEL

Böse Sterne

Je lockerer Ober-Ost seine Herren behandelt, um so eifriger nehmen sie selber ihren Dienst wahr. Daß Hauptmann Winfried am Montag vormittag fehlt, wird ausdrücklich von niemandem bemerkt; im Kämmerlein des Herzens verzeichnen es manche mit einer Art Kreidestrich an der Tür, wo er leicht wieder verlöscht werden kann wie in einer Landschenke, in welcher nur kurz gestundet wird. Bei Abwesenheiten Ellendts vertritt ihn ohne weiteres Rittmeister von Wreech, und der ist mit Winfried befreundet. Dieser wird also durchschlüpfen, ein paar humoristische Bemerkungen abgerechnet. Hingegen ist zum Beispiel sein Freund Gorse ungehalten über ihn. Die Schweinerei in Kiew rührt den ganzen Stab auf, und nun fehlt der Verbindungsoffizier, der zum Auskunftgeben am dransten wäre. Große deutsche Zeitungen haben sich an die Presseabteilung gewandt, die Wilnaer Blätter bestürmen die Zensurstelle Ober-Ost, um nur zwei Gruppen zu nennen, die den Ämtern in den Ohren und den Telefonen liegen. Und Achim von Gorse muß immer wieder vertrösten: der Chef sei unterwegs, man müsse sich gedulden. Der Chef ist wirklich unterwegs, er hat aus Warschau telegrafiert, kehrt über Brest-Litowsk zurück, unmittelbar zu Clauß. Bei ihm erreicht man ihn morgen vormittag, falls er nicht in letzter Stunde nach Kiew gewiesen wird. Dorthin aber soll Hauptmann Winfried sofort aufbrechen, die Ehrenwache beim Sarg und das Geleit des toten Generalobersten bis Wilna übernehmen, vielleicht weiter bis Berlin, um bei den Feierlichkeiten der Beisetzung mitzuwirken. Und nun fehlt dieses wichtige Mitglied. Achim von Gorse thront in einem luftigen und geräumigen Zimmer, hat den Einlauf seiner Abteilung durchzuarbeiten, sein langes, frisches Gesicht neigt sich über Mappen, streicht an, wirft Unterschriften hin. Gleichwohl wurmt ihn die Abwesenheit des Kameraden – bis ihn plötzlich (wie in der Nacht schon einen anderen von Winfrieds Freunden) der Einfall durchblitzt: was denn! Selbstverständlich ist der Junge sofort nach Kiew aufgebrochen. Hat die Nachricht brühwarm erwischt und brauchte, seinem Herzen zu folgen, nicht erst Anweisungen. Na also. Wreech wird schon Bescheid wissen. Und Gorse atmet auf, entzündet eine Zigarette, blickt gedankenvoll auf die kleine Tür zum Nebenzimmer, die ein riesiger Wandkalender schmückt, den 1. August anzeigend. Dieser Monat Juli hatte es in sich. Dank der langen Dauer des Krieges haben Zahlenspiele über den Friedensschluß, prophetische Berechnungen, mystische Anwandlungen Eingang in Menschen gefunden, die sonst eher praktisch denken. Den größten Aufschwung hat diese wilde Sucht der Astrologie verliehen, jener uralten Glaubenslehre, die aus den Sternstellungen die Geschicke der Menschen bis ins Letzte und Feinste ableiten möchte. Die junkerliche Familie Gorse gehört nicht zu den Schwärmen und Pietisten. Für ihren Alltag reicht die protestantische Bibel. Der Kavalleriegeneral von Gorse-Wilding trägt manchmal in gehobener Stimmung eine alldeutsche Religion vor, Weltmachtschwärmerei, Gottes Auftrag an Brandenburg, sein Finger in der Geschichte – einen Mythos der deutschen Ordensritter, mit dem sie fromm die Preußen ausrotteten und neue Kolonisten unterjochten. Anders die Damen Gorse auf Wilding: ihnen hat es ein Prophet namens Rudolf Steiner angetan, und im Briefwechsel mit Mutter und Schwester hat sich Achim von Gorse wenigstens so weit beeinflussen lassen, daß er ermitteln möchte, »was an dem Zeug dran ist«. Er sammelt Daten der Tagesgeschichte, um später die Sternkonstellationen danebenzuhalten. Zieht also sein Notizbuch und überprüft, immer betroffener, was der Juli gebracht hat. 6.: Graf Mirbach ermordet, 6. bis 10.: Durchbruch der Entente in Albanien, 9.: Staatssekretär gestürzt, 11.: Königsproklamation Mindaugas' II. durch die Taryba, 15. bis 18.: Rückschlag im Marnebogen, 24.: Österreichische Gegenoffensive in Albanien, stockt alsbald, 30. Juli: Lychow in Kiew ermordet. Das sieht nicht gut aus. Aber eine Erklärung für Rückschläge verlangt der Mensch, und die Sterne bieten eine sehr bequeme, die kritische Prüfung des Daseins ersparende. Und dann schnarrt das Telefon und Achim von Gorse versenkt sein Notizbuch in die lange Brusttasche.

Am Frühnachmittag ist Winfried noch immer nicht da. Im

Hochsommer zählen die heißen Stunden zwischen drei und sechs nicht so recht mit. Man sitzt herum und tut nicht viel, vorausgesetzt, daß man des Morgens sein Rädchen um einige Zacken vorwärtsgeschoben hat. Daher freut sich Gorse, als Wreech ihn bittet, doch mal rüberzukommen. Sie haben miteinander gespeist, Meinungen ausgetauscht, Winfrieds Abwesenheit kurz gestreift; mit drei halb schwebenden Worten: »Gott, wissen Sie...« hat Wreech die seine verschwiegen, das Urteil vertagt. Man kann sich manches denken; Winfried ist nicht frei. Nur die Ausflucht »Kiew« fällt, die Registratur hat drüben nachgefragt.

In Wreechs Zimmer riecht es nach Pfeifentabak, nach angenehmem, holländischem. Den verbreitet Leutnant Perl seit seiner Rückkunft – einer seiner Rückkünfte, wie die befreundeten Herren spotten – und jetzt also sitzt der weltreisende Mann in Wreechs großem Gästestuhl, hält seinen Kinnbart umfaßt und blickt unspaßhaft dem eintretenden Gorse entgegen. »Hören Sie doch mal, Gorse, was man Perl hinterbracht hat. Bitte, lieber Perl.« Mit den lateinischen Worten für »ich berichte Berichtetes« trägt der Besuch die Kunde vor, deren Gewährsmänner er nicht nennen darf, und nach welcher sich Hauptmann Winfried, ihr Kamerad, ohne Ausweis und in Räuberzivil verhaftet, seit Sonntag früh als Polizeigefangener im Waldlager Maljaty befinden soll.

Es ist heiß, da man die Türen geschlossen hat und Ventilatoren nicht besitzt. Litewken aus dünnem grauem Stoff erleichtern den Sommerdienst. Dennoch wird Achim von Gorse schwül zumute. Mit seiner langen Hand schlägt er durch die Luft wie nach einer zudringlichen Fliege. Was für Übertreibungen! Das sind Enten, wie die Zeitungen sie in den Hundstagen ausbrüten. Einen Offizier von Ober-Ost in Polizeigewahrsam festhalten, nur weil er keinen Ausweis hat? Unsinn. Spätestens heute morgen hätte die Polizei anrufen müssen. Aber seit wann gleichen ihre Recherchen Blitzzügen? Liebt sie denn die Herren von Ober-Ost? Wenn Winfrieds Bursche nicht weiß, wo sein Herr geblieben ist...?

»Meine Verehrten«, nimmt Leutnant Perl das Wort, »wir dürfen nicht zögern, das Mögliche zu ermitteln. Wenn überhaupt, weiß draußen in Antokol jemand, wo Winfried steckt. Es ist natürlich peinlich, mir auch.« Wreech, dessen Mienen Perl ge-

deutet hat, nickt: »Aber vielleicht wäre es«, meint er leichthin, »Winfried noch viel peinlicher, wenn sich niemand um ihn kümmerte.« Und bestätigend nimmt Leutnant Perl seinen Vorschlag wieder auf, indem er die Pfeife elegant hin und her bewegt. »Nicht als ob ihm etwas Ernsthaftes geschehen könnte. Aber erstens kommen aus dem Lager Maljaty fortwährend Beschwerden, denen ich längst hätte nachgehen müssen, und zweitens...« – »... verstößt es gegen die Weltordnung«, äußert Achim von Gorse halb grimmig, halb ironisch. »Rufen wir also meine Kusine an den Apparat.« Rittmeister von Wreech hebt den Hörer auf. Aber statt das Lazarett Antokol zu verlangen, gibt er der Registratur Anweisung, den offenen Wagen vorzufahren. »In solchen Fällen geniert das Telefon bloß. Machen Sie einen Sprung hin, lieber Gorse, und sehen Sie sich gleich das Schildchen an, das an Winfrieds Hausschlüssel baumeln soll. Ist es sein Ausweis, so wird's ernst.«
Die beiden Zurückbleibenden beneiden Gorse um den frischen Wind, den die Fahrt ihm spendieren wird. Daher schlägt Perl vor, während eines harmlosen Gesprächs lieber Gegenzug zu machen. Dies geschieht: er erzählt also von der wundervollen Ausstellung moderner Malerei, die die Franzosen als Propaganda in Zürich veranstaltet haben. Und so schallen Gorses Schritte den Wartenden schon von weither entgegen, vom Beginn eines sehr langen Korridors, für den Bodenbelag erst im Winter geliefert wird – Gewebeknappheit.
Stillschweigend finden beide die Mienen ihres Kameraden übertrieben ernst. Selbst wenn Winfried Pech gehabt hat, ist doch nicht geradezu ein Unglück passiert. Und der Kiewer Mord, so scheußlich er ihn treffen muß, hat ja wohl nichts mit seinem Aufenthaltsort zu tun. Aber nachdem Achim von Gorse sich gesetzt, die Beine von sich gestreckt und kaum drei Dutzend Worte geredet hat, sehen auch sie einander bestürzt und erschrocken an.
Gorse hat seine Kusine Sophie gesprochen. Von Winfrieds Aufenthalt weiß niemand etwas. Dafür hat aber Schwester Bärbe sich Samstag mittag mit Fieber zu Bett gelegt, und heute zeigt ihre Kurve bereits 39,5. Der schreckhafteste Fall einer Lungengrippe, der sich bisher ereignet hat. Ein Kräfteschwund, den niemand versteht, schon jetzt Benommenheit

und Phantasien. »Als ob eine Vergiftung hinzugetreten wäre«, verzweifelt Dr. Lachmann.
Die drei sitzen sehr still da. Es ist ihnen nicht mehr heiß, Kühle weht sie von irgendwoher an. Gorse steht sogar auf, um den Stuhl wegzunehmen, der die Tür offenhält. Betroffen hört er Leutnant Perl halblaut vor sich hin einen Vers sagen, der den Damen auf Wilding rechtzugeben scheint:

»O Gertrud, Gertrud! Wenn die Leiden kommen,
so kommen sie wie einzle Späher nicht,
nein, in Geschwadern.«

Und Wreech bemerkt ebenso halblaut, schließlich sei man doch noch im Kriege, und alles könne jederzeit eine bösartige Wendung nehmen, selbst ein Ausflug, freiwillig oder unfreiwillig. Nun aber sei die Zeit reif für eine förmliche Anfrage bei der Polizei. Und indem er wieder die Hand nach dem Telefon ausstreckt, sieht er Gorse sich erheben und auf der grünen Platte des Schreibtisches ein graues Stück Karton ausbreiten: Winfrieds Ausweis mit vier Löchern. Das verhängnisvolle Blättchen erinnert ihn, wie es mit seinen Wunden daliegt, ohne alle Rechtfertigung an eine Kreuzabnahme.
»Bitte, Hauptmann Siewindt«, sehr kurz.
Aber siehe da, wenige Sekunden später meldet der Telefonist mit eintöniger Stimme, Herr Hauptmann Siewindt sei auf Einladung der Forstabteilung für drei Tage verreist, ihn vertrete Feldwebelleutnant Mohnhaupt; ob die Vermittlung verbinden solle. »Danke, nein«, sagt Wreech und hängt ein. Das wäre noch schöner: ein Offizier von Ober-Ost widerrechtlich verschleppt und die Piefkes der Polizei darüber zur Äußerung eingeladen! Jetzt muß man Ellendt morgen früh auf der Bahn abfangen, damit der beim Chef der Etappeninspektion dringend anfrage, was und wer Sonnabend nacht ins Lager Maljaty verbracht worden sei. Gorse wird so freundlich sein, das zu übernehmen. Und somit trennen sich die Herren wieder, ziemlich bedrückt. Leutnant Perl wird seinerseits das Material über Maljaty ordnen und beim Chef zum Vortrag erscheinen, wann immer der beliebe. Rittmeister von Wreech dagegen wird sich jetzt über Schwester Bärbes Befinden auf dem laufenden halten. »Irgendwas muß man doch tun. So gemein wird das Schikkal sich nicht benehmen.«

Achim von Gorse wiegt seinen großen Kopf. In diesem Monat benimmt sich das Schicksal ausnehmend gemein. Und in seinem Zimmer angelangt, zieht er sein Notizbuch und verzeichnet für den letzten Julitag: »Hptm. Winfried verschwunden, Schwester Bärbe Os. Grippe, schwer.«

Der Telefonist Lebehde aber, dessen absichtlich ausdruckslose Stimme den Rittmeister von Wreesch vorhin ärgerte: triumphiert. Er steckt voller Verdacht gegen Hauptmann Siewindt; daß der gerade jetzt mit dem Schießeisen ausrückt, ist selbstverständlich reiner Zufall.

VIERTES KAPITEL

Jagdgäste

Das Grodnoer Waldgebiet gilt als begehrtes Jagdrevier. Fast neunzigtausend Hektar groß, von Sümpfen und Brüchen durchsetzt, dehnt es sich hin; Fichte und Espe, Erle und Birke bilden dichtere und lockere Gehölze, und da es außerhalb der Militärverwaltung Litauen liegt, wohl aber zu Ober-Ost gehört, kann Major Buchenegger den Herrn Hauptmann Siewindt dorthin einladen, während Herr Siewindt ohne solche Einladung kein Fell oder keine Feder vor den Lauf kriegt. Da es sich um Vögel handelt diesmal, die auch ein Stubenhocker und Papierwurm wie Kriegsgerichtsrat Dr. Wilhelmi aus der Luft holen kann, mit Schroten nämlich, darf auch er von der Partie sein; und so lassen sich, nach behaglicher Übernachtung in Grodno, die Jäger früh hinausfahren, um, unter kundiger Führung, die Flinte unterm Arm, ihren Pirschgang anzutreten, auf Raben nämlich. Der große schwarze Edelvogel, daheim fast ausgerottet, verhindert das Aufkommen kleinerer jagdbarer oder auch nützlicher Tiere. Was hilft ihm sein schönstimmiger Ruf, sein scharfer großer Hiebschnabel, das machtvolle Spiel seiner Fittiche? Hin muß er werden, und hin wird er, wenn sich eine kleine Wolke aus Blei um ihn bildet und seinen muskulösen Leib durchsetzt. Eifrig stapfen die Jäger durchs Heidekraut, umgehen Tümpel, drücken sich zwischen Birkenstämmen durch, die, unten schwarz und borkig wie aus geplatzter Kohle, erst über Mannshöhe das Blütenweiß der Rinde glatt und sanft offenbaren. Beunruhigend dringt die kleine Gruppe der Herren und ihrer Forstleute in das Morgenschweigen der Heide, lautlos flieht das Getier in die ferneren Dickichte. Und die Jäger würden vor Aufregung bersten, wüßten sie, daß zu den ersten und schlauesten der Flüchtlinge einer jener Wölfe gehört, die sich hier einquartiert haben, entschlossen, nicht mehr zu weichen. Denn das Grodnoer Revier ist echter Urwald; nur im strengen Winter, wenn seine Sümpfe gefrieren, kommt man ihm wirklich bei.

Hauptmann Siewindt gehört zu den eifrigsten Schießern unter Major Bucheneggers Gästen. Er hat nicht nur Saatkrähen heruntergeholt und eine wunderbare bunte Mandelkrähe, sondern auch Waldtauben, eine Elster und einen Kauz. Kriegsgerichtsrat Wilhelmi dagegen hat selber geschossen; sein Patronenvorrat weckt gegen Mittag den Neid der anderen Herren. Man trifft sich zum Picknick auf einem sandigen Hügel, wo alles wohlvorbereitet wurde. Die deutschen Wälder müssen jetzt mit einem geringeren Bestand von Hegeleuten und Jägern auskommen; dafür wird in Ober-Ost die Zukunft vorbereitet und die Vergangenheit notdürftig verwischt.
Jenseits des Hügelchens liegt die Beute aus: neun blankschwarze Kolkraben, alte und junge, und rund drei Dutzend anderer Vögel, drei Wildenten eingerechnet, einen Bussard und zwei kleine Falken. Tief drin in den großen Mooren stehen Störche und fischen Reiher; aber dorthin würde Major Buchenegger nur waidgerechte und erfahrene Jäger führen wie den alten Prinzen oder den Rittmeister von Wreech. Diesen letzteren gerade aber könnte er heute am schlechtesten brauchen.
Unter wehenden Ästen und dem tiefen Blau des Himmels ruhen die drei Gesinnungsfreunde nach dem Frühstück und senden Rauchwolken in die Luft. Nachher werden sie ein Nickerchen machen; vorläufig aber wirkt der Kaffee nach, den sie aus wärmespeichernden Flaschen heiß eingeschenkt bekamen, und macht sie in Grenzen mitteilsam. Gleich Sonntag früh hat Hauptmann Siewindt den Major angerufen, halb aufgeregt, halb triumphierend zu melden, welch ein Vogel ihnen in Form des Doppelspions Lekeitis ins Garn gegangen. Denn er, Hauptmann Siewindt, selbst, ist sich nicht zu kostbar gewesen, auf dem Wilnaer Bahnhof den Fang des großen Menschentreibens in der Altstadt zu sichten, aus guter Deckung zunächst, dem Dienstzimmer des Bahnvorstands. Die erste Vernehmung hat in dem schlecht beleuchteten Wartesaal Feldwebelleutnant Mohnhaupt geleitet, ein erfahrener Dresdener Polizist. Siewindt selber hat nur hin und wieder einen Blick durch die halb geöffnete Tür geworfen, wenn die Aufgegriffenen einer nach dem anderen an den Vernehmungstisch traten, wo ein Schreiber ihre bedrückten oder dreisten, protestierenden oder ängstlichen Angaben aufnahm. Der Mann in dem grünen Anzug hat, so berichtet der vorführende Unteroffizier, schon bei Kan-

torowicz behauptet: er wolle kein Aufsehen machen, er sei ein Offizier von Ober-Ost, und habe einen Ausweis vorgelegt, der sich aber als ein verdächtiger Zettel ohne Unterschrift erwies. Von Pferdestehlen sei darin die Rede; der Unteroffizier überreicht das Blättchen zu den Akten. Einen anderen Ausweis hat der Verhaftete nicht anzubieten; und der Unteroffizier gibt zu Protokoll, daß er nach den veröffentlichten Steckbriefen den berüchtigten Spion Lekeitis-Dobrowolski sofort erkannt habe; eine anständige Belohnung winkt. Man muß zugeben, dieser Lekeitis hat sich geschickt benommen. Er ist ohne Widerstand mitgegangen, läßt sich auch im Wartesaal keine Unklugheit zuschulden kommen, drängt sich nicht vor, macht nichts von sich her, gibt nur Feldwebelleutnant Mohnhaupt gegenüber dem Wunsch Ausdruck, sofort zu einem der Polizeioffiziere oder einem anderen zuständigen Verwaltungsbeamten geführt zu werden, damit er sich dort legitimieren lassen könne. Mitten in der Samstagnacht eine Zumutung. Außerdem scheint auch Feldwebelleutnant Mohnhaupt klar, daß dieser gewandte Mensch der kostbare und gesuchte Lekeitis sei. Warum sollte er sich denn falsch benehmen? Er ist doch an den Umgang mit Offizieren gewöhnt. Recht höflich hat ihm Feldwebelleutnant Mohnhaupt bedeutet, daß er reichlich Gelegenheit haben werde, seine Aussagen vor Offizieren zu machen, er möge sich nur ein kleines bißchen gedulden, bis er an der Reihe sei: »Abführen.« Vor dem Abtransport nun läßt sich Siewindt Bericht erstatten. Er will, wie billig, seine Neugierde nach diesem Lekeitis befriedigen. Die Verhafteten ziehen an ihm vorüber, von Polizisten mit Revolvern und Gewehren durch die Sperre auf den Bahnsteig geleitet, um einwaggoniert zu werden. Beim Anblick seiner Achselstücke hat der Mann im grünen Anzug und dem alten Jägerhut eine Bewegung der Freude gemacht, versucht stehenzubleiben, ihm das Gesicht zugedreht und die Worte gesprochen: »Gottlob, Herr Hauptmann Siewindt! Darf ich einen Augenblick...« – »Weitergehen«, hat Hauptmann Siewindt geäußert, und der Mann ist durch einen kleinen Schubs auf den Bahnsteig befördert worden und in die Nacht.

Hauptmann Siewindt ist stolz auf den Gehorsam, den seine Gesichtszüge, sein Augenausdruck ihm leisten – wäre auch noch schöner bei einem Polizeimann von Beruf. Keine Wimper, keine Lippenbewegung hat verraten, daß er den Herrn da

erkennt, sofort kapiert, Lychows junger Mann habe sich eine Unvorsichtigkeit geleistet und könne sich fürs erste ebensowenig wehren wie ein Hecht im Netz. Abtransportiert werden sollte er, und das wurde er auch. Jetzt sitzt er in Maljaty, und was er dort macht, geht zunächst nur die Lagerleitung an, denn er, Hauptmann Siewindt, zur Zeit die Geschäfte des Verwaltungschefs von Litauen wahrnehmend, befindet sich auf einem Jagdausflug, der ihn mindestens drei Tage von seinem trauten Wilnaer Heim fernhalten wird. Wie ist das gedeichselt worden? Gut ist das gedeichselt worden. Er gähnt befriedigt, nimmt den Kneifer von der Nase, legt ihn vorsichtig ins Gras neben sich und schließt die Augen.
»Glücklich ist der Mann, der seine Rache an seinen Feinden befriedigen kann«, spricht Kriegsgerichtsrat Wilhelmi, als zitiere er einen Dichtervers. Ja, das tut wohl, bestätigen alle mit ihrem Lächeln. Es wirkt ein schöner kleiner Trieb, in Gottes Ebenbild eingebettet, den verehrungswürdigen Menschen, andern wehzutun und Böses mitzuteilen. Die heruntergeschossenen Vögel mit ihren Schnäbeln, gebrochenen Augen, verkrampften Krallen liefern dazu ein treffendes Beibild. Die Flinte hat der Mensch nicht aus dem Nichts erschaffen, sondern aus seiner eigenen Seele. Den mit dem Arm geworfenen Stein, durchs Blasrohr gepusteten Giftbolzen machte er noch durch einen kräftigen Fluch und Zaubersegen wirkungsvoller. Inzwischen hat er aber den vernichtenden Wunsch durch einige chemische Formeln ersetzt, die eigenhändige Gefangennahme des Feindes durch das Spiel des Gesellschaftsapparats – unpersönlich verläuft das, womöglich unter glatten Formen. Aber der scharfe süße Trieb ist der gleiche geblieben, böse sein und weh tun wollen hat sich unverändert in der Menschenseele erhalten von Urzeiten her, und wer sich einst am Kopf oder Skalp des Feindes erfreute, weidet sich heute an einem Bewußtsein, an einer Mitteilung, einem halblaut vorgebrachten Bericht.
Kriegsgerichtsrat Wilhelmi atmet mit Behagen ein und aus. Zwischen seinen Brauen steht gewohnheitsmäßig ein Fältchenpaar, als prüfe er etwas. Aber zur Zeit prüft er nichts, er freut sich des schönen Vormittags, des Sands und Dufts der Heide und lauscht den Vogelstimmen: nach der Schießerei wagen sie sich fragend und antwortend wieder vor. Allerdings bleiben sie spärlich, die Sonne steht steil, und nur die Frösche

beginnen wohlig zu quarren. Mit offenem Waffenrock, unterm Kopfe ein kleines Kissen, dehnt sich im Halbschatten der feiste Jurist, und seinen Bauch überspielen die bewegten Abbilder der tiefhängenden Birkenzweige.
Nur einer von ihnen schweigt, soweit Worte in Frage kommen. Major Buchenegger raschelt mit seinem rechten Fuß im Bewuchs des Bodens, dreht seinen Kopf in der großen Hand hin und her und läßt seinen Atem immer erst frei, und zwar durch die Nase, nachdem er ihn in der Brust gepreßt, gleichsam gesammelt hat. Ihn nehmen widerstreitende Empfindungen bis zur Unlust gefangen. Alles wäre gut und schön, wenn der alte Lychow noch lebte. Aber der lebt eben nicht mehr. Die beiden anderen haben das Talent, dies zu vergessen. Buchenegger nicht. Regierte Otto von Lychow noch in Kiew, es wäre eine Wonne, seinem Neffen und Hätschelhans vierzehn Tage Zwangsarbeit aufzubrummen, undurchdringlichen Gesichts den Fall mit Hilfe von Wilhelmi und Siewindt nach allen Regeln in die Länge zu ziehen, ein angelegtes Aktenstück anschwellen zu lassen und schließlich das bedauerliche Ereignis dem Mißgriff untergeordneter Organe und einem bösen Fatum zuzuschreiben. Aber jetzt ruht Lychow bereits in der Eichenkiste, die uns allen einmal blüht, und das tropft Säure in den Spaß und läßt ihn gerinnen. Was ist der Unterschied zwischen dem Menschen und dem Kolkraben, sobald Seine Majestät der Tod ins Spiel tritt? Homo sapiens und corvus corax – weiter nichts. Der eine wird beerdigt, der andere kommt zum Ausstopfer und beglückt deutsche Schulen oder einige Sammler. Aber gelebt haben beide gern, ja, nicht genug vom Leben können sie kriegen, die beiden zweibeinigen Kreaturen, und daß jeder einzelnen plötzlich der Garaus gemacht werden kann, das besorgt dem einen Nachdenklichkeit, dem anderen Angst. Major Buchenegger spürt in sich, seiner musischen und naturnahen Seele ein Gemisch von beiden. Dem Hauptmann Siewindt fällt das Verstummen des wortfrohen Bayern auf. In seinem sächsischen Tonfall ermuntert er ihn: er sage ja gar nischt, er solle auch was sagen.
Im Walde benutzt Buchenegger eine halblange Pfeife mit Kirschrohr und einem bemalten Porzellankopf, den ein Metalldeckel porös verschließt – Waldbrand ausgeschlossen. Im Liegen hängt sie ihm aus dem rechten Mundwinkel, an der Wange vorüber, und stützt sich auf den Sand. Von Zeit zu Zeit kitzelt ihn

eine grünseidene Troddel am Ohr, wenn der leichte Wind sie bewegt. Es ist nicht schicklich, von Gefühlen etwas zu verraten. Da streckt sich nun der Generaloberst von Lychow, mager, mit weißem Schnurrbart und spitzer Nase, auf seinem letzten Laken. Wahrscheinlich im Schmuck der Bänder von sechsunddreißig Orden und Ehrenzeichen. Zu dumm, daß der kleine Stänker gerade sein Neffe sein muß. Wie windet man sich aus dieser Falle?

»Mein Lieber«, sagt er, ohne die Pfeife fallen zu lassen. »Sie sind Militärverwaltung Litauen und wir Ober-Ost. Sie geht der Hauptmann nichts an, für uns gehört er zum Stabe. Sie haben Ihre Gaudi ausgekostet, wir müssen sorgen, daß wir draußen bleiben. Das will bedacht sein.«

Das läßt nun Hauptmann Siewindt nicht gelten. Er richtet sich sogar auf und unterstreicht mit Gesten: In wenigen Wochen werde gerade der Unterschied zwischen Abteilung V und Militärverwaltung Litauen weggeblasen sein, beide in der litauischen »Zivilverwaltung« aufgehen, er zum Beispiel bloß noch den Untergebenen des Herrn von Ellendt spielen; während an der Selbständigkeit von Justiz und Forstwirtschaft niemand rütteln werde. In sechs, acht Wochen wäre der junge Herr enger Kamerad verdienter Offiziere geworden, zum Beispiel eben des Hauptmanns Siewindt; und so bringt der Spaß den guten Nebenertrag, daß er wohl zum Ersatzbataillon abwandern und irgendwo im Westen eine Kampfabteilung übernehmen muß. In der Verwaltung braucht man gesetzte Leute, und da tote Onkels nicht mehr beißen... Hier fährt auch Major Buchenegger hoch, die heiße Pfeife in der Hand, um offenen Mundes Hauptmann Siewindt anzustarren. Was meinte der eben? Daß tote Onkels nicht mehr beißen? Das ist vorzüglich gesagt, großartig geradezu – voller Anschauung: Lippen, vom Schnurrbart bedeckt, haben sich für immer über gelben Zahnreihen geschlossen. Er beginnt zu lachen. Befreiendes Wiehern schüttelt seinen wuchtigen Körper, läßt den Porzellankopf mit dem Bildnis des Prinzregenten Luitpold in seiner schweren Hand hüpfen und zwingt ihn schließlich, sich rückwärts mit steifem Arm gegen Mutter Erde zu stemmen. Ja, das tut gut. Da wird man Gespenster los, den Gedanken an den eigenen Tod; man lacht ihm ins Gesicht, kehrt sich selbst zurück, Spuk um Mittag hält sich bloß bei den Griechen.

»Siewindt«, stöhnt Buchenegger glückselig aus rotem Gesicht, »dafür haben Sie was gut bei mir. Im November schießen wir einen kapitalen Hirsch zusammen, oder ich liefere Ihnen einen eingekesselten Wolf vor die Flinte, wenn es richtig wintert. Sie dürfen mich beim Wort nehmen. Eine selbstgeschossene Wolfsschur mit Kopf und Klauen als Bettvorleger oder als Trophäe an der Wand – keinen Prinzen oder Großfürsten sollen Sie beneiden.« Und als Herr Wilhelmi sich benachteiligt fühlt und ebenfalls zur Wolfsjagd mitgenommen werden möchte, wedelt Buchenegger mit der Linken durch die linde Luft, pafft Wolken und bescheidet ihn: seine Verdienste mögen schwer wiegen, aber ein Manneswort wie dieses hat er noch nicht gesprochen, Abstufungen müßten bleiben; auch sein Weizen könne ja noch blühen.

»Also«, beginnt Buchenegger, wieder ausgestreckt, »erörtern wir den Feldzugsplan für die nächsten Tage. Solange Ober-Ost nichts ahnt...« – »Ahnt nichts«, bestätigt Hauptmann Siewindt geschmeichelt, »Unteroffizier Langermann hätte mich sonst benachrichtigt.« – »... können wir frei schalten. Hinter uns steht ein sehr mächtiger Herr, seinen Namen werdet ihr nie erfahren, es ist der General Clauß.« Wilhelmi stößt einen Ruf der Verwunderung aus und wird von Buchenegger belehrt: Der letzte Streich des jungen Herrn habe Clauß die Galle gereizt und ihm, Buchenegger, die Erlaubnis eingetragen, jenem einen Denkzettel zu verabreichen. Daß er nicht zu arg ausfalle, sei Clauß' einzige Bedingung gewesen. Nun konnte man ja nicht ahnen, daß justament und gleichzeitig das Ableben des Herrn Onkels eintreten werde (wieder schüttelt ihn, diesmal stumm, ein kurzes Gelächter). Aber da es im Krieg keine Lebensversicherung gebe und also auch keine Todesversicherung, sei für diesen Zufall niemand verantwortlich, und man habe nur noch zu beschließen, wie lange man den Spaß ausspinnen wolle. Er sei für vierzehn Tage Zwangsarbeit und eine große, in verschwiegenem Kreise schallende Blamage. Werde Sträfling dann noch zu einem Infanterieregiment mit höchster Hausnummer versetzt, wie Siewindt vorhin angedeutet, so verschwinde er aus der Verwaltung Ober-Ost und der Monarchie Litauen, um fern von Madrid über seine Streiche nachzudenken.

Kriegsgerichtsrat Wilhelmi ist nicht zufrieden. Die Technik der

Rechtspflege hat ganz andere Verfahren ausgebildet. In erster Linie muß Herr Lekeitis Lekeitis bleiben bis zum Beweis des Gegenteils. Der kann natürlich nur in Dünaburg geführt werden, von wo der Fahndungsantrag ausging. Flaut dann der Betrieb ab, der um den toten Lychow entbrennen dürfte, so sucht man den verschwundenen Neffen wohl erst in Kiew oder an anderer Stelle der unruhigen Ukraine, später in Deutschland, wohin er sich in bekanntem Selbständigkeitsdrang unerlaubt begeben hat. Mittlerweile schickt man das Aktenstück nach Dünaburg, erhält eine Anforderung vom AOK oder der Justizabteilung Baltische Lande – die ja von Ober-Ost seit Jahresbeginn unabhängig sind und der OHL unmittelbar unterstellt – folgt ihr und transportiert Herrn Lekeitis aus dem Bereich von Clauß und Ellendt einfach weg. In den Kasematten der Festung sitzt es sich vielleicht etwas feucht, aber auf Numero Sicher. Und erst wenn der Herr nach Monaten ganz klein geworden ist, um Entschuldigung bittet und Besserung gelobt, läßt man Gnade für Recht ergehen. Auf einen Wink von Exzellenz Schieffenzahn entfernt sich der Herr aus dem Offiziersstande überhaupt, und da nach dem Kriege ein Mann, der aus diesem Stande gestrichen worden ist, in Deutschland nicht einmal als Koofmich Verwendung finden wird, um hinterm Ladentisch Kattun oder Flanell zu verkaufen, kann er – ja, was kann er dann noch? Seine Sache.

Major Buchenegger hört aufmerksam zu. Aber dann schüttelt er den Kopf. Glaubt Wilhelmi, auf diese Weise zum Wolfsschuß zu gelangen, so irrt er. Nichts gegen General Clauß; und das, was sich der Herr Auditeur da erphantasiert, würde dem bestimmt zu weit gehen. Auf dem Boden der Tatsachen genügen vierzehn Tage, die Blamage und der Abschuß zu den Dreihundertfünfundsechzigern. Dort kann der junge Mann an der Spitze seiner Truppe sich reinwaschen und wieder honorig werden. Dabei mag ihm dann sein Fräulein Bärbe helfen mit ihrem zuwidren Vater, dem Demokratenvollbart. Inzwischen paßt man auf, daß von Maljaty keine Botschaft nach Wilna geschmuggelt wird. Wenn sich die von Fünf so recht ärgerten und der fesche Gorse gar sein Bandenbekämpfungskommando aufbieten müßte, um einen Herrn aus der Innung zu suchen, das wär' ein Spaß! Ferner muß man die Bewegungen des Herrn Ellendt genau verfolgen, der sich jetzt in Deutschland herum-

treibt und für die sächsische Lösung wirbt. So gescheit er ist, den Verbleib seines Winfried errät er doch nicht. Und Major Buchenegger zitiert einen Märchenvers, in dem ein gewisses Rumpelstilzchen sich freut, daß niemand wisse, wie es heiße. Aber wo steckt Ellendt jetzt?
Kriegsgerichtsrat Wilhelmi hat die letzte Minute nicht zugehört. Zwei Falten zwischen den Brauen, blickt er über sich ins Blau und fragt träumerisch, ob man Herrn von Ellendt nicht veranlassen könnte, die Suche nach Herrn Hauptmann Winfried zunächst der Wilnaer Polizei anzuvertrauen, dem bewährten Hauptmann Siewindt. Und dieser Vorschlag gleitet so unschuldig von seinen geschwungenen Lippen, daß die beiden anderen in Beifall ausbrechen und Gelächter, und Major Buchenegger der Justizabteilung zuzwinkert, mit diesem Einfall habe sie sich dem Wolfspelz um ein beträchtliches Stück genähert, fasse ihn vielleicht schon an der Schwanzspitze. Wo also steckt der verdammte Ellendt, damit man ihn schleunigst an Hauptmann Siewindt verweisen kann?
Aber Hauptmann Siewindt möchte jetzt seine Ruhe haben. Er gähnt, hat sehr früh herausmüssen.
Mittäglich surren die Grillen im gelb verblühten Gras.

FÜNFTES KAPITEL

Militärs nehmen Deckung

Der Flugplatz Kownos liegt ziemlich weit außerhalb der Stadt, wie es sich für so geräumige Anlagen schickt; zur Flugzeit ab Brest-Litowsk muß man immer noch eine Viertelstunde Fahrt mit dem Stabswagen zählen, die Zeremonien des Landens und Aussteigens eingerechnet. Baron Ellendt hat seinen Jungfernflug hinter sich. Er fand es, erschöpft, wie er war, ratsam, den Zug schießen zu lassen, eine Stunde länger zu schlafen und gleichwohl eine Stunde früher mit Clauß zu plaudern. Der Vertreter der OHL in Brest unterrichtet Abteilung V von diesem Tausch zu spät, als daß Herrn von Gorse die Fahrt zum Bahnhof erspart worden wäre und das vergebliche Warten auf Ellendts vertraute Gestalt, langhalsig aus dem Waggon spähend. Dem Chef ist der Flug nicht gut bekommen. Sein Magen streikte – große Luftlöcher über den Wäldern – und er erholt sich erst, als ihn der kleine Bruder des Flugzeugmotors auf der vertrauten und geliebten Erde zum riesigen Verwaltungspalast des ehemaligen Festungskommandanten trägt, in welchem jetzt mit Ausnahme der Presseabteilung der Stab Ober-Ost behaust ist. Ellendt lehnt in den Lederpolstern. Die Luft tut ihm wohl, ein Kognak bei Clauß wird nicht fehlen, noch ein Ersatz des Frühstücks. Er atmet tief, beruhigt seinen Leib, und da ihm in den Ohren noch immer dumpf zumute ist, steckt er beide Zeigefinger hinein, seinem großen Kopf und schmalen Oberkörper das Ansehen eines doppelt gehenkelten Kruges gebend. Mit abweisender Miene scheucht er immerfort eine Stimme zurück, die ihm zuraunen wollte: Hättest du nicht durch den Herrn Michaelis den Papstfrieden des Jahres siebzehn vereitelt, du brauchtest jetzt nicht deine Ohren zu verstopfen.

Auch General Clauß sieht weniger blühend aus als sonst. Sein Gesicht wirkt zur Zeit nicht straff, sondern schlaff. Im neuen Zimmer sitzt sich's angenehm, keine Fliegen, mildes Licht. Seine Haltung bleibt ruhig und freundschaftlich wie immer.

Aber der Stimme, den Bewegungen mangelt es an Frische. Ellendt, im Sofa wie vorhin im Auto, betrachtet ihn aufmerksam, steckt die Zeigefinger in die Ohren, läßt sie dann verlegen sinken und denkt, daß die Menschen einander doch schlecht kennen. Diesen da traf offenbar Lychows Tod im Innersten; und wer hätte geahnt, daß der alte Herr ihm so nahe gewesen? Ellendt nämlich ist dieser Tod schon eine gegebene Tatsache, mit der er rechnet – ganz überschattet von der Schwenkung, die der Rückschlag im Westen erzwingt. In solchem Zusammenhang ist Lychow nur eine beklagenswerte Figur. Für Clauß aber steht er offenbar noch ganz vornan. Nun, das tut vielleicht gute Dienste, wenn man sich jetzt an die Aufgabe dieses Vormittags hintastet. Als Nichtsieger aus diesem Kriege darf weder das alte Preußen noch das Haus Hohenzollern zurückkehren. Die großen Chancen des Endsieges darf nicht der Generalstab verspielt haben. In den Vordergrund der Ereignisse und des deutschen Bewußtseins muß man vielmehr den Reichstag schieben, seine Kanzler, Parteien, Führer. Sie, sie müssen den Krieg zu Ende bringen; sie muß das Remis belasten, ja, wenn sie unvermeidlich ist, die Niederlage. Nicht Generäle dürfen von jetzt an das Wort führen, die Verhandlungen, die Geschicke, sondern Zivilbeamte, womöglich neue. Die Forderungen des Präsidenten Wilson nach deutscher Demokratie müssen erfüllt, die Volksrechte in Preußen erweitert werden, Herren wie der Abgeordnete Hemmerle in Reichsämter treten und die Litauer den Herzog von Teck zum König kriegen. General Clauß aber muß auf sein russisches Abenteuer verzichten, falls er es noch im Kopfe hat. Die deutsche Hand in der Ukraine kann mit anderen Mitteln gestützt werden als durch die berühmte Front Peipussee–Odessa.

Aber während Ellendt nun trinkt und ißt, was Clauß ihm aufwartet, und der Generalmajor dabei im Zimmer umherwandert, die Hände auf dem wuchtigen Rücken, ergibt sich, daß auch er schon den Tod des alten Lychow als einen Posten in die Rechnung eingesetzt hat. »Lassen Sie sich durch mich nicht den Appetit verderben, lieber Ellendt«, sagt er. »Seit Neujahr bin ich ein Pechvogel und doch in dieser Rolle immer noch nicht geübt. Früher lief mir alles am Schnürchen, wir fingerten die schwierigsten Sachen, immer fiel mir etwas ein. Und jetzt, das größte Ziel in Griffnähe, kommt mir ein Mist nach dem

anderen in die Quere. Ich weiß nicht, ob ich Ihnen gestanden hatte: Ich wollte Mitte September in Moskau einmarschieren. Alles war wunderbar entworfen, geplant und ausgerechnet. Nichts hätte mich aufgehalten als vielleicht entrüstete Telegramme und ein Dekret gegen den Friedensbrecher, unterschrieben: »Lenin«. Und er lachte einen schwachen Abglanz seines sonst so vergnügten Dröhnens. »Aber so etwas darf man nur träumen, nicht erleben.«
Mit einem Riesenschritt hakte er, ohne sich auszurecken, eine Karte von der Wand, das litauische Großreich zu Zeiten des Fürsten Witold (1392 bis 1430), die eine ehrgeizige Propagandastelle in der Schweiz zur Belustigung der nüchternen Ober-Ost-Offiziere verbreitete. Sichtbar ward eine zweite Karte: Rußland, und eingezeichnet, alle auf Moskau zielend, braune, blaue, grüne Schlangen. »Da«, sagte er, starrend und schwer atmend; sein gespitzter Fingernagel wies von Süden, Westen und Norden auf die farbigen Bewegungspfeile. »Zwei Heeresgruppen aus der Ukraine nach Norden vorstoßend, im ganzen achtundzwanzig schwache Bataillone, alles inbegriffen. Erste Gruppe aus Rostow am Don über Nowotscherkask, Rjaschsk, Rjasan; zweite Gruppe aus Charkow über Belgorod, Kursk, Orel. Hauptquartier Kiew. Aus dem Raum von Brest-Litowsk – daselbst das AOK – die Schlagarmee, zweiunddreißig Bataillone. Südliche Gruppe über Pinsk, Homel, Bryansk, Kaluga; nördliche Gruppe von Baranowitschi über Minsk, Orscha, Smolensk, Wiasma, Borodino – den Napoleonsweg. Schließlich zwei Flügelgruppen aus Kurland, im ganzen achttausendachthundert Gewehre. Die eine aus Dünaburg über Polotsk und Witebsk vereinigt sich in Smolensk mit der vorigen; die andere, ablenkende, zielt von Sebesch aus über Idrizza auf Groß-Luki und zwingt die Russen, ihre Kräfte noch weiter zu teilen – vorausgesetzt, daß Schieffenzahn gnädig ja und amen sagt. Wüßten Sie, was für Schläue es gekostet hat, diese Truppen zu formieren. Obwohl wir neunhunderttausend Mann im Osten haben. Und jetzt alles für die Katz.« Und er wandte der Karte, ihrem bunten Linienspiel, müde den Rücken, verstummte, seufzte.
Ellendt blieb fast der Bissen Kaviarbrotes im Halse stecken. Von seinem neuen Wissen aus wirkte diese Claußsche Absicht geradezu mondsüchtig. Während im Westen das große Rück-

wärts schon im Gange war, wollte dieser Unmensch noch seine Heeresgruppen nach Osten führen, deutsche Soldaten noch weiter ausstreuen, Flankenlänge und Angriffsfläche noch vermehren. Aber er faßte sich schnell. Er gab zu, erst die letzten vierzehn Tage hatten das alles so absurd gemacht – oder als absurd enthüllt. War er und seinesgleichen bis Anfang Juli so unwissend gewesen über das, was man einem Volke zumuten durfte? Unwichtig, weil vergangen.
Kauend fragte er, was wohl Berlin gesagt habe. Clauß setzte sich, das Sprechen tat ihm wohl. Er nahm einen Apfel aus dem Frühstückskorbe, biß krachend hinein: »War natürlich gegen«, äußerte er schluckend, »die Unterstaatssekretäre zumal. Aber die hätte ich rumbekommen. Wäre eben selbst hingefahren, um den Herren Lichter aufzustecken. Aber dann kamen ein paar Nachrichten und Fakten, und seither ist mir elegisch zumute. Ungefähr so, als sei mir mein oller Wittich krepiert – unberufen.«
Mit erhobenen Brauen, ganz aufmerksam, wandte Ellendt sein mittelalterliches Gesicht zu dem Riesen empor. Hatte Clauß etwa von den Tatsachen im Westen schon Botschaft? War es möglich, sich alle Umschweife zu ersparen? Aber auf seine vorsichtige Frage eröffnete ihm Clauß: Endlich waren die Antworten auf Briefe vollzählig, welche er vor Märchenzeiten nach Südosten geschickt hatte. Etwas daran verdarb ihm Spiel, Hoffnungen und Entwürfe. Damit wollte er seinen Gast nicht langweilen – Spezialissima der Operationsabteilung. Ferner störte die plötzliche Abreise eines guten russischen Freundes und Mitarbeiters aus Brest-Litowsk, des Generals Schulprobst, wenn Ellendt ihn kannte. Hätten die Russen mehr solcher Generalstäbler an der richtigen Stelle besessen, das Spiel gegen sie wäre noch spannender gewesen. Und nun entstand durch Lychows Tod in der Ukraine das niederträchtigste Durcheinander. Seine Autorität hatte, nicht wahr, den Laden zusammengehalten: Ober-Ost und OHL, deutsche Zivilbehörden – Reichskanzler und Auswärtiges Amt; das gleiche österreichischerseits. Wer bändigte jetzt die Anhänger der verflossenen Rada auf dem Lande und die Moskaus, bewaffnete Haufen, bereit zum Kleinkrieg? Der Hetmann, eigentlich das beste Pferd in dem ganzen Trubel? »Wie darf ich ihm da meine Südgruppe wegnehmen? Unser oller Lychow ersetzte Brigaden und Batte-

rien. Ich habe zwei Nächte schlecht geschlafen, Ellendt!« Er stützte die Backe in die Hand und schloß die Augen.
Alsbald sah er vor sich, was er Ellendt eher verschwiegen als angedeutet hatte, jene schicksalsvollen Antworten auf den dreifachen Brief nämlich, den er Winfried in den Zeiten der Gunst diktiert. Die erste aus Palästina lautete zuversichtlich: zwar würde es nichts sein mit der »Jilderim«-Offensive. Aber ebensowenig werde der Engländer die Linie Arsuf-Kalkilieh-Nablus-Jerichow durchbrechen. Auch der zweite Brief von den Österreichern klang gar nicht schlecht, und der Gang der Dinge in Albanien und Italien bestätigte das. Der dritte aber aus Sofia sah seltsam aus; auf den leeren Raum und die Rückseite des Claußschen Schreibens gesetzt, fahrige Schriftzüge, hieß er kurz und bündig: »Falls Ihnen etwas heilig ist, Clauß, und Sie Polen fest in der Hand haben, sammeln Sie eine Reserve, so stark als möglich, und bereiten Sie ihre Verwendung wie unten angegeben vor. Die Zeit hat uns erledigt. Schlägt die Saloniki-Armee los, so bürge ich für nichts. Die ausgehungerten Bulgaren sind seit 1912 mobil. Ob wir uns noch wiedersehen? Bezweifelt Ihr Schwersenz. PS. Budapest – Plattensee – Nagy Kanizza – Agram – Fiume.« Clauß kannte den Mann, der seine Antwort aus Krankheitsgründen verzögert hatte, wie eine weitere Nachschrift vermerkte. Oberleutnant Schwersenz war ein Schwarzseher, dem man überdies 1914 zuviel aufgepackt hatte. Aber er gehörte zum Stamm des Generalstabs, zu seiner Auslese. Und, wenn die Unruhe in der Ukraine auf Polen übergriff? Hatte er Polen fest in der Hand? Hier mußte vielleicht alles neu gezimmert werden. Was Schwersenz da hingekritzelt, bedeutete nicht weniger als eine Aufnahmestellung für eine ganze zurückflutende Balkanfront – Unsinn, Spuk, Alptraum. Doch wer eine solche Warnung in den Wind schlug, verdiente gehenkt zu werden.
Ellendt sah Clauß teilnahmsvoll an. Diese Stimmung kam ihm sehr zupasse. Er würde ihm leichter beibringen können, daß jetzt alles daran gesetzt werden mußte, den heutigen Zustand in den neuen Ostländern zu erhalten. Zunächst aber verweilten sie ein paar Minuten lang bei Lychow, seinem armen Adjutanten, der Bombe, die sie beide zertrümmert hatte. Das Kriegsgericht tagte schon, der junge Bursche Weressejew, Sozialrevolutionär, würde gehenkt werden, mitten in der Stadt, auf der

Hauptstraße, am Tatort. Das war so, damit mußte er gerechnet haben. Ein Galgentod für den Verschwörer, ein ehrlicher Soldatentod für Otto von Lychow, den ja ebensogut eine französische Granate oder eine Fliegerbombe hätte ereilen können. (Ebensogut, sann Ellendt zwischendurch, das stimmte nicht. Ein General vor Verdun war besser gesichert als der gleiche General, wenn er ein nur halb unterworfenes Land beherrschen sollte. Die Politik wurde also schließlich gefährlicher als der Krieg, im Osten wenigstens. Ob die braven Litauer auch mal anfingen, Bomben zu schmeißen?)
Ellendt bat, abräumen zu lassen. Es hatte ihm vortrefflich geschmeckt, und er fühlte sich ganz erholt, nur war die Sucht geblieben, die Kuppen seiner Zeigefinger in den Ohren unterzubringen. Also ging er zum unmittelbaren Angriff über: Wie faßte Clauß die Lage im Westen auf? Ein paar forschende Blicke unter schiefgezogenen Brauen widersprachen leise den beruhigenden Versicherungen, die der Generalstäbler hinstreute, um schließlich zurückzufragen, was man davon in Berlin denke. »Die Lage wird von klugen Leuten nicht als sehr glücklich bezeichnet«, antwortete Ellendt, während er sinnend eine Zigarre abschnitt. »Sie sehen ja selbst, daß Schlachtorte wieder auftauchen, die wir in unserem Rücken glauben durften.«
Clauß verschränkte die Arme, in der Rechten die Zigarette: »Und weiter orakelt man nichts in Delphi?« fragte er. »Oder um genauer zu sein: in Athen? Denn Delphi ist Spa, und das schweigt ja wohl.«
Ellendt hatte das Gefühl, als schwanke das Sofa unter ihm wie vorhin der Sitz des Flugzeugs. Nun mußte er doch nach seinen Ohren fassen, aber es gelang ihm, die Gebärde nach den Ohrläppchen abzulenken. Was wußte Clauß? Witterte sein Soldatengenie von Kowno aus, daß die Moral des überanstrengten Heeres zerbröckelte? »Unser Freund Schieffenzahn hat kein Glück gehabt«, meinte er langsam, »mit seinen Offensiven scheint er am Ende.«
General Clauß zog seine Mundwinkel zum Bogen abwärts. »Haben Sie ein gutes Gedächtnis, Ellendt?« fragte er.
»Ich erinnere mich genau«, entgegnet Ellendt leise. Clauß blies Rauch und Atem von sich. »Ja«, sagte er nur. Dann stand er auf, bückte sich zur untersten Schreibtischschublade und reichte Ellendt einen dicken Brief, viele Seiten, bedeckt mit sei-

ner großen schwarzen Schrift. »Sie können ihn ruhig lesen, Frau Schieffenzahn bekam damals einen anderen, ganz harmlosen.«
Ellendt las. Und während seine Augen über die Zeilen wanderten, die Clauß im März entworfen, dachte er schnell und gründlich. Offenbar sah Clauß, daß die Offensiven gescheitert waren. Aber sah er auch, daß die Front nicht mehr hielt, falls die Entente jetzt zustieß? Daß die Enttäuschung, der Bruch einer seelischen Hochspannung, selbst deutsche Widerstandskraft umschmiß. Dann, aber nur dann konnte man zu ihm ganz offen sprechen. ›Wir müssen siegen‹, hatte man die Soldaten vier Jahre lang singen lassen...
»Sie sind ein großer Häuptling, General Clauß«, äußerte er voll Bewunderung. »Und was erwarten Sie jetzt?« Und der sofort in der schlichtesten und überzeugendsten Art: »Sechs Monate Verteidigungskrieg im Stellungssystem mit den schönen Wagnernamen. Sollen eben Siegfried, Brunhilde, Hunding und die anderen Opernhelden nicht umsonst bemüht haben. Zu Weihnachten Waffenstillstand. Und dann ein Gefeilsche, eine Roßtäuscherei – unsere Jüdchen unten am Rathausplatz werden kläglich abstinken gegen das, was dann anhebt.« Ellendt brachte ein anerkennendes Nicken zustande. »Sie werden zugeben, lieber Clauß, daß wir unsere Position schon jetzt darauf einrichten müssen. Am Osten darf nicht gerüttelt werden.«
»Deutsche Wacht von Helsingfors bis Bialystok, und Polen den Österreichern. Die Ukraine werden wir nicht halten können«, erklärte Clauß bündig; »ein großes Tauschobjekt für die Entente.«
»Eigentlich müßte ich nach Spa«, dachte Ellendt plötzlich laut. »Schieffenzahn wird jetzt geneigt sein, uns in Ostsachen anzuhören.«
Clauß jedoch meinte, Ellendt sei hier vonnöten, er könne seine Vorschläge Herrn Federle mitgeben, der in den nächsten Tagen durchkomme, auf dem Weg dorthin, zur Berichterstattung. Ellendt indes erwog, ob Clauß in seiner glücklichen Unwissenheit über den Zustand des Heeres nicht am besten auch von gewissen Ostmaßnahmen – Teck und Hemmerle – überrascht wurde. Jemand mußte da sein, um voller Unschuld das Ostheer zu kommandieren, als hätte sich nichts ereignet, und es werde der Rückzug aus Kaukasus und Ukraine völlig folgenlos für

Schlagkraft und Disziplin vor sich gehen. Mit dem Bewußtsein, einen ähnlichen Gedanken schon einmal gedacht zu haben, während gerade die Welt einstürzte, sprach er dennoch: »Falls wir jetzt den Litauern ihren Teck konzedieren müßten: würde ich auf Sie rechnen können?«
Da schnippte Clauß mit den Fingern und sagte geringschätzig: »Aber bitte, aber immerzu. Fällt der große Sieg ins Wasser, so rutschen ihm die Alldeutschen nach, Herr Schieffenzahn wird ein kleiner Mann in mittleren Jahren und Majestät wieder König von Preußen. Dann ist mir um mich nicht bange.« Und während Ellendt nicht wußte, ob er über seinen großen Freund Clauß nun lachen oder weinen sollte, klingelte das Telefon. »Nanu«, wunderte sich Clauß, »ich wollte doch nicht erreichbar sein.« – »Vielleicht gilt es mir«, sagte Ellendt. – »Stimmt«, meinte Clauß und reichte ihm den Hörer. »Lieber Gorse?« fragte Ellendt in die schwarze Muschel, »ich bin leider geflogen.« Nun vernahm Clauß das Sprechgeräusch Gorses, ohne Worte zu verstehen, sah nur Ellendt erst erstaunt aussehen, bestürzt, schließlich zornig: »Bitte wiederholen Sie das doch General Clauß. Es handelt sich um Winfried«, erläuterte er, während er ihm Platz machte, »unser junger Freund ist verschwunden.« Clauß saß regungslos, lauschte. Vor Spannung schloß er die Augen. Er erblickte das Verdeck der »Wassernixe«, Lichter, die sich im Weinkühler spiegelten, Hände mit Spielkarten, Freund Bucheneggers weißen Schnurrbart. »Leutnant Perl sofort herkommen«, brauste er auf. »Um fünf kann er da sein, Vortrag halten. Ich hole den OQ. heran und den Etappenchef. Morgen früh inspiziert er das Lager Maljaty, und Gott gnade allen, die nicht ganz saubere Hände haben. Wollen unserem Freunde Lychow ein großes Totenopfer schlachten.«
Ellendt, den hier kein Schuldgefühl belastete, bat Gorse, die Verbindung aufrechtzuhalten, legte seine haarige Hand auf die Sprechöffnung: »Erlauben Sie mir einige Änderungen, Verehrtester. Ihre Zustimmung steift uns den Rücken gegenüber der Forstabteilung; aber sonst muß Fünf selber zeigen, daß man sie nicht ungestraft an der Nase zieht. Wir sind am dransten. Soll Perl morgen früh nach Maljaty, so ist das nur von Wilna aus möglich. Ich nehme also den Mittagszug, halte Kriegsrat und berichte Ihnen abends, ob mir die Indizien aus-

reichend erscheinen. Sie als schweres Geschütz wirken am besten aus dem Hintergrunde, und wir sind auch wer.« Als nun Clauß zustimmend nickte, schloß Ellendt ärgerlich: »Was dieser junge Mensch immerfort anrichtet! Muß er denn des Nachts ohne Ausweis 'rumlaufen wie ein Windbeutel oder Schlimmeres?« So fragte er halb böse und halb humorig den fernen Gorse, ob nicht eine gewisse tüchtige junge Dame ihren Bräutigam hätte am Ohrläppchen halten können. Aber die Antwort machte, daß er Clauß erschrocken ansah. Der, im anderen Sofawinkel sitzend, gestand sich gerade ein, daß die lebenden Leute Winfried und Bärbe Osann seine Teilnahme weit mehr weckten als der arme tote Lychow. Wer starb, schaltete sich aus, verlor Spiel und Einsatz. Alsbald bemerkte er Ellendts Schreck und fragte: »Noch nicht genug des Guten?«
»Schwester Bärbe ist sehr krank.«

SECHSTES KAPITEL

Das Menschliche

Ja, Schwester Bärbe war sehr krank. Niemand wußte das besser als Leutnant Perl, seltsamerweise. Zu ihm kam rückflutend die Anteilnahme einiger Mitglieder der eingeborenen Bevölkerung, deren Schwester Bärbe Gutes getan, und mit denen Kontakt zu halten in den Aufgabenkreis der Jüdischen Abteilung fiel. Menschen verschiedener Art hatten vergeblich versucht, die Kranke zu sehen. Auch ein Rechtsanwalt Sasnauskas gehörte zu den Abgewiesenen. Besser erging es Doktor Eliaschuw, dem als Arzt Kollege Lachmann die Tür öffnete. Im Verlauf der Monate hatte Bärbe ihren Freund manchmal ausgescholten, weil er ihr damals im März verschwiegen, wen er und in welcher Angelegenheit aufsuchen sollte. Sie und Doktor Eliaschuw hatten einander in den Tagesheimen der Kinderhilfe kennengelernt, sich dann in Vorträgen und den Aufführungen der Wilnaer (Jüdischen) Truppe immer wieder getroffen. Sie schätzte den kauzigen Mann bald hoch und hätte Winfried von vornherein eine wärmere Einstellung zu ihm beigebracht. Aber in den kurzen Tagen eines Wiedersehens spricht man eben nicht von allem; und faßt ein eigensinniger junger Mann erst einmal eine Abneigung, so braucht es Zeit, ihn umzustimmen. Sie hatte dafür auf den Winter gehofft; aber ob sie einen neuen Winter erleben würde, das stand gar sehr dahin.
Dr. Eliaschuw saß in Perls Quartier, bekleidet mit einem abgetragenen Lüsterjackett, ausgebeulten Leinenhosen und leichten Sommerschuhen, deren Oberleder mit Riestern geflickt war. Das Hemd, am Halse offen, entblößte den großen Adamsapfel unterm Popenbart. Perl hatte ihn eingeladen, um Ellendt Abschließendes aus jenen Kreisen zu berichten, die das Lager Maljaty am meisten anging. Dr. Eliaschuw achtete den Leutnant Perl nach Verdienst; aber er behandelte ihn nicht ohne Spott, wie es einem alten und gereiften Manne dem jüngeren gegenüber oft unterläuft. »Sie haben so viel Zeit vertan,

guter Freund«, knurrte er etwa, »daß es nun auf einen Tag mehr oder weniger nicht ankommt. Fahren Sie morgen, so erreichen Sie nichts. Der Lagerkommandant wird Sie abfangen und Ihnen zeigen, was ihm paßt. Sie müssen übermorgen früh lange vor acht am Lagertor erscheinen und einen bestimmten Feldwebel in der Schreibstube treffen. Dort gibt es einen sehr anständigen, dem das Treiben bis zum Kinn steht. Aber wie er heißt, weiß ich erst im Verlauf des morgigen Tages, und diese Zeit braucht man auch, ihn vorzubereiten und die Liste derer aufzustellen, die seit Samstag nacht verschwunden sind. Kurz, man muß Sie ausrüsten.«

Leutnant Perl, doppelt wohlgekleidet neben dem schwitzenden Graubart, sog an seiner Pfeife. »Ich verstehe, Doktor Eliaschuw. Ich will mein möglichstes tun. Aber ob man dieser Einzelheiten wegen den Hauptmann Winfried noch einen Tag länger in Haft lassen wird, kann ich nicht vorhersagen. Das hängt von Hauptmann Ellendt ab; ich bin da nur ausführendes Organ.«

Aber Dr. Eliaschuw brauste auf. »Organ«, rief er, »ausführendes! Sind Sie denn kein Mensch? Wissen Sie denn nicht, wie gelitten wird, und daß wir dazu da sind, dem Leiden Einhalt zu tun? Organ«, wiederholte er, »die Leber ist ein Organ, sie arbeitet gut oder schwillt an, der Magen ist eines und sondert Salzsäure ab. Wenn der Mensch aber ein Organ ist, so eines, das Hilfe abzusondern hat, und zwar so Vielen und so Unbekannten als möglich.« Und als der Maler Perl schwieg und nur die beiden Kummerfalten über seinem geschlossenen Munde erschienen, fügte er sanfter hinzu: »Niemand wünscht die schnelle Rückkehr des närrischen jungen Mannes mehr als ich. Denn ich sah gestern nach seiner Braut, und sie gefällt mir nicht. Lachmann erwartet alles von den unbekannten Unterströmen – Sie als Künstler verstehen das. Die Anwesenheit des Mannes, den sie liebt, wird ihr neue Kräfte geben, sagen die Weiber dann. Aber wenn Sie mich fragen, ob die Kranke vierundzwanzig Stunden länger fiebern soll, damit Sie, Leutnant Perl, Ihre Fahrt zu Nutzen von Hunderten antreten, so lassen wir sie warten, und niemand von Gewissen würde anders entscheiden. Und jetzt gehe ich und besorge Ihnen die Unterlagen. Hätten wir geahnt«, fügte er hinzu, während er einen grauen hohen Strohhut aufsetzte, »daß euere Hilfssucht plötzlich

überschäumen könnte, wir hätten unsere Vorkehrungen eher getroffen«, und er blinzelte kritisch.
Leutnant Perl blieb zurück, nervös und niedergedrückt. Fliegenfenster aus blauer Gaze verdunkelten ihm den Blick in die Welt da draußen, die sommerlichen grünen Büsche und Wipfel des Schloßbergs, dem gegenüber er sich sein Quartier gesucht hatte. Er durfte Eliaschuw nichts vorwerfen, denn er hätte ebenso gehandelt. Auf seiner Schweizer Reise, während welcher er »Wunder« verrichtet hatte, waren Ketten von Verhandlungen gefolgt, um Verteilung und Kontrolle der amerikanischen Gelder zu regeln. In Riga und Warschau saßen, jenseits von Ober-Ost, ebenfalls Organisationen der Bedürftigen, in Lemberg, Czernowitz, ja in Jassy (Rumänien); und die Zusammenarbeit mit Wiener und Berliner Hilfswerken verlangte unaufhörliche Anwesenheit und Anspannung. So selig er beim Betreten der Schweiz um sich geschaut, so sehnsüchtig verlangte es ihn allmählich nach seinem ruhevollen Wilnaer Quartier, nach seinen Freunden, die er dort wußte, den einfachen und den gelehrten Juden, die er dort liebte und auf dem Lithographenstein festhielt oder der Kupferplatte. Er hatte das Lager Maljaty und den Kummer, den es Hunderten verursachte, in den Hintergrund der Seele drängen müssen, weil die Not der Hunderttausende ihn beanspruchte. Wie Wälder auf einer Karte eingezeichnet, grün und unregelmäßig umrissen, sah er die Siedlungsgebiete der Juden des Ostens vor sich. Zwischen dem Baltischen und dem Schwarzen Meere erstreckten sie sich, und ihre Not, nicht von heut und gestern, entstammte der feindseligen und ungeschickten Politik von Staaten, die sich nicht zu helfen wußten und immer auf das alte Mittel zurückgriffen, die Preisgabe ihrer Ghettos. Heute nun schlug ein Grundsatz, der ihn bisher geleitet hatte, auf einen Fall zurück, an dem sein Herz hing. Er mochte Winfried und Bärbe sehr. Ihre lebendige Frische, ihr gebildetes Gemüt, ihr Verstand und ihr Charakter hoben sie in den mittelsten Kreis derer, die ihm nahegingen, und denen er gern seine Freundschaft bewies. Aber Eliaschuw hatte zweifellos recht: Hals über Kopf durfte er nicht fahren. Dies mußte er bei Ellendt durchdrücken. Arme kranke Bärbe.

Als er sich fünf Minuten vor fünf bei Ellendt melden ließ, wurde er gebeten, um dreiviertel sechs wieder vorzusprechen. Der Chef, sagte Wreech, kam überanstrengt vom Zuge und mußte baden und schlafen, um wieder frisch zu werden. »Eile mit Weile ist unser Wahlspruch«, schloß er, bevor er das Telefon wieder einhängte. »Aber wir holen nach, lieber Perl, und wir schlagen zu.«
Damit war Perl ein Stichwort gegeben, und er nutzte es aus.
Konrad von Ellendt empfing seine Herren auf dem Sofa liegend. Mit matter Stimme entschuldigte er sich deswegen, seine Augen blickten schwer, fast klagend, aus dem mittelalterlichen Gesicht mit den Falten, der großen Nase, und seine Hände fuhren manchmal wie leidend an die Schläfen. »Über dem Kalvarienberg steht eine Wolke, ein Gewitter sammelt sich, es liegt mir in den Knochen«, erklärte er. »Aber das darf uns nicht aufhalten, lieber Perl.«
Leutnant Perl ahnte vielleicht, was der Gesandte in Bern über sein Auftreten, seinen erfolgreichen Takt an Ober-Ost berichten ließ. Er hatte ihn liebenswürdig aufgenommen und ihm vorausgesagt: weder eine amerikanische noch eine andere feindliche Nasenspitze werde er zu sehen bekommen. Dies hinderte nicht, daß dann doch der einfache Leutnant Perl in dem französischen Pressechef einen Professor der Germanistik und Bekannten aus Berlin wiederfand. Dieser nun vermittelte ihm Zutritt zu dem einflußreichsten Attaché der amerikanischen Botschaft, dem Lieblingsneffen des gerade amtierenden Staatssekretärs Lansing, der rechten Hand des Präsidenten Wilson. Der Ruhm des Malers Perl in den Vereinigten Staaten war unsern Diplomaten leider nicht geläufig. Deshalb erschütterten diese Tatsachen die deutsche Botschaft ... Lansing empfahl nach vierzehn Tagen seiner Regierung die Freigabe der jüdischen Unterstützungsgelder. Worauf der Gesandte dem Leutnant Perl nahelegte, für die Dauer des Krieges oder länger in den diplomatischen Dienst des Reiches überzugehen. Perl aber dankte für diesen ehrenvollen Antrag. Er wußte, ohne die empfehlenden Briefe von Clauß und Ellendt an den Reichskanzler und das Auswärtige Amt hätte er seine Mission nicht einmal antreten können; er wollte Ober-Ost und seinen Juden treu bleiben, und Abteilung V dankte ihm diesen Korpsgeist.
Mit lockeren Gebärden, dabei fast humoristische Schatten in

den Augenwinkeln, entwickelte Perl jetzt den Plan, das Lager Maljaty zu überfallen und den Beschwerden ein für allemal ein Ende zu machen, die sich aus mehr oder weniger deutlichen Anklagen, Mitteilungen und Vermutungen zusammensetzten. Er hatte Briefe in jiddischer und deutscher Sprache bei den Akten, ungefüg im Stil, oft komisch, in denen einige Herren der Lagerleitung mit Namen genannt wurden. Besondere Angriffe trafen gewisse deutsche Zivilunternehmer, die im Auftrage der Forstabteilung die Kolonnen organisierten und die Zwangsarbeiter mißhandelten. »Die Leute mit den Armbinden pressen die Schwachen aus wie Zitronen und schwingen den Stock wie die Fronvögte zu Pithom und Ramses«, zitierte er in jiddischer Sprache, um der Sachlage ihre Schwere zu nehmen, und die Herren lächelten, weil sie alle schon Brocken dieses Idioms verstanden, und kleine Stücke eines fremden Dialekts, ob Schwyzerisch oder Holländisch, immer spaßig wirkten. Im Rahmen dieser Gesamtnachforschung mußte auch Hauptmann Winfried auftauchen, zur Zeit in den Spion Lekeitis verwandelt.

Oberleutnant von Gorse betreute die Personalangelegenheiten der Offiziere und Mannschaften, Rittmeister von Wreech die Untergruppe »Litauen politisch«, und Konrad von Ellendt das Ministerium des Innern, genannt Abteilung V – mit Leidenschaft, wie er in späteren Jahren als Reichsinnenminister gehaltvoll und schwierig regieren sollte. Aber alle drei gaben sich keinen Täuschungen hin über das Mißliche, erfolgreich ein Arbeitslager zu revidieren, das einer fremden Sektion unterstand, und dessen Kommandant zwar von Ober-Ost, aber nicht von der Politischen Abteilung Weisungen empfing. »Er kann Ihnen den Zutritt verweigern«, unterstrich Gorse bedächtig; »ich an seiner Stelle täte es. Sagen Sie sich aber auf dem Dienstweg durch den Oberquartiermeister an, wird alles verschwunden sein, die ganze schmutzige Unterwäsche.« – »Selbst unseren Freund können sie irgendwohin verschieben, um ihren Fehlgriff zu verteidigen«, fügte Wreech hinzu. Und Perl verdeutlichte: Er gedachte das Lager Maljaty so zeitig zu überraschen, daß der Kommandant noch gar nicht die Bildfläche zierte – ihn zu übergehen, den Formfehler in Kauf zu nehmen und sich unmittelbar an einen bestimmten Unterführer zu wenden, der als ehrlich und wohlgesinnt galt. Dies allerdings

vertagte den Feldzug auf übermorgen früh. Eher war der Name des verläßlichen Feldwebels nicht festzustellen; mußte man doch vor fünf aufbrechen, wenn man gegen sieben am Lagertor erscheinen wollte. Der Fahrweg nach Maljaty, siebzig Kilometer, war drittrangig, mindestens zwei Reisestunden. Und die nötigen Vollmachten und Unterschriften ließen sich auch erst morgen vormittag besorgen. Mit ihnen aber versehen, getraute sich Perl, bis zum Auftauchen des Herrn Lagerkommandanten das Spiel in Händen zu haben und Winfried auf alle Fälle mitzubringen.
Ellendt hatte fast regungslos gelauscht, aufmerksam zur Decke geblickt, wo sich ihm zwischen Stuckornamenten Schatten zeigten, Gesichter, die bald dem alten Lychow glichen, bald seinem Neffen. »Ganz einverstanden, lieber Perl«, stimmte er schließlich zu. »Sie werden uns das schon richten, wie die Österreicher sagen. Formverletzung wiegt schwer, zugegeben. Aber wir müssen das Menschliche berücksichtigen, des einzelnen und der Massen. Denn wie oft kommt es bei uns zu kurz. Und dabei tragen wir es doch alle in uns. Nun, Ihnen ward der rechte Ton dafür verliehen. Und Ihre Fahrt dürfte angenehm werden, nicht staubig jedenfalls, denn heute nacht wird es doll pladdern, vielleicht schon heute abend.« Und er streckte seinen großen Zeigefinger mit dem ausdrucksvoll geformten Nagel gegen das Fenster, hinter dem am Horizont eine grau und weiß gefleckte Wolke mächtig emporquoll. »Nordwestlich«, schloß er die Beratung.

Von ihrem Streckstuhl in einem gesonderten Teil der Bogenhalle gewahrte Schwester Hilde gleichfalls das Heraufziehen des graubleichen Gewölks und ängstet sich. Sie zählt zu den Genesenden, sie weiß, daß sie schon festem Boden zusteuert; gleichwohl irren ihre Augen erschrocken zum nordwestlichen Himmel hin, dessen Blau allmählich hinter der riesigen Schnecke aus weichen Rundungen verschwindet. Im Elternhaus lagen vor dem großen Spiegel braun und milchig gefleckte Muscheln, faustgroß – Tigermuscheln nannten sie die Kinder, und wenn sie sie ans Ohr preßten, erschreckte sie gleichzeitig ihre Kälte und das Kochen darin. An eine solche Tigermuschel erinnert sie die Wolke, in deren dünneren Dunstschwaden sich der Sonnenball gefangen hat und glanzlos schimmert. Man at-

met schwer in der Schwüle, fühlt sich weinerlich, möchte gern als kleines Kind unter die Decke kriechen, dem drohenden Licht ausweichen. Dabei kann es noch lange dauern, bis das Gewitter reif zum Ausbruch ist und nach wilden Güssen und Donnerblitzen die Menschen dankbar und erleichtert zurückläßt.
Nein, sie ist gar nicht glücklich, Schwester Hilde, obwohl sie fühlt, daß sie es sein sollte. Sie kommt jetzt zu Kräften und wird bald auf Urlaub fahren – erst nach Hause und dann nach Bayern, um sich zu erholen. Sowohl Davids Mutter wie seine Schwester Lenore haben ihr besonders nett geschrieben, ihr angeboten, sie zu begleiten. Aber was nutzt ihr all das? David Wahl und sein Freund Kliem mußten zu ihrem Ersatzbataillon zurück – zum Glück mit den Pferden; wie sie sie schließlich doch noch kriegten, sei eine Geschichte für sich, hat David hingekritzelt, und er werde sie ihr später mal erzählen. Inzwischen steckten die beiden aber längst bei den Reserven, im Hinterland der französischen Schlachtfront. Wegen ihrer langen Abwesenheit hat man sie sehr genau verhört, auch Nachforschungen hier in Wilna sind zu erwarten. Sobald die neuen Einteilungen beendet sind, das Zusammenfassen und Auffüllen der Brigaden und Bataillone, wird ihr David im Ungewissen verschwinden wie in dieser Gewitterwolke, und wenn es in ihr zuckt und blitzt und leise rollt, kann das sein Erlöschen bedeuten; und wozu wird sie dann gesund? Wozu hat ihr Leben plötzlich einen Mittelpunkt erhalten, ihr Denken, Trachten und Empfinden einen Sinn? Gäbe es einen Gott, der aber leider auf den Schlachtfeldern gefallen ist, so müßte er sie in eine Schwalbe verwandeln, wie sie hier über den Garten und dicht übers Gras hinstreichen, und nach Westen werfen, nach dem Truppenübungsplatz Waberlohe, der nur durch eine Feldpostnummer irgendwo auf der Erde verörtlicht ist. Ja, sie möchte weg, Schwester Hilde, und aus ihrer Haut in ein kleines weiches Federgewand – ihr Ich wechseln und den schweren Druck, der auf ihm liegt, auch Bärbes wegen.
Man sagt ihr nicht die Wahrheit, aber sie wittert wohl, wie bedrohlich es um Schwester Bärbe steht. Daß sie sich jedoch bei ihr angesteckt hat, ahnen nur sie und Bärbe allein, und beide verraten es nicht. Vielleicht bildet sie sich diesen Zusammenhang auch nur ein: die Geschichte mit der Suppe, die Schwester Bärbe auf das Nachttischchen gestellt hatte, ihr Abendessen,

und über die Hilde hinhustete, während die Freundin das Fenster in Ordnung brachte. Da hatte Hilde mit ihrer schwachen Hand auf den Teller gedeutet: »Hab ich sie nicht angehustet? Schütt sie lieber weg.« Aber Bärbe, von der Lachen und Kräfte ausstrahlten wie von einer Mutter, hatte abgewehrt: »Die herrliche Graupensuppe? Wo denkst du hin. Mir passiert nichts.«

Aber es war ihr passiert, es passierte allen. Alle Bäume im Walde sind zum Sturz bestimmt, alle Lebenden zum Sterben, gefällt oder vermorscht, jung weggefegt oder alt – jeder Aufstieg hielt den Abstieg in sich wie der Tag seine Nacht. Es dreht sich die Erde, wir merken es nur nicht; hinaufgetragen und hinab werden wir, kleine Pünktchen, weiß Gott, es lohnt manchmal nicht, geboren zu sein. Nur wenn man seinen Freund umfängt, so listig hat sich das Leben eingenistet in den Zusammenhang der Dinge, dann lohnt es, dann leuchtet es, dann macht es Spaß, dann würde man gegen alles Unglück der Welt die Wonne nicht eintauschen, dazusein. Jede von ihnen besitzt einen Freund, und da das Unglück manchmal den Anschein von Gerechtigkeit annimmt, ist nicht bloß der Hildes abwesend, sondern auch der Bärbes. Rätselhaft, wohin er verschwand. Eine Dienstreise, heißt es im Lazarett; mit Clauß nach Kurland, munkeln die einen, mit Ellendt nach Deutschland, behaupten die anderen. Ist es nicht Wurst, wo einer sich herumtreibt, wenn er nicht bei der Frau sein kann, der das Fieber auf den Leib gerückt ist wei ein Fluch? Falls er endlich zurückkommt, wird er weinen. Aber der Krieg spart nicht mit den Gefühlen der Menschen, an denen ohnehin nichts gelegen ist. Immerhin, es wäre gut, er käme. Denn auch David saß an Hildes Bett, als sie aus der Benommenheit auftauchte, und das hatte ihr ins Leben zurückgeholfen. Sie wird sich weniger schuldig fühlen, wenn Winfried endlich da ist.

Schwach atmend liegt das Mädchen Hilde unter den weißbezogenen Decken, Ihre sommersprossigen Hände zupfen und fingern an den Zöpfen, an der Linken glänzt manchmal hellblau ein Türkis. Und so findet sie sich in ihrem klugen Kopfe mit der Tatsache ab, daß sie und Schwester Bärbe geboren wurden und sterben müssen, vielleicht spät, vielleicht bald, gebettet in Glück und gebettet in Elend und verknüpft durch einen Husten.

Frau Ministerialrat empfiehlt sich

Man hat Schwester Bärbes Bett ans Fenster gerückt, von dorther weht nach dem wilden Gewitter dieser Nacht trotz der Gazerahmen erquickende Frische. Im ganzen Osten trägt die Fliegenplage wesentlich zur Verschlechterung der Lebensbedingungen bei, und es scheint aussichtslos, in den paar Jahren der Besetzung dagegen anzukämpfen. Die Städte gleichen in allem Hygienischen den dunkelsten Dörfern Westeuropas. Schuttplätze, Düngerhaufen und Wasserlachen überall, weder Kanalisation noch reichliche Durchspülung; um die Fleischerläden, die Schlachthöfe Wolken von Insekten.

Mit solchen Gedanken betritt Dr. Lachmann das Krankenzimmer. Aber nach wenigen Sekunden herrscht in seinem Geiste nur dieser Mensch, sein rätselhafter Fall. Ein Blick auf die Kurve weckt die Frage, ob die Entladung der Atmosphäre auf die Kranke wohltätig gewirkt hat, oder ob das tückische septische Fieber allein diese niedrige Morgentemperatur verursacht: 37,5, nach gestern abend 40,3. Was zu tun ist, wird getan. Die Pflegerin Sophie scheint hinter ihrem zarten Gesicht ein Gerüst aus feinstem Stahldraht zu tragen. Abspannung bekämpft sie mit Koffein – nachschlafen wird sie, wenn die Krisis der Freundin vorüber ist.

Jetzt schlummert die Kranke, kleine, schnelle Atemzüge. Ihr Gesicht, merklich verändert, hat schmalere Umrisse bekommen, lange Wimpern, einen fragenden Zug um die Brauen. Die schwarzen Flechten, notdürftig geglättet, rahmen es ernsthaft ein. Sie hat erschreckend abgenommen; mager hebt sich der Hals aus starken Schlüsselbeinen.

Dr. Lachmann hat seinen Rundgang früh begonnen und darf nun an diesem Bett verweilen. Auf einem Schemel sitzt er im weißen Kittel und wiegt den gescheitelten Kopf mit einigen Schmissen in der Backe, randlosem Kneifer und einem fast zu kleinen Munde unter dem Bürstenbärtchen. Grau blicken seine

Augen und von sich überzeugt; um so heftiger nimmt ihn mit, daß sich dieser Verlauf so rasend vollzieht. Die Patientin war noch vorige Woche eine seiner tüchtigsten Gehilfinnen, verläßlich, unermüdlich, eine Freude für Gesunde und Kranke. Sie muß am Samstagmorgen schon matter gewesen sein, manchmal griff sie sich an den Kopf, biß die Zähne zusammen, als bekämpfte sie Schauer, die ihr über die Haut liefen. Mittags ist sie dann mit letzten Kräften zur Oberschwester getaumelt, um sich krank zu melden, und mitten im Satz ohnmächtig hingesunken. Heute, Mittwoch früh, zählt sie schon ganz selbstverständlich zu den Schwerkranken. So schnell gewöhnt sich der Mensch an Umschwünge. Trotzdem verzichtet man natürlich nicht auf den Kampf gegen die gemeine schleichende Bestie, die sich über die Menschen wirft wie eine Riesenqualle, netzförmig, unbemerkbar, plötzlich da. Gestern nachmittag nun hat Dr. Eliaschuw vorsichtig und trocken die Frage hingeworfen, ob die Kranke vielleicht schwanger sei. In diesem Zustand kannten die Petersburger Ärzte den jähen Verfall junger Frauen bei Grippeinfektionen. Denn der russische Winterausgang oder Vorfrühling hatte es von jeher in sich. Nasse Füße, verstehen Sie? Nicht umsonst erfand man dort die guten Galoschen. Schwangerschaft nun schützt gegen alle Übel der Welt, nur gegen eines nicht: die Schwindsucht. »Und jetzt bewundern Sie die Bosheit des Lebens: gerade sie wird von der Grippe angeheizt. Eingekalkte Tuberkuloseherde, die wir alle mitschleppen, aktivieren sich plötzlich, werden galoppierend. Manchmal fallen die Opfer der alljährlichen Influenza reichlicher aus als die der Cholera im Sommer.«
Dr. Lachmann löst seine Blicke vom Gesicht der Schlafenden, putzt seinen Kneifer und fragt dabei halblaut und beiläufig: »Sie sind doch mit Schwester Bärbe befreundet, Schwester Sophie?« – »Jawohl, Herr Doktor«, antwortet die Pflegerin mit unbewegter Stimme. »Ich muß Sie als Arzt um eine Auskunft bitten. Dr. Eliaschuw erinnerte sich gestern, als ich ihn die Treppe hinunterbrachte, an Erfahrungen der russischen Kollegen. Würde auch das Blut im Sputum erklären, das uns so erschreckte. Könnte Schwester Bärbe gravid sein?«
Schwester Sophie gehört zu jenen verschwiegenen Frauen, die ein Geheimnis, eigenes oder fremdes, bis zum Äußersten verteidigen. Aber die Wissenschaft, wenn sie überhaupt zu helfen

vermag, kann nur auf Grund von Wissen und Beobachtung eingreifen. »Es wäre möglich«, antwortet sie zögernd und fügt sofort hinzu: »Was schließen Sie daraus, Herr Doktor?« Dr. Lachmann zieht seinen Kopf zwischen die Achseln. Die ganze bedrückte Skepsis eines Mannes spricht aus dieser Geste, der mit ungenügenden Erfahrungen und mangelnden Mitteln dem Verfall und der Vernichtung Einhalt tun soll. »In welchem Monat?« fragt er zurück. Jetzt macht Schwester Sophie eine Gebärde des Nichtwissens mit Blick und leicht geöffneter Hand. »Im vierten etwa«, fügt sie dann hinzu, und um die Freundin zu erklären: »Bärbe war überzeugt, zu Weihnachten sei längst Friede.« Was sind Überzeugungen, denkt Dr. Lachmann, Entwürfe und Pläne. Im Oktober hätte sie ihren Hauptmann geheiratet, bei der Trauung noch gar nicht besonders dick ausgesehen. Wenn der Mann bloß da wäre, den sie liebt. Und ärgerlich wendet er sich zu Sophie, deren feine Schulterlinie unterhalb des Fensterkreuzes besonders deutlich wird: »Wo, zum Donnerwetter, weilt nun der Herr Hauptmann? Schwängern geht schnell, aber dann da sein, wenn man einen braucht – vacat. Fehlanzeige. Merken Sie sich's, Schwester. Beliebteste Reaktion unseres Geschlechts auf Schwierigkeiten solcher Art bleibt Flucht.«

Aber Schwester Sophie schüttelt langsam ihr verschlossenes Gesicht. »Wenn Hauptmann Winfried die letzten Tage nicht da war, Herr Doktor«, sagt sie ruhig, »so hält ihn höhere Gewalt fest, dessen bin ich sicher.« Dr. Lachmann steht auf und streicht seinen Kittel glatt. »Wollen wünschen«, sagt er, »daß diese Gewalt schwindet – sehr bald. Damit es nicht zu spät wird, für sie und für ihn.« Schwester Sophie macht eine schnelle Bewegung auf ihn zu: »Sie halten den Fall doch nicht für hoffnungslos, Herr Doktor?« Aber Dr. Lachmann hat seinen Kneifer und damit seine straffe und zuversichtliche Miene wieder aufgesetzt und erwidert, während er die Tür öffnet: »Hoffnung? Immer. Bis zum letzten Pulsschlag. Wenn sie aufwacht, Aspirin in warmem Tee und einen Nähreinlauf: Haferschleim, etwas Rotwein, viel Zucker. Ich sage in der Küche Bescheid. Und sonst das übliche.«

Die Kranke schläft. Das ist gut, vielleicht das einzige. Entsetzlich wirkt nur für die Wärterin und Freundin der Wahn, die Abwesenheit bei geöffneten Augen, die innere Ferne und Fremde, erzeugt von der Zersetzung der Gewebe, dem Gift, das die furchtbaren Eindringlinge abscheiden, die einzelligen Lebewesen, und mit dem sie die geheimnisvollen Farbstoffe des Blutes aufzulösen wissen. In den Schleimhäuten sitzen sie, von der Mundhöhle aus sind sie den Rachen hinuntergewandert, den Kehlkopf haben sie besetzt, die Luftröhre und ihre Verästelungen entzündet, die Lungen entflammt und bedrohen das Brustfell. Und als Zeichen, daß dem Ich die Herrschaft entgleitet über das stolze Gebäude der menschlichen Person, zieht die Kranke auf Abwege, statt dazubleiben und sich zu wehren. Oft in den beiden letzten Tagen ist in Schwester Sophie der Wunsch aufgezuckt, ein Signal zu blasen, das die Freundin verstehen müßte; einen Trompeter hinzustellen, der die ausschwärmende Kompanie der Süchte, Wähne und Triebe zum Sammeln ruft, zum geschlossenen Widerstand gegen den inneren Feind, der die Röte der Gesundheit und Freiheit, das Blut durchseucht und vernichtet. Aber es gibt keinen solchen Trompeter, kein solches Signal, denn Winfried ist nicht da, der Erdboden hat ihn verschlungen oder das sinnlose Treiben des Dienstes oder die Ermordung Lychows, von der Sophie aufschreckend gehört hat, dieses guten alten Papas, der die kleine Bärbe großväterlich verwöhnte und jetzt wahrscheinlich ihren Tod verschulden wird. O ja, ihren Tod. Der Wirklichkeitssinn preußischer Junker regiert auch in Sophie; die Kraft, mit der man einen Staat größer macht und beherrscht und jetzt das ganze Deutsche Reich faktisch unterwirft, diese Kraft lehrt sie, daß zu allererst anerkennen muß, was ist, wer verändern will, was ist. Nun, sie ist auf dem Posten, das übliche wird vorbereitet.

Sie läßt sich einen Stillkocher bringen, einen kleinen Wärmeapparat, der mit Petroleum und Dochten einen Doppelflamme speist, Flüssigkeiten warmzuhalten, zum Beispiel Tee, das steinharte Aspirin aufzulösen; Zitronensaft, Zucker, mit Lysol gereinigte Waschschüsseln, viel Wasser. Laues Waschwasser richtet sie an und einen weichen Schwamm in der einen, mildkühles Bad in einer zweiten. Kann man die Patientin nicht zu einer Wanne bringen, so doch die kühlende Feuchte zu ihr, in-

dem man sie mit ausgewundenen Laken überdeckt; ein solches grobes Leintuch saugt sich jetzt voll. Inzwischen fühlt sie den Puls der Freundin: schwach und sehr eilig steuert er dahin, den gefürchteten Doppelschlägen zu, die dem leisen und oberflächlichen aber hitzigen Atmen gleichen. Immerfort denkt sie den Namen dieser Frau, zärtlich, beschwörend. Bärbe, Bärbe. Hat sie sich ihr nicht untergeordnet? Von ihr nicht gelernt, wie man wird, was man ist? Von ihr und jenem fernen Bertin, dem sie wohl entfremdet bleibt, auf dessen Übersiedlung sie sich aber doch freut? Jetzt kann sie vergelten, was jene ihr Gutes getan hat, Freundschaft für Freundschaft, Hilfe zum Leben mit Hilfe gegen den Tod. Das Fieber steigt schon wieder an, vielleicht geht es heut um alles, vielleicht erst in drei, vier Tagen. Eines nur ist sicher: sie, Sophie, wird durchhalten. Vertreten lassen – gern, ablösen – niemals. Der Tag wird lang sein, heiß werden und wieder sinken. Da Bärbe noch schläft, wird sie eine Viertelstunde in den Garten gehen, Luft schnappen, nach den Äpfeln schauen, ob sie dem Gewittersturm heute noch getrotzt haben. Schwester Mielchen paßt solange auf.
Bald nach Sophies Rückkunft erwacht Bärbe, gibt ein schwaches Zeichen, blickt mit den matten Augen um sich, schließt sie wieder. Jetzt wird Schwester Sophie geschäftig, wäscht ihr das Gesicht, den Hals, läßt sie durch die Schnabeltasse trinken, den Kopf mit dem Kissen vorsichtig gestützt, lüftet ihre Decke am Fenster, entblößt diesen mageren kläglich aufgetriebenen Leib; umhüllt sie dann mit dem feuchten Leinen; das tut wohl. Bärbes Blick richtet sich nach der Tür, ein fragender Laut kommt von ihren Lippen, von Husten gefolgt, diesem scheußlichen, qualvollen Ausstoßen der Luft, wogegen Kodein verabfolgt wird. Sophie versteht: »Er kommt morgen, er weiß schon, was hier los ist, wird dir später alles erzählen. Bleib nur ruhig, Freundchen, heut ist alles schon viel besser.« Bärbe bestätigt mit den Wimpern, sie habe verstanden, schaut dankbar und gläubig in Sophies Gesicht, läßt sich den Einlauf beibringen, nasse Tücher auf Stirn und Schläfen legen. Das Fieber steigt wirklich. Schon während sie die Augen zumacht, verliert sie wieder den Sinn für die Gegenwart, begibt sich ganz woandershin.
Schwester Sophie aber erlebt im Laufe des Vormittags die Erleichterung, daß sich in der Person des stillen und ungeschick-

ten Graubarts Eliaschuw ein Bote des Schicksals einstellt und ihre fromme Erfindung bestätigt. Ja, es ist ziemlich sicher, daß Hauptmann Winfried im Laufe des kommenden Tages eintrifft, Ober-Ost hat eine Spur seines Verbleibs, schon ist jemand unterwegs, ihr energisch nachzugehen. Mehr kann und will er vorläufig nicht sagen. Er dürfe eine halbe Stunde bleiben; wenn Schwester Sophie klug sei, lege sie sich derweil aufs zweite Bett und schlafe. Das Lazarett hat für alle Hände genug zu tun, obwohl unleugbar der Höhepunkt der Epidemie überschritten ist. (In drei Monaten beginnt erst die richtige.) Und so, während Schwester Sophie sich ausstreckt und schnell wegsinkt mit übermüdeten Augen, hockt der Alte neben der Kranken. Seine Vermutung hat sich bestätigt, Dr. Lachmann hat es ihm vorhin zugeflüstert. Jetzt also kämpft in diesem Körper der Selbsterhaltungstrieb mit dem gierigen Fötus, den der Fortpflanzungstrieb in ihm entstehen ließ. Gut eingerichtet ist diese Welt, denkt er höhnisch. Plus mal plus gibt überall plus; hier, im Biologischen, aber auch mal minus: aus Lebensfülle und Überschwang konnte sie nicht genug des Guten kriegen, und das dreht ihr jetzt den Strick, wenn nicht Zeichen und Wunder geschehen. Wieviel menschliche Güte hat sie bewiesen, den Armen und den Kindern geholfen, wo sie konnte. Heute aber, wo ich's ihr vergelten möchte mit meinem ganzen Können, reiche ich nicht in den Sitz des Übels, auch wenn ich es richtig erkannt habe. Ja, meine Ohnmacht ist gleich der von Zauberpriestern und Wahrsagern aus den Zeiten unseres Lehrers Mose und des Nebukadnezar. Und doch haben wir es viel weiter gebracht mit unseren Spritzen und Chemikalien, und wir werden uns zuverlässig noch zu ganz anständigen Ergebnissen steigern. Aber das nutzt dieser Kleinen nichts, unsere Zuneigung vermag die Zeit nicht zu beschleunigen, unseren Scharfsinn nicht zu beflügeln. Die Großen und Tapferen haben für dich umsonst gelebt, junge Frau, Pasteur und Koch, Metschnikoff und Ehrlich sind mit reichem Gepäck an Hilfe und Zukunft zu den Unsterblichen eingegangen. Du aber gehörst vielleicht zu den Zahllosen, die noch ungerettet hinschwinden. Nun, macht nichts, muß ertragen werden. Wie viele Dichter und Künstler starben, weil man zu ihrer Zeit nicht wußte, was Typhus ist. Wieviel vergötterte Weibchen verblichen am Kindbettfieber, weil die Kollegen dem Dr. Semmelweis nicht glaubten, daß sie mit ihren schmutzigen Händen den Tod in die Gebärwege der ganz gesunden Mütter hineintrugen. Kommt Zeit, kommt Rat, sagt das Sprichwort, man muß nur so vorsichtig sein, nicht zu früh auszukriechen. Der Mensch wird mit den Krankheiten fertig, überlegt er, aber auch mit seinen Trieben? Mit der Unordnung, die sie stiften? Den Krieg und Metzeleien, Revolten und Unterdrückungen? 1913, kurz vor dem Kriege, ward ihm Kenntnis von den Arbeiten eines anderen Kollegen, eines Wiener Neurologen, der die Heilung der Neurosen und Seelenkrankheiten von völlig neuer Seite anpacken möchte. Erstaunliche Dinge. Vielleicht wird dieser Doktor Freud – welch ironischer Name! – zur Zähmung der wilden Herdenbestie Mensch beitragen – dieses befremdlichen Wesens, das mit dem Pflanzenfresser den Herdencharakter gemein hat, mit dem Fleischfresser die Wildheit, mit dem Insekt die Staatsform und Differenzierung der Kasten, mit gewissen Nagetieren und Vögeln die technische Geschicklichkeit und den Gesang, sie alle aber überragt durch das hitzige Gehirn, den nie aussetzenden Geschlechtstrieb, die Fähigkeit zu sprechen, und aus seinen Organen das Vorbild zu nehmen für die Erfindung von Werkzeugen aller Art. Viel kann aus ihm noch werden. Und er erhebt sich leise, weil in diesen Gedanken, im Fliegen nach rückwärts und vorwärts, eine halbe Stunde durch die Sanduhr geronnen ist, und seine eigenen Kranken in der inneren Stadt auf ihn warten.

Wie er sich abschiednehmend über Bärbe beugt, gleicht er mit Bart und hängenden Armen einem ungeschickten Vogel, einem grauen Storch oder Marabu, und seine kleinen Augen streifen voll Schwermut über sie hin, bevor er Schwester Sophie weckt.

Gegen Mittag trifft, lang erwartet und kaum mehr erhofft, ein Schub neuen Pflegepersonals aus Deutschland ein, ältere Leute, die dem Vaterländischen Hilfsdienst angehören. Männer und Frauen zumeist kleinbürgerlicher Herkunft, die man zwangsmäßig aus ihren Berufen oder Familien einzog. Manche sehen verbissen aus, manche freundlich; ihre Verteilung auf die einzelnen Säle und Stationen wirbelt den Betrieb des Lazaretts nicht wenig auf, und Oberschwester Therese bringt hochroten Gesichts eine ältere Frau zu Schwester Sophie: Hilfsschwester Klara Drürich werde ihr zur Hand gehen, bis

Schwester Hilde wieder soweit sei. Die Neue stellte einen Handkoffer ab, erhält im Schrank Raum, betrachtet mitleidigen Blicks die kranke Bärbe und ihre zackige Fieberkurve, freut sich auf gutes Brot und Mittagessen, möchte gern unter einer Brause den Schmutz und Schweiß der langen Bahnfahrt abwaschen. Ihr gescheiteltes Haar zeigt graue Strähnen im fahlen Blond, und eine Zahnlücke hat sie auch; muß hier in Ordnung gebracht werden, mißbilligt Schwester Sophie im stillen. Aber sonst wird sich mit dieser Neuen arbeiten lassen. Während sie dann ihre Suppe löffeln und hernach Fleisch und Quetschkartoffeln verzehren, eine Menge Salat als Zukost und Apfelkompott, blickt die Neue mit glänzenden Augen um sich und in den gartenartigen Hof. Nicht allein die gehaltvolle Nahrung entzückt sie; das helle Licht draußen macht sie glücklich, grüne Wipfel, der riesige Himmel, das Weitläufige der ganzen Anlage. »Und wir dachten, in der Pollackei sei alles noch schmutziger und trauriger und enger als bei uns daheim.« Sie stammt aus einer der großen Städte des Ruhrreviers, wo die Entbehrung besonders fühlbar wird, wenn man nicht in der Industrie arbeitet. Und das kann Frau Drürich nicht, der Kinder und gewisser Körperschwächen wegen. Aber zufassen wird sie, ist sie ja von Hause gewöhnt, und ihr katholischer Glaube wird Schwester Sophie ja wohl nicht stören. Die schüchterne, fast demütige Art, mit der sie diese Entschuldigung vorbringt, gibt Sophie zu denken. Die Frau wird manches berichten. Und dann legt sich Schwester Sophie schlafen. Um fünf will sie geweckt werden.

In diesen Stunden erlebt Frau Drürich, nun Schwester Klara, eine erste Aufregung. Es klopft, und ins Vorzimmer schiebt sich auf Stiefelspitzen ein junger Soldat mit blaßblauen Augen. Er wolle sich nur erkundigen, wie es Schwester Bärbe geht, bringt er halblaut, mit rheinländischem Tonfall vor; in genau dem gleichen Tonfall antwortet Schwester Klara, daß sie hier neu sei, aber sehr gut stehe es gewiß nicht. Alsbald erkennen sie einander als Landsleute, als engere und engste sogar, und Frau Drürich fühlt aufatmend, daß sie hier wird jemanden bemuttern können und mit einem reden, der sie genau versteht. Ihr Ältester wäre jetzt wohl ebenso alt wie dieser Landsmann. Aber er ist ja nun leider schon drei Jahre in Flandern vermißt. Und erst nach Ende und Wende wird sich entscheiden, ob er

nun irgendwo in England gefangen sitzt und vielleicht seinen Namen vergessen hat und woher er stammt, oder ob sie ihn erst im Himmel wiedersieht, wohin die katholischen Soldaten gewißlich, auch ohne Abendmahl und Sakrament, auffahren. Sie wird genau ausrichten, was Peter Possek ihr aufträgt: er dürfe dabei sein und Herrn Hauptmann abholen. Ans Krankenbett tritt er natürlich nicht, nur Blicke durch die geöffnete Tür sind ihm vergönnt. Er tröstet sich seufzend, in wenigen Tagen werde alles gut sein, ist froh, Schwester Sophie nicht zu begegnen und erzählt Frau Drürich zwischen Tür und Angel, die Kranke drin sei die Braut seines Hauptmanns und Schwester Sophie eine Dame von Adel, mit deren Vetter er dienstlich oft zu tun habe. Und dann beeilt er sich, wegzukommen, und seine ganze Geschwätzigkeit verrät nur, wie tief verschuldet er sich fühlt, und wie sehr er wünscht, Winfried möge ihn nur endlich abstrafen, damit er wieder aufatmen könne und sich des Anteils freuen, den er an seiner Befreiung unleugbar hat.
Am Spätnachmittag mißt Schwester Sophie die phantasierende, mit unverständlichen Brocken in schwäbischer Mundart beschäftigte Bärbe. Als das Thermometer 39,8 zeigt, fällt sie Angst an: hat sie es auch vorher gründlich heruntergeschlagen? Aber Schwester Klara bestätigt: heftig fuhr Sophies Arm durch die Luft, in dessen Fingern das gebrechliche Ding mit dem kaum sichtbaren Quecksilberfaden blitzte. Die Aussage über den Kampf in Bärbes Körper gilt unbestechlich, die Nacht wird schlecht werden, Bärbes Kräfte und Aussichten, ihr Herz auf eine harte Probe stellen. Sie muß Lachmann abwarten, die Frage eines Schlafmittels wagt sie nicht selbst zu entscheiden. Er schätzt die Gifte nicht, die den Schlaf heraufbeschwören, aber die menschliche Widerstandskraft im ganzen mindern. Und da alles geschehen muß, damit sich Bärbe durchkämpfen kann, sieht er vielleicht wieder davon ab. Jedenfalls ist sie's zufrieden, daß die Neue im Krankenzimmer eine Wäscheleine spannt und ein nasses Laken drüberhängt, das alsbald durch Verdunstung die Luft kühlt, ein zweites wird über Bärbe gedeckt. Wohin ist ihr schöner, kräftiger Frauenkörper geschwunden? Jetzt wirkt sie eher mager und klein, Bärbe Osann...
Und mitten in den Kummer, den Schwester Sophie niederkämpft, um für die Nacht auf dem Posten zu sein, wird ihr ein

Besuch gemeldet, der einen großen Strauß Bauernrosen vor sich herschickt, Blumen, gewöhnlich und schön, von bläulichem Rot, wie mit Kirschsaft gefärbt, und durchsetzt von dem grünen Laub, das man mit vom Stock schneidet. Eine Frau will zu Bärbe, eine Russin, Schwester Sophie muß zu Hilfe kommen. Hilde, die, auf ihren Stock gestützt, die Botschaft bringt, bleibt inzwischen in Bärbes Nähe. Und dann, Sophie hat recht vermutet, ist es Babka, die sich nicht hat abweisen lassen. Sie fürchtet weder für sich noch für ihr Kleines. Die Vorsicht mit den Kranken ist nur für Feiglinge gut; Freundschaft muß etwas wagen. Regeln und Vorschriften schüchtern sie nicht ein, einem alten Briefe vertrauend, der Hauptmann Winfrieds Unterschrift trägt. Sie will sie sehen, ihre teure Bärbe, und für viel Kameradschaft danken, die ihr durch sie zuteil geworden.
Ans Bett darf sie dennoch nicht, aber in der Türöffnung steht sie jetzt, breit und wuchtig, mit ihren weiten Röcken, niederhängender Jacke, das Kopftuch unterm Kinn geknotet. Und nachdem sie ihre Blicke eine Zeitlang auf Bärbes Gesicht hat ruhen lassen, nimmt ihre Miene etwas immer Festeres an, Befehlendes, sie stemmt die Arme in die Hüften, und halblaut, mit tiefer, sanfter Stimme, beginnt sie, sie auszuschimpfen. In russischer Sprache, mit einem Unterton voll Liebe, aber auch voll echten Zorns ruft sie ihr zu, was ein Weib soll: »Bist du verrückt, Täubchen? Legst dich hier krank hin, als wäre nichts zu tun in der Welt, und kümmerst dich nicht darum, wo dein Mann ist, und was sie mit ihm gemacht haben? Sieh dich nur vor, daß er nicht den Gürtel abschnallt und dir den Hintern vollhaut, wenn er nach Hause kommt; das würde sich wohl gehören! Krankheiten sind für die Dämchen im Herrenhause, die so wichtig sind wie Mäuse in der Speisekammer. Du aber hast doch was zu tun! Du kannst dir doch das nicht leisten! Ach was«, setzt sie ärgerlich hinzu, große Freundschaft in Blick und Ton, weil Bärbe wahrhaftig voll Unruhe auf diese Anrede einzugehen scheint und Anstalten macht, ein Bein unter der Decke vorzustrecken – »ach was. Wer verlangt denn, daß du gleich aufstehst. Was für Narreteien sind das! Gesund werden sollst du, schlafen und den Husten weglassen und etwas trinken zur Nacht! Aber dich beeilen, weil dein Hauptmann gar bald zurück sein wird von seiner langen Reise und er sein liebes Weibchen umarmen will und auf die Backen küssen und

schmecken, was es ihm zu Mittag gekocht hat! Du warst doch immer so treu und brav, wirst ihm doch diesmal keinen Kummer machen. Und damit sag ich dir Lebewohl, und in drei Tagen komm ich wieder, zu sehen, wie's dir geht, und bring dir neue Rosen vom Garten.« Und dann wendet sie sich um: sie hat die Augen voll Tränen, aber in der Stimme nichts davon verraten, und den Druck ihrer Finger spürt Sophie noch eine ganze Anzahl Minuten nach ihrem Weggang, und obwohl sie sich die Hände gründlich abseift.
Und so zieht die Nacht herauf mit Dunst und Sternen, nur langsam sich abkühlend gegen Morgen, die Kranke schläft ohne Schlafmittel, aber der Puls bleibt schwach und schnell, der Atem flach, und dieser Morgen zeigt elf Striche weniger als die Abendmessung, und das ist nicht gut. Wie soll das bloß werden, denkt Schwester Sophie, und bereitet sich auf einen endlosen Tag vor...

Nur für Schwester Bärbe will ein Tag nichts besagen. Sie ist ungeheuer beschäftigt mit Leben. Immerfort dröhnen die Kirchenglocken in ihren Ohren, rauscht der Fluß Neckar, kriechen Autobusse und Trambahnen summend oder kreischend die Abhänge hinan, brummt ein Zeppelin feierlich über der Stadt Stuttgart. In einem bequemen Haus der Gibichenstraße wohnt dort Ministerialrat Winfried-Osann, und seine Gattin Bärbe hat alle Hände voll zu tun. Sie hat während des Krieges drei Kindern das Leben geschenkt oder genommen, wie man es sagen will, und sie erfüllen jetzt das Haus mit ihrem lustigen und schwierigen Da-Sein, zwei Buben und ein Mädel, Ulrich, Wulff und Viola oder Veilchen. Vom Jenseits her schreibt häufig Onkel Hermann, er hat sich in eine Beinsiedelei zurückgezogen, verfolgt aber aufmerksam und behaglich das Treiben von Neffen und Nichte. Es ist etwas weit nach Beinsiedeln, weiter als nach Reutlingen und Tübingen, wo die alten Osanns ihre Pension genießen, gute Großeltern, für das kleine Volk. Der Herr Ministerialrat ist viel auf Reisen; unermüdlich muß er die Museen besichtigen, in denen die Bilder aus älteren Zeiten aufbewahrt werden, weit über die Grenzen von Württemberg wirtet sein Name. In Donaueschingen, in Sigmaringen und Aschaffenburg hat man lange auf seinen Besuch gewartet. Und siehe da, voller Ärger muß er wahrnehmen, daß alle Bilder verkehrt hängen, mit dem Kopf nach unten, und daß auf einigen die Weiblein sich in Männerkleider gehüllt haben und die Haare abgeschnitten, während die Mannsen, o pfui, nackt umherlaufen wie die wilden Männer im Wappen. Ha, da muß Frau Mysterialrat dazwischenfahren. Wie kann man auch so unvernünftig sein, Wagen voll Kreuzigungen nach Hause zu schikken, damit sie alle gereinigt werden, in Ordnung gebracht, die Nägel blank geputzt, mit denen Füße und Hände befestigt sind, alle die Gesichter abgetrocknet, über die der Todesschweiß geronnen ist. Unmöglich kann eine ehrenfeste Hausfrau so viel Heilande restaurieren und erquicken. Man muß sie alle ins große Zimmer sperren, das Golgathanarium, und zuschließen. Mögen sie es miteinander ausmachen oder mit dem Herrn Mysterialrat, wenn er wieder heimkommt. Gestern hat Onkel Lychow angerufen aus dem Himmel zum Schwarzen Adler und ein helles Donnerwetter angekündigt, weil der Herr Neffe seine kleine Frau solange vernachlässigt. Inzwischen gibt es Empfänge – soviel Empfänge! Der Herzog und der Kaiser residieren im Schloß Stuttgart, dem Kaiser ist der Bart durch den Tisch gewachsen, der Herzog trägt die litauische Krone über der schwäbischen, und das sieht aus – man muß sich sehr zusammennehmen, um nur hinter dem Fächer zu kichern. Selbstverständlich zieht der Kaiser nie ohne den Tisch um, aber seit er den Krieg nur glimpflich verloren hat, ist er viel gnädiger geworden und läßt Winfried auf seinen Pferden reiten. Sein Kanzler Ellendt und seine Feldherren, der große und der kleine Klaus, hüten die Kühe auf dem Schloßberg, und jede dieser Kühe ist ein Land, das Milch und Honig gibt. Nein, wenn Winfried nur nicht immer wieder die Strümpfe an der großen Zehe durchstieße – die Regierungsgeschäfte bringen das Laufen mit sich. Und wer muß sie stopfen? Natürlich die Gattin. Dabei wird man nicht jünger, o nein. Die Jahre spinnen ab wie Garn vom Rocken. Und das Rad dreht sich unter dem Fuß, der es tritt. Aber es lebt sich schön, lauter Herren und Damen um einen, man macht seinen Knicks und sieht alle Welt zum Kaffee bei sich. Frau Ministerialrat ist eine berühmte Hausfrau; sie weiß selbst ihre Lichter zu ziehen, und zwar im Krautgarten neben den Kohlköpfen, sie wachsen in Reihen aus der Erde, man muß sie frühmorgens herausstechen, damit die Sonne sie nicht verbiegt. Das Einkochen von Quittenobst ist ein Kunst, aber ein herrliches Kompott belohnt die Hitze. Unermüdlich kann man davon schlucken und hat immer neuen Durst. Alle Woche wird ein Kuchen gebacken, jeden Monat die große Wäsche gewaschen, dann hängen Dach und Garten bunt beflaggt, und die Landesfarben der Hausfrau bleichen auf dem Rasen, der die Toten deckt. Die Wäscheschränke gehen unermüdlich auf und zu, speien saubere Handtücher aus und empfangen sie zurück, geplättet und gemangelt, und »Dir soll nichts mangeln«. Im Garten wächst Mangold und Spinat, jeden Tag läuft es in die Küche und durch die Menschen ins Klosett – aus Erde bist du, und zu Erde sollst du werden. Und Winter folgt auf Winter, einmotten muß man und ausmotten, Motetten und Kantaten werden in der Kirche gesungen, und Frau Pastor Gudemus dirigiert selbst einen kleinen Chor, und die Kinder geigen und fiedeln mit, Ulf, Wulff und Viola – Baß und Geigen. »Wachet auf, ruft uns die Stimme«, singen sie, der ganze Hof ist versammelt, Enten, Hühner und Gänse; wenn der Hund Mutz mit seinem Gebell einem nur nicht in den Ohren läge. Da muß man bald einen Sohn ausstatten, er geht zum Regiment, er wird es weiter bringen als der Vater, viel weiter. Denn ein Minister bleibt ein Diener, er aber soll über dich herrschen. Und ein anderer studiert, ganze Ketten von Büchern wandeln an ihm vorüber, aufgeschlagen, und die Mutter muß kommen und die Seiten umwenden. Denn was vermag ein Kind allein, besonders wenn es ihm schon ganz früh sehr schlecht ging? Und Viola, das Veilchen, will mit aller Gewalt ein Bub werden, aber die Akademie zur Bubenwerdung ist überfüllt, und sie gelangt nicht bis zum Reifezeugnis. Da weint sie, weint ganze Bäche voll, und die Mutter muß mitweinen, so daß ihre Haare weiß werden, die doch einmal schwarz waren wie Ebenholz und ihre Wangen rosenrot. Ja, bräutlich wie Schneewittchen war sie, aber jetzt ist sie eine reife Frau, die sehr reich war – all das Gehalt, lauter Banknoten und Bahnknoten strömen ins Haus, und wer, als die Hausfrau, soll sie alle entwirren? Sparen und ausgeben, ein- und ausatmen, leben und weben. Mit der Köchin, Frau Weber, auf den Markt gehen, stattlich dahin wandelt sie mit dem großen Korbe, in den nur leider immer neue Nahrungsmittel rollen müssen, Kohlköpfe und Hohlköpfe, letztere gefüllt mit Mohn. Und so Monat für Monat, Jahr für Jahr. Die Türen gehen auf und zu, es sind Drehtüren eigentlich, wie im

Hotel, man sieht es nur nicht. Betten werden gemacht, gesonnt, aufgedeckt, zugedeckt, eine Nacht vorbei. Nur der gute Winfried fliegt immer wieder am Fenster vorüber und winkt freundlich; wenn er hereinkommen wird, ist silberne Hochzeit. Nein, goldene. Auf den Dächern der Häuser liegen die Jahre schichtweise und drücken sie nieder. Man hat so viel Geschichte gemacht, daß man gar nicht zum Leben kam. Es ist unendlich viel zu tun, die Maschen des Geredes müssen auf- und zugezogen werden. Das Fensterwaschen reißt durchaus nicht ab. Die Schuhe der Kinder werden immer größer, aber geputzt wollen sie jeden Morgen sein. Da sehnt man sich ordentlich danach, endlich im Lehnstuhl zu verschnaufen. Man ist achttausendzweihundertneunundneunzig Kilometer allein durch die Küche hin und her gegangen. Man hat Montblancs erstiegen, die Treppen hinauf und wieder hinunter. Und aus der Wasserleitung sind Niagaras geflossen, nur durch Auf- und Zudrehen der Hähne. Die aber krähen jeden Morgen die Sonne herauf und lassen sie im Mittag nicht verschnaufen und treiben sie gen Abend hinab, zur Ruhe – aber schön angeschmiert bist du: denn unten herum geht's wieder empor. Das sind die Haushaltungsbücher, Sauerkraut zwölf Pfennig, Schinken fünfzig, Butter einsfünfundzwanzig und das tägliche Brot. Am Sonntag aber singt man in der Kirche: Laß, o Herr, o laß mich sein, locke nicht mit Liebesgaben. Die spielen eine große Rolle und Walze. Unablässig muß man sie ins Feld senden, wo sich die Söhne aufhalten, denn es ist natürlich wieder Krieg, dic Preußen haben keine Ruh gegeben, die Schwaben zahlen es ihnen heim. Sieg und Gloria, da haben die Glocken was zu läuten und die Böller zu dröhnen, und König Winfried ist an der Spitze seiner Schwadron durchs Brandenburger Tor eingeritten und führt den Kaiser samt seinem Tisch gefangen nach Burg Lichtenstein. Und dort sitzt man jetzt beim Labetrunk, und alles funkelt von lichten Steinen, milchweiß und rubinenrot, und am Kachelofen druselt der Tod. Man kann es ihm wirklich gestatten, dem armen mageren Klapperbein. Er ist ja so müde von all dem Betrieb, den er wieder gehabt hat, daß König Winfried ihn einladen mußte und Großmutter Bärbe ihm einen Grog bereiten aus dem vielen Mohn, der auf den Gräbern wächst. Denn der Wind weht durch die Wildnis der Schlachtfelder, dort blühen Malven und Akeleien, Disteln und Dornen, und Schwester

Sophie kommt sie begießen, und das tut ihnen wunderbar wohl. Da hätte die Großmutter nicht zu schimpfen brauchen, sie ist ohnehin nicht die faulste im Lande. Aber wie denn, ist sie nicht selbst die Großmutter? Freilich ist sie es, natürlich ist sie es, ganz natürlich ist sie es geworden. Denn ihre Tochter Veilchen hat ein Kind geboren, das silberne Warteinweilchen, mit goldenen Nüssen spielt es und mit den Schüsselchen, in denen die Regenbogen auf der Erde stehen, über die man soll in den Himmel gehen. Ja, alt sein ist traulich, manchmal schläft man, manchmal wacht man, / manchmal weint man, manchmal lacht man, / hat Samen gestreut zu seiner Zeit / und wartet nun auf die Ewigkeit. – Und selbst wenn man eine sehr alte Frau ist und schon ein wenig mit dem Kopfe wackelt, möchte man doch nicht unvorbereitet vor Gottes Thron treten. – Aber das tut man auch nicht, / hält sich brav zum Jüngsten Gericht, / hat ganze Berge voll Wolle verstrickt, / viele Ansichtskarten verschickt, / fünfzigtausend Semmeln gegessen, / mehrere Stuhlbezüge durchsessen – Da kann man leicht zur Ruhe gehen, / möchte gern nur seinen Herrn und Heiland wiedersehen. – Dann führt dich der Knochenmann zu Hauf, / die leicht kühle Erde nimmt einen auf, / man sieht sich das Leben von unten an, / das Seine hat man reichlich getan. / Aber wie denn, Bärbe, hörst du denn nicht, / da schallt doch die Hupe vom Jüngsten Gericht!

Eine große Aufregung bemächtigt sich ihrer. Ihr Sessel ist zu eng an den Tisch geschoben, beide fest in die Diele geschraubt, aber ihr liebendes Herz weiß, wer da kommt. Wenn es ihr nur nicht so schwergemacht würde, sich um die Ecke zu winden. Tief atmen, große Pausen. Freund Hein am Ofen rappelt sich schon, klappert mit seinen Knochen, grinst übers ganze Gesicht:

Denn jetzt fliegt die Tür auf, König Winfried wirbelt Schwester Sophie beiseite, stürzt ins Zimmer, ist dunkelbraun und hölzern von Antlitz, aber sie kennt seinen Bart von den Kreuzigungen und den Dornenkranz um den Stahlhelm, das Krönchen des Lebens obendrauf. Sein Kleid ist grün von Hoffnung wie das des Wilden Jägers. Aber sie weiß, daß es ihr Herr und Heiland ist, der mit entsetzter seliger Stimme ihren Namen ruft: »Bärbe!«

Da gelingt es ihr endlich, hochzufahren, die Arme sehnend nach ihm auszustrecken. Aber ihr Herz, das dumme Ding,

macht nicht mehr mit, angstvoll möchte sie ihm Mut zurufen, saugt seinen Anblick in sich – und sinkt zurück in die Kissen.
Hauptmann Winfried, der, übrigens auf Zehenspitzen, wirklich schnell ins Zimmer getreten ist und ihren Namen mehr gehaucht als gerufen hat, vermag sie nur noch aufzufangen. Er wagt nicht einmal, ihren Mund zu küssen; nach einer Weile schließt er ihr die Augen, faltet ihre Hände, hält sie in den seinen, auf dem Bette sitzend.
So starb Barbara Pauline Osann, vierundzwanzig Jahre alt, am Geburtstag ihrer Mutter, vierten August 1918, um halb sechs des Nachmittags.

ACHTES BUCH

ES BLITZT

ERSTES KAPITEL

Aus dem Schlamm

Hat sich ein Mensch unter Anspannung aller Kräfte einem zähen und widerwärtigen Schlamm entwunden, in den er beinahe versank, aus eigener Fahrlässigkeit oder fremder Tücke, so wird man von ihm nicht verlangen, daß er sich über seine Lage groß Rechenschaft gibt. Er liegt da, ausgestreckt auf dem Bauche, in allen Nerven zitternd, von dem verzweifelten Kampf mit dem stinkenden Dreck, der ihn plötzlich umgab wie ein Kleid; er atmet wieder, weiß, daß er nicht umgekommen ist, daß er es überdauert hat – wenig mehr. Wie in manchen Träumen tiefe Erschöpfung ausbricht, nachdem man mit Aufbietung aller Kräfte eine magnetische Leiter oder Treppe emporgekrochen ist, so fühlte sich Winfried am Tage nach Bärbes Beisetzung. Leer wie ein vergessener Handschuh, lag er auf dem Bett in seinem Häuschen, und um ihn war nichts. Keine Welt, kein Ober-Ost, kein Dienst. Vom Orte seines Denkens zogen sich wortlos zwei Bahnen, eine kurze und eine lange. Die erste haftete an einem frischen Hügel gelber Erde, voll von Kränzen und Blumen, auf dem Friedhof von Antokol, die andere lange tastete unsicher ins Märkische hinein, nach einem Orte Hohen-Lychow, wo in der Familiengruft seiner Pfarrkirche ein alter Edelmann, hoher Militär, zur letzten Ruhe eingesargt worden war. Komisch, denkt er, ausnehmend komisch, unwahrscheinlich komisch. Und mit diesem geringen Sparpfennig von Begriffen kommt der junge Mann aus. Lähmende Verwunderung ist in ihm ausgebrochen. Staunenswert ist alles: daß man atmet, einer Fliege am Fenster mit den Augen folgt, eine Spinne über die Balkendecke kriechen sieht; das stellt hinreichend geistige Tätigkeit dar. Im übrigen schläft man, hat eine gute Dosis nachzuholen; man schleift den Unterschied zwischen Schlummer und Wachheit ab, gleitet von einem ins andere, fühlt die Nerven seines Rückens, überanstrengt und gereizt aber doch wohltätig vom Leinen des Bettes gerieben; und dann kippt man wieder hinüber, wo das große Staunen von völliger Schwärze verschlungen oder vielmehr dargestellt wird. – Kein Traum reicht da heran, weder Wortbild noch Bildwort, das leise Kopfschütteln des Nichts regiert in Winfried.

»Quarantäne!« hat der Chef von Abteilung V mit dem Chef der Sanitätsabteilung vereinbart; »mindestens fünf Tage, wenn nicht elf.« Denn Herr Hauptmann Winfried hat sich dienstlich in einem Gefangenenlager aufgehalten, einer Verschwörung auf die Spur zu kommen, der dann doch sein Oheim, unser allverehrter Generaloberst von Lychow, erlegen ist; und ehe man ihn wieder auf die Menschheit losläßt, muß selbstverständlich abgewartet werden, ob er sich in der Lausebaracke oder dem Flohzirkus von Maljaty Flecktyphus geholt habe, Ruhr oder sonst eine der lieben Gottesgaben leider nicht ganz ungewöhnlichen Gepräges. Auch ist da der schreckliche Todesfall zu bedenken, der den jungen Mann während seiner Abwesenheit betroffen hat, falls man so sagen kann. Zum Glück wohnt er ohnehin in einem Häuschen, das recht isoliert in einem Walde liegt. So kann ihm die Quarantäne komfortabel eingerichtet werden, gleichsam gepolstert, unter der Kontrolle von Oberarzt Lachmann, dem es ja nichts schadet, wenn er jeden Tag einmal in die Waldsiedlung spaziert. Essen und Trinken, das nach dem Sprichwort Leib und Seele zusammenhält, liefert dem Isolierten das Lazarett, das er so gut kennt, und das ihn nicht verhungern lassen wird. Bleibt der junge Mann nach Ablauf seiner Zeit gesund, so kann man immer noch erwägen, ob er sich besser gleich wieder in den Dienst stürzt oder ob man ihn auf Urlaub schickt, etwas verfrüht, denn erst im Oktober ist er dran. So die offizielle Legende von Winfrieds Abwesenheit; so wird sie in den engeren und weiteren Kreisen der Abteilungen besprochen, Staunen und Sympathie auslösend. Daß er für den Doppelspion Lekeitis gehalten wurde, während er ihm nachspürte, und infolgedessen seine falsche Firma nicht lüften konnte: so etwas kommt auf dem weiten Felde des Nachrichtenwesens während dieses Krieges immer mal vor. Es sind Tausende von Agenten unterwegs, Hunderte sind schon hopps gegangen, tödlicher Unfall eines Spions darf als entsagungsvollster Heldentod gelten; und das Feld des Herrn Obersten Mutius, des Chefs III B, reicht jetzt tatsächlich über ein Stück

Erdoberfläche, das London und Helsingfors mit Tiflis und Jerusalem verbindet. Hauptmann Winfried kann von Glück sagen, wenn er bloß mit etwas Grippe davonkommt... So denkt man in den Dienstzimmern und Kasinos; und falls wer am Ordensfest oder zu Kaisers Geburtstag mit einer kleinen Auszeichnung bedacht wird, findet dieses Pflaster schon jetzt allgemeine Billigung. Man hat Zeit, sich für Winfried zu erwärmen; selbst Baron Ellendt wendet sich den nahen Dingen wieder voller Aufmerksamkeit zu. Im Westen nämlich scheint durchaus alles wieder geleimt zu sein; Zuversicht in den Stand der Dinge und die Haltbarkeit der Front strömen von den Berichten aus, die man empfängt, und selbst Dr. Kürtchen ist von dieser neuen Zuversicht angerührt worden. Waren die Nerven überreizt jener Offiziere, die ihn bedienten? Hat sich Schwarzseherei unter den jüngeren Herren der OHL eingenistet? Jedenfalls findet es der Zeitungsmann nötig, ein einschränkendes, ja zurücknehmendes Telefongespräch mit Baron Ellendt zu führen, wobei man hörte, wie seine Zigarre die Pausen seiner Worte unterstrich. Andere Herren von Ober-Ost – der Zivilverwaltung Litauen vielmehr – ahnen ja ohnehin nichts von den Angstschweißen und Schwarzalben, die Baron Ellendt seit seiner Berliner Reise erschüttern. Für sie ist die Sensation, die Leutnant Perl aufgedeckt hat, alles – für den kleinen Kreis der wirklich Wissenden nämlich, der höchstens neun Herren umfaßt, mindestens sieben. Diese Forstabteilung! Dieser Buchenegger! Leistet sich ein kleines Sibirien, frech zwischen Wilna und Noswoswenzjany, als gäbe es keine Gerechtigkeit in Preußen und keine Reichsinteressen, die mit guten zukünftigen Beziehungen zu den Landeseinwohnern rechnen! Und der intime Aufruhr wird noch vergrößert durch eine geharnischte Beschwerde, eine formelle Eingabe des Majors Buchenegger gegen wen? Gegen Leutnant Perl – eine Anklage wegen Landesverrats, begangen durch Einverständnis mit der Bevölkerung durch Untergrabung der amtlichen Autorität und Verletzung der Dienstvorschriften beim Eindringen in ein Verwaltungslager! Hauptmann von Ellendt hat dem Angeklagten das kuriose Schriftstück persönlich gezeigt, einige Tage nach seiner Berichterstattung, und es dann mit spöttischem Lächeln, vor Perls Augen, in den Papierkorb schlittern lassen; sein mittelalterliches Gesicht hat schon lange eines so maliziösen Ausdrucks entbehrt. »Erledigt, lieber Perl. Heute abend verfügt SKH. nach einem Vortrag des Herrn Oberquartiermeisters die Auflösung des Maljatylagers, Rückführung seiner Insassen in die Heimatbezirke und ihre Vernehmung durch die Landeshauptleute, denen ausführliche Berichterstattung zur Pflicht gemacht wird. Ärztliche Untersuchungen und, wo nötig, wirtschaftliche Entschädigungen sollen von den zuständigen Abteilungen durchgeführt werden. Zufrieden, lieber Perl? Aber was sage ich: wir haben Grund, zufrieden zu sein, und wir danken Ihnen für den Dienst, den Sie der Sache erwiesen haben.« So atmet alles Beruhigung, ein Übel ist ausgebessert worden, Ober-Ost wird, wie die Genfer Konvention verlangt, soweit es die Kriegsinteressen irgend vertragen, zum Besten seiner Landeseinwohner regiert. Das zukünftige litauische Regime wird sich an uns ein Beispiel nehmen können. Da...

Da, vom 8. August an, gingen die Westmächte zum Großangriff über. Auf dem schauerlich zerstörten Kampfgelände zwischen Amiens und St. Quentin setzen sich Engländer, Franzosen und eingestreute amerikanische Divisionen in Bewegung. Jetzt ist die Übermacht bei ihnen, die während der Frühlingsschlacht auf dem gleichen Gefilde den Deutschen gehörte; und der einheitliche Oberbefehl, das strategische Talent des Marschalls Foch wirken sich aus. Aus den Frühnebeln klettern Tanks hervor, dreizehn englische Divisionen treffen auf sechs deutsche, Reserven können nicht herangeführt werden, weil sie den Sommer hindurch in vergeblichen Stößen vergeudet worden sind, und am Abend haben die tapferen Bataillone der zweiten Armee den Feind zwölf Kilometer tief in ihrem Gelände, ihre Toten liegen verkrümmt und zerfetzt in den Trichtern, bleich und stöhnend suchen die Verwundeten Hilfe, zwölftausend Gefangene wandern nach rückwärts, für die der Krieg zu Ende ist, zweihundert deutsche Geschütze werden nicht mehr schießen; und auch die achtzehnte Armee hat einen harten Stoß abbekommen. Das ist der Anfang vom Ende, fühlen die verzweifelten Stäbe, die wissen, daß den Truppen keine Schuld aufgebürdet werden kann. Daß die menschliche Ernährung auf die menschliche Seele wirkt, und daß frische Kraftstoffe in jener enthalten sein müssen, wenn diese etwas leisten soll, hat sich bei ihnen, den Verpflegungsoffizieren und Stabsärzten, bereits herumgesprochen. Wer sogar das Kommißbrot

mit Kartoffeln und Rüben verschlechterte, durfte die alte Spannkraft nicht mehr erwarten. Verdrossen schon hatten die Truppen den Schwindel von dem letzten Stoß angehört, den es dem Feinde zu versetzen galt. Das Märchen vom Sieg, der zum Greifen nahe sei, erregte ihnen Übelkeit. »Wollen endlich Ruhe haben«, grollten sie, »sollen uns doch nach Hause schikken, wenn sie uns nischt mehr zu fressen geben können.«
Eine Welle von Panik lief die Oberkommandos entlang bis zur OHL. Die tat, was sie konnte, leitete alle ihre Reserven in das Loch, eben abgelöste Infanterieregimenter wurden nicht geschont (einem Leutnant von Moon die Schulter, dem Vizefeldwebel Wahl die Nasenspitze durch oder weggeschossen, ein gewisser Kliem führte die Kompanie langsam weg, ohne eines seiner MGs zu verlieren, und wurde in der Folge zum Leutnant und Kompanieführer befördert). Und nach vier Tagen klebte die Front wieder zusammen. In Spa aber trat ein Kronrat zusammen, der zum erstenmal das Gesicht der Niederlage sich gegenübersah. Sofort Friedensangebote an den Präsidenten Wilson absenden! Mit Mühe und Not und preußischer Schläue gelang es einigen Herren, die anderen davon zu überzeugen, daß man noch »bis zum nächsten Erfolge« warten müßte, damit die Österreicher ihren Friedensschritt vorher loslassen und den schlechten Geruch der Sache auf sich laden könnten. Man schrieb nämlich inzwischen Mitte August, und aus Wien vernahm man allenthalben, der junge Kaiser werde dem Druck einer inneren Krise nicht länger widerstehen.
Diese und andere Nachrichten brachte bei seiner Rückkehr aus Belgien Herr Federle mit, nach Kowno, nach Wilna. Schlau und jovial würde er seinen Posten in Kiew wieder beziehen und die Österreicher einwickeln, damit die Bundesbrüder von den westlichen Aufregungen nichts ahnten. General Clauß thronte riesengroß auf seinem Sofa, während er dem biederen Schwaben zuhörte, diesem Fachmann ohne Hinterkopf und Esprit, der aber, sieh, sieh, wertvoller Verschlagenheit fähig war. Donnerwetter, dachte er, die Sonne Schieffenzahn im Sinken, und von Old Lychow schon überhaupt nicht die Rede mehr. Und er ertappte sich auf dem Gefühl der Neugierde, was wohl geschehen werde, wenn Winfried erfuhr, daß er, Clauß, auf dem nächtlich beleuchteten Deck der »Wassernixe« dem grimmen Buchenegger freie Hand gelassen hatte, ihn ein wenig zusam-

menzustauchen. Der Schlag war hart ausgefallen, konnte man sagen. Die kleine Osann draufgegangen dabei, niemand war schuld daran, ohne Zweifel. Und wer wollte Lychows jungem Mann stecken, was damals gesprochen wurde? Wreech? Klauß mit seinem wundersamen Gedächtnis für kleinste Fakten sah Wreech zurückkommen, Wein oder Eis heraufbringend; der war gerade von Deck gewesen. Das kerzenbeleuchtete Gesicht des Majors Krottmayr erschien, sein Kneifer, sein langer Schnurrbart. Ja, der Adjutant war auch dabei. Aber ihn hatte die Grippe so erwischt, daß er sich seit Wochen auf Erholungsurlaub in Oberbayern befand, auf seinem Jagdgut oberhalb des Schliersees, und doch nicht zu Kräften kommen konnte. Na also, kleiner Winfried, bleib artig, und vergiß am besten, was dir das Schicksal ausgewischt hat. Es gibt größere Dinge zu verdauen in dieser Jahreszeit, mein Lieber. Belange, wie man neuerdings sagt, die für Millionen Menschen ausreichen. Laß dir's gut gehen, Einzelmännchen, und wenn du keinen Spaß mehr am Leben hast, melde dich zur Front. Und General Clauß schiebt dem General Federle die Zigarrenkiste hin und fragt ihn »unter uns Pfarrerstöchtern« nach der Stimmung aus, in der unser allverehrter Generalquartiermeister die neuen Erkenntnisse verdaue.

Anders Baron Ellendt. Er führt seinen langen Zeigefinger mit dem gespitzten Nagel die Urlauberliste entlang, in der Winfried sehr weit unten figuriert, erstens weil er der letztgekommene Herr des Stabes ist, und zweitens des W am Anfang seines Namens wegen. »Das geht nicht«, bemerkt er zu Herrn von Gorse. »Ich habe den jungen Mann von Lychow übernommen, und das nicht nur dienstlich. Ich fühle mich verantwortlich für ihn. Er muß bald weg, andre Luft atmen, zur Ruhe kommen. Meldet er sich zur Front, so bleibt das Gesuch bei mir hängen, bis ich ihn gesprochen habe. Nach dem Urlaub, wohlverstanden.« – »Vorausgesetzt«, erwiderte bedächtig Gorse, »daß die Quarantäne gut ausgegangen ist.« Ellendt nickte nur: »Mag sein, daß es heute nicht leicht ist, in Deutschland jemandem Genesung zu verschaffen, der nur, wie Hamlet sagt, von den Pfeilen und Schleudern des widrigen Geschicks verwundet ist. Daß unsere hiesige Verpflegung besser sein dürfte als die in einem Heimatsanatorium, bedeutet nicht alles, aber viel. Was unser Hauptmann braucht, ist Aussprache, Trost, aufrichtenden Zuspruch, wer kann ihm das geben? Sehen Sie, Gorse«, fuhr er fort, mit gedämpfterer Stimme, obwohl sie beide allein im wohlverwahrten Arbeitszimmer saßen, »ich habe ihn noch nicht gesprochen, und, unter uns, ich möchte ihn auch nicht sprechen. Ich habe Angst vor seinem Unglück. Ich fühle mich nicht gewappnet, das ist es.« Und er griff mit beiden Händen nach den beiden Ohrläppchen. »Ich möchte mich nicht feige nennen und noch weniger unkameradschaftlich. Aber ich habe zur Zeit viel zu bewältigen« (mehr als du ahnst, mein Lieber), »und in gewissen Zeiten belasten grade die menschlichsten Pflichten am schwersten. Nach allem, was ich höre und vermute, wird unser Freund aber ungeeignet sein, sich selber einen vernünftigen Urlaubsort zu verschreiben. Und Ärzte? Lieber Gorse, was wissen die Herren mit den Äskulapstäben von den Bedürfnissen des Gemüts...«

Oberleutnant von Gorse versah bei Ellendt unter anderem auch die Stelle eines Adjutanten. Als solcher mußte er in schwierigen Dingen Rat wissen, und er wußte ihn. »Vielleicht habe ich einen Vorschlag, der uns weiterführen dürfte. Um ehrlich zu sein: Dieser Most stammt nicht von meinem Weinberg. Komischerweise wissen die Künstler in solchen Dingen Bescheid oder sie tun so. Perl also dringt darauf, Winfried die nächsten Wochen nicht allein zu lassen, sondern ihm jemanden zu gesellen, der – oder um genauer zu sein, die – in seine Lage eingeweiht ist wie niemand: meine Base Sophie. Ihr Urlaub ist überfällig, sie sollte ihn bei uns verbringen, auf Wilding, wo man immerhin noch was zu beißen hat. Nun besitzen wir ein Forsthaus am Wildinger See, das steht jetzt leer. Denn Förster Stapenow und seine Söhne tun Dienst an verschiedenen Stellen, wo man sie nötiger brauchte als bei uns in der Mark. Und die Försterin, eine treue Person, könnte gut für die beiden sorgen. Wenn ich Winfried ins Forsthaus einlüde? Es ist still dort, mir zu still, aber nach Wilding ist es nahe, und falls Winfried den Wunsch hat, seine Tante auf Hohen-Lychow zu besuchen, finden sich Wagen und Pferde, und man kutschiert ein paar Stunden über Land. Wenn Herr Hauptmann damit einverstanden sind, spreche ich mit Sophie. Wir stellen ja gleichsam eine Familie dar, und unser verehrter Chef den pater familias, ohne welchen kein Spatz sein Nest wechseln darf.«

Ellendt ließ seine gelbbraunen Augen auf dem großen frischfarbenen Gesicht seines Mitarbeiters ruhen und verhinderte sie, den Ausdruck des Wunderns zu deutlich zu zeigen. Immer wieder erlebte man Überraschungen, entdeckte man Eigenschaften an Leuten, die sie zu Menschen stempelten. Dann reichte er dem Oberleutnant die Hand: »Danke, Gorse. Sie nehmen mir etwas ab, und zwar von einer Stelle, wo es am empfindlichsten drückte. Werd ich Ihnen nicht vergessen. Ziehen Sie Winfried in den nächsten Urlauberschub und erklären Sie den Herren, warum sie zurückstehen müssen, falls sie fragen. Aber sie werden wohl nicht.«

Sonntag vormittag ging Schwester Sophie gegen ihre Gewohnheit mit den Kolleginnen zur Kirche. Nach dem Gottesdienst hatte sie verweinte Augen und einen herben Zug um den Mund, der das magere Gesicht beherrschte. Nicht weit von der Garnisonkirche wartete ein grauer Stabswagen. Sie stieg ein, saß neben ihrem Vetter Achim, ließ sich durch die Stadt in den Sakretwald fahren. Sie ging mit ihm spazieren, da er ihr etwas mitteilen, vorschlagen wollte.
Sie schritten unter harzigen Föhren hin, auf wohlangelegten Wegen, große Stille um sich, hohen Sommer. Zwischen den Stämmen glänzten Spinnenfäden, fielen die Schuppen von Kiefernzapfen ins hohe Blaubeerkraut, die Arbeit unsichtbarer Eichhörnchen. Auf die Frage, wie es ihr gehe, antwortete Sophie, jetzt sei sie da drin gewesen, wo dem Menschen Trost und Hoffnung ausgeschenkt werde wie Bier. Aber der Trank schmecke ihr nicht, er sei dünn geworden und schal, und man habe schon viel davon, wenn die alten Choräle einen weinen machten über das unlinderbare Elend der Welt. Und sie wandte sich ab, mit ihren Zähnen knirschend und das Taschentuch an die Augen drückend. Achim von Gorse sah geradeaus, hätte gern ihren Arm genommen, unterließ es lieber und fragte, ob denn Sophie etwas Besseres wisse, die Leidenden zu trösten, als den Weg in die hochschiffigen Häuser mit den Bankreihen rechts und links, dem Kreuz auf dem Altar und den Orgelpfeifen im Hintergrunde. Er jedenfalls kenne nichts Tröstenderes – er dachte dabei an die Astrologie, mit der er sich für seine Damen plagte – als »o Haupt voll Blut und Wunden« oder »Befiehl du deine Wege«. Und wenn man jemanden beerdigt hatte, und die Musik spielte »Ich hatt' einen Kameraden«, und nachher

kam das Kommando: »Ohne Tritt – marsch!«, und man ließ den Grabhügel hinter sich, so war das auch was wert und führte einen dem Leben wieder zu. Denn man hatte die Nase nach vorn zu drehen und seinem preußischen Tagwerk zu leben.
Spöttisch blickte ihn Sophie von der Seite an, ihren tadellosen Gardevetter, im langen blauen Überrock mit dem roten Kragen. Geringschätzige Worte gingen ihr durch den Sinn, aber es war ihr nicht nach Streit zumute. Was verstanden die Gorses vom Leben? Was ahnten sie von Trauer und Verlust? Sie waren für das Vernünftige. Vernünftig war es, am Sonntagmorgen nach der Kirche hier herumzuspazieren, etwas für seine Lungen zu tun und zu hören, was los war.
»Wie fandest du Winfried?« fragte er; »heute endete die Quarantäne.« –
»Still«, sagte sie, »zu still. Apathisch, nennt es Lachmann. Ungesund, findet er, und zöge ein unpreußisches Benehmen vor.« Ausbrüche, dachte sie, Klagen. Anklagen gegen Gott und die Welt. Ein gezogener Degen, mit dem man einen Baum durchrennt. So etwas wäre heilsamer.
»Wäre es dir recht, mit Winfried auf Urlaub zu fahren?«
Sie bückte sich, beugte ein Knie, ergriff ein Ästchen, drehte einen blanken Mistkäfer um, der sich auf dem Rücken abzappelte, und kam empor, die Wangen noch gerötet. »Wie denkst du dir das?« fragte sie.
»Nicht als Kleinigkeit für dich, eigentlich als Zumutung. Daß du nicht gerade prall und fleischig aussiehst, liebe Kusine, weißt du wohl selbst; auch Schwestern sollen Spiegel benutzen. Du hast eine harte Zeit hinter dir, und wenn du verlangst, daß man dir endlich Ruhe läßt, kann niemand mucksen. Unsere Einladung bleibt bestehen, ein Liegestuhl und jemand, der dich bedient. Und wenn du willst, Gesellschaft von Mutter und Schwestern. Aber«, fuhr er fort, bevor sie antworten konnte, »was aus Winfried werden soll in diesen Wochen, fragen wir uns umsonst. Und darum kamen wir, nämlich Perl, darauf, daß ihr beide euern Urlaub zusammenschmeißen solltet. Im Forsthaus wäre Platz, wenn dir die Sache nicht zu arg scheint.«
Sophie tat so, als denke sie nach. Mit einem gemeinen Manne, auch dem wertvollsten, hätte man sich bei den Preußen nie so zarte Mühe gegeben; selbst ein Offizier aus dem Durchschnitt war schon oft recht schnöde abgefertigt worden. Um

Winfried aber zerbrachen sie sich den Kopf. Nun, um so besser. »Fort muß er«, überlegte sie laut; »Erinnerungen sind Gift, und niemand kann ihm die geladene Pistole wegschließen. Und wen zum Sprechen haben sollte er schließlich. Wer wie wir sein Liebstes verloren hat, wird sich die paar Urlaubswochen wohl nicht zu schwer machen. Wenn die Umstände danach sind, schlage ich ein.«

Erfreut legte ihr Gorse das Nähere dar. Seine Damen werde er, soweit nötig, einweihen, Zurückhaltung brauchte man einer Gorse nicht beizubringen, und um den guten Ruf von Base Sophie sei ihm nicht bange.

»Ach Gott«, nickte Sophie wie abwesend; »wer wie wir der Welt abgestorben ist, was kümmern den die Leute. Wann soll's denn losgehen?« Sophies Abkömmlichkeit und ihr Urlaub mußten erst noch durchgesetzt werden. An sich sei sie im November dran, sagte sie. Aber der neue Schub vom Heimatdienst und der Schwund der Grippe erlaubten Umgruppierungen.

»Kein Angst«, rief Achim von Gorse, »das wird gefingert. Irgend etwas hat Ober-Ost wohl noch zu bestellen, auch bei den Medizinmännern. Und für Nahrungsmittel, liebe Kusine, werden wir sorgen. Winfrieds Bursche soll euch einen anständigen Freßkorb zum Forsthaus bringen, bevor er wieder zum Dienst zurückkehrt. Sein Urlaub wird gestrichen, das ist die geringste Strafe, die er sich für seine Ausweisbummelei verdient hat.«

»Nun«, meinte Sophie – sie waren umgekehrt, den Weg zurückgegangen, er hatte ihr gut getan, ihre Haut durchblutet, ihre Augen erfrischt – »wenn's nichts Schlimmeres setzt – Possek mag sich selber helfen. Man kann nicht jeden Mistkäfer umdrehen, der auf den Rücken gefallen ist. Siehst du, da liegt er wieder. Die Ameisen sind schon über ihm. Nein, meine Lieben, das wollen wir euch versalzen.« Und sie reichte dem zappelnden Ding ihren kleinen Finger und warf es in hohem Bogen weit weg, auf einen Brombeerstrauch, und lächelte.

ZWEITES KAPITEL

Am Wildinger See

Liegestühle bohren ihre Füße in den weißen mürben Sand der Mark – stoffbespannte Gerippe aus billigem Holz, das von vielen Sommern abgewetzte Gewebe hält nur leichte Leute aus, und niemand kann behaupten, die Dinger seien bequem, trotz angehängter Fußstützen und aufklappbaren Sonnenschutzes. Aber Sophie und Winfried zählen nicht zu den Schwergewichtigen. Sie strecken sich aus, beide leicht gekleidet, und die warme Sonne zwischen zehn und sechs, die durch die Buchen, Birken und Kiefern bricht, wird gründlich ausgenutzt.

Der Wildinger See weist die Gestalt einer Bohne auf. Eines seiner Ufer, das eingebeulte, läuft flach und sandig ins Wasser, einem altersschwachen Bootssteg Gelegenheit gebend, noch einen Winter zu überdauern und noch einen. Auf diesem Landvorsprung erhebt sich das Forsthaus, dem das Boot gehört. Drüben aber fällt das Ufer steil ins Tiefe; dort ist gut schwimmen und fischen, und die Brombeerstauden, nur vom Kahn her zugänglich, reifen schwarz im Summen von Hummeln und Bienen. Nicht groß ist der Wildinger See und ganz umschlossen von Wildingschem Besitz an Land und Forsten. Daher kommt niemand hin, der nicht hinkommen soll – Sonntags ausgenommen, wo man Ausflüglern den Zugang nicht verwehren kann. Unter der Woche aber gehört er sich selbst und den beiden Gästen der Försterin Stapenow, und eine regungslose Ruhe zittert über seinem goldbraunen Gewässer. Manchmal purzelt eine Raupe von den Zweigen, dann springt von unten ein Fischmaul durch den blassen Wasserspiegel. Manchmal fährt ein Windstoß durch das Schilf der flachen Seite, steigen Enten kreischend auf, um mitten im See wieder niederzufallen; ihr Platschen wirkt dann als ungeheures Getöse. Auch Krähen hört man schreien; eine Elster zieht kekkernd von einem Ufer zum andern, und mittags quarren die Frösche bescheidentlich – es ist Hochsommer, und sie haben nicht mehr viel zu sagen. Sonst aber ereignet sich nichts, und dieses Nichts ist das Wunderbare, das Heilende und Tröstende, das Zurückweichen der Welt vor dem Schmerz und dem Mitgefühl. Wenn die Menschen schlafen und der Mond aus den Kronen steigt wie ein Stück abgebrochenen Silberblechs, treten die Wildinger Hirsche, die Hirschkühe mit den Kälbchen, am fernsten Bogen des Flachufers auf den silberweißen Grund, senken die schwarzen Lefzen und trinken, heben dann ruhevoll ihre gekrönten oder glatten Stirnen in die dunkle Luft, schnobern und lassen ihre Ohren spielen: Nur die Eule geistert über ihre Köpfe weg, lautlos wie eine Federflocke, und sie wird kaum den Kaninchen gefährlich, die ihre Gänge in die Hügelseite gegraben haben.

Winfried trägt eine weiße Leinenhose und ein weißes Hemd mit offenem Kragen; Schwester Sophie geblümte Kleider aus Sommerstoff, die ihr eigentlich nicht mehr passen sollten, weil sie vor vier Jahren neu waren, die ihr aber immer noch sitzen, denn sie ist mager von der Arbeit, und nur verlängert müßten sie werden. Die beiden Freunde stehen spät auf, gehen langsam zum Frühbad am Bootssteg ins Wasser, schwimmen einmal hinüber und zurück, ziehen sich an, frühstücken, liegen in den Stühlen, sonnen sich (das ausgiebige Bad findet erst am Frühnachmittag statt, wenn die Sonne das flache Südufer durchheizt und durchgoldet), dann genießt man halbe Stunden lang das wundersame Spiel von Besonnung, lauem Wasser, Haut, die sich bräunt, und fächelnder Luft. Daß Sophie eine Frau ist, ein wohlgebildetes junges Mädchen, in ihrem hellblauen Badeanzug, bleibt ganz außer Betracht; sie hat es vorher gewußt, es schmerzt sie nicht, noch reizt es sie, an diesem Zustand etwas zu ändern. Zwei Freunde baden hier und liegen, gleichgültigen Geschlechts, dennoch froh, miteinander zu sein, und umwittert von Schatten, die frisch hinübergegangen sind ins Land, daraus keine Wiederkehr beschieden ist.

»Glauben Sie, Sophie, daß sie durchgekommen wäre, wenn ich mich täglich hätte zeigen können?«

»Nein«, antwortet das Mädchen, die Blicke in den durchsonnten Wipfeln, deren Grün schon ermattet; »bestimmt nicht, Paul. Der Befund war eindeutig, sagt Lachmann, tuberkulöse Herde, das Gewebe durchsetzt. Wenn Sie sich nur nicht solche Gedanken machten.«

»Ach, das Gerede dieser Schurken«, antwortet Winfried trotzig; »ich, meine Liebe, glaube es. Ich weiß es.« Und tiefe Atemzüge heben und senken seine Rippen.
Sophies schlanker Nacken drückt sich tiefer in den Sand, sie wendet den Kopf gequält hin und her, schmal schließen sich ihre Lippen, sie entgegnet nichts. Soll sie dem Freunde berichten, daß die Ärzte Bärbes Körper geöffnet, mit dem Rechte der Wissenschaft Klarheit gesucht haben über den rätselhaften und furchtbaren Verlauf dieser Lungengrippe, das tote Kind im erstarrten Leibe der Mutter betrachtet, schon ziemlich groß, über den vierten Monat hinaus, ein Knabe, deutlich erkennbar? »Wir sind alle von der Schwindsucht gezeichnet«, sagt sie, »ohne daß wir es wissen. In diesen Jahren lernen die Doktoren viel zu. Bei unsrer Bärbe kam ein Dienstunfall hinzu, das ist alles. Wie wenn einer Ihrer Leute im Graben angeschossen wurde, Wundstarrkrampf abbekam und er nach einer Woche draufging. Ob Sie nun an seinem Bette saßen oder nicht.«
»Dagegen gab es Tetanusspritzen«, entgegnet Winfried finster und wirft einen Ast, mit dem er gespielt hat, heftig ins Wasser.
Eines Nachts begann Winfried zu reden. Es geschah mitten auf dem See, sie waren hinausgerudert, um den Vollmond zu genießen. In der schon kühl überwehten Mulde zwischen dem steilen Ufer und dem flach ansteigenden breitete sich die Wasserfläche hin wie ein Stück seelischer Substanz, abgegrenzt von der Luft, den leisen Mondnebeln, durch ihre metallische Schwere, von den erdigen Ufern aber durch ihre äthergleiche Schmiegsamkeit. Der Kahn schwebte auf ihr, bleichglänzende Schlangen und Ringe umspielten ihn und die Ruder, die Winfried lässig führte. Sophie saß im Heck, ein Plaid über den Schultern, die Hände müßig auf dem Holm des Steuers. Winfried zog die Ruder ein, vorsichtig, daß sie Sophies Kleid nicht näßten, legte er sie rechts und links auf den Bord. Erhabenes Schweigen überwölbte die Ufer mit einem mondbleichen Himmel und wenigen Sternen. »Wenn sich jetzt, Sophie, diese Wasserfläche unter uns öffnete und uns verschlänge, spurlos, würde es Sie wundern? Mich nicht. Am anderen Morgen würden Ruder auf dem harmlosen Teich treiben, das wäre alles. Begreifen Sie das Leben? Wir sind doch weiß Gott keine harmlose Generation. Wir haben von einem Tag auf den andern den Frieden ausgezogen, wie man ein Hemd auszieht,

um ins Wasser zu gehen; aber jetzt ist es mir, als hätte ich auch noch die Haut ausgezogen.«

Er sprach stockend, halblaut, rauchte seine Zigarette zwischen den Sätzen. Sophie antwortete nicht; sie wollte aus ihm herausfließen lassen, was vorläufig nur sickerte wie Blut oder Tränen. Er sprach:

»Kannten Sie jemanden, der lebendiger gewesen wäre als unsere Bärbe? Immerfort ging von ihr Leben aus: Entrüstung, Mitleid, Liebe. Man konnte gar nicht anders neben ihr, als über die Zukunft zu lachen, seelisch, die man mit ihr haben würde. Wenn sie so resolut auf einen losfuhr, hierhin und dahin stieß und schob, mußte man sich immer zusammennehmen, ihr nicht öffentlich um den Hals zu fallen. In die Ukraine wollte sie mit mir nicht, Frau Regierungsrat in Kiew oder Frau Landrat in Odessa mochte sie nicht werden, aber in Litauen wollte sie mit mir bleiben. Und da hat sie ja nun vorläufig Quartier bezogen.«

Er würgte an unterdrücktem Schluchzen, dann raunte er heiser: »Wissen Sie, Sophie, was sie war? Sie war gut. Ein guter Mensch. Ein feiner Kerl. Bester Durchschnitt. Warum konnte sie diesen Mist nicht überleben? Vier Jahre hatte sie durchgestanden. Wäre es nicht möglich gewesen, auch noch den Rest durchzustehen? Lange konnte es ja nicht mehr dauern. Aber nein. Da muß sie sich ein Kind anwünschen, weil wir ja Weihnachten längst Frieden haben würden und dann unser Leben erst richtig losgehen würde, und dann muß sie diese Grippe erwischen und mitsamt dem Kind in die Grube fahren. Eine hübsche Grube aus sauberem gelbem Sand, Sie haben sie ja gesehen. Aber über der Erde wäre es lohnender gewesen. So schien es uns früher. Jetzt jedoch weiß ich's nicht mehr, Sophie. Es zieht doch täglich ein ganzes Heer unter die Erde. Vielleicht ist es reizvoller, den Kopfsprung aus dem Dasein zu machen und die Herrschaften unter sich zu lassen?«

»Es ist nicht reizvoller«, erwiderte Sophie mit tiefklingender Stimme. »Es ist nichts.«

»Das meinen Sie; und ich meine es auch. Wir haben's zwar im Katechismus anders gelernt, bloß daß wir's nicht mehr glauben, wenn wir's je geglaubt haben. Ich weiß nicht, was uns so ungläubig gemacht hat. Mein Vater meinte, die Maschinen vertrügen sich nicht mit den alten Kräften. Die Kolbenstange einer Lokomotive, ein elektrischer Staubsauger, ein Telefon gewöhnten den Menschen an eine gründlich andere Ebene des Denkens. Und das Maschinengewehr, das Schnellfeuergeschütz und die Gasgranate besorgten uns den Rest. Dennoch, sehen Sie, verlangt in uns etwas nach dem Überleben der Guten, es scheint wie der Blinddarmfortsatz in uns das Verlangen weiterzubestehen, die guten und geliebten Herzen möchten uns erhalten bleiben. Wie es ja zweifellos ihr Wunsch war, überlebenslang zu sorgen, zu schlagen, für uns da zu sein. Und wir, begreiflicherweise, stimmen in diesen Wunsch ein. Es ist so blödsinnig hart, wenn einem das von der Wirklichkeit ausgetrieben wird; es tut so blödsinnig weh. Es muß so sein, wenn einem eine Hand abgenommen worden ist, etwas was da war, dazugehörte, vom ersten Lebenstage an, das Greifding mit den fünf beweglichen Fingern. Und dann ist es eines Morgens weg, und man kann nicht mehr den Rock damit zuknöpfen.« Er saß da, schüttelte den Kopf, warf die erloschene Zigarette ins Wasser.

Sophie hörte ein Schwimmen um den Kahn, kleine Wassertiere meldeten sich in der Nähe, Fische oder eine Ratte. Konnten es nicht Seelen sein, die sich verwandelt hatten und vom Gedenken angezogen wurden, hilflos vermummt in neues Fleisch, Sehnen und Nerven? Der junge Mann bemerkte nichts, blickte auf seine Schuhe, atmete tief.

»Und dann denken Sie an den alten Mann«, fuhr er fort, »den es ebenso verschlungen hat. Auch er war ohne Bosheit, Sophie, glauben Sie es mir. Ich kannte ihn doch. Wir haben Jahre miteinander Dienst gemacht. Da lernt man einen Menschen kennen. Er bedachte sich nicht einen Angriff anzusetzen, der befohlen war, und ihn durchzuführen, schonungslos und mit heißem Schwung. Er hatte keine Angst vor der Verantwortung für die Menschen, die er ins Feuer schickte. Er litt gar nicht darunter. Aber nachher, wenn die Verlustmeldungen kamen, tat es ihm in der Seele weh. Wie ein guter alter Gutsherr war er, dem das Wohlbefinden seiner Leute am Herzen liegt. Das widerspricht sich? Es widerspricht sich nicht. Unser Freund Bertin mag denken, das eine schlösse das andere aus: es ist nicht der Fall. Er hätte einen Lebensabend verdient, gemütlich und vergnüglich und ehrenvoll, wie wir das in den Lesebüchern lasen. Und statt dessen muß ihm eine Bombe Bauch und Brust zerschlagen, und an Stelle seines freundlichen Herzens bleibt uns ein Katafalk. Sie werden sagen, Sophie, das sei der Krieg. Ich sage es auch. Die Menschen wollen den Krieg. Sie sind voll Begierde danach, sie werfen sich und ihr ganzes Vermögen in diesen Betrieb. Der Krieg ist ein Bestandteil des menschlichen Lebens. Und doch fährt einem die Sinnlosigkeit durch die Gebeine, wenn man es einmal so dick abbekommt, und man wird stutzig am Sinn des Ganzen und fragt sich: Wozu den Betrieb noch länger mitmachen? Besonders wenn man außerdem noch die ganze dreckige Kehrseite am eigenen Leibe durchgekostet hat, bei Läusen, Küchenschaben und Wanzen. Und die gedeihen, halten aus im Sturmgebraus und überleben alles. Wie soll man das verstehen? Was kommt dabei heraus? Welchem Saustall steuert die Menschheit zu, wenn überall die noblen Herzen ausgemerzt werden und das Gesindel übrigbleibt. Ist da nicht Sterben eine so klare reinliche Sache wie diese Lanke hier, und das Überleben schmutzig und widerwärtig wie eine Badewanne, in der sich schon ein Dutzend Lausekerle abgeseift haben? Ich weiß nicht, Sophie, – ich glaube, ich melde mich doch noch nach dem Westen.«

Sophie von Gorse saß sehr wach, unmerklich straffte sich ihr Rücken. Viel kam hier an auf jede Silbe. »Damit das Bad noch schmutziger wird?«

Winfried zog die Brauen hoch. »Meinen Sie?« fragte er.

»Allerdings«, sagte sie halblaut, eindringlich. »Sie wissen doch, was Bärbe von Ihnen wollte; als sie Sie zu Teck hinüberschob, war's ihr doch nicht um des Herrn Herzogs schöne Augen zu tun oder seinen spitzen Schädel. Sie wollte Sie auf unsrer Seite haben, auf der zukunftsvollen Seite, der deutschen. Im Gegensatz zur preußischen, Winfried. Im Großen gesprochen, und kleine Ungerechtigkeiten immer zugegeben. Denn die Deutschen, wenn sie bei Sinnen waren, stimmten immer für Frieden und Gerechtigkeit, und die Preußen immer für Machtzuwachs und Krieg.

Das ergeben unsere Geschichtsbücher, und das erleben wir augenblicks. Und in einem irren Herr Adjutant, ich wollte Sie bloß nicht unterbrechen: daß die Menschen den Krieg lieben, das ist nicht wahr. Die Oberlehrer lieben den Krieg, die Pastoren auf unseren Gütern, und die Damen im Vaterländischen Frauenverein. Lassen Sie heute in den Gräben abstimmen oder in den Lazaretten, bei den Bauern hier rundum und bei den

Städtern drüben in Küstrin oder Berlin, – und wieviel Kompanien könnten Sie aus dem Rest bilden?«

»Genug, um sich weiter zu zerfleischen«, entgegnete Winfried düster, nahm die Ruder auf und trieb heftig zum Strande. Aber als er das Boot festgemacht hatte und Sophie beim Aussteigen half, küßte er ihre arbeitsharte Hand, schob sie dann unter seinen Arm und ging nachdenklich und zutraulich mit ihr ins Haus. »It is a long way to Tipperary«, empfand sie mit den Worten jenes englischen Soldatenliedes, von dem sie übrigens nur diese Zeile und nicht einmal die Melodie kannte. Aber es hilft nichts, ein kleiner Enterich muß schwimmen lernen, auch wenn er sich tausendmal für ein Hühnchen hält.

DRITTES KAPITEL

Briefsteller für Liebende

Eines Nachmittags, als Winfried zum Ausgehen bereit aus seinem Zimmer kam, saß Sophie an dem langen Holztisch, der die Veranda des hölzernen Hauses halb füllte, und dessen Platte, zum Teil mit einer bunten Kaffeedecke, Kannen und Tassen zum Vespern gedeckt, auf ihn wartete. Vor ihr lag Briefpapier, stand ein Tintenfaß; mit aufgestütztem Arm besah sie nachdenklich die weiße Fläche. Sie schlug die grauen Augen zu ihm auf – wie groß und schwarz ihre Pupillen sind, dachte er – und während er sich setzte: »Wir wollen schnell trinken, Sophie, und vor dem Abendbrot noch rund um den See marschieren.« Sie antwortete nicht, schenkte ihm das kaffeeähnliche Getränk ein, strich ihm ein Brot mit Butter und Pflaumenmus, bediente sich selbst und freute sich, wie es ihm schmeckte. Als er schon rauchte, sagte sie: »Leider können wir heute nicht loslaufen. Der Monat darf nicht enden, ohne daß Sie an Osanns schreiben, und wir haben schon den dreißigsten.« Winfried verlor an Farbe. »Ich glaube nicht, daß ich es kann«, sagte er. Vor seinem inneren Auge erschien erdrückend das kalte, gleichsam leblose Wohnzimmer, dessen Blattpflanzen die kleine Bärbe begossen hatte, das gelbe Birkenholz der Möbel, die Wand mit braunen Büchern. Der beiden alten Menschen auch nur zu gedenken, die dort jetzt saßen, tat in der Herzgegend körperlich weh. Wie still mochte Bärbes lebhafte Mutter jetzt geworden sein, aus welcher Verzweiflung und Empörung die kellerige Stimme des Professors tönen! Wie einen Organismus, der all sein Blut verloren hat, sah Winfried dieses Leben vor sich, das keine Fortsetzung in die Gegenwart mehr hatte, als säßen die beiden Alten starr an einem großen runden Tisch, und von ihren Füßen gingen Blutlachen aus, die das Zimmer langsam füllten. »Ach Sophie«, stöhnte er, »ich glaube nicht, daß ich es kann; nein, bestimmt, ich kann es nicht. Soll ich vielleicht erzählen, daß ich immerfort weg war – und wo ich war?«

»Lieber Freund«, begütigte Sophie, »eines Tages werden Sie es wohl erzählen. Osanns brauchen nichts als Ihr Mitgefühl. Sie schulden ihnen nicht die Wahrheit, sondern Trost und Teilnahme. Und Sie dürfen sich nicht davor...«, drücken, wollte sie sagen, aber sie verbesserte sich »verkriechen«.
»Sie haben uns den Tag verdorben, Sophie«, klagte Winfried; »und ohne Nutzen; denn ich kann es wirklich nicht. Mit drei, vier dürren Zeilen ist doch nichts getan!« Und sein Gesicht nahm einen so flehenden Ausdruck an, daß Sophie erkannte, er könne wirklich nicht. Und so erklärte sie einfach: »Dann muß ich's Ihnen halt abnehmen. Als wären Sie zu schwach und diktierten mir. Schlimm genug, daß man die alten Leute anlügen muß. Aber es paßt in die große Zeit, ins Einzelne wie ins Ganze. Legen Sie sich in den Liegestuhl, und dösen Sie, bis ich Sie abhole. Ich muß ihn erst ins Unreine schreiben.«
Als Winfried zum Garten hinunterstieg, saß Sophie eifrig schreibend, die Lippen vorgewölbt, die Augen vertieft auf den Schriftzügen. Mein Gott, wenn man mit solch einem Schrieb den alten Leuten in Tübingen die Wahrheit ins Herz stoßen müßte, wie einen Dolch, dachte Winfried, während er sich zurückzog. Hier hilft nischt wie lügen.
Nach einer knappen Stunde brachte Sophie den Brief an seinen Liegestuhl. Wie eine Sekretärin stand sie da, ein Buch als Unterlage, und den eingetauchten Federhalter zur Unterschrift hinreichend. Er las, aus seinem Geiste erfunden, eine Schilderung von Bärbes Krankheit, ihren Ursachen, ihrem Verlauf und tragischem Ende. Daß Bärbe durch ihre unermüdliche Anstrengung und unerschöpfliche Heiterkeit eine Freude des Lazaretts gewesen. Daß sie sich nie einer Aufgabe entzogen habe, immer bereit, Nachtwachen oder einen Sonderdienst für andere zu übernehmen. Daß niemand gewußt habe, wie sehr sie ihre Kraft dabei ausgegeben und eine geheime Tuberkulose sich in sie eingenistet habe. Wie bei ihrer Erkrankung das ganze Haus erschrocken sei, wie er, Winfried, keinen freien Augenblick von ihrem Bette wich, ihre Hand hielt, sich mit Schwester Sophie beinah in die Pflege teilte und alle Worte aufnahm, die ihm Bärbe zuflüsterte. Wie sie bis zuletzt an die Eltern gedacht, auf ein Wiedersehen im Jenseits fest vertraut, sich auf die Vereinigung mit Hermann gefreut habe. Und daß ihr Grab auf dem Friedhof von Antokol ein Hügel von Blumen und Kränzen

sei. Einige Zeit solle man sie dort ruhen lassen, später aber die Überführung nach Tübingen vornehmen, wenn die Eltern darauf Wert legten, damit sie nicht so allein und weit draußen schliefe. Er, Winfried, aber bitte um Entschuldigung, daß er diesen Brief diktieren müsse. Die Ermordung seines Onkels, die fast gleichzeitig mit Bärbes Zusammenbruch erfolgt sei, habe ihm einen Stoß gegeben, Bärbes Tod aber den Rest. Er sei seither bettlägerig, trotz seines Erholungsurlaubs und noch immer zu schwach, selber zu schreiben. Sobald er aber wieder in Ordnung sei, komme er nach Tübingen und bringe Bärbes Gegenstände. Ihren Ring bitte er, behalten zu dürfen. Denn innerlich habe sich nichts geändert, und er fühle sich nach wie vor als Bärbes Verlobter und bitte darum, ihm die Zuneigung zu bewahren, die er bei seinem Besuch vorvorigen Monat so deutlich gespürt. »In tiefer Trostlosigkeit Ihnen verbunden« – »Ihr Paul Winfried«. Er sprach die drei Worte vor sich hin, während er unterschrieb, dann sagte er versonnen: »Wie wahr das ist, Sophie, wie ganz und gar Sie das Richtige getroffen haben! Macht Freundschaft so hellhörig?«
»Muß wohl sein«, meinte Sophie, während sie den Brief faltete. »Für mich selber schreibe ich heute abend. Die Post geht ja doch erst morgen früh weg. Kommen Sie, nun laufen wir noch ein Stück. Wir sollen einen Sack mitnehmen und Eicheln sammeln, bittet Frau Stapenow.«
»Warum nicht? Wer Schwein essen will, darf sich schon mal nach Eicheln bücken.«
Auf dem Wege dachte Schwester Sophie in Zwischenräumen über ihren Begleiter nach, etwa wie sich von Zeit zu Zeit Blicke auf den See zu ihrer Rechten öffneten und wieder schlossen. Er hätte sich wohl bedanken können, daß ich ihm den Brief abgenommen habe; er ist halt doch noch nicht so erholt, wie man hoffen oder wünschen möchte. Nächste Woche droht die Testamentseröffnung in Hohen-Lychow, da muß er hin – allein, wenn sich nicht noch ein Grund findet, der mir gestattet, mitzufahren. Der erste Beileidsbesuch gleich bei unsrer Ankunft hier verlief ja noch einigermaßen, da war er noch militärisch gewohnt, sich zusammenzureißen und konnte Tante Malchen gegenübersitzen, die übrigens auch keinen Sinn für das aufbrachte, was um sie vorging. Aber jetzt wird Major von Lychow da sein, Posnansky und wer weiß wer noch, und das kann

ihm wieder schaden. Zu merkwürdig – er ist wie ein Ei ohne Schale oder besser wie eines, dessen Schale man durch chemische Mittel weich gemacht hat. Zu uns kam mal ein Zauberkünstler in die Klasse, der ein solches Ei durch den Hals einer Flasche praktiziert hatte, dann lag es drin, wieder gehärtet, und wir rissen die Augen auf, bis der Direx es uns erklärte. Irgendwann einmal wird dieses Ei Winfried wieder seinen Kalkpanzer kriegen; ich wünschte, bald; aber wie, das geht über meinen Verstand, und die nächste Woche wird man ihn durchbalancieren müssen, und sie betrachtete mit einer Sympathie, die durchzufühlen sie sich nur an einem Eckchen gestattete, den jungen Zivilisten in hellem Hemd und ausgewachsenem Anzug, der ihr ein Sträußchen überreichte, das in der Hauptsache aus kleinen gelben Sternblüten und schwarzblauen Heidelbeeren bestand, an ihrem festen grünen Laube, ausgesucht große Perlen, voll blassem Schmelz.

VIERTES KAPITEL

Das Testament

Das Herrenhaus Hohen-Lychow war Winfried einst vertraut von vielen Ferien her. Die Lindenallee, die auf Portal und Rampe zuführte, erschien ihm damals als überhohes Gewölbe, dem man nur auf dem Rücken des Pferdes näherkam. Jetzt hatte alles bürgerliche Maße angenommen, eine gewisse wohlproportionierte Nüchternheit.
Im Herrenzimmer herrschte das weiße Licht des frühen Vormittags. Lychows ältester, jetzt einziger Sohn, Friedrich Karl, Major im 3. Garderegiment zu Fuß, seit langem kommandiert zum »Wumba« an der Kaiserallee (so kürzte man das Waffen- und Munitions-Beschaffungsamt ab) bedurfte der berlinischen Helligkeit seiner Amtsräume, um sich wohl zu fühlen. Von mittlerer Größe und gelichtetem Scheitel, lehnte er am offenen Fenster und sog an seiner Zigarre, am Finger Otto von Lychows Wappenring. Still vor sich hin und peinlich berührt erwog er, ob er Mutters wegen vielleicht doch einen Berliner Nervenarzt würde herbitten müssen. Erschreckend und verfallen nämlich saß Tante Malchen in ihrer Sofaecke hinter dem runden Tisch. Sie hatte die Beisetzung ihres lieben Otto in der Pfarrkirche von Hohen-Lychow inzwischen beiseite geschoben, all das feierliche Getümmel, die Enkel aus Berlin, die Regimentsabordnungen, die Familien der ganzen Umgebung, Beauftragte seiner Majestät, die große Gala, die Bevölkerung der Dörfer, die erschütternde Rede des Pastors. Für sie residierte Otto von Lychow, Statthalter des Kaisers, weiter in Kiew. Jeden Morgen legte sie sich einen seiner letzten Briefe auf den Frühstückstisch, um ihn am Nachmittag zu beantworten, was sie freilich auch vergaß. Dafür beschäftigten sie unaufhörlich die Vorschriften des Finanzamts. die Ablieferungspflichten und Beschlagnahmungen. Ob man alle blanken Knöpfe von alten Uniformen in Haus und Dorf würde abtrennen und nach Berlin schicken müssen? Und woher man hölzernen Ersatz kriegen

sollte. Was tun, da Nervenärzte eigentlich eine Schande bedeuteten? Und werden die Leute in Haus und Park verschwiegen und taktvoll genug sein, die Seltsamkeiten der alten Dame zu übersehen? Alles ist scheußlich, dachte er. Daß seine großen Kinder barfuß zur Schule gingen wie übrigens viele im Berliner Westen, weil sie die hölzernen Sandalen haßten; daß die Berichte der Heeresleitung kein Vorwärts mehr enthielten; daß zwischen den Anforderungen des Westens und den vereinbarten Lieferzeiten der Industrie unausfüllbar Lücken klafften; daß die Züge sich jetzt fast stets verspäteten, und Kriegsgerichtsrat Posnanski ganz ohne Verschulden unpünktlich eintraf. Nun, wenigstens war Vetter Paul mit dem Glockenschlag zur Stelle. Selbstverständlich. Bei einer Testamentseröffnung...

Winfried merkte schnell die kühle Luft, die von seinem Vetter herwehte. Als er seiner Tante die Hand küßte, sagte sie: »Guten Tag, Hans Joachim. Es war Zeit, daß sie dich einmal beurlaubten. Eure blanken Knöpfe habt Ihr ja auch schon abgeliefert«, und ihre großen grauen Augen schauten starr und gerade durch Winfried, und in ihm den Sohn, den jüngeren, der seit Jahren in Frankreich gefallen und beerdigt lag. »Wir haben deine Eltern gebeten, für ein paar Wochen hier zu Gast zu sein. Einerseits werden sie sich hoffentlich erholen. Zum anderen gestehe ich den Egoismus ein, von deinem Vater Hilfe zu erwarten. Er hat Mama bei der Beerdigung gesehen. Aber ihre Eigenheiten entwickeln sich leider. Ich habe Vertrauen zu Onkel Heinrich, vor allem zu seiner Diskretion; es ist immer etwas wert, einen Onkel zu besitzen, der zugleich Arzt ist, oder einen Arzt als Onkel. Du warst ja sehr viel um Papa, und alle haben bedauert und sich gewundert, daß du bei den Feierlichkeiten fehlen mußtest.«

In Winfrieds Gesicht trat ein erschreckter Zug. »Ich war damals dienstlich verhindert, wie du weißt«, antwortete er, »und danach krank.«

»So schriebst du uns«, sagte der Major. »Hast du dir die Gruft besehen?«

»Ich komme aus der Kirche«, schwindelte Winfried und errötete. »Wo nur Posnanski bleibt! Er ist mir soviel Erzählungen schuldig.« – »Fahrpläne stehen auf dem Papier«, bemerkte der Major; »wir hatten ihn in den Trauertagen hier und hörten, was er damals sagen konnte. Ein ulkiger Herr mit seiner koscheren Verpflegung – Eier in der Schale und Gemüse in einem neuen Topf. Aber daran stößt man sich nicht. Diese Leute sind oft die zuverlässigsten.« – »Niemand hatte mehr Sinn für Onkel Otto als Posnanski«, entgegnete Winfried; »ich wünschte, er wäre schon da.« – »Mir ist's lieber, er reist mit Vorsicht; ich nehme an, er bringt Bargeld mit.« – »Ich muß ihn unbedingt lang und breit ausfragen«, wiederholte Winfried. – »Ich auch«, gab der Major zurück. »Er übernachtet deshalb auch bei uns. Erbschaftssteuer, Prüfung des Vermögens, die Modi seiner Verteilung, falls es dazu kommt.« Der Major blickte recht deutlich in Winfrieds Augen, der erblich. »Wie verwendet man Kriegsanleihe? Wie legt man Bargeld sicher an? Das füllt den Nachmittag aus. Eingerechnet, daß der Herr sich die Gutsgebäude genau ansieht, der Hypotheken wegen, und weil der Wert neu geschätzt werden muß.« – »Du betrachtest die Dinge ohne Verbrämung«, sagte Winfried, beengt, als sei es ihm schwer, Luft in die Lungen zu bekommen. »Ich habe die Verantwortung und fünf Kinder, die es zu was bringen sollen«, warf der Major hin; »das verpflichtet zum Ranhalten, besonders heute. Du weißt wahrscheinlich, daß die Börse sich in einer ungesunden Hausse gefällt, und daß man zur Zeit riesenmäßig verdient.« – »Keine Ahnung«, erwiderte Winfried aufrichtig; und diese Antwort verstärkte das Mißtrauen des Majors, der wie die meisten ein bedrücktes Wesen für das Eingeständnis von Schuld nahm. Kleiner Erbspekulierer, dachte er. »Dort kommt Senfke mit den Schimmeln und dem Kriegsgerichtsrat.« – »Gott sei Dank«, atmete Winfried auf.

Als sich die Tür öffnete, wollte er vorstürzen, obwohl das den Respekt vor seinem älteren Vetter verletzt hätte. Aber seine Bewegung erstarrte, denn statt des Kriegsgerichtsrats Posnanski in seiner grauen Uniform, den rötlich-blauen Spiegeln und dem überzogenen Helm trat der Rechtsanwalt Posnanski ein, das vertraute fleischige Gesicht mit den kugeligen Augen und dem gebuckelten Schädel über einem weißen flachen Kragen, schwarzem Cut mit Borten eingefaßt, gestreiften Beinkleidern und grauer Krawatte. Selbst seine Aktentasche hatte einen anderen, zivilen Schnitt. Nur sein Gruß, als Winfried endlich an der Reihe war, brachte den alten warmen Händedruck, begleitet von der kurz und bündigen Ankündigung: »Morgen komme ich den ganzen Tag zu Ihnen.«

Als sich nach einer Stunde ergab, daß Otto von Lychow seiner Schwester Lisbeth und ihrem Sohne Paul nur imaginäre Landerwerbungen in der Ukraine zugedacht hatte, zu denen es noch gar nicht gekommen war, lebte der Major von Lychow sichtlich auf. Ein Kodizill vom Mai dieses Jahres sprach statt dessen den Wunsch aus, ihnen Nutzen und Nießbrauch des Gütchens Rapsin im Mecklenburgischen auf Lebenszeit zuzuwenden, was allerseits gebillig wurde. Auch Winfried fühlte sich tief erleichtert. Als sie zu dem kleinen Frühstück ins Eßzimmer gingen, nahm der Major seinen Arm: »Du wirst mich verstehen, lieber Paul«, meinte er, fast herzlich. »Unsere Familie ist sehr klein geworden, ich möchte sie wieder groß machen. Zusammenhalten bleibt vernünftiger als Zerstreuen. Aber Rapsin gönn ich dir von Herzen; was ich zu seiner Verbesserung tun kann wird getan, und jedes persönliche Erinnerungsstück an Papa steht dir zur Wahl.« – »Gott, Fritz«, sagte Winfried, »wie du redest. Ich habe deinen Vater lieb gehabt, und er mochte mich und meine Braut. Das ist alles. Jetzt sind beide tot, und da sprichst du von Rapsin.« Er mußte sich abwenden, das Taschentuch benutzen. Dr. Posnanski in seinem schwarzen Anzug, die Hand auf der Lehne seines Stuhls vor dem weißen und blinkenden Tisch mit Karaffen und vielen Gläsern, sandte ihm einen Blick durch seine dicke Brille zu und dachte: Also morgen, mein armer Junge.

FÜNFTES KAPITEL

Im Netz der Ursachen

Am nächsten Tage hielt Posnanski sein Versprechen. Aufgeräumt von der fast herbstfrischen Fahrt an Stoppelfeldern vorbei und zwischen Chausseebäumen durch Alleen und vögelüberflogene Waldwege stieg er aus dem leichten Wagen, umarmte Sophie väterlich, nahm Winfrieds Hände und feierte eine Art Wiedersehen, wie nach schweren Gefahren und Unfällen. Am See in der großen Stille, während die blassen Nebel aufstiegen und sich verflüchtigten, wurde auch er still, setzte die Brille ab, lehnte sich in die mürbe Holzbank und sagte in Pausen, es gäbe da einen Schriftsteller, der etwas über die fünfte Jahreszeit erfunden habe, die paar Tage, in denen der Sommer sich entschließe, Herbst zu werden – bloß ein paar Seiten, aber sie hätten es in sich. Das Schweigen sei darin eingefangen und das zitternde Licht auf den Birken, das Zögern, der leise Abschied, ohne daß irgend etwas geschehen sei. Er, Posnanski, habe sich immer gewünscht, dieses transitorische Glück einmal zu erhaschen, und da sei es nun. Aber dann kamen sie ins Reden, verbrachten den Vormittag, speisten miteinander, teils was Frau Stapenow gekocht, teils was Posnanski mitgebracht, tranken verdünnten Heidelbeerwein – und dann ging Winfried, wie ihm vorgeschrieben war, zu Bett, die beiden andern blieben unten, sahen ihm nach, dann suchten auch sie sich Plätze zur Ruhe. Sophie rückte sich ihren Liegestuhl in die Nähe der Bank, auf der sich Posnanski ausstreckte, die Zigarre im Munde. Er müsse ein solides Brett unter sich haben, sonst breche er durch, erklärte er. Eine Pause entstand, erwartungsvolles Zögern, bevor Sophie begann: »Wie finden Sie unsern Freund? Gefällt er Ihnen?« – »Hm«, machte der Schwarzrock träge, die Blicke in der großen Buche über sich. »Und Ihnen?« – »Sehr wenig«, entgegnete Sophie ohne weiteres; »Sie wissen schon, wie ich es meine.« – »Er schwelgt ein bißchen im Gefühl seines Unglücks, wie? Hat sich sehr lieb gewonnen, der junge

Herr?« – »Genau das«, antwortete Sophie; »unsereiner drückt das bloß nicht so aus. Er ist ganz in sich hineingekrochen. Er wickelt sich in das Gefühl seines Unglücks wie ein Säugling in seine Windeln. Daß es ihn so schuldlos getroffen habe; daß sein ganzes Leben zerstört sei, ohne daß er sich habe wehren können, daß weiterleben weder Sinn noch Verstand habe. Und das geht doch nicht«, rief sie fast zornig. – »Das geht nicht«, wiederholte der Freund gutmütig, wobei er unklar ließ, ob er es ernst meine oder spaßig. »Machen Sie sich nicht über mich lustig«, verlangte das Mädchen. »Es ist jetzt einen Monat her, es wird Zeit, daß er sich ermannt.« »Vier Wochen sollte man jedem gönnen, der soviel Lebensaussichten verloren hat«, begütigte Posnanski. – »Ja, gut, natürlich«, rief Sophie und wand sich auf dem wankenden Liegestuhl; »aber dieser Monat ist vorbei, und kein Anzeichen verrät, daß Winfried doch mit allerlei Leuten eine Rechnung auszutragen hat. Daß er sich Personen vorknöpfen muß, Zusammenhängen nachgehen, Ursachen aufdecken. Wir leben doch nicht auf dem Monde. Alles wurzelt in Menschen und Zuständen, nicht wahr, und zwar in den gleichen, die das allgemeine Elend tragen und fortsetzen. Ich sehe diese Leute immer wie eine Mauer, Stein neben Stein, sie hält uns in diesem schrecklichen Krieg und Jammer gefangen. Jeder, den etwas zwingt, aus privaten Gründen einen Stock in eine Ritze zu stecken und am Gefüge dieser Mauer zu rütteln, jeder einzelne hilft der Allgemeinheit. Jeden Tag währt diese Schlächterei, jeden Tag, stellen Sie sich das vor! Es muß eine Bresche gebrochen werden, oder wir gehen alle zugrunde. Und Winfried weigert sich.« – Sieh mal an, dachte Posnanski, sieh mal an. Die Offizierstöchter, die denken gelernt haben. Die den Familienelan und die preußische Energie der anderen Seite zutragen. Hat diese Kleine nicht mit meinem Schreiber Bertin zu tun gehabt? Und ist ihr nicht, jetzt fällt's mir ein, schon bald am Anfang des Krieges, der Freund zuschanden geschliffen worden? Sie hat es ihnen nicht vergessen. Und alles hinter dieser hübschen, hellen Fassade. »Und was tut er denn statt dessen, der Erreger Ihres Zorns?«

Sophie beäugte sekundenlang den liegenden Mann, seinen gewölbten Bauch, sein sokratisches Gesicht, die Glatze, welche Lichter vom Blau des Himmels empfing. Ganz kurz fragte sie sich, ob es Zweck habe, weiterzureden. Dann blitzte in ihr

hoch, was sie miteinander in Merwinsk durchlebt hatten, wie dieser spaßende, gutmütige Mensch für das Recht eintrat, gegen die Gewalt, für den Unschuldigen gegen die Machtmaschine. »Posnanski«, sagte sie, »anstatt es einem schwer zu machen, sollten Sie mir lieber helfen. Aber wenn es Ihnen beliebt, zu verdauen – bitte sehr. Ich verrate Ihnen also, daß unser Freund Winfried den Weltgrund anklagt und ins Gefüge der Schöpfung blickt, statt an die Herren zu denken, die ihn verhaften ließen, oder an die, denen der Krieg nicht lange genug dauern konnte, so daß selbst Bärbes Gesundheit in die Binsen ging und die Tuberkeln ihrer Herr wurden; oder an die, in deren Diensten und Auftrag der alte Lychow in die Ukraine einmarschierte, wo er ja, wie wir wissen, unbedingt hingehörte.« – »Nichts gegen den Weltgrund und die Beschäftigung mit ihm«, verlangte Posnanski, während er sich aufrichtete. – »Gewiß nicht«, gab Sophie bereitwillig zu, »später, danach. Wenn das Näherliegende geordnet ist. Aber immer nur Weltgrund und angeklagte Schöpfung, das dürften selbst Sie nicht zulassen, und Sie am wenigsten. Denn der Schöpfer ist doch Eure Domäne«, schloß sie mit einem scharfen Ausfall, stellte ihre schlanken Beine auf die Erde, warf sich empor, und lief zweimal auf und ab, die Fäuste geballt, das Haar zurückgeworfen.
»Moses und ihr Propheten alle«, staunte Posnanski; »Muse der Empörung im Kattunkleidchen. Ich fand unsern Freund gestern etwas fügsam gegen seinen Vetter, der ihn eigentlich für einen Erbschleicher hielt. Verwundet durch das Erlittene und daher nicht streitbar gegen die Menschen. Aber ich schob es auf die nahe Verwandtschaft, die Pietät gegen Onkel Otto. Ist das seine allgemeine Haltung, dann ...« – »Ich sage Ihnen aber«, rief Sophie, »daß er nicht einmal einen Brief an Osanns zuwege brachte, grade noch die Unterschrift. Alles andere überließ er mir. In vierzehn Tagen läuft sein Urlaub ab, eine Woche Zuschuß können wir bestimmt erreichen. Aber dann muß er zurück nach Wilna, Freund und Feind vor Augen treten. Rechenschaft fordern. Wie soll das geschehen ohne einen Funken Feuer im Leibe? Gekränkter Augenaufschlag und die Klagerede der verfolgten Unschuld haben noch keinen Mann hervorgebracht, und ich weiß, wie ihn Bärbe wollte. Warum sie ihn auf Teck gestellt hat und losgeeist von Clauß und seinen Herren.« Jetzt sprang auch Posnanski auf, umfaßte sein Doppelkinn und

ging neben ihr auf und nieder. »Wenn es so steht, Sophie«, sagte er mit einer anderen Stimme als vorher, nüchterner und auch gewichtiger, »dann will ich Ihnen helfen. Aus den Himmeln der Unschuld kann ich ihn herunterholen. Und wenn Sie allgemeine Forderungen und Folgerungen suchen, politische Bereitstellung eines Mannes wie Winfried für Frieden und Verständigung, so gleitet er vielleicht auf einen wichtigen Punkt mit seinen Erlebnissen. Natürlich wissen wir nicht, was daraus werden kann. Lesen Sie Zeitungen? Nicht? Schade. Es geht allerhand vor, ohne daß man weiß, was – des Genaueren. Aber es muß etwas geschehen sein, denn die Alldeutschen speien Feuer, und die Reichstagsmehrheit rappelt sich auf. Hat er eigentlich schon erzählt, was ihm wirklich zugestoßen ist? Andeutungen hörte ich von Leutnant Perl, als ich vor vierzehn Tagen durch Wilna fuhr.« – »Mehr als Andeutungen weiß auch ich nicht«, klagte Sophie; »er bleibt wie zugestopft und schweigt wie die Leute aus den Gräben.« – »Ja«, sagte Posnanski, »dann wird es Zeit. Nach dem Kaffee wollen wir ihm zusetzen. Aber Kaffee trinken darf er noch vorher – ich bin für Milch und mildernde Umstände.«
Der Kaffee wäre ohne ober-östliche Zulage von Bohnen reine Ersatzbrühe gewesen. Paul Winfried saß verschlafen vor seiner ersten Tasse, wurde nach der zweiten munterer und rauchte sich frisch. Dann brachte er von selbst Posnanski das, was der den Henkel am Topf zu nennen pflegte. Er beklagte sich nämlich über seinen Vetter und schloß mit einer gewissen Bitterkeit: »Da prahlt die Schrift, Unrecht leiden sei besser als Unrecht tun. Ich habe es eher umgekehrt gefunden. Die Unrechttuer schneiden strahlend ab, wir Unrechtleider dürfen ihnen belemmert zusehen.« Posnanski wechselte einen Blick mit Sophie. »Halten Sie sich für einen Unrechtleider? Es gibt bloß keine, Verehrter. Wir tun alle Unrecht, der eine deutlicher, der andere versteckt.« – »Ausnahmen finden sich«, sagte Winfried kurz. Hier kam Sophie ein Einfall: »Jesus war anderer Meinung oder der Evangelist, wenn man es genauer nimmt. ›Wer unter euch ohne Schuld ist, der werfe den ersten Stein.‹ Worauf es weitergeht, wenn ich mich nicht irre: Jesus malte Figuren in den Staub, und als er aufblickte, hatten sich alle verzogen, und er war mit der Dame allein.«
Sie saßen bei diesem Geplänkel am Tisch der Veranda, draußen

begann sich das Nachmittagslicht zu verklären. Winfried fühlte sich beengt, stand auf und schlug vor, ein Stück zu gehen; jetzt marschiere es sich herrlich unter den Buchen. »Vortrefflich«, erwiderte Posnanski, »im Gehen zu philosophieren, ist bester Stil der Stoa. Und wir untersuchen ja eine moralische Frage.« Er blinzelte Sophie zu, und schon während sie die Treppe hinunterstiegen und die reine Luft atmeten: »Bleiben wir in der Gegenwart«, nahm er die Fährte auf, »sehen Sie irgendwo einen Schuldlosen, lieber Paul? Ist das nicht zu kühn gesprochen?« Winfrieds Blick löste sich von Sophies Nacken und Ohr: »Metaphysisch wollen wir doch nicht werden, nicht wahr? Gott, den Heiland und die Erbsünde lassen wir am besten raus. Aber wenn Sie mir in der Gegenwart sagen wollen, daß zum Beispiel mein Onkel mit Fug und Recht dem Mörder in den Wurf gelaufen ist, so werden Sie mich belehren, lieber Doktor.«
Posnanski, die Hände auf dem Rücken, stapfte neben ihm den Sandweg hin. »Zwischen schuldlos leiden und mit Fug und Recht ermordet werden, wie Sie eben beliebten, liegen wohl noch Abstufungen, und die wollen wir nicht vernachlässigen. Ja, irgendwo auf dieser Skala wollen wir einen Punkt suchen, der unserm Forschungsdrang Genüge tut. Wenn Sie mir gestatten wollen, am Anfang anzufangen, möchte ich beinahe behaupten, daß unser guter Freund Lychow schon aufhörte, schuldlos zu sein, als er in die Ukraine ging, und einwilligte, das ehrenvolle Kommando zu übernehmen.« – »Na hören Sie«, rief Winfried aus. – »Ja. Unter uns dreien dürfen wir wohl sachlich zergliedern. Es gibt Umstände, in denen einer persönlich anständig bleibt und sich doch als Angehöriger einer Schicht oder Kaste schuldig macht. Wir Deutschen hatten in der Ukraine nichts verloren.« – »So«, Winfried blickte ihn spöttisch an, »wir hatten nur einen Friedensschluß auszuführen und der Aufforderung einer ukrainischen Regierung zu folgen, sonst nichts.« – »Wo ist die nun, diese Regierung«, fragte Posnanski ruhig zurück; »als das Volk sich gegen sie empörte, ließen wir sie fallen, auseinanderjagen und setzten einen neuen Pharao ein, der uns willfähriger war und ist. Hat Lychow sich gegen diese Willkür verwahrt? Er hat sie gefördert. Dadurch und durch viel Schlimmeres noch ist er in die Schußlinie getreten. Und dann wurde eben geschossen.« – »Der Ter-

ror der Roten«, wies Winfried zurück. »Gerade das scheint mir nicht sehr für Sie zu sprechen.« – »Leider«, nickte Posnanski bedächtig und bekümmert, »tut es das doch, denn Sachkundige müssen zugeben, daß wie überall in der Geschichte Gewaltakte solcher Art immer erst auf den Terror der alten Machthaber antworten. So fing es bei Karl Stuart an, und so endete es mit dem Aufhängen von Bauern da unten, die ihr Getreide nicht hergeben wollten oder das Land wieder herausrücken sollten, das ihnen früher gehört hatte, und das ihnen die Gutsbesitzer unter den Zaren Schritt für Schritt weggenommen hatten, bis es ihnen das Jahr 1917 wiedergab. Worauf wir und die Österreicher uns in diesen historischen Prozeß mischten und Gewalt anwandten, um das neue Recht zu beseitigen. Nun hatten uns die Gutsbesitzer und ihre Schutzherren Getreide versprochen – Brot, das wir brauchten. Unsre Truppen trieben es ein ...« – »Damit es schließlich in Wien lande«, warf Winfried ein. Plötzlich war ihm das Gespräch gegenwärtig, das er mit Pont auf dem Schloßberg geführt, der wilde Zornausbruch Lychows verständlich, der dunkle ukrainische Nebel lichtete sich ihm. »Unrecht Gut gedeihet nicht, würde Sophie jetzt anmerken«, fuhr Posnanski fort. Sie nickte schweigsam, wollte nicht stören. »Also ist unser Freund Lychow in dem Bürgerkrieg gefallen, den das russische Volk gegen die Romanow und ihren Anhang führte«, folgerte Posnanski unbeirrt, »während Reich und Regierung grade mit den Revolutionären Frieden geschlossen hatten. Sie sehen, wie verwickelt einfache Dinge werden, wenn man sie langsam abspinnt.«
Sie schritten kurze Weile stumm unter den hohen, golden durchschimmerten Buchen, ihre Blicke verloren sich zwischen den grauen Stämmen. In Winfried stiegen dunkle Bilder hoch, Gelesenes aus diesem Sommer, der sich erstaunlich in zwei völlig zusammenhanglose Teile gespalten hatte. Was jenseits des Abgrundes lag, war offenbar vergessen worden. Jetzt kam es unklar wieder, das schattenhafte Ziehen von Streitern und Opfern, die für Freiheit, Recht und Glück eines unzählbaren Volkes sich hingegeben hatten, Schafotte nicht achtend und die Verbannungen in Nacht und Schnee. Ihm wurde heiß, beinah hätte er die leichte Jacke ausgezogen, die er trug. »Ich gehöre zu den Leuten«, begann Posnanski wieder, »die das Bestehende nur ungern ändern. Ich sage Ihnen damit nichts Neues. Der

Oberleutnant Winfried wird es mir bestätigen. Aber gewisse Schritte müssen getan werden, wenn die Zeiten ins Kreißen kommen. Hier geschah einer davon.« – »Wenn ein einzelner schuldlos in ein Gesamtgeschick verwickelt wird und untergeht, während er es fördert, sprechen wir, glaube ich, von Tragik«, versuchte Winfried das Gespräch zu schließen. Aber Posnanski wiegte seinen schweren Schädel, setzte sich auf einen glattgesägten Baumstumpf, der für die andern keinen Platz bot, stand wieder auf, alles mitten im Nachdenken, wies dann in das wundervolle Schweigen und Leuchten und sagte gedämpft: »Das ist Ästhetik, wenn ich nicht irre, das Schöne, das Erhabene, das was uns tröstet und über unsern Köpfen rauscht, als wollte es uns von den Wurzeln ablenken, die ihrerseits ja verteufelt harte Arbeit leisten: festhalten, saugen, Wachstum machen. Uns muß es aber hier weniger auf das Rauschen ankommen als auf das Saugen und Wachstum machen. Denn das ist die Zone der Moral, und in der stöbern wir ja herum. Und hier, mein Lieber, treffen wir jetzt unsern Otto von Lychow. Ja, sogar unsern Hauptmann Winfried.« – »Wie beliebt?« fragte Winfried betroffen. Sophie schlug ihre Augen weit auf, ihr Blick umfaßte die beiden Männer, Glück ohne gleichen weitete ihr Herz. Das war es, was sie brauchte, dies behutsame und unerbittliche Vorwärtsdringen des Gedankens in die verworrene Materie des Lebens. Wie wäre sie Winfried um den Hals gefallen, ihn an Mund und Brust ziehend, wenn diese Gabe in ihm gewaltet hätte! Aber auch so fühlte sie sich in diesem Augenblick als Liebende zu dem silenhaften Posnanski hingezogen, aber den jungen und verwirrten Freund meinend. »Ein wundervoller Nachmittag«, sagte sie tief einatmend.

Posnanski merkte nichts davon. Aber auch Winfried gab auf sie nicht acht. Ein kleiner empfindlicher Stoß gegen sein Herz machte, daß er den anderen aus gekniffenen Augen anspähte wie einen Feind: Da kam irgend etwas, und in der Vergangenheit rührte sich eine Erinnerung wie ein dumpf-leises Echo.

»Aus Lychows Testament ging hervor, daß er an Landerwerb in der Ukraine dachte, an Landerwerb auch für Sie; es ist dann nichts daraus geworden. Aber …?« Winfried brauste auf: »Mein Onkel gedachte, möglicherweise da unten Land zu kaufen, gegen gutes Geld. Das wird wohl noch erlaubt sein …« … selbst vor den Totenrichtern, wollte er hinzufügen; aber er ließ es sein. »Einverstanden«, gab Posnanski zurück. »Aber wer hätte das Geld bekommen? Der Bauer, dessen Äcker ohnehin viel zu klein waren? Und woher nahm der Verkäufer das Land für den Onkel und den Neffen? Lag es vielleicht herum? Die Gegend ist dicht besiedelt, lieber Winfried, Steppe und Brachland suchen Sie vergebens in Rußlands Kornkammer. Wer dort Boden erwerben wollte, mußte zusehen, daß er nicht frühere Bearbeiter landlos machte und in die Städte trieb, wo sie bloß ihre nackte Arbeitskraft zu Markte tragen konnten.« – »Sie phantasieren«, sagte Winfried grob; »es kam ja gar nicht dazu.« – »Nein«, bestätigte Posnanski, »aber die Absicht bestand. In einer moralischen Untersuchung über Schuld und Unschuld wiegt auch eine Absicht mit.« – »Nur wenn man Haare spalten will«, beharrte Winfried. Er sah plötzlich den Onkel im Bett liegen, sich selbst in einem Sessel davor, ein offenes Fenster, ein Ofen, der vom Gang geheizt werden konnte. Das war Krasny Dwor. Dieser Hund Posnanski spürte der Vergangenheit in ihrem Bau auf wie ein Teckel den Dachs, dem er ja auch ähnelt, dachte er erbittert, – wobei er im unklaren ließ, ob er mehr den Jagdhund meinte oder das Wild. Aber Posnanski, völlig unbeleidigt, sah zum Himmel empor, und ergänzte. »Nur weil wir vorhin die persönliche Unschuld der Gesamt- oder Gruppenschuld entgegengestellt haben. So ist es nicht. Immer mischen sich persönliche Motive zu den Beweggründen der breiteren Gebilde, die Begierden der Kasten und Herrschaften müssen von den einzelnen getragen werden. Sonst bleiben sie in der Luft hängen.« – »So werden Sie mir also einen Strick daraus drehen, daß Lychow mir und meiner armen Bärbe freundlich gesonnen war und uns ein Geschenk machen wollte.« – »Nicht doch«, verwahrte sich Posnanski, kreuzte die Arme über der Brust und zog sich zusammen, als ob er fröre. »An Stricken hängt man Mörder. Aber die Ursachenkette ist manchmal grausamer als solch ein Strick. Denn sie hat Sie, lieber Winfried, was würden Sie dazu sagen, in diese Tat mit hineinversponnen? Außerdem aber auch mich«, setzte er nachdenklich fort. »Denn ich habe mich eines Diebstahls schuldig gemacht, einer Unterschlagung im Amte; dies hier überreichte mir der Mörder bei unserm ersten Verhör, eine halbe Stunde nach der Tat; er zog es aus dem Stiefel, während wir ein paar Minuten allein waren. Man soll nicht, erklärte er dazu, die

Hilfe des Herrn Oberleutnants in dieses Pastetchen mit hineinhacken. Wer fragt jetzt, wie ich hierher gekommen bin? Stekken Sie es weg, verlangte er. Wir hörten den Polizeisoldaten schon auf dem Gange. Es war schmutzig und klebrig, aber ich habe es später gereinigt, damit es mir nicht die Brieftasche verseuche, und hier ist es«, schloß er, und überreichte Winfried einen Ausweis. Der drehte das Papier zum Licht: es gestattete dem Fjodor M. Weressejew die Reise von Merwinsk nach Kiew, um das Studium der Theologie an der Klosterhochschule fortzusetzen, und trug den Stempel des AOK. Lychow und Winfrieds eigene Unterschrift. Sophie stockte Schritt und Atem. Eine Hand auf dem Herzen, auf Winfrieds Schulter: »Um Gottes willen«, sagte sie.
Aber der junge Mann blickte das Papier an, dann Posnanski, legte seine Lippen flüchtig auf Sophies Finger, zerriß den Wisch in kleine Stücke und stopfte sie in das Loch einer Maus zwischen den Wurzeln des nächsten Baumes. »Damit kann die Alte ihr Wochenbett polstern«, rief er fast fröhlich, »denn, lieber Posnanski, das paßt zu gut in meine Art, die Dinge zu sehen. Daß ausgerechnet ich dem Burschen nach Kiew verhelfe, der ein halb Jahr später Lychow das Lebenslicht ausblasen soll, das hat nichts mehr mit Schuld und Unschuld zu tun. Das ist ein höhnischer Spaß Ihres lieben Gottes und enthebt mich jedes Hauchs von Last. Ausgezeichnet«, fügte er hinzu, schon etwas abwesender, »da lachen ja die Hühner. Im übrigen schönen Dank Ihnen und dem Gehenkten. Großartig, wenn ich nach alledem noch einer Mitschuld verdächtigt worden wäre. Stellen Sie sich das mal vor, Sophie, malen wir uns das mal aus!« – »Lieber nicht«, sagte Sophie, indem sie Posnanski mahnend anblickte, »denn jetzt kehren wir um, damit Senfke nicht zu lange mit den Schimmeln warten muß. Eine halbe Stunde brauchen wir sicher zum Heimweg, und inzwischen ist er da.«
Wortlos schritten sie eine Minute oder zwei durch den Wald, in dem goldbraunes Dunkel und graues Grün ineinanderschwammen. Dann räusperte sich Posnanski: »Es wäre vielleicht gut, lieber Hauptmann, wenn Sie uns endlich mal erzählen, was Ihnen zustieß bei den wilden Preußen. Sie können die Kostbarkeit doch nicht immer für sich behalten.« – Und ohne Zögern, nur mit gerunzelter Stirn und einem Seitenblick erklärte Win-

fried: »Gemacht! Irgendwann mal, wenn Sie wiederkommen. Denn Sie haben doch da drüben noch Geschäfte.« Der Anwalt bestätigte: »Morgen fahren wir mit Ihrem Vetter zum Amtsgericht, dann ich nach Berlin, Montag komme ich noch mal her, und danach leg ich den Kriegsgerichtsrat zu den Akten. Mit nächstem werd ich nämlich fünfzig und ersetze daheim einen Jüngeren.« – »Also Montag«, schloß Winfried und lief im Trab zum See hinunter.

Posnanski sah ihm nach, der schmalen Gestalt zwischen den Buchenstämmen, hellgrau wie sie; er gedachte plötzlich der Wälder bei Mont Faucon und eines jungen Mannes, der diesem hier an Alter glich und sonst in nichts. Kroysing hieß er, Pionierleutnant, ein Draufgänger und Held, und eine Fliegerbombe hatte all seinen Gaben ein Ende gemacht, ehe man noch die Frage an ihn hatte richten können, was er für Volk und Menschheit zu leisten gedenke. Großer Himmel über Verdun, wenn dem Eberhard Kroysing jemand so mitgespielt hätte! Da hätte es ja Leichen geregnet. Und indem er sich zu Sophie umdrehte, die stehengeblieben war, fragte er: »Sollte man nicht meinen, daß diesem begabten Jungen endlich der Sinn der Spiele aufgehen müßte, die mit ihm getrieben werden und die er treibt?« Sophie, während sie den Knoten ihres Haares fester steckte, folgte mit Blicken Winfrieds Verschwinden, richtete sie auf Posnanski und antwortete zögernd: »Lassen Sie ihn mal erst auspacken.«

SECHSTES KAPITEL

Der Bericht

Durch die Neumark, nördlich von der großen Bruchlandschaft des Warthe- und Netzelaufs zieht sich die Eisenbahn von Landsberg nach Driesen. In Neu-Mecklenburg zweigt von ihr eine Strecke ab, die nach Alt-Libbehne führt und weiterhin in die gesegneten Gefilde Pommerns. Ziemlich in der Mitte zwischen Hohen-Lychow und Alt-Wilding liegt die Station Mandelkow, auf welcher am Sonntagmorgen gegen neun der Lychowsche Wagen mit den beiden alten Schimmeln die Ankunft des Zuges erwartet. Ein junger Hauptmann mit dem EK I und eine Rote-Kreuz-Schwester wandern dort hin und her, während die Pferde ein sehr mit Häcksel gemischtes Futter aus den Säcken kauen, die ihnen vor den Nasen hängen. Dann schleppt eine alte Lokomotive ebenso bejahrte Waggons vor das Ziegel-Stationshaus. Aus einem Abteil zweiter Klasse steigt ein weißhaariger Herr im Reiseanzug – Pumphosen und Gürteljacke – und hilft einer etwas jüngeren Dame die hohen Stufen herunter. Aber schon steht der Offizier bei ihnen, allgemeine Umarmung, Gepäck wird herausgeholt, die junge Dame vorgestellt, und der Zug schnauft weiter. Allzu viele solcher Szenen hat der Bahnhof schon erlebt, wenige Menschen schauten zu, langsam ziehen die Schimmel den leichten Viersitzer durch den schon frischen Sonntagmorgen.
Winfried hat das Gefühl, mit seinen Eltern hier in der vertrauten Fremde auf ganz neue Art zusammenzusein – auf ferienhafte, leichte Art. Er freut sich innig an dem allgemeinen Wiedererkennen, das die Mutter mit der Gegend austauscht, wie sie es vorher mit Senfke tauschte und den Schimmeln. Wie alt sie geworden ist – und wie jung geblieben. Selbst das Storchnest auf der fernen Kirche grüßt sie mit ihren scharfen Augen, wie einstmals und immer. Und der Vater trägt hier ein ganz anderes, uneinschüchterndes Gesicht, das nur müde aussieht und verbittert. Ihm hat die Grippe schwere Lasten aufgebürdet,

von denen er jetzt den ersten Urlaub nimmt, entschlossen, nur wirklich gestärkt und erholt in seine Sielen zurückzukehren: laufen, wandern, sich die Beine vertreten, und, wenn's sein kann, noch schwimmen. »Schwimmen«, sagt er, »ist das regenerierendste Ding der Welt. Da wir aus dem Wasser stammen und gut dreiviertel unserer Körpersubstanz Wasser ist, wenn auch salziges, braucht das weiter keinen Kommentar. Und ihr beide seht mir ganz so aus, als ob ihr davon vernünftigen Gebrauch machtet. Oder irre ich? Man sieht es eurer Haut an.« Sophie von Gorse freut sich dieses vertraulichen und freundschaftlichen Tones, aber Winfried wundert er. Der Vater zeichnet sich sonst durch eine gewisse Steifheit aus. Nun, um so besser, wenn Sophie ihm zusagt. Wie hätte er sich erst mit Bärbe angefreundet... »Eh ich's vergesse«, setzt der Vater fort, »vor ein paar Tagen kam ein Brief für dich, Strafporto, wie du siehst, worüber man sich ja immer närrisch ärgert. Der Herr Soldat hat die Marke vergessen, – wenn's ein Herr ist.« Winfried, während er den Brief hin und her drehte. »Es ist ein Herr, Vater, sogar ein richtiger, der Adjutant des Prinzen auf Krankenurlaub. Darf ich sehen, was er mir schreibt? Wir sind uns besonders nahegekommen.«
Krottmayrs Brief war nicht sehr lang. Er fühle sich zwar noch nicht besonders, teilte er mit, aber er halte die Einsamkeit in den Bergen nicht mehr aus und die düsteren Nornenrufe in München noch weniger. Er werde also seinen Posten in Krasny Dwor ehebaldigst wieder beziehen. Da er reisen könne, wann er wolle, und eintreffen, wie es sich grade schicke, bitte er Winfried um Nachricht, wie lange er Urlaub habe. Sie könnten sich in Schneidemühl zwanglos treffen; Winfried möge ihm telegrafieren, wann und mit welchem Zuge er dort durchkommen solle.
»Ich habe teils aus den Zeitungen und teils von unserm Freunde Wreech Nachricht, was Ihnen in den letzten Wochen Schweres zugestoßen ist, mein Lieber. Meine Teilnahme und aufrichtige Kameradschaft in jeder Art von Unglück brauche ich Ihnen nicht auszusprechen. Aber eine Mitteilung bin ich Ihnen schuldig, die mich seit Wochen drückt, und die sage ich Ihnen lieber von Mann zu Mann. Nur Philister und Pauker wollen den Leuten einreden, im allgemeinen Unglück verliere das Private und Besondere sein Gewicht. Daß dies nicht der Fall

ist, und wie sehr ich solch herzensfaule Gesinnung verwerfe möchte ich Ihnen gern beweisen. Ihr Krottmayr.«
»Vergoldung vergeht«, sagte Winfried. »Schweinsleder besteht. Statt Schweinsleder kann es auch heißen, Kameradschaft oder Freundschaft. Wir müssen wirklich einmal ausrechnen, Sophie, wann unser Paradies zu Ende geht.« Die Mutter hatte ihm den Brief aus der Hand genommen und las ihn, während sie mit ihrer Linken seine Rechte hielt und streichelte. »Wie ich glücklich bin«, sagte sie, »daß du wieder so gesund und braun hier vor mir sitzest. Du mußt uns alles erzählen, was passiert ist, das mit Otto, mit deiner Bärbe und mit dir.« Winfried schaute in das geliebte Gesicht, in dem das Lychowsche weicher und verfeinert, aber stark zum Ausdruck kam. »Die Stunde findet sich, Muttchen«, antwortete er, »heut oder morgen; wir haben ja keine Eile. Und aus Kiew triffst du nächstens einen Augenzeugen.«
Daß er die Eltern plötzlich leibhaftig um sich hatte, ohne die Erinnerungen von Haus, Wohnung und Zimmer, von Schule, Streit und Unterwerfung, weckte eine glückliche Unruhe in ihm, höchst unpassend, wenn man sie an den Umständen maß, mit denen man rechnen mußte: Tante Malchen bei Tisch wurde nicht müde zu fragen, ob man denn das Silberzeug nicht verstecken solle, und daß Fritz in Berlin alles erledige, damit sich Papa in Kiew nicht aufzuregen brauche. Im übrigen saß sie abwesend da, aß wenig, schwieg in sich hinein, merkte kaum, daß ihr Tränen die Nase entlangliefen. Auf dem Spaziergang dann nach Tisch durch den Park tat sich in Winfried eine Falltür auf und entließ das Vergangne, einen Gespenterreigen. Frau Lisbeth hatte Brösel mitgenommen, wie sie es als Kind mit Leidenschaft getan. Als die Karauschen sich danach drängten und schnappten, rief Winfried lachend: »Wie die Flöhe im Stroh von Maljaty. Wenn du unvorsichtigerweise die Hand reinstecktest, kam sie braun raus – ein Floh neben dem andern. Vor allem in der Strafbaracke.« – »Wie kamst du denn da hinein?« fragte Vater Winfried stirnrunzelnd. »Ich ging bummeln«, erwiderte der Sohn, halb kleinlaut, halb versonnen. »Ich mußte etwas gegen die Dienstregel tun, etwas Unschickliches, verstehst du, dabei trug ich den grünen Wanderanzug – Räuberzivil. Zum Unglück veranstaltete die Polizei in den Teestuben eine Razzia. Meinen Ausweis hatte mir mein Bursche beim

Saubermachen aus der Tasche praktiziert. Ich mußte mit. Sie hielten mich für einen Doppelspion, der gerade von Dünaburg gesucht wurde. Und nun, Vater, stell dir die Gemeinheit vor: Der Polizeihauptmann Siewindt, ein Schuft, mit dem ich dienstlich und privat mindestens ein halb Dutzend mal zu tun hatte, tat so, als erkenne er mich nicht. Zuckte mit keiner Wimper und verleugnete mich kaltlächelnd. Hätte ich einen Degen bei mir gehabt, ich hätte ihn dem Hund glatt durch den Nabel gerannt. Aber warte, mein Söhnchen, ich will schwarz wie ein Neger werden, wenn ich dir das schenke. Und solltest du dich in Wilna hinter die Dienstpflicht verschanzen: Einmal ziehen wir ja den Rock aus, und dann kommst du mir vor die Pistole. Denn mit diesem Schwein hat alles angefangen.«

Sophie von Gorse hatte sich in diesem Familienkreis zurückgehalten, ihr Dabeisein möglichst zum Verschwinden gebracht. Jetzt sah sie ihren Pflegling verwandelt am Ufer des schwarzgrünen Teiches stehen, schneeblaß, aufgerichtet, die Fäuste geballt. Großer Gott, dachte sie, es kommt aus ihm heraus, es wartet nicht bis Montagabend, Posnanski wird betrogen! Und eine Röte des Glücks färbte ihre Wangen, so daß die beiden Gesichter durch ein kleines Rund von Wasser verbunden, in der Spiegelung, wie zwei Gestirne am Himmel zu schweben schienen: sinkende Sonne und Mond im Aufstieg.

Ja, es wartete nicht auf Posnanski. Winfried erzählte im Park, beim Gehen, dann im Gutshaus, während die Mutter auf dem Sofa ausruhte und der Vater in einem der Sessel, Sophie aber meist an der Wand stand und Winfried bald umherlief, bald rittlings auf einem Stuhle saß. Man trank zu vieren Tee, und er erzählte, es dunkelte, und immer noch kam sein Bericht, stoßweise, lückenhaft und ungeordnet, bald Übergangenes nachholend, bald vorwegnehmend, was erst später verständlich wurde. Wie eine Zeichnung aus großen schwarzen und weißen Flecken, die sich abrollt, zog an den drei Menschen das Ereignis vorüber, wie er es erfaßt hatte, damals, und wie es sich ihm zurechtrückte, jetzt. Das Abendbrot unterbrach ihn, aber nachher, das Wichtigste schon gesagt, stießen immer wieder Fetzen empor, Bruchstücke; gingen ihm Zusammenhänge auf, die abrundeten und ordneten. Das Entsetzliche, unterstrich er immer wieder, war nicht, was er an kleinen Tatsachen erlebte, sah, hörte, sich glaubhaft erzählen ließ. Das Entsetzliche war: Un-

terhalb der geordneten deutschen Wirklichkeit, dieser Dienstwelt mit strengen Rechtlichkeitsbegriffen und altpreußischen Soldatenordnungen, tat sich ihm eine Kellerwelt auf von Ungesetzlichkeit, Roheit, willkürlicher Ausbeutung der Schwachen, voll höhnischer Gewalttat, die ihren Spaß und Spott mit Wehrlosen trieb und die Rechtlosigkeit gefangener Menschen genoß wie Schnaps. Das war der Anblick, den die besetzende Macht von unten bot, von dort her, wo öffentliche Aufsicht und Kontrolle nicht hinfand. Und ebenso schlimm wie dies schien ihm, daß eine Minderheit von Lümmeln und Lumpen dies Regiment aufführen konnte, ohne daß die Mehrheit der Anständigen – auch in diesem Lager eine Mehrheit – anders zu protestieren wagte als durch Wegsehen. Mächtige Leute hielten ihre Hand über die Rüpel: die Forstabteilung, Herr Buchenegger, eine ganze Partei oder Gruppe derer, die den Krieg zum Raubzug benutzten und entarten ließen. Bruchstückhaft kamen die Tatsachen ans Licht, aber unaufhaltsam, Winfried zitterte, der Schweiß lief ihm aus den Haaren, in sich zusammengezogen horchten die Frauen, die Augen feierlich auf dem Gesicht des Sohnes, lauschte der Vater. »Wenn ein Brett lange auf feuchter Erde gelegen hat«, sagte er in einer Pause, »mag es oben immer noch manierlich aussehen, aber heb's mal auf, dreh es um: Asseln und Regenwürmer, Ohrwürmer und kleine Schnecken. Ungeziefer«, schloß er verächtlich.
Selbstbeherrschung! Das war es, was Winfried von sich zu allererst verlangt hatte. Seine Verhaftung schien ihm ein Spaß, wenn auch ein peinlicher, die Vernehmung in dem nach Knoblauch und kaltem Rauch stinkenden Wartesaal ein Denkzettel, den sein Leichtsinn verdient hatte. Erst das unwahrscheinliche Benehmen des Hauptmanns Siewindt gab ihm einen Stoß gleich dem, den er körperlich von dem Polizeisoldaten empfing. Was nahmen sich diese Kerle heraus? War er etwa wirklich aus seiner Existenz gefallen, weil er nicht beweisen konnte, zu welcher Kaste er gehörte? Erdreistete ein Siewindt sich, ihn nicht erkennen zu wollen, so bedeutete diese Frechheit ein Signal: Man mußte sehr auf seiner Hut sein. Erstaunen und Gedanken überwältigen ihn so, daß er den Wachmann weder anschrie noch zurückstieß; zusammengepfercht in einem heißen, stickigen Waggon mit Bürgern aller Art – »Panjes«, wie die Soldaten sagten – fühlte er sich zwar scheußlich unbehaglich,

aber doch nicht degradiert oder gefährdet. Ihm würde niemand einreden, daß er der Spion Lekeitis sei, dessen Steckbriefbild auch er gesehen hatte: der Kerl besaß ja eine Stupsnase. Wenn man den Apparat des Dienstes beherrschte wie ein Hauptmann von Ober-Ost, der Lychows Adjutant gewesen, sollten die Siewindt was erleben.
Aber sie erlebten gar nichts. Vielmehr erlebte Winfried im Verlaufe dieses Sonntags allerlei: die schlimmsten Zeiten seiner Rekrutentage waren zurückgekehrt, verschärft durch Gefangenenkost, die gleichgültige Willkür der einteilenden Unteroffiziere und den frechen Hohn einzelner, der besonders den jüdischen Verhafteten galt. Da nämlich Israeliten von alters her an ihrem Sabbat nicht zu arbeiten brauchten, mußten sie am Sonntag ihr Wochenquantum auffüllen, und so wurden die frisch verhafteten, auch Winfried, ihren Arbeitskolonnen zugeteilt, als diese am Morgen antraten. Ältere Männer zumeist mager, von schlechter Haltung, unterernährt, sollten Stämme transportieren, Waggons volladen und anschieben, sogar Stubben roden. Die Kolonnen der Eingewöhnten waren wenigstens mit den Handgriffen vertraut, sie kannten den Willen ihrer Aufseher; die Neuen dagegen, hungrig und unausgeschlafen, dazu in allem fremd, sahen sich Schreien und Beschimpfungen ausgesetzt und wurden mit Püffen, gelegentlich mit der Stiefelspitze an ihre Plätze befördert. Zwei Leute, ein Schnurrbärtiger und einer in blondem Vollbart, mit schwarzweißroten Armbinden, aber halb als Zivilisten gekleidet, taten sich hervor. »Dreckige faule Judenbande« war noch das Schwächste, was aus den aufgerissenen Schnauzen erscholl. Als einer der bürgerlichen Männer sich diesen Ton aufgeregt verbat, bluteten ihm alsbald Nase und Oberlippe. Drauf wurden die anderen still. Winfried biß die Zähne zusammen, steckte die geballten Fäuste in die Hosentasche. Welche Wonne, dem Kerl in die Fresse zu fahren! Erst hier wieder wegkommen. Nur von draußen konnte man, dann aber mit Wucht, an die Vergeltung gehen.
Die Arbeit selber machte ihm erstaunlicherweise Freude. Das Wetter, Wald, sehr ausgehauen im Schatten einzelner Baumriesen, und hoher Himmel, die körperliche Bewegung, das Spiel der Muskeln: all das überraschte ihn, es verschaffte Lust. Er war so eingerostet in seinem Schreibtischdasein, daß

seine Kraft gehungert hatte; jetzt bekam sie Futter. Im Hin- und Hertragen der schweren Eisenbahnschwellen ordneten sich seine Gedanken und verdichteten sich zu Entschlüssen. Gegen den Druck des kantigen Holzes hatte er alsbald sein Filzhütchen unter den grünen Rock geschoben, auf die rechte Schulter.

Als zur Mittagspause geblasen wurde, näherte er sich einem Gefreiten, den er die Stunden vorher sorgsam ausgesucht hatte: ein ruhiger Mann, wortkarg, der nicht schimpfte. Er fragte ihn, wo man hier sei. »Lager Maljaty II«, antwortete der Soldat. »Sie haben mich nicht anzusprechen.« Winfrieds Atem stockte, er brachte aber seine zweite Frage dennoch vor: »Können Sie mir eine Postkarte verschaffen und nach Wilna besorgen?« – »Ausgeschlossen«, erwiderte der Mann; »und jetzt gefälligst Schluß, einrücken!« Maljaty II! Hierhin also hatte es ihn verschlagen, ihn, der eine Aufgabe übernommen und jämmerlich fallengelassen. Die kleine Dwaja Süßkind war gerächt. Es hatte so weit kommen müssen, daß er sich nun persönlich nach ihrem Mann und den anderen Leuten aus Merwinsk umtun konnte. Das weite und tiefe Staunen hierüber füllte die nächsten Stunden und den Nachmittag aus. Eine Graupensuppe mit Brotbrocken, die nach Natron schmeckte, ließ sich beim Nachdenken mechanisch verzehren. Solche Verkettungen, aus mehreren Zufällen geboren, erschienen dem Menschen leicht als Fügungen, veranstaltet von einem zielvollen Wissen. Winfrieds klarer Verstand sonderte die einzelnen Glieder dieser Kette, löste den Knoten; aber sein Schuldgefühl ward davon nicht zersetzt. Was er vernachlässigt hatte, wenn auch aus guten Gründen, das schlug jetzt über ihm zusammen. Ihm kam vor, dies wohlverdient zu haben, und das half ihm in den nächsten Tagen. Selbst der marternde Gedanke, Bärbe ohne Nachricht lassen zu müssen, wurde davon beschwichtigt. Wenn ich erzählen werde, wie mich mein Gewissen hier geplagt hat, wird sie mir nicht böse sein, tröstete er sich.

Er verlangte, zur Vernehmung geführt zu werden, und wurde angebrüllt, er solle sich gefälligst an seinen Platz scheren und die Schnauze halten. Die Lagerleitung wisse ganz allein, wen sie vornehmen solle und wann. Dies geschah Montag früh, nach einer Nacht, in der das Ungeziefer Winfried nicht hatte schlafen lassen, indes ein kleiner Napf mit Wasser alles war,

was ihm zur Reinigung dienen sollte. Seine Nerven zitterten, aber das durften sie nicht. Er besaß noch acht Zigaretten in der Dose, ein kostbarer Schatz, und verbesserte das Frühstück durch eine. Der Duft zog einen Haufen Männer an, die ihn gierig mitschnupperten. Sie wußten, sagten sie, er sei der große Spion Lekeitis, und werde sicher erschossen werden; vorher wollte ihm einer diese Dose abkaufen. Winfried erklärte ruhig, wer er sei, werde sich im Lauf der Woche herausstellen (der Woche! hörte er sich erschrocken zu). Jetzt wünschte er zu wissen, ob ein gewisser Elkus im Lager sei, Alexander Elkus, zuletzt in Merwinsk. Die einen behaupteten, er liege in der Krankenbaracke, andere meinten, er sei schon wieder draußen, in der Mittagspause könnte man die beiden zusammenbringen.
Montag mittag begegnete Winfried Alexander Elkus, einem hohlwangigen Menschen, der einen Bart von Ohr zu Ohr trug, und dessen Augen hoffnungslos und wissend blickten durch eine Brille mit gesprungenen Gläsern. Nach eingenommenem Essen schliefen die Gefangenen im Freien auf besonnten Haufen frischer oder trocknender Kiefernäste, sie brauchten jede Minute dazu, auch Winfried; wie im Felde, dachte er, wenn der Frühling kam, und der Franzose nur zu bestimmten Zeiten schoß. Sie lagen nebeneinander, Elkus betrachtete ihn prüfend und fand, sie hätten sich schon einmal gesehen. In Merwinsk, bestätigte Winfried, und erklärte wer er sei, und wie er hierher verschlagen. Elkus rührte sich nicht, seine Brust hob und senkte sich unter der dünnen Russenbluse. Das könnte wahr sein, antwortete er. »Dann werden Sie hier nicht lange bleiben.« – »Sie auch nicht«, entgegnete Winfried sofort, »ich gebe Ihnen mein Wort darauf.« Vor vielen Monaten habe seine Frau ihm geschrieben, flüsterte Elkus, sie habe bei Ober-Ost Hauptmann Winfried und den Leutnant Perl besucht, aber nichts sei erfolgt. »Richtig«, sagte Winfried beschämt. »Wir hatten die besten Absichten. Aber was diese Monate auf uns häuften und von uns verlangten, kann ich Ihnen so kurz kaum schildern. Nicht aus Lauheit, glauben Sie mir, wurde ein Eingreifen bisher verschoben.« – »Gewiß«, antwortete Elkus gleichmütig, »der Krieg geht verloren, das bringt viel Geruder mit sich, und inzwischen sterben wir.« Winfried erinnerte sich später seines Zorns gegen diesen übertreibenden Menschen. Aber Elkus spottete, selbst der Lagerarzt habe zugegeben, seine Lunge sei

»angegriffen«. »Angegriffen, verstehen Sie, wie eine Kompanie, die schon sehr auf der Flucht ist. Der Winter wird mich umschmeißen, so sicher wir hier liegen. Aber bevor wir schlafen, geben Sie mir bitte eine von Ihren berühmten Zigaretten.« Winfried erfüllte seinen Wunsch schweigend; in vierzehn Tagen würde der Mann frei sein, und bis dahin mochte er ruhig mal rauchen.

In der schlaflosen Nacht erzählten ihm die Juden Geschichten. Es hatte sich herumgeflüstert, daß er durchaus behaupte, jener Oberleutnant Winfried zu sein, den einer oder der andere als Adjutant in Lychows Wagen vorüberspritzen gesehen. Sie hielten es für unwahrscheinlich, aber für nicht ganz ausgeschlossen, denn was geschah in Zeiten wir diesen nicht? Das Ungeheuerliche war zum täglichen Brot geworden. Winfried erfuhr in dieser Nacht Dinge, die ihn alt machten. Wie man diese Menschen in manchen Polizeigefängnissen schlug, um Geständnisse zu erzwingen. Wie unbedenklich man sie ausraubte, ihre jämmerliche Habe von ihnen erpreßte, mit welcher Roheit manche Beamte sie mißhandelten, falls sie mit ihren Gesuchen oder Anträgen lästig wurden. »Petsch«, d. h. Ohrfeigen mit männlicher Wucht verabfolgt, zählten kaum noch mit. Die Deutschen lebten in der Vorstellung, so hätten es die Russen gemacht, und so müßte man es treiben, um hier im Osten etwas auszurichten. Kleine Bestechungen und Schmiergelder gehörten zum Tageslauf. Besonders happige Räubcreien wurden mit genauen Umständen und Zahlen berichtet. Ebenso besonders gewalttätige Quälereien und Ausschreitungen. Winfried trug in seinem Gedächtnis die Namen derer mit, die in diesem Lager die Ärgsten waren; aber was ihn erdrückte, war der Anblick, den die deutsche Besetzung bot, aus diesen Niederungen gesehen. Sein deutsches Gefühl hatte nicht Raum genug, diese Scham unterzubringen. Namentlich erschütterte ihn der Tod eines Juden, eines Tischlers Tewje, den er zufällig näher kannte, weil er für die Behörden gearbeitet hatte. Obwohl mager und schwach, war dieser Mann weder an Überanstrengung noch an körperlichen Mißhandlungen gestorben; er hatte sich einfach nur geweigert, die Lagerkost zu essen, weil sie nicht von seinem »Rebben« für einwandfrei erklärt und überwacht wurde. Der Anspruch der Juden, rituell verpflegt zu werden, ward von Ober-Ost streng geachtet, aber die Armeerabbiner galten den

Frömmsten der Frommen nicht für hinreichend, und der Raw (oder Rabbi) von Nowoswenzjany war für den Tischler Tewje ebenfalls nicht maßgebend. »Brot kann man essen«, sagte er, »und Wasser kann man trinken, und Beeren kann man pflükken; aber schon ein Hering kann unrein sein, wenn das Papier unrein ist, in das man ihn wickelt, und der Topf kann unrein werden, in dem diese Leute die Kartoffeln kochen; denn wer hindert sie, hineinzuspucken, wenn sie grade Schwein gegessen haben. Warum hat man mich hierhergebracht? Der Herr der Welt schreibt ein, wozu es gut ist. Ich jedenfalls weiß, was für mich erlaubt ist.« – Er war an Schwäche allmählich eingegangen, hatte zuletzt in der Krankenbaracke gelegen, abgezehrt zum Gerippe, wurde aber nicht entlassen, aus Gründen des Ansehens der Besatzungsbehörde. »Wäre noch schöner«, hatte der Lagerkommandant erklärt; »was einem Spaß macht, das fordern dann drei Dutzend, und die Faulpelze siegen. Bei mir nicht.« Tewje wiederum hatte auf die Einreden derer, die ihn besuchten, mit staunenden Blicken und gehauchtem Lächeln entgegnet, ob man nicht verstehe? Daß der Richter der Welt diesen kleinen Umweg gewählt habe, ihn, den armseligen Tewje, in seine himmlische Gnade zu holen? Wäre er nicht dumm, hier irgend etwas Unreines in den Mund zu nehmen und die Aussicht zu verlieren, in wenigen Tagen vom himmlischen Leviathan zu speisen und mit den Engeln Wein zu trinken? »Ich will euch sagen«, waren seine letzten Worte; »ich habe nicht verdient, so begnadet zu werden, aber ich will lachen und Fiedel spielen, daß sie mir zuteil wird.« Einige Tage später begrub man ihn in Nowoswenzjany; sein Körper war so leicht, daß ein Knabe ihn hätte forttragen können, auch wenn er schwächer gewesen wäre als der stämmige Junge Schimon, den Winfried entsetzt an einen Schubkarren gekettet getroffen hatte. Er hatte versucht, auszureißen und wurde seither die Fesseln auch nachts nicht los; er schlief im Freien auf seinem Karren. An dieser Stelle des Berichtes sahen die drei Hörer Winfried etwas an den Fingern abzählen. Geduckt saß er da, sprungbereit, und rechnete die Tage nach, die ihm eine neue Seele gegeben hatten, jene, die jetzt durchbrach. »Am Dienstag«, sagte er dann, »brach ich aus. Nach der Vernehmung, wißt ihr. Der Kerl hatte so eine gescheitelte glatte Visage, künstlich blasiert von oben bis unten wie eine Kartoffel, die

Billardkugel spielt. Er erwartete vielleicht, mich klein zu finden; vielleicht auch glaubte er selber, ich sei der Lekeitis. Kurz, meine Hartnäckigkeit, Ellendts Referent in ukrainischen Angelegenheiten zu sein und Hauptmann beim Stab Ober-Ost, machte ihm Spaß. Er wollte mich offenbar überführen, er wiederum erheiterte mich, und so umkreisten und beknurrten wir einander wie zwei Kater, die ein Gefecht einleiten. Etwas an ihm mahnte mich, aufzupassen, es sei nicht alles koscher. Und richtig, nach dreiviertel Stunden versetzte er es mir, ganz sanft. ›Sehen Sie, Herr Lekeitis‹, sagte er ungefähr, ›wenn Sie sich schon den Papst zum Vetter aussuchen, ich meine einen hohen deutschen Offizier zum Onkel, hätten Sie geschickter wählen sollen. Gerade dieser Onkel nutzt Ihnen zur Zeit wenig. Ja, manches spricht gegen Sie auch in diesem Punkte. Sie können am Samstag abend in Wilna recht wohl erschnüffelt haben, daß Exzellenz Lychow am Nachmittag in Kiew ermordet worden ist... Ermordet, junger Mann‹ schloß er feixend, ›was sagen Sie nun?‹ Ich fragte zurück, wer ermordet worden sei, und er reichte mir lächelnd ein Nachrichtenblatt meiner eigenen Dienststelle über den Tisch, einen lila betippten Bogen, wie der Stab sie täglich abziehen läßt, und da las ich, daß Onkel Otto schon tot war, während ich bei Kantorowicz herumsaß, böse auf Bärbe, weil sie nicht gekommen, und der Musik zuhörte, die die ›Wolgaschlepper‹ spielte. ›Da wundern Sie sich, Herr Lekeitis‹, warf er hin; ›das Zittern machen Sie ganz natürlich. Es ist überhaupt schade, daß Sie Ihre Fähigkeiten auch den Roten zur Verfügung gestellt haben; und wenn man Sie mit dieser Nachricht jetzt einsperrt, finden Sie vielleicht morgen früh den Mut, der Wahrheit die Ehre zu geben. Abführen‹, befahl er. Und der wachthabende Unteroffizier nahm mich beim Arm und wahrhaftig, er stützte mich. ›Damit de nicht fällst, Kleener‹, spottete er auf berlinisch und führte mich aus der Schreibstube, und die Lümmel lachten. Als wir aber draußen waren, und ich mich losriß, stotterte er beinah ängstlich: ›Bitte, Herr Hauptmann, kein Aufsehen, und ruhig mitgehen, es ist besser so, damit Herr Hauptmann nicht in Teufels Küche kommen.‹ Er kannte mich aus Merwinsk, war Unteroffizier unter Brettschneider gewesen, Ortskommandantur, und bei der Auflösung des Landwehrbataillons hierher versetzt worden, während der Hauptteil nach dem Westen flog. Schmielinsky hieß er, ein Berliner Briefträger, und ich habe Perl gebeten, für ihn zu sorgen.

In der Nacht brach ein Gewitter los – der ganze Tag schon war schwül gewesen, und die Mücken und Fliegen hatten uns wie wild gepeinigt. Die Zelle, in die sie mich gesteckt hatten, enthielt nur eine Holzpritsche und keine Spur von Stroh, schien also vergleichsweise sauber. Dafür warteten Wanzen in den Bretterritzen. Ich hatte keinen Sinn für sie, mir galt nur ein Kommando: raus, nach Kiew oder nach Wilna, einerlei. Auf der Landstraße oder der Bahnlinie mußten sich Transportmittel finden. Eine kalte Raserei hielt mich besessen und das Unwetter kam wie aus mir. Ich hatte niemals etwas Ähnliches erlebt. Der Donner rollte dicht über meinem Kopfe, sein Krachen übertäubte jedes Geräusch, als ich mich gegen die Tür warf, daß die alten Haspen aus dem Holze wichen. Die Gefangenen hier hatten keinen Mumm in den Knochen, und ich war plötzlich auf der Höhe. Als es dicht beim Lager einschlug, in einen der Riesenbäume, war ich schon vor der Tür und lief durch den rasenden Guß dem Schall zu. Ich hatte mich nicht getäuscht, der Einschlag des himmlischen Geschosses hatte eine Fichte halbiert und auf die Umzäunung geworfen; ich kam glatt rüber. Meine Hände sahen nicht schön aus danach, aber wer verlangte ästhetische Reize in dieser Nacht, nach dieser Nachricht. Das Schlimmste hielten sowieso meine Handschuhe ab – die alten rotbraunen ledernen aus der Hosentasche. Die Blitze leuchteten mir, aber sie führten auch irre. Irgend jemand muß mich gesehen haben, denn ich hörte ein paar Gewehrschüsse hinter mir, trotz des trommelnden und peitschenden Regens, den mir der Wind ins Gesicht hieb wie Haue. Ich war im Augenblick klatschnaß, und daher bedeutete es nichts, daß ich in mehrere Pfützen fiel, und das Wasser mir vom Kragen bis in die Schuhe lief. Draußen war ich, alles einerlei, wunderbare Luft und herrlicher Regen und Freiheit. Immer zehn Minuten Dauerlauf und fünf Minuten in Dekkung. Das Gewitter tat mir wohl, schwefelfarben und veilchenblau schlug das Licht auf die Erde oder in die Wolken. Lychow ist tot, schrie der Donner in meine Ohren, jeder Dreck und Kot ist wahr, den die Leute über uns berichten – Einladung zum Weltuntergang angenommen! Loslaufen, hinschmeißen.

Nach einiger Zeit hörte es auf, regnete sanfter, tröpfelte nur noch. Ich sah etwas vor mir wie eine Mauer, über der große Wipfel in den helleren Himmel griffen. Um ein Dutzend alter Eichen war dichtes junges Zeug gewachsen, vielleicht eine Föhrenschonung, unsachgemäß angelegt. Dahinein kroch ich. Ich fand eine hohle Eiche, trocken und rund wie ein Schilderhaus. Von den Eichen sollst du weichen, sagt ein Kindervers, der vor dem Blitzschlag warnt; mir aber würde nichts passieren. Erst zog ich mich nackt aus, um vor den Läusen und Flöhen im Unterzeug Ruhe zu haben, dann bekleidete ich mich wieder mit Schuhen, Hosen und Rock, hockte mich in meine Koje und pennte weg wie ein begrabener Indianer. Im Einschlafen zog mir allerlei Zeug durch den Sinn: Katze und Maus, ein Mann, der Bretter sägte, und ein anderer, der seinen Namen gewechselt hatte und vergeblich von dem neuen loszukommen suchte. Nun, ich war von Natur eine Katze, fiel auf meine Beine, ergriff aber die Partei der Mäuse und ließ mich nicht aus meinem Rock drängen.

Am nächsten Morgen winkte herrliches Wetter, Vogelkonzert und Hunger in meinem Bauch. In meinen Unterhosen hatten sich Ameisen zu schaffen gemacht und fleißig die Läuse gefressen. Ich beging die Unvorsichtigkeit, das feuchte Zeug zum Trocknen zu hängen, was die Sonne aufs Erfreulichste besorgte. Ich ahnte nicht, aber ich hätte es mir denken sollen, daß ich einen großen Bogen gelaufen war, unweit von den Arbeitsstellen genächtigt hatte und durch meine Wäsche gewissermaßen die Notflagge hißte. Gegen Mittag hatten mich die Wachmannschaften eingekreist und verlangten durch Rufe, daß ich mich ergäbe und herauskäme. Ich besaß meinen Verstand wieder; fraglos suchte mich Abteilung V längst. Ich glaubte, Gorse werde mein Retter sein, denn ihm unterstand die Bandenbekämpfung, und seine Trupps kannten die Wälder. Aber es war dann doch Perl, der mich am andern Morgen aus der Zelle holte. Unter den Soldaten hatte sich die Meinung des Unteroffiziers Schmielinsky schon herumgesprochen; aber auf die Juden und die anderen Insassen des Lagers wirkte Perls Erscheinen wie der Eintritt des Heilands in die Hölle. Wenig fehlte, und sie wären ihm weinend zu Füßen gefallen. Er hatte ein tolles Ding gedreht, vom Standpunkt des Dienstes aus betrachtet, sich unter Umgehung des Lagerkommandanten an den Feldwebelleutnant Tomaschek gehalten und früh von sieben

bis neun den ganzen Salat durchgeschmeckt. Unsere Begrüßung verlief wie folgt: Mit feierlichem Gesicht und einem winzigen Lächeln in den Augenfalten legte er die Hand an die Mütze und sprach die geflügelten Worte: ›Wollen Herr Hauptmann sich zum Wagen begeben und Dienstkleidung anlegen.‹ Neben unserm grauen Wagen ragte dann wirklich Possek mit aufgerissenen Augen in der Haltung eines Jungen, der Prügel fürchtet. Ich gestehe euch eine Anwandlung, ihm denn auch rechts und links eine reinzulangen; das Lager hatte also auf mich abgefärbt. Dann bat er mich tausendmal um Entschuldigung. Hinter seinen aufgeregten Reden versteckte sich etwas, aber ich achtete nicht darauf. Ich war hungrig nach einem Stück Wurst, einer Tasse Kaffee aus der Thermosflasche – und nach dem Herrn Lagerkommandanten, der mich in voller Kriegsbemalung und Perl bei einer unvorschriftsmäßigen, aber von Ober-Ost gedeckten Besichtigung finden sollte. Und das geschah dann auch und machte allem Spaß ein Ende. Erst auf der Rückfahrt, als der Schloßberg schon am Horizont auftauchte, bereitete mich Perl darauf vor, daß auch mit Bärbe einiges in Unordnung sei. Er fuhr mich gleich nach Antokol, und dann starb mir meine süße Frau in den Armen.«
Er zog seine Brieftasche hervor, entnahm ihr ein Foto, das fünfzehnjährige Schulmädchen Bärbe Osann darstellend, mit lachenden Augen und schwarzen Flechten rechts und links von dem reizenden Oval, und ging hinaus. Die Mutter und Sophie hatten Taschentücher in den Händen, der Vater erhob sich, reckte die Arme und sagte: »Noch in diesem Jahr geht der Krieg zu Ende. Dann werden Männer wie dieser Junge was gelernt haben, die Anstifter des Elends zur Rechenschaft ziehen und neues Leben gründen in einer besseren Zeit.«

NEUNTES BUCH

WINFRIED STEIGT UM

ERSTES KAPITEL

Aus den Nebeln

Der Herbst hat ein doppeltes Gesicht wie die menschlichen Leidenschaften auch. Aus der großartigen und schwebenden Fülle seines Anstiegs schlägt er um in die wilde und kahle Dürftigkeit von kaltem Wind und unendlichem Regen, von Nebeln, die sich nicht lichten wollen und von nassen Feldern, aufgeweichten Landstraßen, der ganzen verödeten Hinterlassenschaft glücklicher Empfindungen und freudiger Zeiten, in denen man sich heiß anfüllte mit Begierde und Genuß. In den kalten Lüften draußen, die die Blätter von den Bäumen reißen und auf Wasserlachen werfen, kündigt sich der Winter an, die große Pause. Glücklich, wem noch neue Frühlinge verheißen sind, und in der schlechten Jahreszeit ein behaglicher Raum eng und mit Tabaksrauch gefüllt, darin die Öden zu verwarten. Denn der Mensch bewegt sich immer vorwärts, bis er erlischt, wie die Erde auch.

In Schneidemühl stiegen Winfried und Sophie zu Krottmayr in das reservierte Abteil, durch einen vollgestopften Korridor, in welchem Zivilisten mit ihrem Gepäck verstaut waren. »Leute, die sich den Krieg wie Schafe gefallen lassen, verdienen nichts Besseres«, spottete der Bayer, als Schwester Sophie die Bedauernswerten beklagte. »Wenn Sie sie ansehen«, setzte er ernster hinzu, »diese flachen Visagen und Schädel: die leiden nicht. Sind selig, wenn sie für ihren Götzen entbehren dürfen, wenn der nur eine Uniform anhat und einen Hintern drin, auf ihnen 'rumzusitzen.«

Entgegen allem, was Winfried über Krottmayr gehört hatte, fand er den Adjutanten des Prinzen dunkelbraun von Gesicht, wenn auch etwas mager, und sehr lebendig. »Alles Sonnenschminke und Schwindel«, unterrichtete ihn Krottmayr, »so gut wie vor der Grippe geht's mir natürlich wieder, dafür sorgen Rahmstrudel und Rehschlegel mit Preißelbeeren. Aber die Verbrauchtheit im Ganzen, Kamerad, die ist so groß wie eh und

je. Niemand hält die Scheiße länger aus als vier Jahre – Pardon, Schwester Sophie –, und wir sind schon wieder sechs Wochen im fünften. Aber für eins lege ich meine Hand ins Feuer: Diese Weihnachten wird nicht mehr geschossen, und wir werden sie zu Hause verbringen.«
Winfried lehnte in der Ecke, Krottmayr gegenüber, dessen Pfeife das Coupé mit Schwaden füllte. Ein feiner Wind strich neben den Scheiben herein, für frische Luft sorgend – sie schlossen nicht mehr recht. Sophie legte ihrem Pflegling schweigend den Mantel um die Schultern, sie rauchte selber mit. Was für unterdrückte Wut in den Augen des Adjutanten funkelte! Oh, Krottmayr hatte Freunde im Kriegsministerium besucht, in München daheim, und sich für die Wochen entschädigt, da er ohne Nachrichten und Zeitungen nur mit seinen Gebirglern und Gebirgen gelebt hatte, mit den stummen riesigen Wänden, über denen nachts die Sterne flammten. Schön sah es aus im Westen! Die erste Gardedivision focht mit noch fünfhundert Gewehren, und Krottmayrs eigene alte mit noch dreihundertsechzig. Dahin hatten sie's kommen lassen, diese alldeutschen Schurken! Mit einer Übermacht sondergleichen hatte man sich im März auf Engländer und Franzosen gestürzt, und jetzt kratzte man Trümmer zusammen, um die Front zu halten. Denn hartnäckig weigerte sich Herr Schieffenzahn gegen die vernünftigen Rückzüge, die die Kronprinzen ihm vorschlugen, der preußische wie der bayrische. Zuviel eingebautes Material! Man konnte die köstlichen Kanonentrümmer und Granathaufen den Feinden erst überlassen, wenn sich die letzten Kompanien dafür ausgeblutet hatten. Noch immer hielt man wie verrückt die Nase von St. Mihiel, obwohl man wußte, daß die Amerikaner davor zum Sturm antraten. Und so das Ganze. Das hielt nicht, das konnte nicht halten. Grauenhaft zu denken, daß große Völker wie die Deutschen, die Österreicher, nicht eher Frieden kriegten, weil ihr Generäle die Politiker nicht an den Karren ließen. Bedurfte es denn übermenschlicher Weisheit, vorauszusehen, daß man zu zweit oder zu dritt mit der ganzen Welt nicht fertigwerden konnte? Man brauchte nur erwachsen zu sein, ein durchschnittliches gesundes Hirn im Verstandskasten zu haben. Aber die Generäle trugen auf ihren dicken oder dünnen Hälsen die Denkfähigkeit und Weltkenntnis von Buben in den Flegeljahren – Spielerköpfe, die auf ein

Vielleicht rechneten, das es gar nicht gab, auf die Revolution in Paris und London – bitte vorzustellen! Und dicke Tabakswolken strichen Winfried ins Gesicht.
Er hörte zu, kalt angeweht, und prüfte, was er empfand. Sein Verstand mußte Krottmayr recht geben – wenn es sich so verhielt, wie dieser eingeweihte Mann hier redete, stoßweise, beherrscht von der Empörung des wahren Patrioten. Aber Herz und Gefühl gehörten den Truppen, den ausgehungerten, vom Regen durchweichten, die sich jetzt schrittweis rückwärts drücken ließen, nachdem sie so viele Jahre angegriffen hatten, in unermüdlichem Gehorsam, schimpfend, fluchend, dennoch Männer. Sein Erbarmen stand ihm um Augen und Mund zu lesen; Krottmayr jedoch, den Kopf in die Hand gestützt, verhöhnte ihn: Das wahre Mitgefühl fand sich bei denen, die den Krieg keine Woche länger dulden wollten, und die vergebliche Hinopferung der Tapferen und Verlorenen. Die nicht mitspielten beim Cachieren der Sachlage: daß der Krieg verloren war, kein Zufall den Deutschen zu Hilfe kam, und daß *die* ausessen mußten, was sie sich eingebrockt hatten, auch im Osten, gerade im Osten. Keine Rede davon, Eroberungen zu behalten, Reiche und Throne, Finnland, Kurland, Litauen, Polen, Ukraine. Man hatte einen großartigen Schlag ins Wasser geführt, mächtig gespritzt hatte es, ein herrliches Vergnügen. Aber jetzt mußte man zugeben, man war patschnaß, und sollte sich umziehen. »Wie Kinder an der Badewanne«, schloß er und klatschte mit dem Tabaksbeutel auf sein Knie.
Flach und öde dehnte sich das Land zu beiden Seiten des Zuges. Winfried staunte: War er wirklich im Sommer die gleiche Strecke gefahren, den Vikar von Wilna neben sich? Wie leicht und voller Verheißung sich das Leben damals angelassen hatte! Schien er noch der gleiche Mensch? Bärbe verloren, den Glauben an die gute Sache, den alten Mann, der ihn beschützte! Als einziger Mittler zu seinem vergangenen Ich saß jetzt dieses Mädchen ihm gegenüber, verschwiegene Zeugin einstigen Glücks und des Unheils, das darauf folgte. Warum fuhr er eigentlich nach Wilna zurück? Nur um im Gewesenen zu schwelgen, eine sinnlos gewordene Tätigkeit fortzusetzen, bestenfalls Herrn Hauptmann Siewindt zur Rechenschaft zu ziehen? Warum wollte er eigentlich leben, wenn alles zerfiel? Den Eltern zuliebe? Dem Lande zu dienen, das jetzt aus Scheinglanz

einen Abhang heruntterglitt, dessen Senkung Nebel begleiteten und füllten? Er fühlte sich straff und erholt genug, um an der Front ein Bataillon zu führen, anzufeuern. Fiel er, so fiel er eben. Man kam ohne ihn aus – nur keine Einbildung. Allerdings setzte der Vater Hoffnungen in ihn; warm und ernst wie nie hatte er seit dem Bericht zu ihm gesprochen, ihm die Aufgaben eines neuen Lebens gewiesen, das bei den sittlichen Wurzeln und Erfahrungen anfing, und Schlüsse zog aus all den Lügen, Verirrungen, dem moralischen und wirtschaftlichen Raubbau dieser Jahre. Aber vermochte dergleichen standzuhalten, gegen den Geist der Uniform und das Zusammensein mit Männern, wie er sie jetzt treffen würde und auf die er sich freute, Ellendt und Gorse, Wreech und Clauß? Man mußte abwarten.
Krottmayr hatte ihn spähend aus den Augenwinkeln gemustert, während er sich mit Schwester Sophie über die Woche auf Wilding unterhielt und sie zum Ergebnis ihrer Pflege beglückwünschte. Auch sie selber sehe famos aus, gar nicht mehr passend in den Kittel da. Verdammt gern denke er sie sich im Abendkleid, dies Coupé hier in eine Loge verwandelt des Hoftheaters und vorn den Bruno Walter mit dem Taktstock, während ein zweitklassiger Sänger mit Schmalz im Tenor anhebe:

»Frisch weht der Wind der Heimat zu,
Mein irisch Kind, wo weilest du?«

Was er mit leicht heiserer, aber treffsicherer Melodik vortrug, während seine Hände auf einem erdichteten Flügel Tristanakkorde griffen. Schwester Sophie wehrte lachend ab, das Kleidchen, welches sie als bestes besitze, blau mit rosa Einsatz, reiche für solche Zwecke bestimmt nicht, und es schien ihr noch gar nicht sicher, daß man »nachher« Sinn für Opern und Abendkleider aufbringen werde. Sie vielleicht nicht, widersprach Krottmayr, eine Menge Leute sicher. Man kann die Sänger und Bratschisten doch nicht verhungern lassen, und während aller Katastrophen waren die Theater voll und die Leute dankbar für Ablenkung. Schwester Sophie zweifelte, ob sie zu denen gehörte, die von den wirklichen Ereignissen abgelenkt werden wollten. »Wir müssen erst einmal auf sie zugelenkt werden«, meinte sie vielmehr; »zum Beispiel auf die Mitteilungen, die Sie dem Herrn Hauptmann ankündigten.«
»Dem Herrn Hauptmann«, wiederholte Krottmayr nachdenk-

lich, als wäre Winfried nicht anwesend, »will er sie denn? Verträgt er sie denn?« »Mein lieber Mann«, versetzte Winfried kurz, »nach allem, was unsereinem aufgepackt wurde, werden Sie mir keine Überraschungen bereiten oder zu starken Tabak anbieten.« – »Sie reden, als hätten Sie Pfeife rauchen gelernt, lieber Kollege und Mitstenograph. Aber diese gute Eigenschaft geht Ihnen ab, so schätzenswerte Sie besitzen mögen. Wurden Sie wirklich, wie Wreech mir schrieb...?« Und Winfried bestätigte: Jawohl, durch einen blöden Zufall habe er sich verschleppen lassen, und Herr Hauptmann Siewindt Geschmack daran gefunden, ihn zu verleugnen. Worauf dann dies und jenes hinzugetreten sei, unglücklicherweise.

»Und Sie glauben«, fragte Krottmayr zurück, »dieser geschmeidige Hund Siewindt, diese sächsische Polizistenseele, hätte gewagt, eine so freches Spiel zu spielen, ganz aus eigenem?«

»Er war mir nie grün«, erwiderte Winfried sachlich. »Im Kasino hat er manchmal Bemerkungen fallen lassen, die einem selbstverständlich hinterbracht wurden. Mein schnelles Avancement ärgerte ihn, meine Stellung bei Clauß und Ellendt. Solche Leute sind immer auf der Spur von Günstlingswirtschaft und Vetterei. Vorknöpfen werde ich ihn mir dennoch.«

Krottmayr sog an seinem Schnurrbart. »Und Sie glauben weiterhin, ein Lagerkommandant werde sich nicht durch Anfrage bei Ober-Ost den Rücken decken, wenn ein Verhafteter Dinge behauptet wie Sie? Sagen Sie das doch nicht. Wo bei den Preußen nichts so gefürchtet ist wie die Nesseln, in die man sich setzen kann bei Oberen und Mächtigen!« Winfried blickte ihn betroffen an, kopfschüttelnd. »Sie waren nicht dabei, Krottmayr«, erwiderte er. »Für Sie haben die Umstände keine Überzeugungskraft. Ich habe sie aber mitgemacht und dringesteckt. Die Leute waren so gierig auf den Lekeitis, daß es gar keiner Mächtigen bedurfte, sie anzuheizen. Tausend Mark Belohnung winkten, glaube ich.«

»Eine Lektion für Sie winkte, Mensch«, brach es aus Krottmayr, und er ballte seine beiden braunen Fäuste.

Der junge Mann fuhr steif zurück. »Halten Sie mich für einen Schuljungen, dem man einen Denkzettel verabfolgt?« – »Ich?« rief Krottmayr entrüstet (gesträubten Gefieders wie die beiden Hähne in der Försterei, dachte Schwester Sophie, heftig hingenommen und zugleich belustigt), »wer spricht von mir? Haben *Sie* mir die Gefolgschaft aufgesagt? Sind Sie zu *meinen* Gegnern hinübergewechselt?« Man sah förmlich, wie es in Winfrieds Kopfe dämmerte. »Sie wollen doch nicht behaupten«, zögerte er mit runden Augen, »diese Gefangennahme sei veranstaltet worden, weil ich...« – »Veranstaltet nicht, aber beim Schopf gepackt und ausgenutzt«, triumphierte Krottmayr, der inzwischen entdeckt hatte, daß in Sophies Augen ein warmer Glanz für ihn aufdämmerte, überraschender Lohn. Daß er als Mann ihre dankbare Regung mißverstand, gab ihm Schwung und schadete niemandem. »In der Meinung gewisser Leute haben Sie eine Sache verraten«, fuhr er fort, »die ihnen teuer ist, nämlich einträglich und also von höchstem vaterländischem Belang. Ein Offizier, der mit Hemmerle konspiriert, ein Ober-Ost-Mann, der zu Teck hält! Unbekannt ist mir, was man mit Ihnen vorhatte. Aber wenn man Ihnen das Leben ließ, verfuhr man noch immer glimpflich, – nach der Meinung der Herren.« Einen Augenblick hörte man nur das Stampfen und Rattern der Räder, die rhythmisch über die Schienenstöße sprangen. Dann klopfte jemand an die verhangenen Fenster, öffnete die Tür mit dem Dienstschlüssel: die Zugkontrolle erbat Ausweise und Fahrscheine der beiden in Schneidemühl Hinzugestiegenen. Winfried bewillkommnete diese Pause. Abwesenden oder vielmehr völlig auf diese Offenbarung gesammelten Geistes durchsuchte er seine Brieftasche, obwohl Sophie in ihrem ordentlichen Gemüt ihm die Papiere für die beiden Dicnsttuenden längst abgenommen hatte. Glich er, Paul Winfried, dem Reiter, der einst ahnungslos den gefrorenen Bodensee überquerte, und von dem das Gedicht berichtete, daß ihn nachträglich der Schreck tötete? Die Alldeutschen, hallte es in ihm nach. Selbstverständlich. Der Herr der Forstabteilung, Buchenegger persönlich, der ja über Lager und Mannen gebot und sich vor Abteilung V nicht zu fürchten brauchte. Er sollte sich irren.

»Eigentlich tut es mir wohl«, entschied er langsam, »daß mir statt des jämmerlichen Siewindt ein richtiger Bulle gegenübertritt, mit dem ich es auszufechten habe. Für Stierkampf fühle ich mich recht gerüstet.« – »Auf in den Kampf, Toréador«, sang Krottmayr mit Bizets weltberühmtem Liedchen. Und dann schien es ihm wichtig, vor Sophies schönen Augen,

ihrem verlockenden Munde, seine Aufgabe kurz und elegant zu Ende zu führen, wie eine schwierige Operation, bei der ein großer Chirurg seine Kunst zeigt. »Was wetten wir, daß ich Sie noch auf falscher Fährte ertappe? Ihr Bulle beweist es. Sie zielen auf Buchenegger.« – »Ja«, entgegnete Winfried. »Keine Ehre für Sie, dieser Landsmann.« Aber Krottmayr wehrte lächelnd ab. Was hatte er mit diesem Niederbayern oder Oberpfälzer gemein. Herr Buchenegger, sagte er, werde als tüchtiger Beamter noch eine Rolle spielen. Selbständiges Vorgehen jedoch, sei nicht seine Sache. Der Kamerad möge sich auf größeres Wild gefaßt machen, einen grauen Bären, etwa den König der Siouxwälder. – Und als Winfried ratlos ratend im Coupé umherblickte, versetzte Krottmayr ihm mit spielender Handbewegung: »Zu bedanken haben Sie sich bei General Clauß.« »Großer Gott«, entfuhr es Schwester Sophie.
Einige Atemzüge vermögen sehr lange ins Zeitgefühl zu greifen. Man hört dabei die Leute im Gang sich unterhalten und die Räder an ihren Achsen ›Du verfluchter Bahninspektor, du verfluchter Bahninspektor‹ schimpfen.
Winfried zog den Mantel enger um seine Schultern. Ihn fröstelte. Er sah den General Clauß auf seinem schweren Pferde grau und starr über einen gefrorenen Fluß hinragen; die Hand am Mützenschirm, den Ellbogen ausgereckt, grüßte er eine vorüberziehende Kompanie abgeschlachter Infanteristen. Und dieser Mann sollte die unausdenkbare Niedrigkeit besessen haben, sich an ihm auf schlauen Umwegen rächen zu lassen, anstatt ihn grob und gerade zur Rede zu stellen? Ein Gesprächsfetzen zog ihm durch den Sinn, »geben Sie acht, junger Herr, daß Sie sich nicht mit dem Popo in einen Scherbenberg setzen«; so ungefähr mußte Clauß gesprochen haben, als sie sich zuletzt sahen, und das paßte zu ihm. Aber daß er einen Buchenegger ermächtigte, einen Siewindt in Bewegung zu setzen, und einen kümmerlichen Lagerkommandanten... So als habe zwischen ihm und Winfried keine innere Verbundenheit bestanden. Als sei die Bewunderung und Angeschlossenheit des Jüngeren für den großen Soldaten gar nichts, ein Dreck, den man für zwei Pfennige hergab... Das nahm ihm die Fähigkeit, sich zu bewegen. Er erblickte nicht Sophies gespanntes Gesicht, nur Krottmayr sah er an, und der empfand die tödliche Enttäuschung des jungen Menschen und berichtete überzeugend, was

sich in seiner Gegenwart auf dem Verdeck der Wassernixe abgespielt.
Winfried hörte zu, er sah und glaubte. Jedes Wort, jeder Satz riß ein Stück seiner Welt ein, treffsicher wie der Einschlag gut gezielter Granaten: wie man die Abwesenheit Wreechs benutzt hatte, sich auf Krottmayr stützte als auf einen Komplizen, den Angeklagten weder nach Gründen fragte noch sich sonst verteidigen ließ ... daß dann Dienstreisen und zuletzt die Grippe den Major verhinderten, den Bedrohten zu warnen, ging in einem hin. Sonderbarerweise müssen bestimmte Handlungen zu Reife und Ausführung gelangen, um einen Zustand der Verborgenheit zu entreißen, in dem er sich sonst unerkannt noch lange hingefristet hätte. Mit diesem Satze schloß er seine Mitteilung. Und dann fragte er, was der Kamerad zu tun gedenke.
Winfrieds Gesicht nahm den Ausdruck des Zielens an, scharf und kühl durch die Wände des Coupés stieß sein Blick vorwärts nach Osten, als sei er es, der den Zug dorthinrisse.
»Bitte verschaffen Sie mir eine Unterredung mit General Clauß«, entgegnete er ruhig. »Wann?« fragte Krottmayr zurück, als sei das ganz selbstverständlich und keineswegs verwunderlich: ein Hauptmann, der seinen Stabschef zur Rechenschaft ziehen wollte.
»Sofort. Am liebsten morgen.« »Sachte, sachte mit die jungen Pferde«, mahnte Schwester Sophie in Ton und Ausdruck eines alten Fahrlehrers; »so schnell schießen die Preußen nicht.« Krottmayr lächelte ihr zu, versprach den geeigneten Augenblick zu benutzen.
»Je früher ich an ihn komme, desto besser werde ich schlafen«, sagte Paul. Und diese Worte klangen so still und so grimmig, daß in Sophie etwas über diese Wandlung aufjauchzte, und Krottmayr den Ausdruck ihres Frauengesichtes großartig fand: wenn die erst ihre Dienstmädelarbeit aufsteckt, sich ein bißchen pflegt und zurechtmacht, – gab sie eine pfundige Weibsperson her; mit welchem Eigenschaftswort die höchste bayerische Anerkennung ausgedrückt und verliehen wurde.
Der Riese Clauß, dachte Winfried und hielt den Atem an.

ZWEITES KAPITEL

Die Träume der Jugend

Diese Unterredung fand statt, nachdem Winfried schon fast zwei Wochen in seinem Wilnaer Dienst untergetaucht war, herzlich aufgenommen von jedermann. »Die Nächte werden schon kühl«, hatte Baron Ellendt bemerkt, »ich denke, Sie ziehen jetzt in die Stadt. Wir haben eine schöne Bleibe für Sie ermittelt, zwei Zimmer, Ausblick auf einen wilden Garten und Zugang zu ihm. Die Dame Lidawska hatte es bisher verstanden, sich vor Einquartierung zu drücken.« Winfried gab sofort nach. Draußen wäre jeder Tag und jede Stunde von Bärbe regiert worden. Besser umziehen, gleichgültig wohin. Sophie würde zu Besuch kommen, selten, denn wieder fing die Grippe Scharen und Züge von Menschen ein. Auch begaben sich in der großen Welt Ereignisse, die Ellendt Gruben unter den Augen verursachten, und die erstaunlichen Falten längs der Nase bis zum Kinn in seinem mittelalterlichen Gesicht vertieften. Im Westen wich die Front, St. Mihiel war gefallen, aber die Zeitungen füllten Umbau des Staates, Parlamentarisierung, ein Kanzlerwechsel. Einerlei. Winfried wollte den General Clauß sprechen; danach erst die Augen aufschlagen für das, was in Nähe und Ferne geschah.
Nachtfröste hatten das Laub der Linden und Ahorne gelbgrün und flammendrot gefärbt, soweit es der Regen oben gelassen. Als Winfried durch die Straßen Kownos sauste, frischen Wind und Sonnenschein um sich, spannte ihn eine Erwartung wie nicht mehr seit den letzten Sturmangriffen. Nochmals: einerlei. Er mußte den großen Kerl zur Rechenschaft ziehen für den heimtückischen Verrat an seinem Gefühl. Er hätte sonst nur schäbig leben können.
Der Hüne Clauß empfing ihn freundschaftlich mit Wärme und einer Spur Herablassung. Er war zwar überzeugt, daß Winfried nichts wußte. Hatte Krottmayr aber geplaudert, so wollte Clauß dem »Rächer seiner Ehre« schon dienen. Nichts und nie-

mand in der Welt gab es, davor Wilhelm Clauß sich fürchtete oder seine Stirn senkte. Denn zwar wankte das ganze Gebäude des Ostens, hatte es an der Palästinafront ein Unglück gegeben. Aber der Stern Albert Schieffenzahns sank, unaufhaltsam sackte er in die Dünste des Horizonts. Lange vor seinem Untergang würde er erlöschen. Das gab Spannkraft für heut und morgen; süß und ehrenvoll ist es, den Sturz seiner Feinde zu erleben.

»Willkommen, junger Mann, sehen vorzüglich aus. Wie sehr Sie meines Beileids sicher sein können, wissen Sie selbst. In zwei schlaflosen Nächten hab ich Ihrem Onkel ein Requiem gehalten, komponiert über das Thema ›Ritter ohne Furcht und Tadel‹ und ›Soldat und brav‹. Und damit das Satyrspiel nicht fehle, ist mir heute das Gesamtergebnis unsrer Ukrainebesetzung in Zahlen vorgelegt worden: 9231 Waggons Getreide, laut Verteilungsschlüssel 10/17 davon an die verehrten Bundesbrüder, der Rest an uns. In Zahlen: 3750 Waggons. Jeden zu 200 Zentnern angesetzt: 75 Millionen Pfund. Und da wir ein 70 Millionen-Volk sind, etwas mehr als ein Pfund auf den Kopf unserer löblichen Bevölkerung. Unser Rechenkünstler verfehlt nicht, hinzuzufügen, daß andere Lebensmittel diese Ration auf etwa 4 Pfund erhöhen, wovon aber wiederum Quanten abgehen wegen Verderbnis auf dem Transport. Endlich liest man also ab, was ein Generaloberst und seine Armee an Nährwert besitzen. An Pferden und sonstigem Vieh freilich kriegten wir etwas mehr.«

Winfried hielt wortlos die Foliobogen mit den Geheimvermerken und Tagesnummern des Kriegsministeriums in Händen. Sie zitterten leise vom Nachhall seiner Empörung. Aber ehe er erwidern konnte, hörte er Clauß ins Telefon Vorführung der Pferde befehlen. »Sie sollen mir gleich als Sachverständiger dienen«, erklärte der. »Im Walde drüben das Kloster Pozaitje hat eine Beschwerde nach Berlin geschleudert, und da Katholiken jetzt in Vorhand kommen, muß ich was dazu sagen. Die Wirtschaftsabteilung hat ihnen seinerzeit die schönen grünen Kupferplatten von der Kuppel gerissen und Dachpappe draufgenagelt. Jetzt regnet es natürlich durch und verdirbt ihnen die Fresken, italienisch, glaube ich, Tizianjahrhundert oder so. Die Fratres erheben ein großes Geschrei über die Zerstörung ihrer Kunstwerke. Ich denke, wir gucken uns das an. Die Straßen

schwimmen zwar, aber unsere Pferdchen fürchten sich ja nicht vor nassen Füßen.« Winfrieds Stirn hellte sich auf. Gaul neben Gaul und den Wind über den Mützen, das erleichterte ihm die Aufgabe, diesen Mann zu stellen. Der Chef des Stabes Ober-Ost in seinem Hause war stärker verschanzt als der Reiter Wilhelm Clauß.
Unter leichten Gesprächen ließen sie Kowno zurück. Jenseits der Stadt zwischen Rübenäckern und Stoppelfeldern überholte sie ein Lastwagen der Handelsabteilung, der toll nach Heringsfässern stank, hupte, und vorsichtig vorüberfuhr, um die Herren nicht zu bespritzen; denn wirklich tauchten die Pferde nur zögernd die Hufe in die weiche Straße. Aber ein Blitzen über dem fernen Walde und das Heranwehen von Spinnenfäden stimmte zu dem Gelärm der Spatzen, die scharenweise Körner aus den Stoppeln pickten. Winfried erfüllte ein kühnes Gefühl der Übermacht und des guten Rechtes; er ging zum Angriff über.
»Warum haben Sie mich eigentlich den Henkern überantwortet, mon général?« fragte er. Wilhelm Clauß überhörte die unvorschriftsmäßige Anrede, schoß ihm einen Blick in die Augen und murrte: »Daß der Krottmayr schwatzen würde, hätte ich mir beinah denken können.«
»Es gelang ihm leider nicht, mich armen Hasen zu warnen, aber ein Schwätzer ist er nicht, und sein Gefühl für menschlichen Anstand...« »Auch noch warnen«, nickte Clauß. »Wäre ihm schön bekommen. Sie hatten Ihre Lektion verdient, junger Held. Geben Sie's zu, reichlich verdient, und nun Schluß.«
Aber Winfried richtete sich in den Bügeln auf: »Lektion, wofür? Wenn einer schon im Juni als sinnvoll erkennt, was jetzt, im Oktober von ganz Ober-Ost betrieben wird? Und dabei mache ich mich klüger als ich bin. Mein Grips ging damals viel langsamer als mein Gefühl.« »Ja, Teck ist jetzt große Mode«, lobte Clauß höhnisch, »er und die Litauer lieben sich eben und sollen heiraten, damit uns die Mitgift bleibt. Nein, mein Junge. Weil Sie über unsern Köpfen oder hinter unsern geehrten Rükken zu tanzen belieben; Insubordination im stillen Kämmerlein wie auch im öffentlichen Leben.«
»Und das«, rief Winfried leidenschaftlich, »genügte Ihnen, uns alle aufs Spiel zu setzen? Daß Blitze einschlugen und Gräber zurückließen – Gräber, in denen Menschen verschwanden, von

deren Kostbarkeit Ihren Bucheneggern niemals was dämmern wird?«
Clauß schüttelte mitleidig den Kopf: »Lieber Winfried, seien Sie gescheit. Ich habe Sie aufrichtig bedauert, als ich hörte, wie der Karren plötzlich ausrutschte. Aber Zufälle dürfen Sie mir nicht zur Last legen, Verkettungen ohne Sinn und Verstand, an denen nur der liebe Gott Schuld hat.«
Aber sein freundlicher Ton vermochte nicht, Winfried aus der Fassung zu bringen – zum ersten Male, wie er frohlockend im Herzen merkte. »Doch, Herr General«, rief er, »doch! Wer im Felde einen Mann auf gefährlichen Meldegang schickt, wird ihm nicht auch noch Sandsäcke in den Tornister packen. Gefährliche Wege gehen wir immerfort – Krieg ist ja wohl mit Zerstörung geladenes Leben. Und Vorsicht, nicht Roheit war bisher seine Regel, den eigenen Leuten gegenüber. Wenigstens glaubte ich so in den Träumen meiner Jugend.«
Das Wort Roheit schien Clauß zu treffen, seine Stirn lief rot an, als er langsam entgegnete: »Ich könnte darauf hinweisen, daß wir Sie sofort herausgefischt haben. Aber das hieße schon auf Ihre Plattform treten, Verteidigung spielen, und Sie werden mir nicht verübeln, wenn mir das zu albern vorkommt. Sie als Offizier hatten sich nicht selbständig zu machen, Ihren Privatverstand oder das, was Sie Ihr Gefühl nennen, gefälligst im Futteral zu lassen.«
»Der unfehlbare Generalstab«, rief Winfried sofort, »gottähnlich und Gott selbst. Und noch auf dem Scherbenhaufen, Länder in Trümmern, das Reich in Gefahr, betet er sein Credo: Nur wir haben das Recht, uns in die Händel der Welt zu mischen.«
Wilhelm Clauß blickte ein paar Pulsschläge lang zu ihm hinüber. Dann fragte er ganz sanft: »Übernehmen Sie sich nicht, junger Herr? Bedenken Sie doch meine schwache Natur!«
Winfried, die Hand auf Ledas Kruppe gestützt, und dem Riesen voll zugewandt: »Und haben Sie, Herr General, an den freudigen Gehorsam gedacht, die aufrichtige Bewunderung und Liebe, die Ihnen zuströmten, aus mir bürgerlichem Studenten den überzeugten Soldaten machten? Als die Heimat schon taumelte unter ihrer Überlast, und mein leibhaftiger Vater mir Warnungen zuschrieb, stand ich zu Ihnen, General; weil Sie Sie waren, sah ich gar nicht hin. Nun aber ist der Zauber aus.

Ich habe mein Fett gekriegt; Deutschland hat seines auch weg, und von den Träumen meiner Jugend ist geblieben: daß ihr ein teurer Luxus seid, aufregend und gefährlich, und ohne Ahnung dessen, was ihr kaputtschlagt in euren Spielen. Habt ihr denn das Recht, jemanden zu bestrafen? Ihr versteht ja das Einfachste nicht, daß Millionen von Zivilisten ihr Vaterland verteidigen, – indeß ihr es von allem entleert, was verteidigenswert ist. Und wenn's schiefläuft, geht ihr in Pension.«
Wilhelm Clauß antwortete nicht. Zwischen Wittichs hochgestellten Ohren starrte er auf den scheußlichen Weg und zum Waldrand hinüber, der noch fern war, zu den Krähen hin, die zwischen den Rübenblättern nach Würmern suchten. Was sollte er mit dem Jungen machen? Er hatte manchen Entschuldigungsgrund für ihn parat, aber eine gelinde Wut nahm langsam Besitz von seiner Seele, Ungeduld, die mächtige Faust zu ballen, und dieses ganze aufsässige Gewäsch durch einen Boxschlag zu beenden. Aber natürlich boxte man nicht, man mahnte väterlich mit einem Zitat: »Laß Er mich das nicht zweimal hören.«
»Ich fürchte, ich fürchte, Herr General«, antwortete Winfried, »wenn der Krieg jetzt ausläuft wie das Hornberger Schießen, wird Ihnen ganz Deutschland nichts anderes zuschreien, und die ganze Welt. Die Mütter in ihrer Verzweiflung werden keinen Unterschied kennen zwischen Ihnen und Schieffenzahn, und Ihr Leben wird vergeblich gewesen sein, Ihre ganze große Kunst. Wird nicht in Deutschland eine Welle von Wut und Empörung aufschwellen, wenn das Volk merkt, wie sehr man es vier Jahre lang belogen hat? Wird nicht ein grauer Wald anrücken von gereckten Armen und Bajonetten – wenn es soweit ist? Und er wies mit ausgestreckter Hand auf den Kiefernforst hin, der schwarzgrün das Blickfeld einengte. Massen höherer Wipfel übertürmten ihn, in der Ferne schimmerte das Kreuz golden über der schwarzen, entstellten Kuppelspitze des Klosters.
Wilhelm Clauß zwang sich zu ruhigem Denken. Dadurch ebbte seine Empörung ab. Wirklich drohte am Horizont eine Gefahr, über die er noch vor drei Monaten gelacht hatte. Kamerad Schulpropst, dachte er, alter Fuchs und Backenbart, jetzt kriegst du am Ende recht. Die Leute können schwierig werden, der innere Feind aufstehen, und wir brauchen gegen ihn ein

Heer. Woher es nehmen und nicht stehlen? Nun, man wird Rat schaffen. Aber Führer darf er nicht finden, der Herr Feind, und klug handelt, wer sie ihm von vornherein wegködert. Nachher kostet es Gewalt und macht böses Blut.
»Winfried«, sagte er begütigend, »Ihnen ist schlimm mitgespielt worden. Sie können es mit Buchenegger austragen oder auch mit mir. Wenn Majestät den Frieden hat einläuten lassen, stellen wir uns Ihrer Pistole. Sie sind in besserer Übung und dünner auch, Sie haben Chancen. Aber über alles Persönliche geht der Korpsgeist, Ihre Pflicht gegen die Achselstücke. Redensarten, wie die vorhin geschwungenen, lassen Sie bitte keinen hören als Ihren ergebenst unterfertigten Clauß.« Er warf diesen Briefschluß hin in Ton und Charme wie einst, als er Winfried Briefe diktierte und über Russenpläne sprach. Aber der Jüngere schüttelte lächelnd den Kopf, – wirklich, er lächelte amüsiert, ohne Spott beinah, aus großer Ferne.
»Vor die Pistole, Herr General. Wie gut Sie es mit mir meinen. Aber diese Uhr ist überdreht – da muß jemand mit gespielt haben. Die Zeit der Massen bricht an, was sollen uns da Zweikämpfe. Ich will vor den Träumen meiner Jugend Achtung haben können, wenn ich Mann geworden bin, das hab ich mir als Junge oft gelobt. Erinnern Sie sich noch der grauen Muschkoten auf der Holzbrücke? ›Die Augen links, ohne Tritt marsch?‹ Die haben geopfert, immerfort, ohne Glanz und ohne hohen Sold, ohne Stabsquartiere und ohne Klempnerläden von der Kehle bis zum Nabel. Und da Ihr mich zu den Wanzen und Läusen verschoben habt, werd ich wohl bei ihnen bleiben und übergehen zu meinesgleichen, den Fußlatschern, die auch immer mit ihnen zu kämpfen hatten.«
General Clauß fuhr hoch, streckte die Beine. Rotbraun vor Zorn unter seiner hohen Mütze öffnete er mehrmals den Mund, krampfte die Hände in die Zügel und rief heiser: »Dann aber runter von meinem Gaul, verrückter Junge! Wer sich ausschleimt wie Sie, hat nicht mehr das Recht, in meinem Sattel zu sitzen. Absteigen, pascholl!«
Und während er Wittich zum Umkehren drehte, warf er noch hin: »Für Sie ist mir Leda zu schade.«
Vieles läuft in einem Menschen ab, während einige Sekunden verfliegen. Winfried blickte sich im weiten Felde um, dann über die Landstraße hin: Schnüre von Wasser in den Gleisen

und aufgeweichter Schlamm. Zu Fuß nach Kowno zurückzuwaten, beschmutzte und demütigte zugleich. Gehorchte er aber nicht, blieb er im Sattel, so hieß das Auflehnung, Gehorsamsverweigerung, Disziplinbruch. Und wenn Clauß hinter ihm drein feuerte, was die Pistole aus der Satteltasche hergab, würde ihn jedes Kriegsgericht freisprechen, in Zeiten, wie sie jetzt anbrachen. Unmöglich aber auch, sich zu erniedrigen und zu bitten. Ein Hexenkessel! dachte er fast heiter, mitten im Tumult des Augenblicks.

Jetzt wandte sich Clauß um: »Wird's bald?« schrie er, »gehorchen Sie, Herr?« Und die Hand griff nach dem Verschluß der braunen Ledertasche. Und das habe ich mal bewundert, dachte Winfried, während er den Blick des andern ruhig erwiderte. Sieht er nicht mit seinem runden Gesicht aus wie ein Kater, dem ein Schuljunge die Schnurrhaare weggestutzt hat?

Und da hörte er vom Waldrand eine Hupe – die von vorhin. Der Lastkraftwagen kam zurück. Man würde einfach umsteigen. Besser auf stinkenden Heringsfässern denn zu Fuß oder als Bittender.

Er trieb Leda zu einem umgesunkenen Kilometerstein, schwang sich aus dem Sattel, faßte auf dem höckrigen Kalk Fuß und gab dem Pferde einen Klaps auf die Kruppe. »Auf Wiedersehen, schöne Dame.« Dann deutete er Haltung an, salutierte und rief zu Clauß hinüber: »Melde gehorsamst, Herr General: Befehl ausgeführt.«

»Hierher, Leda«, fauchte der Erzürnte; und die Stute, Auge und Ohr erst verwundert zurückgewandt, schließlich aber doch froh, den Straßenkot mit dem heimischen Stall zu vertauschen, trabte langsam Wittich nach. Und dann hob sie ihren Schwanz und ließ einige goldene Äpfel fallen.

Winfried schaute der mächtigen Gestalt nach, dem zornigen Manne, der grau auf seinem riesigen Gaul davonritt, abgewandt von dem Zurückbleibenden, den er nicht mehr zu kennen geruhte. Werden uns schon noch wiedertreffen, General Clauß, dachte er. Und dann streckte er den Arm waagerecht von sich, um den Lastwagen anzuhalten.

Die beiden Fahrer in ihren Lederjacken dachten sich ihr Teil, während das bespritzte Gefährt schrill bremste. »Wollen Herr

Hauptmann auf der Butterkiste Platz nehmen?« fragte der eine. »Die Mönche haben abgeliefert, und schmelzen wird sie ja nicht gleich.« Winfried lachte: »Nein, so gut geheizt sind wir nicht mehr, Oktober achtzehn«; und der Motor bekam Gas. Er war schwer verbraucht, breite Eisenräder ersetzten den Gummi, und der Treibstoff qualmte blau aus dem Auspuff; aber schlecht gefahren ist besser als gut gegangen, und weit besser als schlecht gegangen. Warnend erhob die Hupe ihre Stimme. Clauß jedoch, als man sich ihm näherte, wich nur langsam und widerwillig beiseite, und mit großem Geschick vermied der Fahrer den linken Straßengraben.
Winfried saß stramm und grüßend, wie es sich schickte, aber der General drehte den Kopf nach der anderen Seite, einem Krähenschwarm zu, der schwarzflügelig im Nachmittagslicht aus dem Acker emporkreiste.
Vorn am Horizonte meldeten sich niedrig aus grauem Rauch die Dächer und Datschen Kownos. Hier hatte Winfried in einer Sommernacht auf dem Feldbett gelegen, Wein trinkend und den Gesprächen der Presseleute zuhörend. Den Bertin wollte er jetzt aufsuchen. Er wußte durch Perl, daß die Hand, die er gleich schütteln würde, seine Befreiung in Gang gebracht, indem sie einen Telefonhörer abhob. Bei Bertin auch lagen Bücher auf dem Schreibtisch, und den Büchern gehörte Winfrieds Zukunft. »Setzt mich bei der Presseabteilung ab, und schönen Dank.«

Abgesang: Der Sektkelch des Lebens

Im Bayerischen, nahe der Salzburger Grenze, streckt sich der Ort Berchtesgaden hin, eingeengt von den tiefblauen Wassern des Königssees und den Steilwänden des Hochgebirges, die in ihn abstürzen. Hier hält Kronprinz Ruprecht von Bayern Hof, Wittelsbacher und Armeeführer, und daher sind viele Offiziere der alten Armee nach Bayern gezogen und dorthin. Der Krieg ging verloren. Kaiserreiche und Königsthrone stürzten. Der ganze Osten ward geräumt, ein riesiges Stück von Preußen abgebrochen und mit Abstimmungen oder ohne solche den neuen Staatswesen überantwortet, die aus den Trümmern von Westrußland erstanden sind – weiß Gott, ohne ihr Verdienst. Den Kaufpreis hat in Kriegsgräbern das deutsche Volk bezahlt, und es wird ihn einmal zurückfordern, keine Sorge, und mit Zinsen. So wenigstens denken zahllose Beamte der Republik, wie Forstrat Buchenegger und die Bünde der Offiziere von ehemals, denen sie eine gehörige Pension bezahlt. Sie ist schwach, diese Republik, an Tausenden von wichtigen Stellen sitzen Funktionäre, die ihr nur widerwillig dienen, keine Angst mehr vor ihr haben, gegen sie schimpfen und gegen sie wählen. Zwei Staatsminister hat sie sich ermorden lassen, eine Anzahl Abgeordneter und Politiker der Linken, eine ganze hübsche Liste, aber sie wagt nicht, gegen den Mordklüngel der Reaktion scharf und wirksam aufzutreten. Denn sie hat ihr Heer nicht in der Hand, fürchtet sich vor ihren Wählern und will sie mit allen Kräften verhindern, zu den Linksten abzuwandern, den Roten. Tief in ihrem Blute kreist die Scheu vor dem Umsturz, und an der Bolschewikenfurcht ihrer Bürger wird sie einmal sterben.

Heute aber, in einer Mainacht des Jahres sechsundzwanzig, liegt auf dem Sterbelager und kämpft mit dem schweren Tode ein anderer, ein in Berchtesgaden bekannter Mann, der ehemalige General Clauß. Das Landhaus am Walde wird vom Nachtwind umpfiffen, die Föhrenwipfel kämpfen mit ihm, schwarz im Schwarzen stemmen sie sich den sausenden Luftmassen entgegen, und die großen Wolken des Firmaments überrollen den Mond, der sich wie ein Tank in den Schwaden eines Gasangriffes durch sie hinarbeitet. Die Generalin Clauß ist erschöpft im Sessel eingeschlafen, vor dem dreibeinigen Tischchen, auf welchem Medikamente warten und eine bauchige Flasche, ein Sektkelch. Der Arzt hat sich für heute zurückgezogen und wird eine Nachtschwester auftreiben, was nicht leicht ist in Berchtesgaden – vielleicht muß es die Hebamme sein. Der mächtige Leib des Generals aber, in einem ebenso langen und schweren Bauernbett aus blau und rot bemaltem Lärchenholz, zuckt von Zeit zu Zeit unter seinen Decken und Kissen, als wollte er aufstehen und den Fieberschlaf abwerfen, die Benommenheit, den Wahn des Todes, der ihn durchwaltet. Er ist noch gar nicht alt, General Clauß, aber er weiß, daß er hinübergehen wird in den Zustand der Auflösung und der Ohnmacht. Trotz der hohen elektrischen Ladung, die ihn und sein herrliches Gehirn noch durchbebt. Zuviel schwarzen Kaffee hat er getrunken, zuviel Kognak, zuviel Mosel und Sekt, viel zuviel gegessen. Vor allem aber hat er jeden Tag einem Übermaß von Pflichten genügt, eine ungeheure Arbeit geleistet, jeden Tag von viereinhalb Jahren – und dann ein Unmaß von Enttäuschung, von tödlicher Enttäuschung und vollkommenem Leerlauf, und daran geht er jetzt zugrunde. Seinem alten Feinde Schieffenzahn hat die Republik nichts getan, er sitzt und wühlt in München. Den greisen Marschall von Hindenburg hat sie sogar aus der Rumpelkammer Hannover geholt, abgestaubt und auf ihren Thron gesetzt. Seit ein paar Tagen heißt er ihr Präsident. Aber für den General Clauß hat sie keine Verwendung gefunden. Kein Soldatenrat in Kowno oder Wilna hat an ihn gerührt, trotz seiner Achselstücke und Auszeichnungen, fast unbewaffnet ist er umhergegangen in seinem alten Reich. Aber als es sich darum handelte, Minister und Chef des neuen kleinen Heeres zu ernennen, hat sie Clauß beiseite gelassen und andere Herren ausgesucht, schlauere Füchse, geschmeidigere, hinterhältigere. Den Mann von Brest-Litowsk, dem sie einen Faustschlag auf den Tisch angedichtet hatten, um ihn vor der Ungnade der Alldeutschen zu retten, den besten Soldaten der Ostfront hat sie nicht herangeholt. Es wäre eine unpopuläre Maßnahme gewe-

sen, obwohl er ihr vielleicht loyal gedient hätte. Aber man hätte die Massen zu seinen Gunsten erst bearbeiten müssen, Legenden zerstören, darunter die volkstümlichste, die der Schlacht von Tannenberg. Dazu hatte man zuviel Gegenwartssorgen, und an dienstbereiten Generälen fehlte es ja nicht. Nein, Wilhelm Clauß blieb draußen, trotz seiner Fähigkeiten, seiner Schlagfertigkeit und Geisteskraft. Und außerdem bot er seinen Gegnern Handhaben: er ging mit dem Bolschewistenschreck hausieren. Überall sieht er die Finger Moskaus im Weltgeschehen, in Persien und in China, in Hamburg und am Rhein. Er warnt in Worten und Aufsätzen die zuständigen Stellen und gibt Anlaß zu bedauerndem Achselzucken rechts wie links. Denn die regierenden Kreise wollen wohl, daß das Bürgertum um seinen Besitz zittert, und die Anhänger Lenins im eigenen Hause verfolgen sie mit allen Mitteln. Aber ein Unterschied muß doch sein zwischen dem, was man andere glauben macht, um sie zu beherrschen, und dem, was man selber glaubt. Und Wilhelm Clauß glaubt an seine These, wittert überall Lenins und Tschitscherins Machenschaften, und darum muß man ihn leider auf seinem Altenteil belassen. Ja, da bleibt ihm halt nichts anderes übrig, als fünf Jahre nach Friedensschluß sich zu erkälten und abzukratzen.
Er stirbt nicht gern, weiß Gott und der heilige Clausewitz. Er hat das Leben geliebt und voll genossen, sich hineingestürzt mit seinem wuchtigen Körper wie in einen See oder auf eine Frau, schonungslos um sich geschlagen, eingeschlungen jeden Tag und in Leistung umgesetzt, nie gerechnet, nie gespart. Weder mit anderen noch mit sich. Immer mußte es reichen für einen Blumenstrauß der Tischdame, für ein Sektfrühstück, ein nobles Trinkgeld. Ah, diese Hunde! Wenn man gewohnt war, Arbeitstage von zwanzig Stunden ohne Stöhnen und Klöhnen zu bewältigen, bringt einen das Nichtstun so sicher zur Strecke wie Gas. Er hätte noch alles machen können: Deutschland wieder bewaffnen, den Revanchekrieg vorbereiten, mit dem Reichstag kämpfen – all den Brüdern, die gar nicht wissen, wieviel die Führer der Mitte ihm an Einsicht und Aufklärung verdanken. Hätte er nur besser den Republikaner spielen können und zu gleicher Zeit die Hohenzollern karessieren: dann hätte es ihm nicht gefehlt. Aber er war ein Mann geradeaus – und muß nun sagen: er war. Mit dreiundsechzig Jahren – aus.

Er liegt da und atmet schnell und heftig, die Atemwege sind entzündet, Bronchien und Lungen entflammt, der Organismus spielt nicht mehr mit, die Maschine ist ganz in Unordnung. Er sieht sie vor Augen, diese Maschine. Hinter den geschlossenen Lidern träumt er sie, eine Anordnung von Messinggestängen, Rädern, Treibriemen, vielen kleinen Kolben, die in Zylindern auf und ab tanzen – alles blankes, gelbes und hellgraues Metall. Kleine Dampfwölkchen puffen hervor, wenn er atmet, und in regelmäßigem Spiel machen die Kolbenstangen ihre Stöße, die Räder ihre Umdrehungen. Aber die Rhythmen greifen nicht ineinander, die Tourenzahlen stimmen nicht überein, mal da mal dort gibt es Stockungen, klappern die Riemen aneinander. Dann zischt es in den Ventilen, saust das Angstmanometer hoch, verstärkt sich der Druck – und dann kreischt es irgendwo, eine Hemmung wird ausgepufft, und das Ding läuft weiter. Was ist das? denkt es in Clauß. Bin das ich, oder sehe ich die Republik, das Vaterland, das einmal so gut funktioniert hat und das die Esel überanstrengt haben? Vier Jahre sechs Monate haben sie es mit Hochdruck laufen lassen – und sich gewundert, daß es diese Ochsenarbeit nicht aushielt. Jetzt haben sie neue Kolben eingebaut, ein paar mehr als früher, aber nicht aufgepaßt, die Tourenzahlen nicht bemessen, den Motor, als er neu war, gleich zu scharf herangenommen. Und außerdem sitzen die Alldeutschen in den Winkeln und streuen Schmirgel in die Lager, werfen Sand in die Kolben und Zucker in den Treibstoff. Dann muß sie natürlich kochend heiß werden, 40,5 zeigen, 41, und frühzeitig vor die Hunde gehen. Aber das beweist nichts gegen sie. Die Demokratie ist kein falsches System, und ich bin keine schlechte Maschine, auch wenn ich nur noch Sekt im Tank vertrage. Ja, wir haben eine hohe Verbrennung, und die Schafe werden es schon merken, was sie angerichtet haben dadurch, daß sie uns vor die Hunde gehen ließen. Hupp, jetzt mag das Herz wieder nicht. Du hergottsheiliges Donnerwetter, willst du wohl! Die Entschuldigung mit der Leber gilt nicht; meine Füße sind nicht dick, das Außenröhrenwerk funktioniert. Aber jetzt hakt es wieder irgendwo im Getriebe. Na, den Sektkelch des Lebens habe ich genossen, meinen Namen unsterblich gemacht in den deutschen Sternen. Leid tut mir nur meine Frau, die treue Seele. Irgendwo hier im Zimmer muß sie sein, ich spüre sie, aber der Esel von Arzt hat mir die Scheinwerfer zugeleimt mit seinen Mitteln, ich kriege die Schieber nicht hoch. Oh, Schieber hat es in Deutschland genug gegeben – laß fahren dahin. Und da steht er ja, der Sektkelch des Lebens; riesengroß, kegelförmig, gefüllt mit dem Blaßgold des herrlichen Daseins, und die Blasen steigen auf, Bläschen nach Bläschen und entschweben nach oben, zergehen zu Schaum. Und in ihnen sitzen sie und winken mir zu und fahren dahin, verlassen mich. Das war der Schulpropst da mit dem Backenbärtchen – auf Wiedersehen im Nichts. Da schwebte der alte Lychow gen Himmel – Good by, Exzellenz! Das war die kleine Bärbe Osann, die da langsam vorüberzog, auch du Schaum vom Schaume. Das dicke Biest da ist der Hemmerle, er grüßt mit dem Patschhändchen. Goldner Wein der Tage und Nächte – Gestalten und Menschen, ein Zug von Blasen aufwärts. Und der Sektkelch ragt und bleibt. Er mahnt mich, Abschied zu nehmen, mich loszureißen, Schluß anzusagen und mich wegzudrehen. Aber das will ich nicht, das kann ich nicht, ich bin noch nicht fertig, die Schlacht beginnt erst, der Sturm auf die Usdauer Höhen verzögert sich... Ja, diese Landschaft, die kenn ich, Seen und Hügel und flaches Land; die Russen machen ihre berühmtesten Fehler, Samsonows Garde stürmt in ihr Verderben, der Bursche Rennenkampf rührt sich nicht vom Fleck... alles wird klappen. Mein Hauptmann Kundt bringt mir die russischen Funksprüche lachend und brühwarm, gleich werde ich meinen Adjutanten mit dem Angriffsbefehl zum ersten Korps schicken. Aber wo trödelt der Junge? Winfried, verdammte Nudel, jetzt ran an den Speck und nicht gezuckt! Das mit dem Arbeitslager war bloß ein Spaß, verstanden? Ein preußischer Offizier bleibt bei der Stange!

Aber da fährt er an mir vorüber auf seinem stinkenden Lastwagen, salutiert und geht zu den Russen über, der Hund! Das muß ihm versalzen werden. Und dort schwenkt Rußki im braunen Mantel schon die Tellermütze, läßt sie auf der Bajonettspitze kreisen. Das geht nicht, das muß verhindert werden, er reitet mir meine Leda zuschanden, und ich auf dem verfluchten Wittich sitze wie angeleimt, alle vier Hufe im Lehm, und kann nicht vom Fleck! Wo bleibt meine Artilleriereserve! Aufprotzen die Kanoniere, die Batterien vor, Granaten, soviel die Rohre hergeben! Nieder mit dem geliebten Jungen und allen Überläufern! An die Geschütze, Feuer, Feuer!

Der riesige Mann hat sich im Bett emporgeworfen, einen Arm rückwärts gestützt, einen weit ausgestreckt. Das Nachthemd klafft über der Brust. Mit weit offenen Augen sieht er sich selbst einen Abhang hinunterreiten und gleiten, grau auf grauem Wallach – und stürzt rücklings in die Kissen. Sein Herz gibt den Kampf auf, die offenen Augen starren zur Decke empor, aber sie spiegeln das matte Licht nur noch, und der Wind, der vor den Fenstern faucht und an den Tannen reißt, erreicht seine Ohren nicht mehr, noch seine wilde, kriegerische Seele.

Bitte umblättern:

auf den nächsten Seiten informieren wir Sie über weitere interessante Fischer Taschenbücher.

Arnold Zweig

Der Streit um den Sergeanten Grischa
Roman. Band 1275

Junge Frau von 1914
Roman. Band 1335

Erziehung vor Verdun
Roman. Band 1523

Das Beil von Wandsbek
Roman. Band 2069

De Vriendt kehrt heim
Roman. Band 5785

Die Zeit ist reif
Roman. Band 5827

Westlandsaga
Eine Chronik. Band 5835

Traum ist teuer
Roman. Band 5876

Novellen um Claudia
Roman. Band 5877